Selma Falck erwacht orientierungslos und mit Schmerzen in einer brennenden Holzhütte. Warum tut ihr alles weh, und warum ist sie splitternackt? Wieso ist sie mitten im Winter in einer spartanischen Hütte in den Bergen? Die Fragen müssen warten, erst muss Selma dem Feuer entkommen. Während sie verzweifelt versucht, an das neben der hellodernden Hütte stehende Auto zu gelangen, ihren einzigen rettenden Weg aus der Eiseskälte und der Einsamkeit der Berge, erinnert sie sich auf einmal an die Hochzeitsfeier ihrer Tochter – und den plötzlichen Tod des Bräutigams. Während Selma um ihr Überleben kämpft, kehren langsam weitere Erinnerungsfetzen zurück, und Selma wird klar, dass eine große Verschwörung im Gange ist. Von ihrer Rückkehr in die Zivilisation hängt nun nicht mehr nur ihr eigenes Überleben ab ...

ANNE HOLT ist mit über 12 Millionen verkauften Büchern weltweit eine der erfolgreichsten Krimiautor:innen Skandinaviens. Sie ist ehemalige Justizministerin Norwegens, Anwältin, Journalistin, TV-Nachrichtenredakteurin und Moderatorin. Zu großem Ruhm als Autorin gelangte sie mit den zwei Krimiserien um Inger Johanne Vik (verfilmt als »Modus. Der Mörder in uns«) und Hanne Wilhelmsen. Ihre neueste Serie dreht sich um die Juristin Selma Falck.

GABRIELE HAEFS übersetzt seit über 25 Jahren u. a. aus dem Norwegischen, Dänischen und Englischen. Sie wurde mit dem Gustav-Heinemann-Friedenspreis und dem Sonderpreis des Deutschen Jugendliteraturpreises für ihr übersetzerisches Gesamtwerk ausgezeichnet. Zu den von ihr übertragenen Autor:innen zählen Jostein Gaarder, Håkan Nesser und Anne Holt.

ANNE HOLT

EIN NOT-WENDIGER TOD

Selma Falcks zweiter Fall

KRIMINALROMAN

Übersetzt von
Gabriele Haefs

Atrium Verlag · Zürich

Diese Übersetzung wurde gefördert durch
NORLA, Norwegian Literature Abroad

Taschenbuchausgabe
1. Auflage 2024

Die Originalausgabe erschien 2019 unter dem Titel *Furet/værbitt*
bei Gyldendal Norsk Forlag AS, Oslo.

Published by agreement with Salomonsson Agency
Lektorat: Julie Hübner
Umschlaggestaltung: Hauptmann & Kompanie Werbeagentur, Zürich
Satz: Greiner & Reichel, Köln
Druck und Bindung: GGP Media GmbH, Pößneck
Printed in Germany
ISBN 978-3-03882-041-3

www.atrium-verlag.com
www.facebook.com/atriumverlag
www.instagram.com/atriumverlag

Ja, wir lieben dieses Land,
wie es aufsteigt,
zerfurcht und verwittert aus dem Wasser,
mit den tausend Heimen.

Norwegische Nationalhymne, Bjørnstjerne Bjørnson

Es ist ein Paradoxon, dass die größte Stärke der liberalen Demokratie auch deren größte Schwäche ist: die Toleranz denen gegenüber, die sie zerstören wollen.

Bård Larsen: *Demokrati i trøbbel,* Civita, 2019

Früher mussten wir Politiker büßen, wenn wir einen Fehler gemacht hatten. Heute ernten wir Hetze, Verachtung und Hass, wenn wir das Richtige tun.

Justizminister Tryggve Mejer, *Ein notwendiger Tod*

Herbst 2018

Selma Falck

Jemand ruft.

Es ist sie selbst, aber sie kann kein Wort verstehen. Ihre Augen lassen sich nicht öffnen, und ihr Gehirn ist leer. Es gibt nur schwarze Finsternis, zäh oder vielleicht eher weich, wie lose aneinandergepackte Watte. Watte ist ein Wort, an das sie sich erinnert.

Sie sucht darin nach ihrem eigenen Namen. Danach, wer sie ist und wo sie sich befindet. Sekunden vergehen, Minuten, unmöglich zu wissen, wie viele, sie spürt nur, dass Zeit an sich existiert. Die Zeit vergeht. Die Zeit vergeht, und sie friert, obwohl sie das Knistern eines Feuers erkennt.

Noch immer herrscht Dunkelheit. Sie dreht den Kopf, und durch ihre Augenlider nimmt sie etwas rötlich Flackerndes wahr. Etwas brennt, und sie kann es jetzt riechen, es riecht nach brennendem Kienholz.

Panik bricht über sie herein.

Panik schießt aus ihrem Magen nach oben. Adrenalin wird durch ihren Körper gepumpt, ihr Hals brennt, und sie kann um keinen Preis die Augen öffnen.

»Selma«, weiß sie plötzlich wieder. »Ich bin Selma Falck.«

Frühjahr 2018

Das Treffen

»Es ist an der Zeit! Es ist unsere Pflicht!« Tryggve Mejer riss das Wort an sich. Er fuhr sich mit beiden Händen durch die Haare und schlug danach mit den Handflächen auf den Tisch. Der Aufprall klang allerdings schwach, als ob der Mann seinen Ausbruch in letzter Sekunde bereut hätte.

»Nein«, sagte eine hohe Stimme. »Noch nicht. Vermutlich nie.« Der Greis saß am Tischende. Er wog nur noch halb so viel wie während des Krieges. Bald würde er ein ganzes Jahrhundert auf der Erde hinter sich gebracht haben, und seine Stimme war fast nicht zu hören, als er sich räusperte und dann weitersprach: »Das ist nicht das, was wir uns vorgenommen hatten. Das ist nicht unser Kampf.«

Die anderen in der Tischrunde, drei Männer und eine Frau, sagten nichts.

Schwere, staubige Stille.

Der Greis legte die Hände auf das Kästchen, das vor ihm stand. Seine Finger waren dünn, und die gelben Fingernägel kratzten über das Holz, als er den Behälter endlich an sich zog und ihn mit einem fast unhörbaren Seufzer auf seine Knie stellte. Das Kästchen aus Zedernholz war kaum größer als ein Schuhkarton, und alle Anwesenden wussten ungefähr, was es enthielt. Es wog nicht viel. Dennoch verzog sich das runzlige Gesicht zu einer Grimasse, als wäre die Kraftanstrengung zu groß. Der Mann hob den Blick wieder und ließ ihn um den Tisch wandern.

Früher einmal waren seine Augen himmelblau gewesen. Nun war das rechte vom Star zerfressen, der ganze Augapfel war trübe. Auch die Farbe der linken Iris war mit den Jahren verblasst, als ob das Blau einfach aufgebraucht gewesen wäre. Dennoch lag noch immer Kraft in diesem Blick. Der Mann wusste sehr gut, dass er hier die Entscheidungen traf. Solange er noch die Kraft der Gedanken besaß, konnte er den Menschen an dem blank polierten Tisch Befehle erteilen. Und diese Kraft besaß er.

Ellev Trasop hieß der Mann, und er war am 11. November 1918 geboren.

Der kleine Junge hatte sich mit dem Frieden eingestellt. Während er sich gegen fünf Uhr morgens im Rikshospital in Norwegen in die Welt hinauskämpfte, wurde in einem Eisenbahnwagen in der französischen Stadt Compiègne der Waffenstillstand unterzeichnet. Etwas über sechs Stunden später, am elften Elften, elf Minuten nach elf, war der bisher schrecklichste Krieg der Geschichte zu Ende.

»Frieden«, sagte Ellev leise. »Wir wollen den Frieden beschützen.«

»Frieden«, wiederholte Tryggve und nickte. »Genau. Frieden, Freiheit und Demokratie. Die sollen wir sichern.« Er packte die Tischplatte mit beiden Händen. »Siehst du nicht, was hier vor sich geht, Ellev? Begreifst du nicht, dass der Respekt vor allem, was die eigentliche Grundlage bildet für …«

»Das Treffen ist beendet«, fiel der Alte ihm ins Wort. »Der Entschluss steht fest. Du bist Justizminister, Tryggve. Gerade du müsstest doch wissen, an welche Regeln wir gebunden sind. Es war nicht diese Bedrohung, die wir bezwingen sollten. Nicht … das alles hier. Was nur …« Die Hand winkte den Rest des Satzes weg. Dieses Signal veranlasste die bisher fast unsichtbare und in Schwarz gekleidete Frau an der Tür, lautlos zu ihm zu gehen. Mit geübten Handgriffen löste sie die Bremsen an seinem Rollstuhl und schob das Kästchen höher auf Ellevs Schoß.

»Ihr hört vor dem Sommer von mir«, murmelte er, als er auf die Flügeltüren zu dem verhassten Schlafzimmer zugeschoben wurde, in dem er immer mehr Zeit verbringen musste. »Wenn ich dann noch lebe.«

Er wusste, dass niemand den letzten Satz gehört hatte.

Mina Mejer Selmer

»So kannst du einfach nicht weitermachen.«

Papa stand in der Tür. Mina schaute auf. Er sah erschöpft aus, fuhr sich mit einer Geste der Resignation durch die Haare, genau wie in den Momenten, in denen Mama sich besonders ungerecht aufführte.

»Ich kann sehr gut verstehen, dass das alles schwer für dich ist«, sagte er.

Mina gab keine Antwort.

»Ingeborg war krank, mein Schatz. Sehr krank.«

»Sie war genauso alt wie ich, Papa.«

Der Vater verschränkte die Arme und lehnte die Schulter an den Türrahmen. Er hatte zugenommen, das sah sie jetzt. Der Bauch hing ihm über den zu fest angezogenen Gürtel. Das Gesicht war bleich, obwohl sie seit fast zwei Wochen wunderschönes Sommerwetter hatten.

Im Büro bekam er allerdings nicht viel Sonne ab. Und auch nicht in den schwarzen Autos. Oder im Parlament oder im Flugzeug oder auf den Sitzungen. Oder im Bett, in das er in der Regel fiel, lange ehe sie daran dachte, schlafen zu gehen.

»Auch junge Leute werden krank«, sagte er leise. »Sogar kleine Kinder bekommen Krebs und sterben. Unfälle passieren. So ist das Leben. Leider.«

Mina fuhr mit dem Daumen über das Display ihres Smartphones.

»Sie hatte keinen Krebs«, murmelte sie.

»Nein.«

»Vor einem Jahr war Ingeborg gesund.«

»Ja. Und dann wurde sie krank. Das kommt vor.«

»Sie wurde zu Tode gemobbt.«

Er kniff die Augen zusammen.

»Jetzt bist du melodramatisch.«

»Davon hast du keine Ahnung.«

»Doch. Die Polizei hat die Sache untersucht, und Ingeborg hatte nicht mehr zu erdulden als leider auch alle anderen Jugendlichen hierzulande ...«

»Aber Ingeborg konnte das alles eben nicht ertragen«, unterbrach sie ihn. »Hast *du* sie gekannt, oder was? Musstest *du* sie trösten?«

»Ja, ich habe Ingeborg gekannt. Nicht so gut wie du, natürlich, aber sie war deine allerbeste Freundin. Natürlich habe ich sie gekannt. Es ist schrecklich traurig, dass sie gestorben ist, aber die Beisetzung ist jetzt sechs Wochen her, und du musst irgendwie ...«

»Darüber hinwegkommen? Meinst du das, dass ich über Ingeborg hinwegkommen muss?« Sie würde nicht weinen. Nein, das würde sie nicht. Sie senkte den Kopf und fuhr sich mit der Hand über die Augen, blitzschnell, eine magische Beschwörung, um die Tränen zurückzudrängen. Sie zwang sich zu einem Lächeln und schaute wieder auf.

Papa sah müde aus. Noch mehr als vor wenigen Minuten, als er zur Tür hereingekommen war.

Er deutete ein Nicken in Richtung Wohnzimmer an.

»Lust auf ein Spiel? Schach? Karten?«

Mina schüttelte den Kopf und legte den Daumen auf das Telefon.

»Tryggve Mejer ist ein Landesverräter«, las sie vor. »Er kommt als Erster an die Reihe, wenn das VOLK ...« Sie schaute auf. »Die schreiben Volk jetzt mit Großbuchstaben. Als wäre das ihr Privatbesitz oder so was.«

»Hör doch auf«, sagte er und machte einen Schritt ins Zimmer. »Du musst damit aufhören. Leg das weg.«

Sie warf das Handy auf die Bettdecke. Er kam näher und setzte sich zu ihr aufs Bett. Mina zog die Füße hoch und schlang die Arme um die Knie. Der Vater roch nach Abend. Nach dem Stress eines ganzen Tages und ein bisschen nach dem Gel, das er sich jeden Morgen in die Haare knetete und das im Laufe des Arbeitstages ein wenig ranzig wurde.

»Du bist sechzehn Jahre alt«, sagte er. »Kümmer dich nicht um solche Schmierereien.«

»Die drohen, dich umzubringen.«

»Geh nicht auf solche Websites. Scheiß drauf. Die bellen mehr, als dass sie beißen. Viel mehr. Helden an der Tastatur sind das, kleinlaute Feiglinge, wenn sie mit ihrer Schweinerei konfrontiert werden.«

»Jeden Tag, Papa. Überall. Die ganze Zeit. Und nicht nur ...«

Nein.

Papa durfte das nicht wissen. Er brauchte wirklich nicht mehr zu wissen. Papa war vierunddreißig Jahre älter als sie, aber ab und zu hatte sie trotzdem das Gefühl, auf ihn aufpassen zu müssen, im Grunde die Einzige zu sein, die auf ihn aufpassen konnte.

»Das ist nur ein Übergang«, sagte er leise. »Die Menschheit muss sich an das Internet gewöhnen. Deine Generation wird das schaffen. Ihr seid doch mit all diesen Möglichkeiten aufgewachsen.« Sein Blick wanderte vom MacBook auf dem Schreibtisch zum iPad auf dem Nachttisch. Er blieb am Smartphone hängen. »Ich verlasse mich auf dich und auf Leute wie dich«, sagte er ruhig und legte ihr die Hand auf den Rücken. »Ihr werdet lernen, Grenzen zu setzen, Normen zu installieren. Irgendwann wird es akzeptable Regeln geben.«

Mina gab keine Antwort.

»Komm«, flüsterte er und fasste sie um den Nacken. »Wir machen etwas Lustiges. Und dann gehen wir schlafen. Wir müssen früh raus.«

»Ich nicht«, sagte Mina.

»Kommst du nicht mit? Am 17. Mai? Ich muss doch die Rede halten, wenn …«

Mina hob das Gesicht. Sah ihn an. Lange und schweigend. Wenn sie nicht aufhörte, wenn ihr Blick fest blieb, würde er nachgeben. So wie immer. Wie sie ihn immer, aus einem Grund, den sie bisher nicht verstanden hatte, mit einem langen Blick dazu bringen konnte, zu nicken und zu gehen.

Papa nickte und ging.

Herbst

Der Brand

Selma Falck erinnerte sich an ihren Namen. Ihre Augen ließen sich noch immer nicht öffnen.

Der Brandgeruch war jetzt schärfer.

Noch immer fror sie, aber irgendwie nur auf der einen Seite. Sie versuchte, sich dahin zu drehen, woher die Wärme kam. Sie hatte Schmerzen am ganzen Körper und überlegte sich die Sache anders. Zuerst musste sie etwas sehen können.

Ihre Augen mussten sich öffnen, aber das wollten sie nicht.

Sie reckte sich, so weit sie konnte, und hob den rechten Arm. Das ging. Dann führte sie die Hand an das eine Auge und drückte es mit Daumen und Zeigefinger auf. Es war geschwollen und tat weh, ließ sich aber offen halten. Sie wiederholte das Manöver bei dem anderen Auge. Starrte nach oben. Die Decke war aus unbehandeltem Fichtenholz. Alt und gelb, mit einem flackernden roten Lichtschein, der sicher aus einem Kamin stammte. Langsam setzte sie sich auf, während sie zugleich herauszufinden versuchte, ob diese vielfältigen Schmerzen von einer ernsthaften Verletzung stammten. Ob sie sich etwas gebrochen oder sich verbrannt hatte. Der Rauch aus dem Kamin stach immer heftiger in ihrer Nase. Sie saß aufrecht da, als sie endlich den Kopf drehen konnte. Ihr Körper hatte keine schwerwiegenden Verletzungen. Sie fühlte sich einfach nur wie gerädert, steif und wund wie nach einem ewig langen Handballspiel in der Hölle, und sie konnte nicht begreifen, wieso sie nackt war.

Was da brannte, war kein Kaminfeuer.

Es war die gesamte eine Wand.

Sie saß in einer spartanisch eingerichteten Hütte, in einem Wohnzimmer, das knapp zwanzig Quadratmeter groß war. Die Möbel konnten seit den Sechzigerjahren nicht erneuert worden sein. Überall Kiefernholz und verschlissene Polster mit Schottenmuster. An den Fenstern gab es aus irgendeinem Grund keine Vorhänge. Dahinter war es stockdunkel. Die Flammen züngelten nur drei Meter von ihr entfernt an der Wand hoch, und sie kam schneller auf die Beine, als die Schmerzen das eigentlich erlaubt hätten. Sie stöhnte, als sie aufrecht stand, schwankend und unsicher, während sie versuchte, ihr Gehirn zum Arbeiten zu bewegen und zu begreifen, wo sie war.

Warum sie dort war.

Das musste warten.

Mitten in der brennenden Wand befand sich ein tiefer, offener Kamin. Das Feuer darin war zu einem Haufen aus rot glühender Kohle heruntergebrannt. Die Kohle lag nicht hinten an der Wand vor der schmiedeeisernen Platte, wie es sich gehörte. Der ganze Kamin war damit gefüllt. Ein breiter Pfad aus brennenden Holzscheiten war vom Kamin aus an den Wänden entlang gelegt worden. Die Flammen hatten die Wandtäfelung erfasst und züngelten schon in zwei Meter Höhe an den Brettern. Als Selma den Blick hob, sah sie, dass es nur eine Frage von Sekunden war, bis das Dach ebenfalls brennen würde. Ein scharfer Schmerz jagte ihre Oberschenkel hoch und weiter in ihr Kreuz, als Selma einige Schritte rückwärts machte.

Feuerlöscher, dachte sie.

Sie schleppte sich auf die einzige Tür im Raum zu. Die war geschlossen, aber nicht versperrt und führte in einen langen, schmalen Gang. Es roch nach Alter und Staub, und sie musste sich im Nebenzimmer mit dem Licht des Feuerscheins behelfen.

Es gab keinen Lichtschalter. Eine Petroleumlampe mit Glaskolben hing ganz am Ende des Ganges an der Decke über etwas, das sie für eine Tür nach draußen hielt.

Die Hütte hatte keinen Strom.

Feuerlöscher, fiel ihr jetzt wieder ein, und es durchfuhr sie ein Schreck, als ihr klar wurde, dass stromlose Hütten meistens auch kein fließend Wasser hatten.

Selma konnte sich nicht erinnern, welcher Tag heute war.

Nicht einmal, welche Jahreszeit.

In der linken Längswand gab es zwei kleine Türen. Sie öffnete die erste.

Die Küche. Winzig, mit einer Bank, zwei Schränken und einer Waschschüssel auf einem Hocker. Neben der Tür stand ein schwarzer Holzofen.

Kalt.

Kein Feuerlöscher zu sehen.

Das Feuer knurrte jetzt. Das Geräusch wurde immer lauter. Sie lief aus der uralten Küche und riss die nächste Tür auf. Diese Kammer war ein wenig größer. Ein Etagenbett nahm fast den ganzen Platz ein. Das untere Bett war gemacht, das glaubte Selma trotz der durchdringenden Dunkelheit erkennen zu können. Die obere Matratze war nicht bezogen. Hinter der Tür stand ein Schrank. Der war leer, das merkte sie, als sie die Tür öffnete und die Hand in die schwarze Finsternis streckte.

Das Feuer toste im Wohnzimmer.

Selma würde keinen Feuerlöscher finden, das war ihr jetzt klar. Aus einem Impuls heraus schnappte sie sich die Bettdecke und lief damit zurück zu den Flammen.

Die Wohnzimmerdecke hatte Feuer gefangen, die anderen Wände ebenfalls. Aus der Polsterung eines Zweisitzersofas, das nicht weit vom Kamin entfernt stand, quoll schwarzer, stechender Rauch.

Es war zu spät. Der Brand würde sich nicht löschen lassen,

schon gar nicht mit einer Bettdecke. Sie musste weg hier. Gerade als sie das beschlossen hatte, fiel ihr Blick auf die Tasche, ihre knallgelbe Duffle Bag von der Marke North Face. Sie hatte jedenfalls so eine. Ihre Kleider waren darübergeworfen, das sah sie jetzt. Sie hielt die Decke vor sich und ging auf die Flammen zu, schaffte aber nur zwei Schritte, dann stürzte die Wand ein. Glut und Hitze schlugen ihr entgegen. Aus einem Reflex heraus schleuderte sie die Decke von sich, nach vorn, zum Schutz vor der Hitze, die jetzt so heftig war, dass sie, ohne nachzudenken, zum Gang hinübertaumelte. Bei der Tür drehte sie sich ein letztes Mal um.

Ihre Kleider brannten. Ihre Tasche brannte.

Die ganze Hütte würde bald in Flammen stehen, und sie war noch immer nackt.

Sie konnte sich nicht erinnern, in der Küche etwas Brauchbares gesehen zu haben, und sie hatte keine Zeit, um dort genauer nachzusehen. Sie riss ein Laken aus dem Schlafzimmer an sich, dann packte sie die Klinke der Haustür. Diese Klinke war schwerer als die anderen, und sie war aus noch immer kaltem Messing.

Die Tür bewegte sich nicht.

Mehrere Male rüttelte sie wütend an dem Metall. Plötzlich ging die Tür doch auf, offenbar war sie doch nicht abgeschlossen gewesen.

Selma war draußen.

Sie keuchte heftig, als sie die Füße in ein Paar riesige Gummistiefel steckte, die auf der Steintreppe standen, und dann von der brennenden Hütte weglief.

In sicherer Entfernung drehte sie sich um.

Die kleine Hütte würde bald komplett in Flammen stehen.

Es war eiskalt, und es war Nacht, Abend oder sehr früher Morgen. Der Halbmond, der hinter den über den Himmel treibenden Wolken immer nur kurz zu sehen war, zeigte ihr, dass sie ganz allein war.

Um sie herum zog sich die Hochebene bis zum Horizont hin.

Sie befand sich hoch über der Baumgrenze, vielleicht war sie nicht einmal in Norwegen.

Kein Licht von anderen Hütten war zu sehen. Kein heller Schein, der von Häusern in der Ferne stammte. Grauschwarzer Himmel, ab und zu ein Stern, Felskuppen, Steinbrocken und Heidekraut.

Ihr tat alles weh.

Beine und Rücken, Bauch, Arme und Hände. Und sie fror. Als sie versuchte, sich in das Laken zu wickeln, und dabei die Finger in ihre verfilzten Haare gerieten, spürte sie, dass ihre Kopfhaut aufgescheuert und wund war. Selma klapperte mit den Zähnen und näherte sich wieder dem Feuer, um sich zumindest ein wenig Wärme zu holen. Noch immer hatte sie keine Ahnung, wo sie war. Doch ihre Gedanken wirbelten nicht durcheinander, in ihrem Kopf war es ganz einfach nur dunkel und leer.

»Selma Falck«, flüsterte sie wieder und wieder, bei jedem Schritt, den sie in dem gefrorenen Heidekraut machte. »Ich bin Selma Falck.«

Sie stolperte weiter, ein wenig schräg nach vorn, und blieb abrupt stehen, als die Flammen durch das Grasdach schlugen. Ein heftiger Funkenregen ließ für einen Moment alles um sie herum heller werden.

Und dann sah sie es.

Das Auto.

Selmas roter Volvo Amazon 123 GT, Baujahr 1966, stand dicht neben der einen noch vorhandenen Längswand der Hütte. Bei diesem Anblick erstarrte sie. Ruß und brennende Holzspäne rieselten vom Himmel herab, und ihr war klar, dass ihr Wagen jeden Augenblick Feuer fangen könnte.

Sie war offenbar selbst an diesen gottverlassenen Ort gefahren.

Der Wagen war da, er hatte es ins Hochgebirge geschafft, dann würde sie ja wohl auch auf eigene Faust nach Hause kommen.

Selma lief los. Das Laken glitt ihr vom Leib, sie stürzte davon, splitternackt, bis auf ein Paar viel zu großer, uralter Stiefel. Sie stolperte erneut, streifte die Stiefel ab, lief weiter. Noch ein Dröhnen, eine kleine Explosion, und das restliche Dach stürzte ein.

Selma rannte weiter. Sie musste den Wagen retten.

Denn wenn sie den Wagen nicht rettete, würde das aller Voraussicht nach ihr Tod sein.

Frühjahr

Das Kästchen

Es war Mitte Mai und Hochsommer.

Noch immer waren es nachts nur acht bis zehn Grad, aber auch an diesem Tag war das Thermometer gegen Mittag auf über zwanzig Grad geklettert. Vom Wohnzimmer der alten Villa im Ternevei in Hasle konnte Tryggve Mejer den Oslofjord glitzern sehen, hinter einer Stadt, die sich am Tag nach einem gelungenen, erschöpfenden Nationalfeiertag nun ausruhte. Das Rauschen des Verkehrs auf dem Grensevei, normalerweise sogar bei geschlossenen Fenstern konstant und deutlich zu hören, war gedämpft, fast nicht vorhanden. Nur ab und zu polterte ein LKW vorbei und ließ das Kristall des Kronleuchters klirren. Es war ein Brückentag. Ein freier Tag für alle, die kühn genug waren.

Tryggve hatte die Hände im Rücken verschränkt. Er stand breitbeinig da und schaute aus zusammengekniffenen Augen in das scharfe Licht. Auf der Einfahrt hatte sich der Chauffeur des schwarzen Wagens in den Schatten einer großen Kastanie gestellt. Er griff sich in die Jackentasche, wo er, wie Tryggve wusste, eine Packung Zigaretten versteckt hatte. Als er aufblickte und den Justizminister sah, grinste er, klopfte sich auf die Tasche und verzichtete.

»War es eine schöne Feier?«, fragte eine krächzende Stimme aus dem Rollstuhl. »Möchtest du einen Kaffee?«

Tryggve drehte sich um.

Lächelte.

»Nein danke. Aber gern ein Glas Mineralwasser. Und ja. Es war eine schöne Feier. Abgesehen davon, dass Mina in dem Alter ist, in dem …«

Er zuckte kurz mit den Schultern, ging zu den mitternachtsblauen Sesseln der Sitzecke und ließ sich dort nieder. Ellev Trasop winkte seiner Pflegerin und wurde sofort hinübergeschoben. Ein weiterer Wink mit der mageren Hand, und sie verschwand ebenso lautlos wie immer. Tryggve Mejer goss sich Mineralwasser aus einer Flasche auf dem Tisch in ein Kristallglas, dann schaute er den alten Mann fragend an.

»Ja, gern, danke. Sie ist jetzt sechzehn? Mina?«

»Bald siebzehn. Und eingeschworene Antinationalistin. Die Feiern zum Jubiläum unseres Grundgesetzes widern sie jetzt an. Zum ersten Mal, seit sie zwei Jahre alt war, hat sie am Nationalfeiertag keine Tracht getragen.«

Das Sonnenlicht zeichnete scharfe geometrische Figuren in Weiß vor die dunkle Einrichtung. Tryggve musterte den Alten aus zusammengekniffenen Augen. Der saß mitten in der Lichtflut, und ohne zu fragen, sprang der Justizminister auf und ging zurück zu dem großen Sprossenfenster. Die Vorhänge waren schwer, der Stoff fühlte sich fast fettig an, als er sie zuzog. Das Zimmer lag jetzt im Halbdunkel da, was um einiges angenehmer war.

»Danke«, sagte Ellev Trasop und seufzte. »Dieses Pflegepersonal besteht auf Licht und Luft. Durchzug, so nenne ich diese ganze Lüfterei. Vor Durchzug soll man sich bekanntlich hüten. Und das Sonnenlicht ruiniert mir außerdem das bisschen Sehkraft, das mir noch geblieben ist.«

Eine zitternde Hand strich über die Nase, wo ein kleiner Tropfen zu fallen drohte, seit Tryggve gekommen war.

»Politisches Engagement bei jungen Leuten sollte fast immer unterstützt werden«, sagte er. »Egal wie. Ist sie noch immer so ambitioniert?«

»Wenn du mit ambitioniert gut in der Schule meinst, dann ja. Sie hat jetzt schon länger Leistungskurse in Englisch und Mathematik belegt. Sie hat ihr Handball, wenn auch nicht auf sonderlich hohem Niveau. Donnerstags tanzt sie. Außerdem hilft sie am Wochenende in einem Restaurant aus. Ich begreife nicht, wie sie Zeit für alles findet. Aber so ist es ja in dem Alter. Da will man nichts versäumen.«

»Und die Politik? Noch immer so engagiert bei den Jungen Sozialdemokraten?«

Tryggve gab keine Antwort.

»Wie war denn dein 17. Mai?«, fragte er stattdessen.

»Berit hat vorbeigeschaut.«

»Der Major?«

»Ja. Ein richtig tolles Mädel, unsere Berit. Richtig tolles Mädel.«

»Sie ist älter als ich. Und sonst? Was hast du gemacht?«

»Ich bin zu alt zum Feiern. Zum Leben, eigentlich.«

Ellev seufzte und wurde in seinem Rollstuhl noch kleiner. Seine Schultern waren so schmal und spitz, dass es keine Kleidung mehr gab, die richtig saß. Jedenfalls nicht solche wie die, auf der er bestand. Er verlangte kreideweiße Hemden mit gesteiftem Kragen unter dunkelblauem Blazer, wenn er Sitzungen besuchte oder aus anderen Anlässen Menschen begegnete, und blau karierte Flanellhemden für zu Hause. Beides ließ ihn aussehen wie eine alte Vogelscheuche. Ellev Trasop war ordentlich angezogen und wurde allem Anschein nach hervorragend betreut, aber er roch trotzdem nicht gut. Das lag nicht allein an seinem unfrischen Atem. Es wirkte, als habe er schon angefangen, von innen her abzusterben. Ein schwacher Verwesungsgeruch schien durch die gelbe, großporige Haut zu sickern.

»Ich werde sterben«, sagte er und seufzte.

»Das werden wir alle.«

»Spiel dich hier nicht auf.«

»So war das nicht gemeint.«

»Das bedeutet, dass du übernimmst. Und dass du mir etwas versprechen musst.«

Tryggve atmete tief durch den Mund ein und durch die Nase langsam wieder aus.

»Wir haben das doch schon besprochen«, sagte er schließlich. »Schon längst.«

»Nein. Nicht so ganz. Du kannst diese …«, seine schmale Klaue fuchtelte in der Luft herum, »… diese Operation, dieses *Zerfurcht/Verwittert* nicht starten. Das kannst du nicht.«

Tryggve musterte den Alten und sagte: »Wir leben in einer gefährlichen Zeit.«

Ellev schaute auf. »Das weiß ich«, sagte er.

Seine Augen waren beängstigend. Tryggve versuchte immer, den Blick auf das Auge zu richten, das noch etwas sah. Es war jetzt so farblos, dass der alte Mann vor allem an eine römische Marmorstatue erinnerte, mit blinden Augen und ohne Iris.

»Wir sind jedoch eine liberale Demokratie«, sagte nun Ellev. »Was ein Paradoxon bedeutet. Es ist ein Paradoxon, dass die größte Stärke der liberalen Demokratie auch deren größte Schwäche ist: die Toleranz denen gegenüber, die sie zerstören wollen.«

»Genau. Ein Paradoxon. Ein Dilemma. Das wir bald lösen müssen.«

»Wenn wir es lösen, hören wir auf zu existieren.«

»Wenn wir es nicht lösen, gehen wir zugrunde.«

»Nein!« Ellevs Stimme schlug in ein heiseres Falsett um. Er fing an zu husten und griff nach seinem Wasserglas, trank langsam und lange. Dann stellte er das Glas mit immer heftiger zitternden Händen zurück auf den Couchtisch. »Ich sterbe bald«, sagte er noch einmal. »Vermutlich schon in den nächsten Tagen. Deshalb hab ich dich hergebeten.«

In einem anderen Zimmer schlug eine Uhr dreimal. Tryggve verspürte plötzlich eine unangenehme Übelkeit. Ein Lilienstrauß in einer großen Vase am Fenster roch drückend nach Süße und altem Blumenwasser. Er schluckte und öffnete den Mund, um etwas zu sagen.

»Mit anderen Worten, du musst die Schatulle übernehmen«, kam ihm der Alte zuvor. »Und alles, was dazugehört.«

»Aber … du …«

»Ich meine, es wäre eigentlich besser, wenn Berit sie übernähme. Viel besser. Berit ist eine ehemalige Berufssoldatin und zeigt ein besseres Urteilsvermögen als du.«

»Besseres Urteilsvermögen? Was weißt du über …«

»Ich weiß alles, was sich zu wissen lohnt«, fiel ihm der Alte überraschend scharf ins Wort. »Aber Berit die Schatulle zu geben würde einen Pakt zwischen deinem Vater und mir brechen. Das kann ich nicht. Die Schatulle steht da hinten. Hol sie, bitte.«

Tryggve sah zu einem dunklen Buffet aus massiver Eiche hinüber. Der kleine Kasten aus Zedernholz stand auf der einen Seite. Tryggve blieb sitzen.

»Das war die Abmachung«, sagte Ellev, nun ein wenig sanfter gestimmt. »Das hast du noch vor seinem Tod erfahren.«

Das stimmte. Tryggve Mejer war fünfzig Jahre alt, und in den letzten zwanzig Jahren seines Lebens hatte er gewusst, dass er zu irgendeinem Zeitpunkt diese Verantwortung übernehmen müsste. Es war eine Gewissheit, die er mit drei anderen Männern und einer Frau teilte.

Mit sonst niemandem.

Sein ganzes Erwachsenenleben hindurch jonglierte er nun schon in genau derselben Weise wie sein eigener Vater mit den Rollen als Politiker und Anwalt, Vater, Ehemann und Hüter von nationalen Geheimnissen. Sein Leben war in Kammern eingeteilt. Einige davon gingen ineinander über. Viele waren licht und leicht begehbar, andere lagen verschlossen und verriegelt in einer Ecke seiner Seele. Über vieles konnte er reden, anderes konnte er nur mit wenigen teilen. Einzelne Geheimnisse gehörten ihm und nur ihm allein.

Wie das Geheimnis, dass er sich seit einem halben Jahr darauf gefreut hatte, dass Ellev Trasop sterben würde.

»Bist du krank?«, fragte er.

Das heisere Lachen schlug in einen kraftlosen Hustenanfall um.

»Ich bin seit meinem Achtzigsten krank«, sagte Ellev, als er wieder zu Atem gekommen war. »Aber ja, jetzt bin ich kränker.« Seine Hand klopfte vorsichtig auf seinen Brustkasten. »Das Herz. Es will nicht mehr. Ich auch nicht, eigentlich. Du weißt, als meine Altersgenossen anfingen, um mich herum zu sterben, war das traurig. Als die Reihe an ihre Kinder kam, berührte mich das noch stärker. Ich will lieber nicht mehr da sein, wenn auch ihre Enkel sterben. Hol jetzt die Schatulle, bitte.«

Tryggve erhob sich.

Er wäre fast über den dicken Teppich gestolpert, konnte sich aber noch fangen. Er stand eine Weile vor dem Buffet und starrte das Kästchen an, als ob er es noch nie im geschlossenen Zustand gesehen hätte.

Das war aber auch nicht nötig. Er kannte den Inhalt. Er existierte seit 1948. Die Schatulle war ab und zu geöffnet worden, auch von seinem eigenen Vater. Sicher war einiges entnommen worden, anderes hinzugefügt, von einer ununterbrochenen Reihe von Männern, von denen alle, bis auf Ellev Trasop, tot waren.

»Bring sie her«, hörte er Ellev hinter sich.

Er trug das Kästchen mit beiden Händen und stellte es vor Ellev hin. Der Alte streckte die Hand aus. Tryggve sah einen kleinen Schlüssel und wollte danach greifen. Ellev schloss die Finger darum.

»Du musst mir versprechen, es nicht zu tun.«

»Ich kann versprechen, nichts zu überstürzen, nichts zu tun, was nicht im Mandat enthalten ist.«

»Unsere Gemeinschaft ist nicht deswegen gegründet worden, Tryggve.«

»Doch. Wir wurden eingesetzt, um die Demokratie zu beschützen.«

»Nach einer möglichen Okkupation.«

»In gewisser Hinsicht ist das bereits eine.«

»Ist es nicht.«

Tryggve Mejer nahm gelassen die Hand des Alten. Er zwang die Finger auseinander, sie leisteten fast keinen Widerstand. Er nahm vorsichtig den Schlüssel. Der war klein und unscheinbar, fast wie der Schlüssel zu einem Tagebuch, wie Mädchen es in seiner Jugend gehabt hatten. Er stand auf und steckte ihn in die Tasche.

»Wir führen Krieg gegen die Lügen«, sagte er. »Gegen Bosheit, Unwissenheit, Ungerechtigkeit, Hetze und Hass. Und wir sind dabei, zu verlieren. Eine lebendige Demokratie setzt nicht nur eine freie Debatte voraus. Jemand muss auch bereit sein, diese zu führen.«

Der Alte atmete flach und beschwerlich.

»Immer mehr schrecken davor zurück«, sagte Tryggve. »Lokal. Regional. Und in jedem Fall auf landesweiter Ebene. Nimm zum Beispiel Elisabeth Bakke. Noch keine vierzig. Ihr Leben lang politisch engagiert. Früher Vorsitzende der Jungen Konservativen. Sie war noch keine dreißig, als sie ins Parlament gewählt wurde. Absolut eine potenzielle zukünftige Vorsitzende für die Mutterpartei. Unglaublich ambitioniert. Sie hatte nur einen Fehler, Ellev. Nur einen. Sie hat über Zuwanderung so gesprochen, wie ich das tue. Als ob die Zuwanderer Menschen wären. Als ob sie etwas bedeuteten. Sie steht nicht für etwas Revolutionäres, nicht für etwas ...«, er fuhr sich hastig mit der Hand durch die Haare und stützte dann die Handflächen auf den Tisch, »... nicht einmal für etwas Radikales. Sie ist genauso realistisch wie ich und weiß, dass wir Grenzen setzen müssen. Im wahrsten Sinne des Wortes. Es geht nur um Rhetorik. Um Anstand.«

»Sie ist aus familiären Gründen zurückgetreten«, sagte der Alte. »Das ist weiterhin erlaubt.«

»Sie ist zurückgetreten, weil sie es nicht mehr aushalten konnte«, sagte Tryggve, der jetzt lauter geworden war. »Sie konnte die Kommentare nicht mehr ertragen. Den Hass. Die sozialen Medien. Elisabeth hat die Politik aufgegeben, weil sie ganz einfach nicht mehr wollte. Und sie ist nicht die Einzige, Ellev. Sie ist leider nicht die Einzige. Und auch nicht die Einzige, die nicht mehr in die Politik will. Im nächsten Jahr sind Kommunalwahlen. Und da werden nicht mehr die Besten antreten.« Er sprang auf. Diesmal fuhr er sich mit beiden Händen durch seinen üppigen Schopf. »Aber wir können nicht auf die Besten verzichten«, seufzte er. »Eine Demokratie braucht ihre fähigsten Frauen und Männer. Das Leben als Politiker bringt immer Belastungen mit sich. So muss es auch sein. Man wird unter die Lupe genommen, hat mein Vater zu mir gesagt, als ich damals angefangen habe. Das ist in Ordnung. Man ist für jede kleinste Handlung verantwortlich. Innerhalb der Partei und draußen. Das war damals auch in Ordnung. Heute dagegen …«, er zögerte für einen Moment, schüttelte den Kopf und holte Luft, ehe er weitersprach: »Heutzutage ist es so, dass wirkliche Vergehen kaum Konsequenzen nach sich ziehen. Es gibt einen Klaps auf die Finger und zwei Wochen Sturm in den Medien, dann heißt es *back to normal*. Die unter uns, die noch immer versuchen, für etwas einzustehen, an etwas zu glauben, nach irgendeinem Prinzip zu leben, müssen durch einen Sumpf aus Beleidigungen und Hass waten. Wir verlieren die Besten, Ellev, und das ist gefährlich.« Er steckte die Hände in die Taschen und positionierte sich so, dass Ellev ihn ansehen musste. »Früher mussten wir Politiker büßen, wenn wir einen Fehler gemacht hatten«, sagte er. »Heute ernten wir Hetze, Verachtung und Hass, wenn wir das Richtige tun.«

Es klopfte an der Tür. Ohne auf Antwort zu warten, kam die kleine schwarz gekleidete Frau mit einem Tablett herein.

»Tee«, sagte sie kurz und unnötig, ehe sie zwei Tassen, eine Zuckerschale und eine Teekanne auf den Couchtisch stellte.

Die beiden Männer schwiegen, bis sie mit dem Tablett wieder verschwunden war.

»Mina ist bei den Jungen Sozialdemokraten ausgetreten.«

»Was?«

Der Alte wirkte für einen Moment verblüfft. Dann beugte er sich zur Teekanne vor.

»Hier«, sagte Tryggve und kam ihm zuvor. Er füllte eine Tasse, ließ zwei Zuckerstücke hineinfallen und rührte mit einem ziselierten Teelöffel um.

»Wie schade«, murmelte Ellev. »Ich hatte so große Erwartungen in die Kleine. Hätte Ministerpräsidentin werden können, deine Mina.«

Tryggve lächelte zaghaft, zum ersten Mal, seit er gekommen war. »Du hast sie in die Reihen der Sozialdemokraten manipuliert«, sagte er. »Aber damit ist jetzt also Schluss.«

»Warum?«

»Was glaubst du?« Er fischte sein Smartphone aus der Hosentasche.

»Das zerstörte Diskussionsklima, die vielen Schauplätze für Hetze, Hass, Beleidigungen. Ihre beste Freundin hat sich vor einiger Zeit das Leben genommen. Überaus tragisch. Sie war psychisch krank, und wenn ich das richtig verstanden habe, wurde sie nicht schlimmer gemobbt als viele andere. Aber für manche reicht das, Ellev, und es hilft zumindest den Verletzlichsten unter uns nichts, dass …«

Keiner der beiden hatte seinen Tee angerührt. Tryggve hob die Untertasse und bot dem Mann im Rollstuhl den Tee an. Der griff mit beiden Händen zu, die Tasse klirrte, und der Tee schwappte über.

»… dieser Dreck immer weitergehen darf.«

Er warf einen Blick aufs Display und steckte das Telefon wieder in die Tasche. »Hass auf Einzelpersonen. Fake News. Lügen und Verschwörungstheorien. Zwölf Prozent der US-Bevölkerung glauben noch immer, dass Hillary Clinton eine pädophile Mörderbande anführt. Noch immer! Manche glauben … manche glauben, dass die Erde eine Scheibe ist, Ellev!«

»Das war schon immer so.«

»Ja. Aber sie hatten nicht diese Möglichkeiten, ihre Idiotie zu verbreiten. Die Verschwörungstheorien da draußen übertreffen alles Vorstellbare. Sie breiten sich aus wie eine Seuche, mit der tatkräftigen Unterstützung von extremistischen Internetforen, die sich als ›Online-Zeitungen‹ tarnen. Die Kommentarfelder da sind wie …«

»Damit kenne ich mich nicht aus«, fiel Ellev ihm ins Wort und hob erneut mit zitternder Hand die Teetasse.

Nein, dachte Tryggve. Damit kennst du dich nicht aus.

»Eine liberale Demokratie kann so etwas doch überleben«, sagte Ellev und senkte die Tasse. »Meinungen einzuhegen, so verrückt die auch sein mögen, wäre demokratischer Selbstmord. Wir sollen das Land vor den Kommunisten beschützen, Tryggve. Nicht vor den absurden Meinungen der Leute.«

»Die sind nicht absurd. Die sind gefährlich. Lebensgefährlich. Und sie nähern sich einer kritischen Masse. Einer explosiven, ignoranten und äußerst kritischen Masse, die das Land zerstören wird. Oder die westliche Welt überhaupt.«

Die Teetasse wäre fast umgekippt. Tryggve griff vorsichtig danach und stellte sie wieder auf den Tisch.

»Die Russen«, murmelte Ellev. »Wir sollten unser Land vor den Russen beschützen.«

»Eben. Den Russen.«

Der Greis starrte zu ihm hoch. Ein neuer Tropfen hing ihm unter der Nase, und sein Mund zitterte.

»Die Russen arbeiten noch immer daran, andere Länder zu destabilisieren«, sagte Tryggve und hob das Kästchen. »Das haben sie immer schon getan. *Here, there and everywhere.* Sie haben die USA zerstört, vielleicht so weit, dass es nie wiedergutgemacht werden kann. Aber uns dürfen sie nicht zerstören. Jedenfalls nicht, solange ich das verhindern kann.«

Er ging zur Tür und legte die Hand auf die Klinke, ehe er sich umdrehte.

Der Mann im Rollstuhl war sein Patenonkel. Einst war er eine beeindruckende Erscheinung gewesen, ein Mann auf dem Höhepunkt seiner Kraft und seiner Macht. Ellev hatte ihm das Skilaufen und das Radfahren beigebracht. Er war mehr für ihn gewesen als sein Vater, eine bessere Unterstützung, trotz der unterschiedlichen Parteizugehörigkeit.

Jetzt war er nur eine vertrocknete Hülle in einem Rollstuhl.

In dieser Nacht starb Ellev Trasop, nur ein halbes Jahr vor seinem hundertsten Geburtstag.

Herbst

Das Auto

Alles war nur Feuersbrunst.

Die Flammen schlugen über dem Balken zusammen, der den Dachfirst getragen hatte und der noch immer zwischen den Querseiten verlief. Es würde nicht mehr lange dauern, bis auch er zusammenbräche. Die Seitenwände waren längst schon eingestürzt und durch ein gewaltig tosendes Feuer ersetzt worden. Kamin und Schornstein standen schwarz und drohend mitten in allem, umgeben von einem Flammenmeer.

Selma blieb fünf Meter vor dem Auto stehen.

Brennende Teile der Wand waren auf die Motorhaube gefallen. Sogar der schwere Klumpen aus Grassoden, der jetzt das Wagendach fast ganz bedeckte, brannte. Der Rauch wurde ihr beißend und düster entgegengetragen.

Es war aber trotzdem noch möglich, das Auto zu retten.

Doch die Luft war so heiß, dass ihr Körper das Weitergehen verweigerte.

Aber sie musste.

Selma lief weiter vom Brand weg. Mit beiden Fäusten, ohne daran zu denken, wie weh das tat, riss sie vereistes Heidekraut aus dem Boden. Sie rieb sich damit das Gesicht ein, die Brust, die Oberschenkel, den ganzen Leib. Ihr wurde kühler, und sie wurde nass von dem Nachtfrost, der auf ihrer Haut zerstob. Die war schon wieder getrocknet und unerträglich heiß, noch ehe Selma drei Meter weiter gekommen war. Sie holte das Laken, dessen

Stoff feucht war, und sie hielt es vor sich wie einen riesigen Schild, als sie abermals versuchte, sich dem Auto zu nähern.

Noch ehe sie dort angekommen war, fing das Laken Feuer.

Sie wich eilig zurück, stolperte, rutschte aus, stürzte. Die Hitze verfolgte sie, ihre Haut brannte. Ihr Mund tat weh, der Hals ebenfalls. Sie hatte sich offenbar allein durch das Atmen verbrannt. Selma rappelte sich wieder auf. Halbwegs kroch und halbwegs lief sie weiter. Erst hundert Meter von Auto und Hütte entfernt drehte sie sich um und schaute zur Katastrophe hinüber.

Das Auto war von den Flammen verschlungen worden.

Selma hatte keinen Knall gehört, keine dramatische Explosion, wie im Film, wenn das Benzin Feuer fing und der Tank barst. Sie hörte nur Knistern und Knacken, den leisen Aufprall brennenden Holzes. Die Querwand hatte jetzt ebenfalls nachgegeben, und das Auto war nicht mehr zu sehen.

Plötzlich knallte es dann doch.

Selma fuhr zusammen, sie taumelte rückwärts gegen einen riesigen Stein. Ein scharfer Schmerz schoss von ihrem Kreuz hoch und ließ sie aufschreien.

Die Windschutzscheibe war zerborsten, das Autoinnere fing sofort Feuer. Wieder verdichtete sich der Rauch zu einem fast undurchsichtigen Nebel, und nach einigen Sekunden nahm sie den Gestank verbrannten Kunststoffs wahr.

Langsam, während alle Schmerzen beschlossen, sich zusammenzurotten, um ihr das Leben ganz und gar unerträglich zu machen, richtete sie sich auf und sah sich um. Nichts Neues war wie ein Wunder aufgetaucht. Keine Menschen. Kein Fahrzeug, das ihr einen Funken Hoffnung hätte geben können, hier wegzukommen.

Nach Hause.

Sagene, fiel ihr plötzlich ein.

Sie wohnte in Sagene.

Und mit einem Mal konnte sie sich an eine Hochzeit erinnern.

Sommer 2018

Die Hochzeit

Beim Hochzeitsessen ihrer einzigen Tochter wurde Selma Falck neben die Klotür gesetzt.

Schon in der Kirche hätte sie einsehen müssen, dass es ein Fehler gewesen war, herzukommen. Die erste Bankreihe war für die Familie reserviert. Selma war rechtzeitig eingetroffen. Als sie sich den Familienmitgliedern näherte, die schon Platz genommen hatten, rutschten diese weiter auseinander, und schon nach wenigen Sekunden war kein Platz mehr für die Mutter der Braut.

Sie hätte kehrtmachen und nach Hause gehen sollen.

Stattdessen, aus Gründen, die sie später nicht erklären konnte, hatte sie die Trauung von der hintersten Bank aus verfolgt. Sie war lächelnd in den Bus gestiegen, der die Gäste nach der Zeremonie zum Restaurant *Ekebergåsen* bringen sollte, hatte freundlich den Champagner abgelehnt, während alle darauf warteten, dass das Brautpaar auf dem Dach der Oper fotografiert wurde. Sie hatte sich von der Traubenlimonade aufgequollen gefühlt, und ihr war etwas übel gewesen, aber sie hatte doch weiter trinken müssen, weil es unerträglich heiß war. Da die anderen Gäste sie mit Beschlag belegt hatten, sowie sie in ihrem tiefroten Kleid aus dem Bus gestiegen war und bis eine Glocke sie dann zu Tisch rief, hatte sie vergessen, den Plan mit der Tischordnung zu suchen.

Als sie endlich das große Plakat unten an der Steintreppe erreichte, stand ihr Entschluss fest.

Sie drehte sich um und wollte so diskret wie möglich wieder gehen. Doch das war schwer in dem Strom von Menschen, der die Treppe hochwogte. Ein ihr unbekannter Mann in den Sechzigern mit viel zu vielen Zähnen packte sie am Arm und erklärte mit lauter Stimme, er fühle sich geehrt, weil er an diesem Abend ihr Tischkavalier sein dürfe. Selma Falck höchstpersönlich, grinste er und zog sie, im wahrsten Sinne des Wortes und ziemlich schmerzhaft, zum Tisch nach oben in die Ecke bei der mit einem blauen Piktogramm gekennzeichneten Klotür. Er rückte ihren Stuhl zurecht, soweit das in der Enge möglich war, und Selma hatte keine andere Wahl mehr. In ihrem Rücken, auf der anderen Seite der Terrasse, hinter den fast zweihundert Gästen, die weiter oben am Tisch saßen als sie, sah sie die Trauzeugen, das Brautpaar und die Eltern der Frischvermählten. Selma war durch die neue Freundin ihres Exmannes ersetzt worden, die knapp fünf Jahre älter war als die Braut. Jesso hatte seine Rede bereits in der Pause zwischen Vorspeise und Fischgang gehalten. Selma tat der Rücken weh, weil sie sich die ganze Zeit umdrehen musste. Irgendwann gab sie auf und starrte das Schild an der Klotür an.

Nicht ein einziger Windhauch war hier oben zu spüren.

Der Sommer 2018 war der heißeste seit Menschengedenken.

Jedenfalls seit 1947, erklärte der älteste Mann am Tisch, und er beschrieb einen Nachkriegssommer, in dem die Fische gar gekocht aus dem Meer gezogen wurden. 2018 sei nichts im Vergleich zu 1947, meinte er und wischte sich die Stirn mit einem dermaßen durchnässten Taschentuch, dass es vom Schweiß so grau geworden war wie seine Haut.

Er gehörte zu den Glücklichen, die bereits im Februar zu dem Fest eingeladen worden waren.

Selma selbst hatte erst anderthalb Wochen zuvor eine SMS ihres angehenden Schwiegersohns erhalten.

Liebe Selma Falck. Wenn du zu unserer Hochzeit kommen möchtest, würde ich mich freuen. Anine ebenfalls, glaube ich.

Im Grunde. Du gehörst unbedingt bei der Feier unseres großen Tages dazu. Alles Gute, Sjalg Petterson.

Sjalg hatte sich bei ihr gemeldet.

Von Anine hatte sie kein Wort gehört.

Die Gäste hatten Selma warm ihre Glückwünsche ausgesprochen. Zum offenkundigen Glück ihrer Tochter. Sie umarmten sie und applaudierten und bejubelten die schöne Trauung im Dom, den fantastisch gedeckten Tisch oben auf der Terrasse und nicht zuletzt das Wetter, diesen gesegneten ewig währenden Sonnenschein, der sich seit Anfang Mai über das Land ergoss.

Selma müsse so stolz sein, meinten alle, so unbeschreiblich glücklich.

Sie hatte gelächelt und sich durch mehr als zwei unerträgliche Stunden hindurchgeplaudert. Es war jetzt so heiß, dass dem Restaurant schon längst die Eiswürfel ausgegangen waren, und Selma musste lauwarme Traubenlimonade trinken.

Das war noch immer besser als fast körperwarmes Wasser.

Der Mann mit den vielen Zähnen hatte vom Nachrichtenstrom des letzten halben Jahres offenbar nicht viel mitbekommen. Schon bei der Vorspeise bemerkte Selma eine ungebetene Hand auf ihrem Oberschenkel. Sie schob sie energisch fort. Sekunden später war die Hand wieder da.

Selma wollte nicht mehr.

Sie erhob sich, klemmte sich ihre schmale Abendtasche unter den rechten Arm, lächelte vage vor sich hin und wollte gehen. Ein kurzer Schrei ließ sie herumfahren.

An den folgenden Tagen würde Selma diese Szene immer wieder vor sich sehen, Bild für Bild, langsam und präzise. Sjalg Petterson stand aufrecht da und hielt die Papiere mit der Rede an seine Braut in der Hand. Er ließ sein Manuskript fallen und griff sich an den Hals, an die Brust, lief rot an, dann blau, ehe er erbleichte und auf seinen Stuhl zurücksank. Er riss an seinem Hemdkragen, an der Fliege, er zerrte und kratzte, ehe sich sein

Griff lockerte und beide Arme schlaff hinunterfielen. Der Bräutigam machte ein verdutztes Gesicht, sein Blick wurde leer, und dann kippte er langsam vornüber auf den Tisch.

Anine stieß noch einen Schrei aus, diesmal schärfer, sie rief nach einem Arzt, nach Sjalgs Spritze, nach dem Adrenalin, das ihn retten könnte, das vorhanden sein müsste, wie es das immer war. Irgendwo.

Der Kopf des Mannes knallte auf den Teller.

Nach einer Ehe, die zwei Stunden und neunundvierzig Minuten gedauert hatte, war Selma Falcks Tochter schon Witwe.

Und nun war Anine nicht mehr die Einzige, die schrie.

Der Auftrag

Seit der Hochzeit waren vier Tage vergangen, und Sjalg Pettersons tragischer Tod war bereits aufgeklärt worden. Aufgrund der vielen Zeugenaussagen und des vorläufigen Obduktionsberichtes lag der Schluss nahe, dass der sechsunddreißig Jahre alte Mann einem anaphylaktischen Schock erlegen war.

Er war extrem allergisch gegen Macadamianüsse gewesen.

»Wir haben das ja auch gewusst«, sagte Jesper Jørgensen. »Küche, Kühlraum, Service, Besteck, Terrasse ... Alles wurde gesäubert, ehe wir eingerückt sind. Wirklich alles. Fast automatisch. Es ist auch nicht schwer, den Kontakt mit Macadamianüssen zu vermeiden. Ich habe in meiner ganzen Laufbahn kaum je eine verwendet.«

Der Mann machte eine verzweifelte Handbewegung.

Seine Karriere war noch nicht lang, das wusste Selma, doch sie war umso erfolgreicher verlaufen. Jesper Jørgensen war erst sechsundzwanzig, galt aber schon als einer der absolut besten Köche des Landes. Vor vier Jahren hatte er den Bocuse d'Or gewonnen, die inoffizielle Weltmeisterschaft der Kochkunst, als jüngster

Preisträger aller Zeiten. Seither hatte er in der Dronning Eufemias gate das noble Restaurant *Ellevilt*, also Lebensfreude, aufgemacht, genau gegenüber dem berühmten Barcode-Gebäude, der Oper, dem schiefen neuen Munch-Museum und allem anderen, was langsam zu einem modernen Stadtteil wurde, mit dem Selma sich nur mit Mühe abfinden konnte. Schon nach elf Monaten wurde das *Ellevilt* mit einem Michelin-Stern belohnt. Im folgenden Jahr kam der zweite. Nur das weltberühmte *Maaemo* konnte es mit seinen drei Sternen noch übertreffen.

»Ich bereue das so wahnsinnig«, sagte der junge Mann verzweifelt. »Natürlich hätte ich mich nicht zum Kochen bereit erklären dürfen. Ich will doch in meiner eigenen Küche arbeiten, aber so viele Gäste können wir bei uns nicht unterbringen. Und Sjalg Petterson kann man nicht so leicht widerstehen, er hat verdammt gut bezahlt, und ich …«

Wieder hob er die Hände.

Jesper Jørgensen saß in einem Sessel in Selma Falcks Kombination aus Wohnung und Büro. Die Wohnung war nicht groß, zwei Zimmer, Küche und Bad, aber sie war praktisch und perfekt gelegen in einem Neubau in Sagene. Von dort aus hatte sie einen kurzen Weg in die Innenstadt und blieb trotzdem ziemlich anonym. An der Klingel stand einfach nur SF, und die Wohnungstür war überhaupt nicht beschriftet. In dem knappen halben Jahr, das sie nun schon hier wohnte, hatten die Leute aus der Umgebung sich aber dennoch mit ihr bekannt gemacht. Die ersten Wochen waren anstrengend gewesen, mit den Bitten um Autogramme und Selfies und mit neugierigen Fragen nach der eher bescheidenen Wohnung.

Aber das hatte sich gegeben.

Selma Falck war zufrieden mit ihrem Dasein.

Seit sie ihre Freiheit und ihre Finanzen hatte retten können, indem sie vor Weihnachten die Unschuld einer jungen Skiläuferin in einem Dopingskandal bewiesen hatte, hatte sie die meisten

Brücken hinter sich eingerissen. Ihre Zulassung als Anwältin hatte sie längst zurückgegeben. Von den dreizehn Millionen Kronen, die sie für den Auftrag erhalten hatte, hatte sie ihrem Exmann drei überlassen. Als Buße vermutlich, denn zu diesem Zeitpunkt hatte sie ihm nichts geschuldet. Vor allem war es ein Versuch, die Vergebung ihrer Kinder zu erlangen, das musste sie zugeben, wenn sie wirklich darüber nachdachte. Was sie immer seltener tat. Die Wirkung war auch eher bescheiden gewesen. Anine verhielt sich weiterhin fast feindselig, wenn sie ein seltenes Mal miteinander zu tun haben mussten. Ihr Bruder Johannes wirkte vollkommen gleichgültig: Bei der Hochzeit hatte Selma ihren Sohn zum ersten Mal seit vier Monaten gesehen.

Die zweiundsechzig Quadratmeter große Neubauwohnung hatte an die fünf Millionen gekostet und konnte für einen Apfel und ein Ei möbliert werden. Der Parkplatz im Keller war im Preis inbegriffen. Da ihr beklagenswerter Hang zum Glücksspiel sie fast ruiniert und um ein Haar ins Gefängnis gebracht hätte, hatte sie schon früh beschlossen, das restliche Geld auf einem Bankkonto zu lagern. Ein Puffer für schwierige Zeiten. Das Konto hatte sie bei einer anderen Bank als ihrer üblichen eingerichtet. Ganz bewusst hatte sie sich die neue Kontonummer nicht eingeprägt. Die Unterlagen über die fünf Millionen Kronen und die Chipkarte, die zu dem Konto gehörten, hatte Einar Falsen in seiner Obhut. Er hatte keine Ahnung, worum es sich handelte, aber er wusste, dass beides sicher verwahrt sein musste.

Obwohl Einar noch immer verschroben und bisweilen absolut verrückt war, hatte sie dem ehemaligen Polizisten doch immerhin ein Dach über dem Kopf verschafft. Der Pokertürke, Selmas alter Mandant, ein Miethai und Betreiber etlicher illegaler Spielhöhlen in Oslo, hatte Einar die heruntergekommene und übel riechende Wohnung in der Vogts gate überlassen, in der Selma selbst einen trostlosen Advent verbracht hatte.

Nach vielen obdachlosen Jahren genoss Einar es überraschenderweise, einen festen Wohnsitz zu haben. Er war seltsam, und manchmal ging es ihm sehr schlecht. Dennoch war er der Einzige, zu dem Selma wirklich Vertrauen hatte. Sogar der nervige Kater Darius, den Selma aus ihrer gescheiterten Ehe hatte mitnehmen müssen, war in Grünerløkka geblieben. Die Miezekatze und der Verrückte passten gemeinsam auf Selmas Geld auf, stopften sich mit Käseflips voll und lasen die gedruckte Ausgabe der Zeitung, die Einar jeden Morgen früh stahl, lange bevor irgendwo auch nur der allererste Hahn gekräht hatte.

Aber nun hatte Selma Besuch bekommen.

Der Meisterkoch war verzweifelt.

»Es hagelt schon Stornierungen«, jammerte er. »Jede Menge. Alle halten es für meine Schuld. Unsere Schuld. *Ellevilts* Schuld, auch wenn es gar nicht unser Restaurant war. Der größte Albtraum jedes Kochs ist es, jemanden zu vergiften. Und dieser Typ, der ist einfach … krepiert, sozusagen. Aus irgendeinem Grund, der absolut nichts mit uns zu tun gehabt haben kann. Durch eine Scheißnuss, die ich kaum je verwendet habe. Mein Essen ist norwegisch. Macadamia ist brasilianisch. Eine Scheißweihnachtsnuss, etwas, das …« Die Luft schien aus ihm zu entweichen. Er sank im Sessel in sich zusammen, rieb sich die Stirn und kniff die Augen zusammen. Es sah aus, als ob er sich selbst am Weinen hindern wollte.

»Was sagt die Lebensmittelaufsicht?«, fragte Selma. »Ich nehme an, die haben die Sache überprüft?«

»Sicher. Das ganze Lokal ist untersucht worden. Sie konnten nirgendwo eine Spur von Nüssen finden. Bisher jedenfalls nicht. Sie waren überall. Haben alles aufbewahrt. Benutzte Teller, Servierschüsseln, Kochtöpfe, alles. Es dauert eine Weile bis zum Abschlussbericht, also bis …«, er holte tief Luft und setzte sich ein wenig aufrechter, »… die Untersuchungen fertig sind. Aber wenn in dem Essen Macadamianüsse waren, dann in winzig kleinen Mengen. Unsichtbar, würde ich behaupten.«

»Das kommt vor. Manche Menschen sind wirklich hyperallergisch. Es kann reichen, dass sie ein Zimmer betreten, in dem jemand vor einer Weile Nüsse gegessen hat, und schon werden sie sterbenskrank.«

»Aber dann dürfte er doch kein fremd zubereitetes Essen zu sich nehmen«, fauchte Jesper Jørgensen wütend. »Niemand kann die Zutaten die ganze Zeit voll und ganz unter Kontrolle haben. Es war zudem unvorstellbar idiotisch, dass er diese Spritze, diesen Pi-Penn oder wie das heißt ...«

»EpiPen. Adrenalin.«

»Ja. Dass er den seinem Trauzeugen gegeben hat. Um auf den Fotos keine ausgebeulte Tasche zu haben, also echt. Und der Trauzeuge stand nur da wie ein Ölgötze und sah zu, wie der Bräutigam starb, ohne auch nur einen Finger zu rühren.«

»Er stand wohl unter Schock. Das kommt vor. Was sagt die Polizei?«

»Die Polizei?« Der junge Mann runzelte halb überrascht, halb skeptisch die Stirn. »Warum sollte die Polizei etwas damit zu tun haben?«

Selma, die mit einer Flasche Pepsi Max in der Hand auf dem Sofa saß, zuckte mit den Schultern.

»Sjalg Petterson war nicht unumstritten«, sagte sie.

»Unum... wie meinen Sie das?«

»Sie wissen doch, wer er war?«

»So ein Promi? Aus der Politik, oder wie? Ich kümmere mich nicht um Politik. Ist mir scheißegal. Mir geht's um Essen.«

»Essen kann auch politisch sein.« Selma lächelte. »Und Sie müssen wirklich schwer geschuftet haben, um die vielen Zeitungsartikel über ihn nach seinem Tod nicht mitbekommen zu haben.«

»*Whatever*. Ich will nichts mit Zeitungen zu tun haben. Jetzt schon gar nicht. Bei jeder Scheißschlagzeile verlieren wir Renommee und Umsatz.«

Jetzt sah er vor allem aus wie ein trotziger Teenager. Er war im Sessel nach vorn gerutscht, spreizte die Beine und spielte an seinem Daumenring herum. Aus dem T-Shirt-Ärmel kroch eine in verschlungenen Ringen tätowierte Schlange bis zu seinem Handgelenk. Der Kopf, zum Zubeißen erhoben, war beängstigend naturgetreu.

»Jedenfalls …«, seufzte Selma und stellte die Flasche weg, »… begreife ich nicht so ganz, was Sie von mir wollen.«

»Sie sollen mir helfen.«

»Wie denn?«

»Indem Sie beweisen, dass weder ich noch mein Konzept schuld daran sind, dass der Typ abgekratzt ist. Ich …« Offenbar steckte sein Telefon in seiner Gesäßtasche, denn ein halb ersticktes Doppelpling ließ ihn die rechte Hinterbacke anheben. »Verdamm-te Pest!«

»Was ist los?«

»Noch mehr Stornierungen. Wir müssen am Wochenende wahrscheinlich zumachen. Hat keinen Sinn, offen zu haben, wenn keine Gäste kommen.«

»Das findet sich schon. In zwei Wochen ist alles vergessen.«

Er starrte sie an, als ob sie eine Spritztour auf den Mond vorgeschlagen hätte.

»Sie haben ja offenbar viel Ahnung von Branding?« Er unterstrich seinen Sarkasmus durch ein leichtes Augenrollen, richtete sich im Sessel auf und beugte sich vor. »In meiner Branche wird nichts vergessen. Ich habe zwei Michelin-Sterne. Denen kann ich nur noch zum Abschied zuwinken, wenn die Leute weiterhin glauben, dass ich bei der Arbeit schlampig bin. Sjalg Petterson hatte eine schwere Nussallergie. Das war allgemein bekannt, sagen zwei der Jungs in der Küche. Er hat bei so einer Aufklärungskampagne für den Norwegischen Asthma- und Allergieverband mitgewirkt. Die Jungs sind immer besser informiert als ich. Außerdem hat er geradezu hysterisch versucht, auf Nummer sicher zu gehen. Diese Nussallergie wurde nicht nur jedes verdammte Mal erwähnt, wenn ich mit ihm oder mit der Braut gesprochen habe …«, er hob den Daumen mit dem Silberring, »… die tauchte auch in jeder Mail auf.« Sein Zeigefinger hob sich, dann hob er auch den Mittelfinger. »Und drittens steht das im Vertrag. In Rot!«

Selma nickte gelassen.

»Okay. Das wissen Sie sicher am besten. Aber ich kann kaum etwas tun. Die Lebensmittelaufsicht wird der Sache sicher auf den Grund gehen.«

»Die Lebensmittelaufsicht!«, spottete Jesper. »Die werden das klären, na klar! Aber wenn sie im Essen in der Küche auch nur irgendeinen verdammten Rest von einer Macadamianuss finden, dann bin ich richtig am Arsch. Echt! Die Lebensmittelaufsicht scheißt doch auf das *Ellevilt*. Und auf mich. Und ich hatte immerhin die Verantwortung.«

Selma warf rasch und deutlich einen Blick auf die Uhr. Sie hatte keine Pläne für diesen Tag, hatte den Burschen aber satt. Die modische Tätowierung auf dem rechten Arm machte etwas her, aber der Dreitagebart, der Silberring am Daumen und die Tatsache, dass er in der Wohnung eine Baseballcap trug, ließen ihn vollkommen in der Menge der gleich aussehenden Typen dieser Altersklasse verschwinden. Er war sicher ein genialer Koch. Mit Menschen umgehen konnte er aber nicht.

»Ich kann Ihnen nicht helfen«, sagte sie und erhob sich. »Tut mir leid.«

»Sie müssen! Die Jungs in der Küche sagen, dass Sie die Beste sind.«

»Das stimmt, ich bin die Beste. Aber ich kann Ihnen nicht helfen, und Sie könnten sich das auch nicht leisten.«

»Wie viel? Was kosten Sie pro Stunde?«

Selma lächelte und schob sich die Haare hinters Ohr.

»So läuft das nicht. Ich wette nur.«

»Sie wetten?«

»Ja. Ich übernehme nur Fälle, bei denen der Auftraggeber bereit ist, mit mir eine Wette einzugehen. Wenn ich den Fall löse, bekomme ich einen ansehnlichen Teil des Kuchens. Wenn nicht, bekomme ich nichts.«

»Aha.«

Nun war wieder alle Luft aus ihm entwichen. Er hing wie ein Kartoffelsack im Sessel, hatte die Mütze abgenommen und drehte sie unentwegt zwischen den Händen.

»So wie die Anwälte aus den USA«, murmelte er. »In den Filmen. *No cure, no pay.*«

Selma legte den Kopf schräg.

»Tja. So ungefähr. Eine Wette bringt Spannung ins Leben. Etwas muss auf dem Spiel stehen, könnte man sagen. Das passt zu meiner ... Natur. Und da es bei Ihnen nicht um Geld geht, ist der Auftrag nichts für mich. Trotz der hohen Preise für Ihre Speisen ist mir klar, dass es nicht gerade reich macht, ein Restaurant auf Ihrem Niveau zu betreiben.«

Er schien noch immer nicht gehen zu wollen.

»Ich habe es ein bisschen eilig«, sagte Selma.

Jesper Jørgensen blieb sitzen.

»Also, ich muss jetzt wirklich ...«

»Ich hab zwar kein Cash«, fiel er ihr ins Wort, »aber ich habe das Restaurant. Wenn Sie mir aus dieser Klemme helfen, können Sie gratis essen.«

Selma musterte ihn. Jetzt blickte er auf. Seine Augen waren das Einzige an ihm, das Aufmerksamkeit verdient hatte. Sie waren groß, dunkelbraun und hatten die längsten Wimpern, die Selma je an einem Mann gesehen hatte. Er sah aus wie ein verwirrter kleiner Bengel.

»Was wäre denn nötig?«, fragte sie endlich. »Ich meine ... was wäre nötig, damit Sjalgs Tod nicht auf Sie und das *Ellevilt* zurückfällt?«

»Dass ich es nicht hätte verhindern können«, sagte Jesper sofort. »Dass ich nicht schuld daran war. Niemand von uns, meine ich, von uns in der Küche. Dass es jemand anderes gewesen sein muss, jemand, der …«, er hatte offenbar Probleme damit, sich vorzustellen, wer außer denen, die das Essen zubereitet hatten, Nüsse hinzugefügt haben könnte, denn er schloss laut hörbar den Mund.

»Könnte denn jemand anderes das getan haben?«

»Ich weiß es nicht«, antwortete er, immer verzweifelter.

»Das würde ja bedeuten, dass jemand ihm schaden wollte. Oder ihn umbringen. Wenn Sie da auch nur den geringsten Verdacht haben, müssen Sie zur Polizei gehen. Sofort.«

Die Erkenntnis traf sie mit einer Wucht, die sie überraschte: Wenn Sjalg Petterson wirklich ermordet worden war, konnte hier die Rede von dem perfekten Verbrechen sein. Er war an einer Beeinträchtigung gestorben, die die Polizei wohl kaum interessant fand, und die Ermittlungen waren nur einen trockenen Bericht der Lebensmittelaufsicht davon entfernt, eingestellt zu werden.

Sie überlegte.

Jespers Telefon, das jetzt vor ihm auf dem Tisch lag, fiepte wieder und holte sie aus ihren Gedanken. Er berührte das Display. »Wir machen am Wochenende dicht«, sagte er.

Selma glaubte zu hören, dass seine Stimme kaum noch trug.

»Seit ich zehn war«, sagte er leise, ohne sie anzusehen, »arbeite ich schon daran, der beste Koch der Welt zu werden. Und das ist mir ja auch gelungen. Ich war ein Scheißsozialfall. Meine Mutter war tot und mein Vater ein Arschloch. In der Schule war ich nicht gut, und fett war ich außerdem. Ein Fettsack. Ich hab immer nur in der Küche gestanden. Habe gekocht. Gelernt. Bin besser geworden. Ein Restaurant auf dem Niveau des *Ellevilt* zu betreiben ist der übelste Job aller Zeiten. Und der tollste. Das Einzige, was ich kann. Das Einzige, was ich will.«

Selma setzte sich wieder. Dachte nach.

Der Junge war jetzt fast niedlich. Sein Mund bebte, und dass die Mütze das fieberhafte Gefummel überlebt hatte, zeugte von Qualität.

Im Moment hatte sie keinen Auftrag.

Nach der spektakulären Sache mit der Sabotage beim Langlauf hatte sie ihre Position bis zum Gehtnichtmehr ausgenutzt. Hatte alle Möglichkeiten wahrgenommen, ihre neue Rolle als Privatdetektivin bekanntzumachen. Sie hatte alle Morgensendungen in Rundfunk und Fernsehen besucht, Talkshows, Debatten und Porträtinterviews, die zwar nicht besonders wahrheitsgemäß ausfielen, die aber umso größer präsentiert wurden. Soviel sie wusste, war sie die Erste überhaupt, die am selben Wochenende sowohl bei *Skavlan* als auch bei *Lindmo* der Hauptgast gewesen war.

Das wollte sie jedenfalls gern glauben.

Das alles hatte Selma mit einer Raffinesse durchgezogen, durch die sowohl ihre Spielsucht als auch der darauffolgende moralische wie finanzielle Zusammenbruch weiterhin ein nur sehr wenigen bekanntes Geheimnis blieben.

Noch ehe das Weihnachtsfest 2017 vorüber war, gab es in Norwegen kaum einen Menschen über fünf, der nicht wusste, dass Selma Falck, Spitzenpromi und Siegerin von *Let's Dance*, doppelte Olympiasiegerin im Handball und außerdem Staranwältin, von nun an ihre Zeit privaten Ermittlungen widmen wollte.

Ihr wurden viele Fälle angeboten. Sie hatte nur wenige angenommen. Diese wenigen aber waren spektakulär, und sie hatte alle drei aufgeklärt. Die kleine neue Firma, Falck Solutions AS, hatte in einem halben Jahr einen Umsatz von vier Millionen gemacht. Drei davon kamen vom selben Klienten, einem Juwelier, der einen betrügerischen Angestellten nicht bemerkt hatte, ehe sich der Dieb mit Werten von an die dreißig Millionen auf den Cayman Islands befand.

Drei Wochen später waren Dieb und Diamanten wieder in Norwegen, Ersterer höchst unfreiwillig.

Durch geringe Betriebskosten war die Gewinnspanne von Falck Solutions gewaltig. Zehntausend Kronen für »Beratung« flossen jeden Monat an Einar Falsen. Auf ein eigenes Konto überwies Selma jeden Monat eine entsprechende Summe zur Verwendung beim Online-Poker. Sie trat viel kürzer, zeigte Disziplin und schaffte es, sich auf zwei Nächte pro Woche zu beschränken. Das neue Leben tat ihr in jeglicher Hinsicht gut.

Das Pokerkonto wies bisher ein angenehmes Plus auf.

Ihr jetzt kontrolliertes Spiel gab ihr die Ruhe, die sie brauchte. Immer wenn sie versucht hatte, ganz auszusteigen, war sie nur rastlos und unkonzentriert geworden, und sie konnte absolut nicht einsehen, was falsch daran sein sollte, ein Gleichgewicht im Leben zu finden.

Obwohl sie das niemandem erzählen konnte.

Eigentlich hatte sie jetzt Ferien machen wollen, aber noch war nichts entschieden. Das Wetter in Norwegen war noch immer einzigartig gut, sie konnte jeden Tag im neuen Freibad bei Sørenga schwimmen, und sie war seit ihrer Kindheit nicht mehr so braun gewesen.

Der junge Koch wirkte wie am Boden zerstört.

»Sie meinen also, ein Essen im *Ellevilt* sei meinen Arbeitseinsatz wert, der vielleicht mehrere Wochen in Anspruch nehmen kann?«, fragte sie endlich.

»Nicht ein einziges Essen«, erwiderte er eilig. »Eins im Monat.«

»Eins im Monat?« Selma lachte. »Für wie lange?«

Jesper überlegte einige Sekunden.

»Ein Jahr. Sie bekommen einen festen Tisch.«

»Ich interessiere mich nicht so sehr für Essen. Mir reichen im Grunde Fischfrikadellen mit Gemüse.«

»Nach einem Essen bei mir werden Sie verstehen, was Essen bedeutet. Den tieferen Sinn, weswegen wir überhaupt essen. Das verspreche ich.«

Ihr kam der Gedanke, Einar unter die Dusche zu schieben, um dann einmal pro Woche mit ihm Oslos zweitbestes Restaurant aufzusuchen. Das wäre märchenhaft. Außerdem könnte sie mit einer solchen Abmachung, immerhin Gratismahlzeiten in einem der allerbesten Restaurants des Landes, ihren Klienten imponieren.

»Nicht gut genug«, sagte sie. »Aber wenn Sie einmal pro Woche sagen, dann werde ich es mir überlegen.«

»Einmal pro Woche? Sind Sie wahnsinnig?«

Selma schüttelte den Kopf und hob die Hände. Jesper zögerte einige Sekunden.

»Okay«, sagte er dann. »Aber wenn Sie es nicht schaffen, bekommen Sie nichts. Das ist der Deal, nicht wahr? Machen Sie es also?«

»Sjalg Petterson war mein Schwiegersohn.«

»Äh ... was?«

»Für zwei Stunden und neunundvierzig Minuten.«

Jesper starrte sie verständnislos an.

»Was?«, fragte er noch einmal.

»Was bedeutet«, sagte Selma, »dass ich der Ordnung halber meine Tochter fragen muss, ob es ihr recht ist, wenn ich ein bisschen in dieser Angelegenheit herumstochere.«

»Ja. Ja! Tausend Dank!« Jetzt sprang er auf. Einen Moment lang sah es aus, als wollte er um den Tisch herumlaufen und sie umarmen. Zum Glück tat er das nicht. »Ihre Tochter wird sicher dasselbe sagen wie ich«, sagte er eifrig. »Sie will doch sicher auch wissen, was wirklich passiert ist.«

»Ich kann nichts versprechen.« Selma machte eine gebieterische Handbewegung in Richtung Tür. Endlich begriff er den Wink und setzte sich in Bewegung.

»Wann kann ich mit einer Entscheidung rechnen?«, fragte er.

»Weiß nicht. Aber ziemlich bald, nehme ich an.«

Bei der Wohnungstür blieb er stehen, noch immer mit der Baseballkappe in der Hand. Er drückte den Schirm nach unten und setzte sie auf.

»Es ist vielleicht nicht ganz okay, das zu sagen«, fing er an.

»Was denn?«

»Sie sehen verdammt gut aus. Für Ihr Alter.«

Selma lächelte.

»Ich meine ... nicht für Ihr Alter ... ich meine, Sie sind toll, irgendwie. So aussehensmäßig. Sie haben ein bisschen Ähnlichkeit mit dieser ... dieser Schauspielerin aus dieser Fernsehserie, wissen Sie?«

»Ja. Ich hätte nicht gedacht, dass Köche in Ihrer Liga sich Krimiserien ansehen.«

»Ab und zu stopf ich mich voll damit. Sie haben gewaltige Ähnlichkeit.«

Er schaute zu Boden. Das Gesicht lag im Schatten des Mützenschirms.

»Vielen Dank. Das war nett gesagt. Aber jetzt müssen Sie gehen.«

Ohne noch etwas zu sagen, verschwand er im Treppenhaus. Die Fahrstuhltür öffnete sich zwar, aber er ging zu Fuß. Selma schaute ihm hinterher und stellte fest, dass er, wenn man von der uniform hippen Aufmachung und der scheußlichen Schlange absah, auch gar nicht so schlecht aussah.

Vor allem von hinten, erkannte sie jetzt, aber sie sagte nichts.

Frühjahr

Die Niederlage

Die bisher sechsköpfige Gruppe war verkleinert.

Ellev Trasop war nun, nach einer Trauerfeier in einer voll besetzten Kirche und einem darauffolgenden Leichenschmaus im Gewerkschaftshaus unter die Erde gebracht. Er war vierzehn Jahre lang Gewerkschaftsvorsitzender gewesen. Das hatte die Beisetzung geprägt. Die Gewerkschaft nutzte die Gelegenheit, um ihre Stärke zu zeigen, und hatte auf dem Youngstorg eine imposante Fahnenburg aufgebaut. Ein gewaltiges Bassin mit roten Rosen war einen Tag lang schön gewesen, um danach die Stadt in Verlegenheit zu bringen. Politiker der meisten Richtungen waren angetreten, um dem alten Arbeiterriesen die letzte Ehre zu erweisen.

Einst sieben, dann sechs, und nun saßen nur noch fünf um den Tisch in einer Wohnung in Frogner. Diese Wohnung gehörte der einzigen Frau in der Runde. Sie war Mitte fünfzig und hatte es bis zur Majorin der norwegischen Streitkräfte gebracht, ehe ihr der Posten der Personaldirektorin bei Norwegens größter Bank angetragen worden war. Sie hieß Berit Ullern, wurde aber immer nur »der Major« genannt.

Einer der Anwesenden war der stellvertretende Polizeipräsident von Oslo. Ein anderer nannte sich Gemüsegroßhändler, herrschte im Grunde jedoch über ein Fruchtimperium. Der letzte und jüngste von allen war Abteilungsleiter bei der Steuerbehörde.

Alle waren solide, zuverlässige Norweger.

Tryggve Mejer saß zum ersten Mal am Kopf des Tisches.

Es war allen unbehaglich, sich so kurz nach der letzten Besprechung schon wieder zu treffen, denn sonst konnten die Begegnungen Jahre auseinanderliegen. Sie hatten ein Kommunikationssystem installiert, das auch ohne persönliche Treffen für einen guten Kontakt sorgte. Die kleine Gruppe, die sie nur den »Rat« nannten, verfügte über ein massives Netz aus Sicherheit und Diskretion. Das war schon so, seit der Rat im Jahr 1991 installiert worden war. In den ersten Jahren waren neue Mitglieder dazugekommen, wenn alte gestorben waren. Seit 1998, als Tryggve eingetreten war, waren nur zwei gestorben. Peder Mejer vor zehn Jahren und nun Ellev in seinem hundertsten.

Den Statuten nach sollten sie nicht ersetzt werden.

»Das können wir nicht machen.« Das hatte der Major gesagt. Sie trat auf, als wäre sie noch immer beim Militär. Ihre gepflegte Frisur war kurz, die Nägel ebenfalls, wenn auch sorgfältig manikürt und blank lackiert. Unter allen in der Runde war sie die Einzige, die die Rückenlehne des Stuhls nicht berührte. Sie saß aufrecht da, hatte die Knie geschlossen und die Hände symmetrisch im Schoß abgelegt. »Ellev hatte recht«, sagte sie. »Das liegt außerhalb unseres Mandats.«

»Meinst du wirklich?«, fragte Tryggve.

»Ja. Das wäre zutiefst undemokratisch.«

Tryggve ließ seinen Blick in der Runde wandern. Sein Puls war viel zu hoch, und er versuchte, ruhig zu atmen. Sie waren nicht auf seiner Seite. Drei von ihnen jedenfalls nicht. Als Ellev noch lebte, hatten sie nicht viel gesagt. Schon gar nicht der Major. Tryggve konnte sich nicht daran erinnern, ihre Stimme in den zwanzig Jahren, in denen er sie jetzt kannte, mehr als nur wenige Male gehört zu haben.

Jetzt war sie offenbar fest entschlossen.

»Wir leben in einer so polarisierten Gesellschaft wie noch nie zuvor in der modernen Geschichte dieses Landes«, erklärte

Tryggve. »Ein Journalist hat vom ›Zeitalter des politischen Extremwetters‹ gesprochen. Das trifft zu. Wir können die traditionelle Rechts-links-Achse nicht mehr nutzen, um politische Handlungen einzuordnen. Die politischen Ränder verhalten sich stattdessen wie die Speichen um eine Nabe, und der Zustrom wächst hier und in unseren Nachbarländern. Die Nabe …« Er legte eine Pause ein und holte Luft, ehe er weitersprach: »Die Nabe, das sind wir. Die Vernünftigen. Die Konsensorientierten. Die Anständigen. Und wir werden immer weniger. Die Nabe wird kleiner. Die Nabe ist die Kraft aller Dinge, Berit. Die Nabe hält jedes Rad in Bewegung. Sie muss stark sein. Und mitten im ganzen Elend haben wir diese verdammten …«

Er redete sich in Rage. Seine Wangen begannen zu glühen. »… diese sozialen Medien«, fügte er ruhiger hinzu. »Das Internet. Und die sogenannten Online-Zeitungen, die werden immer professioneller, proportional zu ihrem Extremismus. Der Sturm wird zum Orkan. Wenn ihr einen Blick in die Unterlagen werft, die ich euch gegeben habe …«

Zwei der anderen fingen an zu blättern. Der Major rührte sich nicht.

»… dann seht ihr, dass wir fast beweisen können, dass *default.no* und *wrongs.no* teilweise von den Russen finanziert werden. Diese Websites verbreiten Nachrichten, die ebenso von Hass und Hetze erfüllt sind wie von Lügen und irreführenden Behauptungen. Das sind Beiträge, die fast jede Woche zu den meistgeteilten in den sozialen Medien gehören. Und an die immer mehr Menschen glauben.«

»Warum unternimmt dann der Polizeiliche Sicherheitsdienst nichts?«, fragte der Major. »Oder du? Als Justizminister, meine ich. Wenn die Russen doch dahinterstecken? Warum willst du uns da reinziehen?«

»Ich habe gesagt ›fast beweisen können‹. Der PST arbeitet jeden Tag hart, um russische Beeinflussungsversuche nachweisen zu können. Wirklich jeden Tag. Dennoch wird alles schlimmer. Die müssen sich mehr auf reguläre und offenkundige nachrichtendienstliche Aktivitäten konzentrieren als zum Beispiel auf die Manipulation der sozialen Medien. Dazu fehlen ihnen die Kapazitäten. Und außerdem sind sie an Vorschriften gebunden, auf die wir keine Rücksicht zu nehmen brauchen. Wir können zum Beispiel die Presse auf ganz andere Weise nutzen als sie.« Er legte eine Pause ein, holte Luft und befeuchtete seine Lippen. »Wir werden destabilisiert«, sagte er dann. »Von immer größeren Gruppen im eigenen Land, und vor allem: von fremden Mächten.«

Er betonte die beiden letzten Wörter ganz besonders. »Von fremden Mächten«, wiederholte er. »Wir müssen uns vor fremden Mächten schützen. Wir sind aus der Spur geraten. Als Nation und als Demokratie. Mit relativ einfachen, aber präzisen Mitteln können wir den Zug wieder ins Gleis bringen. Bei den USA sieht es schlimmer aus. Da liegen alle Waggons zerschmettert in der Schlucht.«

Es wurde still. Die drei Männer blätterten in ihren Unterlagen. Das Dokument war auf einer alten IBM-Kugelkopfschreibmaschine getippt und das Farbband danach verbrannt worden.

»Die Operation ist relativ umfassend«, sagte endlich jemand. »Haben wir die nötigen Mittel?«

»Ja.« Tryggve nickte. »Mittel, Kapazitäten und Möglichkeiten.«

»Hm.« Der Mann zögerte. »Ich muss dem Major hier zustimmen. Der Zustand ist besorgniserregend, aber wir sind nicht okkupiert worden.«

»Sind wir doch«, sagte Tryggve, viel zu laut. »Von einem Chaos, in dem die Demokratie nicht mehr funktionieren kann. Früher haben sich die krassen Fronten auf die Zuwanderung beschränkt, aber jetzt hat sich alles ausgebreitet. Zum Beispiel ...«, er holte erneut tief Luft, ehe er weitersprach, »als die Kooperation der EU auf dem Energiesektor vor fast zehn Jahren vereinbart wurde, hat das kaum jemanden interessiert. Kaum jemanden! In diesem Winter wurde plötzlich der Beitritt zu ACER eine Frage der norwegischen Souveränität. Es wurde mit einer Erregung diskutiert, als ginge es darum, Norwegen nach Afrika zu verlegen. ACER, die Agentur für die Zusammenarbeit der Energieregulierungsbehörden! Eine sinnvolle, einstimmige Abmachung über Energieversorgung, die …« Er verstummte und legte die Handflächen auf den Tisch. »Wir müssen etwas unternehmen«, sagte er verzweifelt. »Ehe wir alle in der Schlucht liegen. Ehe niemand diese Demokratie noch weiterführen will. Ehe der Preis zu hoch wird.«

Wieder wurde es still im Raum. Vor den geschlossenen Fenstern war Kinderlachen zu hören, dazu eine vorüberscheppernde Straßenbahn. Die Sonne brannte auf die Fenster, es war viel zu warm im Raum.

»Da draußen vertrittst du etwas ganz anderes«, sagte der Major. »Dieser …« Sie kniff ein wenig die Augen zusammen. Selbst ihre Falten waren symmetrisch, sah Tryggve jetzt. »Sjalg Pettersen?«, fragte sie. »Oder Petterson? Dieser Politiker, der …«

»Sjalg Petterson ist kein Politiker«, fiel Tryggve ihr ins Wort. »Er sitzt weder im Parlament noch in der Regierung. Und er ist auch noch nie in die Nähe des Rathauses gekommen.«

»Er nennt sich *Politischer Influencer*«, sagte der Mann von der Finanzbehörde, der jetzt sein Dokument zu Ende gelesen hatte. »Der Bursche betreibt eine Art Blog. Aber eigentlich arbeitet er an der Universität.«

»Großer Gott«, stöhnte Tryggve und schlug die Hände vors Gesicht. *»Influencer!«*

»Der geht dir gern an die Gurgel«, sagte der Major. »Und wenn ich das richtig in Erinnerung habe, hast du vor zwei Wochen genau hier gesagt, dass wir in einer liberalen Demokratie leben und dass es durchaus legitim ist, den Justizminister zu kritisieren. Du warst ganz gelassen dabei, hast sogar gelächelt.« Sie sah ihn mit hochgezogenen Augenbrauen an.

»Da draußen bin ich ein liberaler Demokrat«, sagte Tryggve resigniert. »Demokrat, Justizminister und Vater. Hier drinnen bin ich ein Soldat im Dienste der Demokratie. Wie wir alle.«

»Wir sollten abstimmen.«

Er starrte sie überrascht an.

»Abstimmen? Das tun wir doch sonst nie?«

Ihre seltenen Treffen hatten in der Regel aus einer Diskussion bestanden, bei der alle zu Wort kamen, ehe Ellev Trasop die Entscheidung fällte.

Der Major deutete ein Kopfschütteln an.

»Nein. Aber zum einen haben wir noch nie eine solche Operation in Gang gesetzt ...«

Sie starrte den Umschlag des versiegelten Dokumentes aus zusammengekniffenen Augen an.

»*Zerfurcht/Verwittert. Operation Zerfurcht/Verwittert.* Nie. Und außerdem bist du nicht Ellev. Wir stimmen ab.«

Tryggve fühlte sich in die Enge getrieben. Damit hatte er nicht gerechnet. Wenn er sich richtig erinnerte, hatte der Rat noch nie über irgendetwas abstimmen müssen. Er war zwar davon ausgegangen, dass es schwer werden könnte, die anderen zu überreden, vor allem den Major und vielleicht auch den stellvertretenden Polizeipräsidenten, aber mit direkter Meuterei hatte er nicht gerechnet.

»Na gut«, sagte er unsicher. »Wer ist dafür?«

Seine eigene Hand hob sich. Einer der anderen Männer bewegte ein wenig die Hand, ließ sie dann aber sinken.

»Und wer ist dagegen?«, fragte der Major, als der Ratsleiter verstummte.

Vier Hände hoben sich.

»Dann ist das entschieden«, sagte der Major gelassen und fing an, die Unterlagen einzusammeln. »Ich übernehme die Vernichtung von alldem hier.« Sie erhob sich, klemmte sich die Unterlagen unter den Arm und fügte hinzu: »Ihr wisst, wie ihr hier herauskommt, jeder für sich. Adieu.«

Der Streit

Sie stritten sich schon wieder. Mama und Papa.

Soweit sie sich zurückerinnern konnte, hatten sich die beiden gestritten. Die ganze Zeit, auch, wenn sie sich eigentlich vertrugen. Mama hatte so einen Tonfall mit Biss, egal, worüber sie redete. Wenn Papa die Gläser falsch in die Spülmaschine stellte, zum Beispiel. Das war ja nicht gerade die größte Katastrophe aller Zeiten, und außerdem tat er es einfach auf seine eigene Weise. Machte es nicht falsch, nur anders als Mama. Sie kläffte sozusagen, scharf und widerlich, aus alter Gewohnheit, als hätte sie vor langer Zeit eine Stimme gefunden, die gegen Papa eingesetzt werden konnte und die kaum zu verändern war.

Nun stritten sie sich richtig.

Aus irgendeinem Grund begriffen die beiden nicht, dass Mina sie hören konnte. Als sie klein gewesen war, hatte sie ab und zu wach gelegen, bis Mama und Papa ins Bett gegangen waren. Damals sah Papa immer noch einmal nach, ob sie schlief, aber sie lernte früh, sich schlafend zu stellen. Obwohl die Schlafzimmer im ersten Stock lagen, konnte Mina alles hören, denn sie machten nie die Küchentür zu. Noch so eine Marotte von Mama. Die Tür wurde mit einem Holzkeil blockiert, denn Mama sagte, die Luft würde so stickig, wenn die Tür nicht offen stand.

Das Schlimmste war allerdings, wenn die beiden fürchteten, Mina könnte etwas hören.

So wie jetzt.

Sie sprachen so leise, dass nur Bruchstücke der Sätze bis zu ihr nach oben vordrangen. Mama konnte wütend klingen, selbst wenn sie flüsterte. Fast wie Katzenfauchen. Papas Stimme wurde nur immer tiefer, aber auch er war zornig. Sie fielen einander immer wieder ins Wort, und irgendwann zerbrach ein Glas. Ein Unfall, wahrscheinlich. Mina hatte nie erlebt, dass ihre Eltern zu physischer Gewalt gegriffen hätten.

Aber es entschied über die Stimmung, dieses zerbrochene Glas.

»... in all diesen Jahren«, hörte sie Mama sagen. »Du hast es versprochen, zwei Jahre!«

Papa stöhnte. Mina nahm an, dass er jetzt die Hände vors Gesicht schlug, fast wie ein trauriges kleines Kind.

Der Posten des Justizministers war an die Rechtspopulisten gegangen, als die neue Regierung vor fünf Jahren an die Macht gekommen war. Im Laufe der ersten zweiundzwanzig Monate hatten sich drei von ihnen so nachdrücklich blamiert, dass sie zurücktreten mussten, und die Konservativen hatten ihren eigenen Mann ins Amt gebracht. Papa hatte eigentlich keine Lust auf den Job gehabt. Mama hatte getobt. Aber die Ministerpräsidentin hatte sich durchgesetzt.

Nur bis zur nächsten Wahl, hatten die Ministerpräsidentin und Papa beide versprochen.

Zwei Jahre.

Aber dann hatten sie auch die folgende Wahl gewonnen, und Papa war auf seinem Posten geblieben.

Mina konnte gut verstehen, dass die Ministerpräsidentin ihn brauchte. Er war sehr erfolgreich. Auf eine Art zuverlässig, wie das nur Menschen sein können, die sich schon seit ihrer Jugend mit Politik beschäftigen. Er war auch früher schon einmal Minister gewesen, als Mina noch klein gewesen war. Damals hatte Mama das total in Ordnung gefunden. Sie war sogar reichlich stolz gewesen. Das konnte Mina auf den vielen Bildern in ihrem Kinderalbum sehen. Mama sah froh darauf aus, und in Papas Büro stand ein Bild von ihnen dreien. Das Fensterglas war kugelsicher und hatte einen Grünstich, deshalb sah Mama auf dem Foto krank aus.

Aber sie lächelte. Der Blick, den sie Papa zuwarf, war voller Liebe, und Mina wünschte, Mama könnte sich daran erinnern.

Seither hatte ein Faschist Papas Büro in die Luft gesprengt, und das Internet hatte sich vollkommen verändert.

Und das machte Mama so zu schaffen.

Die viele Hetze.

Die viele Unruhe. Mama wollte Ruhe, und da war es seltsam, dass sie in ihrer Umgebung die ganze Zeit so viel Unruhe verursachte. Sie wurde von allem gestresst, wurde laut und vorwurfsvoll, manchmal machte das Mina wahnsinnig. Mama hatte verlangt, Mina auf allen Kanälen der sozialen Medien zu begleiten. Da Mina eigentlich nur auf Instagram und Snapchat aktiv war, war es nicht so schlimm, dass ihre Mutter Zugang zu Facebook und Twitter hatte. Dort passierte ja so gut wie nichts. Insta und Snap dagegen waren die wichtigsten Kanäle, über die Mina Kontakt zu ihren Freundinnen und Freunden halten konnte. Aber die widerlichen Kommentare waren auch bei Instagram aufgetaucht. Mama hatte zwei davon zufällig gesehen und war total ausgerastet. Mina hatte vor Mamas Augen ihr Konto löschen müssen. Da ihre Mutter so wenig in den sozialen Medien unterwegs war, hatte sie kaum Ahnung davon. Mina hatte ihr Konto nur vorübergehend stillgelegt und sich dann drei Tage später wieder eingeloggt. Danach blockierte sie ihre Mutter und flehte die höheren Mächte an, Mama ja nicht noch einmal nachsehen zu lassen.

Aber das würde sie sicher trotzdem tun.

Mama begriff rein gar nichts, und erst recht nicht, dass es für eine fast Siebzehnjährige einfach ein Ding der Unmöglichkeit war, nicht auf Instagram zu sein.

Von Snapchat begriff ihre Mutter zum Glück nicht das Geringste. Da sie dort nie irgendwelche Mitteilungen von Mina bekam, hielt sie das Konto für inaktiv.

Jetzt war es unten fast still. Das war irgendwie noch unheimlicher.

Plötzlich stand Papa in ihrem Zimmer. Er hatte nicht einmal angeklopft, aber Mina konnte doch schnell ihr Handy unter die Bettdecke schieben und müde aussehen, als sie aus zusammengekniffenen Augen über ihre Decke lugte.

»Alles in Ordnung?«, fragte er und knipste die kleine Lampe beim Schrank an.

»Du hast mich geweckt«, stöhnte sie und drehte sich im Bett um. »Es ist spät. Sonst bist du doch nie so spät noch auf.«

Er kam ins Zimmer, setzte sich auf die Bettkante. Mina kehrte ihm den Rücken zu und schob sich das Handy zwischen die Oberschenkel. Sie hatte es zum Glück lautlos gestellt, allein in der vergangenen Minute waren vier Mitteilungen angekommen.

»Mama sagt, dass du Hassmails bekommst«, sagte er. »Meinetwegen. Stimmt das?«

»Nein.«

»Sie hat zwei davon auf Instagram gesehen, und sie lügt doch wohl nicht?«

»Die hatten eigentlich nichts mit dir zu tun.«

»Womit denn?« Er legte ihr die Hand auf den Rücken. Einige Sekunden verstrichen, dann begann sie, durch die Decke die Wärme seiner Hand zu spüren.

»Nichts. Kein Grund zur Aufregung. Das hast du vor zwei Wochen selbst gesagt. Hinter der Tastatur reißen sie die Klappe auf, aber in Wirklichkeit sind sie feige. Du hast gesagt, ich sollte mir nichts daraus machen.«

»Ich habe auch gesagt, du solltest einen Bogen um solche Internetforen machen.«

»Das ist Instagram, Papa. Kein Internetforum. Um Instagram kann man keinen Bogen machen.«

Mina konnte sein Lächeln fast hören. Als sie sich plötzlich aufsetzte und sich die Decke bis ans Kinn zog, sah sie, dass dieses Lächeln freudlos war. Seine Augen waren traurig.

»Mama will, dass ich zurücktrete«, sagte er.

»Das hat sie nicht zu entscheiden.«

»Was meinst du?«

Mina zog die Knie an und schlang die Arme darum. Es war kalt in ihrem Zimmer, und sie bekam unter dem viel zu großen T-Shirt vom Øyafestival Gänsehaut an den Armen.

»Ich finde, du solltest weitermachen. Und ich finde, Mama und du, ihr solltet euch scheiden lassen.«

»Das werden wir nicht.«

»Das solltet ihr aber. Ihr streitet euch doch eh nur die ganze Zeit. Sie passt nicht auf dich auf.«

Jetzt war sein Lächeln wärmer.

»Das tut sie schon, weißt du. Auf ihre Weise. Deshalb will sie, dass ich aufhöre. Um mir diese viele Hetze zu ersparen.«

»Ich versteh das nicht.«

»Was denn?«

»Warum sie so böse auf dich sind. Du bist ein Konservativer, Papa. Auf *default.no* wirst du als Linksextremist bezeichnet. Nur weil du nicht mitmachen willst, bei der ganzen ... Hetze gegen Muslime. Weil du in diesem religiösen Zusammenarbeitsdings sitzt. Weil du ... weil du in Ordnung bist, eben. Und anständig redest. Einer da hat gemeint, du wärest sicher pädophil. Weil du nur mich hast, also, ein selbst gemachtes Mädchen, das du ...«

Papa fiel ihr ins Wort. »Ich hab dir gesagt, lies keine Beiträge in solchen Foren. Das sind alles Scheinriesen, eine Handvoll Idioten.«

»Dieser Sjalg Petterson ist kein Idiot. Er ist Geschichtsprofessor, und dabei ist er noch gar nicht besonders alt. Er hat es die ganze Zeit auf dich abgesehen. Hast du das hier gelesen?«

Sie beugte sich zum Nachttisch vor.

»Lädst du schon wieder über Nacht dein iPad auf?«, fragte er irritiert. »Das ist brandgefährlich.«

Statt zu antworten, startete sie das iPad und klickte sich zu einem Blogbeitrag durch.

»Tryggve Mejer ist ein typisches Beispiel für einen Politiker mit mangelndem Rückgrat«, las sie vor. »Statt die Abrechnung mit islamischer Kultur und Unkultur vorzunehmen, die nötig ist, um überhaupt einen Dialog über Norwegens Zukunft beginnen zu können, redet er Strömungen nach dem Mund, die dabei sind, dieselbe in Schutt und Asche zu legen. Statt sich Informationen über islamische ...«

»Hör auf.«

Seine Stimme klang ungewöhnlich scharf, und er griff nach dem iPad. Sie kam ihm zuvor und schob es unter die Bettdecke zu ihrem Handy.

»Der Mann ist seit vielen Jahren wütend auf mich«, sagte ihr Vater. »Das war er schon, lange ehe ich zum zweiten Mal Justizminister geworden bin.«

»Warum?«

Er kratzte sich am Kopf und unterdrückte ein Gähnen.

»Ich fand, diese Berechnungen, was die Zuwanderung das Land kostet, seien eine schlechte Idee. Nicht, weil das Thema an sich nicht interessant hätte sein können. Es gibt keinen Grund, Statistiken an sich zu fürchten. Ich finde es nur seltsam, sich einen Teil der Bevölkerung auszusuchen und nachzuprüfen, was diese Gruppe den Staat kostet. Menschen verursachen Kosten, Mina. Kranke. Alte. Arbeitsscheue. Kinder. Du, zum Beispiel.«

Er lächelte.

»Du hast Mama, mich und die Gesellschaft bis heute Millionen gekostet. Pures Verlustgeschäft.«

Jetzt war Mina mit Lächeln an der Reihe.

Aber das Lächeln verschwand gleich wieder.

»Hast du das nie satt, Papa? Gerade dieser Typ, der wirkt sogar ziemlich sachlich, er kann ja schreiben und überhaupt, aber er hetzt alle anderen auf. Die mit Caps Lock und viel zu viel Zeit. Die richtig Fiesen. Wir hatten doch alle gedacht, nach den Anschlägen am 22. Juli würde das anders werden. Weißt du noch?«

»Da warst du erst neun, Schatz.«

»Ich weiß das noch sehr gut. Wir sollten auf Hass mit Liebe antworten, mehr Demokratie wagen und blablabla. Aber dann wurde alles nur schlimmer. Nicht nur ganz rechts, sondern auch bei den linken Spinnern. Wachsender Antisemitismus, durchgeknallte Verschwörungstheorien, Widerstand gegen Wissenschaft und Wahrheit. Beim Thema Impfstoff, zum Beispiel. Hass und Hetze, und das alles hatte schwere Auswirkungen auf ...« Sie verstummte.

»Ingeborg«, fügte ihr Vater hinzu.

»Ja. Wirst du nicht ... bist du nicht einfach scheißmüde?«

Ihr Vater erhob sich. Er wirkte erschöpft und steif, und er hatte noch weiter zugenommen. Mina war aufgefallen, dass er neuerdings abends Schokolade aß. Sie hatten solche Dinge sonst nicht im Haus. Mama war streng bei allem, was mit Zucker zu tun hatte. Sie nannte Papa oft ein »unverbesserliches Leckermaul«, und ohne ihre »Ernährungskontrolle« wäre Papa noch immer so dick wie damals, als sie einander kennengelernt hatten. In den letzten Wochen hatten trotzdem immer wieder entlarvende Verpackungen im Abfall gelegen. Mama hatte sie ebenfalls entdeckt, hatte geschimpft und getobt. Aber das hatte ihn nicht dazu gebracht, aufzuhören, er achtete jetzt nur sorgfältig darauf, das Schokoladenpapier ganz unten in den Mülleimer zu stopfen.

Langsam ging er zum Fenster, presste die Hände ins Kreuz und reckte sich. Er stand mit geschlossenen Beinen da und wippte jetzt auf den Zehenspitzen auf und ab. Er blieb lange so stehen, ohne etwas zu sagen, sodass Mina aus dem Bett aufstand und zu ihm trat.

Oslo lag wie ein Schmuckstück vor ihnen.

Es wurde nachts jetzt nicht mehr ganz dunkel. Der Himmel wölbte sich tiefblau, fast indigo, über dem Horizont. Sie konnten ihren Blick von der Silhouette der kugelrunden militärischen

Einrichtung beim See Lutvann im Osten bis fast zum Maridalsvann im Nordwesten wandern lassen. Die Sprungschanze auf Holmenkollen erhob sich schwarz und schmal über dem Höhenzug im Westen. Die Stadt selbst war ein glitzernder, schimmernder Lichtgürtel, und weit draußen verschwand der dunkle Fjord bei Bærum Richtung Hurumlandet.

Ein Streifenwagen auf dem Ringvei streute blau-weißes Licht.

»Kannst du ein Geheimnis für dich behalten, Mina?« Seine Hand legte sich um ihre Taille. Sie ließ es zu, dass er sie an sich heranzog, und schmiegte den Kopf an seine Schulter.

»Sicher. Das weißt du.«

»Ab und zu bin ich tatsächlich scheißmüde.« Er flüsterte. »Wirklich scheißmüde. Ich habe Angst. Ich denke daran, was das alles mit uns macht, dieser viele Hass, diese Wut, die Polarisierung, das Internet. Mama hat auch Angst. Wir streiten uns sicher zu oft über Kleinkram, aber das ist eher eine Façon.«

»Was meinst du damit?«

»Der Streit resultiert eher aus einer Art, mit Dingen umzugehen. Er ist dumm. Es geht mir eigentlich darum, dass ...« Er ließ sie los, dann legte er sich die rechte Hand in den Nacken und fing an, ihn zu massieren. »Ab und zu habe ich es einfach satt. Ich habe es satt und werde so wütend, dass ich einen Mord begehen könnte.«

Der Streifenwagen dort unten bog bei Sinsenkrysset ab und jagte weiter in Richtung Carl Berners plass.

»Aber doch nicht wirklich, oder?«

»Nein, Mina, nicht wirklich. Natürlich nicht wirklich. Jetzt musst du schlafen. Und ich auch.«

Sie legte sich wieder ins Bett. Er steckte die Decke um sie herum fest und küsste sie auf die Stirn. Wieder nahm sie diesen Geruch an ihm wahr, einen süßlichen Stressgeruch. Eigentlich wollte sie ihm alles erzählen. Darüber, worum es sich bei diesen Kommentaren wirklich drehte.

Aber das ging nicht. Papa hatte genug andere Sorgen. Er hatte ihr so lange nicht mehr auf diese Weise Gute Nacht gesagt. Zum einen ging er oft früher schlafen als sie. Zum anderen hatte er sich verändert.

Er war jetzt so düster, so ganz anders als der gelassene, selbstsichere Mann, den sie fast jede Woche im Fernsehen sah. Dort wirkte er größer. Hier zu Hause wirkte er irgendwie kleinlaut, selbst dann, wenn er sich mit Mama stritt.

Papa kam ihr fast vor wie zwei verschiedene Personen.

Er knipste das Licht aus und wollte schon die Tür hinter sich zuziehen.

»Papa?«

»Ja, mein Schatz?«

»Ich weiß jetzt, was ich werden will.«

Er machte wieder zwei Schritte ins Zimmer hinein. Vor dem scharfen Licht auf dem Gang wurde er zu einer dunklen, gesichtslosen Gestalt.

»Was denn?«

»Ich will Jura studieren. Genau wie du.«

Papa lachte. Er lachte richtig und lange. Sie hatte dieses Lachen seit einer Ewigkeit nicht mehr gehört, es war seltsam hell und voller Freude, genau wie das der Großmutter es gewesen war.

»Dann wäre deine Begabung aber verschwendet«, sagte er schließlich. »Du solltest etwas Naturwissenschaftliches studieren, Herzchen. Norwegen und die Welt brauchen Naturwissenschaftler. Wissenschaftlerinnen. Menschen, die Wissen und Wahrheit suchen. Du bist viel intelligenter als ich. So intelligent wie Mama. Was die Welt absolut nicht braucht, sind noch mehr Winkeladvokaten.«

»Ich will Jura studieren.«

»Wie du willst. Du hast noch über zwei Jahre Zeit, um dir die Sache anders zu überlegen.«

Jetzt, da ihre Augen sich an die Dunkelheit gewöhnt hatten und die Tür hinter ihm halb geschlossen war, sah sie, dass er lächelte.

»Gute Nacht, mein Schatz. Schlaf schön.«

»Du auch, Papa.«

Die Tür wurde leise geschlossen. Mina sah auf ihrem Handy nach, welche Mitteilungen angekommen waren, und legte es ebenfalls zum Laden auf den Nachttisch. Sie lag wach, bis es vor dem Fenster wieder hell wurde.

Die Vögel sangen schon, als ihr endlich die Augen zufielen.

Sommer

Die Joggingrunde

Er hatte schon viel zu lange nicht mehr trainiert.

Tryggve Mejer war gerade erst bis Akebakkeskogen gekommen, war aber schon erschöpft. Vom Haus in der Lofthus terrasse bis zum Waldrand konnten es höchstens dreihundert Meter sein. Aber es ging aufwärts, und das letzte Wegstück war steil. Er blieb eine Weile mit den Händen auf den Knien stehen und rang um Atem. Er war ganz bewusst zu früh aufgestanden. Es war noch keine fünf, aber wenn er noch eine Stunde wartete, würde es in Oslos viel frequentiertem Stadtwald von Joggern und morgenmüden Hundemenschen nur so wimmeln.

Er war nicht aus Sicherheitsgründen in aller Herrgottsfrühe unterwegs.

Normalerweise wurde er als Privatperson kaum beschützt. Der PST schätzte die Gefahrenlage jeden Tag neu ein, für ihn und für alle anderen, für die die Beamten verantwortlich waren. Nur dreimal in den vergangenen drei Jahren hatten sie es für notwendig befunden, ihn rund um die Uhr zu bewachen. Das eine Mal hatte das Ganze drei Wochen gedauert, und er und seine Familie wären fast wahnsinnig geworden. Vor allem seine Frau Cathrine.

Er wollte keine Leibwächter, aber noch weniger wollte er von irgendjemandem gesehen werden. Er war schlecht in Form, und er hatte zugenommen. Die Trainingskleidung saß viel zu eng, und sein Bauch wippte auf und ab. Er hatte noch nie so früh schon eine Verschnaufpause einlegen müssen, aber es war auch mindestens zwei Monate her, dass er sich weiter bewegt hatte als zwischen seiner schwarzen Regierungslimousine, Büro und Besprechungsräumen.

Bald war der Mai vorüber. Um diese Tageszeit, ehe die Sonne die Luft erwärmte und die Störungen zunahmen, sangen die Vögel am schönsten. Der Himmel war meistens klar und brachte die Verheißung eines weiteren Sommertages. Die Überbleibsel der Nacht hatten aber noch immer kühl zwischen den Bäumen gelegen, als er losgelaufen war.

Sie stand nur dreihundert Meter weiter auf dem Waldweg.

Ebenfalls in Trainingskleidung, doch sie machte sich darin besser als er, trotz der acht Jahre Altersunterschied. Eine rote, eng sitzende Hose und ein flaumleichter Trainingsanorak. Ihre Schuhe waren weiß und sahen unbenutzt aus.

»Hallo«, sagte sie kurz, und er blieb stehen.

»Was machst du hier?«

»Auf dich warten.«

»Woher wusstest du, dass ich joggen gehe?«

»Ich muss mit dir sprechen«, sagte der Major.

»Aber ...«

Sie zeigte am Hang nach oben, und ihm war klar, dass er nicht erfahren würde, wie sie ihn aufgespürt hatte. Dennoch trottete er brav vom Weg ab in das steile Waldgelände zu ihrer Linken.

Sie gingen weiter aufwärts, bis sie den Weg unten nur noch mit Mühe erkennen konnten. Der Major setzte sich auf einen Baumstumpf. Tryggve blieb stehen und lehnte sich mit der Schulter an einen Kiefernstamm.

»Ich muss mich davon überzeugen, dass du nichts unternimmst«, sagte sie leise.

»Direkt zur Sache«, erwiderte er kurz.

»Ja. Direkt zur Sache. Das Ergebnis der Abstimmung hat dich

total überrascht. Ich brauche deine Zusage, dass du es respektieren wirst.«

Er blies sich den Pony aus der Stirn und kratzte sich im Nacken.

»Natürlich«, sagte er. »Aber ihr irrt euch.«

»Nein. *Zerfurcht/Verwittert* zu starten wäre Wahnsinn. Ich teile deine Sorgen unbedingt, was die gesellschaftliche Entwicklung angeht. Das hilft aber nichts. Wir haben kein entsprechendes Mandat. Das ist ganz einfach nicht der Grund unserer Existenz.«

Als er keine Antwort gab, fügte sie hinzu: »Ich begreife zudem nicht, was eine solche Aktion bringen sollte. Selbst wenn wir dem Schlimmsten einen effektiven Riegel vorschieben könnten, wäre das doch, wie sich in die Hose zu pissen. Pilze schießen, kurz nachdem man sie abgeschnitten hat, wieder aus dem Boden, Tryggve. Wenn wir einige ausschalten, ist es nur eine Frage der Zeit, wann an derselben Stelle neue auftauchen. Es wäre eine Sisyphusarbeit. Sinnlos.«

»Dann müsste man eben weitermachen. Nach einer Weile von vorn anfangen.«

Sie starrte ihn an mit einem Blick, den er nicht so ganz deuten konnte. Angst, vielleicht. Erschrecken? Verachtung, entschied er.

»Bist du dir darüber im Klaren, was du gerade gesagt hast?«, fragte sie etwas lauter, dann dämpfte sie ihre Stimme wieder und fügte hinzu: »Dass wir hierzulande auf unbestimmte Zeit eine Art meinungsbasierte Säuberung betreiben sollten?«

»Keine Säuberung. Wir müssen Unkraut jäten. Im demokratischen Beet muss gejätet werden. Es wird von Unkraut erstickt. Am Ende ist niemand mehr übrig, um das zu tun, was getan werden muss. Die Demokratie aufrechtzuerhalten.«

Jetzt erhob sie sich ebenfalls.

»Du zwingst mich, Bericht zu erstatten«, sagte sie.

»Was?«

»Ich muss das weitergeben.«

»An wen?«

»Die Ministerpräsidentin. Den PST. Verdammt, Tryggve ...«

Er hatte sie noch nie fluchen hören. Sie hatte hektische rote Flecken auf den Wangen, und auf der rechten Seite pochte ihre Halsschlagader.

»... ich werde den Rat hochgehen lassen. Lieber das, als ...«

Tryggve lächelte. Er rieb sich mit dem Zeigefinger unter der Nase, schniefte ein wenig und lächelte noch breiter.

»Weitergeben«, wiederholte er. »Und du hast dir die Konsequenzen eines solchen Vorgehens natürlich gut überlegt?«

»Im Moment pfeife ich auf die Konsequenzen. Ich habe viel größere Angst bei der Vorstellung, dass du die Mehrheitsentscheidung möglicherweise nicht respektierst. Alle anderen außer dir, Tryggve, wir anderen sagen alle Nein.«

Er befeuchtete seine Lippen und schlug die Arme übereinander.

Der Major war groß, hatte aber schmale Schultern. Mager und sehnig war sie, sie wog vermutlich knapp halb so viel wie er. Ihr Gesicht war jetzt dadurch entstellt, dass sie die Mundwinkel nach unten gezogen hatte.

Genau gleich weit auf jeder Seite.

»Was könntest du denn weitergeben?«, fragte Tryggve gelassen. »Dass der ehemalige Vorsitzende des Norwegischen Gewerkschaftsbundes eine Organisation mit gewaltigen Kräften, Mitteln und Möglichkeiten am Leben erhalten hat, die jeglicher demokratischen Kontrolle entzogen war? Dreißig Jahre lang, Berit. Willst du das erzählen?«

Sie gab keine Antwort. In der Ferne bellte ein ob der frühen Stunde schlecht gelaunter Hund. Ein Elsternpaar schrie irritierend laut über ihren Köpfen und wollte sie vermutlich verjagen. Sie blieben stehen. Er glaubte ihr ganz einfach nicht. Niemals würde sie den Rat oder die riesige, unsichtbare Organisation, die diesem zur Verfügung stand, auffliegen lassen.

»Oder dass du dabei mitgemacht hast«, fügte Tryggve hinzu und flüsterte plötzlich. »Dass ein ehemaliger Major der Norwegischen Streitkräfte viele Jahre lang einem Netzwerk angehört hat, das schon in den Achtzigerjahren in Verruf geraten ist? Das wäre der Abschied von deinem Leben als respektable Bürgerin, so könnte man das wohl sagen.«

»Und von deinem.«

Er nickte.

»Und von meinem. Und dem der anderen.«

»Du bist Justizminister. Für dich wäre es am schlimmsten. Du hättest die größte Fallhöhe.«

»Ja. Vermutlich. Das Problem ist …« Die Trainingshose war nach unten gerutscht, und sein Bauch sah über dem engen Gummizug besonders groß aus. Er zog das Sportshirt aus der Hose und trat einen Schritt auf den Major zu. »Das Problem ist, dass ich von Anfang an Justizminister sein wollte. Wie etliche andere, nehme ich an. Es ist ein wichtiger Posten. Und ein spannender. Anstrengend und zeitraubend und manchmal belastend, aber …«, er deutete ein Schulterzucken an, »… aber eigentlich und im Grunde überaus befriedigend. Bis vor Kurzem wollten viele sich engagieren. Politisch. In dem, woraus Demokratie entsteht: dass die Bevölkerung diskutiert, bis gute Lösungen gefunden sind. Für alle.«

»Ich gebe es weiter«, sagte sie leise. »Wenn du mir nicht dein Ehrenwort gibst.«

»Hast du gewusst, dass fast die Hälfte aller Lokalpolitiker hierzulande schon bedroht worden ist? Ganz offen bedroht! Lokalpolitiker! Was für eine Demokratie soll denn in einer Gesellschaft entstehen, in der die Leute vor Angst schweigen?«

»Pst.« Sie legte einen schmalen Zeigefinger an die Lippen, ehe sie sich umblickte.

»Du weißt nicht, wie das ist«, sagte er so laut wie zuvor. »Du sitzt in einer verdammten Bank hinter hohen Wänden und soliden Brandmauern. Du bist unsichtbar. Das sind weder ich noch die anderen, die in dieser Gesellschaft eine Meinung vertreten. Meine Frau …« Seine Stimme versagte, und er schluckte, ehe er weitersprach. »In nicht allzu langer Zeit muss ich von meinem Ministerposten zurücktreten«, sagte er. »Nicht, weil ich der Aufgabe nicht gewachsen wäre. Nicht, weil jemand anderes es besser machen würde. Ich werde nach dem Sommer zurücktreten, weil meine Frau nachts nicht mehr schlafen kann. Ich höre auf, weil Cathrine nicht mehr will. Weil sie diesen ganzen Dreck nicht mehr ertragen kann.«

Der Major sah ihn an. Der beleidigte Zug um ihren Mund war einem Ausdruck der Entschlossenheit gewichen. Sie zog ihren Trainingsanorak gerade, schob die Hacken aneinander und ließ die Arme mit leicht geschlossenen Händen an ihrem Körper nach unten sinken. Ihre Daumen berührten das, was an einer normalen Hose die Naht gewesen wäre, wie zur militärischen Grundhaltung.

Sie atmete einige Male tief ein und aus, drehte sich um und ging los in Richtung des Weges.

»Warte!«, sagte er mit scharfer Stimme.

Sie blieb stehen. Ohne sich umzudrehen, sagte sie: »Man soll nie in einen Krieg ziehen, den man verlieren muss. Niemals.«

»Was, wenn Winston Churchill so gedacht hätte«, widersprach Tryggve.

Jetzt drehte sie sich um.

»Dann würde die Welt heute anders aussehen«, fügte er hinzu.

»Das ist ein absurder Vergleich.«

»Ach ja? Wirklich?«

»Der Zweite Weltkrieg war ein Kampf gegen das Böse. Gegen eine totalitäre und aggressive Diktatur. Gegen den Nazismus, gegen die vielleicht schlimmste und unmenschlichste Ideologie von allen. Es war ein Kampf, den irgendwer führen musste. Egal, wie.«

Er ging auf sie zu. Sie wich einige Schritte zurück, als ob sie sich plötzlich vor ihm fürchtete.

»Bist du denn gar nicht auf dem Laufenden?«, fauchte er. »Siehst du nicht, was passiert? Hier zu Hause, dort draußen … Russland, Polen, Ungarn, der Brexit … die USA? Diesmal kommt das Teufelszeug nicht im Stechschritt und mit einem hässlichen Helm auf dem Kopf anmarschiert, Berit. Der neue Führer ist kein Schreihals mit Schnurrbart und Schäferhund. Diesmal nicht. Jetzt kommt der Scheiß angeschlichen. Er verbreitet sich wie die Pest. In unserer Zeit kommen Nationalismus, Hass, Antisemitismus, Politikerverachtung, Fremdenfurcht und Einseitigkeit …«, er schaute verzweifelt zum Himmel hoch, »… durch das Internet. Die sozialen Medien. *Fake News.* Lügen brauchen nicht vor verblendeten Menschenmassen herausgebrüllt zu werden, um Wirkung zu zeitigen.«

»Niemand kann das Internet stoppen.«

»Nein. Aber wir können den Kloakenstrom darin anhalten.«

»Das geht nicht. *Zerfurcht/Verwittert* ist eine antidemokratische Operation, Tryggve. Ellev hat Nein gesagt. Das hätte dein Vater auch getan. Sie waren beide wahre Demokraten. Eine Demokratie ist nur so stark wie die Belastung, die sie ertragen kann. Oder wie der Widerstand, dem sie sich stellen kann. Ich will dein Wort, dass du dich der Mehrheit beugst. Wenn nicht, verständige ich den PST. Und dann soll eben passieren, was passieren muss.«

»Du hast mein Wort.«

»Wirklich?«

»Ja. Ihr irrt euch, aber ihr seid in der Mehrzahl. Ich gebe dir mein Ehrenwort. Ich werde die Operation *Zerfurcht/Verwittert* nicht anstoßen.«

Ihre Augen änderten die Farbe. Sie waren eigentlich blau, aber jetzt waren sie grau, fast farblos. Ohne irgendeine Miene zu verziehen, hielt sie ihm die Hand hin. Er griff danach und hielt sie fest.

»Ich will die Schatulle übernehmen«, erklärte sie entschieden.

»Die Schatulle gehört mir«, sagte er noch entschiedener. »Mein Ehrenwort muss reichen.«

Nach einer winzigen Pause nickte sie, ließ seine Hand los und ging weiter in Richtung Waldweg. Er lief hinter ihr her. Unten angekommen, fragte er: »Wie hast du mich hier gefunden?«

»Ich habe dich nicht hier gefunden, ich wollte dich abfangen, ehe du zum Büro gefahren wirst. Um so harmlos auszusehen wie möglich, habe ich mich zum Joggen angezogen. Als sich herausstellte, dass du ebenfalls trainieren wolltest, bin ich zuerst hinter dir hergelaufen. Mir war bald klar, wohin du unterwegs warst, und da war es leicht, einen Umweg zu machen und zuerst hier zu sein. Du bist schlecht in Form, Tryggve.«

Zum ersten Mal sah er die Andeutung eines Lächelns in ihrem strengen Gesicht.

»Warum bist du so früh gekommen?«, fragte er nun.

»Wer etwas schaffen will, muss früh aufstehen. Ich habe also dein Wort?«

»Das hast du.«

Ohne mehr zu sagen, lief sie in Richtung Marka los. Er selbst schaute auf die Uhr und ging zurück zur Schranke bei Akebakkeskogen.

Bei der Sache mit der Schatulle hatte der Major nachgegeben. Ein wenig zu schnell, wie ihm bei genauerem Nachdenken aufging, aber es war wohl immer noch so, dass sie sich auf sein Wort verließ.

Und im Moment war die Schatulle das Allerwichtigste.

Der Briefkasten

Sie fühlte sich seit mehreren Tagen schon nicht wohl. Ihr war schlecht, und sie fühlte sich lustlos, war müde und hatte irritierende Spannungskopfschmerzen. Ungefähr wie bei einer Schwangerschaft. Das Alter und eine seit Langem entfernte Gebärmutter ließen sie stattdessen überlegen, ob sie Krebs haben könnte.

Sie glaubte immer, dass es Krebs sein müsste, wenn ihr etwas fehlte. Was selten der Fall war. Seit dem Ende ihres Studiums war Cathrine Selmer kaum einen einzigen Tag krank gewesen. Der Anblick des Würstchenkessels während der Mittagspause in der Kantine hatte sie jedoch gezwungen, kehrtzumachen und davonzustürzen. Und nach Hause zu fahren.

Die anderen meinten, es gehe eine Magengrippe um, und sie nahm ein Taxi.

Der Briefkasten am Tor erklärte lauthals, dass hier Tryggve Mejer, Cathrine Selmer und Mina Mejer Selmer wohnten. Grüner Kasten, knallgelbes und schwarzes Schild, weil Tryggve ein Fan des Fußballvereins SK Lillestrøm war. Cathrine wünschte sich schon seit Langem einen diskreteren Briefkasten. Es war doch nicht nötig, es möglichen Vandalen so leicht zu machen. Tryggve protestierte jedes Mal. Er hatte sich mit einer geheimen Telefonnummer abfinden müssen, als er zum zweiten Mal Minister geworden war, aber seine Adresse sollte offen sein. Kein Grund, sich zu fürchten, sagte er immer; sie wohnten in Norwegen, dem sichersten Land der Welt.

Mina behauptete, dass die Post meistens erst gegen zwei käme, doch Cathrine hob trotzdem den Deckel an.

Es war noch nicht halb eins, aber dort lag ein Paket.

Ein ganz normales Paket, wie man es in unterschiedlichen Größen auf der Post kaufen kann. Die einfachste Methode, um Dinge zu versenden, die größer waren als Briefe. Es war an sie alle adressiert.

Familie Selmer/Mejer.

Korrekte Adresse.

Aber unfrankiert. Seltsam.

Das Päckchen war nicht besonders schwer, es wog vermutlich nicht einmal ein Kilo. Cathrine schüttelte es. Ein dumpfes Geräusch von etwas, das drinnen hin und her rutschte, ließ sie annehmen, dass der Standardkarton ein weiteres Päckchen enthielt. Für einen Moment versuchte sie sich zu erinnern, ob jemand in der Familie Geburtstag hätte. Oder irgendeinen Gedenktag? Nein.

Trotz der Übelkeit, die kam und ging, wurde sie neugierig. Sie wollte zumindest die äußere Verpackung entfernen, die konnte sie gleich in die Papiertonne bei der Auffahrt werfen. Cathrine stellte ihre Handtasche ab und öffnete das Päckchen.

Eine Proviantdose, stellte sie überrascht fest und warf die Pappe weg. Die Dose lag schwer in ihrer Hand, sie war dunkelblau und bis zum Rand mit etwas gefüllt.

Natürlich hätte Cathrine die Klammern auf der einen Seite nicht öffnen dürfen, um den Deckel anzuheben. Sie hätte jemanden informieren müssen. Der PST hätte Bescheid wissen müssen. Sie waren angewiesen worden, alle Arten von Drohungen zu melden, auch kleine Unannehmlichkeiten. Beweise mussten gesichert werden, und das hier überstieg bei Weitem alles, was sie sich gefallen lassen musste. Tryggve hatte einen Anspruch darauf, es zu erfahren. Er musste das hier sehen, überzeugt werden, er musste diesen verdammten Posten aufgeben. Sie musste ihn anrufen, je eher, desto besser. Und die Dose mit der Scheiße und einer widerwärtigen Mitteilung wäre vielleicht das, was ihn überzeugen würde.

Doch sie hatte niemanden verständigt, sondern den Deckel geöffnet. Es hatte schon gestunken, als sie den Pappkarton entfernt hatte, und sie hatte dagestanden mit der bis zum Rand gefüllten Proviantdose in der linken Hand und hatte mit der rechten den Deckel geöffnet. Der Gestank war unverkennbar gewesen. Auf einer dichten Masse aus menschlichen Exkrementen hatte der Zettel gelegen.

Landesverräter.

Schließlich ließ sie die Dose fallen, die klatschte auf den Boden, der Zettel klebte noch in der braunen Masse. Cathrine taumelte einige Schritte rückwärts, dann krümmte sie sich zusammen und erbrach sich.

Sie wischte sich den Mund mit dem Hemdsärmel ab, trat die Proviantdose in die Rosenhecke zum Nachbargrundstück, packte ihre Tasche und lief auf ihre Haustür zu. Zweimal ließ sie bei dem Versuch, die Tür zu öffnen, die Schlüssel fallen, aber endlich kam sie doch hinein. Auf dem Weg zum Badezimmer riss sie sich die Kleider vom Leib. Nach einer Viertelstunde unter der Dusche, so heiß, dass die Haut über ihren Brüsten tiefrot war, und so intensiv, dass der Abfluss fast verstopfte von den dunkelblonden Haaren, die sie sich von der Kopfhaut scheuerte, zog sie sich an. Aus einer Küchenschublade nahm sie Einmalhandschuhe. Aus einer anderen drei große Plastiktüten. Sie folgte ihrer eigenen Spur zurück ins Badezimmer und stopfte jedes einzelne Kleidungsstück in eine der Tüten, warf das Bündel in einen zweiten Plastikbeutel, machte einen festen Knoten in beide und ging wieder hinaus. Sie hob den Deckel der Tonne für den Restabfall, nahm die Müllsäcke, die bereits dort lagen, heraus, ließ die Kleidertüte hineinfallen und bedeckte sie mit den Säcken.

Sie schaute sich um.

Suburbia lag mittagsstill da, wie immer. Keine Autos in dem kurzen Straßenstück. Keine Menschen. Nicht einmal ein Vater in Elternzeit, der ziellos einen Kinderwagen umherschob. Sie lief zur Rosenhecke der Nachbarn. Der Gestank war schon aus mehreren Metern Entfernung wahrzunehmen. Sie atmete durch den Mund, ging in die Hocke und stülpte die dritte leere Plastiktüte über die Proviantdose, schob die Dose hinein, wie einen großen Haufen Hundekacke, und warf dann alles in die Mülltonne von Nummer 7. Das Haus stand seit einem halben Jahr leer, nach einem Erbschaftsstreit, für den es offenbar keine Lösung gab.

Sie streifte die Gummihandschuhe ab und warf sie der Tüte hinterher. Der Deckel knallte zu, und Cathrine ging zurück zu ihrem eigenen Haus. Sie kochte den Schlüsselbund zehn Minuten lang aus. Sie nahm dazu den ältesten Topf, den sie hatten, und nachdem die Schlüssel desinfiziert waren, legte sie sie zum Trocknen auf ein Geschirrtuch und stellte den Topf in die Garage.

Den würde sie bei der ersten Gelegenheit wegwerfen.

Cathrine Selmer rang um Atem, während sie versuchte, einen neuen Brechreiz zu unterdrücken. Sie fühlte sich ungefähr wie damals, als sie neunzehn gewesen war und ebenfalls zu niemandem ein Wort gesagt hatte.

Sie war Ingenieurin an der Technischen Hochschule und hatte einen PhD vom Massachusetts Institute of Technology. Sie war stellvertretende Direktorin und hatte zwei Schwarze Gürtel in Taekwondo. Als sie nun hier stand, sich auf das Spülbecken stützte und das Wasser laufen ließ, um einen reinen Laut hören zu können, fing sie trotzdem an zu weinen.

Das konnte sie Tryggve nicht erzählen, sie wollte es nicht, das ging ihr mit einer Macht auf, die sie zum Schluchzen brachte. Die Vorstellung einer weiteren Runde endloser Streitereien, bei denen nichts herauskam, war nicht auszuhalten. Es hatte keinen Sinn. Bei Tryggve war nichts mehr zu machen, ihm steckte die Politik in den Knochen, und er würde niemals ganz aufhören können. Sie war allein, wie sie es streng genommen immer gewesen war.

Cathrine weinte, bis sie den Entschluss gefasst hatte, der eigentlich schon gefasst worden war, als sie die dunkelblaue Proviantdose geöffnet hatte.

Erstens: Das hier sollte niemand erfahren. Niemals würde sie darüber sprechen, so wie damals, als sie neunzehn gewesen war.

Sie hatte eine Vergewaltigung ein halbes Leben lang allein mit sich herumgetragen, und sie musste auch das hier aushalten.

Zweitens: Sie wollte sich scheiden lassen.

Haakon 7

Zwei Tage waren vergangen, seit der Major Tryggve im Wald überrumpelt hatte. Seither hatte er nichts von ihr gehört. Er hatte auch nichts anderes erwartet. Er hatte sein Ehrenwort gegeben, und seinem Wort wurde noch immer geglaubt.

Der Safe im Keller war groß: anderthalb Meter hoch und in die Mauer eingegossen. Er hatte eigentlich nie begriffen, wozu diese Vorrichtung gut sein sollte, aber der Safe war vorhanden gewesen, als sie 2002 das Haus gekauft hatten. Und er war fast leer. Der Grundbrief für das Haus lag dort, zusammen mit einigen Schmuckstücken, die Cathrine niemals benutzte. Und sein Zeugnis von der Universität Bergen, wo er sein Jurastudium absolviert hatte, da er sich als Abiturient in ein Mädchen aus dieser Stadt verliebt hatte. Cathrines Zeugnisse von der NTNU und dem MIT in Boston waren ebenfalls vorhanden, und Minas Geburtsurkunde. Alles zusammen hätte in ein kleines Bankschließfach gepasst.

Ohne es Cathrine zu sagen, hatte er den Code geändert. Sie war niemals hier unten. Tryggve war nicht einmal sicher, ob sie sich an den alten Code erinnerte. Als sie zuletzt etwas aus dem Safe gebraucht hatte, hatte sie ihn fragen müssen. Das war sicher drei Jahre her.

Das Kästchen aus Zedernholz hatte viel Platz und ein Fach für sich allein. Tryggve zog es vorsichtig heraus und trug es hinüber zur Hobelbank, die er vor sechs Jahren zu Weihnachten bekommen und seither kein einziges Mal angerührt hatte. Der Schlüssel steckte bereits im Schloss. Er war so klein, dass er ihn nur schwer zu fassen bekam, aber nach einigem Gefummel hörte er ein Klicken.

Obwohl Tryggve seit vielen Jahren eine klare Vorstellung vom Inhalt des Kästchens gehabt hatte, spürte er doch, wie sich sein Puls beschleunigte. Der Deckel war aus einem Stück Holz hergestellt, um das sich ein Rahmen zog. Der Schreiner hatte sorgfältig König Haakons Monogramm in die Mitte geschnitzt, ein großes H, darin die Ziffer 7, unter einer stilisierten Königskrone. Das Symbol war umgeben von einem prachtvollen Relief aus Frühlingsblumen. Huflattich und Sibirischer Blaustern, Schneeglöckchen und etwas, bei dem es sich um Leberblümchen oder Buschwindröschen handeln konnte. Das Kästchen war von einem bekannten Widerständler hergestellt worden, als der vom November 1944 bis Kriegsende im Gefangenenlager Grini gesessen hatte. Wie sich dieser Mann im Gewahrsam des Naziregimes Zedernholz und feines Werkzeug beschafft hatte, war ein Rätsel, das nicht einmal Ellev Trasop hatte beantworten können.

Die Symbolik war jedenfalls mehr als deutlich.

König Haakons Monogramm verursachte Tryggve eine Gänsehaut.

Jedes einzelne Mal, wenn er es sah. In der Reihe der zahllosen Auflagen, die die Nazis zur Besatzungszeit erlassen hatten, vom Verbot roter Zipfelmützen bis zu dem Befehl, Gummistiefel ab Größe 41 und alle Hunde, die über vierzig Zentimeter groß waren, der Kriegsmacht abzuliefern, wurde bereits im Spätherbst 1940 jegliche Propaganda für das Königshaus untersagt.

Dieses Monogramm wurde zum trotzigen Symbol des Krieges.

Tryggve erinnerte sich an die Überlieferung einer kindlichen und ausdrucksstarken Wiederverwendung dieses Symbols unter dem Esstisch der Großeltern. Der kleine Bruder des Vaters, der bei Kriegsende erst vier gewesen war, hatte am Heiligen Abend unter dem Tisch gesessen, halb versteckt unter einer weißen

Tischdecke, und er hatte einen Bleistiftstummel benutzt, um seinen wütenden Widerstand gegen die Besatzer deutlich zu machen. Der alte Esstisch stand jetzt im Wohnzimmer des Onkels, und das Monogramm war noch immer vorhanden, wenn man sich die Mühe machte, nachzuschauen.

Die Frühlingsblumen symbolisierten die Hoffnung auf bessere Zeiten.

Vorsichtig öffnete Tryggve den Deckel.

Obenauf lag ein weißer Briefumschlag. Sein eigener Name war in einer so zittrigen Schrift daraufgeschrieben worden, dass er nur schwer zu lesen war. Jemand hatte versucht, den Umschlag zuzukleben, aber eine einfache Daumenbewegung reichte, um ihn zu öffnen. Das Papier riss dabei nicht einmal ein.

Lieber Tryggve,
in diesem Kästchen liegt große Macht, die nicht missbraucht werden darf. Ich hoffe, Du lässt Dich davon lenken, was immer schon der Leitfaden unserer Organisation war: Norwegische Freiheit, Selbstständigkeit, Wohlfahrt und Volkssouveränität. Alles Gute Dir und den Deinen,
Dein alter Freund und Mentor Ellev

Tryggve musste blinzeln. Er räusperte sich ein wenig und steckte den Brief wieder in den Umschlag, faltete ihn zusammen und schob ihn in seine Gesäßtasche. Er wollte ihn noch am selben Abend verbrennen. Danach griff er zu einem kleinen Heft. Es war gedruckt, aber offenbar nicht offiziell verlegt worden. Es gab weder einen Autoren- noch einen Verlagsnamen und auch keinen Titel. Auf der Vorderseite war nur eine grob gezeichnete Karte von Norwegen eingeprägt.

Er schlug das Heft auf. Das Papier war trocken und knisterte, als er die Seiten auseinanderzog, um sie lesen zu können. Seine Augen überflogen die dicht bedruckten Seiten. Er blätterte ein wenig hin und her, nahm Bruchstücke des Textes wahr, hielt eine Weile inne und blätterte dann weiter.

Das Pamphlet behandelte die Geschichte der norwegischen Alarmbereitschaft im Falle einer Okkupation nach dem Zweiten Weltkrieg. Die Angst der westlichen Alliierten vor einem sowjetischen Einmarsch, nachdem die Sieger Europas Ruinen unter sich verteilt hatten, hatte in den nichtkommunistischen Ländern die Errichtung von sogenannten *Stay Behind*-Gruppen legitimiert. Diese Gruppen sollten, wie schon der Name sagte, nach Eintreffen der Russen im jeweiligen Vaterland verbleiben. Durch ihren Kampf hinter den feindlichen Linien sollten sie die Arbeit der Besatzungsmacht erschweren.

Und die Nation abermals befreien.

Gleich nach Kriegsende und bis 1953 wurden auch überall in Norwegen Netzwerke aufgebaut. Die Gruppe *Blue Mix* stand für Evakuierung, *Lindus* für die Nachrichtendienste, *Rocambole* kümmerte sich um Sabotage und Liquidierungen. Von Anfang an wurden alle Gruppierungen von bekannten Personen aus dem Widerstand geleitet.

Tryggve Mejer kannte sich mit dieser Geschichte aus. Er war damit aufgewachsen, seitdem er alt genug gewesen war, von seinem Vater ernst genommen zu werden.

Die einzelnen Gruppierungen, die alle zusammen das norwegische *Stay Behind*-Netzwerk ausmachten, waren der politischen Kontrolle entzogen. Er wusste, dass so viele Schutzwälle zwischen den Akteuren installiert waren, dass das volle Ausmaß der einzelnen Komplexe nur einer Handvoll Männern bekannt war.

Und nur sie wussten, wer die einzelnen Mitglieder waren.

Tryggve war sich darüber im Klaren, dass die Akteure, die für das System angeworben wurden, zumeist nur ihre unmittelbaren Vorgesetzten kannten. Sechs Jahre Weltkrieg, fünf davon als besetzte Nation, hatten den Menschen im Widerstand die Notwendigkeit der Geheimhaltung vor Augen geführt. Niemand sollte mehr wissen als unbedingt nötig. *Stay Behind* bestand aus Gruppierungen, deren Zugehörigkeiten aus einem glühend heißen Krieg geboren worden und in eisiger Kälte zwischen den beiden Großmächten gewachsen waren.

Aber die Russen kamen nie.

Die Gesellschaft gab sich im Laufe der Zeit neue Regeln. Moderne Anforderungen an Transparenz und politischen Einblick kamen auf. Normen änderten sich langsam, und der Weltkrieg rückte in immer weitere Ferne. Die Männer starben in hohem Alter. Wenn sie auch die meisten ihrer Geheimnisse mit ins Grab nahmen, so waren doch immer noch genug übrig, um das ganze Projekt ins Wanken zu bringen. Einige Zufälle, ein paar schwerwiegende Patzer, mehrere unternehmungslustige Journalisten und einzelne Entlarvungen später fiel dann auch die Berliner Mauer.

Die Zeit der Sowjetmacht war vorüber.

Stay Behind wurde nach ungefähr vierzig Jahren aufgelöst. In ganz Europa und auch in Norwegen.

Tryggve Mejer war sich selbstverständlich darüber im Klaren, dass die norwegischen Nachrichtendienste noch immer ihre Geheimnisse hatten. Alles andere wäre ja auch noch schöner gewesen. Glied um Glied waren die Kontrollmechanismen verbessert worden, vor allem durch die Einsetzung eines parlamentarischen Ausschusses zur Kontrolle von Nachrichten-, Überwachungs- und Sicherheitsdiensten. Der EWR-Ausschuss wurde zum Guckloch der Volksvertreter ins geheime Norwegen.

Aber nicht in die eine kleine Organisation, die in der Stille weiterlebte.

Peder Mejer und Ellev Trasop hatten kein Vertrauen zu den Russen. Der Kommunismus war im Grunde mit der Berliner Mauer gestürzt, aber die russische Mentalität würde niemals sterben. Gorbatschows Tage waren gezählt, und als der alkoholisierte, unvorhersagbare Boris Jelzin im Sommer 1991 zum ersten demokratisch gewählten russischen Staatsoberhaupt wurde, erhielten Peder und Ellev die Bestätigung, die sie gebraucht hatten.

Sie hatten das Richtige getan.

Russland würde immer eine Bedrohung sein, so, wie das Land es seit vielen Menschenaltern gewesen war, und jede Nation hatte das Recht und die Pflicht, sich auf ausländische Aggression vorzubereiten.

Das Geld für die ursprünglichen *Stay Behind*-Gruppen war vor allem aus den USA und aus Großbritannien gekommen. Von CIA und MI6. Und von der NATO. Es lag unbedingt im Interesse der Alliierten, ihren europäischen Freunden mit Kapital und Ausrüstung beizustehen, um die Bereitschaft gegen den Kommunismus zu erhöhen. 1990 hatten Tryggves Vater und Ellev Trasop, die beide seit der Einrichtung der Gruppen dabei gewesen waren, schon längst dafür gesorgt, einen Großteil der Mittel in die Schweiz zu überführen. Sie hatten bereits um die Mitte der Achtzigerjahre gesehen, wohin die Reise ging, und alles war überaus diskret abgelaufen. Die unübertroffene Diskretion des Alpenlandes und dessen glückliche Hand in Gelddingen hatten dazu geführt, dass Tryggve Mejer nun über bedeutende Summen verfügte.

Er legte das Heft auf die Hobelbank.

Das Kästchen enthielt auch zwei Speichersticks und ein Satellitentelefon mit Ladegerät. Er schaltete es ein. Es war voll aufgeladen, und er schaltete es wieder aus und legte es zurück. Die USB-Sticks waren in Plastiktüten gepackt, die er öffnete. Jede Tüte enthielt außerdem einen Zettel.

Personal, stand auf dem einen. Und auf dem anderen: *Konti.*

Tryggve ging zurück zum Safe und zog den ganz neuen, schlichten Laptop hervor, den er am selben Tag dort hineingestellt hatte. Er war *air gapped* und war also noch nie mit einem Netz verbunden gewesen. Er konnte nicht gehackt werden. Tryggve steckte den einen Stick in den USB-Ausgang, scrollte durch die Fotos, die auf dem Bildschirm auftauchten, nickte kurz, zog den Speicherstick heraus und schob den anderen hinein.

Weder Personal noch Geld oder Kommunikation würden ein Problem sein.

Er brauchte fünf Minuten, um hinter sich aufzuräumen. Als alles wieder im Safe lag und er aus einem Impuls heraus den Code ein weiteres Mal geändert hatte, ging er nach oben und in den Garten.

Aus dem Haus konnte er den Fernseher hören. Die Stimmen waren scharf und fielen einander immer wieder ins Wort. Irgendeine politische Talkrunde, dachte er, auch wenn die Sendezeit nicht passte. Vielleicht hatte Cathrine sie aufgenommen. Cathrine war heute so seltsam gewesen, so ungewöhnlich still. Er schaute zu Minas Fenster hoch. Ihre leichten Vorhänge bewegten sich ein wenig im Wind. Es war schon zehn nach elf Uhr abends, aber ausnahmsweise fühlte er sich nicht müde, sondern eher beschwingt. Fest im Glauben. Er schob die Brust ein wenig heraus. Er war dabei, sein Ehrenwort zu brechen. Das hatte er noch nie getan. Aber jetzt war er dazu gezwungen. So wie die Welt nun einmal aussah, musste er tun, was in seinen Kräften lag.

So wie die Wirklichkeit in Norwegen nun einmal aussah, war das Notwehr.

Die Abendluft war warm. Hinter Holmenkollen hingen noch immer Lichtreste nach dem Sonnenuntergang, der eine knappe Stunde zurücklag. Ein rosa Schimmer im klaren Mittelblau, das immer dunkler wurde, je weiter der Himmel auf ihn zukam. Ein Duft nach frisch gemähtem Gras hing zwischen den Traubenkirschenbäumen und den schlanken Kiefern auf dem Nachbargrundstück.

Es war der 31. Mai, und in fünfzig Minuten würde der Frühling zu Ende sein.

Nun war es endgültig Sommer geworden.

Herbst

Die Steinhütte

Als der Brand sich langsam gelegt hatte, bewegte sich Selma Falck immer weiter auf die Hütte und das Autowrack zu. Trotz des gewaltigen Feuers fiel es ihr schwer, warm zu bleiben. Vorn wurde ihr viel zu heiß, hinten war sie noch immer eiskalt. In den vergangenen zwei Stunden hatte sie sich langsam um sich selbst gedreht, als ob sie auf einem gigantischen Grill gebraten werden sollte. Sie hatte die Stiefel mehrmals aus- und angezogen. Die waren feucht und eiskalt, beschützten ihre Füße aber vor den scharfen Felskanten und dem steifen Heidekraut. Als sie sie zuletzt ausgezogen hatte, hatte sie gesehen, dass ihre Fußsohlen bluteten.

Sie hatte keine Ahnung, wie lange sie schon wach war oder wo sie war.

Sie war Selma Falck, wohnte in Sagene in Oslo und hatte einen Auftrag angenommen, an dessen Inhalt sie sich nicht erinnern konnte.

In diesem Moment, als das gewaltige Feuer langsam niederbrannte, wusste sie nicht, was ihr die meiste Angst machte: dass sie erfrieren würde oder dass ihr Gehirn sich im Leerlauf drehte. Es war voller Wörter und Kenntnisse, die umherwirbelten wie in einer Trockentrommel, die aber keine klaren Erinnerungen enthielten. Keine Gesichter, nur Wörter. Selma konnte sich an Ausdrücke wie *negotiorum gestio* erinnern. Geschäftsführung ohne Auftrag. *Ex officio.* Von Amts wegen. *De lege ferenda.* Vom Standpunkt des zukünftigen Rechts aus.

Retrograde Amnesie. Gedächtnisverlust nach einer Gehirnverletzung.

Dieser Begriff war plötzlich da. Sie hatte keine Ahnung, woher er gekommen war, aber es war wahrscheinlich das, woran sie derzeit litt. Große Teile ihres Gehirns schienen sich ausgeschaltet zu haben. Sie versuchte sich zu konzentrieren, starrte dabei aber nur in eine tiefe, schwarze Finsternis. Ungefähr so musste es sich anfühlen, senil zu sein, bildete sie sich ein.

Senil. An dieses Wort konnte sie sich erinnern. Dement.

Sie murmelte immer weiter Fremdwörter und schwierige Begriffe vor sich hin. Erklärte sie sich selbst.

Alles ergab einen Sinn.

Ein intensives Gefühl der Einsamkeit drohte sie zu überwältigen. Ein intensives Gefühl der Verlassenheit. Plötzlich tauchte aus ihrem benebelten Gehirn eine Erinnerung auf.

Woodstock.

Was war Woodstock?

Ein Musikfestival, und sie war winzig klein gewesen. Ihr Bruder war noch jünger. Er war ein Baby und hatte einen Namen. Selma hatte einen Bruder. Sie saßen in einem grünen Badezimmer und weinten. Das Badezimmer war nicht grün. Die Badewanne war grün. Und das Klo. Auch das Waschbecken, und die fremde Frau trug ein hellgrünes Kleid.

Das Woodstock-Festival fand in Bethel, New York, statt, nicht in Woodstock. Es war das Jahr 1969, und sie war drei Jahre alt.

Es war nicht möglich, sich an etwas aus dieser Zeit zu erinnern.

Das Feuer war zu einem schwelenden Gluthaufen heruntergebrannt. Noch immer konnte sie sich dort Wärme holen, sie näherte sich immer weiter, drehte sich weiterhin langsam um sich selbst, um nicht wieder auf der einen Körperseite eiskalt zu werden.

Bisher hatten die Angst und die bedrohliche Situation es ihr möglich gemacht, alle Schmerzen zu verdrängen. Jetzt, da nichts mehr zu retten war und höchstens von zwei Stunden die Rede sein konnte, bis keine Wärme mehr von der Hütte zu holen wäre, kamen sie zurück. Stärker denn je.

Sie war wirklich übel zugerichtet.

Der Kopf war das Schlimmste.

Ein stechender Schmerz steckte tief im Gehirn und sandte heftige, pulsierende Messerstiche in alle Richtungen aus. Sie massierte sich die Schläfen, aber das half nicht im Geringsten. Sie schloss die Augen, und der Schmerz wurde schlimmer. Sie öffnete sie, und die Dolchstöße wurden unerträglich. Erst jetzt merkte sie, dass hier nicht nur die Rede von einer wehen Kopfhaut war. Sie hatte eine lange Wunde am Hinterkopf. Mit rußschwarzen Fingern tastete sie vorsichtig. Die Wunde war offenbar fast zehn Zentimeter lang und ziemlich tief. Sie wagte nicht, sie genauer zu untersuchen; inzwischen bildete sich eine Kruste, und sie wollte die Wunde nicht wieder zum Bluten bringen.

Sie unterbrach das ewige Rotieren um sich selbst.

Es musste jetzt zwei Stunden her sein, dass sie mitten in einem Brand aufgewacht war. Oder drei. Oder vielleicht nur eine halbe. Es war unmöglich, das einzuschätzen, ihr Zeitgefühl war ebenso auf Sparflamme wie ihr Gedächtnis. Durch das Chaos in ihrem Gehirn war nur eins ganz klar: Sie musste etwas unternehmen.

»Denken!«, fauchte sie und ballte beide Fäuste. »Denken!«

Es wurde jetzt langsam hell. Ein schmaler grauer Streifen zeichnete sich hinter den Anhöhen auf der anderen Seite der Brandstätte ab. Die Wolkendecke hing tief, und Selma versuchte, die Temperatur einzuschätzen.

»Osten.« Sie zeigte mit ausgestrecktem Arm auf das Licht.

Sie drehte sich dreimal um neunzig Grad.

»Norden. Westen. Süden.«

Es war eiskalt. Die stechende Hitze hatte den Raureif in einem weiten Kreis um die Hütte herum geschmolzen, aber außerhalb dieses Kreises war das Heidekraut gefroren. Jetzt konnte sie auch sehen, dass die Landschaft nicht so flach war, wie sie bisher gedacht hatte. Im Westen war eine Hügelkette zu erahnen. Eine dünne Schneeschicht hatte die Höhenzüge berieselt wie mit Puderzucker. Hier und dort wuchs eine verkrümmte Zwergbirke, das fiel ihr auf, und als sie sich hinsetzte, um das Heidekraut genauer zu untersuchen, stellte sie fest, dass sie es mit mehreren Arten von Pflanzen zu tun hatte. Sie hatte keine Ahnung, wie die hießen, glaubte aber, sie zu erkennen.

Selma war in Norwegen.

Und zwar auf einer Hochebene.

So weit von der Hütte entfernt klapperte sie mit den Zähnen, deshalb schleppte sie sich zurück. Jetzt müsste sie die nassen Stiefel auf einen Stein bei der Glut so legen, dass die Öffnungen zur Brandstätte hinwiesen. Vielleicht könnte die Wärme hineinziehen und die Stiefel trocknen. Dabei würde sie eine Zeit lang barfuß sein müssen, aber ein bisschen Schmerz mehr oder weniger könnte bei ihren Überlebenschancen wohl kaum noch eine Rolle spielen.

Es war offenbar Herbst.

Während das Himmelsgewölbe stetig heller und das Grundstück mit der Hütte dunkler wurde, war sie immer fester davon überzeugt, dass sie sich nicht im Ausland befand. Das Innere der Hütte, das, was sie noch gesehen hatte, ehe sie zur Tür gestürzt war, war überaus typisch für ein spartanisches norwegisches Jägerhäuschen gewesen.

Eine Bewegung in der Ferne fing so plötzlich ihre Aufmerksamkeit ein, dass sie zu abrupt herumfuhr. Die Schmerzen bei der ruckhaften Bewegung ließen ihr schwarz vor Augen werden. Sie taumelte für einen Moment, fand aber ihr Gleichgewicht wieder und versuchte, sich darauf zu konzentrieren, was sie gesehen hatte.

Da war etwas, das sich bewegte.

In weiter Ferne, wo sich die Ebene langsam und gleichmäßig zu einem Felskamm anhob, gingen drei Gestalten langsam in die

Richtung, die, wie Selma jetzt wusste, Norden war. Sie wollte rufen, stellte aber fest, dass ihre Stimme nicht in der Lage war, besonders laut zu klingen. Die Bewegungen waren zudem zu weit weg, und da hätte niemand sie hören können.

Die eine Gestalt blieb stehen.

Rentiere, das sah Selma jetzt.

Nicht nur drei, aus einer Mulde in der Landschaft tauchte nun eine ganze Herde auf.

Wilde Rentiere? Zahme?

Selma versuchte, ihr Gehör zu schärfen. Zahme Rentiere trugen Glocken. Manche jedenfalls.

Sie konnte aber nur Knistern, ab und zu einen leisen Knall von der Brandstätte her und den Wind über der Hochebene hören. Der Wind kam ihr jetzt stärker vor, und hier und dort flammten mitten in der Asche wieder kleine Feuer auf.

Sie konnte in Finnmark sein.

Norwegen hatte viele Hochebenen. Mehrere wiesen zahme und wilde Rentierherden auf. Es gab Südsami und Nordsami und Jäger und Rentiere, und Selmas Kopfschmerzen waren so stark, dass sie umsank.

Sie war offenbar eine Weile bewusstlos gewesen.

Die Kälte weckte sie. Sie hatte noch nie solche Schmerzen gehabt. Ihre oberste Hautschicht schien nicht mehr vorhanden zu sein. Darunter war es weder warm noch kalt, es tat nur entsetzlich weh. Abgesehen von den Füßen. Die spürte sie fast überhaupt nicht mehr, sie waren ein träges, gefühlloses Anhängsel an einem zerstörten Körper geworden. Das war angenehm, und für einen Moment schloss sie die Augen, um nur ihre Beine wahrzunehmen. Der Rest ihres Körpers war ihr egal. Da wurden ihre Füße warm.

Sie erinnerte sich an Woodstock, an ein grünes Badezimmer und an ein heftiges Gefühl von Einsamkeit.

»Steh jetzt auf!«

Sie stand auf.

Es hatte angefangen zu schneien. Leichte weiße Flocken wirbelten um sie herum.

Langsam humpelte sie zurück zur Hütte und hielt auf der Brandstätte Ausschau nach etwas, das sie verwenden könnte, etwas, um sich damit zu bedecken, etwas, worin sie ein wenig Wärme finden könnte. Aber alles war nur schwarz, verbrannt und unbrauchbar.

Wieder drehte sie sich zu der Felskuppe um, wo die Rentiere unterwegs gewesen waren. Sie waren vielleicht noch immer dort, aber jetzt schneite es so heftig, dass sie nur einige Meter weit blicken konnte.

Sie weinte, das merkte sie jetzt. Das war dumm und unnötig. Außerdem konnte sie nicht weinen, da war sie sich ganz sicher, auch wenn sie sich nicht erinnern konnte, weshalb.

Aber sie weinte.

Und dann sah sie ein Stück vor sich eine Geröllhalde, das konnte sie gerade noch erkennen. Jemand hatte die Steine sorgfältig in einer Art Ring aufeinandergelegt, es war ein niedriger, mit Moos überwachsener Steiniglu. Langsam ging sie darauf zu. Es war nur eine Geröllhalde, das sah sie ein, aber trotzdem schaffte sie es, auf die andere Seite zu gehen.

Eine Tür.

Niedrig und schlicht, grob zurechtgehauen und mit Angeln, die uralt aussahen.

Kein Schloss. Die Tür war nur mit einem Riegel versperrt. Sie hob ihn an, obwohl ihr eigentlich die Kraft dazu fehlte, öffnete die Tür, obwohl die viel zu schwer war. Sie musste sich bücken, um hineinzugehen, und sie ließ die Holztür hinter sich zufallen.

Drinnen war es stockfinster.

Aber es schneite nicht.

Selma kniff die Augen so fest zu, wie die Schmerzen das erlaubten. Als sie sie wieder aufschlug, konnte sie die Umrisse eines Bettes sehen.

Eines Bettes.

Sie ließ sich hineinfallen. Die Matratze war ein riesiger Sack voller Stroh oder Heidekraut oder etwas anderem, das stach, aber das spielte keine Rolle. Am einen Ende lagen zwei Decken. Wolldecken. Selma wickelte sich mit starr gefrorenen Fingern hinein, griff nach einem Fell, das sie für ein Rentierfell hielt, und zog es auf ihren zusammengekrümmten Leib.

Draußen heulte der Wind. Drinnen roch es nach Pisse. Die Schmerzen nahmen zu.

Selma spürte eine unendliche Trauer darüber, verlassen zu sein.

Sie erinnerte sich plötzlich an einen Mann, Jesper Jørgensen hieß er, und er hatte ihr einen Auftrag erteilt. Ihr fiel ein, dass sie eine Tochter hatte. Anine, die niemals richtig zu Selma gehört hatte. Es gab auch einen Sohn, aber an dessen Namen konnte sie sich unmöglich erinnern.

Dann war da noch etwas mit Nüssen, und Anine war immer schon schwierig im Umgang gewesen.

Die Schmerzen drohten sie zu ersticken.

Aber sie fror nicht mehr. Und sie schlief ein.

Sommer

Die Abrechnung

»Anine wollte absolut nichts davon hören«, sagte Selma Falck resigniert und setzte sich auf das Sofa. »Dass ich Jesper Jørgensens Unschuld beweise. Absolut nicht.«

»War wohl nicht anders zu erwarten«, meinte Einar Falsen. »Warst du eigentlich mit deiner Tochter je auf einer Wellenlänge?«

Selma gab keine Antwort. Darius, der Kater, der ihr aufgezwungen worden war, als sie ohne Geld ihr früheres Leben hatte verlassen müssen, starrte sie vom Couchtisch her vorwurfsvoll an. Sein Schwanz peitschte aggressiv hin und her.

»Du sitzt auf seinem Platz«, sagte Einar. »Du lernst das einfach nicht.«

Selma zog in einen Sessel um. Der war verschlissen, aber brauchbar und eigentlich recht bequem. Einars Wohnung sah überhaupt besser aus als einige Wochen vor Weihnachten, als sie selbst dort hatte wohnen müssen. Selma hatte ihm neue Fensterscheiben spendiert und den Pokertürken überredet, neuen Fußboden legen zu lassen. Das alte Sofa mit dem seltsamen Geruch war zur Müllhalde gefahren worden, und für zwanzigtausend von Selmas Kronen hatte Einar die kleine Wohnung mit gebrauchten Möbeln neu eingerichtet. Noch immer war das hier eine von Oslos schlimmsten Adressen. Innen dunkel, ein steter Fluss von Schwerlastverkehr und Straßenbahnen nur anderthalb Meter vor den Fenstern, aber Einar war jetzt zumindest unter Dach und

Fach. Noch einen Winter als Obdachloser unter Sinsenkrysset hätte er wohl kaum überlebt.

Er achtete zudem sorgfältiger darauf, seine Medikamente zu nehmen.

Und war offener.

»Hat sie dir einen Grund genannt?«, fragte er.

»Na ja. Zum einen war sie verärgert, weil ich nach Sjalgs Tod die Hochzeitsfeier verlassen habe. Aber was hätte ich denn sonst tun sollen? Da waren wirklich Leute genug, um das mal so zu sagen. Anine will ohnehin nichts mit mir zu tun haben, warum sie also sauer darüber ist, dass ich nicht geblieben bin, ist mir ein Rätsel.«

»Ob ich Amboss oder Hammer«, zitierte Einar den berühmten Peer Gynt.

»Zum anderen war sie ziemlich wütend darüber, dass ich überhaupt daran denken könnte, etwas zu tun, was Jesper Jørgensen und seine Crew von der Schuld an Sjalgs Tod befreit. Wenn ich Jesso gut genug kenne, und das tue ich, dann plant er sicher schon die Schadensersatzklage für seine Tochter. Unsere Tochter. Ich glaube, an diese Möglichkeit hat Jesper noch nicht einmal gedacht. Den interessiert nur sein guter Ruf.«

Sie trank einen Schluck aus der Pepsi-Max-Flasche.

»Anine war einfach nur wütend. Weil ich das vor der Beisetzung schon zur Sprache gebracht habe. Und weil ich überhaupt gekommen bin, glaube ich. Und weil ich nie irgendein Interesse an ihr oder Sjalg gezeigt habe. Weil ich kein Geld in die Hochzeitskasse gegeben habe, was nun wirklich eine Frechheit ist. Wo ich doch nur mit Ach und Krach eingeladen worden bin, meine ich. Die SMS mit der halbherzigen Einladung kam ungefähr eine Viertelstunde vorher und war außerdem von Sjalg, nicht von Anine. Außerdem war sie wütend, weil ...«

»Alles klar«, fiel Einar ihr ins Wort. »Sie war sauer.«

»Ja. Eher sauer als traurig, obwohl ich sehen konnte, dass sie viel geweint hatte. Überraschenderweise glaube ich schon, dass sie ehrlich verliebt war in den Kerl.«

»Arsch.«

»Anine oder Sjalg?«

Einar ließ Darius auf seinem Schoß herumlaufen. Der Kater schnurrte zufrieden, drehte drei Runden über Einars Oberschenkel und legte sich dann zur Ruhe.

»Anine bin ich nie begegnet. Sjalg Petterson auch nicht, aber über den hat man immerhin gelesen. Wie gesagt: Arsch. Kürzlich war im *Morgenbladet* ein Artikel über ihn. Er war offenbar so ein bisschen Typ amerikanischer Charismatiker. Er hat seine Anhänger. Das ist immer unheimlich.«

»Anhänger haben wir alle in diesen SoMe-Zeiten, unsere Follower. Daran ist nichts auszusetzen.«

Sie hatte über zweihunderttausend Follower auf Instagram. Was offenbar für jemanden in ihrem Alter ein Rekord war.

»Ich meine Anhänger, wie Jesus sie hatte. Wie die Evangelisten. Wie Hitler von mir aus. Leute, die jemand anderen für etwas Größeres halten als sich selbst. Für jemanden mit einer Botschaft, die an eine Religion grenzt. Fanatismus.«

Selma trank den Rest Pepsi Max und stellte die Flasche auf den Couchtisch.

»So schlimm war er doch nicht? Keiner von den Schlimmsten jedenfalls.«

»Von Politik hast du keine Ahnung, und sie interessiert dich auch nicht.«

»Das weißt du gar nicht.«

»Doch.«

Selma verspürte eine wachsende Irritation. Das war ungewohnt. Sie ärgerte sich oft über andere, zeigte das jedoch so gut wie nie. Einar war der einzige Mensch, von dem sie sich alles gefallen ließ, aber jetzt hatte sie Lust, ihn zusammenzustauchen.

»Ich halte mich absolut auf dem Laufenden«, sagte sie. »Und ich habe Interesse daran. Dass meine Arbeit ... meine gesellschaftliche Stellung es bisher sinnvoll erscheinen ließ, politisch nicht zu stark Farbe zu bekennen, ist etwas ganz anderes.«

»Feigling«, sagte Einar. »Deine Stellung als Promi meinst du? Als Talkshow-Gast und Teilnehmerin an Realityshows? Früher als Staranwältin und jetzt als Norwegens bekannteste Privatdetektivin?«

»Lass den Scheiß. Hilf mir lieber.«

»Wenn du dich auf dem Laufenden hältst, dann weißt du, wie gefährlich Leute wie Sjalg Petterson sind. Oder waren. Jetzt ist er ja tot.«

Einar grinste, und Darius drehte sich auf den Rücken.

»*Good Riddance*, sagt man nicht so?«

»Er war mein Schwiegersohn.«

»Für zwei Minuten.«

Selma sprang auf.

»Das muss ich jetzt nicht haben.«

»Was denn?«

»Hier zu sitzen und ...«

»Setz dich.« Einar hob den Kater auf den Boden und stapfte in die Küche. Selma setzte sich zögernd wieder. Draußen wurde mit Besteck geklirrt, und sie hörte, dass die Kühlschranktür geöffnet und wieder geschlossen wurde.

»Du musst deinen Auftrag definieren«, sagte Einar, als er mit einem Joghurtbecher und einem Löffel zurückkam. »Worin besteht der eigentlich?«

»Ich soll herausfinden, wieso Sjalg Petterson Macadamianüsse verzehren konnte, wo so viele von seiner Allergie wussten und alle Verhaltensregeln befolgt worden waren.«

»Nein.«

»Nein?«

»Dein Auftrag lautet, zu beweisen, dass Jesper Jørgensen nicht daran schuld ist, dass Sjalg Petterson Macadamianüsse verzehrt hat. Du vertrittst jetzt ebenso eine Seite wie früher als Anwältin.«

»Das weiß ich doch!«

»Aber du hast keine Schlussfolgerungen gezogen.«

»Natürlich habe ich das nicht. Ich habe ja kaum mit der Arbeit angefangen.«

»Du musst am richtigen Ende anfangen, Mariska.«

Einar Falsen hatte aus sehr vielen Gründen in den vergangenen fünfzehn Jahren nur selten ferngesehen. Aber die wenigen Male, wenn er es einen oder zwei Tage in einer Obdachlosenunterkunft ausgehalten hatte, war es doch vorgekommen, dass er sich in einen Aufenthaltsraum wagte. In der weitestmöglichen Entfernung zum Fernsehapparat sah er *Law and Order: Special Victims Unit*, sowie jemand ihm helfen konnte, den richtigen Sender einzustellen.

Selma spielte die Hauptrolle in dieser Serie, das hatte er in seiner Verwirrung zwei Monate lang geglaubt. Sie sah Mariska Hargitay zum Verwechseln ähnlich. Es kam noch immer vor, dass er diesen alten Namen verwendete, auch wenn sein fester Wohnsitz ihn bereits so weit normalisiert hatte, dass er sie meistens Selma nannte.

Es passierte vor allem noch, wenn er sich aufregte.

»Du musst am richtigen Ende anfangen«, sagte er noch einmal.

»Und das wäre?«

»Welche Alternativen gibt es noch? Wie hätte Sjalg die verdammten Nüsse abkriegen können?«

»Indem er sie gegessen hätte?«

Einar verdrehte die Augen und atmete schwer.

»Das bringt doch nichts. Warum hast du den Auftrag eigentlich angenommen?«

Sie merkte, dass sie rot wurde. Selma Falck wurde nie rot. Sie griff nach der leeren Flasche, um ihr Gesicht zu verstecken. Das wirkte albern, und sie stellte die Flasche wieder weg, während sie ihre halblangen Haare schüttelte, um so viel wie möglich von ihrem Gesicht zu verbergen.

»Der Junge tut mir leid«, sagte sie und wusste, dass das halbwegs stimmte.

»Aber du hast dir überlegt, worum es bei diesem Auftrag geht?«

»Ja. Wenn ich Erfolg habe, können du und ich gut essen gehen. Oft.«

»Wenn du beweisen kannst, dass die Nüsse nicht im Essen waren, weil irgendwer in der Küche geschlampt hat, dann ist Sjalg Petterson ermordet worden.«

»Was?«

»Maris... Selma.« Einar erhob sich. Seine Knie würden ihn niemals richtig tragen können, eiskalte Winter und harter Drogenkonsum hatten für einen ewigen Knick in beiden Kniekehlen gesorgt. Er schlurfte um den Tisch herum und blieb vor ihr stehen. »Sjalgs Tod war entweder ein Unfall oder eine vorsätzliche Tat. Und da die Polizei, wenn ich das richtig verstanden habe, sich nicht sonderlich engagiert, ist die vorherrschende Auffassung, dass es sich um einen makabren Unfall gehandelt hat.«

»Äh ... ja?«

»Selma Falck.«

»Das bin ich.« Sie schaute zu ihm auf. Er wirkte ganz normal, abgesehen davon, dass er seinen Bart in einer komischen Zickzackform von einem Ohr zum anderen geschnitten hatte und dass seine Haare nach allen Seiten abstanden und sicher seit einem Monat nicht mehr gewaschen worden waren.

Und dass er die Knie nicht richtig gerade machen konnte.

»Du bist berauscht«, sagte er.

»Berauscht? Ich trinke nie. Das weißt du.«

»Du bist high von dir selbst. Das steht dir nicht.«

»Ich? High von mir selbst?« Ihre Wut drängte überraschenderweise immer heftiger an die Oberfläche. Einar Falsen war der eine Mensch, auf den sie niemals wütend war. Der niemals auf sie wütend war. Er war ihr Einziger, der, der immer zu ihr gehörte. Sie hatte sich um ihn gekümmert, als er mit dem besten Grund der Welt zum Mörder geworden war. Sie hatte ihn vor dem Gefängnis in die Psychiatrie und so schnell wie möglich wieder dort herausgerettet. In all den Jahren, in denen er alles zwischen leicht verrückt und vollkommen wahnsinnig gewesen war, immer weiter entfernt von der Wirklichkeit und denen, denen er einmal wichtig gewesen war, hatte Selma ihn nie im Stich gelassen. Sie hatte ihn gesucht, im Wald und in der Stadt und einmal im Ausland, hatte sich um ihn gekümmert, wenn er ganz besonders krank gewesen war, und ihn für einen oder zwei Tage ins Krankenhaus gebracht, wenn er in unregelmäßigen Abständen kurz vor dem Tod stand. Es war unmöglich zu sagen, wie viel Zeit und Geld sie für diesen Mann aufgebracht hatte, aber jetzt war eine unbekannte Wut dabei, sie zu überwältigen.

»Lass den Scheiß«, sagte sie streng. »Das ist mein Ernst. Lass den Scheiß, Einar.«

»Das letzte halbe Jahr lief es gut für dich. Streng genommen bist du aber dennoch schlechter dran als damals, als du einem Mandanten Millionen von Kronen gestohlen hattest und nur noch ein Mösenhaar …«

Er ließ Daumen und Zeigefinger einander fast berühren und musterte den nicht vorhandenen Abstand aus zusammengekniffenen Augen.

»… vom Gefängnis entfernt warst. Aber du hast dich gerettet. Durch deine vielen Fähigkeiten, durch Glück und durch den dankbaren Vater einer jungen Frau, deren Unschuld du bewiesen hast. Es war eine Chance von einem Prozent. Du könntest jetzt im Gefängnis sitzen. Durch deine Schwächen, deine Fehler, dein

Versagen. Die Chancen dafür betrugen an die neunundneunzig Prozent.«

Er ragte über ihr auf, kam immer näher, mit dem Junkieknick in den Knien und dem widerlichen Gestank von Zahnfäule.

»Im Grunde bist du sehr einsam«, sagte Einar. »Und du wirst langsam zu alt, um das zu ertragen.«

Selma hielt sich erneut die leere Plastikflasche ans Gesicht und fing an, leicht damit gegen ihre Stirn zu schlagen, rhythmisch.

»Das ist natürlich traurig«, fuhr Einar fort. »Aber Einsamkeit ist keine Entschuldigung. Einsamkeit ist die schlechteste Entschuldigung, die es überhaupt gibt, dafür, das Leben nicht zu bewältigen.«

Selma schluckte. Zum Glück konnte sie nicht weinen. Bei einem Handballspiel in einem früheren Leben hatte sie sich die Augen verletzt. Ein Geschenk, hatte sie später immer gedacht. Auch jetzt.

Einar fuhr sich mit den mageren Händen über die Knie und fuhr fort:

»Du leidest unter der traurigsten Einsamkeit von allen: der ängstlichen. Der feigen, wenn ich das direkt sagen soll. Du bewegst dich in dieser Gesellschaft wie ein Star, und das genießt du. Viele glauben, dich zu kennen, aber niemand kennt dich wirklich. Nicht, weil sie das nicht wollen. Nicht, weil du ihnen nicht wichtig bist. Verdammt, Selma, du hast mehr Freunde, als ich jemals hatte, als ich gesund war. Und ich hatte viele. Dein Problem ist, dass sie mit dir befreundet sind. Du aber nicht mit ihnen. Weil du dich nicht traust.«

»Ich muss gehen«, sagte Selma. »Und ich glaube, deine Medikamente sorgen bei dir gerade für schlechte Laune.« Sie erhob sich. Darius fauchte, als sie ihm auf die Schwanzspitze trat. Sie hatte nicht gemerkt, dass er sich zwischen sie und Einar auf den Boden gelegt hatte. Selma widerstand der Versuchung, dem Vieh einen Tritt zu versetzen, riss ihre Handtasche an sich, warf sie sich über die Schulter und ging auf die Wohnungstür zu.

»Fotografien«, sagte Einar laut.

»Was?« Sie drehte sich um, ehe sie die Tür erreicht hatte.

»Wir leben in der Zeit des fotografischen Augenblicks«, sagte er. »Alle machen Bilder. Die ganze Zeit. Und wann machen wir die meisten? Bei Festen. Es muss Hunderte von Fotos von dieser Hochzeit geben, Selma. Tausende vielleicht. Aufgenommen von über zweihundert Gästen, fast alle mit Handys. Es war gutes Wetter, ein schönes Brautpaar, ein Dutzend Promis und sicher haufenweise Selfies. Die Bilder musst du einsammeln, Selma. Dann kannst du das ganze Fest rekonstruieren.«

Er hatte sich auf das Sofa gesetzt, schlürfte den restlichen Joghurt und schmierte ihn sich in den absurd geschnittenen Bart. Darius sprang sofort auf seinen Schoß und bettete sich nach einigen Runden um sich selbst zur Ruhe. Einar stellte den Becher ab und legte beide Hände um den Kopf des Katers, kraulte ihn hinterm Ohr und fuhr mit der Hand langsam und fest über das sorgsam gebürstete Fell.

Dann schaute er auf.

»Und denk an das, woran ich dich bei jedem einzelnen Fall erinnere, mit dem du dich abmühst: *Cui bono?*«

»Wer hat etwas davon?«, sagte Selma Falck und ging nach Hause.

Sjalg Petterson

Selmas Balkon war nicht groß, aber sehr günstig gelegen. Als einziger Balkon am ganzen Haus hing er wie eine Warze schräg an der Fassade und war nicht nach Südwesten gerichtet. Der Architekt musste sich ausgemalt haben, dass ein plötzlicher Bruch in der glatten Fassade spannend sein könnte. Von außen sah es idiotisch aus, fand Selma, aber für sie war der kleine Balkon perfekt. Sie hatte keine Nachbarn gegenüber, jedenfalls nicht zu dicht, und freien Ausblick über die Grünanlage Myre, wo der Akerselv die Stadt teilt. Spielende Kinder, sommers wie winters, eilige Menschen und überall Hunde. Selma sah alle, niemand sah Selma.

Perfekt.

Sie hatte ein Tischchen und einen schlichten Bürostuhl von IKEA auf den Balkon gestellt. Beides war so klein, dass auf dem Balkon noch dazu Platz für eine Gartenliege war. Darauf lag Selma seit Mai jeden Tag zwei Stunden. Sie sah aus, als wäre sie den ganzen Winter auf Segeltörn in der Karibik gewesen.

Die Sonne machte es eigentlich unmöglich, auf dem Bildschirm etwas zu erkennen. Auf Facebook hatte sie jedoch eine Werbeanzeige gefunden, genauer gesagt hatte die Anzeige wohl sie gefunden. Zumindest war jetzt ein praktisches kleines Zelt am Tisch befestigt. Es ließ kein Licht durch und bedeckte das MacBook gerade so weit, dass man im Freien arbeiten konnte. Selma wohnte seit Langem mehr oder weniger auf dem Balkon. Knappe vier Quadratmeter waren wenig im Vergleich zu dem riesigen Grundstück mit Strandzugang und Badehaus, das sie verlassen hatte, aber das hier gehörte nur ihr.

Und war viel, viel besser.

Sie zog die Schirmmütze tiefer in die Stirn und loggte sich ein.

Sjalg Petterson war ihr natürlich nicht unbekannt.

Sie war ihm nie begegnet, abgesehen davon, dass er sie auf der Hochzeit, anders als Anine, durchaus höflich begrüßt hatte, gleich nachdem das Brautpaar in einem Oldtimer von den Aufnahmen auf dem Operndach gekommen war, erinnerte sich Selma. Er hatte seine berühmte Schwiegermutter entdeckt, hatte genickt und gelächelt, um sich danach einen Weg durch die Menge aus fröhlichen, gratulierenden Gästen zu bahnen. Sie hatten kurz einige Höflichkeitsphrasen ausgetauscht, ehe er von seinem Trauzeugen weggezogen worden war.

In Wirklichkeit sah der Mann besser aus als auf Bildern, auch attraktiver als im Fernsehen, denn er war ungewöhnlich groß und breitschultrig. Sein Blick war direkt und freundlich, sein Händedruck war fest gewesen und hatte gerade lange genug gedauert. Durch eine fast unmerkliche Kopfbewegung hatte Sjalg Petterson Selma zu verstehen gegeben, dass er Anines unfreundliche Haltung ihrer Mutter gegenüber für reichlich albern hielt. Seine Lachfältchen sagten, sie würden schon eine Lösung finden, und dass er sich jedenfalls darüber freute, dass sie gekommen war.

In diesem Moment hatte Selma den Mann sympathisch gefunden. Er hatte sie trotz allem interessiert, und ihm schien an ihrer Anwesenheit ehrlich gelegen gewesen zu sein.

Jetzt fand sie ihn nicht sympathisch.

Politik hatte Selma Falck niemals wirklich interessiert. Als ihr Exmann Jesso vor einigen Legislaturperioden ins Parlament gewählt worden war, war der letzte Rest von ihrem vielleicht doch vorhandenen Interesse an nationalen Belangen verschwunden. Die Dinnerpartys, die ohnehin schon ziemlich langweilig gewesen waren, wurden nun dominiert von unerträglichen Gesprächen über Subventionsmaßnahmen für kleine Betriebe, Patientenrecht und angepasste Unterrichtspläne für die ersten vier Schuljahre.

Seit sie wählen durfte, hatte sie ihre Stimme bei allen Wahlen den Sozialdemokraten gegeben, was sonst niemand wusste. Die Entscheidung, die sie in jungen Jahren getroffen hatte, war eher pragmatisch begründet gewesen denn ideologisch: Selma Falck war mit dem Stand der Dinge so ziemlich zufrieden. Die Sozialdemokratische Partei lag in etwa in der Mitte von allem, was norwegisch war, und stand für dasselbe wie sie selbst, wenn es um die großen Anliegen ging. Wohlfahrtsstaat, Verteilung des Besitzes, Gleichstellung und Rechtssicherheit, öffentliches Schulwesen und Gesundheitsfürsorge für alle sowie der respektvolle Umgang mit Flüchtlingen. Aber gerade in diesem letzten Punkt hatte sich die Sozialdemokratische Partei in den vergangenen Jahren den Rechtspopulisten stark angenähert.

Sjalg Petterson unterstützte die Rechtspopulisten. Bis vor zwei Jahren hatte das niemand gewusst.

Der Mann war Historiker und schon ungewöhnlich jung an eine Professur gelangt. Sein Fachgebiet war die norwegische Nachkriegsgeschichte. Eine Zeit lang war er als gern gesehener Kommentator und Analytiker in alten und neuen Medien zu sehen gewesen. Später schrieb er dann seinen eigenen Blog, der dafür, dass er von einem Akademiker betrieben wurde, außergewöhnlich bekannt geworden war. In der ersten Zeit hatte er kein unliebsames Aufsehen erregt. Nach einem Konflikt, bei dem er sich gegen die Universitätsleitung auf die Seite eines Kollegen gestellt hatte, wurde dagegen immer deutlicher, dass Sjalg Petterson durchaus nicht nur wegen seiner fachlichen Kenntnisse bekannt werden wollte. Der Kollege hatte in der Zeitung *Klassekampen* einen Beitrag geschrieben, in dem er glaubte beweisen zu können, dass es einen Zusammenhang zwischen fremdkultureller Einwanderung und akademischem Verfall an Universitäten und Hochschulen gäbe. Sjalg Petterson gelang es, gleichzeitig den Kollegen zu beleidigen und in seiner Verteidigungsrede die Universitätsleitung zu demütigen. Der Artikel des Kollegen war schlecht geschrieben und beinhaltete zudem falsche Daten, wie Sjalg nachwies. Schlimmer fand er es dagegen, dass die Universität Oslo missverstanden hatte, worum es bei Meinungsfreiheit eigentlich ging.

Sjalg Pettersons Vorgehen hatte bei ziemlich vielen eine gewisse Begeisterung hervorgerufen.

Sechs Wochen später brachte *Klassekampen* einen weiteren Artikel. Den hatte Sjalg Petterson selbst geschrieben. Es ging darin um den Zusammenhang zwischen gewachsenen sozialen Unterschieden in den Osloer Schulen und der misslungenen städtischen Wohnungs- und Zuwanderungspolitik. In sich war dieser Artikel so gut wie unangreifbar. Alle Daten stimmten, und nichts von dem, was Sjalg Petterson geschrieben hatte, war unwahr. Politisch hatte sein Text jedoch heftige Diskussionen ausgelöst und ihm bei den Parlamentswahlen des Jahres 2017 einen symbolischen zwanzigsten Platz auf der Kandidatenliste der Rechtspopulisten gesichert. Wenn er es gewollt hätte, hätte er viel weiter oben landen können. Sjalg Petterson wollte jedoch lieber auf seiner Kanzel in der Universität bleiben, als sich für mindestens vier Jahre von parlamentarischen Pflichten binden zu lassen.

Ungefähr zu diesem Zeitpunkt hatte er die viel jüngere Jurastudentin Anine Falck-Mørk kennengelernt. Jesso war von dieser Beziehung alles andere als begeistert gewesen. Selma hatte mit den Schultern gezuckt, und als sie wenige Monate später von der Verlobung hörte, hatte sie aufgehört, sich für den Burschen zu interessieren.

Das Laptop-Zelt sackte jetzt in sich zusammen.

Selma machte sich an den dünnen Stützstangen zu schaffen. Das System war längst nicht so idiotensicher, wie die Anzeige verheißen hatte, aber nach einigem Hin und Her konnte sie den Bildschirm wieder erkennen.

Anine hieß nicht mehr Falck, das hatte Selma in einer Bildunterschrift zu einem Foto der beiden vor zwei Monaten auf dem Weg zu einer Filmpremiere gesehen.

Der immer populärere und umstrittenere Sjalg Petterson zeigte sich auch auf dem roten Teppich. Hier zusammen mit seiner Verlobten Anine Mørk.

Blitzschnell klickte Selma sich weiter zum nächsten Artikel.

Nun hieß ihre Tochter vielleicht Anine Petterson, auch wenn die Ehe nur von allerkürzester Dauer gewesen war. Oder Anine Mørk Petterson. Falck war verschwunden. Da Selma auf einem Bindestrich zwischen den Nachnamen der Kinder bestanden hatte, musste ihre Tochter eine amtliche Erlaubnis zu dieser Namensänderung eingeholt haben.

Eine aktive Handlung, um sich ihrer Mutter zu entledigen.

Selma sprang so abrupt auf, dass der kleine Cafétisch fast umgekippt wäre. Sie schnappte sich den Laptop und lief ins Wohnzimmer, ließ die Balkontür offen stehen und knallte das Gerät ein wenig zu hart auf den Esstisch. Aus der Küche holte sie sich eine Pepsi Max und einen Apfel.

Sie sollte von diesem Auftrag zurücktreten.

Das Ganze war doch Schwachsinn.

Die Polizei zeigte kein überschwängliches Interesse an dem Fall. Das war Selma nach ihrem Gespräch mit Anine jedenfalls klar geworden. Ein plötzlicher Todesfall wie der von Sjalg Petterson war aller Wahrscheinlichkeit nach in einem Ordner im Polizeigebäude registriert, würde aber wohl kaum zum Gegenstand umfassender Ermittlungen werden. Die Todesursache stand bereits so gut wie fest, und sie wirkte logisch. Hyperallergie gegen ein relativ häufiges Nahrungsmittel würde immer ein Risiko bedeuten. Wenn also die Lebensmittelaufsicht an diesem ausgesprochen ungelegen kommenden Todesfall nichts Aufsehenerregendes fand, würden die Ermittlungen eingestellt werden.

Was eigentlich seltsam war, wenn sie sich das genauer überlegte.

Sie schob das MacBook vorsichtig von sich weg, zog es wieder zu sich hin.

Ihre Finger eilten über die Tastatur, und das Porträt eines ernsten Sjalg Petterson tauchte auf, das blaue Logo des Asthmaverbandes quer über seine Brust gedruckt. Ein kurzer Text schilderte die Gefahr von Lebensmittelallergien und forderte alle auf, Verständnis für unsichtbare Leiden an den Tag zu legen.

Wie für seines, eine Allergie gegen Macadamianüsse.

Selma glaubte sich an den Fall zu erinnern, der den Anlass zu dieser Anzeigenkampagne geliefert hatte. Die Eltern an einer

Grundschule in Bergen hatten gegen die Konsequenzen der Nussallergie eines Schülers protestiert. Sie waren gebeten worden, ihren Kindern keinerlei Nussprodukte mit in die Schule zu geben, nicht einmal Brote mit Erdnussbutter. Die Solidarität reichte jedoch nicht ganz bis zu den Pausenbroten, und der Junge war sehr krank geworden. Er hatte überlebt, aber für einige Tage war heftig diskutiert worden, wer nachgeben sollte, der Allergiker oder die, die um jeden Preis Nüsse in ihrer Proviantdose haben wollten.

»Herrgott«, murmelte Selma und beugte sich zum Bildschirm vor.

Sie war auf der Seite der Eltern des Kleinen und konnte gut verstehen, warum die sich an der Diskussion beteiligt hatten. Nicht so leicht konnte sie begreifen, warum Sjalg Petterson mit einem solchen Leiden an die Öffentlichkeit gegangen war.

Das zeigte doch seine Schwachstelle, wenn jemand ihm übel gesinnt war.

Daran hatte er natürlich nicht gedacht.

Vermutlich, weil er sich nicht vorstellen konnte, dass jemand ihm übel gesinnt sein könnte.

Oder ganz einfach, weil tatsächlich niemand dem jungen Professor übel gesinnt war. Norwegen war nicht so, Norweger brachten sich nicht wegen ihrer Meinungen gegenseitig um.

Da fiel ihr der 22. Juli ein.

Benjamin Hermansen, der fünfzehn Jahre alte Junge mit dem dunkelhäutigen Vater. Der Junge war 2001 von Rassisten erstochen worden.

Die Hadelandsmorde.

Schweden, das Land, das in Sprache und Kultur so starke Ähnlichkeit mit Norwegen hatte, dass die beiden Nationen eigentlich zu einer werden müssten, hatte Anna Lindh und Olof Palme durch Attentate verloren. Oder durch die Taten von Wahnsinnigen.

Was vielleicht auf dasselbe herauskam.

Selma öffnete ihr Word-Programm, fand ein Dokument und klickte auf »Drucken«. Der Drucker im Schlafzimmer sirrte und brummte. Sie ging hinüber und holte das Blatt, dann legte sie es vor sich auf den Tisch.

Cui bono, wie Einar ihr eingeschärft hatte.

Wer hat etwas davon?, hatte Selma ganz oben auf das Blatt geschrieben.

Die eindeutige Kandidatin war Anine, falls die beiden keinen Ehevertrag unterzeichnet hatten, der Anine enterbte. Sjalg Petterson hatte keine Kinder aus früheren Beziehungen, und Selma nahm deshalb an, dass Anine alles erben würde, was eben zu vererben war. Wobei es sich vermutlich nicht um viel mehr handelte als um die Wohnung in Tåsen, die durchschnittlich war, ein Auto und möglicherweise eine Hütte aus Familienbesitz. Universitätsangestellte verdienten kein Vermögen, und der Mann war relativ jung gewesen.

Natürlich hatte Anine ihren Mann nicht nach dreistündiger Ehe umgebracht. Selmas Tochter war zickig und ungerecht, aber nicht gefährlich.

Nicht dumm.

Selma strich den Namen mit schwarzem Filzstift aus.

Nach allem, was sie ergoogeln konnte, bestand vorläufig kein Grund zu der Annahme, es könnte ein finanzielles Motiv dahinterstecken, wenn hier also doch ein Mord geschehen sein sollte.

Unter Anines Namen hatte Selma geschrieben: konkurrierende Köche.

Sjalg Pettersons Tod könnte Jesper Jørgensen schaden. Rivalität war sicher in seiner Branche ein ebenso bekanntes Phänomen wie in jeder anderen.

Sie biss in den Apfel.

Kaute.

Schluckte und seufzte tief.

Es musste zahllose andere Möglichkeiten geben, um einen Konkurrenten in Verruf zu bringen, als diese. Selma hob den Filzstift, drehte die Kappe ab, und nachdem sie noch einige Sekunden überlegt hatte, strich sie auch die Köche von ihrer Liste.

Die nun folgenden Namen waren um einiges zahlreicher: Politiker, denen Sjalg Petterson an die Gurgel gegangen war.

Wobei er ja eigentlich niemandem an die Gurgel ging. Er war extrem, und seine Feder war spitz. Nachdem sie fast vier Stunden damit verbracht hatte, über Sjalgs Leben, Wirken und öffentliche Äußerungen zu lesen, war sie überrascht davon, dass er niemals direkt ausfallend war. Er verwendete nicht den Ton der Zeitungskommentarspalten. Verachtung, Hetze und die Verschwörungstheorien auf *default.no*, *wrong.no* und ähnlichen rechtsextremen Herrlichkeiten fehlten bei ihm. Er widersprach den gröbsten Unsachlichkeiten in seinen eigenen Kommentarfeldern und sortierte offenbar vorher behutsam die Beiträge aus, die gegen die Gesetze verstießen oder an Gesetzesverstöße grenzten.

Selma öffnete die Pepsi-Max-Flasche und trank. Es war heute schon ihre dritte. Sie hatte gerade erst einen Artikel über die schädlichen Folgen solcher Getränke gelesen, deshalb drehte sie den Verschluss auf die Flasche, schob sie auf dem Tisch weit nach hinten und biss wieder in den Apfel.

Das Problematischste an den Rechtspopulisten war, dass nicht mehr alle Katzen grau waren.

Nicht einmal bei Nacht.

Früher war es einfacher gewesen. Da hatte es, jedenfalls so, wie Selma das sah, nur eine Sorte von Rechten gegeben. Blind zuwanderungsfeindlich, ultrapopulistisch und ein bisschen dumm. Jedenfalls nach dem hektischen und blutigen Fraktionskrieg vor dem Parteitag 1994. Der bürgerliche Flügel hatte sich durchgesetzt, und die Zeit der halbwegs erträglichen Liberalen in der Partei war zu Ende. Die Fortschrittspartei FrP hatte ihren Platz am Rand des rechten Spektrums gefunden. Sie war eine große Partei, doch Selma und die meisten anderen, die dachten wie sie, sahen kein Risiko, dass diese Partei jemals Regierungsverantwortung übernehmen könnte.

Was aber schließlich passiert war.

Und etwas hatte sich verändert.

Noch immer gab es in der FrP ausreichend schlichte Gemüter. Einige dort aber waren intelligent. Fähig. Und, offen gesagt, sympathisch. Noch immer rang die Partei mit Skandalen. In regelmäßigen Abständen wurden hochrangige Parteifunktionäre bei Betrugsversuchen, Schiebereien und Gesetzesbrüchen ertappt, und die MeToo-Bewegung hatte alte und taufrische Leichen aus dem Keller gezerrt.

Dennoch.

Einige von ihnen waren wie Sjalg Petterson. Vor allem Sjalg Petterson selbst.

Er hatte weit gestreute Interessen. Er war Globalisierungs- und EU-Gegner, elitenkritisch und Klimawandelskeptiker. Das EWR-Abkommen hatte er als unbrauchbar in seine Bestandteile zerlegt, und noch immer gehörte er zu den Wenigen, die ab und zu den US-Präsidenten Donald Trump verteidigten.

Vor allem aber lag ihm die Frage der Zuwanderung am Herzen.

Er hatte sie sich vorgeknöpft, einen nach dem anderen, die, denen er die Verantwortung dafür gab, dass ein unverantwortlich großer Strom von Flüchtlingen in Norwegen willkommen geheißen worden war. Darunter waren alle sozialdemokratischen Ministerpräsidenten seit Beginn der Siebzigerjahre und die meisten Justizminister in diesem Zeitraum. Im vergangenen Jahr war er jedoch überraschenderweise vor allem auf zwei Angehörige der konservativen Koalitionspartner losgegangen.

Die Ministerpräsidentin war das eine Ziel. Die gegen sie gerichtete Kritik konnte Selma eigentlich kaum nachvollziehen. Sie hatte auch keine Lust, sich deshalb Mühe zu geben.

Die kräftigste Salve aus dem Bunker auf dem Universitätsgelände traf jedoch den Justizminister Tryggve Mejer.

Im vergangenen halben Jahr war kaum ein Monat zwischen den Beiträgen verstrichen, die sich auf Sjalg Pettersons Blog dem konservativen Minister widmeten. Sie waren immer scharf formuliert, hielten sich jedoch im Rahmen eines akzeptablen Wortwechsels.

Bei den Kommentaren war das anders.

Nach einem Blick in die Tiefe, aus der die Hurrarufe stammten, war Selma fast schon schlecht. Sie musste an eine Geschichte der Brüder Grimm denken, die sie als Kind gelesen hatte. Auf einer Illustration schritt der schöne Rattenfänger im Harlekinkostüm vor einem endlosen Strom von Ratten her, eine widerlicher als die andere. Das Bild hatte sie fasziniert, und sie wusste noch, dass sie mit sechs Jahren einen ganzen Sommer umhergewandert war und versucht hatte, mit einer Blockflöte Ratten anzulocken.

Sjalg Petterson war der Rattenfänger von Hameln.

Schön gekleidet, rein im Ton. Aber die Ratten folgten ihm.

Wo Sjalg Petterson Wörter wie *unverantwortlich* und *geschichtsvergessen* benutzte, hämmerten seine Anhänger los mit Anschuldigungen von Landesverrat und Drohungen mit der Todesstrafe. Wo Sjalg Petterson von *Konsequenzen* sprach und offenbar politische meinte, schrien die Fans nach dem Aufhängen an Laternenpfählen, sowie die norwegische Volksrevolution zur Tatsache geworden wäre.

Der Professor benutzte nicht die Sprache der Massen. Er war belesen und intelligent und kannte sich aus. Zudem zeigte er zwischen den Schlachten ein einnehmendes Wesen.

Das hatte Selma bei der Hochzeit selbst erfahren.

Sie fragte sich, was er eigentlich gewollt hatte.

Der Mann hatte keine Macht angestrebt, hatte aber großen Einfluss besessen. Er wollte keine anderen Positionen als die,

die er schon hatte, aber wenn er gewollt hätte, hätte er Minister werden können. Er hatte eine Anhängerschar, die immer größer wurde.

Der Mann war der Guru der extremen Rechten gewesen, und nun war er tot.

Vermutlich als Folge eines Unfalls. Einer der traurigen, unerwarteten Wechselfälle des Lebens, die ab und zu eintraten und auf die die Menschen dennoch niemals richtig vorbereitet waren. Die trauernden Hinterbliebenen suchten dann nach einem Sündenbock, wie Anine das gerade tat. Sie wollte Jesper Jørgensen nicht nur die Schuld an diesem Todesfall zuschieben, sie fand zudem, dass er dafür büßen müsste. Die Allgemeinheit war überzeugt, dass solche Dinge nicht einfach so und aus purem Zufall geschehen konnten.

Aber genau das taten sie doch, dachte Selma.

Und sie wollte sich ausnahmsweise einmal nicht an Einar Falsens Maxime halten. *Cui bono* war nicht relevant. In diesem Fall nicht. Es war ganz einfach nicht vorstellbar, dass irgendwer ihm bei seinem eigenen Hochzeitsessen Nüsse untergeschoben hatte.

Sie stand auf und ging zurück auf den Balkon, klappte das Laptop-Zelt zusammen, schob den Bürostuhl ins Wohnzimmer und machte die Sonnenliege bereit. Sie zog ihr Hemd aus, breitete ein Frotteehandtuch auf der Liege aus und legte sich hin.

Schloss die Augen.

Natürlich würden sich manche insgeheim über Sjalg Pettersons Tod freuen. Der Mann war für das links von der FRP angesiedelte politische Norwegen eine immer größere Plage geworden. Wie Selma die Sache aber auch drehte und wendete, sie konnte sich trotzdem nicht vorstellen, dass irgendwer ihm vorsätzlich das Leben genommen hatte.

Es war einfach ein Unfall gewesen.

Sie hatte keinen Fall.

Jesper Jørgensen musste sehen, wie er damit zurechtkam.

Sie zog das Telefon vom Tisch, fuhr sich mit den Fingern durch die halblangen Haare, schob sich die Sonnenbrille auf den Kopf, rückte das neue Bikinioberteil gerade, lächelte strahlend und machte ein Selfie. Postete es auf Instagram und Facebook, mit einem ganzen Schwanz von Hashtags, die absolut nichts damit zu tun hatten, wie es ihr ging oder was sie gerade tat.

Es wäre schon möglich, dass Jespers Restaurant in Konkurs ging.

Der Junge hatte ehrlich am Boden zerstört gewirkt. Außerdem war er reizend. In gewisser Hinsicht. Bengel und Mann in einer Person. Samtaugen und aggressive Tätowierung. Breitschultrig und durchtrainiert, aber er schob die Unterlippe vor, wenn ihm etwas nicht passte.

Selma mochte Jesper Jørgensen.

Eine Möglichkeit gab es noch, fiel ihr nun ein. Sie konnte einen von Einars anderen Ratschlägen befolgen. Die Irritation wuchs, als sie an ihn dachte, aber sein Vorschlag war vielleicht nicht ohne. Vermutlich wäre es eine riesige Aufgabe. Abermals zögerte sie, beschloss dann aber, einen Versuch zu machen.

Das Display hatte die ganze Zeit geleuchtet. Sie griff erneut nach dem Telefon. Sie hatte auf Instagram bereits über hundert Likes und neunundvierzig Herzen und erhobene Daumen auf Facebook. Sowie eine Einladung zum Grillabend bei Vanja und Kristina, die nach dem tragischen Tod ihres Sohnes kurz vor Weihnachten endlich wieder ein wenig auflebten.

Sie tippte ein Danke, einen erhobenen Daumen und ein Herz, dann schaltete sie das Telefon aus und legte sich wieder auf die Sonnenliege.

Morgen würde sie anfangen, die Fotos von Anines und Sjalgs Hochzeit zusammenzutragen. Sie wusste sogar schon, wo sie anfangen würde.

Herbst

Wasser

Der Körper schrie. Selma schrie. Draußen heulte der Wind.

Als sie die Augen aufschlug, wusste sie mehr über sich selbst.

»Selma Falck«, sagte sie mit einer fast unhörbaren Stimme. »Ich bin Selma. Anine ist meine Tochter, Johannes ist mein Sohn, und früher war ich Anwältin.«

Tief unten im Bauch steckte eine Wärme. Selma lag in Embryostellung da, in zwei Wolldecken gehüllt, auf einer mit etwas Stechendem gefüllten Matratze. Das Rentierfell, mit dem sie sich zugedeckt hatte, daran erinnerte sie sich, war auf den Boden gerutscht. Die Wärme dort drinnen, tief unter der Haut, irgendwo im Gedärm, war wie eine Streichholzflamme. Sie könnte jederzeit erlöschen. Sie krümmte sich noch mehr zusammen, faltete sich um die kleine Glut, durch die sie in ihrem Schlaf am Leben gehalten worden war, der vielleicht eine Stunde gedauert hatte. Oder zwei Tage.

Sie hatte keine Ahnung.

Die Kopfschmerzen waren noch immer heftig, aber etwas besser. Oder nein, nicht besser, nur anders. Der Schmerz war ebenmäßiger, und es war leichter, mit einem konstanten Schmerz umzugehen, als mit den plötzlichen Messerstichen, die in die Nerven schlugen und sie zwangen, sich die ganze Zeit zu wappnen und hart zu sein.

Sie hatte eine schwere Gehirnerschütterung und hätte nicht schlafen dürfen.

Es war gefährlich, bei Gehirnerschütterung zu schlafen. Sie wusste noch genau, dass sie nicht mehr gefroren hatte, als sie eingeschlafen war, und das war ebenso gefährlich.

Aber zumindest war sie wieder aufgewacht.

Sie wusste noch, dass sie diese Hütte gefunden hatte. Sie erinnerte sich an den sperrigen Riegel. Die schwere Tür. Die tiefe Finsternis.

Nun sah sie im Dunkeln besser.

Und sie hatte Durst. Einen herzzerreißenden, beängstigenden Durst. Hunger hatte sie auch, aber vor allem nahm sie ihre Zunge als riesigen trockenen Klumpen in ihrem Mund wahr. Sie versuchte, Speichel zu produzieren, aber in ihren Drüsen gab es keine Feuchtigkeit mehr.

Scheiß auf das Essen, aber sie brauchte dringend Wasser.

Wasser und Wärme.

Selma zwang sich mühsam in eine Sitzposition. Ihr Körper schmerzte und protestierte bei jeder Bewegung. Als sie endlich aufrecht saß, den Rücken an die eiskalte Steinmauer der kleinen runden Hütte gelehnt, sah sie, dass die besser ausgerüstet war, als sie vor dem Einschlafen angenommen hatte.

Vermutlich war diese Steinhütte uralt. Vielleicht war sie vor mehreren hundert Jahren von Sami erbaut worden. Oder von Jägern. Sie war nicht groß, fast ganz rund und vielleicht zwei Meter im Durchmesser. Sie kannte Bilder von solchen Schutzhütten. Die waren sonst nicht rund, sondern viereckig und lagen gern an einem Hang, weshalb sie mit ihren Grasdächern und den grauen Mauern so gut wie unsichtbar waren.

Diese hier war rund.

Vielleicht war Selma doch nicht in Norwegen.

Das Bett, in das sie gefallen war, war aus groben, ungehobelten Brettern zusammengenagelt. Es war nicht lang genug für sie oder überhaupt für einen erwachsenen Menschen. Es konnte vom Kopf- zum Fußteil kaum anderthalb Meter messen. Das spielte für Selma keine Rolle. Es war breit genug, um zusammengekrümmt darin zu liegen.

Durch einen kleinen Spalt im gewölbten Dach fiel ein schmaler grauer Lichtstreifen. Der Raum lag zwar noch immer im Dämmerlicht, aber Selma konnte zumindest sehen, dass die Steinhütte auch in neuerer Zeit benutzt worden war. Ein kleiner Eisenofen stand auf der anderen Seite des Bettes. Der Schornstein bestand nur aus einem Rohr, aber das wirkte unversehrt und verschwand oben zwischen den Steinen. Irgendwer hatte den schlichten Rauchabzug mit Mörtel abgedichtet.

Neben dem Ofen stand ein Plastikeimer voll Holz.

Holz?

Selma erhob sich, so schnell sie konnte, noch immer in eine der Decken gewickelt. Wo es Brennholz gab, musste es auch Streichhölzer geben. Das musste es einfach.

Musste.

Nun fiel ihr Blick auf einen schlichten Schrank über der niedrigen Tür. Als sie hinüberging, sah sie, dass es eher eine Art Regal mit ungewöhnlich hohen Kanten war. Solche Kanten gehörten auf ein Boot. Selma begriff gar nichts und riss das ganze Teil lieber gleich herunter.

Es war eigentlich ein Holzkasten. Er hatte an rostigen Nägeln gehangen, die in die Ritzen zwischen den groben flachen Steinen getrieben worden waren.

In dem Kasten lagen zwei Stumpenkerzen sowie eine große Streichholzschachtel von der Sorte, mit der sie auf Ormøya den Kamin angezündet hatten, lang und mit besonders viel Schwefel. Daneben zwei Dosen Tomatensuppe, ein kleiner Kochtopf, eine Rolle Schnur und ein Messer, das so stumpf war, dass es ihre Haut nicht zerschnitt, als sie mit dem Finger darüberstrich. Und ein zerfledderter Kriminalroman von Kim Småge.

Ihre Hände bebten nicht, sie zuckten.

Nachdem sie den Kasten geleert hatte, stellte sie ihn neben

das Bett, wie einen kleinen Tisch. Sie versuchte, eine der Kerzen anzuzünden. Das ging nicht. Sie war zu durstig, zu schwach, und die Streichhölzer waren vielleicht feucht geworden. Sie hatte schon drei zerbrochen, gleich unter dem Schwefelkopf, als sie die Schachtel weglegte und ins Bett sank.

Tomatensuppe. Nahrung und Flüssigkeit zugleich.

Sie hatte keinen Dosenöffner.

Eigentlich wollte sie nur schlafen.

Es war schwer zu sagen, was schlimmer war, die Schmerzen oder der Durst. Sie verstärkten sich vermutlich gegenseitig. Die Kopfschmerzen waren jetzt schlimmer und ihr Hals so trocken, dass er sich wie zugewachsen anfühlte.

Die Füße waren dagegen nicht mehr kalt. Sie spürte sie fast nicht.

»Handball«, versuchte sie zu sagen. »Ich spiele Handball.«

Selma Falck war eigentlich kein Freiluftmensch. Schon mit zehn Jahren und dann zehn Jahre lang hatte sie ihre Freizeit vor allem in Handballhallen verbracht. Sie erinnerte sich jetzt an den Geruch in den Hallen, diesen scharfen Geruch von Schweiß, Gummi und Kleister. Ein schlimmer Geruch, der auf seltsame Weise gut und beruhigend war, genau wie der von fauliger, feuchter Erde und Teer in diesem Hohlraum, der sie vor dem mörderischen Sturm dort draußen beschützte.

Selma wusste wenig über das Überleben. Sie hatte wie alle die eine oder andere Hüttenwanderung absolviert, aber sie hatte sich niemals mehr als einige Kilometer von einer Dusche und einer brauchbaren Küche entfernt. Sie hatte immer trainiert, war pro Woche vierzig Kilometer gelaufen, aber selten im Wald. Sie hatte Asphaltschuhe und mochte es, zwischen Menschen zu laufen. Das Netz der Laufwege in Oslo war inzwischen so ausgebaut, dass sie nie begriffen hatte, wozu es gut sein sollte, anderswo zu joggen als in der Stadt.

Über das Gebirge wusste sie so gut wie nichts.

Den Durst mit Schnee zu löschen war keine gute Idee.

Das wusste sie immerhin. Die Energie, die sie verbrauchen würde, um in ihrem Körper den Schnee zu schmelzen, würde ihr Kräfte rauben, die sie nicht mehr besaß, würde sie noch mehr auskühlen lassen. Sie brauchte lauwarmes Wasser. Oder am besten heißes.

Sie hatte noch etwa ein Dutzend Streichhölzer.

Selma kämpfte sich wieder hoch und griff zu einem der bereits zerbrochenen Hölzer. Mit Mühe konnte sie das Holz anfassen, ohne die rostrote Zündfläche zu berühren. Sie konzentrierte sich mit aller verbliebenen Kraft darauf, legte das Rote an die Schachtel, drückte zu. Nicht zu hart, nicht zu locker. Sie riss rasch und energisch, und die Flamme loderte auf.

Ihre Finger brannten, aber sie ließ nicht los. Sie senkte die Hand über die Kerze. Der Docht war vielleicht ebenfalls feucht. Er zischte. Sie ließ das Streichholz los, und es legte sich neben den schwarzen Baumwollfaden in der Mitte der Kerze. Es erlosch nicht. Selma hielt den Atem an.

Die Kerze brannte.

Eine klare, blasse Flamme flackerte vor ihrem Gesicht. Sie faltete die Hände um die Kerze. Eine kleine Pfütze aus geschmolzenem Wachs wuchs um den Docht, und nach zwei Minuten wagte Selma aufzuschauen.

Hinter dem Ofen lag noch mehr Holz. Zwei alte Zeitungen waren hinter den Holzstapel gepresst worden. Die niedrige, schwere Tür auf der anderen Seite der Hütte war ein kleines Stück nach innen gedrückt worden, das sah sie jetzt, also hatte es wohl heftig geschneit. Sie schob den Kasten mit der Kerze ans Fußende, dann griff sie nach dem Kochtopf und konnte sich mit einer weiteren Kraftanstrengung zur Tür schleppen.

Die ließ sich kaum bewegen.

Sie war eingesperrt. Die Decke war von ihr herabgeglitten. Nackt presste sie die Schulter gegen das Holz und drückte, so kräftig sie konnte. Die Tür bewegte sich noch immer nicht. Panik stieg in Selma auf, sie war allein auf der Welt, eingesperrt in einer eiskalten Steinhütte. Vielleicht war die Hütte eingeschneit. Vielleicht würde ihr die Luft ausgehen, so, als wäre sie von einer Lawine erfasst worden. Vielleicht war ein langsamer Erstickungstod alles, was auf sie wartete.

Aus purer Angst geriet sie in Atemnot.

Sie hob die Decke vom Lehmboden auf, wickelte sich hinein wie in ein Badetuch, mit einer strammen Falte über den Brüsten. Arme und Schultern waren jetzt nackt, die Füße gefühllos und doch wund auf dem Boden. Automatisch, als ließe das Bewusstsein sie bereits im Stich, hielt sie den Topf gegen den Spalt zwischen dem schlichten Türrahmen und der halb zerbrochenen Tür, kratzte mit den Fingern in dem Eiskalten, das aussah wie ein zusammengesackter Haufen.

Doch der Schnee war nicht zusammengesackt, er war federleicht.

Federleichter Schnee enthält Luft, sagte ein Gedanke. Sie würde also nicht sofort ersticken. Vielleicht war sie nur zu schwach, um die Tür aufzumachen. Noch. Es konnte viel Schnee draußen liegen, aber der war leicht und luftig, und sie grub und kratzte. Der Topf war sofort gefüllt, wog aber nicht mehr als in leerem Zustand. Selma drückte den Schnee mit den Fingerknöcheln der rechten Hand zusammen, so gut sie konnte, füllte immer wieder nach.

Sie musste Feuer im Ofen machen.

Mechanisch ging sie hinüber und griff nach den Zeitungen. Sie wirkten ziemlich trocken. Ihr Blick fiel auf ein Logo und ein Datum.

Hallingdølen. 7. Juli 2006.

Hardangervidda, dachte sie, aber das spielte keine Rolle, im Moment nicht. Das Wichtigste war, Feuer im Ofen zu machen, Wasser in den Leib zu bekommen, sie nahm den Durst nicht mehr wahr und wusste mit entsetzlicher Gewissheit, dass sie dabei war, an Dehydrierung zu sterben. Ganz tief unter den Kopfschmerzen lag ein Gedanke, der ihr mitteilte, dass ihr Blut jetzt eindickte. Es würde nicht mehr durch ihren Leib strömen können, um seine Aufgabe auszuführen, die Abfallstoffe würden sich sammeln, der Blutdruck sinken, der Puls steigen. In ihren Ohren rauschten die extremen Anstrengungen des Herzens, und sie öffnete die Tür an dem kleinen schwarzen Ofen, der ihr das Leben retten konnte.

Sie legte Papier nach unten, Reisig darüber.

Es wurde ein Feuer.

Sie konnte der Versuchung nicht widerstehen und stellte den Topf auf den Ofen, bevor sie zur Tür zurückkroch und mehr eiskalten, federleichten Schnee holte, um ihn in den Topf zu füllen.

Hinter der schwarzen Ofentür brannte ein lustiges Feuer.

Der Schnee schmolz. Er ergab fast kein Wasser. Sie füllte nach. Füllte nach. Wieder und wieder. Ihre Hände wurden gefühllos vor Kälte, während sie immer mehr Schnee zusammenkratzte und in den Topf fallen ließ.

Es dampfte.

Sie hob den heißen Topf hoch.

Das Wasser brannte auf ihren Lippen. Ein Segen. Sie leckte die Flüssigkeit auf, schlürfte und trank, sie konnte einfach nicht genug bekommen.

Ihr Puls sank.

Ohne denken oder fühlen zu können, stopfte sie den Ofen dermaßen mit Holz voll, dass es gefährlich werden könnte.

Im Moment war alles gefährlich.

Sie trank den Rest des Wassers, ehe sie abermals Schnee in den Topf gab. Er schmolz sofort, sie trank noch mehr und legte drei weitere Holzscheite in den Ofen, schloss die rußschwarze Tür und wickelte sich in die Decken. Sie legte sich mit dem Kopf

Richtung Feuer ins Bett und zog das Rentierfell vom Boden hoch. Statt sich damit zuzudecken, schob sie es sich zum Schutz vor der eiskalten Mauer in den Rücken.

Ehe sie wieder einschlief, fiel ihr ein, dass es eine Frist gab.

Es gab eine Frist, die sie einhalten musste, eine Deadline, die fast erreicht war, aber es war unmöglich, nicht einzuschlafen.

Nicht einmal der Gedanke, dass sie seit einer Ewigkeit nicht mehr gepinkelt hatte und vielleicht kurz vor dem Nierenversagen stand, konnte sie wach halten. Eine segensreiche Dunkelheit senkte sich über sie, während die Kerze noch immer brannte.

Das Gespräch

»Wir mussten eine Drohne einsetzen.«

»Ihr wart also da?«

»Nein. Der Sturm hat uns überrascht. So früh im September schneit es ja nur extrem selten. Wir wollten keine Spuren hinterlassen. Wer immer sie findet, muss zuerst vor Ort sein. Ich gehe davon aus, dass bald nach ihr gesucht werden wird, und die digitalen Spuren werden die Suchmannschaft wohl bald zu der Hütte führen. Die ist in ihrem Namen gemietet und mit ihrem Geld bezahlt worden. Ihr Wagen steht da oben, vermutlich ist er ebenfalls verbrannt. Wir dachten, dass ein Karrenweg bis zur Hütte führt, aber da hat die Karte gelogen. Die letzten fünf-, sechshundert Meter gingen über Stock und Stein. Im wahrsten Sinne des Wortes. Wir haben das Auto so dicht wie möglich an die Hüttenwand gestellt und das nächste Fenster offen gelassen. Ganz ruhig. Die Frau ist tot.«

»Wie kannst du da so sicher sein?«

»Sie war tot, als wir aufgebrochen sind, verdammt! Zudem ist die Hütte total abgebrannt. Man sieht unter dem Schnee nur die Ruinen, nur Kamin und Schornstein stehen noch. Alles ist weiß. Kein Lebenszeichen, weder Menschenspuren noch Tierfährten.«

»Es steht also zu absolut hundert Prozent fest, dass sie tot ist? Und dass alles, was sie bei sich hatte, vernichtet ist?«

»Ja. Sie ist viele Male gestorben. Erschlagen, erstickt und verbrannt.«

»Okay. Danke. Du kannst gehen.«

Suppe

Selma war nicht tot.

Es fühlte sich so an, aber nachdem sie einige Sekunden wach gewesen war, merkte sie, dass sie nicht mehr mit den Zähnen klapperte. Nicht, weil sie gerade erfror, was, wie sie einmal gelesen hatte, am Ende ziemlich angenehm sein konnte, wenn die Kälte zupackte und man von einer trägen, imaginären Wärme aus dem Leben gelotst wurde.

Es war ganz einfach wärmer geworden in der Steinhütte.

Nicht sehr viel wärmer, aber sie begriff es, als sie sich über die Bettkante beugte und nach dem Topf tastete. Er enthielt noch etwas Wasser. Kein Eis.

Sie schaute aus zusammengekniffenen Augen zum Ofen hinüber.

Durch die Lüftungsklappe in der Tür fiel ein schwaches oranges Licht. Es flackerte nicht. Das Feuer war heruntergebrannt, aber die Reste schwelten noch immer. Die Kerze war kleiner geworden, aber nicht sehr viel. Sie konnte nicht lange geschlafen haben. Langsam setzte sie sich auf und fühlte sich seltsamerweise besser. Stärker. Sie trank das restliche Wasser aus dem Topf und zog die Decken fester um sich. Vorsichtig fuhr sie mit der Hand über den tiefen Riss im Hinterkopf und hielt die Finger dann in den Lichtschein. Kein Blut, meinte sie. Es tat auch nicht mehr so weh.

Im Bett unter ihr, auf der Strohmatratze, war es nass. Sie senkte den Kopf zu ihrem Schritt und schnupperte.

Pisse. Sie hatte sich im Schlaf bepinkelt. Der dunkle Fleck, den sie sah, als sie sich aufrichtete, machte es schwer zu beurteilen, ob der Urin blutig war. Sie griff nach dem Roman von Kim Småge, riss das hinterste Blatt heraus, presste es auf die nasse Stelle, hob das Papier hoch und hielt es ins Kerzenlicht. Der Fleck war gelbbraun. Vor allem gelb, nicht so sehr braun. Sie hoffte, die dunkle Färbung käme von zu wenig Flüssigkeit, nicht von ruinierten Nieren.

Sie drehte die Matratze um und schleppte sich zum Ofen. Der Eimer war leer, aber der Holzstapel dahinter war noch ziemlich hoch. Sie schob zwei weitere Scheite in die Glut, schloss die verrußte Tür und setzte sich wieder ins Bett.

Es war so seltsam, Hunger zu haben.

Sie wusste, dass ihr Blutzuckerspiegel absackte und dass das niedrige Glukoseniveau im Blut ihr Gehirn dazu brachte, Signale auszusenden, die Nahrung verlangten. Viele Mitteilungen, immer wieder, das Schwindelgefühl kam nicht nur von dem Schlag gegen den Kopf, sondern auch vom Mangel an Energie. Normalerweise wartete Selma niemals ab, bis sie wirklich ausgehungert war, und sie aß sich nur selten durch und durch satt. Ein langes Leben mit viel Training hatte sie gelehrt, ihren Stoffwechsel im Gleichgewicht zu halten.

Das hier war kein normales Hungergefühl.

In ihrem Zwerchfell hockte ein wütendes Nagetier und fraß sie auf.

Die beiden Dosen mit Tomatensuppe standen vor ihr. Sie musste einen Öffner finden und schaute sich um. Außer dem Kasten, den sie bereits von der Wand gerissen hatte, gab es kein weiteres Regal, kein anderes Versteck außer dem Eimer, der das

Holz enthalten hatte und von dem sie wusste, dass er jetzt leer war. Sie kam auf die Idee, einen Stein aus der Mauer zu reißen und damit ein Loch in die Blechdosen zu schlagen, aber sie wusste nicht, ob ihre Kraft ausreichen würde. Sie griff nach der einen Dose, und im Zwielicht fiel ihr jetzt erst auf, dass diese auf dem Kopf stand. Als sie die Dose umdrehte, überkam sie eine dermaßen intensive Erleichterung, dass die Kopfschmerzen für einen Moment den Zugriff auf ihren Schädel verloren.

Die Büchse hatte einen Zugring.

Ihre Finger machten sich an dem Metallring zu schaffen. Als sie ihn gepackt hatte, erstarrte sie. Es kam ja vor, dass der Ring abbrach, ohne dass sich der Deckel aus der Dose löste. Sie versuchte sich zu erinnern, wie sie das Problem am besten lösen könnte, aber ihr Gehirn machte nicht mit. Ihr war schlecht vor Sehnsucht. Suppe, sagte es in ihrem Kopf.

»Suppe«, flüsterte Selma.

Vorsichtig, aber gleichzeitig energisch, zog sie an dem Ring, während sie mit dem Mittelfingerknöchel auf das Metall darunter drückte.

Tiefrote, dicke Suppe offenbarte sich. Fast ein Brei.

Es war eine Heinz-Büchse, und aus irgendeinem Grund konnte sie sich erinnern, dass man diese Suppe, anders als Campbell's, mit Wasser verdünnen und zudem anwärmen musste, damit sie Wärme geben könnte. In einer warmen Suppe lag Wärme, und in dem kleinen Ofen brannte schon ein Feuer.

Selma legte die Lippen an die scharfe Kante und trank.

Die Suppe füllte ihren Mund. Sie schmeckte salzig und metallisch mit einem Hauch von alter, süßlicher Tomate. Das Biest im Zwerchfell wollte sie zum Schlucken bringen, aber die Übelkeit wollte nicht weichen. Selma kaute Suppe, wieder und wieder, aber ihr Hals verweigerte die Zusammenarbeit. Sie drehte und wendete die Dose, um nach einem Verfallsdatum zu suchen. Sie fand aber keins.

Sie musste schlucken.

Sie brauchte Nahrung.

Salz und Energie. Es steckte nicht viel Energie in einer Tomatensuppe, vielleicht einhundertfünfzig Kalorien pro Dose, möglicherweise nur hundert, aber das war viel besser als nichts. Vielleicht war die Suppe gefährlich. Zu alt. Voll von Blei oder Blech oder was immer dem Brei, den sie nicht hinunterbrachte, den süßen Eisengeschmack verlieh.

Sie fuhr hoch, atmete durch die Nase ein und hielt für einen Moment die Luft an. Schluckte. Langsam floss die Suppe in die Speiseröhre, die sich, zum Nachgeben gezwungen, öffnete. Selma trank noch einen Schluck, sie trank und schluckte, und ehe sie daran denken konnte, etwas aufzubewahren, war die Büchse leer. Sie zog den Deckel ganz ab, kratzte die Büchse aus und leckte den Finger ab. Wieder und wieder. Sie griff nach der anderen Dose, wollte auch die aufmachen, konnte sich aber gerade noch rechtzeitig daran hindern.

Die wollte sie zumindest aufheben.

Ihr fielen so viele seltsame Dinge ein. Das mit dem Unterschied zwischen den Suppen, zum Beispiel. Aber ihr fiel kein einziger Freund ein.

Doch. Einar. Einar Falsen war ein Freund, und er kümmerte sich um Darius. Er kümmerte sich um ihr Geld. Selma kümmerte sich um ihn.

Sie legte sich zwei Finger an jede Schläfe. Die Kopfschmerzen waren wieder ebenso heftig wie vorhin, aber das Chaos in ihrem Kopf beruhigte sich ein bisschen. Die Dunkelheit lichtete sich. Sie konnte sich nicht länger nur an Wörter, Definitionen und konkrete Gegenstände erinnern, sondern auch an Menschen. Nicht deutlich und weit entfernt von einer eigentlichen Ordnung, aber ihre Erinnerungsfähigkeit kehrte nun zurück.

Selma kannte viele Menschen. Jetzt sah sie Gesichter in rascher Reihenfolge vor sich und murmelte die dazugehörigen Namen in den verräucherten Raum hinaus. Sie lebte getrennt. Sie aß gern indisch und hatte in größerem Stil Geld eines ihrer Mandanten unterschlagen, der sie trotzdem nicht ins Gefängnis geschickt hatte. Jan Morell hieß er, und Selma sank zurück gegen das Rentierfell.

Das Tier in ihrem Zwerchfell hatte sich nun beruhigt.

Eine misslungene Hochzeit und eine gelungene Beerdigung, erinnerte sich Selma.

Ein Auftrag von einem gewissen Jesper, der viel zu jung für sie war.

Der Ofen verzehrte das Holz in beängstigendem Tempo. Sie musste nachlegen und versuchte gleichzeitig, auszurechnen, wie lange der Holzvorrat halten würde.

Das gelang ihr nicht.

Sie stopfte den Eisenofen abermals voll und wollte sich nun nicht mehr länger an irgendetwas erinnern. Sie ließ sich auf das Bett fallen, wollte einfach nicht mehr weiter nachdenken.

Sie hatte mit Jesper Sex gehabt. Mit Jesper, der mit Nachnamen Jørgensen hieß. Der Koch war. Der ihr einen Auftrag erteilt hatte.

Sie hatte mit einem Klienten geschlafen, der ein Vierteljahrhundert jünger war als sie. Selma kniff die Augen zusammen, zum Schutz vor den vielen Erinnerungen, die sich plötzlich ungebeten aufdrängten. Es dauerte unangenehm lange, bis sie wieder wegschlief, von Schmerz, Kälte und von allem, woran sie sich nicht erinnern wollte.

Woran sie sich absolut nicht erinnern wollte.

Die Entscheidung

In den Schlaf und aus dem Schlaf heraus.

Hinein und heraus.

Zu irgendeinem Zeitpunkt musste sie zum Kacken in die Ecke gekrochen sein. Selma konnte sich nicht erinnern. Vermutlich hatte der Gestank sie so weit geweckt, dass sie nicht einfach nur mehr Holz in den Ofen stecken oder sich umdrehen und weiterschlafen konnte. In der Ecke bei der Holzluke, die als Tür diente, konnte sie eine zähe, blanke Lache sehen. Nicht groß, aber der Gestank war unerträglich. Zuerst spielte sie mit dem Gedanken, ausreichend Schnee vom Spalt bei der Tür hereinzuziehen, um diese widerliche Stelle zu bedecken, aber ihr fiel noch rechtzeitig ein, dass der Schnee nur schmelzen und alles noch schlimmer machen würde.

Der Holzvorrat war zu Ende gegangen.

Im Ofen brannte noch ein Feuer, aber sie konnte kaum noch etwas nachlegen.

Sie setzte sich auf und drehte den Kopf hin und her. Vor und zurück. Die Kopfschmerzen hatten etwas nachgelassen. Vielleicht hatte sie sich aber auch daran gewöhnt. Das Aufstehen fiel ihr nicht mehr ganz so schwer. Das Gefühl in den Füßen war wieder da. Sie taten weh, aber sie hatte es geschafft, sie unter den Decken zu wärmen. Sie warf das Rentierfell von der Pritsche, um die Füße nicht auf den Lehmboden stellen zu müssen, und erhob sich zu ihrer vollen Höhe.

Das ging.

Mit den Schmerzen im Rücken konnte sie leben. Ihre Augen ließen sich etwas leichter öffnen. Sie hielt die Hände davor, bewegte die Finger. Alles war unversehrt, und alles war möglich.

Selma musste weg hier. Fort. Sie musste den Weg zurück in die Zivilisation finden, und sie wusste, dass es eilte. Es gab eine Frist, die sie einhalten musste.

Es war wichtig, ungeheuer wichtig, und so ging sie zur Tür, sank in die Knie und schob. Noch immer war die Luke durch den Schnee draußen verklemmt, aber Selma war wieder ein wenig zu Kräften gekommen. Vielleicht hatte die Steinhütte sie satt, wollte sie los sein. Jedenfalls merkte sie, dass der Schnee nachgab. Bald hatte sie eine Öffnung von fast dreißig Zentimetern vor sich. Draußen war Tag. Jedenfalls war es hell.

Es hatte angefangen zu regnen.

Ein stiller, fast lautloser Regen fiel senkrecht vom Himmel und hatte den Schnee in sich zusammenfallen lassen. Ein letzter kleiner Schubs gegen die Tür, und die Hütte füllte sich mit frischer Luft. Selma zog die Decken fester um sich, schob das Rentierfell mit den Füßen unter sich her und trat hinaus.

Der erste Schnee blieb niemals liegen.

Auch diesmal nicht. Jetzt war er nur knapp zehn Zentimeter tief. Er war kompakt und triefnass und würde wahrscheinlich innerhalb weniger Stunden verschwunden sein. Selma blieb stehen und saugte zwei Minuten lang den Geruch von nasser Hochebene in sich ein, dann ging sie wieder in die Hütte und schloss die Tür. Sie griff nach dem Taschenbuch, murmelte eine an die Autorin gerichtete Entschuldigung, riss es in Fetzen und warf diese in die Glut. Sie schleuderte den Holzkasten einige Male an die Wand und verschaffte sich Holz für eine weitere halbe Stunde. Es würde hier drinnen noch für zwei Stunden erträglich sein. So ungefähr.

Zwei Stunden blieben ihr, um eine Büchse uralte Tomatensuppe in sich hineinzuzwingen und aus zwei Wolldecken und einem Rentierfell Kleider und Schuhe herzustellen. Das Werkzeug, das ihr zur Verfügung stand, waren eine Rolle grober Bindfaden und ein stumpfes Messer. Sie trug alles zusammen, was sie hatte, setzte sich aufs Bett und zog die letzte Stumpenkerze dichter an sich heran. Die stand jetzt auf dem Boden, und Selma musste vorsichtig sein, damit sie nicht umfiel.

Selma Falck hatte keine Ahnung, wie lange sie schon im Gebirge war. Sie hätte dem Wechsel von Licht und Dunkelheit da draußen folgen müssen, aber meistens war sie in einem Zustand gewesen, der vor allem Ähnlichkeit mit Bewusstlosigkeit hatte. Jedenfalls musste es sich um mehrere Tage handeln.

Noch immer hatte sie viel mehr Fragen als Antworten.

Aber sie würde nicht sterben.

Jedenfalls nicht heute.

Sommer

Runhild

Selma Falck hatte mit einer älteren Frau gerechnet.

Sjalg Petterson war bei seinem Tod sechsunddreißig gewesen. Seine Mutter musste also Ende fünfzig sein, wenn sie nicht schon als Teenager ein Kind bekommen hatte. Bereits auf der Hochzeit hatte Selma gesehen, dass Runhild Petterson schlank und gepflegt war, aber da hatte sie sie nur aus der Entfernung gesehen.

Wie es aussah, hatte die Frau wirklich als Kind ein Kind bekommen.

Es musste mehr als nur eine Dosis Restylane und außerdem zwei oder drei Operationen erfordert haben, so auszusehen. Ihre Wangenknochen waren hoch, aber nicht so scharf, wie ihr Alter es verlangt hätte. Die Lippen waren aufgespritzt worden, aber das hatte ihr nicht so einen tragischen Entenschnabel verpasst, wie ihn jüngere und eifrigere Frauen bei dieser Art von Behandlung davontrugen.

»Kommen Sie rein«, sagte Runhild Petterson und machte eine einladende Handbewegung, ehe sie in die Wohnung zurückging.

Selma ging brav hinterher. Links von der Diele lag das Wohnzimmer. Es war riesig und hatte Panoramafenster nach Süden und Westen. Die außen angebrachten Jalousien senkten sich, ohne dass Selma gesehen hätte, dass Runhild Petterson auf einen Knopf gedrückt hatte. Das Licht wurde nach und nach angenehmer. Das Zimmer war rechteckig, mit einer nach Süden gelegenen Terrasse, über die sich Selma noch schnell einen Überblick verschaffen konnte, ehe die Jalousien sich gesenkt hatten. Ein Drittel des Gartenareals dort draußen war von einer Pergola bedeckt. Der Efeu, der dort wuchs, war offenbar alt, denn er breitete sich wie ein solides Dach aus und hüllte die Sitzgruppe in eine kühle Dunkelheit. Eine Küchenzeile mit Spülbecken und fest montiertem Grill dominierte die Ostseite, und mitten auf der Dachterrasse standen drei große Sonnenliegen aus Edelholz um einen kleinen Tisch. Ein türkises Frotteehandtuch lag zusammengefaltet auf der einen Liege. Unter einer Dusche in der Ecke zeichnete sich noch immer ein feuchter Fleck ab, und auf dem Tisch stand eine halb volle Wasserkaraffe mit Zitronenscheiben.

Runhild Petterson hatte den Vormittag in der stechenden Stadtsonne verbracht.

Sie sah aus, als käme sie geradewegs aus einem Kühlschrank.

Ihre Haut war braun, aber nicht verbrannt. Trocken, fast matt, vermutlich gepudert. Die Augen waren von intensivem Blau, und die aschblonden Haare fielen auf jugendliche Weise um das schmale Gesicht. Das Make-up war diskret und so professionell aufgetragen, dass Selma sich dabei ertappte, dass sie horchte, ob sich noch andere in der Wohnung aufhielten. Es waren im Moment zweiunddreißig Grad mitten in Oslo, und auf der Dachterrasse mussten es mindestens vierzig sein.

»Kann ich Ihnen etwas anbieten?«, fragte Runhild Petterson. »Wenn ich das richtig verstanden habe, dann trinken Sie gern Pepsi Max?«

»Ja, danke«, sagte Selma.

Ihr Gegenüber bewegte sich lautlos durch das Zimmer. Erst jetzt sah Selma, dass der Raum eigentlich kein Rechteck war, sondern ein großes L. Eine Falttür trennte das Wohnzimmer von der Küche, in die Runhild Petterson verschwunden war. Selma hörte Eiswürfel in einem Glas klirren, und eine Kühlschranktür wurde geöffnet und geschlossen.

Hier mussten Möbel im Wert von mehreren Millionen stehen. Jedenfalls von vielen hunderttausend Kronen. Selma erkannte die Marke des Sofas, auf dem sie saß. Poltrona Frau. Der Couchtisch war aus Glas und vermutlich ebenfalls italienisch. Die Esszimmermöbel, logisch platziert vor der Falttür zur Küche, sahen norwegisch aus. Und sehr teuer. Selma erkannte die Marke nicht, registrierte aber die ausgefeilten Details dort, wo die Tischplatte auf das Gestell traf und die Holzstreben nahtlos miteinander verbunden waren. Die Stühle waren aus dem gleichen hellen Eichenholz wie der Tisch und mit anthrazitgrauem Wollstoff bezogen.

»Das Esszimmer stammt von einem Möbelschreiner«, sagte Runhild Petterson, die nun mit einem Glas in jeder Hand über den Boden geschwebt kam.

Das eine war gefüllt mit Pepsi Max, das andere mit Wasser.

»Falls Sie das wissen wollten, meine ich. Sie haben so gestarrt. Und ja, die Munch-Lithografien sind echt. Die Lampen über dem Esstisch sind die Prototypen für Enigma von Shoichi Uchiyama. Er hat sie selbst gemacht, meine ich. Mit der Hand.« Sie reichte Selma das Glas und setzte sich. »Sie sind ... Detektivin. Haben einen hellwachen Blick, vermute ich. Sie fragen sich vermutlich, wie ich mir eine solche Wohnung leisten kann. Eine geschiedene Frau mit Professorinnengehalt.«

»Durchaus nicht«, sagte Selma ruhig und hob ihr Glas. »Ich wollte mit Ihnen über Sjalg sprechen. Und mein Beileid zum Ausdruck bringen, natürlich. Danke, dass Sie sich die Zeit nehmen.«

Die andere Frau musterte sie über den Rand des Wasserglases hinweg. Selma starrte zurück. Das Make-up konnte trotz allem nicht ganz verbergen, dass Runhild Pettersons Augen ein wenig gerötet waren. Nicht sehr. An jedem Mundwinkel schnitt sich eine traurige Falte in die teure Haut. Aber nicht tief.

»Jetzt im Sommer ist nicht viel los bei der Arbeit«, sagte Runhild Petterson und verspürte offenbar kein Bedürfnis mehr, ihre luxuriöse Wohnung zu erklären. »Ich habe noch keinen Urlaub, aber ich kann sehr gut zu Hause arbeiten. Und das kommt mir gelegen, so kurz vor der Beisetzung.«

Selma fand es seltsam, dass ihr Gegenüber es für angebracht hielt, sich dafür zu entschuldigen, dass sie zwei Tage vor der Beisetzung ihres Sohnes zu Hause war. Sie wollte etwas sagen, schaffte es aber nicht mehr, denn nun schniefte Runhild Petterson und stellte ihr Glas weg.

»Womit kann ich Ihnen behilflich sein?«, fragte sie.

»Wie gesagt wollte ich Ihnen zuerst mein Beileid aussprechen. Wir kennen uns ja nicht, aber ...«

»Ich fand es unerhört, Sie bei der Hochzeit so zu platzieren. In der Kirche und beim Essen.«

»Ach ja?«

»Das habe ich auch zu Sjalg gesagt. Es geht mich ja nichts an, wie andere Familien leben, aber diese Platzierung war demonstrativ. Dann wäre es besser gewesen, Sie gar nicht erst einzuladen.«

Selma riss die Augen ein wenig auf und trank noch einen Schluck.

»Na ja. So kann man das natürlich sehen, aber ...«

»Anine ist reichlich unreif. Sie besitzt einen Trotz, der überhaupt nicht zu ihr passt. Der zu keinem Menschen passt, der älter ist als acht. Was mich allerdings nichts angeht, und ich wollte Sie jetzt nicht beleidigen.«

Selma sagte nichts, fühlte sich auch nicht besonders beleidigt. Eher überrascht, eigentlich, sie hatte eine von tiefer Trauer gezeichnete Frau erwartet.

»Sie war viel zu jung für Sjalg«, sagte jetzt Runhild Petterson. »Natürlich geht mich auch das nichts an, er ist ein ...« Wieder dieses kleine Schniefen, fast unhörbar, dafür umso besser zu sehen, da ihr Mund sich zusammenzog und ihre Nasenflügel vibrierten. »... er war ein erwachsener Mann. Wie gesagt, ich habe mich niemals irgendwo eingemischt, aber diese Beziehung war zum Scheitern verurteilt. Sjalg hätte eine Frau gebraucht, die sich um ihn kümmerte. Stattdessen bekam er eine, um die er sich kümmern musste. Das wäre niemals gut gegangen. Und das ist es ja auch nicht.«

Sie hob abwehrend die Hand, als ob sie mit Widerspruch vonseiten Selmas rechnete.

»Ich meine natürlich nicht, dass Frauen sich um Männer kümmern sollen«, sagte sie rasch. »Eine Beziehung beruht auf Gegenseitigkeit, und ich bin 1962 geboren. Nicht 1862. Was ich meine, aber wo ich mich selbstverständlich niemals eingemischt habe, ist, dass Sjalg darauf angewiesen ist, dass jemand auf ihn aufpasst. So ist er ganz einfach. Oder war. Nicht nur, was seine Allergien angeht, von denen wir ja wussten, dass sie lebensgefährlich sein konnten, sondern auch in seinem Engagement. Das konnte überhandnehmen. So war er schon immer.«

»Meinen Sie, Anine ist schuld an seinem Tod? Weil sie nicht aufgepasst hat?«

»Tja. Solange Sjalg zu Hause gewohnt hat, und das hat er getan, bis er sechsundzwanzig war, habe ich jedenfalls dafür gesorgt, dass immer die nötigen Medikamente zur Hand waren. Wir wussten von seinen Allergien, seit er fünf Jahre alt war. Er wäre damals fast gestorben. Am Heiligen Abend, natürlich, ungelegener hätte es gar nicht kommen können. Ich meine ...« Wieder griff sie nach ihrem Glas, hob es an den Mund, überlegte sich die Sache anders und stellte es mit einem kleinen Knall zurück auf den Tisch. »In einem kleineren Ort hätte das tödlich enden können. Früher hatte an Feiertagen ja alles geschlossen. Wir wohnten damals drei Minuten vom Krankenhaus Ullevål entfernt, nur deshalb hat Sjalg überlebt. Um Haaresbreite. Das hätte jetzt auch möglich sein müssen. Wenn Anine ihm nur die Spritze gesetzt hätte. Ich habe sie angelernt. Eigenhändig. Habe ihr erklärt, wie wichtig es ist, die Medikamente wirklich immer in der Nähe zu haben.«

»Der Trauzeuge hatte den EpiPen, wenn ich das richtig verstanden habe. Nicht Anine.«

»Ja. Eben.«

Sie seufzte resigniert und schüttelte den Kopf.

»Wenn Sjalg nur Verstand genug gehabt hätte, Njål zum Trauzeugen zu nehmen.«

Runhild Petterson hatte offenbar gemerkt, dass Selma gerade nicht mitkam, denn sie fügte sofort hinzu:

»Mein jüngerer Sohn. Sjalgs Bruder. Njål. Er war immer in Sjalgs Nähe und hätte das Notwendige unternommen. Aber nein, Sjalg wollte um jeden Preis diesen Kolbein Fagernes. Diesen …« Die ätherische Erscheinung war nun verflogen. Es war kühl im Zimmer, das Summen der Klimaanlage deutete an, dass die auf Hochtouren lief. Dennoch war Runhild Pettersons Oberlippe jetzt feucht. Sie drehte immer wieder an einem Diamantring an ihrer rechten Hand. »Das ist dieser Parteikollege«, sagte sie endlich. »Die kannten sich erst seit zwei Jahren. Ein Freund von Anine, glaube ich. Eigentlich.«

»Kommilitone von ihr«, sagte Selma und nickte. »Aber eher in Sjalgs Alter als in Anines.«

»Der stand einfach nur da. Wie ein Ölgötze.« Jetzt starrte sie ausdruckslos vor sich hin und drehte ihren Ring in immer höherem Tempo um ihren Finger. »Der stand bloß da«, wiederholte sie tonlos. »Wenn ich gewusst hätte, dass er das Adrenalin hatte, hätte ich Sjalg retten können. Stattdessen habe ich Anine angeschrien. Die schrie bloß zurück. Dass sie den Pen nicht hätte. Dass sie nicht wüsste …« Runhild Petterson weinte. Lautlos.

Selma beugte sich vor und stützte die Ellbogen auf die Knie.

»Wer geht mit Ihnen zur Beisetzung?«, fragte sie ruhig.

»Njål. Und mein Exmann natürlich. Er heißt Bo und wird uns beide hier rechtzeitig abholen.«

»Gut. Ich glaube, wir belassen es erst mal dabei. Wir können ja später weiterreden. Nach der Trauerfeier. In einigen Tagen.«

»Nein.« Blitzschnell und mit geschickter Hand wischte Runhild Petterson sich die Tränen ab und zwang sich zu einem Lächeln. »Nein«, wiederholte sie. »Worum geht es überhaupt? Sie haben am Telefon gesagt, dass Sie Hilfe brauchen.«

Selma zögerte.

»Ich möchte ein kleines Fotoalbum anlegen«, sagte sie endlich. »Von der Hochzeit. Für Anine. Ich hatte die Idee, dass sie das bekommt, wenn sich alles ein bisschen beruhigt hat. Obwohl die Ehe von kurzer Dauer war, haben sie doch fast zwei Jahre lang zusammengelebt. Da ist es doch möglich, dass sie gern ...«

»Ich will auch eins machen. Für mich. Und für Njål natürlich. Wenn er das will. Ich habe schon eine Menge Fotos zusammengetragen. Von Verwandten und Bekannten.«

Sie feuchtete sich die Lippen an und setzte sich noch ein wenig aufrechter.

»Und Sie wollen so etwas für Anine machen? Sie stehen ja nicht gerade auf gutem Fuß miteinander, ist es da nicht ein bisschen ... unpassend?«

Selma lächelte warm und schüttelte den Kopf.

»Ich gebe mir alle Mühe, um unser Verhältnis zu reparieren«, sagte sie. »Sie wissen doch, Anine wird immer meine Tochter sein.«

Runhild Petterson nickte, wirkte aber weiterhin skeptisch.

»Sie haben selbst keine Tochter«, sagte Selma und hob die Handflächen zu einer, wie sie hoffte, leicht resignierten Geste.

»Nein. Das ist wohl etwas anderes. Warum fragen Sie nicht Ihre Bekannten? Davon müssen doch viele auf der Hochzeit gewesen sein.«

Selma erkaufte sich Zeit, indem sie trank, dann wischte sie sich mit Daumen und Zeigefinger den Mund ab und sagte: »Ich hatte das als Überraschung geplant. Anine ist jetzt die ganze Zeit von Freunden umgeben, und die würden vielleicht etwas verraten, und da dachte ich ...« Sie ließ den Rest in der Luft hängen.

Runhild Petterson starrte sie einige Sekunden lang an. Dann nickte sie und nahm ihr Handy vom Glastisch.

»Ich habe eine große Datei angelegt«, sagte sie. »Wie lautet Ihre Mailadresse?«

Selma nannte ihre Adresse, und einige Sekunden darauf hörte sie das iPad in ihrer Tasche auf dem Boden knurren.

»Da haben Sie ganz schön was zu tun«, sagte Runhild Petterson. »Das sind über achthundert Bilder. Ich bekomme übrigens immer noch welche. Wenn gute dabei sind, kann ich die auch noch schicken.«

Selma gelang es, ein Lächeln zu unterdrücken.

»Das wäre reizend von Ihnen«, sagte sie stattdessen mit sanfter Stimme. »Kann ich etwas für Sie tun, ehe ich gehe? Oder später vielleicht?«

»Nein danke. Oder ... Sie sind doch Juristin.«

»Ja.«

»Ich habe einen vorläufigen Obduktionsbericht erhalten. Und auch einen von der Lebensmittelaufsicht. Ich verstehe natürlich, was da steht, aber könnten Sie einen Blick darauf werfen und mir sagen, ob das etwas ist, dem man nachgehen sollte? Es geht mich natürlich nichts an, und ich will mich auf keinen Fall einmischen, aber Anine scheint diesen armen Koch unbedingt verfolgen zu wollen. Ihn vor Gericht zerren, meine ich. Ihr Vater meint ...« Ihre Hand rotierte, als ob sie sich dazu bringen wollte, schneller zu reden.

»Jesso ist übertrieben schießfreudig«, sagte Selma, da ihr Gegenüber offenbar nicht das richtige Wort fand. »Er muss immer für alles eine Ursache finden. Jemanden, der schuld ist. Er will immer, dass irgendwer bezahlt, bestraft wird.«

»Ich bin wohl auch so«, sagte Runhild Petterson so leise, dass Selma nicht sicher war, ob sie richtig gehört hatte. »Ich mache Anine und Kolbein Vorwürfe. Und mir selbst wohl auch. Hätten wir nur besser auf diesen verdammten EpiPen aufgepasst ... einen

Moment.« Sie erhob sich mit einer geschmeidigen Bewegung und ging in die Diele.

Und war verschwunden.

Selma schaute sich noch einmal um. Dieses Zimmer hatte etwas Förmliches, etwas stilvoll Unpersönliches, wie in einem furchtbar teuren Hotel. Alles passte zu allem. Es gab keine persönlichen Besitztümer, keine Fotos oder Dinge, die die Kinder früher gebastelt hatten. Kein Bücherregal, obwohl Sjalgs Mutter Professorin für Nordische Literatur war. Drei Prachtwerke lagen auf dem Glastisch, aber sie sahen nicht aus, als wären sie jemals geöffnet worden.

Plötzlich war ein fernes, kratzendes Geräusch durch das gleichmäßige Summen der Klimaanlage zu hören. Es klickte zweimal leise. Gleich darauf war Runhild Petterson wieder da.

»Hier«, sagte sie und reichte Selma einen kleinen Papierstapel. »Ich habe Kopien für Sie gemacht. Wenn Sie so nett sein könnten, das zu lesen und sich zu melden, wenn alles überstanden ist? Die Beisetzung, meine ich. Und dann noch ein paar Tage. Das wäre sehr nett von Ihnen. Ich vertraue Anine nicht so ganz, ich hoffe, Sie haben Verständnis dafür.«

»Unbedingt«, sagte Selma mit aller Wärme, die sie aufbringen konnte. »Könnten Sie mir vielleicht auch eine Kopie der Gästeliste von der Hochzeit machen? Wenn Sie eine haben, meine ich?«

»Klar ... aber ... weshalb denn?«

»Es wäre so praktisch zu wissen, wer da war. Bei der Arbeit mit dem Fotoalbum, meine ich.«

Runhild Petterson zögerte einen Moment, dann zuckte sie mit den Schultern und ging zurück in das, was wohl ihr Arbeitszimmer war.

Selma konnte ihr Glück fast nicht fassen.

Fast tausend Fotos und Kopien der vorläufigen Berichte. Das war das Resultat eines halbstündigen Besuchs und einiger Notlügen. Sie hatte nicht einmal etwas Verbotenes tun müssen, und nun verfügte sie über Informationen, die zu beschaffen sonst vielleicht Tage gedauert hätte.

Runhild Petterson kam zurück und reichte ihr einen dreiseitigen Ausdruck.

Selma nahm ihn entgegen und erhob sich.

»Tausend Dank«, sagte sie. »Ich melde mich.«

»Wir sehen uns sicher übermorgen?«

Selma zögerte. Sie hatte sich noch nicht entschieden, ob sie zur Beisetzung gehen würde.

»Ich setze mich ganz weit nach hinten«, sagte sie mitfühlend. »Um kein unnötiges Drama zu verursachen. Ich bin nicht sicher, ob Sie mich sehen werden. Sie haben es ja selbst gesagt: Wir stehen nicht auf so gutem Fuß, Anine und ich. Das sind eigentlich nur Relikte aus ihren Teenagerjahren, aber sie ist noch nicht alt genug, wie Sie ja bemerkt haben, nicht sonderlich reif.«

Runhild Petterson nickte. Selma hob ihre Tasche vom Boden auf, faltete die Unterlagen zusammen, steckte sie hinein und ging hinaus in die Diele.

»Danke für Ihren Besuch«, sagte Runhild Petterson.

Das klang ehrlich. Und ziemlich unbeholfen. Ihre Schultern waren nicht mehr so gerade, ihr Rücken längst nicht mehr so rank wie bei Selmas Eintreffen. Die fliederfarbene Seidenbluse wies unter den Armen eine Andeutung von dunklen Ringen auf.

Es muss anstrengend sein, so auszusehen, dachte Selma.

So auszusehen um des Aussehens willen. Sie selbst brauchte jeden Morgen nur zehn Minuten vor dem Spiegel und hatte in ihren bald zweiundfünfzig Jahren nie zu anderen Hilfsmitteln gegriffen als zu Sport und Gesichtscreme.

»Sie sind so schön«, sagte Runhild Petterson ganz unerwartet. »So … frisch. Anine hat wirklich keine Ähnlichkeit mit Ihnen.«

»Äh … danke?« Selma hörte, wie sie ein Fragezeichen hinter den Dank für dieses mehrdeutige Kompliment machte. »Ebenfalls«, fügte sie rasch hinzu. »Und ich möchte Ihnen gern sagen, dass es …« Sie zögerte, lächelte und feuchtete sich dann die Lippen an, ehe sie hinzufügte: »Es war Sjalg, der mich zur Hochzeit eingeladen hat. Nicht meine Tochter. Ich fand das sehr lieb von ihm. Wohlerzogen und lieb.«

Nun strömten die Tränen. Selma sagte eilig: »Dann machen Sie es gut. So gut das überhaupt möglich ist, meine ich. Bis bald.«

Ein Händedruck wäre zu förmlich gewesen. Eine Umarmung zu intim. Selma hob stattdessen die Hand zum Abschied und ging hinaus.

Sobald die Wohnungstür hinter ihr zugefallen war, lief sie los. Alle sieben Etagen hinunter. Ehe sie eine halbe Stunde später bei der Kirche von Sagene aus dem Bus stieg, hatte sie beide Berichte zweimal gelesen.

Und war gewaltig überrascht.

Die Berichte

»Was hättest du gemacht, wenn du als Polizist einen solchen Fall auf den Tisch bekommen hättest?«, fragte Selma Falck.

Einar Falsen gab keine Antwort. Er saß auf dem Sofa und studierte den Bericht der Lebensmittelaufsicht. Im wahrsten Sinne des Wortes mit der Lupe. Selma hatte ihm schon oft angeboten, mit ihm zum Optiker zu gehen, aber dort gebe es zu viel Elektronik, behauptete er voller Überzeugung. Selbst als sie Krogh, einem Optiker im Storo-Senter, das Versprechen entlockt hatte, es auf die alte Weise zu machen, mit einem Gestell um den Kopf und mit austauschbaren Gläsern vor den Augen, hatte Einar sich geweigert.

In seinen wahnsinnigsten Augenblicken witterte Einar überall die CIA. Und den Inlandsnachrichtendienst. Dazu den Mossad, MI6 und einen geheimen Rest des sowjetischen KGB, von dem nur wenige wussten und vor dem er sich am allermeisten fürchtete. Alle Elektronik war eine Bedrohung, selbst kleine Reiseradios. Er glaubte sich nicht nur überwacht. Das Schlimmste war, dass sie ihn mit Hochfrequenztönen folterten. Selma würde das auch hören, meinte er hartnäckig, wenn es besonders schlimm um ihn stand, wenn sie nur nicht schon längst dieser Gehirnwäsche unterzogen worden wäre.

Aus der Steinwüste unterhalb von Sinsenkrysset in die Wohnung in der Vogts gate gezogen zu sein machte sein Leben einfacher. An seiner persönlichen Hygiene war noch immer einiges auszusetzen. Um seine Zähne stand es noch schlimmer als um seinen Körpergeruch, und Selma fragte sich ab und zu, ob er wohl unter andauernden Zahnschmerzen litt. Die größte Veränderung hatte in seiner Seele stattgefunden. Er war jetzt ruhiger. Die Angstanfälle und die totale Verwirrung überkamen ihn jetzt viel seltener. Im Januar hatte er sich zu einer neuen Untersuchung bereit erklärt, obwohl dazu eine Woche im Irrenhaus nötig gewesen war, wie er das nannte. Seine Medikamente waren seither nicht nur wirkungsvoller, es gelang ihm auch besser, den Ernährungsplan zu verfolgen, den die Ärzte für ihn aufgestellt hatten.

Außerdem liebte er Darius. Er überschüttete das Viech mit Liebe, und dem ging es als Stubenkatze in der scheußlichsten Wohnung Oslos besser denn als Luxuskatze mit drei Dekar Revier auf Ormøya. Tägliche Pflege und ein Teelöffel Tran im Frühstücksthunfisch ließen sein Fall glänzen, als ob er für eine Katzenshow vorbereitet würde.

Darius hieß nicht mehr Darius, sondern Miez.

Miez hatte bei Einar Wunder gewirkt, und der hatte nicht mehr solche Angst vor allem, was Strom leitete.

Er konnte es ertragen, in einem Haus zu wohnen, Steckdosen, Glühbirnen, Herd und Wasserkocher zum Trotz. Er duschte immerhin einmal die Woche. Er hatte gelernt, die Waschmaschine im Badezimmer zu benutzen, wenn auch vor allem für die Decken von Miez, die immer vor Sauberkeit strahlten. Selma hatte den 52-Zoll-Fernseher bei ihrem Auszug stehen lassen. Vor Weihnachten hatte sie erklärt, dass das Elektronengitter, das eigentlich einfach bei Clas Ohlson gekaufter Maschendraht war, vor Strahlung schützte. Er hatte sich nicht lange überreden lassen und benutzte den Fernseher weiterhin. Mit Maschendraht.

Ab und zu fragte sich Selma, ob er langsam gesund wurde.

Kaum. Es war zu spät für Einar Falsen, aber nun hatte er immerhin eine Art Leben.

»Was hättest du gemacht?«, fragte sie noch einmal. »Ist das nicht sehr seltsam?«

Einar gab noch immer keine Antwort. Miez versuchte, die Unterlagen, in denen er las, wegzuschieben. Einar verpasste dem Kater einen kleinen Schubs. Von dort, wo Selma saß, im Sessel auf der anderen Seite des niedrigen Couchtisches, sah Einars rechtes Auge durch das altmodische Vergrößerungsglas riesig aus.

»Mehr als das«, sagte er endlich und ließ die Lupe sinken. »Ich bin ganz deiner Ansicht, Mariska.«

»Worin?«

»Darin, dass, wenn man alles in Betracht zieht, Sjalg Pettersons Tod gründlich untersucht werden müsste.«

»Nicht wahr?«

Miez durfte sich jetzt auf Einars Schoß legen. Die groben Hände streichelten sanft den Rücken des Tieres, wieder und wieder.

»Der Obduktionsbericht ist deutlich«, sagte er. »Und enthält eigentlich nur drei interessante Dinge. Erstens, dass der Mann an einem anaphylaktischen Schock gestorben ist, in Übereinstimmung mit einer früher nachgewiesenen extremen Nussallergie. Zweitens, dass in Magen und Darm keine Nüsse gefunden worden sind. Der Obduzent macht die Anmerkung, dass mangelnde Funde nicht beweisen, dass es nicht unmittelbar vor dem Todesfall im Verdauungstrakt mikroskopische Mengen von Nüssen gegeben haben kann. Drittens …«

»Wie können die dann eigentlich zu irgendeinem Schluss kommen?«

»Moment noch. Drittens gibt es keine Einstichspuren oder anderen Hautverletzungen, die darauf hinweisen könnten, dass Sjalg die Nüsse nicht durch den Mund zu sich genommen haben könnte.«

Er griff wieder zu den Unterlagen, hielt sie mit ausgestrecktem Arm von sich weg und starrte sie aus zusammengekniffenen Augen an. Dann ließ er sie wieder fallen.

»Mm«, sagte er nachdrücklich. »Verdächtig. Vor allem, wo auch die Lebensmittelaufsicht zu dem vorläufigen Schluss kommt, dass es nirgendwo Spuren von Nüssen gab. Nicht im Essen. Nicht in der Küche. Keinerlei Nüsse, und schon gar nicht diese Maca… diese Weihnachtsnuss. Welcher Polizeijurist ist für den Fall zuständig?«

Selma zuckte mit den Schultern.

»Ich werde das morgen feststellen«, sagte sie. »Vermutlich jemand, den ich kenne. Wenn ich Glück habe. Das Einzige, was ich bisher weiß, ist, dass sie null Interesse an dem Fall haben. Anine ist nicht einmal vernommen worden. Sie wurde von einem Ermittler angerufen, sagt sie, aber das Gespräch hat keine fünf Minuten gedauert. Runhild Petterson scheint nicht einmal auf die Idee gekommen zu sein, dass das hier ein Fall für die Polizei sein könnte. Jesso interessiert sich, wenn ich das richtig verstanden habe, nur für die zivilen Aspekte des Falles. Er will Geld für Anine.«

»Die Polizei verhält sich seltsam. So seltsam, dass es wie ein Dienstvergehen wirken kann.«

»Wie meinst du das?«

Einar gab keine Antwort. Er hob Miez von seinem Schoß, drückte ihn an die Brust und vergrub sein gesamtes Gesicht im Fell. Der Kater schnurrte. Einar auch, so wie es klang.

»Was hast du gesagt?«, fragte Selma.

Einar stellte Miez auf den Boden.

»Das ist fast wie das Mysterium des geschlossenen Raums«, sagte er und grinste. »Der Typ krepiert, weil er Nüsse gefressen hat, aber er hat keine Nüsse gefressen. Alle Körperöffnungen sind verschlossen. Es gibt nirgendwo eine Spur von Nüssen. Aber er muss ja irgendwie diese verdammten Macadamianüsse in sich aufgenommen haben. Ein bisschen wie bei Sherlock Holmes, eigentlich. Bleibst du zu den Fernsehnachrichten?«

Eigentlich nicht, dachte Selma. In der engen Wohnung war es viel zu warm. Es war nicht empfehlenswert, das Fenster zu öffnen, das Zimmer würde sich mit Auspuffgasen und solchem Lärm füllen, dass es einfach unerträglich wäre. Außerdem war es draußen fast genauso heiß. Aus Schaden klug geworden, trug sie nur Trägerhemd, Shorts und Joggingschuhe. Und schwitzte.

Sie war einen Umweg hierher gelaufen, und sie würde auf geradem Weg nach Hause joggen. Das würde nur zehn Minuten dauern.

»Wir können den Anfang zusammen sehen«, sagte sie. »Hast du vielleicht was zu trinken?«

Er schaltete den Fernseher mit der Fernbedienung ein, die er in Alufolie gewickelt und mit Klebeband verkleidet hatte, sodass nur noch drei Tasten zu erreichen waren. Der Einschaltknopf, der Lautstärkeregler und der für NRK, den Sender, den er auf Taste 1 gelegt hatte. Er schlurfte in die Küche und kam mit einem Glas Wasser zurück. Selma nahm es zögernd entgegen.

»Wasser? Ich trinke kein Wasser. Zur Not Mineralwasser.«

»Aber Mariska. Du solltest dich darüber informieren, wie gefährlich der Dreck, mit dem du dich vollschüttest, in Wirklichkeit ist. Wasser ist göttlicher Nektar.«

Selma hob vorsichtig das Glas an den Mund, trank einen kleinen Schluck, schnitt eine Grimasse und stellte das Glas wieder weg.

Die Fernsehnachrichten begannen.

Die Hauptnachricht drehte sich um die Waldbrände. Es gab viele, überall im Land, und natürlich wurde die Schuld auf den außergewöhnlichen Sommer geschoben. Alles war trocken, und der Wind wehte nach Ansicht der erschöpften Feuerwehrleute aus allen Richtungen gleichzeitig. Der zweite Beitrag handelte von Freizeitkapitänen. Sie machten keinen Bootsführerschein und waren die größte Gefahr auf dem Wasser. Nach einer Reportage über den Sommer als Hochsaison für Essstörungen wollte Selma eigentlich gehen. Mit Einar zusammen Nachrichten zu sehen war, wie gleichzeitig einer kommentierenden Tonspur aus Klagen und teilweise bizarren Sichtweisen zu lauschen. Nun schimpfte er über den Bikini als grundsätzliches Konzept und vermisste das üppige Frauenideal der Sechzigerjahre.

»Marilyn Monroe«, sagte er verträumt.

»Du bist 1960 geboren«, sagte Selma. »Das muss deine Mutter sein, an die du dich erinnerst.«

In Randaberg war ein Wohnhaus abgebrannt, wurde unmittelbar vor dem Sport mitgeteilt. Die Brandursache war noch unbekannt, aber die Bewohner, ein Ehepaar, waren beide wegen des Anbaus von Cannabis festgenommen worden. Im Keller waren solche Pflanzen gefunden worden, aber das Geschäft musste relativ neuen Datums sein, meinte der viel zu junge Polizeijurist, dessen Blick hin und her irrte und der viel zu viel sagte. Es war schon bekannt, dass der Stromverbrauch in dem Einfamilienhaus in der vergangenen Woche gewaltig gestiegen war.

»Ob Haschanbau sich wohl lohnt?«, fragte Einar und kratzte sich am Kopf. »Nach diesem Sommer werden die Strompreise teuflisch anziehen, wenn die Kälte einsetzt. Und Hasch braucht verdammt viel Wärme. Wärme und Feuchtigkeit. Nicht gerade das, was man sich in einem Haus wünscht.«

Selma schaute sich um und sah ein, dass das Klima in Einars Wohnung hervorragend dafür geeignet wäre.

»Wir können noch immer einen feuchten Spätsommer bekommen«, sagte sie und erhob sich. »Und Herbst.«

»... der Mann ist norwegischer Staatsbürger. Die Frau ist Russin, lebt jedoch seit Jahren in Norwegen.«

»Dieser Polizeijurist müsste einen Kurs machen«, sagte Selma und hob die Arme über den Kopf, ehe sie langsam hin und her schwankte. »Tag eins einer Ermittlung, und schon erzählt er alles, was sie bisher wissen.«

»Willst du nicht den Sport sehen?«, fragte Einar.

»Nein. Ich muss nach Hause.«

Auf dem Weg hinaus wäre sie fast über die riesigen Stapel aus alten Zeitungen bei der Tür gestolpert. Selma machte sich Sorgen, weil er bestimmt bald wegen dieser Diebereien gefasst werden würde. Er versuchte zwar, eine ziemlich ausgedehnte Morgenrunde zu drehen, damit niemand die Zeitung häufiger als einmal im Monat einbüßte, aber riskant war es eben doch.

»Mach's gut«, rief sie, bekam aber keine Antwort.

Auf irgendeine Weise musste es möglich sein, Einar dazu zu bringen, einen Laptop zu benutzen. Nicht nur ihm zuliebe, sondern auch ihretwegen. Er wurde jetzt wirklich zu einem wichtigen Gesprächspartner. Es könnte eine große Hilfe sein, wenn er schnelleren Zugang zu Informationen hätte als durch gestohlene Papierzeitungen.

Als sie die Tür hinter sich zuzog, dachte sie dann aber doch, dass der alte Einar ihr im Grunde fehlte.

Der, der knatschverrückt war, niemals etwas verlangte und der sie aus seiner verschrobenen Welt heraus absolut bedingungslos liebte.

Weinen

Mina saß in ihrem Zimmer und starrte die Wand an.

Sie war ungewöhnlich stark geschminkt, obwohl sie gar nichts vorhatte. Bald würde Papa nach Hause kommen, und er durfte nicht sehen, dass sie geweint hatte. Geweint und geweint und geweint. Wenn Ingeborg noch lebte, würde Mina einen Menschen haben, mit dem sie reden könnte. Über alles, was grauenhaft und geheim und einfach unmöglich zu ertragen war. Aber Ingeborg war Asche in einer Urne, die noch nicht in der Erde lag. Es gab nicht einmal ein Grab, das Mina besuchen könnte.

Mina hatte sich immer einen Hund gewünscht. Einen mittelgroßen Hund, einen English Springer Spaniel vielleicht, den man mit ins Bett nehmen und mit dem man lange Spaziergänge unternehmen konnte. Der Hund sollte Sara heißen, und dann hätte sie jemanden zum Reden gehabt, aber Mama wollte keine Tiere.

Vielleicht sollte Mina einfach gehen.

Sie könnte es jetzt tun. Joggingschuhe anziehen, eine Flasche mit Wasser füllen und einfach gehen. Nach Norden. Sie könnte an der Schranke vor Akebakkeskogen anfangen, weiter durch Nordmarka gehen, Berg und Tal durchwandern, bis sie in Trondheim angekommen wäre. Und dann könnte sie noch weiter laufen. Norwegen war an die zweitausend Kilometer lang, und wenn sie wollte, könnte sie bis ans Nordkap wandern.

Und dann vielleicht losschwimmen.

Papa merkte gar nichts mehr. Er war abends noch immer so müde und abwesend. Zerstreut, sozusagen. Er kam nie mehr in ihr Zimmer, um gute Nacht zu sagen.

Die Eltern hatten beide nicht bemerkt, dass Mina ihren Job aufgegeben hatte. Und dass sie jetzt kürzere Haare hatte. Nicht sehr viel kürzer, aber doch so kurz, dass jedenfalls Mama es hätte sehen müssen.

Mama hatte nicht einmal entdeckt, dass Mina wieder auf Instagram war.

Noch immer kamen widerliche Kommentare, aber es waren viel weniger geworden. Früher hatte Mina ein offenes Profil gehabt. Als stellvertretende Vorsitzende der Sozialdemokratischen Jugendorganisation Ortsgruppe Nordre Aker, AUF, waren ihr auch soziale Medien ein willkommenes Rednerpodium. Die Offenheit brachte leider auch die negativen Mitteilungen. Als sie im Frühjahr vor den Augen der Mutter ihr Konto stillgelegt hatte, hatte sie fast viertausend Follower gehabt. Als sie sich einige Tage später zurückschlich, war sie bei der AUF ausgetreten und hatte beschlossen, dass auch ihre Karriere als Schulsprecherin ein Ende hatte. Sie setzte ihr Konto auf einen privaten Status. Bei einer Drecksmeldung wurde nun der Absender blockiert. Jetzt hatte sie nur noch an die achthundert Follower und fühlte sich sicher.

Aber noch immer kamen gemeine Hassbotschaften.

Heute war es schlimm gewesen. Drei Mitteilungen, alle von Leuten, die sie nicht kannte. Sie blockierte diese Leute sofort, aber ein Gefühl der Resignation drohte, alles zu zerstören. Vielleicht sollte sie ihr Konto einfach löschen. Alles löschen.

Sich selbst löschen, wenn das möglich wäre.

Sie müsste mit Papa sprechen. Früher einmal war er der beste Vater auf der Welt gewesen. Geduldig und lieb und erreichbar, und er hatte immer gesagt, kein Problem sei so groß, dass er es nicht für sie in Ordnung bringen könnte.

Sie konnte jetzt aber nicht mit ihm reden.

Und er konnte es dieses Mal auch nicht in Ordnung bringen.

In diesem Jahr wollte er sich nicht einmal Urlaub nehmen. Mama war nicht böse geworden, nicht wie sonst, wenn Papas Arbeit irgendetwas unmöglich machte. Sie war nur müde gewesen. Resigniert. Ein bisschen traurig vielleicht. Er habe so viel zu tun, hatte Papa irgendwann im Juni beim Essen gesagt, und wolle die Ruhe im Sommer nutzen, um im Büro alles aufzuarbeiten.

Mama buchte eine Reise mit einer Freundin und deren Tochter und wollte Mina mitnehmen.

Mina sagte Nein.

Mama war sauer, aber Mina wollte nicht verreisen.

Sie wollte nur gehen. Sie wollte losstapfen und nur daran denken, wie sie sich im Wald etwas zu essen besorgen könnte. Ab und zu könnte sie eine Ortschaft aufsuchen. Seit ihrer Konfirmation hatte sie eine Menge Geld auf dem Konto. Wenn sie losginge, nachdem Papa eingeschlafen war, würde sie vor dem nächsten Tag nicht vermisst werden. Vielleicht nicht einmal dann. Sie hatte keine Schule, und Papa fuhr immer ins Büro, wenn Mina noch schlief. Jedenfalls glaubte er, dass sie noch schlief.

Sie könnte gehen und gehen, bis sie vollständig verschwunden wäre.

Mina könnte in die Irre gehen.

Das wäre sicher das Beste für alle.

Herbst

Kleider

Aus dem Rentierfell machte Selma sich Schuhe.

Jedenfalls so etwas Ähnliches. Das Messer aus dem Holzkasten war so stumpf, dass sie versucht hatte, es an einem aus der Mauer gestocherten Stein zu schleifen. Das hatte nichts gebracht, vermutlich, weil Selma nicht die geringste Ahnung vom Messerschleifen hatte. Am Ende konnte sie das Fell dann doch mithilfe des stumpfen Stahls, ihrer Zähne und der groben Kraft, die sie noch immer in Händen und Armen hatte, in zwei einigermaßen gleich große Stücke reißen. Sie stellte einen Fuß mitten auf jedes Stück, faltete sich den Rest um die Beine und wickelte es unter den Knien fest.

Der Eisenofen war tot. Die zweite Stumpenkerze war heruntergebrannt. Es war jetzt kalt in der Steinhütte, aber das Wasser in dem Topf, den sie gefüllt hatte, als das Feuer noch brannte, war flüssig geblieben. Das milde Wetter würde für eine Weile anhalten, und sie trank das Wasser, das sie hatte.

Aus den Wolldecken waren ein Pullover und eine Hose geworden.

Die Hose war sehr einfach. Selma hatte eine Decke in zwei Stücke gerissen und wickelte sich die rechteckigen Stoffstücke um die Beine. Dieses Design würde den Toilettenbesuch leicht machen, denn sie hatte nichts, um den Schritt zusammenzunähen. In die Mitte der anderen Decke hatte sie ein Loch für ihren Kopf gerissen. Ein Poncho, ganz einfach. Es wäre zu kalt, ihn lose hängen zu lassen, deshalb hatte sie Öffnungen für die Unterarme geschnitten, tief unten bei den Hüften, um den Schutz über Schultern und Oberarmen nicht zu verlieren. Danach band sie einen Gürtel aus geflochtenem Bindfaden unten um das provisorische Kleidungsstück. Der grobe Stoff scheuerte auf ihrer Haut. Das tat vor allem an den Brustwarzen weh, die ohnehin noch wund von den Schlägen waren, die sie bezogen hatte, und davon, dass sie für unbekannte Zeit Frost und mangelhafter Hygiene ausgesetzt gewesen waren.

Der Körpergeruch machte ihr nicht mehr besonders viel aus. Anfangs, nach einem oder zwei Tagen, hatte sie ihren Gestank fast nicht ertragen können. Eine Mischung aus Schweiß, Urin, Angst, Feuer und Ruß erregte Übelkeit in ihr. Nachdem sie im Halbschlaf ihr Bedürfnis bei der Tür verrichtet hatte, hatte sich die Lage seltsamerweise gebessert. Im Vergleich zu dem grotesken Schleimhaufen duftete sie wie Lavendel.

Und jetzt würde sie diesen Ort verlassen.

Sie blieb für einen Moment stehen, ehe sie die Tür öffnete.

Diese Hütte hatte ihr das Leben gerettet. Durch die groben Mauern, die sie vor Sturm und Kälte beschützt hatten, und durch wichtige Dinge, die ein Samariter hier hinterlassen hatte. Die helfende Hand eines fremden Menschen, dem Selma niemals begegnen würde.

Jetzt war die Steinhütte leer. Das Holz war verbrannt. Kriminalroman und Kasten an der Wand waren vom Eisenofen verschlungen worden. Vor einer Stunde hatte Selma die zweite ungenießbare Tomatensuppe in sich hineingequält. Sie hatte das Rentierfell ruiniert, um Schuhe daraus zu machen, und die Decken nahm sie mit.

Ein Kerzenstummel und einige Streichhölzer waren alles, was sie hinterließ.

Wenn sie raten müsste, dann hatte sie drei Tage hier verbracht. Es konnten auch fünf sein, aber nun, da ihre Argumentationsfähigkeit auf dem Weg der Besserung war, bezweifelte sie, dass die begrenzte Menge an Holz so lange gereicht haben könnte.

Ihr Körper tat jedenfalls nicht mehr so weh wie vor einigen Tagen. Sie war stocksteif, und noch immer konnte hinter ihren Augen jederzeit ein stechender Schmerz losbrechen. Aber nicht oft. Sie hatte so viel Wasser wie möglich getrunken, mehrere Tage lang. Der Hunger quälte sie nicht mehr so sehr. Die Tomatensuppe, die sie diesmal verdünnt und im Kochtopf aufgewärmt hatte, hatte ihr gutgetan.

Auch ihr Gedächtnis kehrte jetzt zurück. Noch immer erschien Selma ihr Leben wie ein unfertiges Puzzlespiel, mit etwas zu vielen weißen Stellen. Der Versuch, die fehlenden Stücke ausfindig zu machen, war erschöpfend, aber immer mehr davon legten sich ganz von selbst zurecht. Vor allem, wenn sie sich nicht so heftig anstrengte. Wenn sie schlief. Wenn sie sich auf etwas anderes konzentrierte, wie Suppe in sich hineinzuzwingen oder aus alten Lumpen Kleider zu machen.

Wie sie ins Gebirge geraten war, wer sie zusammengeschlagen hatte und was in den Wochen vor dem Brand in der Hütte passiert war, war noch immer unklar.

Es war Zeit zu gehen.

Sie drehte sich ein letztes Mal um und lehnte die Schulter gegen die Tür. Die gab nach. Frische Luft strömte ihr entgegen und ließ sie tief einatmen, wie nach dem Tauchen. Sie setzte versuchsweise einen Fuß in den feuchten Schnee, der jetzt schmolz. Heidekraut und kleine Gewächse ragten überall empor. Sie ging hinaus und ließ die Tür hinter sich zuschlagen.

Alles war grau und nass.

Eine schwere Wolkendecke verbarg den Höhenzug im Norden, aber es regnete nicht, und der Nebel erlaubte doch einige hundert Meter Sicht. Dennoch fühlte Selma sich bereits nass, die Luft war sehr feucht. Es war, wie in einer Regenwolke zu stehen, die sich noch nicht geöffnet hatte. Sie machte einige vorsichtige

Schritte in Richtung der Brandstätte. Die lag jetzt fast bloß. Kamin und Schornstein ragten schwarz und drohend gen Himmel, aber ansonsten war alles abgebrannt. Der Volvo, der einmal rot und Selmas schönstes Besitzstück gewesen war, war jetzt ein Kadaver aus schwarzem Stahl und verbranntem Kunststoff. Die Reifen waren im Feuer geschmolzen. Die Karosserie sah aus, als habe das Fahrzeug sich zum Sterben hingelegt.

An der Brandstätte gab es vielleicht nützliche Dinge, und es wäre vernünftig, dort nach etwas Brauchbarem zu suchen. Oder nach etwas Essbarem. Obwohl sie sich erinnerte, dass die Küche leer gewirkt hatte, konnte sie ein Konservenlager übersehen haben. Vielleicht unter dem Spülbecken oder oben im Schrank, den sie rasch für leer befunden hatte, den zu untersuchen ihr aber eigentlich keine Zeit geblieben war.

Konservendosen wären bei einem Brand geborsten.

Messer, vielleicht. Ein Messer könnte sie gebrauchen.

Sie brauchte kein Messer. Selma musste zu Menschen gelangen, das brauchte sie. Zu einem Telefon, um jemanden vor etwas zu warnen, das passieren würde, nur konnte sie sich nicht erinnern, was das sein sollte.

Es war so still. Sie konnte nur ihren eigenen Atem und ihre Schritte im Heidekraut hören, als sie sich dem Autowrack näherte.

»Hardangervidda«, flüsterte sie und blieb stehen.

Sicher war sie sich nicht. Dass in der Hütte eine Zeitung aus dem Hallingdal gelegen hatte, brauchte nichts zu bedeuten. Aber sie konnte hoffen.

Finnmarksvidda wäre schlimmer. Einsamer.

Gietnjojávrrit, fiel ihr ein. Norwegens einsamster Ort, glaubte sie sich zu erinnern, ohne zu wissen, weshalb. Mitten in der Hochebene zwischen Kautokeino und Karasjok, fast dreißig Kilometer entfernt vom nächsten von Menschen geschaffenen Ort.

Selma konnte nicht begreifen, weshalb sie sich an Wörter und Tatsachen erinnern konnte, aber keine Ahnung hatte, warum sie sich hier draußen befand.

Dreißig Kilometer könnte sie gehen. Klar könnte sie dreißig Kilometer fast ohne Kleider und mit Fellstücken um die Füße wandern, da war sie sich sicher, wenn nur kein Frost kam, kein Schnee und kein Wind. Dreißig Kilometer waren bei diesem Wetter zu bewältigen, und sie war bestimmt nicht in Gietnjojávrrit, an Norwegens einsamstem Ort. Sie war auf der Hardangervidda, Europas größter Hochebene, anderthalbmal größer als Finnmarksvidda. Vielleicht war sie im Nationalpark.

Vielleicht nicht.

»Mach, dass es die Hardangervidda ist«, schrie sie plötzlich. »Lieber Gott! Mach, dass das hier die Hardangervidda ist!«

Diese Gegend war beliebt. Viel besucht. Sie könnte Menschen finden auf der Hardangervidda. Alle reisten dauernd auf die Hardangervidda. Kaum jemand im ganzen Land zog nicht alle naselang Richtung Hardangervidda. Selma könnte Hütten finden, moderne Hütten, auch wenn das Gelände riesig war. Es gab Wanderwege kreuz und quer, gekennzeichnete Loipen überall, ausgeschilderte Pfade, die ihr den Weg nach Hause weisen könnten. Der Touristenverein hatte Menschen hergelockt, gerade hierher, seit Generationen. Sie könnte Jäger mit heißem Kaffee in der Thermoskanne treffen, im Herbst wurde Jagd auf Schneehühner gemacht, und sicher auch auf Rentiere.

Es war Herbst. Vielleicht war September, vielleicht auch Oktober. Selma weinte und konnte nicht begreifen, woher die Tränen kamen.

»Lieber Gott«, schluchzte sie. »Lieber Gott. Mach, dass ich auf der Hardangervidda bin. Hier sind noch andere Menschen.«

Sie musste gehen. Es wurde Zeit, mit der Wanderung zu beginnen, und sie schlug einfach irgendeine Richtung ein. Nach einigen Metern in Richtung Süden überlegte sie sich die Sache anders. Sie erinnerte sich aufgrund der Lage der Hütte an die Himmelsrichtungen und wandte sich deshalb nach Osten. Oslo lag im Osten. Im Südosten. Und lange vor Oslo würde sie auf Leute stoßen. Auf Hütten, gut ausgestattete Hütten, auf Menschen mit Heizungen und Essen und Handys.

Der Bindfaden unter dem linken Knie lockerte sich bereits.

Selma öffnete die Knoten und band alles aufs Neue zusammen. So fest, dass es wehtat. Als sie sich aufrichtete, wusste sie nicht mehr, wo Osten war, sie ging jedoch weiter. Der Nebel wurde dichter, das Gelände war flach. Ein wenig hoch, ein wenig runter und enttäuschend rasch wieder hoch. Sie musste nach unten, dass wusste sie, in tiefer gelegenes Terrain. Sie musste gehen, bis sie merkte, dass sie bald ein Tal und höhere Bäume erreicht haben würde.

Es war unmöglich zu wissen, wie lange sie schon unterwegs war.

Die Wolken entließen endlich ihre Feuchtigkeit. Ein leichter Nieselregen fiel. Der Nebel lichtete sich ein wenig, als sie stehen blieb, um noch einmal das Fell um ihre Beine festzubinden.

Als sie sich aufrichtete, sah sie den Wolf.

Grau und mager, mit gesenktem Kopf stand er knapp fünfzig Meter von ihr entfernt. Der Schreck lähmte sie. Der Wolf kam näher. Er hatte den Kopf noch immer gesenkt, aber sein Blick hielt ihren fest. Jetzt war die Bestie so nahe, dass Selma glaubte, den Geruch ihres ausgehungerten Atems wahrzunehmen.

Der Wolf blieb stehen.

Sein Blick war blassblau, und als Selma schon glaubte, ihr Herz werde gleich zerspringen, fiel ihr ein, an wen die Augen des Tieres sie erinnerten.

Tryggve Mejer, dachte sie, und das verschlug ihr den Atem.

Alles wurde schwarz. Die Beine gaben unter ihr nach.

Abermals verschwand Selma in einer segensreichen leeren Dunkelheit.

Sommer

Die Fotowand

Selma hatte Runhild Pettersons Bilder im Laptop vorsortiert und danach an die vierhundert ausgesondert. Das hatte den ganzen Vormittag in Anspruch genommen.

Der Vorteil daran, dass sie Fotos aus Sjalgs Freundeskreis und Verwandtschaft bekommen hatte, war, dass er auf fast allen Bildern zu sehen war. Bei der Hochzeit hatte Selma ihre eigenen Bekannten in Anines Richtung blitzen sehen, alle hatten sich mehr für die blendend schöne Braut interessiert als für den Mann, den sie geheiratet hatte.

Jetzt waren alle Bilder an den Schlafzimmerwänden angebracht, fast von der Decke bis zum Boden. Die vielen Heftzwecken würden ihre Spuren hinterlassen, aber das würde sie an einem freien Nachmittag übermalen können.

Technisch und ästhetisch gesehen waren die Fotos von unterschiedlicher Qualität. An die vierzig hatte der bezahlte Hochzeitsfotograf gemacht. Selma hatte nur zwei Bilder vom Dach der Oper ausgedruckt. Die restlichen stammten aus dem Restaurant, von vor und während des Festessens. Sie waren scharf, mit professionellen Kameras aufgenommen und in Größe A4 ausgedruckt.

Vorläufig sagten sie ihr nichts.

Die restlichen Bilder waren Handyfotos. Selma hatte sie im Postkartenformat ausgedruckt, um Platz an den Wänden zu haben. Wenn einige sich als besonders interessant erwiesen, könnte sie noch immer neue und größere Kopien machen.

Nur vier Bilder waren aufgenommen worden, als sich der Bräutigam bereits zu seiner Rede erhoben hatte. Drei zeigten einen lächelnden, selbstsicheren Sjalg Petterson, bereits ohne Jackett, dem sich die gelockerte Fliege wie ein Schweineschwanz um den Hals ringelte. Auf einem hatte er sein Wasserglas erhoben, um sich die Kehle zu benetzen, das Sonnenlicht traf das Glas und wurde in einem wunderschönen Spektrum in Regenbogenfarben weitergegeben.

Auf dem letzten Bild starb er bereits.

Seltsam, so ein Bild an die Mutter des Opfers zu senden, dachte Selma. Offenbar hatte sich die betreffende Person die Bilder nicht mehr angeschaut, sondern einfach alles abgeschickt, vermutlich im Eifer, dem frommen Wunsch einer trauernden Mutter nachzukommen.

Sjalgs Mund stand offen, und er sah überrascht aus, erschrocken fast, die Augen waren groß. Seine Hand war auf halbem Weg zum Hals. Selma erinnerte sich daran, wie er sich am Hals gekratzt hatte, während sein Atem immer flacher wurde und der Blutdruck absackte.

In seiner Nähe standen keine Unbefugten. Und auch keine Befugten. Niemand servierte ihm gerade etwas oder füllte ihm das Glas.

Anine saß an seiner rechten Seite. Sie hatte soeben ihr Weißweinglas losgelassen, es stand schräg und war kurz vor dem Umkippen. Sie schaute zu Sjalg hoch, verwirrt, und hatte den anderen Arm erhoben, um seine Hand zu packen. Da das Bild von jemandem an einem anderen Tisch gemacht worden war, konnte man ganz unten verschwommene Umrisse von Köpfen sehen.

Selma nahm das Bild von der Wand und setzte sich aufs Bett.

Anine sah wirklich verängstigt aus. Selma hatte nicht auf ihre Tochter geachtet, als das alles passiert war. Sie hatte Sjalg angestarrt, als er sich am Hals kratzte und röchelte und in sich zusammensackte, um dann mit dem Gesicht im Heilbutt zu sterben.

Der Mann war natürlich viel zu jung gewesen, aber er hatte immerhin einen schnellen, wenn auch nicht schmerzlosen Tod gehabt. So gesehen war der Todesfall für Anine schlimmer. Und für Sjalgs Eltern und seinen jüngeren Bruder.

Selma holte das Bild, das einige Sekunden früher gemacht worden war, und legte die beiden Fotos nebeneinander auf das Bett. Das eine war heller und ein klein wenig unschärfer als das andere. Sie waren offenbar mit unterschiedlichen Handys aufgenommen worden.

Eine Sekunde. Vielleicht zwei. Im einen Augenblick stand ein stolzer Bräutigam da, bewundert von seiner lächelnden Braut, mit dem Weinglas in der Hand im Sonnenschein eines strahlenden Sommertags. Im nächsten war alles in Stücke zerbrochen.

»So was passiert«, sagte Selma.

Keine Nuss. Nirgends.

Ein Mann in den besten Jahren, allergisch, ansonsten aber kerngesund, fällt auf seiner eigenen Hochzeit tot um. Wegen einer nicht vorhandenen Nuss. Die nie vorhanden gewesen war. Die nirgendwo zu finden war. Es gab kaum einen erfahrenen Polizisten auf der Welt, den ein solcher Fall nicht anspornen würde.

Denn so etwas passierte nicht. Eigentlich nicht. Nicht ohne irgendeine Erklärung. Niemand stirbt so einfach nach der Berührung mit etwas, das es nicht gibt.

Das Handy piepste. Selma öffnete die SMS.

Hallo, Selma. Schlimm, das mit deinem Schwiegersohn. Mein Beileid. Ich habe nachgesehen, zuständig ist Polizeijuristin Sandra Bjerke. Kuss, Sophie (Bist du im Sommer in der Stadt? Ich bleibe hier bis Anfang August. Mal was unternehmen?)

Selma hatte noch nie von einer Sandra Bjerke gehört.

Sie antwortete:

Wer ist Sandra Bjerke? Neu? Jung? S.

Die Arbeitsbelastung bei der Osloer Staatsanwaltschaft war mitten im Sommer offenbar nicht allzu schlimm, denn Sophies Antwort kam postwendend:

Ganz neu. Nur Referendarin. Urlaubsvertretung, du weißt schon. Kenn sie noch nicht. Wie siehts morgen aus? Essen?

Selma überlegte.

Danke für die Info. Kann morgen nicht. Beisetzung. Ich ruf dich an.

Als Antwort kamen ein Herz und ein Tränensmiley. Dann wurde es still.

Selma warf noch einen Blick auf die Fotos auf ihrem Bett, dann hängte sie beide wieder auf und ging ins Wohnzimmer. Sie griff nach ihrer kleinen Tasche, verließ die Wohnung, ging die Treppe hinunter und schrieb noch eine SMS.

Es war an der Zeit für einen Abstecher ins Polizeigebäude, und sie wollte dafür sorgen, dass sie unangemeldet bei der jungen Referendarin auftauchte.

In Überraschungen lag große Macht.

Die Fliege

Eine Fliege surrte in Oslo herum.

Just diese Fliege, eine *Musca domestica*, war von edler Herkunft, sie war geschlüpft in einem Papierkorb im Parlament. Ein Brötchen, vergessen nach einer abendlichen Sitzung, ehe der Sommer endgültig losgelegt hatte, bescherte ihr eine nahrungsreiche Larvenzeit und die fast hundert Geschwister, mit denen sie gesegnet war. Vor sechzehn Tagen hatte sie sich aus der rotbraunen Larve gekämpft und die letzte Phase ihre Metamorphose begonnen, die in dieser Hitze bald zu Ende sein würde. Schwer und träge vor Alter und Wärme irrte sie hin und her, tief über dem Boden, wo die Nahrung zu finden war.

Eine Tür öffnete sich. Menschen strömten von der Straße herein, und die lebensmüde Fliege ließ sich vom Sog der aufgeregten Stimmen und schweißnassen Rücken mitreißen.

Eine dieser Stimmen gehörte Lars Winther.

Er war sechs Jahre Journalist bei der Zeitung *Dagens Gang* gewesen. In dieser Zeit hatte er das Niveau der Abteilung *DG*-Sport von klassischer Berichterstattung zur besten kritischen Journalistik angehoben. Sport bedeutete Macht, Geld und Kultur, und Lars Winther nahm das alles tiefernst. Nach zwei *Skup*-Preisen und schließlich dem *Großen Journalistenpreis* für seinen Einsatz war es gekommen, wie es hatte kommen müssen.

Er hatte den Sport ebenso sattgehabt wie der Sport ihn, und er wurde von *Aftenavisen* abgeworben und in die Nachrichtenredaktion versetzt.

Es war sommerlich still, und er hatte sich an den einzigen politischen Kommentator der Zeitung gehängt, der nicht im Urlaub war.

»Nur anderthalb Stunden Vorwarnung«, sagte jemand.

»Ziemlich groß«, sagte jemand anderes.

»*MeToo*-Geschichte, glaubst du nicht?«

»Pressekonferenz mitten in der Urlaubszeit? In Anwesenheit von Siv Jensen? Muss jedenfalls verdammt wichtig sein.«

Überall wurde geredet, einige flüsterten, andere kreischten so grell, dass die Fliege verwirrt auf einer Schulter eine Pause einlegen musste. Nur für einen Moment, dann traf ein rascher Handschlag die Stelle, wo sie gesessen hatte, gerade einen Augenblick zu spät.

Lars Winther sagte nichts und suchte sich einen Platz in der ersten Reihe.

Nun kam die Vorsitzende der norwegischen Fortschrittspartei herein. Sie war sommerbraun, und ihre kurzen Haare waren fast weiß. Nervös, dachte Lars Winther. Ausnahmsweise einmal wirkte die Parteivorsitzende nervös. Besorgt, fast ängstlich. Ihre

Wimperntusche war an einem Auge verschmiert. Eine Fliege umsurrte ihren Kopf und landete auf ihrem Wangenknochen, das sah er, aber die Frau fuhr sich eilig mit dem Zeigefinger durch das Gesicht. Die Schmiererei verschwand nicht, aber die Fliege flog weiter.

»Willkommen«, hieß es kurz durch den Lautsprecher, dann wurde es still.

Noch einmal wurde eine Tür geöffnet. Ein Mann kam herein.

»Pål Poulsen hat mich darüber informiert, dass er als erster Vizevorsitzender zurücktreten möchte«, sagte Siv Jensen. »Diesem Wunsch sind wir …«

Stimmengewirr wurde im Raum laut. Geflüster. Die Fotografen klickten und drängten sich nach vorn.

»Über diesen Wunsch haben wir anderen in der Parteileitung diskutiert«, sagte nun die Vorsitzende mit lauterer und strengerer Stimme. »Wir haben Pål gebeten, bis zum Parteitag im Frühling auf seinem Posten zu bleiben, aber das ist leider unmöglich. Es wurde beschlossen, dass die Partei bis dahin mit einem Vize zurechtkommen muss, und das ist der bisherige zweite Vize Knut Solstad.«

Sie räusperte sich und blickte auf ihre Notizen.

»Wir müssen Påls Entscheidung natürlich akzeptieren. Er war von großer Bedeutung für die Partei, seit er vor mehr als zwanzig Jahren in den Vorstand aufgerückt ist, und sein Rücktritt bedeutet für uns einen großen Verlust. Er wird uns natürlich nicht ganz verloren gehen, denn er wird noch drei Jahre dem Parlament angehören. Auf eigenen Wunsch wird er vom Fraktionsvorsitz zurücktreten und vom Justizausschuss in den Kommunal- und Verwaltungsausschuss überwechseln. Mit aufrichtigem Dank für einen langjährigen grandiosen Einsatz für Land und Partei gebe ich das Wort jetzt weiter an Pål Poulsen.«

Siv Jensen reichte dem Mann das Mikrofon. Sie stieg vom Podium herab und blieb mit vor dem Bauch gefalteten Händen neben der Tür stehen, durch die sie hereingekommen war.

»Danke für die lieben Worte«, sagte der Mann und tippte mit dem Finger gegen das Mikrofon. »Das ist noch eingeschaltet, ja.«

Er hustete in seine Faust.

»Es stimmt, dass ich zu dem Entschluss gekommen bin, von meinen Parteiämtern zurückzutreten«, sagte er. »Das liegt daran, dass ich mehr Zeit für meine Familie haben möchte, die seit allzu vielen Jahren den Preis für meine politische Tätigkeit bezahlt hat. Es war eine Ehre, der Partei zu dienen. Als Obmann und im Parlament. Vor allem auf meinen vielen Reisen durch Stadt und Land, zu Arbeitsplätzen und zu ...«

»Wann erfahren wir den eigentlichen Grund?«

Ein junger Mann von *DG* fiel ihm ins Wort.

»Ich verlange, dass meinem Wort Glauben geschenkt wird«, sagte der Mann auf dem Podium. »Meine Frau und meine Kinder waren ungeheuer geduldig, und ein jeglich Ding hat seine Zeit. Alles nimmt einmal ein Ende. Meine Rolle in der Partei ist jetzt ...«

»Ihre Kinder sind achtzehn und vierundzwanzig, oder nicht? Das eine ist doch schon von zu Hause ausgezogen? Und das andere wohnt ja wohl bei seiner Mutter in Molde?«

Pål Poulsen hob eine fette, flache Hand. »Ich verbitte mir jeglichen Zweifel an meinen Intentionen«, sagte er. »Und außerdem weiß niemand hier in diesem Raum etwas über meine Familie und ihre Bedürfnisse. Im Gegensatz zu mir.«

»Aber der Wechsel aus einem wichtigen Ausschuss zu einem so langweiligen wie dem Kommunal- und Verwaltungs...«

»Kommunalpolitik ist nicht langweilig!«

»Aber Sie haben sich doch als Zuwanderungsgegner profiliert. Seit mehr als zwei Jahrzehnten!«

»Und als Vertreter von Gesetz und Ordnung. Sie sind vor allem bekannt für ...«

Jetzt hagelte es Fragen von allen Seiten.

»Werden Sie weiterhin die zuwanderungspolitische Speerspitze Ihrer Partei sein? Werden Sie …«

»Hiermit ist die Fragerunde beendet«, rief der Mann.

Nun hob er beide Hände und senkte den Kopf. »Ich habe meine Entscheidung getroffen. Vielen Dank.«

Er ging zu der Frau, und zusammen verließen sie den Raum durch eine andere Tür als die, durch die die Presseleute hereingekommen waren.

Im Raum schlugen die Wellen hoch.

»… muss was anderes sein.«

»Ein Skandal.«

»… Schwächung des rechten Parteiflügels …«

»Er sah aus, als ob jemand gestorben wäre.«

»Siv ist stocksauer, das steht jedenfalls …«

Lars Winther sagte nichts. Er schaute seinen Notizblock an, der war leer, und dachte sich sein Teil, verspürte aber nicht das geringste Bedürfnis, das mit irgendwem zu besprechen. Er schob den Block in die Jackentasche und ging zu der jetzt offenen Tür.

Der Raum leerte sich und alle Türen wurden abgeschlossen.

Die Fliege war wieder allein. Sie ließ sich zu Boden fallen. Dort trottete sie noch eine Weile auf ihren sechs Beinen herum, dann fand sie einen weggeworfenen Apfelrest, legte sich zurecht und wollte ein wenig fressen. Nobel war sie auf die Welt gekommen, geboren auf einem Brötchen im Parlamentsgebäude, und nobel starb sie, auf einem verfaulenden Apfel im größten Besprechungsraum der Fortschrittspartei.

Die Polizei-Referendarin

»Hallo«, sagte Selma mit ihrem strahlendsten Lächeln.

Die Frau in dem kleinen Büro in Grønlandsleiret 44 schaute von ihrer Arbeit auf. Die Überraschung wurde immer deutlicher in den Sekunden, die verstrichen, ehe sie stottern konnte: »Äh ... Sel... hm. Selma Falck?«

»*The one and only*«, sagte Selma. »Darf ich reinkommen?«

Die Frau gab keine Antwort. Sie war vielleicht dreißig und ziemlich sicher eine intelligente junge Dame. So sah sie allerdings gerade nicht aus. Selma ging auf dieses glotzende Wesen zu und streckte die Hand aus.

»Sandra Bjerke, nehme ich an?«

Sandra Bjerke sprang auf. »Äh ... ja. Äh ... hallo. Freut mich.«

Es sah durchaus nicht so aus, und Selma hatte genau diese Wirkung ihres plötzlichen Erscheinens angestrebt.

Statt anzurufen und einen Termin zu verabreden, hatte sie einen ihrer zahllosen Bekannten in dem riesigen, in einem Halbrund gebauten Polizeihaus in Oslo angerufen. Dieser hatte sie bereitwillig durch die Sicherheitsschleusen gelotst und bei einem Kaffee in der Kantine über Norwegens größten polizeilichen Korruptionsskandal geplaudert, um sie dann ebenso bereitwillig zu dem Büro zu bringen, in dem Sandra Bjerke soeben ihre Laufbahn als Vertreterin der polizeilichen Anklagebehörden angetreten hatte.

»Was tun Sie hier«, rutschte es ihr heraus. »Und wie konnten Sie ...«

»Habe einen Freund besucht«, sagte Selma freundlich. »Und dann dachte ich, ich könnte doch mal kurz mit Ihnen reden, wo ich schon mal hier bin.«

»Worüber denn?« Die Verwirrung legte sich jetzt. Die braunen Augen blitzten auf, und zum ersten Mal schaute die Frau Selma mit festem Blick an.

»Über einen Fall, für den Sie derzeit zuständig sind«, sagte Selma. »Es geht um meinen Schwiegersohn. Rein juristisch war er das jedenfalls zwei, drei Stunden lang.«

»Sjalg Petterson.«

»Genau.«

Die andere Frau sagte nichts.

»Das Ganze ist eine Tragödie«, sagte Selma. »Für meine Tochter, natürlich, aber auch für die ganze Familie.«

Sandra Bjerke nickte, schwieg aber weiterhin.

»Sjalgs Mutter hat mich gebeten, mir den Fall genauer anzusehen.«

»Pettersons Mutter? Nicht Ihre Tochter?«

»Wir können das ja wohl auch als Familie bezeichnen«, sagte Selma. »Ich sehe mir die Sache auf Wunsch der Familie genauer an.«

»Na gut. Dann hätten Sie vielleicht einen Termin machen sollen. Dann hätte ich mich vorbereiten können.«

»Du meine Güte!« Selma sprang auf, blieb stehen und schaute Sandra von oben herab an. »Wenn Sie sich vorbereiten müssen, um ein paar einfache Fragen der Familie zu einem Fall zu beantworten, für den Sie zuständig sind und der wohl kaum zu einer übermäßigen Arbeitsbelastung beiträgt …« Selma warf einen Blick auf den Posteingangskorb, der auf dem hellen Schreibtisch stand. Darin lagen zwei dünne Ordner. Der Korb für ausgehende Sendungen war leer. Sie hatte schon seit vielen Jahren keine solchen Körbe mehr auf einem Tisch im Polizeigebäude gesehen. »… dann komme ich gern ein andermal wieder. Wie viel Zeit werden Sie wohl brauchen? Sie sind jung und unerfahren, dafür habe ich das größte Verständnis …«

»Worum geht es denn?«

»Darf ich mich wieder setzen?«

Sandra Bjerke nickte. Sie schwitzte jetzt.

»Papierunterlagen?«, fragte Selma und setzte sich.

Sie beugte sich vor und musterte den altmodischen grünen Ordner.

»Interessant«, sagte sie und nickte. »*Oldschool.*«

»Papier gefällt mir. Ist übersichtlicher. Was möchten Sie also wissen?«

»Was tut die Polizei?«

»Was wir machen?«

»Ja. Wo liegt der Fall derzeit? Was passiert? Welche Ermittlungsschritte haben Sie in die Wege geleitet?«

Sandra Bjerke starrte ihre Unterlagen an.

»Ist das der Fall?«, fragte Selma und nickte in Richtung der Dokumente.

»Ja.« Sandra Bjerke klappte den Ordner zu, ließ ihn aber liegen.

»Ich sehe ihn mir gerade an«, sagte sie und schluckte.

»Erst jetzt? Er ist schon seit über einer Woche tot.«

»Ja. Aber es ist natürlich etwas unternommen worden. Die Tatortuntersuchung hat am selben Tag stattgefunden, und …«

»Ihr habt die Leiche zur Einäscherung freigegeben. Ist das nicht ein bisschen früh?«

Es wurde still.

Ein Festgenommener setzte sich auf dem Gang zur Wehr. Laute Klagen mischten sich mit schroffen Befehlen, und irgendwer kam von Westen her angerannt.

»Was ist seit der Tatortuntersuchung passiert?«, fragte Selma und versuchte, einer wachsenden Verärgerung mit einem Lächeln die Spitze abzubrechen.

»Ja. Nein. Wir haben natürlich den Bericht der Lebensmittelaufsicht erhalten.«

Sandra Bjerkes Finger, gepflegt und mit rosa Nagellack, tippten auf den geschlossenen Ordner.

Selma nickte. »Ja. Den habe ich gesehen. Enthält der etwas, das euch weiterbringen könnte?«

»Ich weiß eigentlich nicht, was Sie meinen«, sagte Sandra. »Das ist doch wohl eine Routinesache. Das Opfer war allergisch. Hyperallergisch. Wir haben auch den vorläufigen Obduktionsbericht erhalten ...« Abermals klickten die Nägel auf den grünen Ordner. »... und danach haben wir es hier mit einem anaphylaktischen Schock zu tun. Überaus bedauerlich natürlich, aber das kann leider passieren, wenn man an Hyperallergie leidet.«

»Mmm. Aber finden Sie nicht ...«, Selma hob die eine Hand und hielt sie hoch, »... wenn der Obduktionsbericht sagt, er sei daran gestorben, dass er Nüsse zu sich genommen hat ...«, sie hob die andere Hand, wie um den ihr von der Angel gesprungenen Fisch zu beschreiben, »... und Sie haben einen Bericht von der Lebensmittelaufsicht, laut dem nirgendwo eine Spur von diesen Nüssen zu finden war ...«, sie ließ die Hände sinken, »... werden Sie da nicht ein bisschen neugierig? Wir reden hier doch streng genommen von einer verschwundenen Waffe?«

»Waffe? Hier ist nicht die Rede von einer Waffe. Es geht um Nüsse, und der Obduktionsbericht räumt ein ...«

»Sicher«, fiel Selma ihr ins Wort und schloss für einen Moment die Augen, ehe sie sich ein weiteres Lächeln abrang. »Wer ermittelt in diesem Fall?«

»Bengt-Ola Syversen. Er ist zwar im Urlaub, aber wir ...«

»Im Urlaub? Der Ermittler ist im Urlaub? Und kümmert er sich nicht eigentlich um Finanzvergehen? Sagen Sie mal ...« Sie räusperte sich, schnalzte leise mit der Zunge und schaute aus dem Fenster. Die Sonne ließ die Aussicht auf das Gefängnis verblassen, das grau und klobig an dem braun versengten Rasen auf beiden Seiten der berühmten Allee lag.

Bengt-Ola Syversen war der ärgste Drückeberger im gesamten Polizeigebäude. Wenn er nicht aufs Pensionsalter zuginge, hätte sie selbst dafür gesorgt, dass er gefeuert würde, nach der Stümperei, die er sich bei dem Diamantendiebstahl geleistet hatte, den Selma trotz seiner Unfähigkeit aufgeklärt hatte. Die Führungsetage war möglicherweise ihrer Ansicht und reichte ihn von einer Abteilung an die andere weiter, während alle darauf warteten, dass er in Pension ging.

»Ist der Fall direkt an Sie gegangen?«, fragte sie nach kurzem Nachdenken.

»Warum fragen Sie?«

»Das interessiert mich einfach. Sind Sie denn selbst gar nicht neugierig?«

»Neugierig? Äh, nein? Ich bin nie so besonders neugierig auf meine Fälle, das muss ich sagen, ich denke eher an ...«

Der Satz blieb in der Luft hängen.

Sandra Bjerke hatte wohl kaum mit mehr Fällen als diesem und den beiden Ordnern im Korb zu tun gehabt.

»Ich will Sie nicht länger aufhalten«, sagte Selma. »Tausend Dank dafür, dass Sie sich die Zeit genommen haben. Ich finde selbst hinaus.« Selma erhob sich und schob sich die Tasche unter den Arm.

»Der Fall war eigentlich bei Amir Resaae«, sagte Sandra. »Meinem Kollegen.«

»Amir kenne ich«, sagte Selma.

Amir Resaae hatte seinen Master in Rechtswissenschaft in Rekordzeit gemacht, war nach dem Examen sofort zur Polizei gegangen und jetzt seit acht Jahren dort. Er war ungeheuer versiert.

Amir hätte diesen Fall niemals liegen lassen.

»Was ist passiert?«

»Ich bin nicht ganz sicher, es war die Rede von Umverteilung der Fälle. Ich bin neu, ich habe nicht so viele ...« Sie schaute zu ihrem Postkorb hinüber.

»Wer hat das entschieden?«, fragte Selma. »Und wann?«

»Ich ... ich bin nicht ganz sicher, wie gesagt. Aber Sie können ja ...«

»Viel Glück«, fiel Selma ihr ins Wort, und es gelang ihr nur halbwegs, aufmunternd zu klingen. »Wenn ich irgendwie behilflich sein kann, bin ich sehr leicht zu erreichen. Rufen Sie einfach an.«

Das hier war der Ort, an dem Ermittlungsfälle sich zum Sterben niederlegten. Hierher, bei diesem Neuling hinter dem Schreibtisch, mit dem unfähigsten Polizisten aller Zeiten als einzigem Helfer. Schlimm genug. Aber schlimmer war es, dass offenbar irgendwer genau das bezweckt hatte. Irgendwer in der Polizei, viel weiter oben im System als die arme Sandra Bjerke, hatte möglicherweise ganz bewusst dafür gesorgt, dass die Ermittlungen eingestellt werden würden. Dieser Gedanke erweckte in Selma eine vage Unruhe.

Eine Art Beängstigung, und die wollte sie nicht wieder loslassen.

Der Tipp

»Das musst du dir ansehen. Das musst du dir einfach ansehen!«

Lars Winther hatte die Tür zum Zimmer des Nachrichtenredakteurs aufgerissen, ohne anzuklopfen. In der Hand hielt er ein achtundvierzig Seiten umfassendes Dokument, ausgedruckt vor genauso langer Zeit, wie er gebraucht hatte, um es zu lesen.

»Geht es um Pål Poulsen?«

»Nein.«

»Dann habe ich kein Interesse.«

»Schau doch mal!«

»Pål Poulsen, habe ich gesagt!« Der Nachrichtenredakteur blickte genervt zur Tür hinüber und brummte weiter. »Hier liegt irgendwo ein Hund begraben und stinkt richtig übel. Der Kerl ist nicht aus Rücksicht auf seine Familie zurückgetreten. Nicht Pål Poulsen, das größte Arbeitstier bei der FRP. Mach dich auf die Suche, dreh jeden Stein um. Du, wie alle anderen hier. Zwei Abteilungen sogar. Beide stark urlaubsgeschädigt. Los!«

»Jetzt sieh dir das schon an!«

Lars Winther legte den Ausdruck auf den Tisch. Der Redakteur rückte seine Brille gerade und las die erste Seite, schob die Brille noch weiter in Richtung Nasenwurzel und fing an zu blättern.

»Setz dich«, murmelte er nach zwei Minuten. Und las weiter. Nach elf, zwölf Seiten hob er den Kopf. »Wo zum Teufel hast du das her?«

»Kam per E-Mail. Von einer nichtssagenden Adresse. Ich hab schon einen von den Jungs darauf angesetzt, vielleicht können die ja feststellen, woher das gekommen ist.«

»Das kann doch nicht wahr sein!«

»Kann es wohl!«

»Dass russische Quellen bedeutende Mittel an *default.no* abführen? Dass sie in Wirklichkeit diese ...«, seine Grimasse verdreifachte sein Doppelkinn, und übellaunig fügte er hinzu: »... diese sogenannte Online-Zeitung finanzieren?«

default.no war eine relativ neue Blüte in der stetig wachsenden Flora von an den äußersten politischen Flügeln angesiedelten Online-Zeitungen. Die meisten waren ein Zwischending zwischen Blogs und puren Propagandakanälen. Sie wiesen allesamt erstaunliche Ähnlichkeiten auf, die braunschwarzen wie die braunroten: Sie waren alle zuwanderungsfeindlich mit einem starken Hang zu Verschwörungstheorien, kombiniert mit einem gelinde gesagt nachlässigen Verhältnis zu Presseethik, Wahrheit und dem guten Namen und Leumund anderer Leute.

Einige dieser Foren gab es schon lange. Einzelne, wie *wrong.no*, hatten anfangs nicht unrecht gehabt. Einige eifrige Feministinnen hatten schon in den Neunzigerjahren für die Zuwandererfrauen und gegen eine archaische patriarchalische Kultur Partei ergriffen. Das hatte ihnen schließlich als verdienstvolle Beiträge zur Integrationsarbeit staatliche Mittel eingetragen. Eine beträchtliche Summe war in den festgelegten Budgets der zuständigen Behörden hängen geblieben, was alljährliche und immer heftigere Proteste ausgelöst hatte. Viel war bei *wrong.no* vom ursprünglichen Feminismus nicht mehr übrig, dafür gab es umso mehr unverhohlene Verachtung allem gegenüber, was auch nur das Geringste mit dem Islam zu tun haben könnte.

default.no war dagegen ziemlich plötzlich aufgetaucht. Drei Ultrareiche hatten jeder zwei Millionen Kronen beigesteuert, um das zu sichern, was sie als politisch unabhängigen und machtkritischen Medienkanal bezeichneten. Innerhalb weniger Monate hatte diese Website sich schon die durchgeknalltesten Kommentarspalten des Landes sichern können.

Lars Winther hatte selbst erlebt, wie unangenehm es sein konnte, in die Scheinwerfer von *default* zu geraten. In einem Kommentar auf Facebook hatte er darauf hingewiesen, dass der NATO-Generalsekretär Jens Stoltenberg wohl kaum der Anführer einer jüdischen Weltverschwörung mit dem Ziel sei, Westeuropa zu islamisieren. Diese Behauptung sei unlogisch und durch und durch absurd, und *default* solle sich solche Andeutungen deshalb verkneifen, hatte Lars Winther sich zu behaupten gestattet.

Der Shitstorm hatte drei Wochen lang gewütet. *defaults* Methode war einfach. Eine dubiose Überschrift zusammen mit einem Bild der Person, die zur Verantwortung gezogen werden sollte. Der Text darunter stellte den Betreffenden als Feind von Meinungsfreiheit und Meinungsvielfalt dar und zudem als Angehörigen der verhassten Elite. Dann wurden die Horden losgelassen. Lars konnte in den Kommentaren nach und nach lesen, er sei ein korrupter, vielleicht schwuler, bestimmt schwuler, magersüchtiger hässlicher Kerl, der echte Norweger verachtete. Er sei ein Landesverräter, ein Laufbursche der Macht und außerdem, und das wurde immer gewisser, je weiter man sich im Kommentarfeld nach unten durcharbeitete, pädophil.

»Dass die Russen versuchen, westliche Nationen zu destabilisieren, ist alles andere als neu«, sagte Lars Winther. »Vor allem tun sie das über das Internet. Was ist der Unterschied zwischen Trollfabriken, die sie doch nachgewiesenermaßen betreiben, und der Vermutung, dass sie dafür sorgen, dass diese Leute da …«, er machte eine Handbewegung in Richtung der Unterlagen, in denen der Redakteur noch immer blätterte, »… mit diesem Irrsinn weitermachen können? Es ist verdammt unangenehm, denen zum Fraß vorgeworfen zu werden, Knut-Ola. Als es richtig schlimm zuging, war meine Frau einfach fertig. Die Kinder sind noch so klein, dass sie das nicht mitbekommen, aber ich musste Sissel versprechen, mich eher bedeckt zu halten, wenn sie noch zwei Jahre älter sind. Die haben verdammt noch mal sogar meine Adresse veröffentlicht. Dieses Schmierblatt erwähne ich so schnell nicht wieder. Dass sich so viele weigern, sich an einer ganz normalen öffentlichen Diskussion zu beteiligen, ist nicht gut, Knut-Ola. Gelinde gesagt. Wenn wir nur mit dem Müll in den Kommentarspalten zu tun hätten, könnten wir ja noch die Augen schließen, es einfach nicht lesen. Aber die Kloake fließt weiter, schwappt über, sozusagen. Wenn die deine Adresse und Telefonnummer und, ja, *die Namen deiner Kinder* veröffentlichen! Da kannst du doch nicht mehr die Augen verschließen!«

Der Redakteur blickte auf.

»Dieses Leben kann nur ein ganz bestimmter Menschentyp aushalten.« Er nickte. »Und wir sind übel dran, wenn es nur noch die Abgehärtetsten unter uns über sich bringen, sich mit Politik zu beschäftigen. Oder schlimmer noch: wenn die Politik nur noch für die anziehend wird, denen es scheißegal ist, was andere meinen.« Er hatte bis zur letzten Seite weitergeblättert, griff nach der Kaffeetasse und trank den Rest. Dann schmatzte er, schob sich den kleinen Finger ins Ohr und kratzte sich, ehe er aufstand und die Tür schloss. »Aber im Moment ist es gerade wichtiger«, sagte er leise, »dass diese Sache größer ist als sie selbst. Wenn das stimmt.«

»Wie meinst du das?«

»*default* ist wie Wespen im Herbst. Die pure Landplage, aber nicht besonders gefährlich. Schlimmer ist …«, er ließ sich in seinen Schreibtischsessel fallen und stöhnte leise, »… der Skandal, dass sich die Russen in norwegische Verhältnisse einmischen. Im Verborgenen. Ich begreife bloß nicht …«, abermals blätterte er in den Unterlagen, »… das soll also woher kommen? Von …« Er schüttelte den Kopf und fand die gesuchte Seite nicht.

»Von Eivind Kåre Storheim«, erklärte Lars. »Der vierzehntreichste Mann Norwegens, laut der letzten Liste in *Kapital*. Investor. Mit anderen Worten, einer, der vom Wetten lebt.«

»Na gut. Wir sind abhängig von risikofreudigem Kapital, um …«

»Scheiß drauf. Storheim ist einer von denen, die *default.no* losgetreten haben. Die beiden anderen sind nach weniger als einem Jahr ausgestiegen, es war wohl zu peinlich, mit einem solchen Forum in Verbindung gebracht zu werden. *default.no* hat sich anders entwickelt, als sie erwartet hatten, das haben beide gesagt. Aber Eivind Kåre Storheim, der ist am Ball geblieben. Der Typ hat Eier, das muss man ihm lassen. Er hat sich auch so ungefähr alle vier Jahre mit der etablierten Presse angelegt, jedes Mal, wenn er den Kopf aus seinem Glaspalast steckt, um überhaupt etwas zu sagen. Unzugänglicher Typ. Und ambitioniert. Wenn es um Geld geht, meine ich.«

»Aber was hat das mit den Russen zu tun?«

»Storheim ist einer von immer mehr Menschen hier im Land, die meinen, wir führten eine zu russenfeindliche Politik. Die eigentlich finden, dass die Annexion der Krim kein Grund zur Aufregung war. Und dass die Schwulen da drüben sich einfach ein bisschen weniger schwul aufführen sollten, wo Putin doch ein interessanter und fähiger Bursche ist. Storheim investiert ab und zu in Russland, trotz des Risikos. Korruption, wechselnde Rahmenbedingungen und Unvorhersagbarkeit schrecken viele westliche Investoren ab, nicht aber Eivind Kåre Storheim. In einem seiner seltenen Interviews hat er seine russischen Investitionen als ›Spielgeld‹ bezeichnet.« Lars Winther malte große Anführungszeichen in die Luft. »Also Geld, das er problemlos verlieren kann. Und das Spielgeld hat reichen Ertrag erbracht. Diese Dokumente meinen beweisen zu können ...«, er beugte sich über den unglaublich chaotischen Schreibtisch und legte eine flache Hand auf die Papiere, »... dass die Hälfte des Geldes, das an *default* fließt, ursprünglich nicht von ihm stammt, sondern von den Russen. Storheim hat die Kontakte, er hat die Möglichkeit, und er hat auf jeden Fall das Motiv.«

Der Redakteur runzelte heftig die Stirn.

»Warum um alles in der Welt sollte Storheim so etwas tun? Hier ist doch die Rede von Kleingeld für einen Mann mit seinem Vermögen. Um welche Summen geht es hier?«

»Portokasse, wie du selbst sagst. Für ihn. Vier Millionen pro Jahr. Zwei davon stammen von ihm selbst. Diesen Unterlagen zufolge.«

»Aber warum sollte er ein solches Risiko eingehen? Eigentlich ist das Geldwäsche. Gewissermaßen. Das muss doch strafbar sein.«

Lars Winther zuckte mit den Schultern.

»Das kann ich ehrlich gesagt nicht so einfach sagen. Das muss natürlich weiter untersucht werden. Klingt verdammt illegal für eine Plattform, die sich als freie und unabhängige Presse ausgibt, zu lügen, woher sie ihr Geld kriegt. Aber egal, was das Gesetz sagt, es wäre ein Skandal für Storheim, wenn sich herausstellte, dass er eine norwegische Plattform mit russischen Geldern finanziert.« Wieder malte er Anführungszeichen in die Luft und fügte hinzu: »Und es wäre der Gnadenstoß für *default.no*.«

»Da wäre ich mir nicht so sicher. *Default* hat so oder so seine Gemeinde. Die fühlen sich nicht an unsere Normen von Offenheit in diesen Dingen gebunden. Übrigens auch an sonst nichts. Aber ohne Finanzierung stehen sie natürlich vor einer großen Herausforderung. Haben sie noch andere Einnahmequellen?«

»Das ist ein bisschen unklar. Spenden von Lesern, vielleicht, aber ich kann mir nur schwer vorstellen, dass es da um große Summen geht. Das meiste beziehen sie wohl aus Anzeigen. Sie behaupten, pro Monat fast eine halbe Million Leser zu haben. Das ist mehr, als *Dagsavisen* hat.«

Der Redakteur schob die Papiere über den Tisch. Er hätte fast ein Glas mit etwas umgestoßen, bei dem es sich um schale Cola handeln konnte, und ein Bücherstapel fiel zu Boden.

»Das Problem ist«, begann er und legte eine lange Pause ein, »dass ich das ganz einfach nicht glaube.«

»Was? Einfach so?«

»Nein. Bei genauerem Nachdenken.« Er berührte seinen Nasenflügel mit einem fetten kurzen Zeigefinger. »Das riecht nach *Fake News*.«

»Müsstest du die Unterlagen nicht genauer lesen, ehe du das entscheidest?«

»Nein. Ich glaube nicht, dass das stimmt. Ich kann mir keinen Grund vorstellen, warum Eivind Kåre Storheim so dumm sein sollte.«

»Aber ...« Lars Winther glitt auf seinem Stuhl nach vorn, sodass er kaum noch den Sitz berührte.

»Du hast eine Woche«, sagte der Redakteur entschieden. »Du kannst die Computerexpertise im vernünftigen Rahmen benutzen. Wenn das hier wirklich stimmt, ist das ein Stoff. Ein sehr guter Stoff. Aber ich glaube das eben nicht. Und wir müssen ganz und total bombensicher sein, was die Wahrheit angeht, ehe wir auch nur ein einziges Wort darüber veröffentlichen.«

Lars Winther erhob sich eilig. Seine Schmalzlocke stand noch aufrechter als sonst.

»Schön. Danke.«

»Eine Woche. Okay? Und wenn du dabei über etwas Saftiges in Sachen Pål Poulsen stolperst, dann ist das gut.«

Das Letzte hörte Lars Winther nicht, die Tür war bereits hinter ihm zugeknallt.

Der Twitterangriff

Ein Mann saß in einem Keller in Nordberg und tippte auf einer Computertastatur.

Er hieß Erling Hjort, war dreiundvierzig Jahre alt und wusste alles, was es sich über Computer zu wissen lohnt. Während seine Kumpel ein halbes Jahr mit Abiturfeiern vergeudet hatten, hatte er 1993 sein erstes großes Programm entwickelt und an die Firma verkauft, die damals Televerket hieß und in Norwegen das Monopol auf Telefone hatte. Der Junge war ein aktiver Sportler, und nach dem Abitur machte er beim Sonderkommando der Streitkräfte eine Ausbildung zum Fallschirmjäger. Die Ausbildung beendete er als Zweitbester seines Jahrgangs. Nach zwölf Jahren als Berufsmilitär verliebte er sich zum ersten Mal richtig. Maja war Kapitänin des Heeres und meinte, sie könnten unmöglich eine Familie gründen, wenn beide mit ihren Jobs weitermachten. Dagegen ließ sich nur schwer etwas einwenden. Erling Hjort hörte freiwillig bei den Streitkräften auf, sein großes Computerinteresse hatte nicht abgenommen. Eher im Gegenteil. Während Maja sich auf eine gefahrlosere und vorhersagbarere Stelle in Oslo bewarb, startete Erling Hjort die Telefon- und Computerfirma Broadway. Sechs Jahre später war Broadway das drittgrößte Unternehmen in der Branche. Erling Hjort besaß noch immer ein Drittel der Anteile.

Er war ein respektierter Mann, das wusste er.

Das war wichtig. Schon als kleines Kind war er zielbewusst gewesen. Seine Eltern waren bei einem Unfall ums Leben gekommen, als er zehn Monate alt gewesen war, und er war bei seinen Großeltern aufgewachsen. Der Großvater war ein freundlicher Mann, stellte aber hohe Ansprüche an sich und andere. Vor allem an Erling.

Maja hielt es für den Einfluss des Großvaters, dass Erling so altmodisch war. So *kavalieresk*, sagte sie. Immer mit einem Lächeln in der Stimme. Ihr Ritter auf dem weißen Ross, auch wenn eine Kapitänin der Streitkräfte so einen doch kaum brauchte.

In der Regel wählte Erling Hjort die Konservativen, wie seine Großeltern es auch getan hatten. Er sprach nicht laut darüber, verschwieg es aber auch nicht, wenn er gefragt wurde. Er war nicht sonderlich politisch interessiert, abgesehen davon, dass er an eine geordnete Gesellschaft glaubte, wo die Gemeinschaft sich um die kümmerte, die Fürsorge brauchten, wo zugleich jedoch an die Einzelnen Anforderungen gestellt wurden. Er ärgerte sich über die Vermögenssteuer, wollte aber dennoch eine Gesellschaft, in der alle Anspruch auf Gesundheitsversorgung und kostenlose Schulbildung hatten.

Nur in einem Bereich konnte er in Rage geraten.

Die Verteidigungspolitik.

Vor achtundsiebzig Jahren war Norwegen nackt und fast wehrlos gewesen, als die Deutschen kamen. Die Politiker der letzten Jahrzehnte hatten daraus nur wenig gelernt. Erling Hjort hegte eine tiefe und stetig wachsende Besorgnis, dass sich der große Nachbar im Osten am norwegischen Territorium bedienen könnte. Die Mitgliedschaft in der NATO, die ihm und anderen Freunden aus der Armee früher eine gewisse Nachtruhe geschenkt hatte, war nicht mehr so beruhigend. Der europäische Zusammenhalt wackelte, mit dem Brexit im Westen und wachsendem Nationalismus im Osten. Die USA, mit ihrem neuen und restlos unvorhersagbaren Präsidenten, waren nicht mehr die Säule der Stabilität, die sie seit der Gründung der NATO 1949 gewesen waren.

Erling Hjort kannte seine Militärgeschichte und sagte deshalb sofort Ja, als er mit achtundzwanzig Jahren von einem Mann kontaktiert wurde, der ihm ein Angebot vorlegte. Es brachte kein Geld ein, war aber das Richtige. So diskret, dass er kaum einen Unterschied bemerkte, wurde er in eine Art stehendes Heer aufgenommen. Er wusste nicht, wie groß es war, und wenig darüber, was es in Friedenszeiten unternahm. Der Mann, der damals Kontakt aufgenommen hatte, hatte ihm einen Satz Codes und schriftliche Anweisungen gegeben, die er auswendig lernte und danach verbrannte. Das Einzige, was für Erling Hjort etwas bedeutete, war, dass er es mit einem Ehrenmann zu tun hatte. Einem Mann, der nur das Beste für Norwegen wollte, der sich in militärischen Belangen auskannte und eine freiheitsliebende Stütze der Gesellschaft war. Ein wahrer Demokrat.

Er befolgte deshalb den Befehl, als der eintraf, wie es ihm von klein auf beigebracht worden war.

Es war das Einfachste der Welt, falsche Twitterprofile anzulegen. Etwas mehr Arbeit machte es, die IP-Adresse zu verbergen. Er hätte natürlich einen Proxyserver benutzen können oder, noch besser, ein VPN, aber keins davon wäre sicher genug. Die Konten durften um nichts in der Welt ausfindig gemacht werden. Erling Hjort wusste Rat, und er brauchte keine drei Stunden, um das durchzuführen. Morgen würde er sich an die nächste Aufgabe machen. Das würde um einiges komplizierter sein.

Aber nicht unmöglich.

Als er zusammenpackte und das Licht ausmachte, um nach oben zu gehen und den Rasen zu mähen, war eine Aktion in Gang gesetzt worden.

Sie würde sich als verblüffend effektiv erweisen.

Herbst

Canis familiaris

Der Wolf weckte Selma. Die Zunge war rau und der Schlund stank. Aus der Ferne war etwas zu hören, das es nicht gab.

Motorendröhnen. Wie von einem Auto. Es gab keine Autos auf der Hardangervidda.

Aber ihr Auto war nach hier oben gelangt.

Das Geräusch wurde lauter, oder vielleicht hatte sich einfach nur der Wind gedreht. Ein Auto. Ein Geländefahrzeug vielleicht. Die gab es hier bestimmt. Oder ein Schneemobil. Sie musste aufstehen. Dem Fahrzeug folgen. Jemanden finden. Hilfe suchen. Wenn nur der Wolf verschwände! Der Wolf stand zwischen ihr und der Rettung, und sie kam nicht auf die Beine.

Das Geräusch verschwand, und sie verlor abermals das Bewusstsein.

Der Wolf gab keine Ruhe. Selma erwachte wieder. Der Wolf fiepte. Selma spürte ihren Körper und wusste, dass ihr Herz so schnell schlug, dass es fast gefährlich war; fast schon zweihundert Schläge pro Minute.

Der Wolf setzte sich und gab Pfötchen.

Er sah gar nicht so beängstigend aus. Selma konzentrierte sich darauf, ihren Puls zu beruhigen. Atmete langsam, füllte die Lunge durch den Mund, ließ die Luft nach und nach durch ihre Nase entweichen.

Der Wolf legte den Kopf schräg und fiepte erneut.

Selma Falck wusste wenig über Tiere. Die interessierten sie

ganz einfach nicht, und vor den meisten hatte sie Angst. Katzen waren elegant, Elefanten hatten schöne Augen, und sie wusste, dass jedes Geschöpf auf der Erde seine Rolle im Ökosystem spielte. Klein- und Großvieh konnte man essen, auf Pferden konnte man reiten, und wozu Hunde gut sein sollten, konnte sie ganz einfach nicht begreifen. Tiere waren einfach nichts für Selma, aber von Wölfen hatte sie immerhin viele Bilder gesehen.

Dieses Tier hier war ein Wolf. Es sah aus wie ein Wolf. Riesig und grau, mager und langbeinig. Das Fell war zerzaust und verdreckt. Die Zähne gelb, die Augen eiskalt.

»Hallo, Wauwau«, sagte sie mit einer Stimme, die nicht richtig trug.

Der Wolfsschwanz schlug eifriger hin und her und malte ein Dreieck in den nassen Schnee.

Einen Engelsflügel.

Es musste ein Hund sein. Aber dann war es der hässlichste Köter, den Selma jemals gesehen hatte. Sie hatte noch immer schreckliche Angst; ein Hund in dieser Größe war jedenfalls genauso beängstigend wie ein Wolf, aber sie konnte sich immerhin aufsetzen. Das Tier griff nicht an.

Es legte sich hin.

»Hallo«, flüsterte Selma. »Liebes Hündchen. Gutes Hündchen.«

Es war wieder kalt geworden. Der Atem aus dem riesigen Hundeschlund wärmte einen Teil ihrer Oberschenkel. Die Deckenhose war auseinandergeglitten, und sie saß mit bloßer Haut im Schnee.

Wo Hunde waren, waren auch Menschen. Der Hund musste irgendwoher kommen. Hunde und Menschen gehörten seit Jahrtausenden zusammen, und dieser hier musste irgendwo einen Menschen haben.

Sie wagte nicht, sich zu bewegen.

»Wuff«, sagte der Hund und setzte sich auf.

Die Pfote kratzte mit ihren riesigen schwarzen Krallen über Selmas Oberschenkel.

Wölfe heulten. Sie bellten nicht, glaubte Selma. Das hier musste ein Husky sein, oder vielleicht ein Alaskan Malamute, so einer, wie ihn der Nachbar auf Ormøya hatte. Fido war schwarz-weiß und wog sicher zehn Kilo mehr als dieses Exemplar.

Der Wolfshund war nur Haut und Knochen, und er war ganz grau.

Er sah nicht aus, als ob er tief in dem zottigen Fell ein Halsband trüge. Und auch kein Geschirr, wie Polarhunde es hatten, wenn sie Schlitten oder Pulka ziehen sollten. Jetzt wimmerte das Tier und kratzte Selmas Hand. Blitzschnell riss Selma die Hand zurück. Der Hund hatte sich wieder aufgesetzt und wedelte noch heftiger mit dem Schwanz, legte den Kopf schräg und hechelte.

Wenn das hier ein Hund war, dann ein herrenloser. Weggelaufen vielleicht. Und zwar schon vor längerer Zeit, sodass er verwildert war.

»Du bist nicht wild. Du bist ein zahmer Hund. *Canis familiaris.*«

Die Angst hatte das Puzzlespiel in ihrem Gehirn verwirrt. Fremdwörter tauchten auf. Lateinische Wörter und Ausdrücke drängten sich vor. Selma biss die Zähne zusammen und weigerte sich, sie laut zu sagen.

Der Hund reckte den Hals. Er schaute ihr in die Augen, dann leckte er ihre Wange. Sein Blick hatte sie an etwas erinnert, kurz bevor sie ohnmächtig geworden war, als sie noch gedacht hatte, dass es sich bei dem vierbeinigen Monster um einen Wolf handelte, und sie so sicher gewesen war, dass sie sterben würde, wie vorher nur mitten in einem Schneesturm ohne Kleider oder Dach über dem Kopf.

Ihr Gedächtnis war wieder das pure Chaos.

Das meiste von dem, was ihr in den vergangenen Tagen Stück für Stück und Schritt für Schritt eingefallen war, verschwand jetzt wieder.

»Ich habe keine Angst vor dir«, sagte sie und richtete sich langsam auf. »Ich kann es mir nicht leisten, Angst vor dir zu haben, hab keine Zeit für so was. Geh weg.«

Kopfweh, Schmerzen im Rücken, jede einzelne wunde Faser im Leib, alles war ebenso unerträglich wie vor einigen Tagen. Ihre Füße waren vor Kälte unten im triefnassen Rentierfell taub geworden. Die Temperatur war gesunken. Bald würde es wieder schneien. Sie ging los, war sich der Richtung aber nicht mehr sicher.

»Weg mit dir«, sagte sie zu dem Hund, der sie mit diesem Blick anstarrte, an den sie sich nicht erinnern wollte. »Verschwinde.«

Selma stolperte los. Der Hund folgte ihr.

»Weg«, murmelte Selma und setzte einen Fuß vor den anderen.

Der Hund gehorchte nicht. Er trottete hinter ihr her, dicht auf ihren Fersen, er fiepte und wedelte mit dem Schwanz und wollte mitkommen. Selma hatte nicht die Kraft, ihn noch weiter anzufahren.

Den einen Fuß nach vorn. Den anderen Fuß nach vorn. Den Blick zu Boden gerichtet. Sie durfte nicht fallen, denn dann würde sie nicht mehr auf die Beine kommen. Sie musste sich aufrecht halten, sich auf diesem ewig großen Gebirgsplateau vorwärts bewegen, das vielleicht die Hardangervidda war und das kein Ende nehmen wollte.

Sie musste schlafen. Sich ausruhen. Sie wollte sich hinlegen, nur für einen Augenblick, ein Nickerchen machen, ehe sie sich weiterschleppte, zu dem Tal, das irgendwo kommen würde, eine Scharte in diesem Flachen, die sie zu jemandem bringen würde, der ihr helfen könnte. Wenn sie nur für ein oder zwei Minuten die Augen schließen und Kräfte sammeln könnte. Fünf Minuten nur, sie musste trinken und essen, und hier gab es doch nichts.

Der Hund bellte scharf und fing an zu knurren.

Noch konnte Selmas Körper Angst verspüren. Es gab darin noch einen Rest Adrenalin, das sich verteilte und das Herz schneller schlagen ließ. Härter. Noch immer lag ein letzter Rest Kraft in Selma Falcks Leib, sie blickte auf und hob den rechten Arm zum Schlag.

Der Wolfshund wollte sie töten.

Der stand jetzt vor ihr und bellte wieder wütend. Aber er bellte nicht sie an. Sondern eine Hütte, das sah sie jetzt. Eine kleine rote Erhöhung in der Landschaft, etwas, das Menschen hier mitten in der Wildnis geschaffen hatten.

Es fing an zu schneien.

Der Hund trottete jetzt auf die Hütte zu. Selma schwankte hinterher. Alle fünf Meter blieb der Hund stehen und schaute sich um. Wartete. Selma ahnte das Tier eher, als dass sie es sah; ihr Blick hing an Grasbüscheln, Steinen und Heidekraut. Sie durfte nicht stolpern, und es waren nur noch hundert Meter.

Der Schnee fiel jetzt dichter.

Nach vorn fallen, abwechselnd mit einem Fuß den Fall auffangen.

Noch einmal. Und ein weiteres Mal.

Sie konnte einfach nicht mehr.

Selma sank in die Knie. Die Deckenhose war in Auflösung übergegangen, ohne dass sie es gemerkt hatte. Das Stück am rechten Bein war heruntergefallen. Der Strick, der den Poncho um ihre Taille gehalten hatte, war verschwunden.

Der Hund kam auf sie zu.

Selma lächelte.

Er sah sie an mit Augen, die sie an einen Mann erinnerten. Tryggve Mejer hieß er, und Selma hatte keine Angst vor ihm. Sie hatte Angst, dass ihm etwas passieren könnte.

Der Schnee hatte Farbe angenommen. Vor allem rot, aber auch gelb und grün und etwas Selbstleuchtendes. Es sah schön aus, und es gab eine trauliche Wärme ab. Selma riss sich die restlichen Fetzen der provisorischen Hose vom Leib, ließ sie fallen und spürte, wie sich der Schnee wie kleine Glutstücke an die Haut legte und verschwand. Um den Hund brauchte sie sich keine Sorgen zu machen, der würde sicher wunderbar zurechtkommen. Sie hatte Angst um Tryggve Mejer. Sie machte sich Sorgen um Tryggve Mejer, und sie musste es schaffen, ihn zu warnen.

Der Wolfshund fiepte, und Selma hob den Kopf.

Durch das bunte Schneegestöber sah sie die Hütte, die war rot und hatte einen Schornstein auf dem Dach.

Rauch stieg daraus auf, und Selma wollte lachen. Sie wollte sich aufrichten, sich weiterschleppen, die letzten Meter schaffen, eine Tür öffnen und eine Hütte mit Essen und Menschen und etwas anderem zum Wärmen betreten als glühendem Schnee.

Es war nur nicht möglich. Nicht ohne eine kleine Pause.

»Ich muss ein bisschen schlafen«, sagte Selma und legte sich ins Heidekraut.

Vier Tage

»Es sind jetzt schon vier Tage. Warum ist sie nicht vermisst gemeldet?«

»Aber das wissen wir doch gar nicht.«

»Eine Frau wie Selma Falck? Wenn sie vermisst gemeldet wäre, würde das in allen Medien Schlagzeilen machen.«

»Vielleicht.«

»Nicht vielleicht. Ganz sicher. Was ist passiert?«

»Das kann ich doch nicht wissen. Sie wohnt allein und arbeitet allein. Es kann einige Tage dauern.«

»Es hat schon vier Tage gedauert, sag ich doch! Ein so bekannter Mensch mit so vielen Freunden verschwindet nicht so lange, ohne dass irgendwer Alarm schlägt. Was ist mit den sozialen Medien?«

»Null Aktivität. Sie ist tot, wie gesagt. Doppelt und dreifach.«

»Es hätte aber jemand darauf reagieren müssen, dass sie aus dem Netz verschwunden ist.«

»Na ja, sie legt ab und zu auch mal eine Pause ein.«

»Was ist mit dem Penner, mit dem sie befreundet ist?«

»Der ist mit der Katze in der Wohnung. Er hat solche Angst vor Telefonen, dass er sie nur im Notfall anruft. Mit einem uralten Nokia-Handy. Da ist schon lange keine Aktivität mehr registriert worden.«

»Fahr noch mal hoch.«

»Noch mal hoch? Wie gesagt, die Brandstätte muss ganz unberührt bleiben, bis sie gefunden wird.«

»Nimm die Drohne.«

»Noch einmal? Herrgott, kannst du nicht ...«

»Nimm die Drohne, hab ich gesagt. Morgen. Du kannst gehen.«

Sommer

Die Beisetzung

Inzwischen war es Dienstag, der 31. Juli, und Sjalg Petterson sollte beigesetzt werden. Der Himmel wölbte sich weiterhin blassblau über Oslo. Der Sommer hatte sich nicht festgekrallt, er hatte es sich über den südlichen Teilen Skandinaviens gemütlich gemacht und war ins Koma gefallen.

Wie üblich kam Selma im letzten Moment. Sie war schon früher in der Bakkehaugen-Kirche gewesen, zu Taufen und Beerdigungen. Auch diesmal dachte sie, dass es sich hier, trotz der Ausschmückungen durch Künstler wie Carl Nesjar und Kai Fjell um das hässlichste Gotteshaus des Landes handelte. Ein scharfer, A-förmiger Betonklotz war auf einem schönen Höhenzug in den Boden gerammt worden. Der Glockenturm stand beschämt daneben und sah aus wie ein falsch platzierter Sprungturm.

Der Zustrom war alles andere als überwältigend.

Das überraschte Selma. Sie hatte befürchtet, durch ihr spätes Erscheinen womöglich keinen Sitzplatz mehr zu finden. Für einen Moment blieb sie stehen und sah sich um, als sie das eigentliche Kircheninnere betrat. Es gab keine diskreten Fotografen im Hintergrund. Auch sonst nirgendwo. Es konnten natürlich Presseleute hier sein, ohne dass Selma sie bemerkte, aber es kam ihr nicht so vor.

Sie entdeckte Anine. In der ersten Reihe, Jesso auf ihrer rechten, die Schwiegermutter auf der linken Seite. Anine war nicht nur in Schwarz gekleidet, sie trug noch dazu einen Pillbox-Hut mit einem schwarzen Schleier, der ihr Gesicht vollkommen verdeckte. Selma verspürte den üblichen Stich der Irritation; Anine nutzte jede Gelegenheit, um für unnötiges Drama zu sorgen.

Die hinterste Bank war leer. Selma setzte sich ganz nach außen, mit kurzem Weg zur Tür. Die Orgelmusik verhallte, und der Pastor kam aus der Sakristei.

Selma war gern auf Beerdigungen. Und in Kirchen.

Sogar in der hässlichen Bakkehaugen-Kirche.

Sie war nicht auf vertrautem Fuß mit Gott, und kontemplativ veranlagt war sie noch nie gewesen. Es hatte dennoch etwas wunderbar Entspannendes, bleiben zu müssen, bis die ganze Sache zu Ende wäre. Wenn sie ein seltenes Mal im Kino war, ging sie in der Regel vor Ende des Films. Bei Festen schlich sie sich davon, wenn sie sich langweilte. Selbst bei Besprechungen, früher, als sie noch Anwältin gewesen war und mehr von der Sorte erleben musste, als sie ertragen konnte, war sie Expertin darin gewesen, sich durchzusetzen und die Sache so kurz wie möglich zu machen.

Oder sich eine Entschuldigung auszudenken und einfach die Flucht zu ergreifen.

Selma Falck war allergisch gegen Langeweile, aber kein einigermaßen höflicher Mensch verließ eine Beisetzung, ehe die Zeremonie zu Ende war. Die Situation zwang sie in eine Art Trance, wo Musik, Choräle, die Gebete der Geistlichen und die Trauerreden vorüberströmten, ohne dass sie eigentlich zugehört hätte. Innen war die Kirche schön in ihrer Schlichtheit, und Selma starrte fasziniert die drei länglichen Glasmalereien an, die vorn eine Art Altarbild ergaben. Das Sonnenlicht draußen spielte mit den Farben im Bleiglas und warf ihre Strahlen in den Chor, wo der Sarg stand.

Anine schluchzte.

Andere weinten. Es wurde geschnieft, Tränen wurden getrocknet, und Selma konzentrierte sich nun. Die Trauergemeinde musste auf das Kommando des Pastors immer wieder aufstehen, aber zum Glück ging die Sache jetzt dem Ende entgegen.

Irgendwann wurde Selma bewusst, dass die FRP durch ihre Abwesenheit glänzte. Die Parteivorsitzende, zwei Vizevorsitzende und dazu zwei oder drei Parlamentsmitglieder waren Hochzeitsgäste gewesen. Selma sah jetzt keine dieser Personen in der Kirche, auch nicht, als sie sich halbwegs erhob, um sich einen besseren Überblick zu verschaffen. Nicht einmal Kolbein Fagernes war zu sehen, obwohl er elf Tage zuvor als Trauzeuge des Verstorbenen fungiert hatte und damit wohl als dessen bester Freund gelten konnte.

Seltsam. Zwar hatte die Partei am Vortag einen Vizevorsitzenden eingebüßt, mit einer Erklärung, die niemand glaubte. Das erforderte Löscharbeiten in der Partei und der Presse gegenüber. Aber es ging hier doch um einen letzten Abschied von dem zweifellos bestverankerten und gelehrtesten FRP-Mitglied des Landes. Das Schockierende an dem Todesfall an sich, das junge Alter des Mannes und das Tragische an einem Tod auf der eigenen Hochzeit hätten doch Gründe genug zum Kommen sein müssen.

Die Zeremonie näherte sich ihrem Ende. Der Pastor lud zu einem Beisammensein im Restaurant *Månefisken*, alle seien willkommen.

Nur ich nicht, dachte Selma und wusste, dass sie recht hatte.

Sie wollte den Angehörigen gern zeigen, dass sie anwesend war. Andererseits hatte sie nicht die geringste Lust, in der Schar von Menschen vor der Kirche stehen zu bleiben, mit gesenktem Kopf und in verlegenem Schweigen, während sie zusammen mit den wirklich Trauernden zusehen mussten, wie der Sarg mit Sjalg Petersons sterblichen Überresten in ein Auto geschoben und dann für immer fortgebracht wurde.

Die Lösung war, drinnen zu bleiben.

Der Sarg wurde von ihr unbekannten Menschen durch die

Kirche getragen, der eine Mann musste allerdings Njål Petterson sein. Er hatte Ähnlichkeit mit seinem Bruder, war aber kleiner und dunkler. Gleich hinter dem Sarg ging Anine, Arm in Arm mit Runhild Petterson und laut weinend hinter dem albernen schwarzen Spitzenschleier. Jesso hatte von der anderen Seite her den Arm um sie gelegt und sah aus, als habe er einen geliebten Sohn verloren. Selma widerstand dem Drang, zu rufen, dass er die Vorstellung, Sjalg in die Familie aufnehmen zu müssen, unerträglich gefunden hatte. Sie zog sich weiter und weiter in die letzte Bankreihe zurück. Gerade weit genug, um noch gesehen, und doch zu weit, um begrüßt zu werden.

Großer Gott. Sogar Jessos neue Flamme war zur Stelle. Das junge Ding ging gleich hinter ihm, schön und ungewöhnlich groß, mit einem Ausdruck tiefen Leidens und bewundernswerter Würde.

Vier Monate, dachte Selma, und hinter ihren Augen breitete sich langsam ein weißes Licht aus. Jesso und diese langbeinige Person waren seit vier Monaten zusammen, und sie konnte Sjalg kaum mehr als zweimal getroffen haben.

Selma versuchte, sich zu entspannen. Zu atmen. Durch den Mund ein, durch die Nase aus.

Als der Sarg sich den Türen näherte, gefolgt von einem wachsenden Schweif von Menschen aus den vorderen Bankreihen, wich Selma immer weiter zur Längswand zurück. Die Kirchturmglocken läuteten langsam. Am Ende war die Kirche leer.

Selma ging zur Tür. Noch immer standen einige Trauergäste im Vorraum, aber die meisten hatten sich in einem großen Halbmond um den wartenden Leichenwagen versammelt. Selma verspürte ein vages Gefühl von Panik, denn es würde schwer werden, sich wegzuschleichen, ohne mit Jesso und Anine reden zu müssen. Direkt vor der doppelten Holztür, unter einem zeltförmigen Vordach, war das Gedränge am größten. Dort wäre es am leichtesten, nicht bemerkt zu werden. Sie fasste rasch einen Entschluss, senkte den Kopf und verließ die Kirche. Draußen bog sie sofort nach links ab. Hob den Kopf und reckte den Hals, als sie die letzten Trauergäste hinter sich gelassen hatte.

Sie sah auf die Uhr, um zu betonen, dass sie es eilig hatte. Es war eine in jeder Hinsicht würdevolle und gelungene Trauerfeier gewesen, und mit an niemanden besonders gerichtetem Lächeln signalisierte sie, dass sie sich nun leider zu einem Termin beeilen müsste.

Sie eilte weiter und bog um die Südostecke.

Damit war sie frei. Wurde langsamer. Niemand hatte hinter ihr hergerufen, was bei einem solchen Anlass aber auch unpassend gewesen wäre. Sie folgte dem Gehweg zum Ustvedts vei. Die Rasenflächen auf beiden Seiten waren braun versengt, und die Blätter der Bäume bei der Kirche wurden schon gelb, mindestens einen Monat zu früh.

Jemand kam hinter ihr her, das spürte sie. Während sie schneller wurde, warf sie einen raschen Blick über ihre Schulter.

Es war ein Mann. Er sah nicht aus wie ein Trauergast. Er trug dunkelblaue Shorts, die ihm bis unter die Knie reichten. Das Baseballtrikot hatte einen Raglanschnitt, mit rotem Rumpf und langen weißen Ärmeln. Auf dem Kopf trug der Mann eine Schirmmütze, die er sich tief in die Stirn gezogen hatte. Seine Füße steckten in Socken und in braunen Ledersandalen.

Selma blieb stehen.

Sie war neugierig, hatte aber keine Angst. Es war mitten am Tag, mitten in Oslo, und nur hundert Meter weiter stand eine Menschenmenge.

Der Mann blieb ebenfalls stehen, zog ein Telefon aus der Tasche und vertiefte sich in irgendetwas. Selma setzte sich wieder in Bewegung. Sie hatte in der Nähe keinen Parkplatz finden können und musste noch immer zweihundert Meter laufen.

Der Mann mit den Sandalen folgte ihr.

Selma blieb wieder stehen, drehte sich um, ging ruhig zurück in Richtung Kirche. Der Mann sah nicht auf.

»Was wollen Sie von mir?«, fragte Selma freundlich.

Er schaute vorsichtig unter seiner Schirmmütze hervor.

»Nicht hier«, sagte er leise. »Gehen Sie weiter.«

Sie erkannte ihn sofort.

Was Pål Poulsen bei der Bakkehaugen-Kirche zu suchen hatte, gleich nach der Trauerfeier für einen guten Freund, gewandet in Shorts, Sandalen und Schirmmütze, war eine so schwer zu beantwortende Frage, dass sie für einen Moment stehen blieb und glotzte.

»Gehen Sie«, fauchte er. »Gehen Sie zu Ihrem Auto.«

Selma zögerte noch einen Moment, dann machte sie auf dem Absatz kehrt und ging weiter zur Nygårds allé, wo der rote Volvo, Baujahr 1966, stand. Sie schaute sich kein einziges Mal um, spürte aber, dass Pål Poulsen ihr folgte. Als sie ihr Auto erreicht hatte, ließ sie sich noch immer nichts anmerken, öffnete die Tür und stieg ein. Sie beugte sich zum Beifahrersitz hinüber und öffnete auch dort die Tür.

Er ließ sich auf den Sitz fallen.

»Fahren Sie«, sagte er.

»Was wollen Sie von mir?« Selma hatte den Zündschlüssel noch nicht ins Schloss gesteckt.

»Fahren Sie«, sagte er noch einmal, jetzt allerdings in einem bittenden Tonfall. »Bitte. Nach Maridalen. Oder so. Irgendwohin, wo nicht so viele Menschen sind.«

Der Motor war noch immer tot.

»Ich fahre nirgendwohin, solange Sie mir Ihr Verhalten nicht erklären und mir nicht sagen, was Sie von mir wollen.«

»Sie müssen mir helfen«, sagte er und rutschte auf dem Sitz nach unten, als eine Frau mit einem Kinderwagen von Osten her über den Bürgersteig kam. »Ich flehe Sie an, fahren Sie.«

»Nein.«

»Ich werde erpresst«, sagte er. »Sie müssen mir helfen.«

»Im Moment habe ich einen anderen Fall. Leider. Ich nehme niemals zwei Aufträge gleichzeitig an.«

Pål Poulsen setzte sich wieder aufrecht hin. Er beugte sich vor, zog sich die Schirmmütze vom Kopf und schlug die Hände vors Gesicht.

»Ich kann nicht zur Polizei gehen«, flüsterte er. »Und die Presse ist hinter mir her. Überall.«

»Hier nicht. Und in der Kirche waren auch keine Presseleute, soweit ich das sehen konnte. Wo die Medien Todesfälle doch so sehr lieben.«

»Können Sie ... bitte fahren?«

Seine Verzweiflung war so offensichtlich, dass Selma sich die Sache anders überlegte. Sie schob den Schlüssel ins Zündschloss und drehte ihn um. Ein leises, melodisches Summen füllte das Wageninnere, und langsam fuhr sie vom Parkplatz auf die Straße, folgte dann dem Ringvei und näherte sich nach wenigen Minuten bereits Marka. Unmittelbar vor Skjerven gård fuhr sie auf den riesigen Parkplatz, auf dem sie ihren Kindern, sobald die sechzehn geworden waren, die ersten Fahrstunden erteilt hatte. Der Parkplatz war fast leer, nur zwei SUVs mit deutlich sichtbaren Hundekäfigen im Kofferraum standen vor der Schranke zum Wald. Selma fuhr ans Nordende des Platzes.

»Worum geht es«, fragte sie und schaltete den Motor aus.

»Ich bin das Opfer eines Verbrechens.«

»Dann müssen Sie zur Polizei gehen.«

Pål Poulsen hatte sich nun endlich normal hingesetzt. Die Schirmmütze lag auf seinen Knien. Seine Waden waren kreideweiß, vermutlich hatte er sehr lange keine Shorts mehr getragen. Der Mann kleidete sich sonst nie anders als in lange Hosen, klein karierte, am Hals offen stehende Hemden und dunkle Blazer, egal, ob es zu Anlass oder Wetter passte. Sogar zu Empfängen beim König war er in einer Kombination aus Jacke und Hose in verschiedenen Farben erschienen, wenn auch Gattin Nummer drei ihm ein weißes Hemd und einen Schlips um den Stiernacken aufgezwungen hatte, als sie zum ersten Mal mitkommen durfte.

»Das kann ich nicht«, sagte er. »Nicht zur Polizei.«

»Wie gesagt bearbeite ich gerade einen anderen Auftrag.«

»Stehen Sie unter Schweigepflicht?«

»Tja. Jedenfalls unter selbst auferlegter.«

»Jemand hat es auf mich abgesehen.«

»Wer denn?«

Der Mann fing an zu schluchzen. Selma war das unangenehm, und sie lehnte sich von innen an ihre Autotür.

»Ich weiß nicht«, schniefte Pål Poulsen. »Aber sie haben Sachen über mich herausgefunden, die eigentlich gar nicht nachweisbar sein dürften.«

Selma schloss die Augen.

»Alles ist nachweisbar«, murmelte sie genervt. »Es gibt keine Geheimnisse.«

Außer meinen, dachte sie und fügte hinzu: »Was einer weiß, weiß keiner. Was zwei wissen, wissen alle. Sind diese Geheimnisse von einer Sorte, die ... äh ... zwei Personen betrifft?«

Sein Nicken war so schwach, dass es fast nicht zu sehen war.

»Geht es um Sex?«

Nun kniff er nur die Augen zu und ließ den Kopf sinken. Das Fett lag wie eine Wurstrolle zwischen Kinn und Brustkasten. Die Haarsträhne, die er sich normalerweise auf den kahlen Schädel klatschte, war auf eine Seite seines Kopfes gerutscht. Die hellrote Kopfhaut pellte sich und war fettig, mit großen weißen Flecken, wo die Pigmentierung vollkommen verschwunden war. Seine Augen versanken in dem aufgedunsenen Gesicht. Er war keine Schönheit, dieser Pål Poulsen, und Selma konnte auch seiner Politik keine Sympathien entgegenbringen. Aber der Mann tat ihr leid. Es sah aus, als ob langsam die Luft aus dem aufgeblasenen

Ballon entwich, den er zwei Jahrzehnte lang in der norwegischen Politik verkörpert hatte.

Selma hatte immer Mitleid mit Leuten, die stürzten.

Ohne Ausnahme.

Pål Poulsen tat ihr leid, aber sie konnte ihm nicht helfen.

»Vergessen Sie nicht, dass alles vorübergeht«, sagte sie und ließ den Motor an. »Alles geht vorüber. Es ist nur eine Frage der Zeit. Dieser Typ da von euch aus Østfold, der einer Vierzehnjährigen Hardcore-Pornos geschickt und einen Dreier mit einer Fünfzehnjährigen vorgeschlagen hat. Der hat überlebt, wie es aussieht. Und das werden Sie sicher auch.«

Schneller, als sie es ihm zugetraut hätte, schoss seine Faust vor und ballte sich um den Zündschlüssel. Er zog ihn heraus, schloss die rechte Hand um das Schlüsselbund und setzte sich auf seine Hand.

»Nein«, wimmerte er, während seine Tränen strömten. »Es ist viel schlimmer. Sie müssen mir helfen. Sie sind die beste Privatdetektivin hier im Land.«

»Warum haben Sie mich nicht einfach angerufen?«

Ihr Mitgefühl mit dem Kerl war im Sinkflug begriffen, und sie streckte die flache Rechte zu ihm hin.

»Meine Schlüssel. Sofort.«

Pål Poulsen riss die Autotür auf, öffnete den Sicherheitsgurt und wälzte sich aus dem Auto. Wütend lief er an der Windschutzscheibe vorbei und hämmerte an ihr Fenster. Sie kurbelte es hinunter, fast ebenso wütend. Er steckte den Kopf in den Wagen. Selma wich so weit zurück, dass ihr Rücken an den Schaltknüppel stieß.

»Ich konnte Sie nicht anrufen«, sagte er verbissen. »Ich hatte angenommen, dass Sie zur Trauerfeier gehen würden, und ich hatte recht. Ich musste auf diese Weise Kontakt zu Ihnen aufnehmen. Ich werde abgehört. Mein Telefon. Mein Haus. Alles. Da bin ich mir sicher.«

»Nur … nur die Polizei hört in Norwegen Telefone ab. Und kriminelle Kartelle, nehme ich an. Haben Sie Beziehungen zu einem kriminellen Kartell?«

»Die haben Sjalg Petterson umgebracht«, zischte er.

Feiner Speichel traf Selmas Gesicht. Sie kniff die Augen zusammen und presste die Lippen aufeinander.

»Und jetzt wollen sie mich umbringen.«

Selma starrte ihm in die Augen.

»Steigen Sie ein«, sagte sie kurz und streckte die Hand aus.

Diesmal bekam sie ihre Schlüssel.

Der Streit

Mama war von ihrem einwöchigen Urlaub wieder da. Sie und Papa stritten sich wieder.

Es war noch nicht einmal sieben Uhr abends, aber die beiden führten sich auf, als wäre es schon scheißspät und Mina längst eingeschlafen. Sie hatte den ganzen Tag in ihrem Zimmer gesessen, trotz des guten Wetters. Mehrere Freundinnen hatten sich bei ihr gemeldet. Einige waren mitten in den Schulferien noch immer in der Stadt und wollten fragen, ob sie mit zum Baden nach Sørenga käme. Normalerweise wäre Mina schon längst mit ihnen zusammen gewesen.

Aber nichts war normal.

In der Regel hörte sie zu, wenn die beiden sich da unten stritten.

Jetzt hatte sie ihre Zimmertür geschlossen und lag mit einem Kissen über dem Kopf im Bett. Dennoch hörte sie die Stimmen. Mamas wie Messer durch die Luft, Papas wie dröhnender Protest gegen alles, was Mama sagte. Mina selbst versuchte, die Stimmen zu übertönen, indem sie Kinderlieder sang, von denen sie nicht gewusst hatte, dass sie sich daran erinnerte.

Die beiden wollten einfach nicht aufhören.

Noch immer war es draußen taghell. Mina hatte die Vorhänge zugezogen, aber die waren so leicht und weiß, dass es kein bisschen half. Sie hatte lichtdichte Rollos bekommen, als sie hier eingezogen waren, aber zwei davon waren defekt. Papa hatte schon eine Million Mal versprochen, sie zu reparieren. Die Rollos waren jetzt seit zwei Jahren defekt.

Jemand weinte da unten, da war Mina sich sicher, als sie das Kissen wegnahm, um einen Schluck Wasser zu trinken. Papa weinte nie. Sie hatte ihn nur einmal zusammenbrechen sehen, und zwar als er ihr erzählen musste, dass die Großmutter gestorben war.

Das hier war nicht Mamas Weinen.

Mama konnte jederzeit losschluchzen. Mina konnte dieses Geklage, Gejammere und Geheule ungeheuer auf die Nerven gehen. Und das Weinen. Mamas Weinen war ungefähr wie Papas Resignation. Es stellte sich zu den unmöglichsten Zeiten ein, und seit Mina älter geworden war, hatte sie gelernt, sich nicht so viel daraus zu machen.

Sie warf das Kissen aus dem Bett, setzte sich auf und hielt sich die Ohren zu. Dann ließ sie die Hände wieder sinken.

Das war Papa, der da unten weinte.

Mina verspürte eine ganz unbekannte Angst. Dieser Sommer war ohnehin schon der schlimmste in ihrem Leben, und eigentlich war ihr inzwischen alles egal. Papas wehes Weinen in der Küche war trotzdem unerträglich. Sie wusste, dass er sich zusammenreißen würde, ehe sie die halbe Treppe hinter sich gebracht hätte, wenn er sie kommen hörte, deshalb stand sie so vorsichtig auf, wie sie nur konnte, und ging zur Tür, wobei sie sorgfältig allen knarzenden Dielen auswich. Als sie das geschafft hatte, griff sie nach der Klinke und schob die alte Tür entschieden, aber langsam zurück in den Rahmen, ehe sie auf die Klinke drückte und öffnete. Die Angeln würden kreischen, wenn der Öffnungswinkel fünfundvierzig Grad betrug, deshalb hielt sie inne, sowie sie sich hindurchquetschen konnte. Auf dem Treppenabsatz im Obergeschoss blieb sie stehen.

Wie erstarrt.

Die Stimmen knallten durch das Haus.

Die einzelnen Wörter waren trotzdem undeutlich. Das eine oder andere bekam sie zu fassen, und das vergrößerte Minas Angst nur noch. Sie waren gemein zueinander, Mama und Papa. Das waren sie sonst nie. Sie stritten sich und warfen sich alles Mögliche an den Kopf, vor allem Mama, aber sie waren niemals wirklich gemein zueinander. Jetzt waren sie es.

Mina wollte kehrtmachen. Sich zum Bett zurückschleichen, sich hinlegen und sich so tief in die Matratze drücken wie überhaupt nur möglich. Die Fenster nach Westen, die, durch die das meiste Licht hereinkam, könnte sie mit einer an der Gardinenstange befestigten Bettdecke verdunkeln. Sie könnte Ohrstöpsel benutzen, laute Musik hören oder vielleicht eine Episode von *Friends* sehen, dieser uralten Fernsehserie, nach der Mama sie vor einem Jahr einmal süchtig gemacht hatte, an dem letzten gemütlichen Abend, den Mina allein mit ihr gehabt hatte.

Natürlich müsste sie für all das in ihr Zimmer gehen.

Stattdessen ging sie zur Treppe. Sie nahm jede Stufe und lauschte auf jedes Knacken, und sie erreichte den nächsten Absatz, ohne ein Geräusch zu machen, setzte sich auf die oberste Stufe des letzten Treppenteils und lauschte.

Mama und Papa wollten sich scheiden lassen, das hatte sie schon nach wenigen Sekunden begriffen.

Das hatte Mina sich doch gewünscht.

Die beiden verstanden sich nicht mehr, das war schon so lange klar, und alles, was Mina wollte, waren Frieden und Stille. Jedenfalls jetzt, nach allem, was passiert war, und nach allem, was sie unmöglich ertragen konnte.

Jedenfalls nicht allein.

Mama und Papa wollten sich scheiden lassen, und Mina bereute bitterlich, dass sie sich das gewünscht hatte. Das hier war etwas, das sie absolut nicht wollte, das wusste sie jetzt, und sie atmete flach und rasch mit offenem Mund.

»... ich glaube dir nicht mehr. Du versprichst und versprichst, aber dann rennst du zurück zur Partei, zu Erna, wenn sie ruft ...« Mama schrie jetzt fast.

»... versprochen!«, rief Papa zurück. »Ich habe das schon zu einigen anderen gesagt, im Herbst trete ich zurück und ...«

Wie üblich durfte er nicht zu Ende reden.

Jetzt weinte auch Mama. Rief und weinte und schluchzte und redete.

»Du bist Politiker, Tryggve! Bis ins Mark! Du wirst nicht widerstehen können. Wenn du im Herbst zurücktrittst, dauert es nicht lange, und du kriechst wieder in dieses verdammte Wespennest. Voll Hass und Schikanen und Dreck und Scheiß. Ich kann das nicht! Ich halte das nicht mehr aus, Tryggve, ich will nicht mehr. Es ist aus.«

»Aber du kannst nicht ...«

»Doch. Ich kann. Ich gehe. Ein paar Tage zu Guri und Thorbjørn. Und dann sehen wir weiter.«

Mina hörte Schritte. Sie sprang auf und lief so lautlos sie konnte zurück in ihr Zimmer, schloss die Tür, schlüpfte unter die Decke und zog sie sich über den Kopf. Sie hörte Mamas harte Schritte auf der Treppe, dann ging sie in ihr und Papas Schlafzimmer. Nur Sekunden darauf kam sie wieder heraus. Mina geriet in Panik bei der Vorstellung, dass Mama einfach losfahren könnte, und ohne nachzudenken, sprang sie auf, öffnete die Tür und rief:

»Mama!«

Mama hatte eine Reisetasche in der Hand. Die war offenbar schon gepackt gewesen. Sie drehte sich zu Mina um, ließ die Tasche fallen und kam auf sie zu. Mina hatte sie noch nie so verweint gesehen, ihr Gesicht war rot gefleckt, und die Schminke war verschwunden. Ihre Haare waren tot, irgendwie. Sie lagen flach am Kopf, und beim linken Ohr waren sie strubbelig wie bei einem kleinen Kind nach dem Schlafen.

»Mina«, sagte Mama und schloss sie in die Arme.

»Mama«, sagte Mina und blieb stocksteif stehen.

Sie war jetzt größer als Mama. Sie nahm Mamas Geruch wahr, roch das Shampoo, das Mina heimlich mitbenutzte, und das teure Acqua-di-Parma-Parfüm, das sie nicht mehr zu benutzen wagte. Mama duftete nach Schmusetieren, vor allem nach Knubbelchen, dem Kaninchen, das Mina mit fünf Jahren ein für alle Mal parfümiert hatte.

»Ihr lasst euch scheiden«, sagte Mina tonlos.

Mama gab keine Antwort, presste ihre Hand nur ein bisschen fester. Dann wiegte sie sich ein bisschen hin und her, als ob Mina noch immer klein wäre und durch Wärme und Nähe getröstet werden könnte.

»Dann wird sicher alles gut«, sagte Mina.

Mama weinte nur und wiegte sich und drückte Mina an sich.

»Wir können morgen darüber reden«, sagte sie endlich, als Mina versuchte, sich loszumachen, und Mama endlich losließ.

»*Whatever*«, sagte Mina.

»Morgen«, wiederholte Mama, rang sich eine Art Lächeln ab, griff nach ihrer Tasche und ging die Treppe hinunter.

Mina blieb stehen. Ihr Puls hämmerte in ihren Ohren. Sie spürte, dass sie gern geweint hätte, aber etwas steckte ihr im Hals fest. Im Kopf. Im ganzen Körper, eigentlich. Ganz fest, sie hörte nur Rauschen und Lärm und Pochen in den Ohren und konnte fast nicht atmen. Von unten hörte sie Papa schimpfen. Es hatte etwas mit Mina zu tun, damit, dass sie sich beide hätten hinsetzen müssen, um ruhig mit ihr zu sprechen, aber Mama heulte nur noch lauter, und dann wurde krachend die Haustür zugeschlagen.

Das Haus wurde ganz still.

Papa war ganz still.

Nur in Minas Kopf wütete das Chaos.

Sie ging nach unten.

»Papa«, sagte sie leise, als sie die Küche betrat.

Er saß am Küchentisch. Ganz gerade, die Arme hingen schlaff nach unten. Er war verrotzt. Nass im ganzen Gesicht. Fast nicht wiederzuerkennen. Der Vater, den Mina ihr Leben lang gekannt hatte, schien kleiner geworden zu sein. Er war geschrumpft, und seine Augen hatten ihre Kraft verloren.

»Mina«, sage er endlich, ohne sie anzusehen. »Es tut mir so leid.«

Mina war nicht sicher, was er meinte. Vielleicht, dass Mama sich scheiden lassen wollte. Oder weil sie mit einer Tasche losgegangen war, deren Inhalt sie sehr lange versorgen könnte. Vielleicht tat ihm auch leid, dass Mina es auf diese Weise erfahren hatte.

Vielleicht tat ihm das alles leid.

Sie ging zu ihm und legte ihm vorsichtig die Hand auf die Schulter. Er reagierte nicht.

»Sie kommt bestimmt zurück«, flüsterte sie.

»Nein. Das tut sie nicht.«

»Doch. Wenn du im Herbst zurücktrittst, dann ... es ist doch nicht mehr lange bis zum Herbst. Wann ... wann ist für dich Herbst? Dann kommt sie zurück, bestimmt. Dann wird alles wieder gut.«

Jetzt gab er keine Antwort, versuchte nur, sich zu beruhigen. Sie konnte ein leises Zittern in seinem Körper wahrnehmen, wenn er ausatmete. Vielleicht weinte er eigentlich. Ihre Hand bewegte sich langsam über seinen Rücken. Auf und ab, auf und ab.

Mina hatte Papa noch niemals trösten müssen. Es kam ihr fremd und ziemlich beängstigend vor, und seine Haut war so heiß, dass die Feuchtigkeit seines Körpers den Stoff seines Hemdes an ihre Finger klebte.

Plötzlich erstarrte er, rang sich ein Lächeln ab und schaute zu ihr hoch.

»Wir schaffen das, Mina. Du und ich. BFF, ja?« Er sprang so plötzlich auf, dass der Stuhl fast umgekippt wäre. »Sollen wir etwas unternehmen? Nur du und ich? Etwas spielen? Vielleicht irgendwo essen gehen?«

»Nein«, sagte Mina und trat einen Schritt zurück.

»Sicher?« Sein Lächeln sah aus wie das des Jokers aus Batman. Es war viel zu breit, und die Linien um die Lippen waren gewissermaßen verwischt. Die Falten, die sich dabei ergaben, ließen es aussehen, als ob jemand ihm den Mund mit einem Messer aufgeschlitzt hätte.

Sie nickte.

»Na gut«, sagte er. »Wir werden uns natürlich hinsetzen und in Ruhe über alles sprechen. Morgen vielleicht. Ich werde Mama anrufen, dann kommt sie her, wenn alles sich ein bisschen beruhigt hat. Du musst auch daran denken ...« Er fuhr sich mit beiden Händen durch die Haare und holte Luft. Wieder dieses unheimliche Lächeln, es war nicht seins, es war nicht einmal ein Lächeln. »Du bist groß genug, dass du die meisten Entscheidungen selbst treffen kannst«, sagte er. »Darüber brauchst du dir keine Sorgen zu machen. Wo du wohnen sollst und so was, meine ich. Du bist sechzehn und entscheidest selbst.«

Mina hatte an die vielen Konsequenzen einer Scheidung noch nicht einmal gedacht. Sie hatte keine Ahnung, ob Papa es sich leisten könnte, das Haus in der Lofthus terrasse zu behalten. Oder ob Mama es vielleicht haben wollte. Sie hatten Darlehen aufgenommen, das wusste Mina, und vielleicht konnten Papa oder Mama die ja allein zurückzahlen. Aber dann musste die andere Hälfte ausbezahlt werden. Es konnte sich um unvorstellbar viel Geld handeln. Ingeborgs Eltern hatten ihr Haus auf fast zwanzig Millionen schätzen lassen, als sie nach Ingeborgs Selbstmord auf dem Dachboden nicht mehr dort wohnen wollten.

Das hatte Mama erzählt, und Ingeborgs Haus lag gleich um die Ecke.

»Müssen wir umziehen?«, rutschte es ihr heraus.

»Über das alles reden wir morgen, Herzchen. Wenn du nichts unternehmen möchtest, gehe ich in den Keller und arbeite ein bisschen.«

Er wollte arbeiten. Jetzt! Nach dem größten Krach aller Zeiten mit Mama und nachdem er gerade erfahren hatte, dass sie ihn verlassen würde. Papa wollte arbeiten, obwohl er doch sehen musste, wie Mina zumute war. Er sah sie sonst immer, das musste er doch. Er war ihr Vater und liebte sie und hätte begreifen müssen, dass hier nichts mehr stimmte. Dass sie nicht weinen konnte. Dass die ganze Welt in Stücke gebrochen war.

Etwas steckte ihr noch immer im Hals, und das Einzige, was sie fertigbrachte, war ein Nicken.

Arbeiten, echt? Und gerade jetzt!

»Schön«, sagte Papa und war verschwunden.

Und sie blieb stehen, Mina, allein in der Küche, während sich die Welt weiter um ihre eigene Achse drehte, wie sie es seit fast fünf Milliarden Jahren tat. Sie selbst steckte fest in etwas, aus dem sie sich niemals würde befreien können, und das Leben war nur noch schlimmer geworden, seit Papa so viel Zeit unten im Keller verbrachte.

Sie schaute zu der großen Wanduhr über der Schiebetür zur Waschküche hoch. Es war inzwischen acht. In vier Stunden würde sie siebzehn werden.

Mama ging einfach. Und Papa war mit irgendetwas beschäftigt, das Mama nicht einmal bemerkt hatte, obwohl es schon lange so ging. Zwei Monate, vielleicht noch länger. Da konnte es einen Zusammenhang geben. Und der musste die Erklärung für alles sein. Diese ewigen kleinen Streitereien, die Papa als »Façon« bezeichnet hatte, waren niemals gefährlich gewesen. Nur unangenehm. Blöd und unnötig, und Mina hatte sich längst geschworen, es niemals so zu machen, wenn sie selbst verheiratet wäre.

Aber bedrohlich waren sie nie gewesen.

Plötzlich, in diesem Sommer, waren die Streitereien giftig geworden. Als Mina endlich zum Waschbecken gehen und das Wasser laufen lassen konnte, bis es kalt war, wusste sie nur eins:

Sie musste herausfinden, was Papa da unten machte.

Laptop

»Ich bringe Geschenke, Einar.«

Selma wäre fast über die alten Zeitungen und einen verärgerten Kater gestolpert, als sie mit einem Laptop unter dem Arm Einar Falsens Wohnung betrat.

»Was bringst du denn da an?«, fauchte er und zeigte auf das Gerät, während er in Richtung Küche zurückwich.

»Einen Laptop. Für dich.«

»Nimm den weg! Du weißt genau, dass ich den nicht will. Weg!«

»Der ist gesichert«, sagte Selma und lächelte. »Ich war im Netz und habe einen Schutz gefunden.«

»Das ist nicht möglich.«

»Doch. Schau her!« Sie setzte sich in den Sessel und stellte den Laptop auf ihre Knie. Das Gerät war ungewöhnlich klobig. »Ein Deckel«, sagte sie. »Das ist genial.«

»Schaff den weg!«

»Nicht doch«, sagte Selma und schwenkte ein Blatt Papier. »Lies das hier.«

»Ist der eingeschaltet?«

»Noch nicht. Lies.«

Einar weigerte sich, näher zu kommen. Selma erhob sich resigniert und ging mit dem Papier zu ihm.

»Das ist total wissenschaftlich«, log sie. »Wurde an einer Schweizer Universität für Leute mit Elektroallergie entwickelt. Neutralisiert 98,3 Prozent aller Strahlung. Ich habe für dich eine Erklärung von der Website von ScienceSec ausgedruckt. Seriöse Firma. Liefert an die ganze Welt.«

»98,3 Prozent«, sagte Einar, noch immer skeptisch, er mochte nicht einmal das Papier nehmen, das sie ihm hinhielt. »Dann bleiben noch 1,7 Prozent.«

»Das löst du, indem du ein Stück Alufolie nimmst.«

Selma ging in die Küche, öffnete eine Schublade und kam mit einer Rolle in der Hand zurück. Sie riss ein Stück ab, das ungefähr doppelt so groß war wie der Rechner, und faltete es einmal zusammen.

»Und jetzt komm her«, sagte sie und setzte sich auf den Katerplatz des Sofas.

Sie klopfte auf den Platz neben sich. Der Kater sprang auf den Tisch und starrte sie an, während sein Schwanz sich langsam hin und her bewegte. Einar zögerte noch immer, aber nun hatte er immerhin angefangen zu lesen.

Der Rechner, ein billiges Gerät von Dell, das Selma bei Elkjøp gekauft hatte, steckte in einer Schutzhülle aus Kunststoff, die aussah wie Stahl. Die hatte ein Teenager, der neben einer professionellen Karriere als Gamer Rechner-Schutzhüllen herstellte, im Netz angeboten. Der Kasten, groß und schwer, war im Star-Wars-Look geliefert worden, schrill und in vielen Farben, aber Selma hatte ihn mit Lackspray, das sie in einer Werkstatt in Ris gekauft hatte, stahlgrau gesprüht. Den Firmennamen ScienceSec hatte sie im Netz gefunden, und diese Firma lieferte wirklich Produkte zum Schutz gegen angebliche Elektroallergie.

Es wäre ja möglich, dass Einar es doch wagte, den Rechner auszuprobieren, und Selma hatte ihr Leben lang die Erfahrung gemacht, dass es sich lohnte, Lügen so weit wie möglich der Wahrheit anzunähern. Die wissenschaftliche Erklärung, die er noch immer auf Armlänge Abstand von sich hielt, hatte sie sich selbst aus den Fingern gesogen.

»Hm«, sagte Einar und machte zwei Schritte auf sie zu.

Der Kater hatte aufgegeben und sich in dem Sessel zusammengerollt, in dem Selma sonst immer sitzen musste.

»Überzeugend, nicht wahr?« Selma lächelte strahlend. »Jetzt schalte ich ihn ein«, sagte sie. »Du wirst rein gar nichts merken. Das verspreche ich.« Sie legte die mehr oder weniger rechteckige Folie auf den Tisch, stellte den Rechner darauf und klappte die Kanten des Silberpapiers auf jeder Seite einen Zentimeter hoch. Der Laptop war geladen, und sie schaltete ihn ein. »So. Siehst du?« Sie hob die Hände. »Du merkst nichts, nicht wahr?«

Einar schlurfte zwei Schritte auf sie zu.

»Mnja«, murmelte er und griff sich an den Kopf. »Vielleicht nicht. Oder ...« Er blieb stehen, ließ den Ausdruck zu Boden fallen und legte sich zwei Finger an jede Schläfe. Seine Augen waren fest geschlossen, und sein Mund verzog sich zu einer schiefen Grimasse.

»Du spürst nichts«, sagte Selma so ruhig sie konnte. »Rein gar nichts. Dieses Patent wurde von einem Nobelpreisträger der Physik entwickelt.«

Nun musste sie aufhören.

»Aber das spielt keine Rolle«, fügte sie rasch hinzu. »Das Wichtigste ist, dass du jetzt herkommst und dich neben mich setzt. Du musst mir vertrauen, Einar.«

Er stand noch immer mitten im Raum. Sein Kopf schien kurz vor dem Bersten zu stehen.

»Du musst mir vertrauen«, wiederholte Selma leise und langsam. »Komm her. Das tut nichts mehr.«

Plötzlich riss er die Augen auf. Verblüfft starrte er das Dell-Gerät an.

»Du hast recht! Ich merke nichts.«

»Sag ich doch.«

Er setzte sich so weit wie möglich von ihr entfernt auf das Sofa. Langsam und schrittweise näherte er sich dem Gerät, während Selma abwartete.

»Ich habe die großen Zeitungen für dich abonniert«, sagte sie, während er zu ihr hinrutschte. »Die landesweiten und die größten Regionalzeitungen. Und *Morgenbladet*. Außerdem *Klassekampen*. Die brauchst du nicht mehr zu stehlen, Einar.«

»Das wird schön«, murmelte er.

Jetzt saß er so dicht neben ihr, dass sie anfangen musste, durch den Mund zu atmen.

»Das ist ein Suchfeld«, sagte sie und zeigte darauf. »Da etwas hineinzuschreiben heißt googeln.«

»Ich bin nicht dumm. Ich lese Zeitung.«

»So ein Touchpad ist eigentlich ziemlich anstrengend, deshalb habe ich …«, sie griff in ihre Handtasche und zog eine Maus samt Mauspad heraus, »… das hier für dich gekauft. Schau her.«

Sie klickte sich auf *DG.no* vor. Die Schlagzeile handelte von *default.no.* Dieses Forum war zum Gegenstand einer Kampagne auf Twitter geworden. Einzelne User hatten nach einem vorgegebenen Muster von jemandem, der sich hinter dem Nickname @ *stopthehatred* verbarg, angefangen, große Anzeigenkunden anzuschreiben. Die Anfragen waren höflich und hielten sich offenbar im Rahmen des Gesetzes, und darin wurde die Frage gestellt, ob das Unternehmen wirklich mit diesem reaktionären ausländerfeindlichen Nachrichtenblog assoziiert werden wollte. Als zwei im ganzen Land bekannte Politiker in den Prozess einstiegen, nahm das Ganze Tempo auf. Die Kampagne hatte Früchte getragen. Große Firmen erkannten ihre politisch korrekte Pflicht und kündigten ihre Anzeigen. Der Streit war losgebrochen. Es wurde geschrien über Linksextremismus, Sabotage und Meinungsfreiheit auf der einen Seite, über Entscheidungsfreiheit, legale Aktionen und natürlich ebenfalls Meinungsfreiheit auf der anderen.

Selma fand das nicht interessant, sie blätterte weiter.

»Du gehst mit dem Pfeil hierher …«

Klick.

»Und tippst das, was du suchst, hier ein.«

Perserkatze, schrieb sie.

Klick.

»Miez!«, kicherte Einar zufrieden, als Selma Fotos auf den Bildschirm holte. »Aber er ist viel schöner als die da.«

Selma verbrachte anderthalb Stunden damit, Einar die grundlegendsten Funktionen eines modernen Rechners beizubringen. Der Breitbandzugang, der Selma eine große Hilfe gewesen war, als sie in der Wohnung lebte, war zum Glück weiterhin vorhanden. Einar wurde immer eifriger. Einiges fiel ihm leicht, zu Beginn des neuen Jahrtausends hatte er selbst noch mit einem Computer gearbeitet. Dennoch staunte Selma immer wieder darüber, wie enorm die Entwicklung seither verlaufen war.

»So«, sagte sie nach der Einführung. »Jetzt kannst du das, was du brauchst. Viel Spaß.«

Sie schob den Rechner ganz zu ihm hinüber, vorsichtig, damit sich die Folie nicht löste.

»Und da du streng genommen für mich arbeitest, bekommst du jetzt einen Auftrag.«

Einar sah nicht einmal auf. Er klickte sich gerade durch eine amerikanische Seite über illegale staatliche Überwachung. Für einen Moment kamen Selma Zweifel. Der Möglichkeit, eine Bestätigung für Einars viele Zwangsvorstellungen zu finden, war jetzt Tür und Tor geöffnet. Sie griff nach ihrer Tasche und legte ihm die Hand auf die Schulter. Endlich schaute er auf.

Seine Augen funkelten. Seine Lippen waren feucht. Er atmete schnell und flach.

»Das ist umwerfend, Selma. Tausend Dank.«

»Denk daran, dass vieles, was da steht, nicht wahr ist.«

»Sicher.«

»Ziemlich vieles stammt von Leuten, die ebenso verrückt sind wie du.«

»Sicher.«

»Du bekommst einen Auftrag, hast du das verstanden?«

»Ja. Was denn?«

Selma ging zur Tür.

»Du sollst alles über Pål Poulsen herausfinden«, sagte sie und drehte sich mitten im Raum um. »Du wirst an die zwei Millionen Treffer bekommen, wenn du den Namen googelst, also hast du etwas zu tun. Neunundneunzig Prozent werden total uninteressant für mich sein. Vielleicht noch mehr.«

»Was suchst du denn?«

»Ich weiß nicht. Folge deinem Instinkt.«

»Sex, Geld, Untreue? Irgendeine Erklärung für seinen Rücktritt?«

Selma lächelte.

»Etwas in der Richtung.«

»Hast du noch einen Auftrag angenommen? Ich dachte, du hast immer nur einen.«

Statt einer Antwort sagte Selma: »Ich glaube leider, deine Kompetenz im Internet reicht nicht ganz bis zu dem Sex, von dem Pål Poulsen Spuren hinterlassen haben könnte.« Sie zog den Riemen ihrer Tasche gerade. »Du warst früher Polizist, Einar. Nutz das. Der Mann wird erpresst, ist zumindest erpresst worden. Such die Ursache. Du kommst wahrscheinlich nicht weit, aber den Versuch ist es immerhin wert.«

Miez war auf seinen Stammplatz neben Einar gesprungen. Der schaute mit seinem breitesten Grinsen zu Selma hoch und hob zwei Daumen.

»Wird gemacht.«

Einar Falsen bemerkte kaum, dass Selma ging, Miez dagegen schaute ihr zufrieden und ein wenig höhnisch hinterher, als sie durch die Tür verschwand.

Das Schlafzimmer

Selma war ausgeruht.

Ihr Pokerkonto war fast elftausend Kronen fetter als gestern. Auch wenn die Spielnächte ihr Schlaf stahlen, gaben sie ihr gleichzeitig Ruhe. In der Regel machte sie gegen fünf Uhr morgens Schluss, ein wenig abhängig davon, wie die Lage war, und bekam dann noch drei Stunden Schlaf, ehe der Tag wirklich begann.

An diesem Morgen hatte sie bis zehn geschlafen und so viel Energie angesammelt, dass sie den Arbeitstag mit einer Joggingrunde von fünfzehn Kilometern begonnen hatte.

Es war inzwischen Abend, und sie saß mit einem großen Kissen im Rücken im Bett.

Über ein iPad auf dem Nachttisch verfolgte sie halbwegs die Fernsehnachrichten. In der ersten Viertelstunde war es um einen scharfen Protest gegen einen angeblichen norwegischen Angriff auf die russische Souveränität gegangen. Eine kleine Zeitungsredaktion in Murmansk war einem massiven Hackerangriff ausgesetzt gewesen, und das russische Außenministerium tobte. Die Spuren führten nach Norwegen. Der norwegische Außenminister wirkte aufrichtig empört, als er sich vor dem Standbild von König Haakon auf dem Platz des 7. Juni interviewen ließ. Er wies die Unterstellungen aufs Entschiedenste zurück.

Selma setzte sich bequemer, schlug auf das Kissen und platzierte es besser hinter ihrem Rücken. Die Fotos, die drei der Wände ihres Schlafzimmers bedeckten, waren neu sortiert worden. Mithilfe der Liste, die Runhild Petterson ihr gegeben hatte, kombiniert mit einer gründlichen Suche in den sozialen Medien, hatte Selma inzwischen die allermeisten Gäste identifiziert. Mit einem dünnen Fotostift hatte sie die Namen auf jedes einzelne Bild geschrieben, was den größten Teil des Nachmittags in Anspruch genommen hatte. Noch immer fehlten ihr die Namen von sechs der abgebildeten Personen. Alle sechs gehörten zu den Angestellten des Restaurants. Vier junge Mädchen waren gleich angezogen, sie trugen blaue Sommerkleider und altmodische Schürzen. Zwei Männer trugen schwarze Hosen und kreideweiße Hemden und waren offenbar für den Weinausschank zuständig.

Jesper Jørgensen würde um acht kommen, um sie zu identifizieren.

Seine Voraussagen hatten sich bestätigt: Das Restaurant *Ellevilt* war weiterhin geschlossen. Die Medienaufmerksamkeit an den ersten Tagen nach Sjalg Pettersons Tod hatte einen Besuch in dem bisher so angesehenen Lokal für die allermeisten gleich viel weniger verlockend wirken lassen. Der junge Koch hatte deshalb vier Wochen Sommerferien für das *Ellevilt* angekündigt. Danach würden sie mit neuer Speisekarte wieder öffnen. Diese Anzeige war in den sozialen Medien das Objekt für Witze und auch für Plattitüden gewesen, aber Selma wusste, dass das kollektive Gedächtnis immer kürzer wurde.

In vier Wochen wäre alles vergessen.

Hoffte sie, Jesper zuliebe.

Sie hatten sich nicht mehr gesehen, seit er ihr den Auftrag erteilt hatte. Er hatte sie einmal angerufen, sie ihn dreimal. Ohne dass es eigentlich wirklich nötig gewesen wäre. Selma rief selten irgendwen an, wenn es sich vermeiden ließ. Seit sie vor zwei Stunden mit ihm gesprochen und ihn um einen Besuch gebeten hatte, hatte sie beim Gedanken an sein Erscheinen eine unbekannte Form der Freude verspürt.

Eher eine Art freudige Erwartung, begriff sie jetzt, und die war ihr überhaupt nicht fremd. Sie verpasste sich selbst eine leichte Ohrfeige.

Der Mann war halb so alt wie sie.

Sie schaltete das iPad aus und stand auf, drehte eine Runde durch ihre Wohnung und musterte die Bilder ein weiteres Mal. Sie kannte sie jetzt fast auswendig, und sie hatte sie zu einer Art

Zeitschiene angeordnet. Ganz innen an der Wand neben der linken Seite des Bettes hingen die frühesten Aufnahmen; die vom Operndach und dem Eintreffen im Restaurant. Darauf folgten glückliche Bilder des Brautpaares, als die beiden aus dem Oldtimer stiegen, Anines viele Posen, die Umarmungen und das Anstoßen mit lauwarmem Champagner. An der Querwand folgten die Bilder des frisch vermählten Paares auf der Steintreppe zur Terrasse. Anine wäre auf einem fast gefallen. Auf dem nächsten Foto griff Jesso geistesgegenwärtig zu und hielt sie fest.

Die Bilder vom Festessen hingen auf der rechten Seite.

Sie waren natürlich die interessantesten, und wenn diese vierhundert Fotos wirklich einen Hinweis darauf geben konnten, was passiert war, als Sjalg Nüsse verzehrt hatte und gestorben war, dann musste sich dieser Hinweis hier verstecken.

Selma war zu FotoKnudsen gegangen und hatte von drei Fotos Abzüge in A3 machen lassen. Jetzt wusste sie nicht so recht, ob das einen Sinn gehabt hatte, die Qualität der Originale war so schlecht, dass die Ausdrucke körnig aussahen.

Die Türklingel ging.

Selma verspürte wieder dieses Zucken der Erwartung und fluchte leise. Sie fuhr sich mit den Händen durch die Haare und ging hinaus auf den Gang, drückte auf den Türöffner neben der Gegensprechanlage, ohne nachzusehen, ob es auch wirklich Jesper war, der kam.

»Shit«, flüsterte sie und schloss die Augen.

Die Bilder hingen im Schlafzimmer. Sie hätte sie im Wohnzimmer anbringen sollen, sie dort auf den Boden legen, in Stapeln, das wäre das Einfachste gewesen. Blitzschnell versuchte sie zu berechnen, wie lange sie dafür brauchen würde, ohne das bisherige System zu ruinieren.

Es klopfte leise an der Tür.

Sie öffnete.

»Hallo«, sagte er düster.

Selma gab keine Antwort, ging nur ins Wohnzimmer. Er folgte ihr und setzte sich aufs Sofa.

»Wasser?«, fragte sie aus der Küche. »Tee? Kaffee?«

»Pepsi Max, wenn Sie haben.«

Sie kam zurück und stellte eine Flasche vor ihn hin. Kein Glas. Selma öffnete ihre eigene Flasche, trank einen Schluck und blieb stehen.

»Pepsi Max«, sagte sie. »Ist das nicht ein bisschen seltsam für einen Starkoch?«

»Mag kein Wasser. Zu süß. Zum Essen trink ich aber Mineralwasser.«

»Kommen Sie mit ins Schlafzimmer.«

Er sah sie mit einem völlig ausdruckslosen Blick an.

»Da hängen alle Bilder«, fügte Selma hinzu. »Ich habe sie sortiert und aufgehängt.«

Jesper erhob sich gehorsam und ging hinter ihr her.

»Himmel«, sagte er und blieb in der Tür stehen. »Sind das hier tausend Bilder, oder was?«

»Vierhundert. Und sie sind zeitlich sortiert. Da geht's los ...«, Selma zeigte auf den rechten Nachttisch, »... und endet hier.« Sie ging auf die Fensterseite des Zimmers, legte eine flache Hand auf die große Aufnahme des Augenblicks, in dem Anine nach Sjalg griff und ihr Weinglas fast umgefallen wäre. »Diese Bilder stammen aus den Minuten und Sekunden, ehe Sjalg zusammengebrochen ist«, sagte sie. »Und ich brauche jetzt Ihre Hilfe bei einigen Namen.«

Jesper kam auf ihre Seite des Bettes herüber.

»Sie sehen hier«, begann Selma und zeigte darauf, »auf den letzten Bildern sind keine Kellnerinnen oder andere von Ihren Leuten.«

»Wir haben eine Rednerliste und verhalten uns entsprechend. Was Pausen beim Servieren angeht und so: Bei den Reden soll sich das Personal still verhalten und sich zurückziehen.«

Selma nickte, ohne den Blick von den Bildern zu lösen.

»Aber hier«, sagte sie und fuhr mit dem Finger über eine Serie von Bildern im Postkartenformat. »Hier sind mehrere Personen, die ich nicht identifizieren konnte.«

»Hedvig Måsøy«, sagte Jesper und zeigte auf eine der jungen Frauen, die mit der rechten Hand einen Teller vom Tisch hob und mit der linken zwei weitere balancierte. »Die arbeitet im *Ellevilt*.«

Selma nahm den Filzstift vom Nachttisch und zog mit den Zähnen die Kappe herunter.

»Hedvig mit g oder k?«, murmelte sie undeutlich mit der Kappe zwischen den Zähnen. »Måsøy mit å oder zwei aa?«

»Spielt das eine Rolle?«

Er roch gut. Dunkel und angenehm. Waldboden, dachte sie, beruhigend und Geborgenheit schenkend. Er kam vermutlich frisch aus der Dusche. Selma sah, dass seine Haare nicht ganz trocken waren. Die Schirmmütze hatte er diesmal zu Hause gelassen, und bisher hatte sie das Feuchte für Haargel gehalten. Sie steckte die Filzstiftkappe in die Hosentasche.

»Ja. Ich muss die Namen googeln können.«

»Svein Gunnar Jacobsen«, sagte er und tippte mit dem Finger das Bild eines Mannes an, der in schwarzer Hose und weißem Hemd Weißwein in Jessos Glas goss. »Ohne Bindestrich zwischen den Vornamen. Jacobsen mit c und einem s. Er ist mein Sommelier. Also im *Ellevilt*.« Der Finger wanderte weiter. Jesper hatte gepflegte Hände, saubere kurze Nägel und eine Andeutung von trockener Haut über den Fingerknöcheln.

»Petter Moberg, Kellner. Geschrieben, wie man's spricht.« Der Schlangenkopf starrte Selma von dem nackten Unterarm aus an. »Wollen Sie das nicht aufschreiben?«, fragte er und ließ die Hand sinken.

»Doch. Doch, sicher.«

»Svein Gunnar, Petter und Hedvig arbeiten schon die ganze

Zeit bei mir«, sagte Jesper. »Die da ...«, er musste in die Hocke gehen, um auf eins der am weitesten unten hängenden Fotos zu zeigen, »... heißt Elisabeth Irgendwas. Hat vor einem Monat als Kellnerin im *Ellevilt* angefangen, ich kann Ihnen den Nachnamen noch mitteilen. Die, die und die ...«, der Finger wanderte die Wand hoch, »... kenne ich nicht. Sie waren jung, das weiß ich noch. Sie durften keinen Alkohol servieren, weil sie noch keine achtzehn sind. Wir hatten einfach nicht genug Leute, und da konnten wir einige von den Aushilfskräften des Restaurants übernehmen. Soll ich mich da erkundigen, wie sie heißen?«

»Ja. Bitte.«

Die Schlange starrte sie noch immer an. Sie wirkte so echt. An dem einen Fangzahn hing ein Gifttropfen. Die Flüssigkeit war grün, und ein Lichtreflex zeichnete einen winzigen funkelnden Stern hinein.

»Die ist unheimlich«, sagte Selma.

Jesper lächelte und streckte die Hand nach dem Tier aus.

»Die hier?«

»Ja.«

Das Kriechtier hatte Teufelsaugen, die Selma voller Leben anstarrten. Katzenaugen. Selma legte zwei Finger auf den Rücken der Schlange, streichelte vorsichtig den Körper mit dem Rautenmuster. Sie war schmaler gleich hinter dem Kopf, dann langsam breiter, bis sie sich um den Arm wand und verschwunden war. Sie fing sie mit der anderen Hand ein und streichelte Jespers Arm im Kreis bis zum Ellbogen. Er lächelte.

»Wir haben viele Zuschauer«, sagte er und schaute zu der Wand hinüber, wo Hunderte Bilder von fröhlichen Hochzeitsgästen und eins von einem Todesaugenblick hingen.

»Das macht nichts«, sagte Selma.

Sie würde es bereuen. Das hier würde nie im Leben gut gehen, und das wusste sie schon jetzt.

Der Keller

Am nächsten Morgen hatten beide Eltern an ihren Geburtstag gedacht.

Nicht, dass das eine Rolle gespielt hätte, einen schlimmeren Geburtstag hätte sie sich gar nicht vorstellen können. Mama hatte eine SMS mit siebzehn Rosen, massenhaft Herzen und dem Versprechen geschickt, um fünf vorbeizuschauen. Papa hatte Kaffee am Bett serviert, obwohl er sie eigentlich noch immer zu jung für Kaffee fand. Das Getränk war fast ungenießbar. Papa hatte ebenso viel Milch wie Kaffee genommen. Die Milch kam offenbar geradewegs aus dem Kühlschrank und ließ die lauwarme Flüssigkeit aussehen wie Abwaschwasser. Außerdem gab es Käsetoast. Als ob Mina in ihrem Leben so etwas jemals zum Frühstück gegessen hätte. Ein Geschenk werde sie erst am Nachmittag bekommen, hatte er mit einem angespannten Lächeln hinzugefügt; sie wussten beide, dass er noch nie ein Geschenk für sie gekauft hatte. Um solche Dinge kümmerte sich Mama.

Jetzt war das Haus leer.

Der Sommer war wieder norwegisch geworden.

Es war jetzt August, und gestern hatte es geregnet. Durch das offene Fenster griff ein leichter, kühler Wind nach den Vorhängen. Mina fröstelte und stand aus dem Bett auf. Papa war erst vor wenigen Minuten gefahren, deshalb wollte sie noch nicht sofort in den Keller gehen. Ab und zu fiel ihm unterwegs ein, dass er etwas vergessen hatte, und dann musste der Chauffeur ihn zurückfahren.

Sie zog eine Jogginghose und ein T-Shirt an, band sich die Haare zu einem Pferdeschwanz und schob die bloßen Füße in Birkenstocksandalen. Als sie versuchte, das Fenster zu schließen, klemmten die Angeln aus irgendeinem Grund. Die waren schon seit Längerem nicht ganz in Ordnung, und jetzt ließ sich das

Fenster gar nicht mehr schließen. Mina ärgerte sich, wurde fast wütend. Sie öffnete das Fenster ganz und zog es mit aller Kraft zu sich. Es glitt in den Rahmen, aber die Fensterscheibe hatte nun einen Riss.

»Scheiße«, sagte Mina und biss sich auf die Lippe.

Sie würde mit diesem Riss noch lange leben müssen. Papa machte zu Hause gar nichts mehr. Außer, wenn er sich im Keller verkroch. Er blieb nie besonders lange dort unten, und Mama hatte ihn nie gefragt, was er dort eigentlich trieb. Nicht vor Minas Ohren jedenfalls. Sie interessierte sich wohl nicht dafür. Dieses Haus war zu einem Ort geworden, wo sich niemand mehr für die anderen interessierte.

Nicht einmal für Mina.

Sie steckte sich die Ohrstöpsel in die Ohren, öffnete die Spotify-App und startete ein Lied, das ihre Eltern bei der Konfirmation für sie gesungen hatten. Das war zwei Jahre her, und alle hatten gedacht, Papas Zeit als Minister werde nur bis zu den Wahlen im kommenden Jahr dauern. Die Eltern hatten sich damals noch vertragen, und sie hatten das Lied geübt, ohne dass Mina etwas geahnt hatte. Papa spielte ziemlich gut Gitarre, auch wenn er das Instrument fast nie mehr hervorholte.

Und wir folgen deinen Spuren,
wollen wissen, was du tust und wie es geht.

Ihre Lippen bewegten sich zum Text. Das Lied war das Versprechen an ein neugeborenes Kind, dass die Eltern es niemals im Stich lassen würden. Sie würden es sehen und lieben, komme, was wolle. Papa hatte oft gesagt, schon lange vor der Konfirmation, seine wichtigste Aufgabe im Leben sei es, sich um Mina zu kümmern. Immer.

Ich lege die Hand an deine Wange,
meine Lippen auf deine Stirn,
und ich flüstere ein paar Worte, die du nicht verstehen kannst,
die dich aber trotzdem beschützen sollen.

Aber diesen Job hatte Papa offenbar gekündigt.

Mina war ganz allein im Haus. Das schwarze Auto war vor einer halben Stunde losgefahren, und nun ging sie endlich in den Keller. Als sie sich der Tür näherte, merkte sie, wie aufgeregt sie war. Sie hatte Schmetterlinge im Bauch, fast jedenfalls, als ob dort drinnen vielleicht etwas Großartiges versteckt wäre. Etwas, das alles erklären würde, mit dem sie das Leben wieder gut machen könnte, ein Zaubermittel, das Mama zurückholte und außerdem alles reparierte, was nur noch mit Ach und Krach funktionierte und was nur Mina auffiel.

Im Keller gab es nichts, von dem sie nicht schon gewusst hätte.

Die Leuchtröhren unter der Decke blinkten viele Male, ehe sie den Kellerraum blauweiß färbten. Hart, irgendwie, wie in Irrenhäusern im Film. Mina zog zwei Drahtschubladen aus dem Regal, das die ganze eine Wand bedeckte. Kinderkleider und alte Schreibutensilien in der einen, Bilderbücher und Andersens Märchen in der anderen. Die Körbe ragten hier und da ein wenig vor, sie waren einfach zu voll. Mama hatte alles hineingestopft, als Mina älter geworden war. An der anderen Wand war in Kopfhöhe eine Stange angebracht worden, an der sicher fünfzig Jacken und Mäntel in verschiedenen Größen und Formen hingen. Sogar Minas Schneeanzug aus dem Kindergarten war dabei, als ob die Eltern vielleicht weitere Kinder geplant und sich von diesem Gedanken niemals ganz befreit hätten.

Dafür war es schon vor vielen Jahren zu spät gewesen.

Selbst der Geruch hier drinnen war der alte, vertraute. Kleider und Schuhe und Bücher und vier Schultaschen in einer Ecke, die nach altem Pausenbrot roch. Staub und ein wenig Feuchtigkeit und dazu etwas widerlich Süßes, das Mina nicht einordnen konnte.

Ganz hinten führte eine Tür in den Weinkeller. Dort stand ein teurer Weinschrank mit Platz für dreihundert Flaschen, er war jedoch fast leer. Mama sagte, das sei Platzverschwendung, aber Papa meinte, er werde anfangen zu sammeln. Bald, wenn er Zeit hätte.

Der Ventilator summte und drehte sich. Der Radonsauger hing hoch oben an der Wand. Als Kind hatte Mina sich davor gefürchtet. Das Display, das Firmenlogo und die Röhren waren so angebracht, dass der graue Kasten aussah wie einer der Fische, die viele tausend Meter tief im Ozean hausten und lebensgefährlich aussahen.

Hier drinnen roch es nur nach Keller. Als ob sich seit ihrem letzten Besuch hier unten nichts verändert hätte, und der war eigentlich ziemlich lange her. Der Safe in der Ecke war bei ihrem Einzug schon vorhanden gewesen. Mama fand ihn seltsam, einerseits so groß und direkt in die Wand gegossen, dann aber nur mit einem vierziffrigen Codeschloss versehen. Das war ebenso seltsam, wie dass die Haustür vier Sicherheitsschlösser aufwies, obwohl man doch nur um das Haus herumgehen und die Verandatür einschlagen könnte, wenn man einbrechen wollte.

Mina blieb mehrere Minuten stehen. Schaute sich um.

Überlegte.

Es musste etwas im Safe liegen. Papa ging jedenfalls nicht hierher, um allein Wein zu trinken. In der einen Ecke stand eine vollständig unbenutzte Hobelbank. Die war viele Jahre alt, und nichts wies darauf hin, dass Papa hier unten getischlert hätte. Kein Werkzeug, keine Spur von Hobelspänen auf dem Boden.

Im Büro bekam Papa jeden Tag neue Codes, für Rechner und Türen und alles andere. Er jammerte die ganze Zeit darüber. Im privaten Kontext benutzte er in der Regel 0108, Minas Geburtstag. Leichter zu merken, sagte er, als ob es dann noch einen Sinn hätte, den Rechner überhaupt zu sichern.

Sie ging auf die graue Metalltür zu.

Drehte die Rädchen zu dem Tag hin, an dem sie geboren worden war. Bei ihrem Handy ging erst einmal gar nichts mehr, wenn sie sich dreimal beim Code irrte. Diese Tür hatte möglicherweise ein ähnliches System, vielleicht würde sogar eine Sirene erschallen. Das hier war ein Schrank zur Aufbewahrung von wirklich wertvollen Sachen, und vielleicht war alles ja nicht so einfach, wie sie sich das vorgestellt hatte.

Der Safe war alt. Er war mechanisch. Einem Impuls folgend sah sie zu Boden. Es gab keine Steckdose. Die konnte natürlich in der Wand versteckt sein. Und der Mechanismus konnte außerdem mit einer Batterie betrieben werden.

Langsam drehte sie die Rädchen ein weiteres Mal.

Sie musste es versuchen.

1201. Papas Geburtstag. Die Klinke ließ sich noch immer nicht bewegen, aber es ging auch kein Alarm los.

Zehn Minuten später hatte sie alle Ziffernkombinationen versucht, die ihr eingefallen waren. Mamas Geburtstag. Den Geburtstag der Großmutter. Den Todestag der Großmutter. Den des Großvaters musste sie googeln, sie hatte nicht viele Erinnerungen an ihn. In Wikipedia gab es einen ziemlich langen Artikel über ihn. Das Bild war aus den Siebzigerjahren, und Papa und er ähnelten sich wie ein Ei dem anderen.

Mina versuchte es mit der Postleitzahl und den letzten Ziffern von Papas Telefonnummer. Und den ersten. Und ihren, den ersten, den letzten und den vieren in der Mitte. Und Mamas, von vorn und von hinten.

Nichts davon öffnete den Safe.

Vier Ziffern. Es gab zehntausend mögliche Kombinationen, fiel ihr rasch ein. Alle von 0000 bis 9999. Nun hatte sie so viele probiert, dass sie wusste, es würde weniger als eine Sekunde dauern, ein Rädchen mit der rechten Hand zu drehen und mit der linken die Klinke zu versuchen. Einige Male würde es nötig sein, mehrere zu drehen, und wenn sie zwischen zwei Zahlen im Durchschnitt von anderthalb Sekunden ausging, würde sie 15 000 Sekunden für alle Kombinationen brauchen.

Geteilt durch 60 ergab das 250 Minuten.

Mina würde vier Stunden und sechzehn Minuten brauchen, um alle durchzuprobieren. Vermutlich würde sie die richtige Zahl schneller gefunden haben, er hatte sich wohl kaum 9999 ausgesucht. Sicherheitshalber versuchte sie die letzten drei Ziffern in der Kombination, mit der sie anfangen wollte.

Die Tür rührte sich noch immer nicht.

Sie fasste einen Entschluss, ging durch den Keller nach oben und ins Kaminzimmer, holte sich einen Hocker und nahm ihn mit runter. Sie schloss alle Türen hinter sich und stellte den Hocker vor den Safe.

»0000«, sagte sie leise und fing an zu drehen.

Herbst

Die rote Hütte

Selma Falck erwachte auf etwas Hartem.

Einem Fußboden, entdeckte sie, als sie die Augen öffnen konnte. Ihr Körper lag zur Hälfte auf dem Holz, mit der anderen auf einem Flickenteppich. Sie lag in Embryostellung da, und etwas Warmes, Zottiges schmiegte sich an ihren Rücken. Der Wolf, fiel ihr ein, und sie setzte sich auf.

Der Hund tat es ihr nach. Er fiepte und wedelte mit dem Schwanz und versuchte, ihr Gesicht zu lecken.

»Hör auf«, murmelte Selma und wich zurück. Sie schloss die Augen und versuchte, sich zu erinnern.

Sie war eingeschlafen. Im Schnee. Im Schneegestöber, das immer heftiger wurde. Der Hund hatte sie gebissen.

Selma öffnete wieder die Augen. Von den Hundezähnen hinterlassene blaue Flecken waren auf jeder Seite ihrer Unterarme deutlich zu sehen. Die Eckzähne hatten sich am deutlichsten eingeprägt. Sie strich sich vorsichtig mit den Fingern über die nackte, wunde Haut.

Der Hund hatte sie überhaupt nicht gebissen, das wusste sie jetzt wieder. Er, oder vielleicht war es eine Sie, hatte versucht, sie mit sich zu ziehen, hatte es auch geschafft, einen oder zwei Meter, dann war der Schmerz in ihren Armen so schlimm gewesen, dass sie zu sich gekommen war. Mit einem letzten Rest von Lebenswillen hatte sie sich aufgerappelt, war zur Hütte geschwankt, der roten Hütte mit dem Schornstein, aus dem Rauch aufstieg, wie sie glaubte. Das Schneegestöber wurde immer heftiger, aber sie hatte es bis zur Haustür geschafft.

Die abgeschlossen war.

Sie hatte geklopft.

Der Hund hatte gebellt.

Selma hatte geschrien, so laut sie konnte, sie stand draußen in Schnee und Kälte und hätte schwören können, dass Rauch aus dem Schornstein aufstieg. Jemand war im Haus. Dort war es warm. Irgendwer musste aufmachen, und sie hämmerte an die Tür und heulte im Chor mit dem zottigen, grottenhässlichen Wolfshund.

Niemand kam.

Niemand war da.

Das Gefühl, einfach aufzugeben, war angenehm gewesen. Im Unvermeidlichen lag Trost, sie kämpfte nun schon zu lange. Das Leben war zu Ende, und sie nahm es mit segensreicher Ruhe hin. Nur ein vages Glühen lag irgendwo hinter ihrem Herzen, und sie sank auf der Treppe in sich zusammen. Lehnte den Rücken an die weiß gestrichene Tür, zog die Beine an und legte den Kopf zwischen ihren Knien zur Ruhe. Die Überreste des Ponchos hingen lose um sie herum, sie hatte nicht einmal mehr die Kraft, sich hineinzuwickeln.

Sie wollte die Augen schließen und sterben, aber ein letzter Blick landete auf einem kleinen Kasten neben der Treppe. Der sah aus, als wäre er von der Wand gefallen. Eine Art Briefkasten, auch wenn niemand hier oben einen solchen benötigte. Der Kasten war grün und mit einem altmodischen Posthorn in verblichener Goldfarbe bemalt.

Auf der Hochebene wurde keine Post ausgetragen.

Sie beugte sich über den Rand des großen Steinquaders, der die oberste Treppenstufe darstellte. Der Deckel des Kastens ließ sich problemlos öffnen.

Und darin lag ein Schlüssel.

Mehr wusste sie nicht mehr.

»Wau«, sagte der Hund zu Selma, die noch immer auf dem Boden saß.

»Selber wau«, murmelte sie und versuchte, sich aufzurichten.

Sie musste die Tür aufgeschlossen haben. Sie musste ins Haus gegangen sein. Die Haustür war zu, und der Hund war drinnen, sie war offenbar bei Bewusstsein gewesen, als sie den Schlüssel gefunden und begriffen hatte, dass das Leben doch noch eine Runde weitergehen könnte.

Sie konnte sich nur einfach nicht daran erinnern.

Selma hatte von Leuten gehört, die hier oben in den Bergen ihre Schlüssel leicht zugänglich aufbewahrten. Das konnte Leben retten, so wie jetzt. Es konnte die Hütte auch vor Einbrüchen bewahren; falls jemand über die Hochebene wanderte, um etwas zu stehlen, war es ja nur gut, dass nicht auch noch Türen und Fenster beschädigt wurden.

Es gelang ihr, auf die Beine zu kommen, indem sie sich auf einen Schaukelstuhl stützte.

Das hier war eine richtige Hütte, größer als die, in der sie nackt und ohne Erinnerung aufgewacht war, und nicht ganz so schlicht. Die kleine Sitzgruppe war neuer, die Wolldecken einfarbig. Als sie danach griff und zwei um sich herumwickelte, fühlten sie sich weich auf ihrer Haut an. Unter der Decke hing eine Plafondlampe, kein aus einem Hirschgeweih hergestellter Kronleuchter mit einer Kerze in der Mitte wie in der letzten. An den Wänden gab es Steckdosen, aber sie sah keine Heizkörper, überhaupt keine Wärmequellen, nur den obligatorischen norwegischen Hüttenkamin.

Aber etwas glühte. Es war unmöglich zu begreifen.

Eine Menge Asche und zwei verkohlte Holzscheite lagen ganz hinten im Kamin, aber unter dem schwarzen Berg schwelte es tatsächlich. Selma stolperte zum Kamin und stützte sich auf den grob gemauerten Schornstein. Der fühlte sich warm unter ihrer Hand an, jedenfalls nicht kalt. Sie entfernte den großen Funkenfänger, zog einen Schürhaken aus einem Eisengestell und stocherte damit in der Asche. Ein kleiner oranger Funkenschwarm stob auf und erstarb, noch während er hinunterfiel.

Jemand musste hier gewesen sein. Vor kurzer Zeit.

Selma wäre fast auf Menschen gestoßen. Sie mussten es gewesen sein, die sie gehört hatte. Diese Menschen waren nicht mehr hier. Sie waren weggegangen, und das konnte noch nicht lange her sein. Zwei Stunden vielleicht. Vermutlich weniger. Sie legte sich die Hand über die Augen, die auf wunderbare Weise nun doch Tränen vergießen konnten.

Das quälte sie mehr als die Schmerzen, denn Weinen war unerwünscht und ungewohnt zugleich. Eine Steifheit hatte sich in ihrem Körper festgesetzt und machte es schwer, sich zu bewegen, aber das viele, was wehtat, war inzwischen zu einem Teil von ihr geworden. Zu einem Normalzustand. Sie band sich die Decke um die Schultern, wie einen Umhang, griff nach einer Zeitung, die im Brennholzkasten steckte, riss die Seiten auseinander und knüllte sie zusammen. Ihre Hände zitterten so heftig, als sie das Papier in den Kamin legte, dass ihr alles aus den Fingern fiel. Mit dem Schürhaken schob sie die Zeitung in die Asche. Die loderte auf. Zwei kleine Holzscheite, die schräg übereinander an der Kaminwand lehnten, fingen sofort an zu brennen, als sie sie auf das entzündete Papier legte und sanft ins Feuer blies. Selma richtete sich auf.

Der Hund fiepte.

»Bist du Männlein oder Weiblein?«, murmelte Selma.

Der Hund gab keine Antwort. Selma schaute nach.

»Männlein. Du siehst aus wie ein Wolf. Ein *Canis lupus.* Lupus, so sollst du heißen. Hier ist es dunkel.«

Es konnte unmöglich bereits auf den Abend zugehen. Sie hatte die Steinhütte frühmorgens verlassen, und sie war nicht den ganzen Tag unterwegs gewesen. Das hätte sie niemals überlebt. Bestimmt hatte der Sturm das Tageslicht erstickt.

Selma schaute sich ein weiteres Mal um.

Das Wohnzimmer war ein wenig größer als das in der abgebrannten Hütte. Eine dunkelblaue Sitzgruppe mit einem bemalten Couchtisch stand in der einen Ecke. *Mensch ärgere dich nicht*, *Monopoly* und *Diamantenjagd* lagen darauf, die kleinste Schachtel oben, die größte unten. Unter den Fenstern auf der anderen Seite stand ein gefülltes Bücherregal. Auf der anderen Seite gab es einen kleinen Esstisch mit vier Holzstühlen. An den Wänden hingen drei Gemälde einer Landschaft, wie sie vermutlich bei gutem Wetter in der Nähe der Hütte aussah. Alle gleichermaßen dilettantisch scheußlich.

Neben dem Ausgang gab es zwei weitere Türen im Zimmer, eine auf jeder Seite des Kamins. Sie nahm an, dass die Tür, die neben dem Esstisch zu sehen war, in die Küche führte. Sie stand halb offen.

Selma konnte fast nicht gehen, ihre Muskeln wollten nicht. Sie konnte die Beine nicht mehr heben, schob die Füße vor sich her und stützte sich auf alles, was sie gerade finden konnte.

Aber sie hatte richtig geraten. Es war eine kleine Küche. Auch die war größer als die andere. An der Leiste neben der Tür war ein Lichtschalter angebracht. Selma drückte darauf, aber nichts passierte. Ein alter Herd mit einem kleinen Backofen und zwei Kochplatten stand auf der einen Seite.

»Hier muss es doch Strom geben«, sagte Selma zu Lupus.

Der Hund stand in der Türöffnung und starrte sie an.

Selma schleppte sich zum Spülbecken und drehte den Wasserhahn auf. Aber auch da passierte nichts.

Neben der Anrichte hatte jemand vor kurzer Zeit einen Schrank gezimmert. Die Bretter waren heller als der Rest der Einrichtung, und noch immer roch es ein wenig nach frisch gesägtem Holz. Selma öffnete die Schranktür.

»Lieber Gott«, flüsterte sie. »Danke.«

Lupus knurrte, aber das war ihr jetzt egal.

Der Schrank war mit Lebensmitteln gefüllt. Rentierfrikadellen und Trøndereintopf, Erbsen und vier Büchsen Spargelsuppe. Eingemachte schwedische Fleischklößchen und ein Glas mit etwas, das aussah wie Rote Bete. Es gab Knäckebrot, drei volle Packungen verschiedener Varianten. Leberwurst, die grobe Sorte in kleinen Portionspackungen. Saure Gurken und Makrele in Tomate. Selma zählte achtzehn Konservendosen, ehe sie eine Packung Jaffakekse entdeckte und aufriss. Drei Kekse fielen zu Boden. Der Hund stürzte sich darauf, ehe Selma reagieren konnte.

»Ich glaube nicht, dass Hunde Schokolade vertragen«, jammerte sie mit vollem Mund.

Wölfe aber vielleicht doch.

Selma wurde es schwindlig. Jede Menge Kakao und trockene, mit zäher Orangenmarmelade gefüllte Kekse wollten nicht durch die Speiseröhre. Sie steckten ihr im Hals fest, klebten am Gaumen, sie bekam keine Luft, und sie musste sich an der Anrichte festhalten und den Boden anstarren, um nicht in Ohnmacht zu fallen. Ihr Blick fiel auf das unterste Fach.

Sie lachte. Schluckte und lachte und schluckte wieder. Sie hustete und würgte und erbrach sich, bis sie einen Krampf im Zwerchfell hatte und grüne Galle mit Schokoladenstreifen kotzte. Lupus wich langsam zurück. Er legte sich mit dem Kopf zwischen den Pfoten auf den Wohnzimmerboden.

Selma wischte sich den Mund, sie lachte noch immer, heiser und leicht hysterisch.

Im untersten Fach in dem frisch gezimmerten Schrank standen fünf große Flaschen Pepsi Max. In Reih und Glied. Neben einem ungeöffneten Sack Hundefutter.

Sommer

Die Codes

Die aktuelle Jahreszahl war der Code. 2018.

Mina hatte eine und eine Viertelstunde gebraucht, um die richtige Ziffernkombination zu erreichen. Als die Metallklinke ganz unerwartet nach unten glitt, durchzuckte sie ein Gefühl der Neugier und der Furcht. Der Handgriff verhakte sich und musste um neunzig Grad gedreht werden. Als er senkrecht neben den vier Rädchen mit den Ziffern stand, ließ sich die schwere Tür öffnen.

Der Safe war fast leer.

Mina erhob sich vom Hocker. Sie holte einige Male tief Luft und hielt danach sekundenlang den Atem an. Alles, was sie hören konnte, war ein leises Rauschen der Lüftungsanlage. Noch immer war niemand zu Hause.

Der Safe war fast anderthalb Meter hoch und vielleicht einen halben Meter breit. Er war durch drei Ablageflächen in vier Fächer geteilt. Die beiden mittleren waren leer. Im obersten lag eine Art Ordner. Mina nahm ihn heraus und öffnete ihn vorsichtig.

Nur eine Menge Papiere.

Ihre Geburtsurkunde. Schulzeugnisse und Diplome. Papiere ohne besondere Bedeutung, die es jedoch verdienten, in einem feuersicheren Safe aufbewahrt zu werden. Mina durchblätterte rasch das Ganze, ohne irgendwo innezuhalten, legte alles wieder in den Ordner und platzierte ihn wieder genau an der Stelle, wo er gelegen hatte.

Im untersten Fach lagen ein Holzkästchen und ein Laptop.

Wenn Papa hier unten an irgendetwas arbeitete, dann musste es mit diesem Laptop zu tun haben. Das war die einzig logische Erklärung, aber das Kästchen kam ihr spannender vor. Sie zog es vorsichtig heraus, schaute sich um und stellte es auf die Hobelbank.

Es war eigentlich eher eine Schatulle, und diese war auf eine altmodische Weise schön. Etwas, das ihrer Großmutter gefallen hätte. In den Deckel war ein Monogramm geschnitzt, umgeben von allerlei Blumen, die Mina sofort erkannte. Ein kleiner Strauß aus Blumen, die ihr Vater auch Sibirischer Blaustern nannte, und etwas, bei dem es sich einwandfrei um Huflattich handelte. Schneeglöckchen und eine einsame zarte Pflanze, entweder Leberblümchen oder Buschwindröschen.

Das Monogramm war ein mit einer 7 verschlungenes H. Da darüber eine Krone saß, gehörte es vermutlich einem König, Harald vielleicht. Mina glaubte das aber nicht, Harald war der fünfte König dieses Namens. Sein Vater hatte Olav geheißen, und weiter zurück konnte sie sich auf die Schnelle nicht erinnern.

Die Schatulle war verschlossen.

»Fuck«, sagte Mina.

Plötzlich wusste sie es wieder. Der König während des Krieges hatte Haakon VII geheißen. Papa war vor zwei Jahren mit ihr ins Kino gegangen, um *Die Entscheidung des Königs* zu sehen. Sie hatte geweint, vor allem wegen der drei kleinen Kronprinzenkinder, die alles verlassen mussten, was sie kannten.

Minas Neugier war geweckt. Sie zog ihr Handy aus der Tasche der weiten Jogginghose. Eine kurze Suche ergab, dass das Monogramm auf der Schatulle dem gehörte, der während des Krieges König von Norwegen gewesen war.

Was Papa mit einer solchen Schatulle machte, war ihr ein Rätsel. Mina hatte sie nie gesehen, und niemand hatte sie je erwähnt. Wenn sie wirklich einem König gehört hatte, konnte sie ziemlich wertvoll sein.

Sie sah sich das Schloss an. Es war unvorstellbar klein. Vor vielen Jahren hatte die Großmutter ihr ein altes, aber unbenutztes Tagebuch geschenkt. Es war rosa und mit gepolstertem Kunststoff bezogen, und die Großmutter hatte es auf dem Dachboden gefunden. Mina führte kein Tagebuch, und die Farbe gefiel ihr auch nicht. Das Hängeschloss dagegen hatte sie fasziniert, sie war vielleicht acht Jahre alt gewesen, und das winzige herzförmige Schloss mit dem kleinsten Schlüssel aller Zeiten war ihr liebstes Besitztum gewesen.

Der Schlüssel zu diesem Schloss musste fast genauso klein sein.

Auf dem Boden gleich unter dem Radonsauger stand ein Werkzeugkasten. Sie öffnete ihn und sah das Chaos an, wo Schrauben und Nägel sich mit Schraubenziehern, zwei Hämmern und allem möglichen anderen vermischt hatten. Sie wühlte herum und fischte eine lange Schraube heraus. Die war zu groß. Also griff sie nach einer kleinen Ahle, ließ deren Spitze behutsam die Kuppe ihres Zeigefingers berühren. Ehe Mina weiter überlegen konnte, hatte sie die Ahle bereits in das kleine Schlüsselloch geschoben. Einen halben Zentimeter oder so, dann bewegte sie die Spitze vorsichtig zur Seite. Genauso hatte sie es mit der Stopfnadel gemacht, als sie vor vielen Jahren den Schlüssel zu dem Herzschloss verloren hatte.

Das Klicken war kaum zu hören.

Das Schloss öffnete sich beim ersten Versuch. Mina schob einen kleinen Riegel zur Seite und hob den Deckel hoch.

Eine Art Buch lag im obersten Fach. Ein Heft mit einer schlampig gezeichneten Karte von Norwegen auf dem Einband. Es war nicht einmal ein richtiger Einband, sondern eher die erste Seite in einem lose zusammengesetzten Heft. Mina schlug es auf. Las.

Sie begriff so gut wie nichts. Das Dokument handelte von etwas namens *Stay Behind.* Mina hatte noch nie von *Stay Behind* gehört, abgesehen davon, dass es »zurückbleiben« auf Englisch bedeutete. Sie blätterte ein wenig im Heft, vorsichtig, damit es nicht auseinanderfiel, legte es dann aber rasch wieder weg.

Die beiden Speichersticks waren schon interessanter. Jeder steckte in einer Plastiktüte, sie sahen aber genau gleich aus. Sie schob die Schatulle auf der Hobelbank nach hinten, um Platz für den billigen Laptop zu schaffen, von dem Mina nicht begreifen konnte, warum er in einem Safe aufbewahrt werden musste.

Der Rechner ließ sich nicht einschalten.

Sie versuchte es mehrere Male. Hob den Laptop hoch und suchte am ganzen Gerät nach versteckten Schaltern. Es gab keine. Der Laptop konnte natürlich entladen sein. Mina hielt im Safe Ausschau nach Kabeln, fand aber keine.

Das Handy, das in der Schatulle lag, war offenbar alt. Es war klobig und schwer, und das Display war sehr schlicht. Eigentlich sah es eher aus wie eine Art Walkie-Talkie, und sie ließ es liegen.

Es war jetzt halb elf. Papa kam um diese Zeit nie nach Hause. Mama wollte um fünf vorbeischauen. Nachdem sie einige Sekunden überlegt hatte, beschloss Mina, es darauf ankommen zu lassen. Sie steckte die beiden kleinen Tüten in die Tasche, legte alles andere wieder in die Schatulle, stellte diese zurück in den Safe und schloss die Tür ab.

Noch nie war sie die zwei Treppen zu ihrem Zimmer so schnell hochgelaufen.

Ein wenig atemlos weckte sie ihr eigenes MacBook aus dem Dämmerschlaf, legte die Plastiktüten auf den Schreibtisch, öffnete die eine.

In der Tüte lag außerdem ein Zettel. *Konti*, stand handschriftlich darauf. Mina wusste nicht, was das bedeutete. Es konnte ein Name sein. Ein Ort in Finnland oder vielleicht irgendwo in Afrika. Sie steckte den USB-Stick in ihren eigenen Rechner. Der Stick enthielt nur ein Dokument. Ein einsames Dokument, und besonders inhaltsreich war es auch nicht. Sie zählte achtzehn Zeilen, die aus Buchstaben und Zahlen bestanden. Vier Buchstaben am Anfang jeder Zeile, dahinter dann zwei Kolonnen von Ziffern.

Es konnten Codes sein. Aber ohne Anhaltspunkte gab es keine Möglichkeit, die zu entziffern. Die Reihen ergaben absolut keinen Sinn, so, wie sie jetzt dastanden, bis ihr einfiel, dass »Konti« die altmodische Mehrzahl von Konto war.

Achtzehn Konten also, oder sogar sechsunddreißig, da in jeder Zeile zwei Gruppen von Zahlen standen. Sie öffnete die Schutzhülle ihres Handys und suchte ihre Bankkarte heraus. Die Kontonummer hatte elf Ziffern. Zuerst vier Zahlen, dann zwei, dann fünf. Sie glaubte gehört zu haben, dass die ersten verrieten, bei welcher Bank man Kunde war, war sich aber nicht ganz sicher.

Die Gruppierung der Zahlen auf dem Stick sah anders aus.

Fünfzehn Ziffern in jeder Gruppe, und sie standen dicht hintereinander. Sie hatte auch keine Ahnung, was die Buchstaben bedeuteten. Bei intensiverem Nachdenken hätte sie richtig raten können: Das Dokument enthielt Codes, die, wenn sie gelöst wären, Kontonummern ergeben würden.

Sie zog den Stick heraus, steckte ihn wieder in die Tüte und schob den anderen Stick, den mit dem Zettel *Personal*, in den Rechner.

Auch hier war nur ein Dokument gespeichert. Es hatte zum Ausgleich viele Seiten. Sie waren nicht nummeriert, aber Mina zählte zwölf. Eine lange Reihe von Namen auf jeder Seite, in unterschiedlich großen Gruppen. Jede Gruppe war in alphabetischer Reihenfolge aufgeführt. Hinter jedem Namen folgten drei Buchstaben und sechzehn Ziffern. Noch ein Code, nahm sie an. Die Gruppen hatten seltsame Namen. Eine hieß Varg, also Wolf. Eine andere hieß Skuld, also wie die eine der drei altnordischen Schicksalsgöttinnen. Die allerletzte der sechs Gruppen hieß Manus. Hier fiel ihr nur der bekannte norwegische Widerstandskämpfer Max Manus ein.

Wieder griff sie nach ihrem Handy und fing an zu googeln. Einige der Namen auf der Liste kamen häufig vor, wie Bjørn Hansen. Das brachte 8 600 000 Treffer. Andere, wie Sophus Trønes Færder, gab es überhaupt nicht. Jedenfalls nicht im Internet.

Mina verstand rein gar nichts.

Papa hatte viele Geheimnisse, das wusste sie. Das hatten alle Regierungsmitglieder. Vor allem die Ministerpräsidentin und der Verteidigungsminister. Und natürlich der Außenminister. Aber auch Papa. Staatsgeheimnisse. Aber die Regierung hielt sicher auch dicht über vieles andere, was vielleicht nicht so gefährlich war. Der Staatshaushalt zum Beispiel wurde supergeheim gehalten, bis er veröffentlicht wurde, so streng, dass die Druckerei unter polizeiliche Bewachung gestellt wurde. Das hatte sie jedenfalls gehört. Ab und zu, damals, als Mama und Papa noch freundlich miteinander gesprochen hatten, konnte Papa auf eine von Mamas Fragen einfach lächeln und antworten, das dürfe er ihr nicht sagen, er stehe unter Schweigepflicht.

Als er Anwalt gewesen war und in seinen Jahren als Minister.

Das Unbegreifliche war nicht, dass Papa Geheimnisse hatte, sondern, dass sie in einem Safe im Keller in der Lofthus terrasse lagen. Obwohl sie nie einen Einbruch gehabt hatten und der Safe in die Wand eingegossen war, hatte Mina nicht lange gebraucht, um ihn zu öffnen. Richtig sicher war er also nicht. Das Justizministerium war zwar in provisorische Räumlichkeiten in Nydalen gezogen, nachdem der Terrorist das Regierungsviertel in die Luft gesprengt hatte, aber Mina hatte selbst erlebt, was für strenge Kontrollen man passieren musste, um ins Büro ihres Vaters zu gelangen.

Vielleicht war er Mitglied eines Clubs. Oder einer Organisation.

Möglicherweise hatte das hier überhaupt nichts mit seiner Arbeit zu tun, es war nur praktisch gewesen, alles in den Safe zu legen. Wie in einen normalen Schrank sozusagen.

Mina starrte die vielen Namen auf dem Bildschirm an.

Papa war Mitglied der Konservativen Partei. Und des Gemeinderates von Grefsen. Vom Osloer Religiösen Zusammenarbeitsrat. Papa redete fast nie über Gott und ging nur zu besonderen Anlässen in die Kirche, aber ab und zu hatte sie ihn beten sehen. Ganz altmodisch, mit gefalteten Händen. Ohne das peinlich zu finden.

Mama war Atheistin und fluchte ganz entsetzlich. Mina dachte, dass es ihren Eltern miteinander vielleicht besser ergangen wäre, wenn sie eine gemeinsame Weltanschauung gehabt hätten. Wirklich bis ins Letzte. Sie musste plötzlich mit den Tränen kämpfen und zog sich wütend an den Haaren.

»Reiß dich zusammen«, fauchte sie leise.

Papa war zudem Ehrenmitglied des norwegischen Pfadfinderverbandes. Früher hatten er und Mama einmal im Monat mit Thorbjørn und Guri Bridge gespielt, aber das konnte nun wirklich nicht als Club oder Organisation bezeichnet werden.

Mina war einfach ratlos. Die Anspannung bei dem Versuch, herauszufinden, was Papa im Keller versteckte, hatte es ihr zum ersten Mal seit langer Zeit ermöglicht, nicht an all das zu denken, was schrecklich war. Das, worüber sie eigentlich mit ihm sprechen wollte, was sie aber niemandem erzählen konnte. Jedenfalls keinem, der so litt wie er.

Gerade als sie den USB-Stick herausziehen wollte, kam ihr plötzlich der Gedanke, den Inhalt zu kopieren. Sie tauschte die Sticks aus und kopierte auch den anderen, achtete darauf, jeden in die richtige Tüte zu stecken, und ging zurück in den Keller. Als sie alles wieder in die königliche Schatulle gelegt hatte, wie es ursprünglich gewesen war, kam ihr der Gedanke, dass vielleicht das Heft der Schlüssel zu dem Geheimnis sein könnte.

Es lag ganz oben, und sie griff ein weiteres Mal danach.

Es war mit einer altmodischen Schreibmaschine vollgeschrieben worden, so einer, wie Oma sie gehabt hatte. Groß und schwer mit einer Art Kugel in der Mitte der Öffnung, vor die das Papier eingespannt wurde. In die Kugel waren spiegelverkehrte Buchstaben und Zeichen eingeprägt, und sie drehte sich blitzschnell an die richtige Stelle, wenn man die Tastatur betätigte. Ein Band mit Druckerschwärze bewegte sich auf einer Walze zwischen Kugel und Papier von der einen Seite zur anderen. In Omas letzten Lebensjahren waren solche Farbbänder nur noch schwer erhältlich gewesen.

Die Großmutter hatte erklärt, dass einige Buchstaben nach langem Gebrauch abgenutzt waren. Am Ende musste dann jemand kommen und die Kugel austauschen. Mina sah im Heft, dass die »E« schwacher gedruckt waren als die anderen Buchstaben, und »E« war der häufigste Laut in der norwegischen Sprache. Außerdem waren die Zeilen nicht ganz gerade. Hier und da hatte sich ein Buchstabe in der Höhe verschoben. Einen Millimeter oder so. Vor allem das »G«, das zu weit unten hing.

Sie googelte *Stay Behind.*

Wow. Fast zwei Milliarden Treffer. Sie begriff sehr bald, dass das daran lag, dass es eine normale englische Wortzusammensetzung war, aber der erste Treffer führte zu Wikipedia. Die Überschrift lautete »Alarmbereitschaft im Falle einer Okkupation Norwegens in der Nachkriegszeit«.

Nach dem Zweiten Weltkrieg war Norwegen doch gar nicht mehr besetzt worden, dachte Mina.

Norwegen war Mitglied der NATO, und obwohl Trump durchgeknallt war, hatten seine Generäle die Kontrolle. Niemand wollte Krieg. Norwegen würde nicht besetzt werden und brauchte deshalb auch keine Vorbereitung dieser Art.

Heute ging der Kampf um das Klima, um Rassismus und Nationalismus, um Antisemitismus, Islamhass und Menschenverachtung. Nicht um Krieg in Norwegen. Die Russen waren gemein zu Schwulen und hatten sich die Krim unter den Nagel gerissen. Putin war unheimlich, aber Russland würde niemals wagen, Norwegen anzugreifen. Und das würde auch sonst niemand.

Das hier war alter Mist.

Einfach etwas, das Papa aufbewahrt hatte. Etwas Antiquarisches. Die Schatulle war sicher wertvoll, deshalb lag sie im Safe. Sie enthielt nichts, was erklären könnte, warum Minas Eltern sich scheiden lassen wollten oder warum Papa so seltsam war. Keine Antwort, nichts von Wert. Sie hätte das Heft am liebsten in Fetzen gerissen, nahm sich aber zusammen, legte es ordentlich zurück, ehe ihr einfiel, dass Papa endlich eine eigene Apple-ID für sie eingerichtet hatte. Bis vor einem halben Jahr hatten sie sich eine iCloud geteilt, und deshalb wurden alle ihre Bilder und Screenshots in seinen Ordner gespeichert.

Das war vorbei.

In aller Eile machte sie ein Foto des Heftes. Blätterte um, machte weitere Bilder. Als sie die Hälfte des kleinen Buches hinter sich gebracht hatte, wollte sie nicht mehr. Sie legte alles wieder zurück, schloss den Safe ab und stellte den Hocker wieder ins Kaminzimmer.

Es war wirklich der scheußlichste Geburtstag in Minas siebzehn Jahre langem Leben.

Die Fotografie

Draußen wurde es jetzt hell. Selma erwachte und schaute automatisch auf ihr Handgelenk, aber sie hatte die Uhr am Vorabend abgelegt.

Sie hatte am Abend zuvor alles abgelegt, und sie wusste jetzt, dass Jesper Jørgensen ganz und gar lautlos schlief. Wie ein Toter lag er da, auf dem Bauch, den Kopf auf dem Unterarm, nur halbwegs zugedeckt. Der Schlangenkopf lugte unter seiner Wange hervor, aber die weit offenen Teufelsaugen sahen nicht mehr so unheimlich aus. Jespers Wimpern waren so lang, dass sie im Laufe der Nacht durcheinandergeraten waren.

Er sah aus wie ein Teenager.

Anfang August ging die Sonne gegen fünf auf, und Selma vermutete, dass es jetzt Viertel vor war. Sie war hellwach und verspürte eine willkommene und vertraute Ruhe. Ungefähr wie nach den besten Pokernächten oder wie in den alten Tagen, wenn sie in der Verlängerung ein wichtiges Handballspiel gewonnen hatten.

Endorphine, das wusste sie, und ihr Körper schien davon noch immer erfüllt zu sein. Sie hatte außerdem Durst, ziemlichen Hunger und musste dringend aufs Klo. So leise sie konnte stand sie auf. Sie hätte für einen Moment fast das Gleichgewicht verloren und musste sich an der Wand abstützen. Eine der großen Fotografien löste sich und fiel zu Boden. Selma hob sie auf. Sie konnte die Heftzwecke nirgendwo sehen, die war sicher unters Bett gerollt.

Der Vorhang wehte, und das Morgenlicht fiel auf das Bild in ihrer Hand.

Anine sah wirklich glücklich aus. Schön, mit ihren blonden Haaren, die so ganz anders waren als Selmas dunkelbraune, in lockeren, üppigen Locken über einem in New York maßgeschneiderten Brautkleid. Der Blick, mit dem sie Sjalg bedachte, war bewundernd und dankbar. Liebevoll. Es war überhaupt ein wunderbares Bild von zwei jungen Menschen am größten Tag ihres Lebens. Sjalgs erhobenes Wasserglas gab das intensive Sonnenlicht weiter an Anines Diadem. Das konnte nicht echt sein, die vielen Diamanten hätten Millionen gekostet.

Diadem, dachte Selma, plötzlich genervt.

Alberner Tand.

Der Anblick des halb vollen Wasserglases erinnerte sie daran, warum sie aufgestanden war. Als sie das Foto schon auf den Nachttisch legen wollte, um den Morgenrock überzustreifen und aufs Klo zu gehen, erstarrte sie.

Etwas stimmte nicht mit Sjalgs Glas.

Etwas stimmte überhaupt nicht.

Selma nahm keine Rücksicht mehr auf Jesper. Sie riss sechs weitere Fotos von der Wand, so achtlos, dass weitere Heftzwecken zu Boden fielen. Ohne sich darum zu kümmern, packte sie ihren Morgenrock und ging in die zum Wohnzimmer hin offene Küche. Die Tür zum Schlafzimmer blieb hinter ihr offen stehen. Sie legte die Bilder auf die Anrichte, knipste die Lampen unter dem Hängeschrank an und zog den Morgenrock an, ohne die Augen von Sjalgs Glas zu lösen.

Am Tag der Hochzeit war es so heiß gewesen.

Sehr heiß, über dreißig Grad und windstill.

Im Restaurant hatten sie kein Pepsi Max gehabt, und noch vor dem Essen waren ihnen die Eiswürfel ausgegangen. Die Gäste waren zu früh betrunken, weil sie ihren Durst mit Champagner und Weißwein löschen mussten, und Selma hatte sich mit lauwarmer, süßer Traubenlimonade der Marke Mozell zufriedengeben müssen. Das Fotografieren des Brautpaars hatte länger gedauert als verabredet, hatte jemand vom Personal mit bedauerndem Lächeln erklärt.

In Sjalgs Glas waren Eiswürfel.

Davon war Selma überzeugt. Es war das Eis, nicht das Wasser oder das Glas, das die Sonnenstrahlen an Anine weitergab.

Selma legte die Fotos nebeneinander. Sie konzentrierte sich zum ersten Mal auf alle Wassergläser, die vor dem Brautpaar und alle anderen, die sie sehen konnte.

Sjalg war der Einzige, der Eiswürfel hatte.

Selma blinzelte. Vielleicht irrte sie sich.

Sie hätte eine Lupe haben müssen. Der Einzige, den sie kannte und der eine besaß, war Einar, und dorthin wollte sie nicht. Sie lief ins Schlafzimmer. Jesper schlief noch immer in derselben bewegungslosen Stellung. Selma nahm ihr iPad vom Nachttisch und ging zurück ins Wohnzimmer. Diesmal schloss sie die Tür, setzte sich aufs Sofa, legte die Füße auf den Tisch und öffnete das riesige Dokument mit den Hochzeitsbildern, das Runhild Petterson ihr geschickt hatte. Sie brauchte zehn Minuten, um das Bild zu finden, dessen Ausdruck sie eben untersucht hatte. Es war auch in normalem Format ziemlich scharf; ebenso schön, hell und erfüllt von Sommerglück. Mit Daumen und Zeigefinger vergrößerte sie das Wasserglas. Es wurde immer grobkörniger.

Sie konnte recht haben, sah aber ein, dass sie nicht sicher sein konnte.

»Jesper«, rief sie.

Kein Laut aus dem Schlafzimmer.

»Jesper!«

Noch immer tiefe Stille. Sie stand auf, holte die Kopien von der Anrichte und ging noch einmal ins Schlafzimmer. Sie setzte sich auf die Bettkante und streichelte seine Haare.

»Jesper«, sagte sie noch einmal.

Er grunzte, schob ihre Hand weg, suchte nach dem Kissen und zog es sich über den Kopf. Er drehte ihr seine Rückseite zu und stopfte sich die Decke in den Rücken wie einen Schild gegen diese unwillkommene Störung.

Genau wie Johannes, dachte Selma.

Ihr Sohn. Die vielen Sonntagmorgen, wenn sie sich geweigert hatte, ihn den ganzen freien Tag im Bett vergeuden zu lassen. Da war er siebzehn oder so gewesen.

Plötzlich waren alle Endorphine aus ihrem Körper verschwunden, und sie stand wieder auf.

»Jesper«, sagte sie mit scharfer Stimme. »Aufwachen. Ich muss dich etwas fragen.«

Er gab keine Antwort. Seinem regelmäßigen Atem entnahm sie, dass er schon wieder eingeschlafen war. Genau wie Johannes.

»Das ist wichtig«, sagte sie laut. »Ich weiß noch, dass ich um Eiswürfel gebeten hatte, und irgendwer von euch hat gesagt, ihr hättet keine mehr. Weißt du etwas darüber?«

Als er noch immer keine Antwort gab, riss sie ihm die Decke weg. Er wimmerte und kroch in Embryostellung zusammen, noch immer mit dem Kissen über dem Kopf.

»Ja«, hörte sie tief in der Matratze.

»Wann ist das passiert?«

Jesper setzte sich widerwillig auf, zog die Decke um sich, stopfte sich das Kissen in den Rücken und rieb sich demonstrativ die Augen.

»Wie spät ist es, zum Teufel?«

»Kurz nach fünf. Aber antworte bitte.«

Er gähnte, lächelte verschlafen und streckte träge eine Hand nach ihr aus.

»Leg dich doch wieder hin.«

»Nein.«

»Doch.«

Selma stand auf.

»Das ist wichtig, Jesper. Ich muss wissen, ob euch noch vor dem Essen die Eiswürfel ausgegangen sind.«

Er kratzte sich träge zwischen den Bartstoppeln.

»Ja, so war das. Die gingen so schnell weg, dass die Eismaschine nicht mehr mitkam. Außerdem war es verdammt heiß, und das Brautpaar kam und kam ja nicht. Die waren fast eine Stunde zu spät.«

»Ihr hättet doch jemanden losschicken können, um Nachschub zu besorgen?«

»Das haben wir auch. Einer von den Jungs ist mit meinem Firmenwagen zum nächsten Laden gefahren, um dreißig Säcke Mr. Iceman zu kaufen.«

Er klopfte aufmunternd neben sich auf das Laken und grinste. Selma ignorierte ihn.

»Schöner Morgenrock«, sagte er. »Zieh den aus.«

»Wann ist er zurückgekommen?«

»Nie.«

»Was?«

»Die Scheißkarre ist liegen geblieben, und ehe der Typ einen Abschleppwagen holen konnte und zurückkam, ohne Eiswürfel, war der Bräutigam tot und die Party zu Ende.«

Selma sah ihn bewegungslos an. Er starrte zurück.

»Was ist los?«

»Schau dir das an«, sagte sie und reichte ihm das iPad. »Zuerst das Bild, wie es ursprünglich war.«

Er griff nach dem iPad und sah das Bild ohne Interesse an.

»Das Brautpaar«, sagte er. »Das war wohl direkt bevor er gestorben ist. Oder so. Ich war nicht dabei, ich war in der Küche.«

»Mach das Wasserglas größer«, sagte sie. »Das er in der Hand hält.«

Jesper legte zwei Finger auf das iPad und tat, wie ihm geheißen.

»Verdammt. Sind das da Eiswürfel?«

»Ich glaube schon. Und nur er hat welche. Das siehst du hier und hier und hier.«

Sie verstreute die übrigen Bilder auf dem Bett. Er sah sie an und kehrte zu dem iPad zurück.

»Aber ... was bedeutet das eigentlich? Wie konnte er Eiswürfel haben, wenn sie uns eine Stunde vorher schon ausgegangen waren? Und was hat das überhaupt für eine Bedeutung?«

»Das werde ich feststellen«, sagte Selma. »Und zwar so ungefähr sofort. Schlaf du nur. Ich bin in zwei Stunden wieder da.«

»Aber ... wo willst du hin?«

»Ich will Anine besuchen«, sagte sie und ging ins Badezimmer.

»Es ist doch gerade erst fünf!«

Sie würdigte ihn keiner Antwort, sie musste nun endlich aufs Klo.

Berit Ullern

Es gab keine Zweifel mehr.

Tryggve hatte sein Versprechen gebrochen. Die Operation *Zerfurcht/Verwittert* war in Gang gesetzt worden.

Der Major hatte die ganze Nacht damit verbracht, die in den vergangenen zwei Wochen gesammelten Informationen zusammenzutragen. Indem sie die Nachrichten verfolgt und im Netz gesucht hatte und indem sie ihre Kontakte darauf angesetzt hatte.

Und sie hatte viele Kontakte.

Als sie als junger Leutnant von Ellev Trasop kontaktiert worden war, hatte Berit Ullern sich geehrt gefühlt. Obwohl der damals schon ältere Mann sein Leben im Dienst der Gewerkschaft verbracht und niemals eine militärische Karriere gemacht hatte, war sein Einsatz während des Zweiten Weltkriegs imponierend. Sie hatte Hochachtung vor ihm. Berit selbst war mit sechzehn in die Jugendorganisation der Heimwehr eingetreten.

Als Ellev den Kontakt zu ihr gesucht hatte, war sie siebenundzwanzig gewesen. Das war 1987, und Briefe wurden damals noch vom Postboten gebracht. Sie war in Bardufoss stationiert. Die Familie in Tønsberg schrieb nur selten. Der Umschlag mit Namen und Dienstgrad, handgeschrieben auf dickem Papier von Alvøen, war so willkommen, dass sie bis zum Schlafengehen damit wartete, ihn zu öffnen. Der Inhalt war kurz und bündig. Sie wurde gebeten, bei der nächsten Gelegenheit einen Tag in Ellev Trasops Hütte in Nordmarka zu verbringen. Was zwei Wochen später tatsächlich stattgefunden hatte, von Donnerstag auf Freitag.

Der erste Abend war nur ein Test gewesen. Das hatte sie bald begriffen. Er verhörte sie. Nach ihrer politischen Haltung, nach persönlichen Interessen und Familienverhältnissen. Die Informationen über Letzteres mochte sie eigentlich nicht unbedingt mit ihm teilen; ihre Eltern hatten sich niemals richtig damit abgefunden, dass ihr einziges Kind nicht Jura studieren und in die renommierte Kanzlei des Vaters eintreten wollte. Sie hatte ihr Leben den Streitkräften gewidmet, und von der Liebesfront gab es peinlich wenig zu berichten.

Und genau auf diese Art von Hintergrund war Ellev Trasop offenbar aus gewesen.

Ihr Aufenthalt dauerte genau vierundzwanzig Stunden. Die Hütte lag in Mylla, einem alten Finnendorf aus dem siebzehnten Jahrhundert, wo sich viele Veteranen der sozialdemokratischen Partei niedergelassen hatten. Ellev Trasops rote Hütte lag ein Stück vom See entfernt. Trotz der dichten Bebauung und der vielen Wanderer in der Umgebung konnten sie die ganze Zeit ungestört miteinander reden. Der damals neunundsechzig Jahre alte Mann war eine Gestalt, die einen noch tieferen Eindruck auf sie machte, als sie erwartet hatte. Vor dem Besuch hatte sie noch einmal seine Biografie gelesen. Das erwies sich als nützlich, als sie sich zwischendurch, wenn er in die Küche oder Holz holen ging, die vielen seltsamen Erinnerungsstücke ansah, mit denen das Zimmer gefüllt war. Da waren Granaten und ein selbst gebautes Radio, ein deutscher Helm, in den hinten vier Totenköpfe eingeritzt waren, ein Gewehr mit vier Kerben im Schaft. In einer unscheinbaren Holzschachtel auf dem Kaminsims, die sie zu öffnen wagte, lag das Freiheitskreuz Haakons VII. Das blaue Band war verschossen, und das ursprünglich weiße Malteserkreuz aus Emaille war fast golden. Berit konnte die Schachtel gerade wieder zuklappen, ehe ihr Gastgeber zurückkam.

Er kam bei diesem Besuch noch nicht zur Sache. Stattdessen hielt er ihr zwischen den Fragerunden Vorträge. Über das Ende des Krieges, die Teilung Europas und die wachsende Furcht vor der Sowjetunion während der ersten Friedensjahre. Über kalten Krieg und heiße Waffen und über seinen eigenen mangelnden Glauben daran, dass das alles nun wirklich dem Ende entgegenging. *Glasnost* und *Perestroika* waren ja gut und schön, aber Michail Gorbatschow hatte es viel zu eilig. Ihm würde die Sache entgleiten. Dass im Westen die pure Gorbi-Manie wütete, bedeutete nicht, dass sein eigenes Volk ihn liebte.

»Russland ist Russland«, sagte Ellev Trasop immer wieder. »Und das wird es immer bleiben. Ein großer stolzer, starker und sturer Nachbar. Gefährlich, mit anderen Worten.«

Berit Ullern war damals seiner Meinung gewesen, und sie glaubte noch immer, dass Ellev Trasop recht hatte.

Heute mehr denn je.

Sie schaltete den Rechner aus. Es war bereits halb sechs Uhr morgens, aber sie war nicht müde.

Sie hatte Angst.

Die Leute waren naiv. Russland hatte in den Jahren seit dem Fall der Mauer immer wieder die Spannungen zwischen Ost und West erhöht. Die NATO musste natürlich reagieren, um das Gleichgewicht zu halten. Die Russen rasselten trotzdem weiter mit dem Säbel. Unangekündigte Manöver im Gebiet der NATO. Verschiebung von Material und Truppen, oft insgeheim, einige Male bis in die Grenzgebiete.

Die meisten Norweger begriffen das nicht. Nicht einmal der Überfall auf die Krim und die verdeckte Kriegsführung in der Ukraine wurden ernst genommen.

Sie wussten es nicht besser, hatten keine Ahnung. Und sie wollten es nicht wissen. Sogar im Parlament saßen Leute, die allen Ernstes meinten, Norwegen solle das UN-Traktat über das Verbot von Atomwaffen unterzeichnen. Als ob sich Atomwaffen einseitig entfernen ließen! Als ob irgendeine Nation jemals etwas dadurch erreicht hätte, die Hände zu heben.

Nur Verlierer taten so etwas. Wer die Hände hob, war zum Verlieren verdammt.

Sie goss sich den letzten Rest Kaffee aus einer Thermoskanne ein. Er war lauwarm, und sie trank alles auf einen Zug, erhob sich und reckte den Rücken.

Berit Ullern war jetzt achtundfünfzig. Sie war unverheiratet, kinderlos und gut in Form. Sie sah selten fern, las aber viel, gab alle zwei Jahre ihre Stimme ab, immer für die Konservativen, und besaß eine Fähigkeit zur Diskretion, mit der sie Ellev Trasop schon damals mit siebenundzwanzig Jahren beeindruckt hatte.

Zwei Jahre später, am Tag nach dem Fall der Berliner Mauer, hatte er sie abermals eingeladen.

Im November 1989 hatten sie sich zum zweiten Mal in Mylla getroffen.

Nichts hatte sich verändert, und ihr wurde in groben Zügen erklärt, was von ihr erwartet wurde. Schweigend nahm sie die Befehle entgegen, führte sie bis aufs i-Tüpfelchen aus und beobachtete danach aus der Ferne, wie innerhalb kurzer Zeit alle *Stay Behind*-Gruppen in Europa aufgelöst wurden.

Bis auf diese eine. Die, die Peder Mejer und Ellev Trasop in ihrer Klarsicht Ende der Achtzigerjahre verborgen hatten. 1991 war die Organisation bereit, und Berit Ullern wurde in das, was einfach nur *Rat* genannt werden sollte, aufgenommen. Eine schlagkräftige Organisation mit Kapital, Waffen und relevantem Personal. Zur Verteidigung gegen das, was noch immer passieren konnte. Dass Polizei und Militär weiterhin ihre Geheimdienste hatten, war klar, das Problem war, dass diese Dienste zu schwach waren. Zu offen. Sie waren einer politischen Kontrolle unterworfen, die sie weitgehend daran hinderte, das zu tun, was ab und zu unbedingt notwendig war. Eine *Stay Behind*-Gruppe durfte niemals irgendeiner Kontrolle von außen unterstellt werden. Es war doch der Sinn einer solchen Einrichtung, dass die Mitglieder ungehindert vorgehen konnten. Und schnell. So, wie sie vier Wochen nachdem Ellev sie gebeten hatte, in die Bankbranche überzuwechseln, schon den Posten bei der DnB gefunden hatte. Bei der hektischen Entwicklung des internationalen Devisentransfers brauchten sie dort jemanden.

Berit nahm die beiden Speichersticks und steckte jeden in eine Tüte.

Ellev hatte kein Vertrauen zu Tryggve gehabt. Am 17. Mai hatte er sie gebeten, ihn in der alten, ziemlich heruntergekommenen Villa in Hasle zu besuchen. Er hatte so schwach und doch so entschieden gewirkt, als er ihr die Sticks und ein Satellitentelefon überreicht hatte. Sie hatte die Passwörter mehrmals wiederholen müssen, bis sie sie auswendig wusste. Die würden die Codes für sie öffnen. Tryggve kannte sie schon seit vielen Jahren. Sein Vater hatte sie ihm beigebracht, und mit Peder Mejer war Ellev einen Pakt eingegangen, der nicht gebrochen werden durfte.

Tryggve hatte die Schatulle geerbt, so war es entschieden worden.

Bis vor ein oder zwei Jahren hatte er wie der perfekte Ratsvorsitzende gewirkt. Jetzt war er so verändert, dass der Pakt gebrochen werden musste.

Berit musste dafür sorgen, dass Tryggve die Schatulle nicht missbrauchte.

Sie war der Major, und der Major würde dafür sorgen, dass der *Rat* und seine vielen Mittel bewahrt würden, bis es irgendwann wirklich Verwendung dafür gab. Sicherheitshalber hatte Ellev die Codes für Harlekin aus der Schatulle genommen.

Und das hatte Berit am meisten überrascht.

Am Tag darauf war Ellev gestorben, und Berit war von tiefem Ernst erfasst worden. Sie hatte ihr Bestes getan, wie es ihr befohlen worden war, und eine Abstimmung über die Operation *Zerfurcht/Verwittert* gefordert. Außerdem hatte sie sich Tryggves Wort gesichert.

Nichts davon hatte geholfen.

Rasch zog sie die Papiere aus dem Fach des Druckers, ging ins Schlafzimmer und öffnete den Kleiderschrank. Sie beugte sich hinein und drückte auf einen Knopf. Im Schrank öffnete sich fast lautlos eine Tür. Berit zog das Dokument, das Tryggve *Zer-*

furcht/Verwittert genannt hatte, aus dem kleinen Safe. Sie hatte die übrigen Exemplare vernichtet, und dieses hier konnte sie fast auswendig.

Nachdem sie die Ausdrucke in den Schrank gelegt hatte, war sie sicher. So muss es sein, dachte sie und musterte die Vorderseite des Dokumentes.

Sjalg Pettersons Tod war der Startschuss zur Aktion gewesen, auch wenn Liquidierungen in Tryggves Plan nur ganz allgemein erwähnt worden waren. Wie er das ohne Zugang zu Harlekin geschafft hatte, war schwer nachzuvollziehen. Aber es war geschickt durchgeführt worden, das musste sie zugeben, und es war ein Geschenk des Schicksals gewesen, dass der Mann hyperallergisch war. Die Polizei schien sich überhaupt nicht für den Fall zu interessieren.

Diese Festnahme in Randaberg vor einiger Zeit, als ein russisch-norwegisches Ehepaar wegen Cannabisanbaus verhaftet worden war, war das Ergebnis eines in Tryggves Unterlagen ausführlich beschriebenen Komplotts. Die beiden hatten niemals Interesse an Cannabis gehabt, sondern hatten in den sozialen Medien in großem Maße russische Propaganda verbreitet. In tadellosem Norwegisch, verteilt auf insgesamt dreiundfünfzig verschiedene Accounts. Ihre Beiträge enthielten oft Links zu Artikeln von regimetreuen russischen Websites und Nachrichtenkanälen, die sie freundlicherweise für das norwegische Publikum übersetzt hatten. Ihr Ziel war es gewesen, immer mehr Kritik gegen die strenge Politik zu provozieren, die Norwegen sich Russland gegenüber auferlegt hatte. Das Ehepaar hatte sich vor allem auf die Bevölkerungsteile konzentriert, die ganz rechts oder ganz links standen, und das war ihnen gelungen. Nun würden die beiden eine lange Zeit hinter Gittern verbringen, weil irgendwer in ihrem Kriechkeller eine Narkotikaplantage angelegt hatte, um dann eine Woche später das Haus in Brand zu stecken. Die beiden waren voller Panik dabei gewesen, die Cannabisfarm zu demontieren, schworen aber, nichts von deren Existenz gewusst zu haben, als die Feuerwehr und danach die Polizei eingetroffen war.

Die kleine »Redaktion« in Murmansk dagegen war die pure Trollfabrik. Eine Produktionsstätte für Lügen und Fehlnachrichten, bei denen es besonders darum ging, die Bevölkerung der nördlichen Regierungsbezirke russischfreundlicher zu machen. Aus *Zerfurcht/Verwittert* ging hervor, dass die Redaktion am liebsten durch Hacking zerstört werden sollte, also von Norwegen aus, dass aber schlimmstenfalls zu einer physischen Aktion geschritten werden müsste.

Sabotage auf russischem Territorium.

Berit Ullern schüttelte resigniert den Kopf. Sie hatte keine Ahnung, zu welchen Alternativen gegriffen worden war, aber zumindest hatte das alles zu einer kleinen diplomatischen Krise zwischen Norwegen und Russland geführt. Dass Putins Regime ausgerechnet Norwegen in Verdacht hatte, war wirklich kein Wunder, wenn man bedachte, welche Aufgabe die kleine Gruppe aus russischen Journalisten da oben im Norden nun einmal hatte.

Sie blätterte in den Unterlagen.

Auch Erpressung war eine wichtige Waffe. Sie konnte basieren auf dem *Kompromat*, also diskreditierendem Material, über das die Gruppen ihres Nachrichtendienstes bereits verfügten, aber die Aktion lief auch auf moderne Honigfallen und andere Methoden hinaus, um menschliche Schwäche und Torheit auszunutzen. Sie vermutete, dass Pål Poulsens abrupter Abgang als erster Vizevorsitzender der FRP das Ergebnis langjähriger Ansammlung von schmutziger Wäsche der großen und kleinen Akteure in der norwegischen Öffentlichkeit gewesen war.

Enthüllungen waren überhaupt eine scharfe Waffe. Alle hatten Geheimnisse.

Sabotage, vor allem die, die sich gegen das Internet richtete, stellte einen beträchtlichen Teil von *Zerfurcht/Verwittert* dar. Zum Beispiel Kartierung und Unschädlichmachung von Bots-

Fabriken, computergenerierten Profilen, die gewaltige Massen von Kommentaren produzierten, um damit Trendthemen in die sozialen Medien zu bringen.

Die Twitteraktion gegen *default.no,* die so große Beteiligung und damit für das Forum ziemlich dramatische Konsequenzen gehabt hatte, konnte auch ein Teil von Tryggve Mejers Missbrauch der geheimsten Verteidigungswaffe des Landes gewesen sein.

Bei der Operation *Zerfurcht/Verwittert* war so ungefähr alles möglich.

Berit Ullern hätte normalerweise dem, was geschehen war, keine Träne nachgeweint. Und auch nicht dem, was geschehen würde, wenn Tryggve weitermachen dürfte. Sie war ebenso wie er bestürzt und entsetzt wegen des Diskussionsklimas in Norwegen und der übrigen westlichen Welt. Eine Verrohung der Auseinandersetzungen fand statt, die diese immer uninteressanter machten. Was wiederum eine Bedrohung für die Demokratie darstellte. Die mehr oder weniger offenen Versuche von russischer Seite, die Lage zuzuspitzen, machten alles noch schlimmer.

Nicht eine einzige Träne hätte sie vergossen.

Nicht einen Finger hätte sie gerührt, um Tryggve aufzuhalten, wenn nicht der gesamte Apparat in Gefahr geraten wäre, aufzufliegen.

Die Organisation, der Peder und Ellev während der Achtzigerjahre Macht und Mittel gesichert hatten, sollte das Land vor einer Okkupation beschützen. Norwegen könnte ein weiteres Mal verheert werden, im wahrsten Sinne des Wortes. So, wie Berit Ullern das sah, wuchs das Risiko einer russischen Invasion mit jedem Jahr, und zwar im umgekehrten Verhältnis zur Bereitschaft der Politiker, diesem Risiko ins Auge zu blicken und dafür zu sorgen, dass sich das Land verteidigen könnte. Ost-Finnmark würde nach seriösen Sachverständigeneinschätzungen innerhalb von vierundzwanzig Stunden besetzt werden können. Da ein solcher Angriff gern parallel zu Konflikten an anderen Orten stattfand, war es alles andere als sicher, dass die NATO zu Hilfe kommen könnte oder wollte.

Solche Situationen hatten Peder und Ellev sich vorgestellt. Auf einer solchen Grundlage, mit einem solchen Mandat hatte sie sich gehorsam zur Verfügung gestellt, als Ellev Trasop sie bewertet und für schwer genug befunden hatte.

Dieser Idee hatte sie Treue geschworen. Norwegen sollte um sich beißen können, wenn sich die russische Übermacht im Land breitgemacht hätte.

Sie legte die Unterlagen in den kleinen Safe im Kleiderschrank, drückte noch einmal auf den Knopf und hörte das Schloss klicken, als sie die Bügel mit den Kleidungsstücken so zurechtschob, dass der Safe nicht mehr zu sehen war.

Tryggve war dabei, das von Ellev und Peder hinterlassene Erbe zu verschleudern.

Berit wusste, dass sie ihn aufhalten musste. Und zwar um jeden Preis.

Die Konfrontation

Anine saß mit einem halb leeren Teebecher in den Händen auf der Fensterbank.

Sie hatte zugesehen, wie langsam der Morgen über Oslo heraufzog. Der Herbst zupfte gerade erst an den Nachttemperaturen, doch die große Eiche auf dem Nachbargrundstück war bereits gelb. Noch immer herrschte Ferienstimmung in der Stadt, die Schule hatte noch nicht wieder angefangen. Der intensive lange und total unnormale Sommer schien Natur und Menschen erschöpft zu haben.

Es tat gut, so dazusitzen und nur zu denken. Sie sah ein, dass sie vermutlich zu jung war, um wirklich begriffen zu haben, wie wichtig Bestattungsrituale für die Menschen waren. Aber nun war sie klüger. Die Veranstaltung in der Bakkehaugen-Kirche war grauenhaft gewesen. Dennoch war sie eine wertvolle Markierung in Bezug auf die Tatsache, dass der Tod ein Ende bedeutet und dass das Leben abermals in Gang gebracht werden muss. Die Tage waren schon jetzt besser. Die Nächte waren jedoch noch schwer, und diese Nacht war entsetzlich gewesen.

Lange ehe die Frau, die auf das Haus zukam, nahe genug war, um erkannt zu werden, wusste Anine, dass es ihre Mutter war.

Selma Falck ging wie ein junges Mädchen. Schnell, mit federnden Schritten, als ob sie jeden Moment losspringen könnte. Sie trug die Schultertasche quer über der Brust und hatte den typischen leicht vornübergebeugten Gang. So war sie immer schon gewesen. In Anines Kindheit waren die Sonntagswanderungen durch Marka ein Albtraum gewesen. Die Mutter in halsbrecherischem Tempo hundert Meter vor dem Vater, Johannes und ihr selbst. Sowie die drei die ungeduldig wartende Mutter eingeholt hatten, ging es weiter. Es gab niemals Pausen. Niemals Gummibärchen und Karamellbonbons, wenn eine Anhöhe erreicht war, womit andere Kinder unterwegs gestärkt wurden. Zum Glück kam es nicht allzu oft zu solchen Ausflügen; bis Anine zehn war, hatten sie die meisten Wochenenden in der Handballhalle verbracht. Selmas Kinder sollten auch Freude am Ballspiel entwickeln. Als Anine endlich groß genug geworden war, um sich zu weigern, zuckte die Mutter verärgert mit den Schultern und sagte, niemand solle zu irgendetwas gezwungen werden. In den folgenden sieben Jahren verbrachte Anine sechs Abende pro Woche in der Norwegischen Ballettschule, ohne dass die Mutter auch nur einmal bei den jedes Semester stattfindenden Vorführstunden aufgetaucht wäre. Nicht einmal die offenen Vorstellungen, in Kostümen und mit gastierenden Solisten aus Russland und der Ukraine hatte Selma jemals mit ihrer Anwesenheit beehrt.

Der Vater kam immer. Der Vater bezahlte Schulgeld und Ausrüstung, er brachte und holte und lernte mithilfe von Videos auf YouTube sogar, Ballettschuhe zu präparieren.

Jesso machte Bilder von seiner Tochter und war ungeheuer stolz.

Anines Vater war ein echter Papa, und das war er immer gewesen.

Sie würde ihre Mutter nicht hereinlassen. Davon konnte keine Rede sein. Es war noch keine sechs Uhr morgens, ein wirklich unchristlicher Zeitpunkt für einen Besuch.

Als sie gerade ihren Entschluss gefasst hatte, blickte die Mutter auf. Jetzt war sie so nah, dass Anine ihr Gesicht sehen konnte, das ebenfalls beneidenswert jugendlich war. Selmas Augen leuchteten auf, als ihre Blicke sich fanden. Sie machte da unten eine Handbewegung, die vermutlich bedeuten sollte, dass sie ins Haus wollte. Anine schüttelte den Kopf. Die Mutter hob die Hände, legte die Handflächen aneinander und hielt sie zu Anine hoch.

Anine seufzte, rutschte von der Fensterbank, stellte den Becher weg und ging zum Öffnen nach unten. Sie versuchte, so still wie möglich zu sein, um die Nachbarn im Erdgeschoss nicht zu wecken. Aus demselben Grund riss sie sofort die Tür auf, um die Mutter am Klingeln zu hindern. Sie legte den Zeigefinger an die Lippen und ging ebenso still vor ihr her wieder nach oben.

»Was willst du hier?«, fragte Anine, sowie sie in der Wohnung standen.

»Ich muss dich etwas fragen. Etwas Wichtiges.«

»Du hättest anrufen können.«

»Wie geht es dir?«

Anine stand mitten im Wohnzimmer. Sie deutete ein Kopfschütteln an.

»Was glaubst du, wie es mir geht, Selma? Was glaubst du, wie es ist, ich zu sein, nach allem, was in den letzten Wochen passiert ist?«

»Selma?«, fragte ihre Mutter. »Nennst du mich neuerdings Selma?«

»Ist das nicht genauso gut?«

»Nein. Das finde ich nun wirklich nicht. Ich bin deine Mama.«

»Das ist eine Frage, über die durchaus diskutiert werden kann. Was willst du?«

»Darf ich mich setzen?«

Anine wollte nicht, dass Selma sich häuslich niederließ. Sie bereute bereits, sie hereingelassen zu haben. Sie hatte endlich die Beziehung zu ihrer Mutter beendet, viele Jahre zu spät. Als der Vater an einem Novemberabend im vergangenen Jahr auf Ormøya vor dem Kamin gesessen und geweint hatte, war für ihn und Anine etwas zerbrochen. Mama hatte sich um Haus und Hof und Familie gespielt. Papas einzige Möglichkeit, das Haus zu retten, das Haus, in dem Anine ihre Kindheit verbracht hatte, war, die Großmutter einziehen zu lassen. Mit ihrem Geld konnte er Selma auszahlen, sodass sie nicht ins Gefängnis musste.

Mama hatte die ganze Familie betrogen.

Anine musterte sie, wie sie da in der Türöffnung stand. Selma war größer als sie, sicher sieben, acht Zentimeter, dunkel und mit Augen, die schwarz wurden, wenn sie in Eifer geriet. Gerade, breite Schultern, schmale Hüften und eine Leichtigkeit im Körper, die nicht mit ihren fast zweiundfünfzig Jahren übereinstimmte. Der Mund war breit, mit einem ungewöhnlich großen Amorbogen, als wäre sie behutsam wegen einer Lippenspalte operiert worden. Die Zähne waren so weiß, dass sie gebleicht worden sein mussten, und es war unmöglich, dass eine Frau dieses Alters kein einziges graues Haar hatte, wenn sie ihre Haare nicht färbte. Sie stand da, die Schulter gegen den Türrahmen gelehnt und die Beine übereinandergeschlagen, die Hände in der Tasche der Jeans, wie eine arrogante Mittzwanzigerin.

Mama verstellte sich die ganze Zeit.

Sie tat zum Beispiel so, als ob sie nicht weinen könnte. Schob das auf eine alte Verletzung, die sie sich bei den Olympischen Spielen zugezogen hatte, aber das konnte nicht stimmen. Anine hatte darüber mit mehreren Ärzten gesprochen, und die hatten so etwas noch nie gehört. Selma wollte einfach keine Tränen vergießen. Hatte keine Lust. Hatte auch kein Bedürfnis danach. Sie empfand so unglaublich wenig.

Etwas stimmte mit ihr nicht.

Selma spielte die Mama, aber nur, wenn es ihr gelegen kam. Als ob ansonsten zwischen ihnen alles in Ordnung wäre, obwohl sie einander eigentlich nie hatten leiden können. Die Großmutter hatte es ausgesprochen, als Anine erst vierzehn gewesen war: Selma war eine schlechte Säuglingsmutter gewesen. Kalt und unengagiert, hatte Oma erzählt, und einmal, nach zu viel Rotwein, hatte sie etwas darüber genuschelt, dass Selma vermutlich an einer postpartalen Depression gelitten habe.

Es war schwer, sich Selma Falck deprimiert vorzustellen.

»Was willst du?«, fragte Anine noch einmal.

Selma setzte sich, ohne dass Anine das gestattet hätte. Auf das Sofa. Es war ein seltsames Gefühl, stehen zu bleiben, deshalb setzte Anine sich in den Sessel gegenüber.

»Ich will dich nur nach etwas fragen, das bei der Hochzeit passiert ist.«

»Aha.«

»Es geht darum, was ihr getrunken habt.«

»Okay. Wir haben ja nicht viel trinken können. Warum fragst du?«

»Eiswürfel«, sagte Selma.

»Eiswürfel?«

»Ja. Dem Restaurant waren die Eiswürfel ausgegangen, lange ehe du mit Sjalg vom Operndach gekommen bist. Das weiß ich genau, denn ich hatte um welche gebeten. Ich musste eine unerträglich süße und außerdem absolut schale Traubenlimonade von Mozell trinken.«

Selma verzog bei der bloßen Vorstellung das Gesicht.

»Tut mir leid, dass die Getränkeauswahl auf meiner Hochzeit dich nicht zufriedenstellen konnte«, sagte Anine tonlos. »Einer Hochzeit, bei der ich übrigens noch vor dem Hauptgericht zur Witwe geworden bin.«

»So war das nicht gemeint, Anine.«

»Dann nicht.«

»Es geht darum, dass Sjalg Eiswürfel hatte, als es schon längst keine mehr gab.«

Anine spürte irgendwo aus ihrem Bauch eine unangenehme Wärme aufsteigen. Sie trug noch immer den Trainingsanzug, den sie übergestreift hatte, als sie gegen drei Uhr nachts den Versuch, Schlaf zu finden, aufgegeben hatte. Ihre Haare waren verfilzt, und das Gefühl, ungewaschen zu sein, zwang sie, ein Bein über das andere zu schlagen.

Selma sah aus wie unterwegs zum Catwalk.

Die Lederjacke war von Tom Ford, die Hose von Armani. Aus irgendeinem Grund hatte Selma keine Altersrunzeln zwischen den Brüsten und konnte den tiefen V-Ausschnitt des T-Shirts auf eine Weise tragen, wie nicht einmal Anine es gewagt hätte. Aber Anine hatte auch keine Brüste, die eine Andeutung von Ausschnitt hätten ergeben können.

»Ich habe einige Bilder«, sagte Selma und fing an, in ihrer Tasche zu kramen.

»Ich glaube, du bist krank«, sagte Anine.

»Was?«

Dieses Lächeln. Dieses entwaffnende Lächeln, das Mama zu den unmöglichsten Zeiten benutzte. Nachdem Anine ihr Jurastudium aufgenommen hatte, hatte sie ab und zu gehört, oft am späten Abend, wenn boshafte Zungen bessere Gelegenheiten und größeren Mut fanden, dass Selma Falck eine Juristin sei, die mit allem durchkam. Dass sie streng genommen gar nicht so großartig sei, wie Gerüchte es behaupteten und ihre hoch profilierten Fälle es bewiesen. Dass man es in der Branche mit einem herausfordernden Lächeln, großem Busen und dem Promi-Status weit bringen könne.

Das war gelogen. Anine wusste, dass ihre Mutter sehr versiert war.

Eine fähige Juristin, vor allem, weil es ihre Stärke war, Vereinbarungen herbeizuführen. Sich mit anderen zu einigen. Sie dazu zu bringen, einander zuzuhören. Sich auf halbem Weg zu begegnen. Das Problem war, dass Selma Falck viel log. Und oft.

»Hast du dich jemals untersuchen lassen?«, fragte Anine. »Medizinisch, meine ich?«

»Wieso denn?« Selma hob die Augenbrauen in gespielter Verwunderung.

»Ich weiß nicht. Aber diese Spielsucht und …«

»Ich bin nicht spielsüchtig«, fiel Selma ihr mit scharfer Stimme ins Wort.

»Ich glaube, du hast ADHS. Oder so was. Du stehst nie still. Du bist …«

»Genau. Eine medizinische Sensation also. Mit 5,9 als Abiturdurchschnitt. Mit 2,34 im juristischen Staatsexamen. Bei diesen …«, voller Verachtung verscheuchte sie das Wort, ehe sie es aussprach: »… *Buchstabennoten* heutzutage weißt du vermutlich gar nicht, was 2,34 bedeutet. Aber es ist sehr gut. Extrem gut für eine mit pathologischer Konzentrationsschwäche, das muss ich schon sagen.«

»Aber Mama …«

»Hatte Sjalg bei seinem Tod Eiswürfel im Glas?« Ihre Stimme war scharf. Ihr Gesicht spannte sich, die Kinnmuskeln bewegten sich, und Selmas Augen waren so schmal, dass Anine sich wieder vorkam, wie als sie neun Jahre alt war.

»Das weiß ich nicht«, antwortete sie resigniert. »Er hatte zudem die schlechte Angewohnheit, Eiswürfel zu essen, also ist das vielleicht schwer zu sagen.«

»Wie meinst du das?«

»So, wie ich es gesagt habe. Wenn Sjalg Eiswürfel bekam, hat er sie immer zerbissen, noch ehe das Glas halb leer war. Ein bisschen irritierend und gar nicht gut für die Zähne.«

Selma zog jetzt einen Stapel Fotografien aus der Handtasche.

»Hier«, sagte sie und schob eine über den Tisch. »Sieh dir das an. Es wurde aufgenommen, unmittelbar ehe Sjalg …«

»Gestorben ist«, murmelte Anine und hob das Bild auf.

Es war so schön. Sie selbst so hübsch. Sie strahlte das Glück aus, das sie da und dort so intensiv empfunden hatte, und das von Runhild geliehene Diadem funkelte in der Sonne. Ihre Haare sahen in dem scharfen Licht golden aus, und Sjalg wirkte auf diesem Bild fast noch attraktiver als in Wirklichkeit. Er hatte sich erhoben, um eine Rede zu halten, und hielt ein Blatt Papier in der einen und ein Glas Wasser in der anderen Hand.

»Siehst du, dass in dem Glas Eiswürfel liegen?«, fragte Selma.

»Nein.«

»Nicht weinen, Anine.«

»Ich tue das, was ich will, Selma.«

Dieses Foto war nur wenige Augenblicke vor Sjalgs Tod aufgenommen worden. Anine begriff nur mit Mühe, dass der Übergang vom Leben zum Tod so plötzlich eintreten konnte. Zwischen der intensivsten Zufriedenheit und dem zerreißendsten Unglück.

Eine Träne fiel auf das Papier. Sie wischte sie mit der Hand weg und schaute auf.

»Kann ich das haben?«

»Äh … ja. Klar. Aber siehst du nicht, dass da Eiswürfel im Glas sind?«

Anine legte das Bild auf den Tisch und fuhr sich mit dem Finger unter beiden Augen entlang.

»Nein. Aber wenn du meinst.«

»Anine!«

Niemand konnte eine schärfere Stimme haben als Selma Falck. Anine schob die Schultern vor und senkte den Kopf, hob das Foto wieder auf und zwang sich, Sjalgs Glas anzusehen. Sie konnte sich am allerbesten an seine Hände erinnern. Die weichen, gepflegten Hände, ungewöhnlich für einen Mann. Er hielt das Glas mit drei Fingern und hob es wie zu einem Trinkspruch.

Und im Glas waren Eiswürfel. Die Mutter hatte recht. Zwei Stück, der eine brach das Licht der Sonne und sandte es zu Anines Diadem weiter, eine himmlische Bestätigung dafür, dass dieses Brautpaar zusammengehörte.

»Doch, schon«, murmelte sie. »Das sieht aus wie zwei Eiswürfel.«

»Eben!« Selma hob eine Faust und lächelte, so breit sie nur konnte. Anine seufzte tief.

»Aber was soll das alles?«

»Was das alles soll? Das liegt doch auf der Hand! Sjalg hat Eiswürfel bekommen, die es nicht gab. Das bedeutet, dass irgendwer welche auf Vorrat hatte. Hatte er darum gebeten?«

»Was?«

»Hatte Sjalg um Eiswürfel gebeten?«

»Nein, nicht dass ich wüsste. Er hätte doch nie um Eiswürfel für sich selbst gebeten, ohne dafür zu sorgen, dass auch alle anderen welche bekamen. Außerdem ...« Wieder holte sie tief Luft und ließ sie in einem resignierten Seufzer entweichen. »... wenn es für euch keine mehr gab, dann ja wohl auch nicht mehr für uns.«

»Genau das meine ich«, sagte Selma begeistert. »Diese Eiswürfel waren nicht für uns andere bestimmt. Sondern eben für ihn. Für Sjalg.«

Anine war mit ihren Gedanken woanders. Was ihre Mutter da sagte, ergab doch keinen Sinn. Natürlich hatte niemand speziell für Sjalg Eiswürfel hergestellt und sie ihm gegeben, als es für die anderen schon seit einer Stunde keine mehr gab.

Sinnlos.

»Aber begreifst du denn nicht, was das bedeutet?«, fragte Selma.

»Nein. Und jetzt musst du gehen, Selma.«

»Mama«, korrigierte Selma. »Ich bin noch immer Mama.«

»Das entscheide ich. Ich entscheide auch, dass du gehen musst.«

Die Mutter machte keine Anstalten, aufzustehen.

»Du bist echt krank«, sagte Anine. »Du hast irgendeinen ... irgendeinen seelischen ... Schaden. Möglicherweise könntest du ja Hilfe bekommen.«

Selma reagierte nur damit, die Augen noch ein wenig weiter zusammenzukneifen.

»Oma hat gesagt ...«

»Erzähl mir nicht, was Oma gesagt hat. Oma hat keine Ahnung von mir.«

»Doch, Mama, das hat sie! Sie hat immer erzählt, dass ...« Anine unterbrach sich und ließ sich im Sessel zurücksinken.

Selma saß bewegungslos auf der anderen Seite des Couchtisches. Sie hätte genauso gut in Neuseeland sein können.

»Oma hat Geschichten über dich erzählt.« Anine machte noch einen Versuch. »Aus deiner Kindheit. Wie selbstständig du warst, wie stur und stark und ... wie gut du mit deinem Bruder umgehen konntest. Oma war immer so stolz auf dich, aber sie hat gesagt, als Herman gestorben ist, sei etwas mit dir passiert. Ihr hattet einander so nahegestanden, hat Oma gesagt, und das habe ich ja auch gesehen. Aber ich habe nie ...«

Während sie nach Worten suchte, beugte Selma sich vor.

»Davon hast du keine Ahnung«, sagte sie grimmig, ihre Stimme war leise und dunkel. »Deshalb schlage ich vor, du lässt dieses Thema auf sich beruhen.« Sie nahm das Foto von der anderen Seite des Tisches und steckte es in ihre Handtasche. »Ich kann dir einen Abzug machen lassen«, sagte sie und erhob sich. »Einen ohne so viele Fingerabdrücke.«

Anine wollte, dass sie ging. Dass sie einfach verschwand. Dass sie wegbleiben könnte, ganz weg, für immer, sodass sie mit dem Entschluss, nichts mehr mit Selma zu tun zu haben, leben könnte. Sodass es immer leichter würde, je mehr Zeit zwischen jeder ihrer Begegnungen verstrich.

»Oma hat voller Wärme über euch erzählt«, sagte sie trotzig. »Wie damals, als sie und Opa beim Woodstock-Festival waren. Und du und Onkel Herman wurdet bei dieser seltsamen Frau abgegeben ...«

Selma war jetzt auf halber Strecke zur Tür. Sie fuhr herum. Anine bekam es mit der Angst zu tun. Die Augen der Mutter waren zu Murmeln geworden. Hart, blank und schwarz. Beide Fäuste waren so fest geballt, dass die Fingerknöchel weiß wurden. »Abgegeben ist das richtige Wort«, fauchte sie. »Das war Wahnsinn. Halt die Fresse, Anine. Ich gehe jetzt.«

»Du warst erst drei Jahre alt, Mama! Du kannst dich nicht daran erinnern, es ist nur eine witzige Geschichte, die du so oft gehört hast, dass ...«

Selma kam auf sie zu marschiert. Ihre Schritte knallten auf dem Boden, und sie blieb erst unmittelbar vor Anines Sessel stehen. Selma beugte sich vor und hielt ihr Gesicht so dicht an Anines wie zuletzt, als Anine noch klein gewesen war.

»Ich erinnere mich«, flüsterte Selma. »Ich erinnere mich an ein grünes Badezimmer und ein durch und durch verzweifeltes Gefühl, verlassen worden zu sein. Viel zu klein zu sein, um auf einen noch jüngeren Bruder aufzupassen. Ich erinnere mich an eine Frau, die nach Pfeffer roch und drauflosplapperte, ohne dass ich auch nur ein Wort verstehen konnte. Ich konnte noch nicht mal richtig Norwegisch, geschweige denn Englisch. Ich dachte, Mama und Papa würden nie mehr zurückkommen, dass sie uns einfach loswerden wollten. Angeblich kann man sich an nichts erinnern, was passiert ist, als man drei war, und ich wünschte so sehr, dass das stimmt. Aber das tut es leider nicht. Uns zu einer wildfremden Person auf einem abgelegenen Hof abzuschieben, gegen eine Entschädigungssumme von zehn Dollar, während sie für drei Tage zum Konzert fuhren, wurde für meine Eltern später im Leben vielleicht zu einer witzigen Geschichte. Für mich war es ein Albtraum. Ein einfach unerträgliches Gefühl, verlassen und verängstigt zu sein. Und dieses Gefühl bin ich seither nie wieder losgeworden.«

Anine spürte, wie der Geruch von Zahnpasta und Pepsi Max in kleinen Stößen ihr Gesicht traf. Die Tirade war noch nicht zu Ende.

»Ich war keine gute Mutter für dich, Anine. Aber ich war jedenfalls immer im Hintergrund, in der Gewissheit, dass du einen ganz wunderbaren Papa hattest. Das ist mehr, als ich über meine eigene Mutter sagen kann.«

So plötzlich, wie sie sich über Anine gebeugt hatte, richtete sie sich wieder auf. Ihr Gesicht nahm eine Miene an, die Anine nicht deuten konnte. Angst, vielleicht, oder Verwirrung. Der Mund stand halb offen, die Augen irrten im Zimmer umher, als ob Selma nicht mehr wüsste, wie sie in die Wohnung ihrer Tochter geraten war. Ihre Arme hingen herab, und ihre Hände waren schlaff.

Selma hatte so viele Teile in sich.

Sie war die extrovertierte Athletin, die innerhalb von sechs Wochen besser Cha-Cha-Cha gelernt hatte als irgendwer sonst im Land. Die superprominente Frau, die in Talkshows saß wie ein Weltstar und die über die sozialen Medien ihr Leben bis zur Unkenntlichkeit inszenierte. Selma Falck war die Starke, die Ambitionierte, die Attraktive, und Anine hatte immer im Schatten ihrer Mutter gestanden.

Immer. Sogar wenn Selma für alle verschwunden war. Die

Perioden, in denen sie mürrisch und schroff war und am liebsten allein sein wollte, wenn sie nicht arbeitete. Im Nachhinein, nach allem, was im vergangenen Herbst geschehen war, hatte Anine begriffen, dass die düsteren Perioden mit dem Glücksspiel zusammengehangen hatten. Der Wahnsinn nahm ab und zu offenbar überhand.

Selma hatte viele Selmas in sich, aber diese hier hatte Anine noch nie gesehen.

»Okay«, sagte Anine kleinlaut. »Aber es hat dich doch stark gemacht. Olympiasiegerin und überhaupt. Ich bin sicher, du könntest allein auf Skiern Grönland durchqueren. Mitten im Winter. Nackt im Schneesturm, wenn das sein müsste.«

Selma schloss die Augen. Ihr Kopf bewegte sich langsam hin und her.

»Ich bin keine Olympiasiegerin«, sagte sie schließlich. »Silber, Anine. Ich habe zwei olympische Silbermedaillen. Und ich laufe eigentlich nicht gern Ski. Ich tue es nur, weil ich es können will. Wir kennen uns wirklich nicht, du und ich.«

Wieder ging sie zur Tür. Ihr Gang hatte jetzt nicht mehr viel Schwung, ihre Schultern hingen nach unten.

Anine stand auf und ging hinterher.

»Mama«, sagte sie.

Selma drehte sich nicht um.

»Mama, was bedeutet das mit den Eiswürfeln? Und warum um alles in der Welt wühlst du in der Sache herum?«

Noch immer bekam sie keine Antwort. Selma schlurfte die Treppe hinunter und öffnete die Haustür. Erst als sie draußen war, drehte sie sich zu ihrer Tochter um.

»Ich will wissen, woran dein Mann gestorben ist, weil ich neugierig bin, Anine. Weil ich gern Rätsel löse. Und weil …«, ihre Hand machte eine fast hilflose Bewegung über ihre Haare, und sie hielt mitten im Satz den Atem an, »… weil ich will, dass du weißt, was wirklich passiert ist«, fügte sie dann endlich hinzu.

»Wir kennen uns schlecht. Aber ich glaube, es wäre gut für dich, die Wahrheit zu wissen.«

Anine hielt ihrem Blick stand. Sagte nichts.

»Und was die Eiswürfel angeht«, sagte Selma und schaute zur Seite. »Da glaube ich, dass die Nüsse darin gewesen sein können. Dass jemand diese Eiswürfel speziell für Sjalg hergestellt hat. Mit Nüssen. Gemahlenen Nüssen, vermutlich, und in so kleinen Mengen, dass es kaum zu sehen war. In Wasser eingefroren, wie in eine Kapsel.«

Anine konnte nicht ganz erfassen, was das bedeutete. Sie schüttelte den Kopf.

»Warum hätte jemand das tun sollen?«

»Um Sjalg Petterson umzubringen«, sagte Selma. »Vorsätzlich.«

Jesus

Lars Winther, Nachrichtenjournalist bei *Aftenavisen*, war nicht einen Schritt weitergekommen.

Vier Tage lang hatte er versucht, eine Bestätigung für die Informationen zu finden, die ihm jemand von einer unmöglich ausfindig zu machenden IP-Adresse geschickt hatte. Der Bursche von Intersecure, der Computerfirma, die die Journalisten von *Aftenavisen* um Hilfe baten, wenn sie wirklich in der Klemme steckten, hatte am Ende den Kopf geschüttelt und erklärt, dahinter müssten Profis stecken.

Was Lars Winther sich sowieso schon längst gedacht hatte.

Wohin er sich auch wandte, an Banken, Analytiker, Extremismusforscher oder Russlandkenner, nach kurzer Zeit landete er immer in einer Sackgasse. Alle konnten bestätigen, dass die Tatsachen, die er ihnen vorlegte und die er sorgfältig in Fragmenten präsentierte, damit niemand das ganze Bild sehen konnte, durchaus zutreffen mochten. Aber niemand konnte das wirklich garantieren. Niemand wollte in irgendeinem Zusammenhang zitiert werden.

Es sah zudem aus, als wäre die Arbeit so oder so Zeitverschwendung gewesen.

Nach dem Ausbruch auf Twitter hatten immer mehr Anzeigenkunden Google darüber informiert, dass sie keine Treffer auf den Seiten von *default* haben wollten. Es sah aus, als wäre dieses Forum deshalb unterwegs in schwerwiegende finanzielle Schwierigkeiten. Dem Dokument zufolge, das Lars zugesandt worden war, wurde nur die Hälfte der Betriebskosten bei großzügigen Russen und dem Finanzmann Eivind Kåre Storheim eingeholt. Der Rest bestand aus Werbeeinnahmen sowie dem Kleingeld, das die extreme Rechte als Spenden springen ließ.

Lars Winther näherte sich dem Block in Bøler, wo die Redaktion von *default* ihre Räumlichkeiten hatte. Die Adresse war geheim, was, wie Kjell Hope bei jeder Gelegenheit betonte, einfach sein musste. Aufgrund von Hetze und Morddrohungen, behauptete er immer wieder, ohne dass die Polizei irgendetwas bestätigen mochte. Die Wohnung war nicht schwer zu finden gewesen; Lars Winther hatte einen Kollegen in der Politikredaktion gefragt, und der hatte geantwortet.

Die Konfrontation mit Kjell Hope war die letzte Möglichkeit. Das Risiko, glatt abgewiesen zu werden, war riesig, aber es war eine Chance, die den Versuch wert war, ehe Lars zu Kreuze kroch und zugab, dass er dieser Sache unmöglich auf den Grund kommen konnte.

Auf jeden Fall nicht so bald.

Kjell Hope war eine seltsame Figur. Er war Anfang vierzig, geschniegelt und scheinbar gebildet. Jetzt jedenfalls. In seiner Jugend war er aktiv in der Blitzszene gewesen, der linksradikalen und lose zusammenhängenden Gruppe von Aktivisten, Anarchisten, Wohnungslosen und verkrachten Künstlern in Oslo. Mit sechzehn war Kjell Hope zum ersten und letzten Mal von der Polizei festgenommen worden. Bei ihrem Besuch in Oslo im Jahre 1986 war er Margaret Thatcher gefährlich nahe gekommen. Der von ihm geworfene Stein hatte ihren Wagen nur um einen knappen Meter verfehlt. Der Junge hatte zwei Tage in einer Kahlzelle verbracht, was, laut Gesetz und tobenden Eltern, unerhört war. Hungrig, durstig und mit hängenden Ohren durfte er mit seinen Eltern nach Hause fahren, wo er sich nach drei Wochen in Embryostellung die Haare schneiden ließ und als Rechtsliberaler wiederauferstand.

Originellerweise für so einen Jugendlichen machte er eine Ausbildung zum Krankenpfleger. Konventionellerweise, angesichts seines Geschlechts, verbrachte er nicht viel Zeit mit der Pflege von Kranken. Schon mit siebenundzwanzig war er Abteilungsleiter im Krankenhaus Ullevål. Sechs Jahre später besaß und leitete er FürsorgePlus AS. Diese private Firma vermietete Pflegepersonal an den Staat. Kjell Hope war inzwischen zum wohlhabenden Mann geworden und war in die Fortschrittspartei eingetreten.

Die Wanderung des Mannes auf die rechte Seite der politischen Landschaft ging weiter. Er gehörte zu denen, die im Sommer 2011 am lautesten geschrien hatten, dass zweifellos die Muslime hinter den Angriffen auf das Regierungsviertel und auf Utøya steckten. Darin war er bei Weitem nicht der Einzige. Als gegen Abend an diesem schicksalhaften Tag in der norwegischen Geschichte feststand, dass ein weißer Norweger aus Westoslo und vom allerrechtesten Flügel hinter dem Massaker steckte, setzte er seine Hassreden in den sozialen Medien fort. Erst fünf Tage später verstummte er.

Leider nicht für besonders lange.

Mehrere Jahre lang war Kjell Hope ein pseudoakademisches Alibi für die Schwarzbraunen, so wie Lars Winther das sah. Kein vollkommener Breivik-Apologet, aber auch nicht sehr weit davon entfernt. Er war aktiv auf verdächtigen Websites. Ab und zu durfte er sich auch in den größten etablierten Medien äußern, frei nach der durch den 22. Juli geschaffenen Mediendoktrin: *Alle sollen zu Wort kommen.*

Es sollte einen hohen Preis kosten, so laut zu sein.

Die Firma war 2016 in Konkurs gegangen.

Inzwischen war der Begriff *Mainstream-Medien* bereits eingeführt, und die waren schuld. An allem. Auch an Kjell Hopes Bankrott und daran, dass er aus einer Villa in Godlia in eine Zweizimmerwohnung in einem anderthalb Kilometer entfernt gelegenen Wohnblock ziehen musste.

Und diesem näherte sich Lars Winther jetzt.

Die Hochhäuser, drei an der Zahl, konnten an Bauten aus der Sowjetunion der Sechzigerjahre erinnern. Dennoch hatten sie etwas widersprüchlich Freundliches, etwas Verspieltes und Lichtes, was vielleicht daran lag, dass sie einen üppigen Wald im Rücken und vor sich nur niedrige Gebäude hatten, die in durchbrochenen Reihen um große grüne Innenhöfe angelegt waren.

Der Kollege hatte Lars Winther darauf aufmerksam gemacht, dass die Klingel nicht mit einem Namen versehen war. Wichtiger war, dass der Kollege auch gewusst hatte, welche Etage und welche Wohnung Lars Winther aufsuchen sollte. Nachdem er sich in der Nähe der verschlossenen Haustür herumgetrieben hatte, vertieft in etwas auf seinem Handy, dauerte es nur zwei Minuten, bis ein Junge herauskam, davonstürzte und es Lars Winther ermöglichte, sich durch die sich langsam schließende Tür hineinzuschleichen.

Fünfter Stock. Kein Name an der Tür.

Hier war es.

Lars Winther schob sich die Schultertasche auf den Rücken, ehe er klingelte. Je weniger er mit sich herumtrug, umso weniger beängstigend glaubte er auszusehen.

Er hörte drinnen Schritte. Eine Sicherheitskette klirrte, dann wurde ein Schlüssel umgedreht und die Tür geöffnet.

Ein junger Mann von höchstens zwanzig stand ihm gegenüber. Er starrte gleichgültig an Lars Winther vorbei und sagte nichts.

»Hallo«, sagte Lars Winther. »Ich suche Kjell Hope.«

»Von mir aus.«

Die Stimme war so nichtssagend wie das Aussehen des Knaben. Er wäre bei jeder polizeilichen Gegenüberstellung ungeschoren davongekommen. Das Gesicht war symmetrisch, die Nase normal groß, die Augen ausdruckslos, und der Mund sah aus wie gezeichnet. Er hätte zu einem Mann und zu einer Frau gepasst. Der Knabe war frisch rasiert oder hatte keinen Bartwuchs, das war schwer zu beurteilen. Seine Haare waren dunkelblond, kurz, aber nicht frisch geschnitten. Er trug graue Jeans und einen hellgrauen Pullover. Lars Winther würde ihn nicht wiedererkennen, selbst wenn nur eine Stunde seit dieser Begegnung vergangen wäre.

Der Mann sah aus wie das Klischee-Bild eines Kaukasiers in einem dubiosen Lehrbuch.

»Äh ... wohnt er hier? Kjell Hope?«

»Nein.«

»Nein?«

»Jetzt nicht.«

»Aber er hat also hier gewohnt?«

»Ja. Aber er ist verreist.«

»Wohin?«

Die Augen erwachten ein wenig zum Leben.

»Was geht dich das an?«

»Na ja, ich ... ich bin Journalist. Lars Winther, *Aftenavisen*.«

Der Junge ignorierte die ausgestreckte Hand.

»Mir sind einige Informationen zugänglich gemacht worden«, sagte Lars Winther und ließ die Hand sinken. »Über *default*. Ich wüsste gern, was Kjell Hope dazu sagt. Er hat ein

Recht auf einen Kommentar zu vielem von dem, was ich schreiben werde.«

»*default.no* gibt es nicht mehr.«

Die Augen des Jungen hatten jetzt wieder ihren Normalzustand erreicht, was bedeutete, dass sie graublau waren und einen Punkt ungefähr in der Mitte von Lars Winthers Brustkasten anstarrten.

»Wie, gibt es nicht mehr?« Verwirrt zog Lars sein Handy hervor und suchte die Adresse.

Safari findet den Server nicht, stand dort in dunkelgrüner Schrift vor einem helleren Hintergrund. *Safari kann die Seite default.no nicht öffnen.*

Seine Gedanken kamen abrupt zum Stillstand. Das war unbegreiflich. Noch in der U-Bahn nach Bøler hatte er die Seite doch aufgerufen.

»Wann ist das passiert?«, rief er.

»Vor einigen Minuten. Ich habe sie eingestellt.«

»Und du bist ...«

Noch immer interessierte der andere sich mehr für Lars Winthers Solarplexus als für dessen Augen.

»Ich bin der Mann, den Kjell Hope gebeten hat, *default.no* zu beenden.«

»Und dein Name?«

»Der spielt keine Rolle. Kjell hat Jesus gefunden.«

So ungefähr musste es sein, wenn man vom Schlag getroffen wurde, konnte Lars Winther noch denken, ehe er gar nicht mehr denken konnte.

»Gefunden ... gefunden ... er hat Jesus gefunden?«, konnte er endlich hervorstottern.

»Ja. Er ist im Ausland und da bleibt er auch.«

»Wo denn?«

»Wie gesagt, er hat Jesus gefunden. Matthäus 28,18–20.«

»Äh ... was?«

»Der Missionsauftrag.«

Lars Winther versuchte, Zeit zu schinden, indem er in seine Armbeuge hustete. Er verlagerte sein Gewicht von einem Bein aufs andere, fuhr sich mit der Hand durch die Haare und setzte das breiteste Lächeln auf, das er zustande bringen konnte, ehe er sofort wieder ernst wurde. Alles, was ihm einfiel, war:

»Was hast du gesagt?«

»Der Missionsauftrag. Matthäus 28…«

»Das habe ich gehört«, fiel Lars ihm ins Wort. »Aber was bedeutet das? Dass Kjell Hope Missionar geworden ist?«

»Ja. Na ja, er muss wohl zuerst zur Schule gehen. Oder in einen Kurs.«

»Wo?«

»Im Ausland. Jetzt habe ich keine Zeit mehr für dich.«

Die Tür war schon fast geschlossen, als Lars auf einen Reflex hin den Fuß in den Spalt schob.

»Wo im Ausland?«, fragte er. »Für welche Organisation ist er verreist?«

»Nimm den Fuß weg.«

»Ja, gleich. Ich muss darauf bestehen, zu erfahren, wo er ist.«

»Weg mit dem Fuß.«

Endlich ließ sich der junge Mann dazu herab, Kraft aufzuwenden und den Blick zu heben.

»Wenn du nicht sofort den Fuß zurückziehst«, sagte er laut und hob die linke Hand, um ihm sein Telefon zu zeigen, »dann rufe ich die Polizei.«

Lars gehorchte. Die Tür fiel zu.

»Jesus«, murmelte Lars. »Großer Gott.«

Wenn der Knabe in Kjell Hopes Wohnung die Wahrheit gesagt hatte, dann war der *default*-Redakteur zu einer neuen Etappe auf seiner ideologischen Reise aufgebrochen. Er hatte als Anarchosyndikalist angefangen, hatte dann bei einer rechtsliberalen Partei vorbeigeschaut und war bei der rechtspopulistischen FRP gelandet. Um dann noch einen Schritt nach rechts zu machen. Mit *default.no* war er wirklich dabei gewesen, Spuren zu hinterlassen.

Und jetzt war also Jesus angesagt.

Kjell Hope hatte das Spielfeld umrundet.

Lars Winther ging auf die Treppe zu.

Die Wanderung von ganz links nach ganz rechts war nicht ganz ungewöhnlich. Vor allem nicht im vergangenen Jahrzehnt, wo die politische Achse immer weniger linear geworden war. Die Hufeisentheorie war bereits etabliert: Im Kampf gegen Globalisierung und Eliten, für Nationalismus und Protektionismus gab es viele Gleichheitszeichen zwischen den Extremen auf beiden Seiten. Auch die Verachtung des Islam war auf beiden Seiten gleich groß.

Gott in die Sache hineinzuziehen war zwar nichts Neues, aber Lars Winther wusste trotzdem nicht so ganz, was er davon halten sollte. Wenn *default* auch nicht sehr lange existiert hatte, war dieses Projekt doch Kjell Hopes Versuch gewesen, ein Lebenswerk aufzubauen. Das Forum hatte immer mehr Leser generiert und wurde zum Gegenstand wachsender Aufmerksamkeit. Es irritierte und provozierte, und da es außerhalb von Organisationen und Vorschriften der Presse stand, wagten sie es, die Grenzen der Meinungsfreiheit wütender und brutaler herauszufordern als alle anderen. *default* war ganz einfach auf dem Weg zu etwas gewesen, dazu, eine norwegische Ausgabe des amerikanischen *Breitbart* zu werden.

Bis Jesus allem ein Ende gemacht hatte.

Kjell Hope konnte das nicht freiwillig getan haben.

Lars Winther nahm nie den Fahrstuhl, wenn er nicht gerade in New York war. Jetzt blieb er plötzlich auf der Treppe zwischen dem dritten und zweiten Stock stehen. Er hörte weiter unten das Echo spielender Kinder und eine scharfe Frauenstimme, die versuchte, die Kinder nach draußen zu schicken.

Es gab hier ein Muster. Lars Winther konnte es nur nicht ganz erkennen. Auch wenn das Material, das ihm ein anonymer Absender geschickt hatte, jetzt fast wertlos war, so gab es jemanden, der es ihm aus einem bestimmten Grund weitergegeben hatte. Die Absicht konnte nur gewesen sein, *default* zu schaden und eventuell den Finanzmann Eivind Kåre Storheim zu treffen.

Vielleicht sogar beides.

Lars Winther wusste ja nicht, ob das umfangreiche Dokument noch an andere Redaktionen geschickt worden war. Jemand konnte ihm zuvorgekommen sein und Kjell Hope in die Arme des Heilands gejagt haben, ehe Lars Winther so weit gekommen war.

Die Twitteraktion, die *default* seiner Werbeeinnahmen hatte berauben sollen, war ebenfalls ein Erfolg gewesen.

Er ging drei Stufen weiter nach unten, dann blieb er abermals stehen.

Jemand hatte *default* ans Leder gewollt und das auch nachdrücklich geschafft. Das war an sich nicht so auffällig, er selbst hatte dem Forum seit Langem nur Pest und Verderben gewünscht.

Was ihn stutzig machte, war das zeitliche Zusammentreffen.

default, Kjell Hope und Pål Poulsen waren alle innerhalb weniger Tage in die Knie gezwungen worden. Pål Poulsen war nicht so extrem wie Hope und dessen kleine Redaktion, war aber doch einer der größten Schwertschwinger in der rechtspopulistischen, islamfeindlichen Armee, für die sie sich selbst hielten. Er war zwei Jahrzehnte lang der Anführer gewesen, mit großer Klappe, und bisher offenbar immun gegen eigene Fehler und die brennende Kritik der anderen.

Die Kinder da unten wollten sich nicht aus dem Treppenhaus vertreiben lassen. Das Frauenzimmer kreischte jetzt los, und Lars Winther hörte rasche Schritte zu sich hochkommen. Er lehnte sich an die Wand, zog sein Telefon hervor und fing an, so überzeugend zu surfen, wie er nur konnte. Drei Teenager stürmten lachend vorüber, ohne auf ihn zu achten.

»Verflixt«, sagte er langsam zu sich, als er die Schlagzeile auf *medier24* sah. »Oh, verdammte Kacke.«

Es gab hier wirklich ein Muster, und es wurde immer deutlicher.

Und größer.

Er blieb abermals stehen, als die Jugendlichen weiter oben im Haus verschwunden waren, schluckte und fühlte sich heiß. Seine Gedanken fanden langsam ihren Platz, und er konnte nicht begreifen, dass er es nicht sofort gesehen hatte.

Sjalg Petterson war tot, fiel ihm ein.

Und jetzt das hier.

Alles hing mit allem zusammen, und nun musste er um jeden Preis Selma Falck erreichen.

Herbst

Das Hüttenbuch

Es waren so ungefähr vierundzwanzig Stunden vergangen, glaubte Selma. Der Schnee draußen hatte sich in Regen verwandelt.

Nachdem sie kalte Spargelsuppe und zwei Stück Knäckebrot mit Makrele in Tomate gegessen und die Hälfte einer großen Flasche Pepsi Max getrunken hatte, hatte Selma Lupus mit Futter und Wasser versorgt. Er fraß noch schneller als sie. Danach hatte sie sich davon überzeugt, dass Streichhölzer und große Mengen Holz vorhanden waren, und sich dann hingelegt.

In ein echtes Bett.

Mit Bettwäsche.

Als sie eingeschlafen war, war es ungefähr Mittag gewesen. Als sie jetzt aufwachte, war es hell. Es musste eine ganze Nacht dazwischenliegen, meinte sie. Auch wenn ihr Körper noch immer steif und wund war, hatte sie tief und traumlos geschlafen. Irgendwann war Lupus ans Fußende gesprungen, aber sie hatte ihn weggetreten. Jetzt lag er in der Ecke bei der Tür, eine graue, struppige Rolle, die kaum zu atmen schien.

Der Körpergeruch, auf den sie seit Tagen nicht geachtet hatte, war jetzt geradezu eine Qual. Sie hatte, ehe sie eingeschlafen war, nur noch feststellen können, dass im anderen Schlafzimmer ein voller Kleiderschrank stand. Eine innere Stimme hatte ihr gesagt, sie solle versuchen, sich zu waschen, ehe sie etwas anzog, deshalb war sie nackt ins Bett gefallen.

Sie stank nach Elend und nach Unaussprechlichem.

Außerdem hatte sie sich eingenässt, das merkte sie jetzt, mitten auf der Matratze zeichnete sich ein großer Fleck ab. Es roch harsch und ziemlich krank.

Es musste hier eine Art Badezimmer geben. Sie kam auf die Beine. Lupus hob den Kopf und warf ihr einen eisblauen Blick zu, dann versank er wieder in seinem Dämmerschlaf. Selma schleppte sich aus dem Zimmer zu einem vielleicht fünf Meter langen engen Gang. Die Tür in der hintersten Querwand führte ins Wohnzimmer, glaubte sie sich zu erinnern, auch wenn sie merkte, dass sich die Gedanken in ihrem Kopf ungewöhnlich langsam bewegten. Sie war wohl noch nicht ganz wach. Für einen Moment dachte sie, das hier könne doch ein Traum sein, sie könne jeden Augenblick in der Steinhütte aus dem Schlaf auffahren, verloren und allein. Diese Schrecksekunde trieb ihre Gedanken an, und sie hob aus alter Gewohnheit die Finger zu der Wunde auf dem Kopf. Die hatte sich jetzt ganz geschlossen. Noch immer spürte sie einen deutlichen Rand aus geronnenem Blut, und um die Wunde hatten sich die Haare zu einer Kruste von der Größe eines Schmalzkringels verfilzt.

Aber es tat nicht mehr so weh.

Der Hals dagegen. Stechende Schmerzen stiegen von der Lunge her auf.

Neben der Tür, aus der sie gerade gekommen war, lagen noch drei weitere. Die erste führte in das Schlafzimmer, in dem sie am Vortag die Kleider gefunden hatte. Dort standen Etagenbetten, deshalb hatte sie sich für den Raum mit Doppelbett entschieden.

Ein Doppelbett in einer einfachen Hütte war ein Luxus. Gestern hatte sie Steckdosen und Lichtschalter gesehen. Auch hier auf dem Gang, der nur durch das kleine Fenster am Ende Licht erhielt, gab es Hinweise auf Stromversorgung in der Hütte. Sie ging auf das Wohnzimmer zu, aber keiner der beiden Schalter, auf die sie drückte, produzierte mehr als ein Klicken. Die Plafondlampen waren so dunkel wie zuvor.

Generator, dachte sie plötzlich.

Natürlich waren so tief ins Gebirge keine Stromleitungen verlegt worden. Es musste hier irgendwo einen Generator geben, eine Stromversorgungsanlage mit Diesel- oder Benzinantrieb. Sie schnupperte, aber der Gestank ihres Körpers überlagerte alles andere.

Generatoren standen in der Regel außerhalb der eigentlichen Hütte, in einem Anbau oder einem Schuppen. Vor allem wegen des Lärms, aber es hatte vielleicht auch mit der Brandgefahr zu tun.

Sie öffnete die dritte Tür.

Ein Badezimmer. Ein kleiner Raum mit einem Waschbecken mit Mischbatterie. Ein Duschkabinett. Es war schmal und hatte unten eine kleine Öffnung, in der offenbar etwas angezündet werden musste. Gas, vermutete sie. Ein kleiner Gasofen, ganz einfach.

Selma wurde es beim Gedanken an eine Dusche schwindlig, und sie musste sich an die Wand stützen, als sie hineinging und versuchte, das Wasser aufzudrehen.

Auch das war nicht eingeschaltet.

»Scheiße«, sagte sie laut und drehte noch einmal an den Hähnen, als ob die Hoffnung bestünde, dass das helfen könnte.

Es gab keine Generatoren für Wasser, soviel Selma wusste. Man brauchte Energie, um Wasser anzuwärmen, aber nicht, um es aus dem verdammten Hahn zu holen.

Oder vielleicht doch. Es konnte eine Pumpe geben, die Regenwasser in einer Zisterne sammelte, die wiederum von irgendeiner elektrischen Vorrichtung betrieben wurde.

Ihr Hals brannte. Selma hustete, und ihr Kopf fühlte sich wirklich schwer an.

Und sie hatte Hunger. Und Durst.

Der Generator, rief sie sich in Erinnerung. Sie musste die Maschine finden, die ihr Essen und Wärme spenden konnte. Danach würde sie duschen, sich etwas anziehen, essen und schließlich noch mehr schlafen.

Sie klapperte mit den Zähnen, das merkte sie jetzt, obwohl sie es hier wärmer hatte als seit vielen Tagen. Sie hustete wieder, würgte und räusperte sich und merkte, dass sich ihr Mund mit zähem Schleim füllte. Sie spuckte ins Waschbecken. Der Klumpen war gelbgrün und roch so übel wie sie selbst.

»Shit«, sagte sie und hörte Lupus durch den Gang trotten.

Wenn sie nach draußen müsste, musste sie sich anziehen. Dann musste sie eben die Kleider ruinieren, weil sie so verdreckt war; alles, was sie verbrauchte und benutzte, würde sie ersetzen, wenn sie nur erst aus dem Gebirge hinaus wäre. Hier gab es genug, woran sie sich bedienen könnte. Oder vielleicht sollte sie sich einfach nur in die Wolldecken wickeln, die sie bereits versaut hatte.

Selma gab das Badezimmer auf und schlurfte ins Wohnzimmer, griff nach den Decken, die am Esstisch über einem Stuhl hingen. Sie war noch dabei, sie um ihren Körper zu schlingen, als ihr Blick auf etwas fiel, das sie am Vortag nicht bemerkt hatte.

Das Hüttenbuch.

Natürlich gab es in einer Hütte wie dieser ein Hüttenbuch.

Es lag quer im Bücherregal unter dem Fenster, auf einer Reihe von Büchern von Jo Nesbø. Selma ging hinüber und griff danach.

»Lieber Gott, mach, dass dieses Buch mir sagt, welches Datum wir haben. Mach, dass dort steht, dass die Besitzer heute zurückkommen.«

Lupus fiepte. Genau wie Selma, ihr Hals war dermaßen entzündet, dass ihre Stimme zu einem rauen Flüstern reduziert war. Es kam ihr vor, als ob jemand eine Schornsteinfegerbürste in ihre Lunge gesteckt und sie brutal im Hals auf und ab bewegt hätte.

Das Buch war edel in Leder gebunden. Unten rechts war ein Bild von einem Paar Pantoffeln neben einem Brennholzstapel eingestanzt. »Hüttenbuch«, stand in vergoldeten Buchstaben daneben. Mit Händen, die vor Fieber und Spannung zitterten, griff sie nach dem roten Lesebändchen und öffnete das Buch beim letzten Eintrag:

Liebe Hütte! Papa und ich waren ungeheuer fleißig und jetzt gibt es einen neuen Küchenschrank. Da wir ausnahmsweise einmal den Geländewagen benutzen durften, haben wir auch eine Menge Lebensmittel gebunkert. Wir haben die Bestandteile des neuen Bettes in den Anbau gelegt, das werden wir in zehn Tagen aufbauen, wenn bis dahin nicht alles verschneit ist. Papa sagt, dass es hier noch nie so früh geschneit hat. Es war der pure Sturm. Klimawandel. ☹☹☹
Zuerst DER Sommer, dann das hier. Ja, ja.
Rothütte, Hardangervidda, Norwegen, Europa, Erde, Sonnensystem, Milchstraße, Universum, am 12. September 2018, Karianne (21).

Selma fand diese komische Unterschrift verwirrend, aber als sie in dem dicken Buch zurückblätterte, sah sie, dass Karianne (21) so unterschrieben hatte, seit sie Karianne (5 ½) gewesen war.

Selma hatte die ganze Zeit recht gehabt. Sie war auf der Hardangervidda. Und jetzt kannte sie das Datum. Natürlich war es möglich, dass Karianne und ihr Vater schon einen Tag vor Selmas Eintreffen weggefahren waren. Aber dann hätten sie ein kräftiges Feuer im Kamin hinterlassen müssen, was sie sicher nicht gewagt hätten. Das Motorendröhnen, das Selma ganz bestimmt gehört zu haben glaubte, ohne zu wissen, dass sie auf dem Weg zur Rothütte war, war sicher dem Geländewagen der beiden Amateurzimmerleute zu verdanken gewesen.

Eine Nacht hatte Selma geschlafen.

Es war mit anderen Worten der 13. September, und ihr blieben nur noch drei Tage, um eine regelrechte Liquidierung zu verhindern.

Sommer

Das Video

Einar sah wahnsinniger aus denn je.

Die Haare standen nach allen Seiten ab, und zu irgendeinem Zeitpunkt hatte er sich rasieren wollen. Nachdem er die Hälfte seines zickzackförmigen Bartes entfernt hatte, hatte er sich die Sache anders überlegt, und nur seine rechte Gesichtshälfte war einigermaßen glatt rasiert. Er trug dieselben Kleider wie bei Selmas Besuch zwei Tage zuvor, sogar die rote Wollsocke am linken und den schwarzen Baumwollstrumpf am rechten Fuß.

Das Katzenklo stank. Ansonsten war Einar überaus reinlich, was Miez betraf. Jetzt lag der Kater auf dem Zeitungsstapel im Gang und miaute bei Selmas Anblick.

»Was in aller Welt machst du denn da?«, rutschte es ihr heraus, als sie bei Einars Anblick abrupt in der Tür stehen blieb.

Seine Finger waren gelborange und um seinen Mund hatten die Reste von gelbem Fett einen grotesken Clownsmund gemalt. Die Tastatur des Laptops war von dieser Schweinerei auch schon fast ruiniert. Ein Messbecher aus durchsichtigem Kunststoff, gefüllt mit etwas, das Selma für Wasser hielt, stand auf dem Couchtisch.

»Mariska«, murmelte er abwesend und starrte weiter den Bildschirm an, während er den Messbecher hob.

Zwei Drittel Liter Wasser verschwanden in großen Schlucken.

»Einar«, begann sie, ohne zu wissen, was sie sonst noch sagen sollte.

»Ja, Mariska.« Er hämmerte mit zwei Fingern auf die Tastatur. »Das Internet weiß alles. Alles. Wusstest du zum Beispiel, dass die Amerikaner Osama bin Laden gar nicht umgebracht haben? Dass das bloß ein …« Er schloss das eine Auge zu einer konzentrierten Grimasse und hob den orangen Zeigefinger wie zu einem parodistischen Schweigebefehl. »… ein *Scam* war!«, fügte er dann hinzu. »Diese Filme aus seinem Haus in Islamabad wurden in Hollywood aufgenommen. Unter der Regie von Obama. Barack. Obama. Osama. Glaubst du, die Ähnlichkeit zwischen den beiden Namen ist ein Zufall? Wohl kaum.«

»Einar. Hör mir jetzt zu, du musst …«

»Dass al-Qaida bin Ladens Tod bestätigt hat, war nur, weil sie von der CIA einen Haufen Geld bekommen haben«, redete Einar weiter, während er ununterbrochen auf der Tastatur herumhämmerte. »Er lebt noch, versteckt in einem Palast in der Wüste bei Riad, und von dort wird er in vier Jahren zurückkehren. Großer Gott, Selma, das wusste ich alles nicht.«

Sie ging auf das Sofa zu.

»Ich habe dich gewarnt«, sagte sie irritiert. »Du darfst so was nicht glauben. Im Internet wimmelt es nur so von Verschwörungstheorien und falschen Geschichten. Das da ist nur Unsinn, Einar. Und das begreifst du, wenn du dir die Sache mal richtig überlegst.«

Endlich schaute er auf. Selma fuhr zurück. Seine Augen waren blutunterlaufen, und an den Rändern sammelte sich etwas, das sie auf den ersten Blick für Eiter aufgrund einer schweren Entzündung hielt. Staub von Käseflips, damit beruhigte sie sich dann gleich darauf.

»Schluss«, sagte sie streng, setzte sich neben ihn und klappte ihm den Deckel des Rechners auf die Finger.

»AU! Lass mich …«

Er versuchte, sie wegzuschieben. Sie ließ nicht locker, zog das Gerät zu sich und versteckte es hinter ihrem Rücken. Als er noch einmal versuchte, den Laptop an sich zu reißen, packte sie wütend sein Handgelenk.

»Gegen mich hast du nicht die geringste Chance. Das weißt du.«

Die Spannung in seinem Arm legte sich, und sie ließ los.

»Das war eine schlechte Idee von mir«, sagte sie. »Außerdem brauchst du eine Dusche. Was hast du ...« Sie fing an, leere Tüten zusammenzuraffen. Außer den sechs, die sie von der Tür aus gesehen hatte, lag eine halb volle auf dem Boden. »Was hast du hier gemacht? Was treibst du eigentlich?«

Gereizt sprang sie auf, mit den vielen Tüten in der einen und dem Laptop in der anderen Hand.

»Ich war im Internet«, sagte er leise. »Da gibt es so viel. Zu viel. Wissen und Fakten und ... alles. Man gibt einfach ein Wort ins ... ins Suchfeld ein, irgendein Wort, oder eine Kombination von Wörtern. Am besten auf Englisch, dann ...«

»Einar«, fiel sie ihm mit scharfer Stimme ins Wort. »Sitzt du hier seit ...«, sie warf einen Blick auf die Uhr, »... seit neunundvierzig Stunden? Ohne Pause? Ohne zu schlafen?«

Er sah sie verwirrt an. »Ich war im Kiosk. Zweimal. Die haben keine Käseflips mehr, aber morgen kommt Nachschub. Oder heute. Oder ...« Er fasste sich mit beiden Händen an den Kopf. »Heute vielleicht.« Jetzt murmelte er und wiegte sich auf dem Sofa von einer Seite zur anderen.

»Man kann nach CIA suchen. Und nach *surveillance*. Und nach *implants*. Und *chip*. Im selben Suchfeld. Man kann ...«

»Einar! Hast du deine Medikamente genommen?«

»Weiß nicht.« Er wiegte sich immer heftiger hin und her.

Selma ging mit den Tüten in die Küche und warf sie weg, steckte den Laptop in ihre Schultertasche und legte sie auf den Sessel. Danach setzte sie sich dicht neben ihn auf das Sofa und berührte seinen Rücken mit der Hand.

»Ganz ruhig jetzt, Einar. Okay?«

Er bebte ein wenig, das merkte sie jetzt, als ob er einen Krampf im Rücken hätte. Sie fuhr mit der Hand langsam an seinem Rückgrat auf und nieder.

»Ich hatte dir doch eine Aufgabe gestellt«, sagte sie leise. »Du solltest etwas für mich suchen. Und dich nicht in diesem konspiratorischen Unsinn verirren. Wir haben so oft darüber gesprochen, Einar. Dass wir uns keinen Unsinn anhören wollen. Oder nicht?«

»Doch.«

Immerhin wiegte er sich jetzt nicht mehr hin und her.

»Jetzt hole ich deine Medikamente, okay? Und dann duschst du. Hast du saubere Kleider?«

»Ja.«

»Und wenn du schon im Badezimmer bist, kannst du dir gleich den restlichen Bart abnehmen. Das sieht komisch aus, so, wie es jetzt ist.«

»Mir war etwas eingefallen«, sagte er klagend. »Mitten beim Rasieren. Eigentlich wollte ich auch duschen, aber dann ist mir etwas eingefallen, das …«

»Schon gut«, flüsterte sie zurück. »Denk jetzt nicht daran. Wenn du geduscht und saubere Sachen angezogen hast, gehen du und ich zu einem späten Mittagessen ins Noahs. Du kannst Kebab nehmen.« Sie erhob sich. »Komm«, sagte sie und streckte die Hand aus.

Er schaute auf. Das Weiße in dem einen Auge war wirklich tiefrot, offenbar war eine größere Ader geplatzt.

»Du hattest mir eine Aufgabe gestellt.«

»Ja. Aber vergiss die jetzt. Komm.«

»Ich habe das geschafft. Das hat nicht so lange gedauert, leider. Und dann habe ich entdeckt, was sonst noch alles darin steckt …«

Er starrte Selmas Tasche an, die den Laptop enthielt.

»Du hast es geschafft? Wie meinst du das?«

»Herauszufinden, womit Pål Poulsen erpresst wird. Du hast gesagt, er wird erpresst und will Hilfe. Aber dass er dir nicht erzählen wollte, was die Erpresser über ihn wissen. Also hast du Nein gesagt. Du wolltest ihm nicht helfen, wenn er dir nicht alles erzählt. Obwohl er gejammert hat wie ein Kind.«

»Äh … ja. Und du hast …«

»… das herausgefunden. Ja. Glaube ich.« Noch immer starrte er die Tasche auf dem Sessel an. »Kann ich meine Medizin haben?«, fragte er und trank wieder Wasser aus dem Messbecher.

Selma zögerte einen Moment, dann ging sie ins Badezimmer und holte seinen vielfarbigen Tablettenspender. Als sie zurückkam, hatte er den Laptop schon wieder an sich gerissen. Er stand wieder aufgeklappt vor ihm auf dem Couchtisch.

»Also wirklich«, sagte sie mit scharfer Stimme. »Rühr gefälligst meine Tasche nicht an!«

»Der lag ganz oben«, murmelte er. »Ich hab sonst nichts gesehen.«

Er streckte ihr die flache Hand hin, ohne den Blick vom Bildschirm zu heben. Selma sah, dass er zwei Tage keine Medikamente genommen hatte, und fragte sich für einen Moment, ob sie ihm deshalb die doppelte Dosis geben sollte. Bei genauerem Nachdenken kam sie aber zu dem Schluss, dass das gefährlich sein könnte.

»Hier liegen für jeden Tag vier Pillen«, sagte sie. »Nimmst du alle auf einmal oder über den Tag verteilt?«

»Alle auf einmal«, sagte er und krümmte die Finger.

Sie gab ihm die Pillen, und er ließ sie in seinen Mund fallen und spülte sie mit dem restlichen Wasser hinunter.

»Facebook«, sagte er mühsam.

»Bist du auf … hast du dir ein Profil auf Facebook angelegt?«

Für einen Moment bekam sie es mit der Angst zu tun bei der Vorstellung, aus Versehen ihr eigenes Profil eingegeben zu haben, als sie den Laptop für ihn eingerichtet hatte.

»Ja. Brauchte ja meinen eigenen Namen nicht zu nehmen. Hier heiße ich Darius F. Einar Miezen.«

Er war ganz ernst, und Selma sah, dass er noch immer zitterte. Sie setzte sich wieder neben ihn.

»Aber du brauchst doch eine E-Mail-Adresse, um …«

»Hab ich auch erledigt«, sagte er kurz. »Kostet nichts. Das wusste ich nicht.« Das rote Auge starrte ihr ins Gesicht.

»Hast du schon Freunde?«, fragte Selma.

»Vier Stück. Und einen Abonnenten. Du musst mir helfen, Fotos zu posten. So ein richtiges …« Er versuchte, mit den Fingern zu schnippen, aber die waren zu sehr mit Fett verschmiert.

»Profil anzulegen«, half Selma aus. »Mit einem Profilbild. Ich halte das eigentlich für keine gute Idee.«

»Du musst eine Einmalkamera nehmen oder so was.«

Plötzlich und erschrocken starrte er Selmas Tasche an, die noch immer auf der anderen Seite des Tisches lag.

»Du hast doch wohl dein Telefon nicht eingeschaltet? Ich habe so schreckliche Kopfschmerzen.«

»Nicht doch. Aber was hat Facebook mit Pål Poulsen zu tun?«

»Er hat so eine offene Seite.«

»Öffentlich«, sagte Selma und nickte. »Ist ja wichtig, für Politiker.«

»Sicher. Ungefähr jeder zehnte Beitrag, den er hier postet …«, er wechselte auf die Seite von Pål Poulsen über, »… ist persönlich. Neunzig Prozent drehen sich um das Nein zur Straßenmaut und zur Zuwanderung und um das Nein zu ungefähr allem. Abgesehen von rotem Fleisch und Tabak. Einiges hat er selbst geschrieben, andere Sachen sind solche …« Er redete sich immer mehr in Rage, sprach viel zu schnell, dann verstummte er abrupt und rang um Atem.

»Links«, schlug Selma vor. »Aber jetzt beruhig dich erst mal, Einar.«

»Links«, wiederholte er. »Links. Links. Solche Sachen, wo man drückt, und dann taucht etwas ganz anderes auf.«

»Ich glaube, wir packen den Rechner jetzt erst einmal weg und …«

»Nein!« Seine Stimme schlug ins Falsett um, dann zuckte er mit der einen Schulter und redete weiter. »Links heißen die. Davon hat er viele. Und dann hat er private Sachen, meistens aus Thailand. Meistens aus Thailand! Er hat sich im April 2007 bei Facebook angemeldet. Vor elf Jahren.« Noch ein Rucken mit der rechten Schulter, jetzt heftiger. Wie ein Tic. Selma sah das nicht zum ersten Mal.

»Elf Jahre«, wiederholte er. »War verheiratet. Wurde geschieden. Hat geheiratet. Wurde geschieden. Hat noch einmal geheiratet. Aber auf seiner Seite vor allem Links. Links. Das ganze Internet ist voll von Links.«

Selma streckte die Hand aus und versuchte, den Rechner zuzuklappen. Er schlug ihre Hand weg. »Er ist in Thailand«, sagte er tonlos. »Oft. Hat da eine Wohnung.«

»Das weiß ich«, sagte Selma. »Das habe ich mehrmals gelesen. In Interviews. Er fährt mit seiner Familie nach Thailand.«

»Drei Frauen«, murmelte Einar und klickte mit der Maus.

»Ja. Aber nacheinander. Nicht auf einmal.«

»Viele Bilder von Thailand hier.«

»Komm«, sprach Selma ihm mit sanfter Stimme ins Ohr. »Komm, dann bring ich dich ins Badezimmer.«

Sie stutzte. Einar hatte fünf offenbar von Pål Poulsens Seite heruntergeladene Bilder auf den Bildschirm geholt.

»Wo hast du das gelernt?«

»Suchfeld«, murmelte er. »Das ist ein Orakel, Mariska. Es antwortet auf alle Fragen. Schau her.« Sein grober klebriger Zeigefinger berührte den Bildschirm.

Drei Fotos stammten aus einer Strandbar. Wie es aussah, handelte es sich um dasselbe Lokal, nur waren sie zu unterschiedlichen Zeitpunkten aufgenommen worden. Pål Poulsen trug verschiedene T-Shirts, saß aber an genau demselben Tisch. Gattin Nummer zwei lächelte auf dem einen Bild in die Kamera, zusammen mit Poulsens Sohn, der um die fünfzehn sein mochte und um einiges schlechterer Laune war. Die beiden anderen Bilder aus der Bar waren romantischer. Pål Poulsen hatte den Arm um die neueste Gattin gelegt und war zusammen mit drei Männern und einer Frau, die vom Aussehen her durchaus aus Thailand stammen konnten.

Ein Bild zeigte den Politiker vor einer schwarzen Limousine. Er stand allein da und lehnte sich an die Beifahrertür, die Arme vor dem Bierbauch übereinandergeschlagen und mit einem zufriedenen Lächeln, den Blick in die Kamera gerichtet. Seine grauen Haare waren vom linken Ohr zum rechten über den Schädel geklatscht.

Ganz oben auf dem Bildschirm befand sich ein Bild des Parlamentsmitglieds auf Bootstour zusammen mit vielleicht einem halben Dutzend anderer Leute, die Selma nicht erkannte. Im Hintergrund waren die ortstypischen Inseln zu sehen. Säulenförmig, als wären sie als riesige Topfpflanzen aus dem Meer gewachsen.

Selma schaute so diskret sie konnte auf die Uhr.

»Ziemlich normale Ferienbilder«, sagte sie. »Und jetzt nehme ich das Gerät, Einar, ich muss gehen und …«

»Sieh dir den Typen da an!« Einars Finger wanderte von einem Bild zum anderen.

Selma hatte den Mann nicht einmal bemerkt. Er war klein, schmal und dunkel. Auf zwei Bildern lächelte er, auf dreien war sein Gesicht neutral, fast ausdruckslos. Er war nie richtig im Bild, war sozusagen nicht ganz dabei. Er war auf allen Bildern gleich angezogen, trug ein dunkelblaues Piquéhemd.

»Ich seh mir den Typen an«, bestätigte Selma langsam.

»Der gehört irgendwie nicht mit zur Gesellschaft.«

»Nein. Na ja. Vielleicht ist er ein Guide.«

»Vielleicht.« Einar zeigte auf ein Bild, auf dem die blaue Hemdenbrust ganz zu sehen war. »Ein Logo.«

Selma durfte endlich den Laptop zu sich herumdrehen. Sie hob ihn näher an ihre Augen.

»*The Dream Well?* Steht das da?«

»Ja. Und das Emblem ist ein altmodischer Brunnen. Stilisiert.«

»Und?«

Einar griff nach dem Laptop und hämmerte neue Buchstaben ins Suchfeld.

»Ein Luxushotel«, sagte er und zeigte auf die Website, die nun aufgetaucht war. »Ein wahnsinnig teures und feines Hotel. Es lag in Hua Hin, genau wie Poulsens Ferienwohnung.«

»Okay?«

Einar zeigte auf eins der Bilder aus der Strandbar. Selma schaute aus zusammengekniffenen Augen den Bildschirm an.

»Ein Namensschild«, sagte Einar. Seine Stimme war noch immer tonlos, und er redete fast im Stakkato. »Mit demselben Brunnen. Der Mann heißt Prayut Pitsuwan. Er arbeitet im *Dream Well.* Hat da gearbeitet. Das Hotel gibt es jetzt nicht mehr, und Prayut sitzt im Gefängnis.«

»Was?«

»Prayut ist ein Freund von Pål«, sagte Einar. »Oder ein Guide. Oder einer, der ihm etwas anbietet.«

»Sie sind sicher befreundet«, sagte Selma. »Jetzt muss ich gehen. Und den Rechner nehme ich mit. Tut mir leid.«

Einar schaute auf. Ihr ins Gesicht.

»Das *Dream Well* wurde im Frühling des vergangenen Jahres geschlossen. Nach einer gewaltigen Razzia. Es kam heraus, dass das Hotel ...« Seine Augen liefen über, die Tränen zeichneten blanke Spuren in das gelbe Fett, von dem sein Gesicht jetzt bedeckt war. Er holte Luft und fing noch einmal an. »Eine Gruppe von Angestellten hat nebenher ihre Geschäfte gemacht. Der Geschäftsführer, unter anderem, und unser Prayut.«

Wieder zeigte er auf die Gestalt, die auf Pål Poulsens fünf Ferienbildern zu sehen war. Ein Mann ein wenig im Abseits, auf der Hut, aber doch bereit, sich fotografieren zu lassen. Auf dem Bild, auf dem Pål vor einer schwarzen Limousine posierte, konnte Selma bei genauerem Hinschauen sehen, dass Prayut Pitsuwan sich gerade hinters Lenkrad setzte.

Ein Fetzen vom Hotellogo war auf der Seite des Autos zu sehen, ganz unten im Bild.

»Man wohnt ja wohl nicht im Hotel, wenn man am selben Ort eine Ferienwohnung hat«, sagte Selma langsam.

»Wir reden hier von Sex«, sagte Einar, als ob er sie nicht gehört hätte. »Wir reden von richtigen Sauereien, Mariska. Kinder. Kleine Kinder. Wir reden ...« Er keuchte unvermittelt auf, als ob er keine Luft bekäme.

Selma setzte sich wieder und legte ihm den Arm um den Rücken.

»Es tut mir so leid«, flüsterte sie. »Du hättest niemals die Möglichkeit haben dürfen, das alles zu sehen.«

Vor langer Zeit, als Einar Falsen Polizist gewesen war, hatte er einen Festgenommenen umgebracht. Hatte ihm das Genick gebrochen, in einem so plötzlichen Überfall, dass ein anwesender Kollege nur noch hatte glotzen können, und schon war der Gefangene tot. Zwei Minuten vor dem Angriff hatte Einar einen Koffer voller Kinderpornos geöffnet. Das oberste Bild zeigte seine eigene Tochter, die damals um die acht gewesen war. Zehn Jahre und eine schwere psychische Krankheit später hatte sie sich das Leben genommen, ohne jemals von den Übergriffen durch einen Nachbarn erzählt zu haben. Nicht einmal ihrem Papa, dem Polizisten. Einar wurde zu einer Gefängnisstrafe verurteilt, verschwand im Wahnsinn und wurde zu Selmas selbst gewählter Verantwortung und ihrem einzigen wirklichen Freund.

»Entschuldigung«, flüsterte sie ihm ins Ohr. »Wir vergessen das hier, ja? Gibt es etwas, das wir tun können, um das alles zu vergessen?«

Einar rieb sich mit den gelben Händen unter beiden Augen.

»Es geht schon«, sagte er. »Bei der ersten Suche habe ich …«

»Schschsch. Vergiss es. Das ist mein Ernst.«

Er wand sich aus ihrem Arm. Wieder zuckte seine Schulter abrupt.

»Nein! Bei der ersten Suche habe ich …«

Selma wollte nach dem Laptop greifen, aber Einar kam ihr zuvor. Er klickte ein Dokument an, drehte Selma den Rechner zu und erhob sich.

»Noch mal ertrag ich das nicht«, sagte er. »Aber das habe ich gefunden, als ich in den Fußspuren dieser Razzia gewandelt bin, die die thailändische Polizei da durchgeführt hat.«

Selma sah. Sie schluckte und sah dem Film noch einige Sekunden lang zu. Ihre Kehle schnürte sich zusammen. Eine heftige Übelkeit schoss aus ihrem Magen hoch und füllte ihren Mund mit zähem Speichel. Sie schloss die Augen und knallte den Deckel so hart zu, dass der angebliche Strahlenschutz platzte. Das spielte keine Rolle.

Einar Falsen konnte das hier nicht ertragen.

Einar musste allein leben, hinter verschlossener Tür, mit Miez, Joghurt und Käseflips. Mit seinen täglichen Morgenrunden, um Papierzeitungen zu stehlen, anständig redigierte Publikationen. Er konnte im geschlossenen Hinterhof spazieren gehen, mit dem Kater an der Leine, und ab und zu einen Ausflug zu dem fünfzig Meter weiter gelegenen Kiosk unternehmen. Mehr ertrug er nicht. Selma war sein Schutz vor der Wirklichkeit, und sie durfte ihm kein Periskop in die ihn umgebende Gegenwart in die Hand drücken. Sie hatte geglaubt, er werde hilflos vor dem Rechner sitzen, und hatte vergessen, dass sich hinter allen Verschrobenheiten und Zwangsvorstellungen ein Polizist versteckte.

Ein früher einmal sehr fähiger Polizist, der jedenfalls um die Jahrtausendwende das Internet noch kennengelernt hatte, ehe er in einer eingebildeten Elektroallergie und einer paranoiden Wahnvorstellung von einer totalüberwachten Gesellschaft verschwunden war. Eine Wahnvorstellung, die seine zwei ununterbrochenen Tage online perfekt bestätigt hatten.

»Idiotin«, sagte sie lautlos und schlug sich selbst auf den Oberschenkel.

Sie griff nach dem zerbrochenen Gerät, steckte es in die Tasche und zog ihr Telefon hervor. Dabei fiel ihr ein, dass sie das hier drinnen nicht einschalten durfte.

»Verstehst du?«, fragte Einar und schaute ausdruckslos zu Selmas Tasche hinüber. »Wenn diese vorgeblichen Erpresser Pål Poulsen wirklich vom Thron stoßen konnten, dann müssen sie wirklich üble Sachen über ihn haben. Ich glaube, es hängt hiermit zusammen. Er kann Kunde in Prayuts Geschäft gewesen sein.«

Der Finger ruckte in Richtung der Tasche.

»Er kann unmöglich mit in den Sog geraten sein, von der Polizei festgenommen worden sein, meine ich. Aber nach der Razzia im *Dream Well* war Pål Poulsen nie wieder in Thailand. Er hatte Angst.«

Selma war noch immer schlecht. Sie versuchte, den Brechreiz durch Schlucken zu unterdrücken, wieder und wieder, aber das half nichts.

»Geh duschen«, sagte sie angestrengt. »Jetzt.«

Er gehorchte. Als die Badezimmertür hinter ihm zugefallen war, lief sie in die Küche, beugte sich über das Spülbecken und ließ ihren Mageninhalt auf die schmutzige, abgenutzte Oberfläche spritzen. Sowie sie sich aufgerichtet hatte, zwang die Übelkeit sie dazu, sich ein weiteres Mal zu übergeben. Brauner, saurer Schleim verschwand langsam im Abfluss.

Sie drehte den Kaltwasserhahn auf und benutzte eine verschlissene Spülbürste, um den unappetitlichen Brei loszuwerden.

Als das Becken einigermaßen sauber war, spülte sie ihren Mund aus und spritzte sich Wasser ins Gesicht.

Die Übelkeit legte sich.

Einar hatte eine Theorie.

Mehr war es nicht. Eine Theorie. Aber die konnte zutreffen. Als Pål Poulsen sie nach der Trauerfeier für Sjalg Petterson aufgesucht hatte, hatte er Hilfe gewollt. Er war verzweifelt gewesen. Dennoch hatte er nicht sagen wollen, womit er erpresst wurde. In dem Punkt war er unerschütterlich geblieben, obwohl Selma sich geweigert hatte, ihm zu helfen, wenn er nicht alles auf den Tisch legte. Nicht einmal als sie ihn in Bjølsen aus dem Auto geworfen und ihm gesagt hatte, er solle sich ja nicht mehr blicken lassen, hatte er nachgegeben. Schon da war Selma zu dem Schluss gekommen, dass er wirklich üblen Dreck am Stecken haben musste. Aber das hier war schlimmer als alles, was sie sich hatte vorstellen können.

Die Bilder, die sie verzweifelt von ihrer Netzhaut zu vertreiben versuchte, waren so grob, dass sie einfach nicht glauben konnte, dass Pål Poulsen sich an so etwas beteiligt haben könnte.

Andererseits konnte sie ohnehin nicht glauben, dass irgendein Mensch tun konnte, was sie eben während einiger Sekunden gesehen hatte.

Dennoch wurde es getan. Von entsetzlich vielen.

Sie schaltete ihr Telefon ein. Lars Winther hatte dreimal versucht, sie anzurufen, fiel ihr auf, und er hatte sie per SMS gebeten, sich so schnell wie möglich bei ihm zu melden. Sie verspürte eine gewisse Neugier, sie hatte schon lange nicht mehr mit ihm gesprochen, aber sie verdrängte dieses Gefühl und schrieb eine Mitteilung. Zum Glück hatte sie überall Bekannte, auch bei der Kripo.

Hallo, Karsten. Hoffentlich ist alles in Ordnung. Wollte nur sagen, dass ich zweimal in den letzten Stunden ein grauenhaftes Video aus Thailand im Netz gesehen habe. Kinder. Brutal. Vielleicht heult bei euren Filtern schon der Alarm, aber jedenfalls war ich das, und es gehörte zu einer Ermittlung. Wird sich nicht wiederholen. Demnächst mal Kaffee?

Sei umarmt, Selma F.

Das Letzte, was Einar brauchte, war, dass die Polizei vor der Tür stände. Selma holte so tief Luft, wie sie konnte, schloss die Augen und ließ das kalte Wasser von ihrem Gesicht verdampfen, statt es abzutrocknen.

Der Typ war ihr vollkommen egal. Pål Poulsen war nicht ihr Problem. Seine Probleme waren nicht ihre. Von ihr aus konnte er in der Hölle schmoren. In ihren vielen Jahren als Anwältin hatte sie sich daran gewöhnt, in jedem Verbrechen das Menschliche zu sehen. Sie hatte Verletzlichkeit bei Vergewaltigern gefunden, Zärtlichkeit bei den zynischsten Oberklasseverbrechern. Sogar Leute, die sich an Kindern vergriffen hatten, hatte sie getröstet, hatte ihnen geholfen und ihr Bestes für sie getan. Nichts Menschliches war ihr fremd.

Mit dieser Ausnahme.

Der Teufel sollte Pål Poulsen holen.

Dachte sie, und dann fiel ihr etwas ein.

Sie schloss die Augen und versuchte den verzweifelten Mann vor sich zu sehen, der neben ihr in dem alten Volvo gesessen hatte. Sie versuchte, sich zu erinnern, was genau er gesagt hatte.

Pål Poulsen wurde erpresst, das ging ihr erst jetzt auf. Die Erpressung lag nicht in der Vergangenheit, wie sie einfach so angenommen hatte.

Selma hatte sich darüber geärgert, dass er ihr nicht erzählen wollte, welches finstere Geheimnis irgendwer zu fassen bekommen hatte. Er hatte so abstoßend gewirkt, wie er da in ihrem Auto in Auflösung übergegangen war. Widerlich, fast unmenschlich. Sein Schmerbauch war riesig, die bleichen Waden zu dünn. Mit seiner flatternden Haarsträhne und den Schweinsäuglein, die aus purer Verzweiflung in seinem Gesicht verschwanden, stand er seiner eigenen Botschaft im Weg.

»Idiotin«, flüsterte sie sich noch einmal zu.

Pål Poulsen war als Vizevorsitzender seiner Partei bereits zurückgetreten, als er sie aufgesucht hatte. Er war längst gestürzt. Selma war deshalb davon ausgegangen, dass er zum Rücktritt gezwungen worden war, und deshalb war sie an seiner Geschichte auch nur halbwegs interessiert gewesen. Aber für Pål Poulsen war die Sache noch nicht zu Ende, das begriff sie jetzt. Noch Schlimmeres lag vor ihm.

Draußen dröhnte der Verkehr vorüber. Aus dem Badezimmer hörte sie das Duschwasser rauschen. Miez miaute übellaunig, und im Hinterhof schrien Leute einander an. Selma sperrte alles aus.

Die haben Sjalg Petterson umgebracht. Und jetzt wollen sie mich umbringen.

Genauso hatte er sich ausgedrückt. Diese Behauptungen hatten ihr Interesse gerade lange genug geweckt, um ihn ins Auto einsteigen zu lassen. Ehe sie auch nur in Sagene angekommen waren, war ihre Geduld jedoch bereits aufgebraucht gewesen.

Als Anwältin hatte Selma Falck immer verlangt, dass ihre Mandanten ihr die ganze Wahrheit erzählten. Sie interessierte sich nicht für Schuld oder Unschuld. Sie interessierte sich für die Tatsachen. Für das, was vor Gericht verhandelt werden würde.

Nur das, aber in diesem Punkt war sie unerschütterlich gewesen.

Die Tatsachen mussten auf den Tisch kommen.

Pål Poulsen hatte das nicht gewollt, und sie hatte ihn abgewiesen.

Wenn Einar recht hatte, dann wusste Selma jetzt, was sich hinter Pål Poulsens schockierendem Rücktritt aus der Eliteliga der norwegischen Politik verbarg. Wenn es wirklich jemanden von Bedeutung gab, der mit einer entsprechenden Seriosität behaupten konnte, dass Pål Poulsen sich hinter den schwärzesten Vorhängen im *Dream Well* in Hua Hin Dienstleistungen gekauft hatte, hatte der Mann überaus schwerwiegende Probleme. Wenn sich noch dazu Beweise finden ließen, wäre sein Leben mehr oder weniger zu Ende.

Wenn er nicht den Forderungen nachgab, die an ihn gerichtet wurden.

Die haben Sjalg Petterson umgebracht, hatte der Mann gesagt.

Und jetzt wollen sie mich umbringen.

Selma hatte sich darin verbissen, wie abstoßend er war und dass er ihr nicht zugehört hatte. Stattdessen hätte sie selbst zuhören müssen.

Sie hätte fragen müssen, wer »die« waren.

Und was »die« von ihm verlangten.

Und nicht zuletzt: wie denn die Verbindung zwischen Pål Poulsen und Sjalg Petterson überhaupt aussehen sollte. Sie waren zwar Mitglieder derselben Partei, aber während Poulsen vulgär und ungebildet war und über keinerlei theoretische Ausbildung verfügte, war Sjalg intelligent, beredt, gut angezogen und kenntnisreich gewesen.

Selma ging zur Badezimmertür.

»Alles okay?«, rief sie.

»Ja«, antwortete Einar von drinnen.

»Kann ich gehen?«, fragte Selma.

Er zögerte. Dann hörte sie:

»Wenn du zurückkommst.«

Zum Glück hatte sie Pål Poulsens Telefonnummer noch. Die hatte er ihr unbedingt geben wollen, für den Fall, dass sie sich die Sache anders überlegte.

»Ich komme zurück«, sagte Selma. »Das weißt du. Ich komme immer zu dir zurück, Einar.«

Der Ordner

Selma Falck war mit Pål Poulsen verabredet.

Sie hatte versucht, ihn anzurufen, als sie am Vortag Einar unter der Dusche verlassen hatte, aber der verkrachte Politiker war nicht ans Telefon gegangen. Erst als sie eine SMS geschickt hatte, reagierte er.

Fast unmittelbar.

Er war in der Hütte eines Schwagers, wie sich herausstellte, ganz allein an einem Ort, wo bisher noch niemand nach ihm gesucht hatte. Vor dem Reihenhaus in Bærum hatten rund um die Uhr Presseleute und Fotografen herumgelungert. Sogar Gattin Nummer drei hatte das nun wohl satt, vermutete Selma. Vor allem aufgrund der Situation, aber Selma glaubte auch, Pål Poulsens Gequengel entnehmen zu können, dass die dritte in Bezug auf den Gatten kalte Füße bekam. Ein Hinterbänkler im Kommunalausschuss war nicht gerade das, was sie geheiratet hatte.

Die Hütte lag in Dovre.

Pål Poulsen klang hörbar begeistert darüber, dass Selma sich die Sache anders überlegt hatte und ihn treffen wollte. Er weinte am Telefon vor Freude. Seine Lust auf die Rückreise nach Oslo war nicht ganz so überwältigend. Er hatte zwar auf den Namen seines Bruders ein Auto gemietet, aber weiter in Richtung Oslo als bis nach Hamar wollte er sich absolut nicht bewegen. Nicht einmal, um sich mit Selma Falck zu treffen.

Der Kompromiss war ein Rastplatz an der E6 bei Brumunddal.

Selma bereute ihre Entscheidung bereits.

Sie hatte in dieser Nacht mehr als dreiundzwanzigtausend Kronen verloren. An sich keine Katastrophe, denn sie hatte Geld genug, das sie verspielen konnte. Zudem war das verlorene Geld ihr eigenes gewesen, anders als im vergangenen Jahr. Das Problem war, dass sich die unerträgliche Unruhe nicht legte wie sonst nach einer Nacht vor dem Bildschirm. Verlust oder Gewinn, immer lag im Spielen eine Erlösung. In dieser Nacht hatte sie zu lange weitergemacht und war zudem zu Black Jack übergegangen, als die Pokerkarten sich nicht bessern wollten. Ohne dass sich das Glück am anderen Tisch gewendet hätte.

Black Jack war ganz einfach ein Fach, das sie nicht beherrschte, und sie hätte es besser wissen müssen.

Genau wie bei Jesper.

Seit einer Stunde versuchte er sie zu erreichen, nachdem sie ihn gestern Morgen in ihrem eigenen Doppelbett verlassen hatte. Ihr Besuch bei Anine hatte sie zu sehr aufgewühlt, als dass sie wie versprochen nach Hause hätte zurückkehren können. Er hatte offenbar den Ersatzschlüssel in der Kommode auf dem Gang gefunden, denn als sie endlich nach Sagene zurückgekehrt war, war die Wohnungstür abgeschlossen und Jesper verschwunden.

Es gefiel ihr nicht, dass er den Schlüssel hatte. Und auch nicht, dass er einfach danach gesucht hatte. Zugleich hatte es etwas Prickelndes, zu wissen, dass er jederzeit hereinkommen könnte. Sicherheitshalber hatte sie gestern Abend die Türkette vorgelegt, sie wollte schließlich nicht mitten in einem fetten Pot überrascht werden.

Der Gedanke an Jesper war wie der erste Mückenstich des Sommers. Schön irgendwie, ziemlich irritierend und unmöglich zu verdrängen. Es war unbedacht von ihr gewesen, mit ihm ins Bett zu gehen. Wenn sie es auch nicht direkt bereute, so machte es alles doch um einiges komplizierter. Obwohl sie keinen Vertrag hatten, denn Selma schloss mit ihren Auftraggebern nie einen Vertrag ab, konnte sie kaum leugnen, dass sie in seinem Auftrag einen Fall untersuchte.

Ihr Gespräch mit Anine machte ihr auch zu schaffen. Außerdem sorgte sie sich um Einar wegen seines Rückfalls. Sie hatte keine Ahnung, was sie mit Jesper Jørgensen machen sollte. Sjalg Petterson konnte ihr gerade sonst wo vorbeigehen, und beim bloßen Gedanken daran, dass sie sich gleich mit Pål Poulsen treffen würde, wurde ihr schlecht. Zu allem Überfluss war das Wetter jetzt einfach unerträglich.

Es goss wie aus Eimern. Ihr Auto war so alt, dass die Scheibenwischer nur ein Tempo hatten. Zweimal hatte sie von der Straße abfahren müssen, um auf ein Nachlassen des Regens zu warten, da sie nicht einmal die Hand vor Augen sehen konnte. Nach gut zwei Stunden Fahrt, gleich hinter Hamar, erreichte sie endlich den Rastplatz, wo Pål Poulsen, nach dem, was er in einer SMS behauptet hatte, seit über einer Stunde auf sie wartete.

Der Mann wurde triefnass auf den fünfzig Metern, die er zu Selmas Auto zurücklegen musste. Er hatte ihr ausdrücklich verboten, in seiner Nähe zu halten. Ihr Volvo war so bekannt, dass keine Möglichkeit bestehen durfte, sie beide miteinander in Verbindung zu bringen. Selma fand seine Ängste ziemlich paranoid. Die Einzigen, die bei diesem Regenwetter eine Pause einlegten, waren zwei LKW aus Polen. Die Fahrer hatten sich allem Anschein nach schlafen gelegt.

Pål Poulsen brachte einen roten Ordner mit. Rot, aus Plastik, aber sicherheitshalber hatte er den unter seinen Blazer geschoben, als er auf Selmas Auto zugewatschelt kam. Als er sich in den Volvo setzte, zog er den Ordner hervor und presste ihn an sich, als ob jemand ihm die Unterlagen mit Gewalt entreißen wollte.

»Niemand ist Ihnen gefolgt?«, wollte er als Erstes wissen.

»Nein«, sagte Selma und hob die Augenbrauen. »Wer sollte das denn sein?«

»Man weiß nie. Danke. Tausend Dank, dass Sie gekommen sind.«

»Wie ich am Telefon gesagt habe, ich muss alles wissen.«

»Alles, abgesehen davon, womit die mir drohen.«

Selma nickte.

»Abgesehen davon, womit die Sie bedrohen. Nur will ich eine Bestätigung für Folgendes. Es geht um ...«

»He! Moment mal!« Pål Poulsen hob die Handflächen. Der

rote Ordner fiel auf seine Knie. »So war das nicht abgemacht. Sie haben gesagt, dass …«

Jetzt fiel Selma ihm ins Wort: »Die Abmachung ist geändert worden. Nur ein bisschen.«

»Aber …«

»Warten Sie. Sie brauchen die Fragen, die ich stelle, nur mit Ja oder Nein zu beantworten. Ich werde keine Details verlangen. Keinen Ort und keine Zeit. Nur antworten Sie mir. Es wäre schade, wenn wir beide vergeblich …« Sie schaute hinaus in das trostlose Wetter. Der Rastplatz war eigentlich nur ein Auswuchs der Europastraße, mit einer Informationstafel, einem Toilettenhäuschen und einigen verwitterten Sitzgelegenheiten. Jetzt war alles nass und farblos, sogar der dichte Wald an beiden Seiten der Straße war verblasst und wirkte wie eine kompakte bleigraue Mauer. »… hierher nach Brumunddal gekommen wären«, beendete sie ihren Satz.

Pål Poulsen zögerte, spielte ein wenig an dem roten Plastikordner herum, versuchte, sich bequemer hinzusetzen. Gab auf.

»Okay«, murmelte er.

»Es geht um Sex«, sagte Selma.

Er nickte, kaum sichtbar.

»Um verbotenen Sex. Um widerliche, verachtenswerte Übergriffe.«

Er öffnete die Autotür und war schon fast ausgestiegen, schneller, als sie ihm das zugetraut hätte.

»Halt«, sagt Selma. »Keine Panik. Mehr frage ich nicht.«

Er überlegte einige Sekunden, dann zwang der strömende Regen ihn zurück ins Auto, und er schloss die Tür.

»Das will ich einfach nicht«, erklärte er.

Selma hatte ihr Ziel erreicht. Alle, die gefragt wurden, ob sie sich mit illegalen sexuellen Praktiken beschäftigt hätten, hätten protestiert, wenn das nicht der Fall gewesen wäre. Lauthals. Sie hätten nicht versucht, die Flucht zu ergreifen.

Einar hatte voll ins Schwarze getroffen. Beim bloßen Gedanken hätte Selma Pål Poulsen am liebsten aus ihrem Auto geworfen. Oder, noch eher, ihn umgebracht. Sie kniff die Augen fest zusammen, riss sie wieder auf und rang sich ein Lächeln ab.

»Okay. Lassen Sie hören.«

»Ich weiß nicht so recht, wo ich anfangen soll.«

»Fangen Sie mit dem Ordner da an«, sagte Selma und nickte zu seinem Schoß hinüber.

»Äh, ja. Den habe ich ... vor zehn Tagen kam ein Brief mit der Post.«

Er kam nicht weiter. Eine halbe Minute verging. Er öffnete zweimal den Mund, aber es kamen nur abgehackte Laute heraus.

»Na gut«, versuchte Selma zu helfen. »Und als Sie den Brief öffneten, haben Sie also diese Mappe gefunden.«

»Ja.«

»Darf ich mal sehen?«

Auch darauf konnte er nicht antworten.

»Hören Sie«, sagte Selma. »Ich habe nicht endlos viel Zeit. Jetzt habe ich über zwei Stunden für die Fahrt hierher gebraucht. Entweder beantworten Sie meine Fragen, oder unsere Wege trennen sich wieder. Diesmal endgültig. Das können Sie mir glauben.«

»Ich habe den hier bekommen«, begann er. »Wie gesagt, den habe ich also bekommen. Sie können ihn sehen. Aber ...« Als ob er diese Zusage sofort bereute, griff er nach dem Ordner und presste ihn wieder an seine Brust. »Der enthält nichts, was mit mir zu tun hat.«

»Äh ... nicht?«

»Es lag etwas darin, als er gekommen ist. Etwas über mich. Aber das habe ich verbrannt. Nachdem ich es gelesen hatte, hat es nur zwei Stunden gedauert, dann rief jemand an.«

»Mann oder Frau?«

»Mann.«

»Und was hat er gesagt?«

»Dass ich innerhalb einer Woche von allen Ämtern zurücktreten sollte. Ja, nicht als Abgeordneter, das geht ja nicht, wir können unser Mandat nicht zurückgeben, egal, was wir vielleicht getan haben. Ich dachte, dass …«

Selma wartete ungeduldig auf die Fortsetzung. Sie fühlte sich schon besudelt, weil sie im selben Auto saß wie dieser Kerl.

»Was dachten Sie?«, fragte sie streng, als sie sah, dass seine Unterlippe zitterte. »Nicht heulen!«

»Dass es dann vorbei sein würde. Dass sie mich in Ruhe lassen würden, wenn ich zurückträte. Zugleich … zugleich begriff ich nicht, wozu das alles gut sein sollte. Warum sie … oder der am Telefon, was weiß ich, ob das einer oder mehrere sind, ich konnte jedenfalls nicht begreifen, warum ich das alles bekommen hatte. Oder eigentlich erst, als ich das letzte Blatt noch einmal gelesen hatte.«

»Worum geht es? Was steht in diesem verdammten Ordner?« Selma hob gebieterisch die Hand.

Endlich gab Pål Poulsen sich geschlagen. Zögernd, als wäre er dabei, sein ganzes Leben in Selma Falcks Hände zu legen, reichte er ihr den Ordner. Sie griff danach und zog einen Stapel Papiere heraus.

Es wurde still im Auto. Der Regen trommelte auf das Dach. Die Hecklichter des einen polnischen LKW leuchteten plötzlich auf und wurden hinter der nassen Windschutzscheibe zu glitzernden Prismen aus Rot und Orange.

Selma las, blätterte ein wenig, las mehr und blätterte zurück.

»Ist das eine Kopie?«, fragte sie schließlich, ohne aufzusehen.

»Das Original. Ich habe es nicht gewagt …«

Selma zog ihr iPhone hervor und begann, die Unterlagen zu fotografieren.

Pål Poulsen rieb seinen Rücken am Autositz, bewegte die Beine und suchte einen Hebel, um den Sitz weiter nach hinten zu schieben.

»Was passiert jetzt?«, fragte er mit wimmernder Stimme. »Sie müssen mir helfen. Sie helfen mir, nicht wahr?«

Selma antwortete erst, als sie fertig war. Nun waren sämtliche Papiere in ihrem Telefon gespeichert. Sie schob die Unterlagen auf ihren Knien zusammen und verstaute sie wieder in dem roten Ordner.

»Wer sind ›die‹?«, fragte sie.

»Wieso ›die‹?«

»Als wir zuletzt miteinander gesprochen haben, sagten Sie, ›die‹ hätten Sjalg Petterson umgebracht. Und ›die‹ wollten auch Sie umbringen.«

»Ich hatte eher bildlich gesprochen, es ist doch klar, dass …«

Er zögerte. »Das sollen Sie doch gerade herausfinden. Wer ›die‹ sind! Die, die Sjalg umgebracht haben und nun auch mich umbringen wollen.«

»Wieso glauben Sie, dass es dieselben sind?«

Er starrte sie empört an. »Das liegt doch auf der Hand! Selbe Partei, selbe Haltungen, und …«

»Sjalg Petterson ist an einem anaphylaktischen Schock gestorben. Sie werden erpresst, weil Sie in Thailand total unakzeptable Dinge getrieben haben. Ich sehe da keine besondere Ähnlichkeit.«

Sein Gesicht wurde dunkelrot. Er rang um Atem, und Selma fürchtete schon einen Herzstillstand. Nicht, dass der auch nur im Geringsten unverdient gewesen wäre, aber es würde ihre Rückkehr nach Oslo noch weiter verspäten, wenn sie alle Formalitäten in Ordnung bringen müsste, die damit zu tun hatten, dass der ehemalige stellvertretende Vorsitzende der FRP bei seinem Tod in ihrem Auto gesessen hatte.

»Hier«, sagte sie laut und reichte ihm eine halb volle Pepsi

Max, die im Türfach gelegen hatte. »Reißen Sie sich zusammen. Trinken Sie!«

Er nahm die Flasche, öffnete den Verschluss und trank.

»Wie …«, keuchte er, kam aber nicht weiter.

»Wie ich wissen kann, was Sie treiben und wo? Das werden Sie nie erfahren.«

Die Flasche war bereits leer, und seine Gesichtsfarbe näherte sich wieder einer Art Normalität an.

»Das Einzige, was Sie wissen können«, sagte Selma langsam, »ist, dass Sie jetzt Ihren Ordner nehmen und das Auto verlassen werden. Sie haben gewusst, dass Sjalg Petterson mein Schwiegersohn war. Sie haben seinen Namen genannt, als Ihnen aufgegangen war, dass ich nichts mit Ihnen zu tun haben wollte. Ich wurde neugierig und konnte mir die Möglichkeit nicht entgehen lassen, mehr darüber zu erfahren, wie der Mann meiner Tochter gestorben ist. Sie haben versucht, mich auszunutzen. Das lasse ich mir nicht gefallen. Verschwinden Sie!«

Er schien durchaus nicht gehen zu wollen. Sie wollte sich schon über ihn beugen, um die Beifahrertür zu öffnen, konnte seine Nähe aber nicht ertragen. Stattdessen stieg sie aus, ging um das Auto herum und riss die Tür auf seiner Seite auf.

»Raus«, befahl sie.

»Aber ich …«

Selma war bereits triefnass. Das tat eigentlich gut. Sie hob das Gesicht in den Regen und sagte noch einmal: »Raus! Machen Sie, dass Sie aus meinem Auto kommen!«

Pål Poulsen hob die Beine aus dem Wagen, stellte sie dicht vor Selma auf den Boden. Selma ließ die Tür los und trat zurück. Der Lärm der auf der E6 vorüberfahrenden Autos wurde von der nassen Fahrbahn verstärkt, und sie musste rufen. »Ich will Sie nie wiedersehen! Wenn Sie sich als Opfer fühlen, dann wenden Sie sich an die Polizei. Die müssen allen helfen. Ich bin anspruchsvoller.«

Mit großer Mühe war er nun endlich ausgestiegen. Innerhalb weniger Sekunden war er ebenso nass wie sie. Der rote Ordner lugte gerade noch unter dem Blazer hervor, als Selma zur Seite trat, um ihn vorbeizulassen. Ein fast unwiderstehlicher Drang, ihn zu schlagen, ließ sie noch weiter ausweichen.

Wortlos ging er auf seinen Mietwagen zu, der dunkelgrün war und fast mit dem Wald hinter dem Rastplatz verschwamm. Selma knallte die Tür zu und setzte sich dann wieder hinter das Lenkrad. Einen Augenblick zögerte sie, sich triefnass in einen wertvollen Oldtimer zu setzen, aber sie hatte keine Wahl. Der schwarze Kunstledersitz kam ihr eiskalt vor. Sie drehte den Zündschlüssel um, schaltete die Heizung auf Hochtouren und ließ die Scheibenwischer laufen.

Pål Poulsen brachte es nicht einmal über sich, sich zu beeilen. Der rote Ordner schien ihn rein physisch aufrecht zu halten, als er gekrümmt und unsicher auf den Waldrand zuwankte. Für einen flüchtigen Augenblick tat der Mann Selma leid. Einsamer konnte wohl kaum jemand sein.

Sie nahm ihr Telefon aus dem Mittelfach, starrte es an, ohne es einzuschalten.

Die Fahrt war alles andere als sinnlos gewesen. Die Informationen in dem roten Ordner hatten sie stärker erschüttert, als sie es sich hatte anmerken lassen. Sie hob den Blick und sah, dass Pål Poulsen sein Auto erreicht hatte. Er stieg ein und blieb sitzen. Das Auto war noch immer dunkel und still.

Der rote Ordner war nicht von Amateuren zusammengestellt worden. Der Inhalt konnte das Leben von elf namentlich erwähnten Personen verändern. Selma kannte einige der Namen, aber nicht alle.

Das Ganze sah aus wie eine Aktion, dachte sie nun, wie eine Operation, ein präzise gerichteter und potenziell tödlicher Schlag gegen eine ausgewählte Gruppe von Einzelpersonen. Was sie gemeinsam hatten, war nicht so leicht zu ergründen. Von denen, die sie kannte, gehörten fünf auf die rechte Seite der Politik, die anderen drei auf die äußerste Linke.

Noch immer war Pål Poulsens Auto dunkel.

Sie müsste vielleicht nachsehen, ob alles in Ordnung war.

Natürlich war nicht alles in Ordnung, und Selma ließ den Motor an, um auf den Mann pfeifen zu können.

Der rote Ordner griff in Ost und West an. Rechts und links. Es war nicht zu begreifen, und als sie gen Norden losfuhr, um bei der ersten Gelegenheit in Richtung Oslo zu wenden, fasste sie ihren Entschluss.

Es war an der Zeit, die zahllosen Mitteilungen von Lars Winther zu beantworten.

Sorgen

»Er hat sich mit Selma Falck getroffen.«

»Selma Falck? *Der* Selma Falck?«

»Sag ich doch.«

»Wieso denn?«

»Vermutlich, um sich Hilfe zu holen.«

»Wo denn?«

»Auf einem Rastplatz im Norden von Hamar.«

»Ach was.«

Pause.

»Hallo? Bist du noch da?«

»Ja. Wir haben ein Problem.«

»Das kann sein.«

»Mir gefällt das nicht. Mir gefällt das überhaupt nicht. Behalte sie im Auge.«

»Ich soll doch schon Pål Poulsen im Auge behalten.«

»Setz da jemand anderen dran. Wir haben Mittel genug.«

»Soll sie überwacht werden?«

Pause.

»Nein. Aber behalte sie im Auge. Ich mache mir Sorgen.«

»Aber wie soll …«

»Tu es einfach.«

Klick.

Der Hackerangriff

Mina war wieder allein zu Hause.

Mama hatte nachmittags vorbeigeschaut, so, wie sie Mina jetzt immer nach der Arbeit besuchte. Das war so sinnlos. Ehe Mama ausgezogen war, waren oft viele Tage vergangen, an denen sie einander nicht länger gesehen hatten als in einigen stillen Minuten beim Frühstück und nach dem Zähneputzen. Jetzt sollten sie sich sozusagen mit einer Tasse Tee hinsetzen und über Gott und die Welt und das nächste Schuljahr reden.

Jeden Tag.

Mama konnte einfach aufhören zu kommen.

Papa arbeitete nur.

Mina hatte in den letzten Wochen so viele Filme und Fernsehserien gesehen, dass nichts mehr übrig war. Nichts verlockte, weder auf Viaplay noch auf Netflix, Dplay oder HBO. Sie hatte zum dritten Mal mit der ersten Staffel von *Friends* angefangen, aber sogar die fand sie jetzt langweilig.

Vor diesem katastrophalen Sommer hatte sie sich immer auf dem Laufenden gehalten. Durch gedruckte Zeitungen, die Mama umweltfeindlich fand und ohne die Papa nicht frühstücken konnte, und online. Mina war Politikerin gewesen, Schulsprecherin und allgemein interessiert. In diesem Sommer hatte sie kaum eine Ahnung davon, wie die Welt dort draußen aussah.

Die Welt hier drinnen verschlang alles.

Sie lag wie meistens im Bett. Das MacBook stand aufgeklappt neben ihr, wie immer. Ihre Finger fuhren von selbst über die Tastatur, und ohne es richtig wahrzunehmen, hatte sie sich bei NRKs analoger Sendung eingeklickt.

Der NRK war früher der Sender ihrer Großmutter gewesen. Bei ihr wurde die Fernbedienung nur benutzt, um aus- und einzuschalten und die Lautstärke zu regulieren. Sie sah niemals etwas anderes als den öffentlich-rechtlichen Sender. Oma sah fern. Den NRK, den Sender, den Mina nicht leiden konnte. Der NRK hatte die bekannte Jugendserie *Skam* produziert, aber die hatte sie über deren eigene Website verfolgt. Als Kind hatte es für sie nichts Schöneres gegeben als die Adventskalender des NRK. Es war zudem vorgekommen, dass sie die Fernsehnachrichten gesehen hatte, aber nur im Netz und kurz vor dem Schlafengehen.

Nur alte Leute sahen heutzutage noch fern.

Und sie im Moment, wenn auch über ihren Laptop.

Es war neunzehn Uhr, und der erste Beitrag der Nachrichten handelte von einem Hackerangriff auf *DG.no* und zwei weitere Online-Zeitungen. Mina steckte die Ohrstöpsel ein und stellte lauter.

Die Kommentarspalten waren zerstört worden.

Der Angriff war umfassend und überaus professionell, sagte ein unabhängiger Experte mit ernster Miene. Leute, die Kommentare schreiben wollten, hatten sich dabei ein destruktives Virus eingefangen. Es hatte mehrere Stunden gedauert, bis man die Ausmaße des Schadens erkannt hatte, und es gab keine andere Möglichkeit, als die gesamte Dienstleistung dichtzumachen. Die Kommentarspalten würden lange nicht genutzt werden können.

Es könnte Wochen dauern, sagte der Mann und schien mit den Tränen zu kämpfen, obwohl er doch eigentlich unabhängig sein sollte.

Eine Gruppe, die sich *#trashfighters* nannte, hatte die Verantwortung übernommen. Sie hatten eine eigene Facebookseite eröffnet, genau wie die bekannte Hackergruppe *Anonymous.* Vorläufig hatten sie nur eine Art Manifest eingestellt, das eine neutrale Frauenstimme vorlas, während der Text im Bild gezeigt wurde.

Sie bezeichneten sich als eine Armee im Dienste von Meinungsfreiheit und Demokratie. Auch darin ähnelten sie *Anonymous.* Der Unterschied war, dass *Anonymous* den unbegrenzten Fluss von Äußerungen und Informationen verlangte, während es *#trashfighters* um das ging, was sie ein gesundes und produktives Meinungsäußerungsklima nannten.

»Alle Meinungen sind erlaubt. Nicht alle Meinungen sind gleich viel wert. Hetze, Hass, Verschwörungstheorien und Drohungen, Verachtung und Rassismus dürfen einer gesunden Demokratie nicht im Weg stehen«, las die Frauenstimme vor.

Mina setzte sich im Bett auf.

Das Seltsame war, dass das alles auf Norwegisch war.

»Wir haben allen Grund zu der Annahme, dass es sich bei #trashfighters um ein rein nationales Phänomen handelt«, sagte eine Kriminalbeamtin. *»Von unseren Kollegen im Ausland wird nichts Vergleichbares berichtet. Das Einzige, was bisher feststeht, ist, dass wir es hier mit einer äußerst avancierten Dateninterventionzu tun haben.«*

Der Reporter fragte, ob der Angriff mit irgendetwas vergleichbar sei, was man in Norwegen jemals gesehen habe. Die Frau zögerte, sagte dann aber schließlich:

»Bei Industrie und Wirtschaft hat es durchaus sehr schädliche und sehr professionelle Angriffe dieser Art gegeben. Aber nicht bei der freien Presse. Das ist überaus besorgniserregend.«

Der Chefredakteur von *DG* sah das auch so. Er ließ sich über Meinungsfreiheit und unzulässige Einmischung in redaktionelle Entscheidungen aus.

Mina lächelte.

Es war an der Zeit gewesen, dass so etwas passierte.

Die Hacker waren sicher jung, dachte sie. Leute wie sie. Die einfach keinen Bock mehr auf diesen ganzen Scheiß hatten. Die nur auf ordentliche Weise miteinander sprechen wollten.

Sie wollte gerade die Nachrichtenseite verlassen und die *#trashfighters* googeln, als plötzlich Papa im Bild war. Mina drehte die Lautstärke noch ein wenig weiter auf.

»*Justizminister Tryggve Mejer*«, stellte der Nachrichtensprecher vor. »*Dieser Angriff hat an dem Tag stattgefunden, an dem Sie die Einrichtung einer neuen Kommission für Meinungsfreiheit bekanntgegeben haben. Ein Zufall?*«

Papa deutete ein Lächeln an.

»*Natürlich*«, sagte er. »*Aber dieser Fall kann in vielerlei Hinsicht die Grundlage für die Notwendigkeit einer solchen Kommission belegen. Die Meinungsfreiheit ist in ihrem vollen Umfang seit 1999 nicht mehr auf diese Weise diskutiert worden. Das ist fast zwanzig Jahre her. Die Gesellschaft hat seit damals radikale Veränderungen durchgemacht. Unsere Wirklichkeit ist, um es schlicht und präzise zu sagen, zutiefst anders als zu der Zeit, als der letzte Bericht zum Thema Meinungsfreiheit ausgearbeitet wurde.*«

»*Und das liegt in erster Linie am Internet?*«

»*Ja. Das Netz ist ein Geschenk und eine Last. Es ermöglicht mehr Demokratie, liefert aber zugleich Möglichkeiten zu ihrer Einschränkung. Soziale Medien werden von allen benutzt, vom Mann auf der Straße bis zum Präsidenten der USA. Darin liegt eine große Gefahr. Wir reden, ehe wir denken. Wir werden emotional inkontinent. Wir schaden uns gegenseitig. Ein Medium, das im Ausgangspunkt die Menschen enger aneinanderbinden könnte, reißt uns immer weiter auseinander. Das führt zu Angst und Einsamkeit, und viele schrecken davor zurück, sich an der öffentlichen Diskussion zu beteiligen. Das dürfen wir nicht zulassen. Die Demokratie wird verwittern, wenn wir diese Probleme nicht ernst nehmen. Was ich damit zu tun versuche.*«

»Bravo, Papa«, sagte Mina leise.

Vielleicht hatte er so hart für diese Kommission gearbeitet. Es nahm sicher sehr viel Zeit in Anspruch, ein Mandat zu erarbeiten. Mitglieder mussten ernannt werden. Auch das war eine große Aufgabe. Geeignete Personen mussten gefunden werden. Sie mussten gefragt werden, und manche sagten sicher Nein. Vielleicht hatte er die anderen in der Regierung erst noch davon überzeugen müssen, dass eine neue Meinungsfreiheitskommission nötig war.

Das alles hatte gedauert.

Das musste es sein, was Papas Sommer in Anspruch genommen hatte. Mina verspürte eine erlösende Freude in der Brust. Sie griff nach der Decke und zog sie so fest an sich, dass der Laptop umkippte.

Papa saß im Keller und arbeitete an einer geheimen Kommission. Die jetzt nicht mehr geheim war. Die Schatulle im Safe war nur ein Andenken, eine alte Rarität, die er geerbt hatte, vielleicht von Ellev, der im Frühjahr gestorben war. Sie hatte nichts mit Papas zerstreuter Erschöpfung zu tun. Was er getan hatte, war im Gegenteil richtig und wichtig. Er hätte es Mama erzählen müssen, obwohl er unter Schweigepflicht stand. Mama hätte es verstanden und wäre niemals ausgezogen, wenn sie es gewusst hätte.

Mama würde jetzt vielleicht wieder nach Hause kommen.

Papa war derselbe alte Papa. Ganz grundsätzlich und endgültig.

Mina fing an zu weinen. Sie begriff nicht, weshalb. Die Tränen strömten, und das war ein wunderbares Gefühl. Sie schluchzte und rang um Atem und versuchte nicht einmal, ihre Tränen aufzuhalten.

Vielleicht würde sie endlich mit ihm reden können.

Viele Wochen lang hatte sie sich nach ihrem alten Vater gesehnt, danach, wie er früher gewesen war, denn sie brauchte so sehr einen Papa. Nun wollte sie aufstehen, ein warmes Abendbrot machen und darauf warten, dass er zur Lofthus terrasse zurückkam. Sie würden mit dem ersten Kaminfeuer der Saison in der Küche sitzen und Mina würde alle Kerzen anzünden, wie Mama das früher getan hatte. Es wurde abends jetzt dunkler. Sie würden zusammensitzen, sie und Papa; er würde lächeln und um Verzeihung dafür bitten, dass er so weit weg gewesen war, und endlich würde sie ihm das Allerschlimmste erzählen.

Der Sommer war grauenhaft gewesen, aber jetzt würde Papa alles in Ordnung bringen. Er war ein guter Papa, ein wunderbarer Justizminister und außerdem der beste Jurist und Anwalt aller Zeiten.

Endlich hatte Mina ihren Papa wieder. Jetzt konnte sie ein wenig Hoffnung haben, dass sie der Strafe entgehen würde. Daran konnte sie sich jedenfalls klammern.

Papa schaffte alles.

Herbst

Weiter

Der Generator ließ sich nicht anwerfen.

Selma hatte offenbar irgendetwas falsch gemacht, aber nun hatte sie es immerhin versucht. Der Tank war reichlich mit Diesel gefüllt. Die Maschine hatte einen Schnurstarter, wie ein Außenbordmotor oder ein Rasenmäher. Selma hatte mit aller Kraft gezogen, die nun geringer war als vor einigen Tagen, aber alles, was ihr diese Anstrengung einbrachte, waren ein trockener Husten und eine wehe Schulter.

Eine noch wehere Schulter.

Sie hatte den Generator sorgfältig untersucht, um einen Choke zu finden, hatte die Hütte nach der Gebrauchsanweisung abgesucht. Nichts davon war zu finden. Am Ende gab sie auf. Da sie, was das Wasser betraf, richtig geraten hatte – es wurde von einer elektrischen Pumpe ins Leitungssystem gebracht –, konnte sie von einer Dusche weiterhin nur träumen. Als Notlösung hatte sie den größten Kochtopf in der Küche mit Wasser aus der Zisterne gefüllt und am Kamin angewärmt.

Für eine Katzenwäsche würde das wohl reichen.

Die Kleider im Schrank in der Kammer mit den Etagenbetten waren sauber. Vernünftig. Gute Kleidung, eingekauft und gelagert von Leuten, die sich mit Freiluftaktivitäten und Gebirge auskannten. Sie zog sich für das schlimmste vorstellbare Wetter an, obwohl ein altes Quecksilberthermometer vor dem Küchenfenster aussagte, dass es draußen drei Grad über null waren. Es regnete nicht mehr, der Schnee war wieder geschmolzen. Die Wolken trieben schneller und höher als bisher dahin, und durch Risse im Grau waren ab und zu Streifen von Himmelblau zu sehen.

Voller Euphorie zog sie sich an.

Eine saubere Unterhose. Wunderbar. In einer Kommode im Zimmer mit dem Doppelbett lagen zwei BHs, aber beide waren zu klein. Sie musste sich ohne behelfen. Über einen eng sitzenden Dryfit-Pullover zog sie einen dünnen Wollpullover von Kari Traa. Darüber wiederum eine viel benutzte Strickjacke mit Trachtenmuster, eine wollene Strumpfhose und eine etwas zu große Wanderhose mit Taschen auf beiden Knien, dann dünne Wollstrümpfe und darüber dicke, handgestrickte Socken. Im Flur fand sie eine teure rote Bergans-Jacke, die ihr passte, und ein Paar Bergstiefel, die ein oder zwei Nummern zu groß waren. Das spielte keine Rolle, sie schnürte sie so fest um den Fuß, bis sie saßen wie angegossen.

Der Rucksack war bereits fertig gepackt. Mütze und Handschuhe und anderthalb Liter Pepsi Max. Eine Flasche Wasser, vor allem in Gedanken an den Hund. Essen für zwei Tage, für sie und Lupus. Im Anbau, wo der Generator stand, hatte sie ein Hundegeschirr und etwas gefunden, das ihrer Erinnerung nach Langleine hieß; ein langes, dünnes, oranges Plastikseil, das sie schon bei Leuten gesehen hatte, die ihre Hunde daran loslaufen ließen, auch wenn eigentlich Leinenzwang herrschte.

Lupus ließ sich brav an die Leine legen.

Seine Gesellschaft war besser als keine, und Selma verspürte eine Art Angst, dass er sie verlassen könnte, jetzt, da er satt und ausgeruht war.

»Wir gehen zusammen«, erklärte sie und machte ihn bereit.

Zu allem Überfluss hatte Selma auch noch eine Landkarte gefunden. Die Rothütte war mit einem Kreuz markiert, und soweit Selma berechnen konnte, war die nächste Hütte nur etwa einen

Kilometer entfernt. Was ihr vermutlich nicht die geringste Hilfe sein würde. Sie musste zu Ortsansässigen gelangen. Zu Menschen.

Sie hatte einen weiten Weg vor sich, und einen Kompass hatte sie nicht gefunden.

Das spielte keine Rolle. Selma hatte sowieso keine Ahnung von Orientierung. Da war ein batteriebetriebener Wecker, den sie im Schlafzimmer gefunden hatte und der allem Anschein nach die richtige Zeit anzeigte, eine größere Hilfe. Es war jetzt kurz nach halb zwölf Uhr vormittags, und da es nicht mehr so bewölkt war, konnte sie den Stand der Sonne gerade klar genug sehen, um die Himmelsrichtungen so einigermaßen im Griff zu haben.

Sie hatte den Wecker in den Rucksack gepackt und war bereit.

Lupus folgte ihr brav hinaus auf die Steintreppe. Selma schloss ab und legte den Schlüssel zurück in den grünen Briefkasten. Ihr fiel ein, dass sie vielleicht eine Nachricht hinterlassen müsste. Eine Mitteilung im Gästebuch vielleicht. Für einen Moment spielte sie mit dem Gedanken, die Tür wieder aufzuschließen, aber aus Furcht, dann nicht mehr loszugehen, brachte sie es nicht über sich. Stattdessen stieg sie die beiden Stufen hinunter und stand dann auf dem Boden.

Sie kam sich vor wie auf einem Schiffsdeck.

Die Welt drehte und drehte sich. Ein Vogel schrie hoch über ihr auf, vermutlich ein Adler, und sie schloss die Augen, um das Schwindelgefühl zu verdrängen, was aber nicht im Geringsten half. Sie sank auf die unterste Treppenstufe. Sie fror.

Selma hatte sich für viel frostigeres Wetter als dieses angezogen, aber sie zitterte vor Kälte und Fieber. Sie hielt sich den Handrücken an die Stirn. Die glühte. Ihr Hals blutete, so fühlte es sich an. Ihre Lunge brannte, und das Schlucken tat so weh, dass sie sabberte.

Unmöglich würde sie das hier schaffen.

Aber das musste sie. Obwohl sie das Gefühl hatte, nur noch eine Haaresbreite vom Tod entfernt zu sein, war ihr Gedächtnis fast zurückgekehrt. Das Einzige, was sie immer noch nicht begriff, war, wie sie in die Berge geraten war. Sie hatte keine Ahnung, ob sie aus eigener Kraft hierhin gekommen war oder ob jemand sie hingebracht hatte, zusammen mit dem Volvo, der nun ein ausgebranntes Wrack war.

»Ich erzähle dir eine Geschichte, während wir gehen«, sagte sie heiser zu Lupus. »Oder lieber nicht. Sprechen tut weh.«

Sie erhob sich steif, griff nach der Rolle der Langleine und machte sich auf den Weg nach Südost, den grauen struppigen Hund dicht neben sich.

Weiter, weiter.

Irgendwer hatte ihr einmal von einem alten grönländischen Sprichwort erzählt: *Wenn du gerade so weit gegangen bist, dass du nicht mehr weiter gehen kannst, hast du genau die Hälfte dessen hinter dich gebracht, was du schaffst.*

In fünfundsechzig Stunden würde die Frist auslaufen, und Selma wusste nicht, wie sie in ihrem Zustand auch nur hundert Meter zurücklegen sollte.

Sie vertraute auf die Inuit und ging weiter.

Der Befehl

»Endlich ist sie vermisst gemeldet.«

»Gut. Wie lange wird es dauern, bis jemand sich auf die Suche macht?«

»Weiß nicht. Aber jedenfalls hat dieser Verrückte Alarm geschlagen. Er hat die Polizei angerufen, obwohl er hysterische Angst vor Handys hat. Ob die Polizei dem Typen glaubt, ist allerdings noch die Frage.«

»Er ist ein ehemaliger Polizist.«

»Ja. Lass uns hoffen, dass ihn das glaubwürdiger macht.«

»Da oben schneit es nicht mehr.«

»Nein.«

»Alles ist geschmolzen.«

»Ja.«

»Ihr müsst da oben nachsehen. Ich will die Bestätigung, dass sie tot ist.«

»Da oben? Jetzt? Das ist wirklich keine gute Idee. Wie ich schon bis zum Gehtnichtmehr gesagt habe, muss der Tatort unberührt sein, wenn sie gefunden wird. Und zum tausendsten Mal: Selma Falck ist tot.«

»Ich mache mir Sorgen. Ihr könnt ja eine Wanderung unternehmen, zufällig da vorbeikommen und Alarm schlagen.«

»Das wäre gegen alle …«

»Alles ist verloren, wenn sie doch noch entkommen ist. Und dann müssen wir vorbereitet sein.«

»Dennoch wäre es …«

»Fahrt nach da oben. So schnell wie möglich. Seid Wanderer, findet die Leiche, schlagt Alarm.«

»Na gut.«

»Du kannst gehen.«

Sommer

Das Muster

Lars Winther kam eine Dreiviertelstunde zu spät.

In knapp zwei Stunden würde Jesper auftauchen, und Selma Falck versuchte, ihre Irritation zu verbergen, als sie dem frisch eingestellten Journalisten von *Aftenavisen* die Tür öffnete. Er legte als Gruß die Hand an den Schopf, der seit ihrer letzten Begegnung dünner geworden war. Selma lächelte resigniert und ließ ihn ein.

»Wir haben nur eine Stunde«, sagte sie. »Weil du dermaßen spät dran bist. Worum geht es?«

»Gleich zur Sache, wie immer.«

»Ja. Tee? Kaffee? Sonst was?«

»Wenn du Kaffee hast, dann nehme ich dankend an.«

Während sie ungeduldig auf ihn gewartet hatte, hatte sie eine Thermoskanne bereitgestellt. Sie füllte eine Tasse, die schon auf dem Couchtisch stand, und setzte sich.

»Wenn du Milch willst, die steht im Kühlschrank.«

»Geht schon.« Er lächelte und hob den glühend heißen Kaffee an den Mund. »Ui. Heiß. Ich warte noch einen Moment. Es geht um Sjalg Petterson.«

Selma kniff die Augen ein klein wenig zusammen. Sie schlug ein Bein über das andere und schnippte sich einen unsichtbaren Fussel vom Knie.

»Ach ja?«

»Das heißt … ich bin mit einer Art Theorie hergekommen.

Oder …« Wieder hob er die Tasse, als ob das Getränk in den Sekunden seit dem ersten Versuch kälter geworden wäre. Abermals stellte er den Kaffee weg, ohne zu trinken.

»Oder was?«, fragte Selma, als er weiter zögerte.

»Ist dir aufgefallen, dass …« Wieder zögerte er, beugte den Oberkörper vor, stützte die Ellbogen auf die gespreizten Knie und faltete die Hände. Sein Blick war blau und eifrig, aber er konnte noch immer keinen Anfang für seine Geschichte finden. »Es findet eine Art ethnischer Säuberung statt«, sagte er endlich. »Glaube ich.«

»Was?« Selma konnte ein Lächeln nicht unterdrücken.

»Ja. Oder … nicht ethnisch, eigentlich, sondern politisch. Und vielleicht ist es nicht gerade eine Säuberung, denn das bedeutet doch, dass Menschen umgebracht werden. Ich glaube, dass Sjalg Pettersons Tod etwas damit zu tun hat. Also, er ist tot, und das sind die anderen nicht, aber das ist nicht, was ich …« Er stolperte über seinen Satzbau.

»Eine politische Säuberung«, sagte Selma kurz. »In unserem Land, meinst du. Aha.«

»Können wir uns an den Esstisch setzen?«

Selma zuckte mit den Schultern. »Sicher. Steht sonst noch etwas auf deinem Wunschzettel?«

Der Spott prallte von ihm ab.

»Ja, danke. Papier und Stift. Wenn du so große Blätter hast, A3 zum Beispiel, das wäre super.«

Selma ging ins Schlafzimmer und öffnete den Kleiderschrank. Auf dem Boden stand ein Pappkarton mit Bürobedarf. Sie zog einen großen Zeichenblock und Filzstifte in unterschiedlichen Farben heraus und ging zurück. Beim Betreten und Verlassen des Schlafzimmers öffnete sie die Tür so wenig wie möglich, ohne dass es zu sehr auffiel. Lars Winther sollte auf keinen Fall sehen, wie die Wände dort drinnen dekoriert waren.

»Hier«, sagte sie und legte alles vor ihn hin.

»Setz dich«, sagte er und klopfte auf den Stuhl neben seinem.

Selma gehorchte, schob den Stuhl aber etwas weiter weg. Sie setzte sich halbwegs quer darauf und legte den linken Arm auf den Tisch.

»Willst du keinen Kaffee?«, fragte er und konnte endlich an seinem nippen.

»Nein. Dafür ist es schon zu spät.« Die Verärgerung darüber, dass er sich so verspätet hatte, war noch immer nicht verflogen, und sie warf demonstrativ einen Blick auf die Uhr.

Lars Winther verstand.

»Sjalg Petterson ist plötzlich gestorben«, sagte er eilig und schrieb den Namen ganz oben auf das große Blatt. »Am 21. Juli.«

Hinter den Namen zeichnete er ein Kreuz und setzte das Datum daneben.

Selma sah schweigend zu.

»Er war der große Guru der extremen Rechten. Der intellektuelle Anführer von Tausenden, wenn nicht Zehntausenden von zornigen jungen Männern. Und mittelalten. Und alten. Und einigen Frauen.«

Er zeichnete eine Nuss neben den Namen. Die Nuss sah aus wie Kacke.

»Er ist an einer Hyperallergie gegen Nüsse gestorben. Einem anaphylaktischen Schock.«

Lars hob den Blick. Selma deutete ein Nicken an.

»Danach …«, er schrieb ein weiteres Datum auf, »… wurde auf Twitter eine Kampagne gegen *default.no* gestartet. Eine Kampagne, die bald Folgen zeitigen sollte. Große Anzeigenkunden wie Equinor, Telenor und die *Choice*-Hotels haben Google darüber informiert, dass ihre Anzeigen nicht auf dieser Website auftauchen dürfen. Die Einnahmen gingen stark zurück.« Wieder sah er sie an.

Nun verzog sie keine Miene.

»Gleich darauf«, fuhr er unangefochten fort, »kam die schockierende Nachricht, dass Pål Poulsen sich von allen wichtigen Posten in der FRP zurückziehen würde. An sich ist ihm nur sein Sitz im Parlament geblieben. Und Gattin Nummer drei, jedenfalls für den Moment noch.«

Selma räusperte sich leicht in ihre Faust, zuckte aber nicht mit der Wimper.

»Sind wir im Vertraulichkeitsmodus?«, fragte er und legte den Filzstift weg, ohne ihn mit der Kappe zu verschließen.

»Wie meinst du das?«

»Selma«, sagte er mit resignierter Miene. »Wir machen das nicht zum ersten Mal. *Nichts ist umsonst.* Sind wir so weit, dass wir in aller Diskretion Informationen teilen und uns gegenseitig weitergeben können, was wir haben?«

»Woher weißt du, dass es mich interessiert, was du möglicherweise erzählen kannst? Und dass ich etwas zum Tauschen habe?«

»Du bist interessiert. Du willst wissen, ob dein Schwiegersohn ermordet worden ist, weil ...«

»Er ist nicht ermordet worden. Er ist gestorben. Weil er hyperallergisch war.«

»Sicher. Aber jetzt hab noch einen Moment Geduld mit mir. Dieser Todesfall ist jedenfalls ziemlich auffällig. Und sagen wir, es läuft irgendeine Aktion gegen ... extremistische Unruhestifter. Hör auf, dich zu zieren, Selma. Und etwas anzubieten hast du immer. Und seien es auch nur deine analytischen Fähigkeiten. Komm schon. *Quid pro quo?*«

Selma erhob sich und ging zur Terrassentür. Den ganzen Sommer lang hatte die weit offen gestanden. Die Wohnung hatte durch das viele Licht und den leichten Hauch von Sommerluft, der immer durch die Zimmer strich, größer gewirkt, vor allem, wenn sie auch die Schlafzimmertür offen stehen ließ und für Durchzug sorgte.

Jetzt waren die Abende dunkler, und ein leichter Regen malte Streifen auf die Fensterscheiben. Sie fühlte sich eingesperrt. Jesper würde kommen, und Selma wusste gar nicht, ob sie das wollte. Die Vorstellung, dass er in anderthalb Stunden hier sein würde, setzte ihr auf eine Weise zu, die sie nicht erklären konnte. Die sie nicht richtig erkannte. Sie wusste nicht, ob dieses Gefühl gut oder unangenehm war, selbst wenn sie sorgfältig in sich hineinhorchte.

»Von mir aus«, sagte sie kurz und mit dem Rücken zu ihm. »Aber ich kann dir sofort sagen, dass sich das anhört wie eine knatschverrückte Verschwörungstheorie. Wer sollte denn überhaupt hinter einer solchen ... Säuberung stecken?«

»Warte noch ein bisschen«, sagte Lars eifrig. »Setz dich wieder. Bitte!«

Sie drehte sich um, blieb aber stehen.

»Ich lass es darauf ankommen.« Er grinste. »Ich meine die Annahme, dass wir vertraulich miteinander reden können. An dem Tag, an dem die FRP aufgrund von Pål Poulsens Rücktritt eine Pressekonferenz abgehalten hat, habe ich einen Brief bekommen. Einen altmodischen Brief. Mit der Post, meine ich.«

Selma sah ihn ausdruckslos an.

»Das Konzept ›Brief‹ ist mir bekannt.«

»Der enthielt ein Dokument«, sagte er rasch, »bei dem es in aller Kürze darum geht, dass *default.no* teilweise von den Russen finanziert wird. Durch ...«

»Von den Russen?« Selma ging zum Tisch, blieb mit verschränkten Armen stehen und schaute auf Lars' Blatt Papier hinab, das vorläufig noch ziemlich leer war.

»Ja.« Er nickte.

»Das wäre in der Tat aufsehenerregend.«

»Da sagst du was Wahres! Ein echter Skandal, der *default*, dem Redakteur Kjell Hope und außerdem Eivind Kåre Storheim voll um die Ohren fliegen würde.«

»Storheim? Der Finanzmann? Was hat der mit der Sache zu tun?«

»Setz dich, dann erkläre ich es dir.«

Sie setzte sich. Lars fing an zu reden. Er brauchte zwanzig Minuten, um seine Geschichte zu erzählen, aber in dieser Zeit hatte er Selmas Interesse endgültig geweckt. Sie merkte, dass sie dieselben Konturen eines Musters sah wie er. Vor allem, wenn sie sich die Unterlagen in Pål Poulsens rotem Ordner in dieses nach und nach umfassende Bild hineindachte, das Lars hier zeichnete. Die Versuchung, ihm zu zeigen, was sie an einem verregneten Tag auf einem Rastplatz an der E6 fotografiert hatte, war groß.

»Kjell Hope hat also Jesus gefunden«, sagte sie langsam. »Kurios.«

»Na ja«, sagte Lars. »Es kommt ja vor, dass Leute bekehrt werden, aber der Zeitpunkt ist gelinde gesagt auffällig. Einfach so mit eingekniffenem Schwanz zu verschwinden … In die … Missionsgefilde, sozusagen.«

»Und dieser junge Typ, der in seiner Wohnung war, was hältst du von dem?«

Lars Winther zog eine Grimasse.

»Ein Computerheini, mehr nicht. Bis auf Weiteres scheiß ich auf den. Das hier ist viel interessanter.«

Er zeigte mit dem Filzstift auf den Bogen, der vor ihm lag. Während er erzählt hatte, hatte sich das Papier mit Kritzeleien gefüllt, mit Namen, Daten und Kommentaren.

»Sylvester Berland«, las sie.

»Ja. Der Artikel über seine Probleme wurde veröffentlicht, als ich in Bøler war. Und der hat mich nachdenklich gemacht. Endgültig.«

»War der nicht Vorsitzender der Maoistischen Partei oder so? In den Achtzigerjahren, als die ganze Bewegung so langsam in Auflösung überging?«

»Nein, Vorsitzender nicht. Aber er war ziemlich wichtig, war ganz von Anfang an in den Siebzigerjahren dabei gewesen, hat sich in den Achtzigern aber in eine nationalistische Richtung entwickelt. Er war ein heftiger Gegner des norwegischen Beitritts zur EU. Nach der Volksabstimmung 94 sah es fast so aus, als ob er eine Karriere bei der Bauernpartei anstrebte. Hat sich einen nicht gerade kleinen Hof gekauft, zog aufs Land und wurde der Sprecher der Peripherie. Und ein fanatischer Antisemit. Oder er war das schon seit einer Weile. Davon wollte die Partei natürlich nichts wissen, deshalb hat der Kerl lieber einen Blog gestartet, als das Internet richtig in Gang gekommen war. Fescher Kram, sieht aus wie eine Zeitung von Profis. Der Inhalt dagegen ist total gaga. Konspiranoia, die volle Kiste. Ich stand im Treppenhaus in Bøler, als ich …«, er machte sich an seinem Telefon zu schaffen, fand das Gesuchte und legte es vor sie hin, »… diesen Artikel bekam. Es ist Anklage gegen ihn erhoben worden. Wegen Verstoßes gegen Paragraf …« Er suchte in seiner Erinnerung nach der korrekten Zahl.

»185«, sagte Selma hilfsbereit, aber zerstreut. »Strafgesetzbuch. Der Rassismusparagraf. Oder eigentlich: der Paragraf zum Schutz von Minderheiten. Es gehört ungeheuer viel dazu, um deswegen verurteilt zu werden. Die Meinungsfreiheit reicht weit.«

»Ja. Dieser Artikel hat mich wirklich stutzen lassen. Diese Leute wissen verdammt genau, wie weit sie gehen können, um sich nicht die Behörden an den Hals zu holen. Sie werden dauernd angezeigt, aber zu einem Strafverfahren kommt es nur äußerst selten.«

»Was nur gut ist«, murmelte Selma. Es fiel ihr noch immer schwer, sich wirklich auf das zu konzentrieren, was Lars sagte.

»Auf jeden Fall.« Er nickte. »Aber jetzt ist er endlich zu weit gegangen. Was er geschrieben hat, ist weeeeiiiit …«, seine Hand fegte über den Esstisch und zeigte dann aus dem Fenster, »… jenseits davon, was billigerweise von der Meinungsfreiheit beschützt werden kann. Die jüdische Gemeinde hat ihn angezeigt, und die Polizei ist wirklich gewaltig aktiv geworden.«

»Aber er behauptet doch, gehackt worden zu sein?«

»Ja, hartnäckig. Aber offenbar haben nicht sonderlich viele

Leute Interesse daran, ihm zuzuhören. Es ist eine einstweilige Verfügung erlassen worden … heißt das so?«

Selma nickte. Immer konzentrierter.

»Die Polizei hat seine gesamte Ausrüstung beschlagnahmt«, fügte Lars hinzu. »Rechner, Router, Drucker. Alles!«

»Was? Das ist gelinde gesagt seltsam. Einstweilige Verfügungen aufgrund von Äußerungen sind ein komplexer juristischer Bereich, und es gehört unglaublich viel dazu, mit einer solchen Forderung durchzukommen. Als Ausgangspunkt kann man fast sagen, dass es um Leben und Tod gehen muss. Die Entscheidung ist angefochten worden, vermute ich?«

»Glaub schon.«

»Die wird aufgehoben, darauf kannst du Gift nehmen.«

»Sicher. Aber der Schaden ist bereits geschehen. Die Ratten jagen in alle Richtungen davon.«

»Wie meinst du das?«

»Er schreibt nicht allein!«, sagte Lars begeistert. »Im Gegenteil, er ist total abhängig von anderen mit denselben hirnrissigen Einstellungen. Das sind viele, Selma. Beängstigend viele. Aber wenn die Polizei mit Handschellen rasselt, dann verziehen sie sich. Wenn man derzeit die ganz obskuren Foren im Netz aufsucht, sieht man, wie sehr den Leuten der Arsch auf Grundeis geht. Sie streiten sich, dass die Fetzen nur so fliegen. Die meisten von ihnen schreiben unter Pseudonym. Das beschützt vor der Allgemeinheit, aber nicht vor der Polizei. Das wissen sie. Selbst wenn sie Sylvester das mit dem Hackerangriff glauben, wird es doch dauern, bis sie sich zu ihm zurücktrauen. Die Leute werden überhaupt jetzt nervös.«

»Die Leute«, wiederholte Selma. »Diese Leute.«

»Ja«, antwortete Lars. »›Diese Leute.‹« Er hob zwei Finger und malte Gänsefüßchen in die Luft.

»Die Extremisten«, murmelte Selma. »Auf beiden Seiten der Skala.«

Sie zeigte auf den Namen Marlene Halse. »Die Kuchenbäckerin«, sagte sie. »Eine verdammte Sozialhilfeschwindlerin. Sie hat sich ein Instagram-Konto angelegt, wo sie mit absolut prachtvollem Gebäck protzt. Verkauft auf Bestellung für mehrere tausend Kronen pro Stück. Der Laden läuft wie die Hölle. Das Problem ist, dass die Frau Sozialhilfe bezieht. Sie ist kugelrund und krank. Verdient das Kuchengeld schwarz dazu. Die Polizei hat bei einer Hausdurchsuchung bei der Dame zu Hause mehr als hundertzwanzigtausend Kronen in einer Kuchenschachtel gefunden und beschlagnahmt. Auf einen anonymen Hinweis hin. Die Sache ist kürzlich aufgeflogen, oder?«

»Ja. Wenn ich meine alten Kollegen bei *DG* richtig kenne, und das tue ich, haben sie das ganze Paket von irgendeiner anonymen Quelle bei der Polizei bekommen. Der Artikel ist ungeheuer detailliert.«

»Sie hat ungefähr dieselbe Geschichte wie Sylvester Berland, oder?«

»Ja, im Grunde schon. Ich bin 78 geboren, was ich über die extreme Linke in diesem revolutionären Jahrzehnt weiß, habe ich mir nur zusammengelesen. Aber es waren seltsame Zustände. Jede Menge innere Streitigkeiten. Gruppierungen waren bittere Feinde aufgrund von Konflikten, über die wir heute nur grinsen können. Diese beiden, Marlene und Sylvester, gehörten unterschiedlichen Fraktionen an und wollten niemals zusammenarbeiten. Aber sie haben auf jeden Fall eine Gemeinsamkeit, die sie in diesem Zusammenhang hier interessant macht.« Er wies mit dem Filzstift, der ihm zwischen zwei Fingern wippte, auf den großen Bogen.

»Genau wie Pål Poulsen«, sagte Selma und warf einen Blick auf das Gekritzel. »Nur auf der entgegengesetzten Seite. Oder eigentlich fast auf derselben, wenn man an die Hufeisentheorie glauben will. Und ich fange langsam an, das zu tun.«

»Ich auch. Was denkst du also?«

Selma gab keine Antwort.

»Nichts?«, fragte Lars.

»Du zuerst.«

»Jemand hat es auf sie abgesehen.«

»Auf wen?«

»Das siehst du doch. Die Extremisten. Die Rechtspopulisten. Die Linkspopulisten, was auch immer. Sjalg Petterson, Kjell Hope und Pål Poulsen. Marlene Halse und Sylvester Berland. Alle innerhalb kurzer Zeit mattgesetzt.«

Es wurde still. Selma verspürte eine wachsende Unruhe. Sie wusste nicht, ob die dem Unbehagen darüber entsprang, dass Lars recht hatte, oder der Angst, Jesper könne auftauchen, während der Journalist noch bei ihr war.

»Wer in aller Welt sollte dahinterstecken?«

»Keine Ahnung.«

»Wer könnte ein Interesse daran haben?«

Endlich begegneten ihre Blicke sich richtig, zum ersten Mal, seit Lars gekommen war. Er hatte norwegische Augen. Rund, mittelblau und mit etwas zu hellen Wimpern. Er sah so aus, wie sie ihn kannte: tatendurstig, intelligent, eifrig und ein wenig zu ehrlich. Außerdem konnte Lars Winther ein Geheimnis für sich behalten. Er war einer von äußerst wenigen, die von Selmas Hang zum Glücksspiel wussten. Dennoch hatte er nie darüber geschrieben, hatte auch niemandem davon erzählt, soweit Selma das beurteilen konnte.

Vermutlich sammelte er Informationen, um sie bei Gelegenheit zu verwerten, so, wie sie selbst das tat. Streng genommen hatte er sie im Griff. Selma mochte Lars Winther trotzdem. Sie mochte ihn gern und war fast so weit, ihm zu vertrauen. Vermutlich verstellte sie sich deshalb in seiner Gesellschaft weniger, als wenn sie mit anderen zusammen war.

Von der Arendalsgate her hörten sie den Gelenkbus prusten, und ein Autoalarm war nicht sehr weit von ihnen losgegangen.

»Ich glaube, ich muss dir etwas zeigen«, sagte Selma. Es fiel ihr leichter, diesen Entschluss zu fassen, als sie erwartet hatte. »Ich habe auch etwas zum Teilen. Unter der Voraussetzung, dass du ohne meine Erlaubnis nichts davon verwendest.«

»Versprochen«, sagte er und versuchte, seinen Eifer zu verbergen.

Streng genommen schuldete sie Pål Poulsen Diskretion. Andererseits hatte sie nie einen Auftrag von ihm angenommen. Sie hatten keine Abmachung getroffen. Der Mann hatte ihr freiwillig und ohne besondere Bedingungen den roten Ordner gezeigt, und er hatte nicht protestiert, als sie, ohne zu fragen, das ganze ihm zugesandte Dokument fotografiert hatte.

Zugesandt von jemandem, auf den Selma immer neugieriger wurde.

»Ehrenwort?«, fragte sie unnötigerweise.

»Ich schwöre«, sagte Lars.

»Bei dir geht es nur um fünf Personen«, sagte Selma und fegte mit der Hand über die Unterlagen. »Was, wenn ich dir erzählen kann, dass es noch elf von derselben Sorte gibt, deren Leben jederzeit auf den Kopf gestellt werden kann?«

»Hä?«

»Noch elf Menschen. Allesamt entweder extreme Populisten oder geradeheraus gesagt Extremisten, wenn ich das richtig verstanden habe. Einige von ihnen kenne ich eigentlich nicht, aber ich habe die Namen.«

»Was zum Teufel ... was sagst du da?«

»Ich sage Folgendes«, sagte Selma und fing an zu erzählen.

Sie brauchte nicht so lange dazu wie Lars vorhin. Der hörte mit immer größeren Augen zu, machte sich Notizen auf einem neuen Blatt. Das erste, das jetzt vollgeschrieben war, hatte er mitten auf den Tisch gelegt. Er unterbrach sie zweimal, ansonsten war er vollkommen damit ausgelastet, abwechselnd die Fotos auf Selmas Handy anzusehen und Notizen zu machen. Zweimal musste er ihr erklären, wer die Personen auf Pål Poulsens Liste waren.

»Das wär's«, sagte sie schließlich und legte das Telefon weg. »Das Schicksal von elf Menschen. Alle gehören den extremen Flügeln in der norwegischen Politik an. Alle würden vollkommen den Boden unter den Füßen verlieren, wenn diese Informationen an die Öffentlichkeit gelangten. Gut, dass du die kennst, die mir unbekannt waren. Von der Organisation IFN hatte ich nie auch nur gehört.«

»Israels Freunde in Norwegen«, sagte Lars und nickte. »Eine extreme, pro-israelische und stark islamfeindliche Organisation, gegen die *Mit Israel für Frieden* gemäßigt und ausgeglichen wirkt. Der Vorsitzende ist Elling Madsen.«

Er zeigte mit dem Filzstift auf den Namen, ließ den Stift los und fragte noch einmal: »Und was sollte Pål Poulsen mit dem ganzen Kram machen, hast du gesagt?«

»Er sollte einen Journalisten in einer seriösen Redaktion aufsuchen. Er hätte die Wahl zwischen *DG*, *Aftenavisen* und NRK. Dort sollte er das hier vorlegen, mit den Belegen und allem, und sich zudem als Zeuge zur Verfügung stellen. Ihm wurde eine Frist von einem Monat gegeben, was die Sache nur noch gemeiner macht. Der Mann wird bis dahin vor Angst doch gestorben sein. Jedenfalls wird es ihm total dreckig gehen.«

»Verflucht, Selma.«

»Das kannst du wohl sagen. Pål Poulsen hat geweint und gewimmert und sich wie ein Wahnsinniger angestellt, als er wie ein Kartoffelsack in meinem Auto saß.« Selma schüttelte sich übertrieben angewidert.

»Versuchte, wie ein Held dazustehen, indem er sich weigerte. Pures, reines Eigeninteresse natürlich. Der Lauscher an der Wand hört seine eigne Schand. Und er steht nicht in besonders gutem Licht da, wenn er diese ganze Bande hier outet.«

»Ich dachte eigentlich, er wäre schon tief genug gefallen.«

»Ich auch. Deshalb war ich anfangs nicht besonders interessiert.«

Ein Engel ging durch den Raum.

Sie saßen nebeneinander am Esstisch und schauten hinaus ins Regenwetter. Lars total bewegungslos.

Selma seufzte leise. Sie musste Lars so schnell wie möglich aus der Wohnung schaffen. Zugleich stimmte an den beiden dicht beschriebenen Bögen etwas nicht. Sie zog sie zu sich heran.

»Gibt es da draußen am Rand nur Schurken?«, rief Lars plötzlich. »Wird man Extremist, wenn man das Gesetz bricht? Oder bricht man das Gesetz, wenn man Extremist wird?«

»Keins von beidem«, sagte Selma, ohne die Notizen aus den Augen zu lassen. »Vieles davon ist nicht verboten, sondern nur trübe Suppe. Unvorstellbar unangenehme trübe Suppe und schmutzige Geheimnisse. Die meisten von uns haben welche.« Sie versuchte, Lars' breites Grinsen zu übersehen. »Jedenfalls, wenn wir schon eine Weile leben«, fügte sie hinzu, ohne rot zu werden. »Alle Menschen haben Geheimnisse. Dinge, für die wir uns schämen. Sachen, über die wir nicht einmal mit unseren Allernächsten sprechen. Wenn ich dich bäte, mir das Allerschlimmste zu erzählen, was du je getan hast, würdest du lügen. Das schwöre ich dir. Das Interessante daran ist nicht, dass Leute Dinge tun, die sich am Rande der Legalität oder der allgemein akzeptierten Moral bewegen, sondern eher, wer die Macht und die Möglichkeit besitzen kann, diese ganzen Informationen zu sammeln.«

»Können sie … können die Verschwörungstheoretiker recht haben?«

»Womit denn?«

»Dass … dass die Elite … dass der Staat oder irgendein Organ oder …« Er hielt Ausschau nach der Thermoskanne, holte sie vom Couchtisch, füllte seine Tasse bis an den Rand und setzte sich wieder.

Selma schaute ihm dabei zu und warf einen verstohlenen Blick auf die Uhr.

»Das kann so aussehen, als ob ...«, begann er wieder, ohne auf diesen Wink zu achten, »als ob ...«

»Als ob die Mitte zurückschlägt«, sagte Selma mit Betonung der letzten Wörter. »In beide Richtungen.«

»Ja. Aber ... wer ist eigentlich die Mitte?«

»Du und ich?«, fragte Selma. »Sind das nicht solche wie wir, die eigentlich in der Mitte stehen?«

»Die *Elite*, meinst du? Ich gehöre verdammt noch mal zu keiner Elite.«

»Doch. Das tun wir alle. Norwegen hat die größte Elite der Welt.«

»Aber können sie recht damit haben, dass wir überwacht werden?«, fuhr er fort. »Dass Big Brother Dreck über uns alle sammelt? Und dass die, die dahinterstecken, gerade jetzt beschlossen haben, auf die größten Störenfriede unter uns loszugehen? Dass das hier ...«

»*Hold your horses*«, sagte Selma und hob beide Handflächen. »Bist du dir darüber im Klaren, welche Mittel so ein Apparat verschlingen würde? Natürlich haben wir in Norwegen staatliche Überwachung. Alles andere wäre ein grobes Versäumnis. Wir haben den Polizeilichen Sicherheitsdienst und den militärischen Nachrichtendienst. Die schuften wie die Besessenen, und sie müssen sich sehr gut überlegen, wem sie genauer auf die Finger schauen. Erstens verfügen sie wie gesagt über begrenzte Mittel. Zweitens müssen sie sich an ihre Vorschriften halten. Drittens werden sie von anderen Organen kontrolliert. Viertens ...«

»Aber diese Leute sind doch schon vom Ausgangspunkt her bedrohlich, Selma!« Lars wurde jetzt laut. »Werden nicht gerade Extremisten überwacht? Solche wie die hier? Hat der Inlandsnachrichtendienst sie plötzlich sattgekriegt und beschlossen, die ganze Bande fertigzumachen?« Nun lag er fast über dem Tisch.

Sein Arm bedeckte die beiden großen Bögen, und er versuchte, von dort unten her Blickkontakt zu Selma aufzunehmen.

»Dussel«, sagte sie kurz und schob seinen Arm weg. »Hier ist etwas seltsam.«

Lars setzte sich auf und fuhr sich resigniert mit der Hand durch die Schmalzlocke.

»Das alles hier ist seltsam«, murmelte er.

»Sjalg ist tot«, sagte Selma.

»Ja.«

»Falls, und ich betone, falls ...« Jetzt war sie es, die den Filzstift als Zeigestock benutzte. Der tippte rasch Sjalg Pettersons Namen oben auf dem ersten Blatt an. »... falls auch Sjalg hiervon betroffen ist ... wie sollen wir das dann nennen?«

»Komplott?«

»Nein. Wenn Sjalg auch zu denen gehört, die auf seltsame Weise von dieser ... Gruppe, oder was immer dahintersteckt, angegriffen werden, dann gibt es einen großen Unterschied zu den anderen.«

»Weil er intelligent und gebildet war?«

»Nein. Weil er ermordet wurde.«

Lars biss sich auf die Unterlippe.

»Mm.« Er nickte. »Den anderen werden Name und guter Ruf ruiniert. Oder es wird damit gedroht, um sie stumm und passiv zu machen. Sjalg ist gestorben. Noch dazu eines natürlichen Todes. Jedenfalls sieht es so aus. Irgendwer kann ihm diese verdammten Nüsse auf irgendeine Weise untergeschoben haben.«

»Die Polizei ist dabei, die Ermittlungen einzustellen. Die Lebensmittelaufsicht hat keine Nüsse gefunden. Die Pathologie auch nicht.«

»Nein.«

Er rieb sich in einer kindlichen Geste mit beiden Händen resigniert das Gesicht, schüttelte energisch den Kopf, wie um wach zu werden.

Selma hätte ihm von ihrer Eiswürfeltheorie erzählen und ihm die Bilder in ihrem Schlafzimmer zeigen können. Das entscheidende Foto, aufgenommen unmittelbar vor dem Anfall, das mit den Sonnenstrahlen, die sich so deutlich in gefrorenem Wasser brachen, dass selbst Anine hatte zugeben müssen, dass sie im Glas des Mordopfers zwei Eiswürfel sah.

Das tat sie nicht.

Nichts ist umsonst, wie Lars immer sagte. Es war besser, die Handelsware für eine spätere Gelegenheit aufzubewahren. Jetzt war er übereifrig.

»Es könnte ja auch so sein, dass ...«

Selma hörte ihm nicht mehr zu.

Nachdem sie die Eiswürfel in Sjalgs Glas entdeckt und eingesehen hatte, dass die seinen Tod verursacht haben konnten, war sie nicht weitergekommen. Auf der Jagd nach einem Verbrecher ging es ihr um Mittel, Motiv und Möglichkeit. Die Eiswürfel waren nur das Erste. Sie waren die Waffe, wenn Selma recht hatte. Sie glaubte noch immer, dass das der Fall war. Wie jemand es hingedreht hatte, dass diese Eiswürfel genau in Sjalgs Glas gerieten, war jedoch nicht so leicht zu begreifen. Vor allem, da es für die anderen Gäste ja schon längst keine Eiswürfel mehr gab. Die Bedienung hatte natürlich die Möglichkeit gehabt, aber das Team bestand aus Jespers alten Kollegen und aus zwei oder drei zu diesem Anlass angeheuerten blutjungen Mädchen. Noch immer sah Selma die Möglichkeit, dass es eine von ihnen gewesen sein könnte, aber ohne das Motiv zu begreifen, war es unmöglich, festzustellen, wer dahintersteckte. Sie brauchte das Motiv, um den richtigen Täter zu finden, und den richtigen Täter, um das Motiv zu finden.

»*Catch-22*«, murmelte sie.

»Was?«

»Nichts.«

Ein Schlüssel wurde ins Schloss gesteckt.

»Ist es möglich«, begann Lars wieder und schaute zum Flur hinüber. »Dass Sjalg Pettersons Tod ein Zufall war? Und dass es …«

Jesper stand in der Türöffnung.

»Oi«, sagte Lars und erhob sich.

Selma griff nach den Blättern und faltete sie blitzschnell zusammen.

»Hallo«, sagte sie lässig. »Du bist ja früh dran. Wir waren gerade fertig.«

»Lars Winther«, sagte Lars und streckte die Hand aus.

»Jesper«, sagte Jesper kleinlaut, ließ seine Tasche auf den Boden fallen und hob den Schlangenarm.

»Der Koch«, sagte Lars und grinste. »Restaurant *Ellevilt*, nicht wahr?«

»Jetzt musst du gehen«, sagte Selma und trat ans Fenster.

Ihr Mund formte die längste Reihe von Verwünschungen, die sie jemals aneinandergereiht hatte, aber nicht ein Laut kam über ihre Lippen.

»Wir reden weiter«, sagte Lars. »Bei der allerersten Gelegenheit.«

Selma hätte schwören können, dass er lachte, als die Wohnungstür hinter ihm ins Schloss fiel.

Rampenlicht

Lars Winther hatte Selma Falcks modernen Wohnblock gerade erst verlassen, als er auch schon sein Telefon hervorzog und durch seine umfangreiche Kontaktliste scrollte.

Trine-Lise von der Sparte Rampenlicht würde einen Tipp zu schätzen wissen. Er verspürte einen Stich von schlechtem Gewissen, als er die Nachricht schrieb, aber das legte sich rasch wieder. Selma war frei und ungebunden und konnte sich amüsieren, mit wem sie wollte. Ihr Liebesleben war bisher das Langweiligste an ihr gewesen; kein Journalist hatte sie im Laufe dieser vielen Jahre mit anderen als ihrem Ehemann in Verbindung bringen können. Jetzt war ihr Familienleben tot und begraben, und im letzten Halbjahr hatten etliche Kolleginnen versucht, ihn auszuhorchen. Bisher hatte er weder Klatsch noch Sensationen anbieten können, obwohl er der Einzige im ganzen *DG*-Haus gewesen war, der sich einigermaßen regelmäßig mit Selma traf.

»Hallo, T-L! Der Sternekoch Jesper Jørgensen ist jetzt zu Besuch bei Selma Falck in Sagene. Er hat etwas bei sich, das wie eine Übernachtungstasche aussieht. Roch frisch geduscht und bereit für Gemütlichkeit. Er ist halb so alt wie sie! Wenn du morgen früh einen Fotografen vor der Wohnung postierst, kriegst du vielleicht ein Bild. 😊 Dann schuldest du mir einen Gefallen. LW.

Als er die Nachricht abgeschickt hatte, fiel ihm ein, dass Jesper Jørgensen für das Essen bei Sjalg Pettersons schicksalhafter Hochzeit verantwortlich gewesen war. Daran hatte er vor Überraschung eben gar nicht gedacht. Eine Beziehung zwischen dem Koch und Selma, wenn hier überhaupt von einer Beziehung die Rede war, konnte möglicherweise ein wenig komplizierter sein, als Lars im ersten Moment gedacht hatte.

»Shit!«

Es war zu spät. Die Nachricht war unterwegs und konnte nicht zurückgerufen werden. Für einen Moment blieb er stehen und überlegte. Er könnte Selma warnen, ihr raten, Jesper schon an diesem Abend wegzuschicken. Er fing an, eine neue Nachricht zu schreiben, hielt aber auf halber Strecke inne, überlegte einen Augenblick und löschte sie. Er wollte Selma Falck nun wirklich nicht schaden, aber Liebe und Promis in ein und demselben Fall waren unschlagbar. Nur echte Promi-Todesfälle brachten mehr Klicks, vor allem, wenn sie überraschend eintraten. Der Altersunterschied zwischen Selma und dem Koch war pikant, und es war nie falsch, einer Kollegin zu einer fetten Schlagzeile zu verhelfen. Dass die bald zweiundfünfzig Jahre alte Selma Falck etwas mit einem Promikoch von Mitte zwanzig hatte, war so saftig, dass es Schlagzeilen geben würde. Jedenfalls eine schöne Überschrift auf der ersten Seite.

Lars Winther schüttelte sein Unbehagen ab und lief zu seinem Fahrrad.

Er hatte Wichtigeres zu bedenken, als mit wem Selma Falck ins Bett stieg. Wenn er ordentlich in Richtung Kampen strampelte, würde er vielleicht sogar das Gefühl loswerden, das er bereits verspürt hatte, als Jesper Jørgensen seine schwarze Tasche auf Selmas Fußboden fallen ließ.

Das Gefühl erinnerte an Eifersucht.

Das war wirklich nicht gut, und er fuhr nach Hause zu Frau und kleinen Kindern, so schnell seine Pedale es ihm erlaubten.

Herbst

Die Jäger

Sie hatten sich als Schneehuhnjäger verkleidet. Sogar einen Hund hatten sie dabei; einen Gordon Setter, der seit dem Parkplatz große Bogen vor ihnen gelaufen war, wie er es gelernt hatte. Wenn sie hier oben etwas fänden, dann vermutlich Alpenschneehühner. Die verhielten sich anders als Moorschneehühner, die sich im tiefer gelegenen Terrain aufhielten. Alpenschneehühner waren für den Hund schwieriger unter Kontrolle zu bringen, denn sie benutzten die Beine, statt aufzufliegen, wenn sie erschrocken waren. Hier oben in den Bergen war die Streifjagd vorzuziehen. Sie war auch weitaus spannender, aber das wusste keiner der beiden Männer, die sich hier mit einem geliehenen Hund, geliehenen Gewehren und gerade ausreichend abgenutzter Jagdkleidung einem Punkt auf der mitgebrachten Landkarte näherten.

Schon auf mehrere hundert Meter sahen sie, dass von der Hütte nur noch eine Ruine übrig war. Das überraschte keinen von ihnen. Sie waren schon einmal hier gewesen, als das Gebäude noch gestanden hatte. Später hatten sie von einer avancierten Drohne aufgenommene Bilder gesehen, auf denen die Hütte bis auf das Fundament abgebrannt war.

Seit sie vor drei Stunden ihr Auto verlassen hatten, war ihnen kein Mensch begegnet. In regelmäßigen Abständen machten sie mit beiden Handys Fotos. Der eine hatte zwei Bilder auf Facebook gepostet, bis es keine Netzverbindung mehr gab. Wenn sie

Alarm schlügen, sowie sie die Brandstätte erreicht und Selma Falcks Leiche gefunden hätten, musste alles stimmen.

Alles musste stimmen, von der gelaufenen Strecke bis zu den abgegebenen Schüssen.

Sie waren zusammen unterwegs, zwei alte Freunde, auch wenn sie bisher erst einmal auf Schneehuhnjagd gewesen waren. Das war fast fünfzehn Jahre her, aber so war das Leben. Beide waren beruflich hart eingespannt. Hans-Olav Storbergan war Regionsdirektor bei der Norwegischen Eisenbahn. Sture Jensen war Zimmermann und Bauunternehmer.

Die Männer hatten nur wenige Gemeinsamkeiten. Beide hatten zwar ihren Militärdienst beim Telemark-Bataillon abgeleistet, aber nicht zur selben Zeit. Sie waren beide Elitesoldaten gewesen, und Ellev Trasop hatte sie beide rekrutiert. Das war die Parallele. Aus diesem Grund hatten sie immer einen gewissen Kontakt gehalten. Es könnte später Vorteile bringen, als Freunde bekannt zu sein. Oder jedenfalls als gute Kumpels. Die Schneehuhnjagd vor einer Ewigkeit, die Radtour durch das Rhônedelta vor fünf Jahren. Mit Ehepartnerinnen. Sie waren vernünftige, solide Familienväter. Jeder hatte drei Kinder, die von Hans-Olav waren fast erwachsen. Stures Kinder gingen noch zur Grundschule, und die Töchter waren der einzige Grund, warum er in den vergangenen zwei Wochen seinen Zweifeln ab und zu einen gewissen Raum gelassen hatte.

Der Auftrag hatte sich als viel komplizierter erwiesen, als sie sich das vorgestellt hatten.

Die Frau war ungeheuer stark.

Das wussten sie ja schon. Sie hatten ihre Hausaufgaben gemacht, ehe sie aktiv geworden waren. Selma Falck stemmte fünfundsiebzig Kilo und hatte den Oslo-Marathon in drei Stunden und zwanzig Minuten geschafft.

Sie hatte auch wirklich um sich gebissen, im wahrsten Sinne des Wortes. Sture tat noch immer der Unterarm weh, die Wunde verheilte gerade erst. Er hatte seiner Frau einen Haufen Lügen auftischen müssen, um die klaffende Wunde zu erklären.

Der Hund fing an zu fiepen, als sie sich der Brandstätte näherten. Hans-Olav gab aufs Geratewohl einen Schuss ab; ihre Geschichte musste plausibel sein, wenn sie Alarm schlugen, weil sie in einer abgebrannten Hütte eine Tote gefunden hatten.

Es roch noch immer nach Brand, nach nasser Asche, Erde und Feuchtigkeit.

Der Schornstein stand noch. Ein Monolith, der in den Himmel ragte, auf jeder Seite gestützt von dem breiten Kamin, der den Flammen ebenfalls widerstanden hatte. Der Brand hatte so heftig gewütet, dass die Innenwände einfach verschwunden waren, nur die Grundmauern aus grauem Granit zeugten davon, dass hier einmal ein Bauwerk von an die fünfzig Quadratmeter gestanden hatte.

»Hier haben wir sie liegen lassen«, sagte Sture. Er war in die schwarze Fläche getreten. »Hier«, wiederholte er und scharrte mit den Jagdstiefeln in Kohle und Asche.

»Bist du sicher?«

»Idiot.«

»Die Frau war tot.«

»Sicher. Jetzt such!«

»Such? Sie war tot, verdammt noch mal. Tote laufen nicht weg!«

Sture hob die Hände.

»Das weiß ich doch. Aber hier liegt niemand, verdammt noch mal.«

»Vielleicht war die Hitze so stark, dass die Leiche … einfach verschwunden ist.«

Sture ging in die Hocke und wühlte mit den Händen in Ruß und Asche.

»Das Skelett wäre nicht verbrannt«, murmelte er und zerrieb feine Asche zwischen seinen Fingern.

»Tote werden doch eingeäschert. Und dann passen sie in eine Urne.«

»Sicher. Wenn die Knochen eingesammelt und pulverisiert worden sind. Die werden porös, aber sie lösen sich nicht auf. Dafür brauchst du Gerbsäure.«

Hans-Olav, der bisher außerhalb der Außenmauer gestanden hatte, stieg über die niedrigen verrußten Steine.

»2002 hat sie sich den Knöchel gebrochen«, sagte er, »und hat seitdem im linken Schienbein eine fast zehn Zentimeter lange Titanplatte. Mindestens die müsste hier liegen. Titan schmilzt erst bei fast tausendsiebenhundert Grad. Bei so einem Brand kommt die Temperatur auf acht- oder neunhundert. So ungefähr.«

Der Gordon Setter fing erneut an zu fiepen. Die Hündin war müde nach einem langen Nachmittag und jetzt total ausgehungert. Keiner der beiden Männer schien sie jedoch füttern zu wollen. Wasser hatte sie im Laufe des Tages gefunden, in Bächen und Lachen. Nachdem sie mehr als fünfmal die Strecke zurückgelegt hatte, die die Männer gegangen waren, brauchte sie jetzt trotzdem Energie. Die brauchte sie jetzt und ziemlich sofort, wie sie es gewohnt war, wenn ihr eigentlicher Besitzer mit ihr auf die Jagd ging und besser für seinen Hund sorgte als für sich selbst.

Ihr Instinkt erwachte, und sie machte sich auf die Suche.

Von der Brandstätte stieg nur ein saurer, abstoßender Geruch auf.

Der Setter hieß Gaia, woran sich aber offenbar keiner der beiden Männer erinnerte. Sie hatten auf dem ganzen Weg kaum mit ihr gesprochen. Gaia hatte einen guten Stammbaum und eine noch bessere Ausbildung, und sowie sie aus dem Auto gelassen worden war, hatte sie begriffen, wem sie an diesem Tag dienen sollte. Das hatte sie getan, und es war wirklich nicht ihre Schuld, dass die Männer nicht begriffen, was sie markierte. Sie hatte hart gearbeitet. Jetzt wurde sie trotzdem im Stich gelassen, und sie fing an, immer größere Kreise um die niedergebrannte Hütte zu ziehen, um für sich selbst zu sorgen.

Ein Stück weiter weg sonderte ein Haufen Steine einen harschen Gestank ab.

Ein wenig nach Essen, viel nach Mensch. Nach Pisse und nach Kacke und vielleicht nach etwas zu essen.

Der Geruch war eingesperrt, hinter einer Tür, und die war schwer. Gaia konnte sich unmöglich hindurchgraben.

Sie fiepte und knurrte, dann begann sie, heftig zu kläffen.

Endlich schenkten die beiden Männer ihr Aufmerksamkeit. Sie kamen angerannt, und vielleicht würde sie nun endlich Futter bekommen. Aber da hatte sie sich zu große Hoffnungen gemacht.

»Hast du diese Steinhütte gesehen, als wir hier waren?«, fragte Hans-Olav. »Die ist auf der Karte nicht eingezeichnet, und auf der Website des Hüttenvermieters steht auch nichts.«

»Wenn ich die gesehen hätte«, antwortete Sture, »dann hätte ich das ja wohl gesagt.«

Er öffnete die schwere Tür und wurde von dem Gestank nach menschlichen Exkrementen, der aus dem düsteren Loch quoll, zurückgeschleudert. Das hinderte ihn jedoch nicht daran, tief Luft zu holen, den Atem anzuhalten und die Hütte zu betreten.

Eine knappe Minute später stand er wieder draußen. Er kratzte sich zwischen den Bartstoppeln und schaute sich in der imposanten weiten Landschaft um. Es ging auf den Abend zu, und im Westen wurde das Gebirgsmassiv hinter den über den Himmel treibenden Wolken von einem zarten rosa Licht überzogen.

»Sie war nicht tot«, sagte er kurz. »Auf irgendeine Weise muss sie dem Brand entkommen sein. Hat sich hier niedergelassen. Wie lange, weiß ich nicht, aber da drinnen stehen zwei leere Dosen Tomatensuppe. Und in einem Eisenofen ist kürzlich noch Feuer gemacht worden.«

»Sie war tot.«

»Das kann sie nicht gewesen sein. Oder wir sind auf der Suche nach einem Zombie.«

»Wir müssen unser Suchfeld erweitern, in größeren Kreisen um die Hütte gehen. Wenn sie wirklich noch am Leben war, als wir sie verlassen haben, kann sie in die Landschaft hinausgetaumelt sein. Weit kann sie nicht gekommen sein, in ihrem Zustand.«

»Es ist fast eine Woche her, dass wir mit ihr hier waren«, sagte Sture. »Wir haben keine Ahnung, wann sie hier weggegangen ist. Wir wissen nicht, ob sie hier irgendwo tot herumliegt oder …«, er beschrieb mit dem Arm einen weiten Bogen, »… ob sie sich schon in Sicherheit gebracht hat.«

»Wenn das der Fall wäre, hätte sie wohl jemanden informiert. Die Polizei. Und das wüssten wir dann. Zumindest diesen alten Polizisten. Das hat sie nicht getan, er hat sie doch gestern erst vermisst gemeldet. War der Ofen da drin noch warm?« Er nickte in Richtung Steinhütte.

»Nein. Aber darin lagen verbrannte Reste von etwas, das ein Buch gewesen sein muss. Ein Haufen Rindenreste auf dem Boden weist darauf hin, dass ziemlich viel Holz vorhanden war, aber alles ist verschwunden. Ich vermute, dass sie so lange hier geblieben ist, wie sie Brennmaterial hatte. In den Konservendosen war noch immer ein bisschen Feuchtigkeit.«

»Hat sie fünf Tage mit zwei Suppendosen überlebt?«

Sture schnitt eine Grimasse.

»Ich weiß es ja auch nicht, aber ich habe das Gefühl, dass sie eine ganze Weile hier war. Wir haben sie für tot gehalten, Hans-Olav. Ich habe noch nie so hart zulangen müssen wie bei ihr, als sie versucht hat, sich loszureißen. So, wie das Wetter in dieser Woche war, wäre es das Vernünftigste gewesen, sich für einige Tage hier niederzulassen. Und sei es nur, um wieder zu Kräften zu kommen.«

»Sie war nackt.«

»In der Hütte waren Kleider. Ihre eigenen lagen auf der Tasche. Wenn sie von den Toten auferstanden ist, ehe der Brand richtig loslegen konnte, kann sie die noch mitgenommen haben.«

»So muss es gewesen sein. Die Frau kann hier draußen doch verdammt noch mal nicht nackt herumspazieren!«

Hans-Olav legte sich die flache Hand über die Augen und starrte hinaus auf die Hochebene.

Sture überlegte. Lange.

»Wir haben ein Problem«, sagte er tonlos.

»Ja.«

»Wenn sie es wirklich geschafft hat, hier wegzukommen, in dem Zustand, in dem sie gewesen sein muss, und bei dem Wetter, ist sie noch härter im Nehmen, als wir gedacht haben.«

»Wo sollen wir anfangen?«

»Wenn ich das wüsste«, sagte Sture, warf sich das Gewehr über die Schulter und ging auf dem Weg zurück, den sie gekommen waren. »Ich weiß nur, dass wir sie finden müssen. So schnell das überhaupt möglich ist.«

Sommer

Die Tochter des Justizministers

Selma erwachte aus einem Traum, den sie in dem Moment vergessen hatte, in dem sie die Augen öffnete.

Sie war gelaufen, mehr fiel ihr nicht mehr ein. Sie hatte Angst gehabt, als sie aus dem Schlaf aufgefahren war, und ihr Puls war hoch. Ein Albtraum. Daran war Selma gewöhnt. Schon als Kind war sie jede Woche mehrmals davon gequält worden. In der Regel ging es darum, dass sie ihren kleinen Bruder im Stich ließ. Dass Herman krank wurde, lebensgefährlich krank, und dass Selma einen Arzt holen musste. Dabei ging alles schief, die Umwege waren zu weit, die Hindernisse zu zahlreich, und sie war zu klein, um eigentlich etwas ausrichten zu können. Als sie endlich zum Krankenbett zurückkehrte, noch immer allein, war er tot, und Selma erwachte mit hämmerndem Herzen und rang um Atem.

In ihrer Jugend waren die Albträume apokalyptisch gewesen. Der Mond explodierte, die Erde stürzte aus ihrer Umlaufbahn, oder ein weltweiter Atomkrieg brach aus. Seit sie erwachsen war, ging es in den Albträumen immer darum, zu laufen, weg von allem eigentlich, und es ging niemals schnell genug.

Jesper lag auch heute bewegungslos da wie ein Stein.

Es war unglaublich, dass er so tief schlafen konnte. Selma konnte Licht machen. Sie konnte aufs Klo gehen, die Spülung betätigen, sich die Hände waschen oder duschen, ohne dass er sich bewegte. Nicht einmal Johannes, der von allen Menschen, die Selma kannte, einem Faultier am meisten ähnelte, war im Schlaf ebenso bewusstlos gewesen wie Jesper.

Sie selbst konnte von einer Bewegung des Vorhangs geweckt werden.

Er nahm fast das ganze Bett ein, lag auf dem Bauch, wie letztes Mal, den Kopf auf dem Arm mit der Schlange. Selma kam mit dem riesigen Reptil jetzt besser zurecht. In der Nacht hatte sie sich dabei ertappt, dass sie mit ihr sprach. Flüsternd, obwohl sie die Schlange vermutlich lauthals hätte anpöbeln können, ohne das Jesper auch nur die Augen geöffnet hätte.

Sie hatte darüber gesprochen, dass das mit Jesper eine schlechte Idee war. Er störte sie. Sie schaffte nicht viel. Ihr Kopf war nicht ganz bei der Sache, seit er aufgetaucht war. Es war nicht leicht zu begreifen, was sie hier eigentlich tat. Wo sie hinwollte. Nicht im Leben und schon gar nicht in diesem Fall, wo sie überhaupt nicht weiterzukommen schien.

Die Schlange gab keine Antwort, aber inzwischen gefielen Selma die Augen mit den elliptischen Pupillen. Die sahen sie an, egal, wie Jesper lag. Wie die Mona Lisa, gewissermaßen, und ebenso unergründlich.

Jesper war viel zu jung. Selma merkte das, jeden Tag und die ganze Zeit. Selbst wenn sie nicht zusammen waren, also immerhin die meiste Zeit. Er war seriös, wenn es um Essen ging. Er war verzweifelt über die Situation im *Ellevilt*. Mehrere Angestellte sahen sich schon nach anderen Stellen um. Der Tag der Wiedereröffnung rückte näher, ohne dass irgendein Interesse des Publikums zu bemerken gewesen wäre. Das *Ellevilt* und sein Sport waren das Einzige, was Jesper ernst nahm. Ansonsten war er impulsiv wie ein Teenager, unbedacht, sprunghaft und verspielt, wenn er nicht an das Restaurant zu denken brauchte. Er liebte amerikanische Actionfilme und Games.

Er konnte nichts.

Natürlich konnte er etwas. Es waren nur ganz andere Dinge, als Selma sie in ihrem Leben gelernt hatte. Gestern Abend hatte sie darauf bestanden, die Fernsehnachrichten einzuschalten. Es war ein kurzes Interview mit Gro Harlem Brundtland gezeigt worden, die zu Hause in Norwegen Urlaub machte.

Jesper hatte gefragt, wer das sei.

»Großer Gott«, flüsterte Selma der Schlange zu. »Ist das möglich?«

Es wurde nun langsam hell, und sie tippte darauf, dass es kurz vor fünf war. Leise erhob sie sich und wollte gerade ins Badezimmer gehen, da stolperte sie über Jespers Kleider. Die lagen in einem Haufen auf dem Boden, und Selma bückte sich, um sie auf den niedrigen Garderobenständer zu hängen, den sie selbst benutzte. Ein Zettel fiel aus der Gesäßtasche. Selma hängte die Jeans an, hob den Zettel auf und faltete ihn auseinander.

Drei Namen. Geschrieben in drei Zeilen, dahinter jeweils etwas, was wohl eine Telefonnummer sein musste.

Frauennamen. Selma runzelte die Stirn.

Die drei Mädchen aus dem Restaurant, fiel es ihr plötzlich ein. Die drei, die Jesper nicht gekannt hatte, die als Aushilfen auf Stundenbasis eingestellt worden waren. Selma hatte mehrere Male nach den Namen gefragt, aber Jesper hatte den Mann nicht erreichen können, der die drei angeheuert hatte. Der war zwei Tage nach der Hochzeit in Urlaub gefahren, und niemand im Restaurant *Ekebergåsen* hatte sich Zugang zu dem Verzeichnis der Aushilfen verschafft.

Typisch Jesper.

Nun hatte er endlich die Namen besorgt, und dann vergaß er, das zu erwähnen. Selma nahm den Zettel mit ins Badezimmer, schloss die Tür und setzte sich aufs Klo.

Kristina Bock Solstad
Mathilde Johansen
Hermina M. Selmer

Drei Namen, die Selma rein gar nichts sagten. Sie pinkelte, wusch sich die Hände, zog den Morgenrock fester um sich und ging weiter ins Wohnzimmer. Im Vorübergehen warf sie einen Blick auf Jesper, der jetzt ohne Decke dalag, anscheinend ohne sich bewegt zu haben.

Selma nahm sich eine Cola aus dem Kühlschrank.

Eine echte Cola, mit massenhaft Zucker und Koffein und allem, was sie zum Wachwerden brauchte. Wie immer spürte sie bei den ersten Schlucken einen Stich von schlechtem Gewissen und gleichzeitig ein hingerissenes, fast euphorisches Gefühl, als die schwarze, eiskalte Flüssigkeit ihre Geschmacksnerven erreichte. Sie behielt den Schluck noch im Mund. Die prickelnden Perlen spülten mehrmals über ihre Zunge, die Kohlensäure ließ die Zunge im Mund wachsen, und Selma musste schlucken.

Cowboy-Cola. Der beste Geschmack aller Zeiten.

Sie griff nach ihrem iPad und setzte sich aufs Sofa, legte Jespers Zettel auf den Tisch und trank noch einen Schluck Cola.

Kristina Block Solstad gab es nur einmal, wie Google berichtete. Sie war 2001 geboren, besuchte die Foss-Schule und betrieb rhythmische Sportgymnastik. Mathilde Johansen gab es fünfmal, wie sich herausstellte, aber Selma brauchte nur zwei Minuten, um die richtige zu finden. Auch diese war siebzehn, wohnte in Lillestrøm und spielte in ihrer Freizeit Theater.

Für Hermina M. Selmer gab es nur drei Treffer. Der erste war dafür bei Wikipedia.

Hermina (Mina) Mejer Selmer (geboren 2001) ist eine norwegische sozialdemokratische Jugendpolitikerin. Sie ist die Vorsitzende der AUF Nordre Aker. Mina Selmer ist die Tochter des ehemaligen (2001–2005) und jetzigen (2015-) Justizministers Tryggve Mejer.

Tryggve Mejer.

Über lange Zeit hinweg Sjalg Pettersons bevorzugtes Angriffsziel, ein Mann, der heimlich zweifellos erleichtert aufgeatmet hatte, weil der Geschichtsprofessor ihn nicht mehr mit seinen regelmäßigen bösartigen Ausfällen quälen konnte.

Tochter Selmer hatte auf der Hochzeit des Quälgeists ihres Vaters serviert.

Mina Selmer, googelte sie.

Bei diesem Namen erhielt sie eine Menge Treffer. Selma sah sich die Bilder an, und sie bemerkte zu ihrer Überraschung, dass die Kleine ihr bekannt vorkam. Das konnte daran liegen, dass sie auf mehreren der Fotos an Selmas Schlafzimmerwand zu sehen war, aber die Bilder dort waren aus der Entfernung aufgenommen worden und außerdem ziemlich verschwommen.

Im Netz gab es Nahaufnahmen. Scharfe Porträtfotos, und irgendetwas an dem Mädchen erkannte Selma.

Sie stand auf und ging zurück ins Schlafzimmer, knipste das Licht auf Jespers Seite an und drehte die Lampe in Richtung der Fotos an der Wand. Mina Selmer war auf drei Bildern zu sehen. Auf dem einen brachte sie etwas herein, bei dem es sich um Vorspeisen handeln musste. Eine in jeder Hand. Nicht wie der erfahrene Kellner aus dem *Ellevilt* gleich vor ihr, der außerdem auf dem linken Unterarm zwei Teller balancierte. Auf dem anderen Bild trug Mina eine Wasserkaraffe.

Sie schenkte nicht Sjalg ein, sondern Jesso.

Selma zupfte drei Heftzwecken heraus und nahm die Fotos mit zurück zum Sofa.

Mittel, Motiv und Möglichkeit.

Die Eiswürfel waren das Mittel. Mina Selmers Anwesenheit auf der Hochzeitsfeier lieferte die Möglichkeit. Das Verhalten des Bräutigams dem Vater des jungen Mädchens gegenüber könnte ein Motiv sein.

Vielleicht.

Oder vielleicht auch nicht. Jemanden zu töten war schwierig. Es zu planen war ungeheuer anstrengend. Nicht nur rein technisch, sondern auch emotional. Die meisten Menschen besaßen einen eingebauten Widerstand dagegen, andere zu töten, davon war Selma überzeugt. Es ging dabei um eine evolutionsbedingte Zweckmäßigkeit und außerdem um eine universale Kultur. Der Mensch muss töten können, wenn er bedroht oder angegriffen wird, oder um seine Familie und sein Eigentum zu beschützen. Ebenso sinnvoll ist es, dass wir uns weigern, den Tod anderer kaltblütig zu planen.

Es war unmöglich, sich vorzustellen, dass eine Sechzehn- oder Siebzehnjährige so etwas getan haben könnte. Ein erfolgreicher, ambitionierter Teenager aus einer privilegierten Familie.

Das konnte nicht sein.

Selma fiel plötzlich ein, woher sie die Kleine kannte.

Sie folgten einander auf Instagram.

Selma erhielt pro Woche im Höchstfall zwanzig bis dreißig Anfragen, bei denen es nicht um Nervkram und Anbiederung ging. Irgendwer wollte ein Video zum dreißigsten Geburtstag seiner Frau zusammenstellen, ob Selma sich nicht die Mühe machen könnte, dieser fantastischen jungen Mutter in einem kurzen Video zu gratulieren. Andere wollten ein Autogramm auf zugesendetem edlem Papier. Es gab noch immer Leute, die so etwas sammelten. Einzelne der Mails, Privatnachrichten und ab und zu ein altmodischer Brief waren ganz einfach Fanpost. Sie kamen in Wellen, je nachdem, in welcher Show Selma gerade mitwirkte. Bei *Let's Dance* waren es so viele gewesen, dass sie ganz einfach aufgegeben hatte.

Die einzigen Anfragen, die sie immer beantwortete, wenn sie also die Mail oder den Brief überhaupt geöffnet hatte, waren die von jungen Handballerinnen.

Wenn Selma neben Einar irgendetwas bedingungslos liebte, dann war das Handball. Ihr Vater hatte ihr einmal gesagt, als sie vielleicht dreizehn oder vierzehn gewesen war, dass die viele Zeit, die sie für Training und Turniere aufbrachte, vergeudet sei. Eine geborene Athletin wie Selma sollte auf Tennis setzen. Da sei Geld zu holen. Viel Geld. Zur Not hätte sie sich für Langlauf entscheiden können, wo sich immerhin die allerbesten Läuferinnen ihren Lebensunterhalt verdienen könnten. Sie hatte darauf nichts geantwortet. Es hatte keinen Zweck, dem Vater eine Antwort zu geben. Fünf Jahre lang hatte er als Hippie und College-Student in den USA verbracht, während er und seine norwegische Freundin sich zwei Blumenkinder zugelegt hatten. Als er nach Norwegen zurückkehrte, brachte er eine Gattin, zwei ernste Kinder und ein Patent auf eine Legierung zur Verwendung bei Beinprothesen mit. Dadurch konnte er sich in Smestad niederlassen und zum Spießer werden, eine Lebensart, die er bald zur Vollendung betrieb.

Aber er hatte Selma niemals vom Handball wegholen können.

Sie antwortete ihnen immer, diesen jungen Handballerinnen.

Sie suchte in ihrer Mailbox. Suchte nach »Mina«.

Ein Mailwechsel tauchte auf. Der stammte von 2013, dem Jahr, in dem Mina zwölf geworden war. Sie hatte eine Gmail-Adresse, und ihre Mail war ungewöhnlich wohlformuliert für ein Kind. Sie brachte zuerst ihre große Bewunderung zum Ausdruck; Selma sei im Vorjahr bei *Ewige Helden* ungewöhnlich stark gewesen. Sie war zwar auf dem vierten Platz gelandet, war aber nur von jüngeren Männern geschlagen worden. Mina war zutiefst beeindruckt und hoffte, mit sechsundvierzig noch ebenso fit zu sein.

Aber zuerst wollte sie die weltbeste Handballspielerin werden.

Ob Selma Falck so freundlich sein und ihr in dieser Hinsicht ein paar gute Ratschläge geben könnte.

Selma antwortete. Lang und ausführlich. Es kam ein herzlicher Dank zurück, zusammen mit einer Bitte: Mina würde sich so freuen, wenn sie einander auf Instagram folgen könnten. Es sei so cool, dass eine Erwachsene in diesem Forum zu finden war, ihre Eltern hätten keine Ahnung von sozialen Medien.

Der Wunsch war leicht zu erfüllen.

Eine Woche oder zwei hatte Selma sie ein wenig im Auge behalten. Dann war Mina in der langen Reihe von Menschen verschwunden, die zuletzt in Selmas Account mehr als hunderttausend Follower ergaben. Sie war wirklich eine der ersten »Erwachsenen« auf Instagram gewesen. Das hatte ihr einen nützlichen Vorsprung verschafft. Außerdem und natürlich noch wichtiger: Soziale Medien gaben ihr die Kontrolle darüber, wie ihr Leben für alle dort draußen aussehen sollte.

Selma griff nach ihrem Telefon und klickte sich auf Minas Seite.

Da passierte nicht gerade viel.

Sie hatte achthundert Follower, was ziemlich normal für ein Mädchen in diesem Alter wirkte. Das letzte Bild, das sie gepostet hatte, stammte allerdings aus dem Frühsommer. Selma ging in der Zeit zurück. Bis Anfang April war Mina ungeheuer aktiv gewesen. Oft viele Male pro Tag. Die weltbeste Handballspielerin war sie nicht geworden, auch wenn sie noch immer zum Vergnügen spielte. Offenbar hatte die Politik sie gepackt. Die Bilder und Videos waren eine Mischung aus politischen Aufrufen, Selfies und Nahaufnahmen von dekorativen Speisen und Getränken. Und von einer gewaltigen Menge Freundinnen, Freunden und Spaß.

Aber dann war jemand gestorben.

Eine Freundin, offenbar, eine enge Freundin im selben Alter.

Sie hieß Ingeborg.

Einige Wochen lang wurden noch neue Bilder gepostet, aber nach dem Monatswechsel April/Mai wurden es immer weniger.

Selma hielt bei einem Video an. Das war in einer Art typischem Jungmädchenzimmer aufgenommen worden. Mina saß auf einem Bett mit einer weißen Tagesdecke und drei abgeknutschten Schmusetieren am Kopfende. Hinter ihr stand ein Schreibtisch und darauf eine verschlissene Schultasche.

»Ich protestiere gegen den Hass«, sagte Mina ernst. *»Gegen Hetze und Schikane, gegen Shaming und Verleumdung und Fake News. Gegen Kenntnislosigkeit und Verleugnung. Ich kann nicht mehr. Von heute an ist mein Konto privat. Ich habe über dreitausend Follower, aber lieber verzichte ich auf alles, als jeden Tag mit Dreck beworfen zu werden, über mich, meine Freunde, meine Partei und meinen Vater. Ich werde alle blockieren, die sich nicht anständig benehmen. Sachliche Kritik ist in Ordnung. Aber nur die. Haters, back off!«*

Die Kameraführung war unruhig und endete im Nichts. Der Bildschirm wurde schwarz.

Mina hatte auf einem öffentlichen Konto fast viertausend Follower gehabt. Nun hatte sie achthundert auf einem privaten. Als Selma die Unterschriften unter den neuesten Bildern sorgfältiger las, begriff sie, dass die Kleine als lokale AUF-Vorsitzende und Schulsprecherin zurückgetreten war.

Etwas musste passiert sein. Offenbar ein Todesfall, der sicher schwer zu ertragen gewesen war, aber das konnte nicht alles sein. Das Leben des frühreifen Teenagers hatte anscheinend eine Wendung zum viel Schlimmeren genommen.

Der allerletzte Post stammte vom 3. Juli.

Lange vor der Hochzeit.

Danach herrschte Schweigen.

Mittel, Motiv und Möglichkeit.

Das konnte einfach nicht sein.

Mina Selmer war ein reizender, ambitionierter und engagierter Teenager. Keine raffinierte Mörderin. Nicht einmal für einen Vater, der dem Hass und der Geringschätzung vieler ausgesetzt war, vor allem den Angriffen eines Universitätsprofessors, der jetzt tot und begraben war.

Selma legte Telefon und iPad weg und steckte den Zettel mit den Namen der drei Aushilfen in die Tasche ihres Morgenrocks. Als sie aufstand, musste sie den Gürtel neu binden.

Sie hatte abgenommen. Nicht vorsätzlich. Obwohl sie einige Kilo mehr wog als das, was sie früher im wahrsten Sinne des Wortes als Kampfgewicht eingehalten hatte, hatte sie nie das Bedürfnis verspürt, abzunehmen. Sie war eine hochgewachsene Frau, eine Athletin, und solange sie gut in Form war, könnte sie niemals richtig dünn werden. Richtig dick aber auch nicht.

Aber natürlich musste sie essen.

Dazu war sie in letzter Zeit kaum gekommen.

Jesper hatte sie vier Mal besucht, seit er sie ziemlich verzweifelt um Hilfe gebeten hatte. Wenn er entscheiden könnte, wäre er bereits bei ihr eingezogen, aber das konnte er nicht. Selma wollte allein leben. Das Essen, das er ihr auftischte, hätte eigentlich Grund genug zum sofortigen Zusammenziehen sein müssen. Selma aber war mit Alltagskost absolut zufrieden und hatte nie ein Interesse daran gehabt, unnötig viel Zeit in der Küche zu verbringen, während Jesper auch dort Märchenhaftes leistete.

Gestern hatte er ein Pastagericht mit einer Schinkensorte serviert, von der sie noch nie gehört hatte. Und mit Trüffeln. Selma hatte diesen unglaublich teuren Pilz noch nie gekostet, und das hatte ihn glotzen und mehr davon auf die Tagliatelle raspeln lassen.

Die Pasta hatte Selma geschmeckt. Den Schinken hatte sie wunderbar gefunden. Die Trüffeln waren köstlich, obwohl sie nach stickigem Dachboden rochen und nach Schimmel schmeckten. Dennoch hatte sie nicht besonders viel essen können. Es war, als sei sie zum ersten Mal in ihrem bald zweiundfünfzig Jahre langen Leben vom Appetit verlassen worden.

Sie öffnete die Balkontür, ging barfuß hinaus in die frische, fast kühle Morgenluft. Die Stadt war schon längst laut geworden, auch wenn es erst kurz nach halb sechs war. In einer Viertelstunde würde die Sonne aufgehen. Der Turm der Kirche von Sagene bohrte sich in den dunklen Himmel im Westen, vom Osten her aber war schon der Morgen unterwegs.

Selma wusste endlich, warum sie diesen Auftrag für Jesper angenommen hatte. Es ging um Anine.

Alles ging um Anine.

Durch Minas Instagrambilder zu blättern war wie ein Einblick in das Leben der Tochter gewesen, die sie sich immer gewünscht hatte. Mina hatte zwar das Handballspielen auf hohem Niveau aufgegeben, aber das taten die meisten Spielerinnen im Alter von dreizehn, vierzehn Jahren. Dann wurden die Mannschaften zurechtgefeilt, und viele hatten es satt, auf der Reservebank herumzusitzen. Mina war dennoch ein Mädchen, das nicht lockerließ. Das eine Meinung hatte und diese auch kundtat. Mina war eine Jugendliche, die mit Worten kämpfte.

Anine war so anders gewesen und war noch immer ganz anders als Selma. Bei Anine gab es so viel Gefühlsduselei. Ihre ganze Kindheit hindurch. Sie hatte mit der Tür geknallt, geweint und geschmollt, gejubelt und gelacht und vieles zum Ausdruck gebracht, aber Selma hatte nie so recht begriffen, worum es ging und was sie eigentlich meinte. Wenn Anine plötzlich ohne einen Gruß nach Hause kam und sofort in ihrem Zimmer verschwand, wusste Jesso, dass sie sich mit ihrer besten Freundin gestritten hatte. Im Essen herumzustochern bedeutete Probleme mit einem Jungen, das wusste Jesso. Für Selma bedeutete es, wählerisch mit dem Essen zu sein, was sie absolut nicht vertragen konnte.

Ein Mann stand bei den Mülltonnen auf der anderen Straßenseite und kehrte ihr den Rücken zu. Er öffnete eine Tonne und wühlte darin herum. Auf der Suche nach Pfandflaschen, vermutete sie, es gab genug Leute, denen es zu anstrengend war, die Flaschen zurück in den Laden zu bringen. Sie verließen sich eher darauf, dass Roma und andere arme Schlucker ihnen hinterherräumten. Der Mann hatte eine Tasche neben sich stehen, sicher für den Fang des neuen Tages. Nun sah sie nur seine Rückseite, als er sich tief in die Tonne beugte, um nach wertvollen Hinterlassenschaften zu angeln.

Selma wollte ihn nicht in Verlegenheit bringen, kehrte ihm den Rücken zu und zog den Morgenrock noch einmal fester um sich.

Sie hatte den Fall nicht nur übernommen, weil Jesper einen scharfen Hintern hatte oder weil er so verzweifelt gewesen war oder weil sie besonders neugierig war. Und schon gar nicht, um etwas zu tun zu haben.

Es lag auch nicht am Wetteinsatz, dass sie Jesper Jørgensen dabei helfen wollte, nicht in Verruf zu kommen. Er kochte leckeres Essen, aber sie konnte gut auf einen üppigen Restaurantbesuch pro Woche ein ganzes Jahr lang verzichten.

Selma Falck wollte vor allem ihrer Tochter helfen, das sah sie nun endlich ein. Dass sie fast nicht zur Hochzeit eingeladen worden wäre, hatte ihr viel mehr zu schaffen gemacht, als sie sich bisher hatte eingestehen wollen. Die Platzierung am Tisch hatte sie tief verletzt. Sie war wütend geworden, und nach dem dramatischen Todesfall war sie so schnell wie möglich gegangen. Aber eigentlich hatte sie bleiben wollen. Sie wäre gern für ihre Tochter da gewesen, wenn Anine sie nur gelassen hätte.

Selma hatte den Auftrag, das Rätsel um Sjalgs Tod aufzuklären, angenommen, um Anine zu helfen. Sie wollte ihrer Tochter zeigen, dass sie ihr wichtig war. Immer. Dass sie ihre Mama war. Dass Sjalg nicht einfach hingehen und sterben konnte, ohne dass Selma die Erklärung dafür fand, was wirklich passiert war.

Und wer die Schuld daran trug.

Selma würde niemals Anines Freundin sein. Dazu war es zu spät. Es war viel zu spät. Dennoch glaubte sie, dass an ihrem Verhältnis noch etwas zu retten war. Selma würde ihr zeigen, dass sie gern für sie da sein wollte.

Und auf diese Weise konnte sie für sie da sein. Indem sie das Problem löste, die Wahrheit fand, mit Tempo durch das Leben brauste, aber immer zuverlässig war, wenn sie etwas in Ordnung bringen sollte.

Es war genau halb sechs, und die Sonne brach hinter dem Horizont hervor. Innerhalb von zwei Minuten verwandelte sich die Stadt vor Selmas Augen. Das Licht stieg über Torshovdalen auf und breitete sich über Oslo aus. Die Menschen der Stadt erwachten jetzt. Selma hatte die Wolfsstunde ein weiteres Mal hinter sich gelassen und atmete freier.

Sie würde für Anine tun, was sie konnte.

Dazu gehörte, dass sie Mina Selmer zum Reden bringen musste, ohne dass sie auch nur die geringste Vorstellung hatte, wie. Sie hob die Arme zum Himmel, reckte sich und ging ins Haus, um Jesper wieder ins Leben zu rütteln.

Sie musste diesen Jungen loswerden, aber doch noch nicht sofort.

Dazu war es zu schön, ihn zu haben.

Paparazzo

Der Mann mit der Kamera hieß Andreas und war neunzehn Jahre alt.

Er konnte sich kaum Fotograf nennen, tat es aber trotzdem.

In seiner bisherigen Karriere war Andreas für zwei Aufträge bezahlt worden: für die Hochzeitsbilder seines Vetters und für zwei grandiose Aufnahmen von der Pride-Parade des vergangenen Jahres, die in *Aftenavisen* abgedruckt worden waren. Kamera und Ausrüstung waren vielleicht gut genug, aber eine Ausbildung hatte der Junge nicht. Ausbildungsstellen waren einfach nicht aufzutreiben. Er musste sechs Tage in der Woche als Pizzabote jobben, um zu überleben.

Das Fotografieren war trotzdem sein Leben.

Wenn er einfach jeden Auftrag annähme, würde sich ihm der Weg öffnen. Davon war er überzeugt. Hier war harte Arbeit gefragt. Als Trine-Lise von *DG* am Vorabend angerufen hatte, war

Andreas das erste Mal seit Langem in bessere Stimmung gekommen. Sie hatte ihm in aller Kürze erzählt, worum es bei dem Auftrag ging. Selma Falck war superprominent, und Andreas wusste genau, wie sie aussah. Sie hatte sich angeblich mit einem bekannten Koch zusammengetan, doch wer das war, wusste er nicht. Andreas hatte sich den Namen notiert und genug Bilder zusammengegoogelt, um ihn wiederzuerkennen.

Dreimal hatte er sich davon überzeugt, dass die Adresse stimmte.

Trine-Lise war nicht besonders optimistisch gewesen. Vermutlich würde dieser Jesper irgendwann am frühen Morgen allein aus dem Haus kommen. Andreas durfte ihm gern ein paar Bilder spendieren, für den Fall, dass sie anderswo einen Treffer landeten, wenn es darum ging, die beiden zu erkennen. Es würde aber sicher nichts sein, was sie sofort verwenden könnten, und er würde nicht bezahlt werden, wenn die beiden Turteltauben nicht zusammen aus dem Haus kämen.

Selma Falck war alt. Älter als Andreas' Mutter. Echt alt. Der Koch war erst sechsundzwanzig. Die Frau sah zwar ziemlich gut aus, war eigentlich eine MILF, aber der Altersunterschied war so groß, dass es fast widerlich war. Peinlich jedenfalls, und sicher guter Zeitungsstoff.

Seit drei Stunden stand Andreas nun schon auf seinem Aussichtsposten zwischen den Mülltonnen auf der anderen Straßenseite. Er fror nicht, das vorspringende Dach des alten Mietshauses schützte ihn vor dem leichten Morgenregen, aber er langweilte sich jetzt ernsthaft. Er hatte in der Papiertonne nach Lesestoff gewühlt, als es noch keine sechs gewesen war, aber gefunden hatte er nichts. Jetzt war es acht, es war zu früh, um aufzugeben, aber viel länger als bis neun würde er es hier nicht aushalten. Der Akku in seinem Telefon war zudem fast leer, er hatte nachts vergessen, ihn aufzuladen, und hatte fast die ganze Zeit gezockt.

Einige der Menschen, die in der letzten Stunde vorübergekommen waren, auf dem Weg zu Arbeit oder Schule, waren langsamer geworden, als sie an ihm vorbeigingen. Seine Kamera fiel auf, und ein älterer Mann wäre fast über die große Tasche gestolpert, die Andreas immer mit sich herumschleppte. Eine Frau um die vierzig hatte skeptisch gefragt, ob sie ihm irgendwie behilflich sein könnte. Er hatte sein breitestes Lächeln aufgesetzt und gesagt, er warte auf seine Freundin. Die Frau hatte ihn damit getröstet, dass die Freundin sich sicher nur verspätete.

Andreas hatte keine Freundin, aber nun passierte etwas im Hauseingang auf der anderen Straßenseite. Blitzschnell ging er hinter der Papiertonne in die Hocke. Er legte die Kamera auf den Tonnendeckel und schaute durch das Teleobjektiv zu dem Neubau hinüber.

Jesper Jørgensen war leicht zu erkennen. Trotz des kühlen Wetters trug er nur ein eng anliegendes kreideweißes T-Shirt. Andreas konnte deutlich die riesige Schlange sehen, die sich um seinen Arm wand, eine Tätowierung, die auch auf den meisten Googlebildern von ihm zu sehen war. Zum Glück trug er keine Kopfbedeckung. Andreas machte in aller Eile eine Serie von Bildern, sehr enttäuscht, weil der Koch offenbar allein war. Aber plötzlich wäre er vor Begeisterung fast aufgesprungen. Selma Falck tauchte hinter der Glastür auf, die Jesper noch immer offen hielt. Sie war ebenfalls barhäuptig, trug eine Lederjacke, Jeans und weiße Joggingschuhe. Als sie herauskam, hob sie die Hand zu einem schlaffen Abschiedsgruß für Jesper Jørgensen und wandte sich nach links. Er wollte offenbar in die Gegenrichtung.

»Jetzt komm schon!«, flüsterte Andreas durch zusammengebissene Zähne.

Als ob Jesper ihn gehört hätte, griff er nach Selma Falcks Arm. Sie blieb stehen, halbwegs widerstrebend, dann sah sie sich um und versuchte, sich loszumachen. Jesper lachte. Andreas konnte das Lachen hören, und er hielt den Auslöser gedrückt.

»Yes«, zischte er leise. »Yesssss!«

Mit einem kurzen Ruck zog der Koch die Frau an sich, beugte sich vor und küsste sie, während er ihr den anderen Arm um die Taille legte. Noch immer wehrte sie sich, blieb mit geradem Rücken stehen und legte ihm beide Hände auf die Schultern. Das spielte aber keine Rolle, denn als sie sich losgemacht hatte, lächelte sie und wischte mit dem Daumen etwas von seinem Mund.

Die Kamera klickte und klickte. Die beiden auf der anderen Straßenseite gingen in entgegengesetzte Richtungen los.

Andreas hatte sich auf den Bordstein gesetzt. Seine Hände zitterten vor Aufregung, als er sich im Display die Ausbeute des Tages ansah.

Kristallklare Bilder. Kussbilder. Sogar ein Bild, auf dem Selma Falck lächelnd ihren Lippenstift vom Mund des Kochs wischte.

Oder vielleicht war es auch nur Zahnpasta.

Scheißegal, Andreas saß hier auf Gold, und er rannte los, um die Bilder zu bearbeiten und Trine-Lise so schnell wie möglich zu schicken.

Harte Arbeit, hatte sein Großvater immer gesagt. Harte Arbeit und Geduld, das trennt die Spreu vom Weizen.

Der Großvater hatte absolut recht gehabt, und Andreas nahm die Beine in die Hand.

Hansakollen

Das Flugzeugwrack lag noch immer dort, sechsundsiebzig Jahre nachdem ein Pilot der Luftwaffe an einer Felswand, die witzigerweise Maridalsalpen genannt wurde, seinem Schicksal begegnet war. Keine der Anhöhen, die hier in Maridalen wie Perlen auf der Schnur lagen, ragte höher als fünfhundertsiebenunddreißig Meter auf. Zum Ausgleich war der Weg hierher ziemlich steil.

Das Naturreservat war von Forstwirtschaft und Rodung ausgenommen. Die beiden, die jetzt im Schatten unterhalb von Hansakollen standen, hatten deshalb über umgestürzte Bäume und dichte Vegetation steigen müssen, um an die Stelle zu gelangen, wo der Pfad erstmals abflachte, geradewegs nach Osten durch düsteres Moorgelände.

»Seltsam, dass das Wrack noch immer hier liegt«, sagte der Mann, der Birger Hansem hieß und eines der fünf noch lebenden Ratsmitglieder war.

»Mit den Jahren ist vieles verschwunden«, sagte Berit Ullern. »Vor allem gleich nach dem Krieg. Aluminium war wertvoll, und zuerst haben sie die Tragflächen geholt.«

Der Wald hier oben war wie verzaubert. Selbst so spät im Sommer, lange nachdem die Vögel sich in der Paarungszeit einander mit Gezwitscher und Geschrei präsentiert hatten, konnte man die Natur hören. Bäche gluckerten, Elstern schrien, wie sie es immer taten, und andere Vögel warnten einander vor den Menschen und dem großen Hund dort unten auf dem Boden.

»Fünf Jahre«, sagte der Mann und ging vor einer schwarzen, verbogenen Eisenkonstruktion in die Knie. »Sie waren fünf düstere Jahre lang hier, die Deutschen.«

»Wir müssen ihn aufhalten«, sagte der Major und starrte Bernhard, den Bernhardiner, an, der sich unten im Moor hingelegt hatte.

»Klar, Tryggve muss aufgehalten werden«, sagte Birger. »Nur ist die Frage, wie.«

Der Major schaute sich um und fand eine umgestürzte Kiefer. Sie setzte sich, öffnete einen kleinen Rucksack und zog eine Thermosflasche und zwei Holztassen heraus. Sie war oft hier oben. In Lillomarka war sehr viel weniger los als in den weiter westlich gelegenen Gebieten, und bei Wanderungen wie auch sonst im Leben war sie am liebsten allein.

»Ellev hat erzählt, dass er Harlekin aus der Schatulle entfernt hat«, sagte sie, als Birger sich neben sie gesetzt und die eine Tasse entgegengenommen hatte. »Skuld, Manus und die anderen Gruppen hat er gelassen, aber Harlekin hat er rausgenommen.«

»Die Liquidierungsgruppe.«

»Ja. Ellev hatte kein Vertrauen zu Tryggve. In den letzten Jahren jedenfalls nicht mehr. In der Schatulle liegen noch immer die Schlüssel zu Nachrichtendienst, Rückendeckung, Sabotage ...« Sie konzentrierte sich darauf, Kaffee einzugießen, ohne etwas zu verschütten. »... *you name it.* Liquidierung aber nicht.«

»Und dann hat er es trotzdem geschafft.«

»Ja, und sogar elegant, das muss man ihm lassen. Würde gern wissen, wie. Die Ermittlungen werden eingestellt, oder?«

Birger Hansem war stellvertretender Polizeichef für den Bezirk Oslo. Er war vorher für Interpol und das Justizministerium tätig gewesen, und er war der engste Vertraute des Majors im Rat.

Soweit sie sich überhaupt Vertraute gestattete.

»Ja«, antwortete Birger Hansem und verscheuchte ein Insekt. »Auch wenn es mir in der Seele wehtut, einen regelrechten Mord durchgehen zu lassen, so dürfen wir nicht riskieren, dass die Polizei auf Tryggve aufmerksam wird. Ich konnte ... konnte den Fall an eine Anfängerin weiterreichen, die einen Grund zur Anklageerhebung mit bloßem Auge nicht mal erkennen würde. Noch weniger Ahnung hat sie von Ermittlungen, und ihr ist der unfähigste Kollege im ganzen Haus zur Seite gestellt worden. Außerdem habe ich bei ihr vorbeigeschaut. Um sie willkommen zu heißen und um deutlich zu machen, dass Sjalg Pettersons Tod nach einer angemessenen Zeitspanne als nicht strafbar abgelegt werden kann. Die Familie übt glücklicherweise keinen Druck aus.«

»Sag das nicht.«

»Wie meinst du das?«

»Einfach so«, sagte sie leichthin und schüttelte den Kopf. »Ich bin froh, dass du die Sache im Griff hast.«

Er hob die Kaffeetasse.

»Die Sache gefällt mir nicht, Berit. Die Sache gefällt mir überhaupt nicht.«

Der Major gab keine Antwort.

»Es herrscht Friede hierzulande«, fügte er hinzu. »In Friedenszeiten sollen wir nicht aktiv werden.«

»Wir sind die ganze Zeit aktiv«, sagte sie. »Allein unsere Nachrichteneinheit zählt ...« Sie unterbrach sich. Früher hatte nur Ellev Kapazität und Stärke der verschiedenen Gruppen gekannt. Jetzt waren es Tryggve Mejer und sie selbst. »An jedem einzelnen Tag«, sagte sie stattdessen, »ist jemand von uns aktiv. Irgendjemand. Oder mehrere. Ein seltenes Mal wissen sie voneinander. Noch seltener operieren mehrere zusammen. Wir haben Soldaten und Polizisten, Ingenieure und nicht zuletzt ein ganzes kleines Heer von Computerfachleuten. Professoren, Ärzte und den einen oder anderen Busfahrer. Lehrer und Fernsehmitarbeiter. Normale Menschen, Birger. Wir sind ein unsichtbares Heer aus normalen Menschen, die wissen, wie wertvoll es ist, sich verteidigen zu können. Wir holen Informationen ein, wir systematisieren und speichern sie. *Saving it for a rainy day.*«

»Die Sache mit dem *Vorbereiten*«, sagte Birger unerwartet hitzig. »Unsere ganze Existenzberechtigung beruht doch darauf, auf die Okkupation *vorbereitet* zu sein. Nicht zu handeln. Nicht, in Friedenszeiten Aktionen zu starten. Nachrichtendienstliche Arbeit, selbstverständlich. Aber was Tryggve da macht ... das sind doch richtige Aktionen.« Er sprang auf. »Das ist Wahnsinn!«, schimpfte er und hob die Arme, ohne daran zu denken, dass er in der einen Hand eine fast volle Tasse Kaffee hielt.

Ein Kaffeestrahl traf ein Farnbüschel.

»Du beschimpfst hier die Falsche«, sagte der Major, überrascht von Birgers vollkommen ungewohnter Heftigkeit. »Ich stimme dir ja zu. Deshalb habe ich um dieses Treffen gebeten. Natürlich müssen wir etwas unternehmen. Die Frage ist, wie du selbst gesagt hast, was wir machen sollen. Ich habe versucht, Tryggve ins Gewissen zu reden. Er hat mir sein Ehrenwort gegeben. Ich war naiv genug, ihm zu glauben. Oder …« Sie hielt inne und hob die Tasse.

Eigentlich war sie von Tryggves Ehrenwort überhaupt nicht überzeugt gewesen. Sie hatte gehofft, aber nicht geglaubt.

Im letzten Jahr war etwas mit Tryggve Mejer passiert. Oder vielleicht in den letzten drei Jahren, wenn sie sich das genauer überlegte. Die neue Amtszeit als Justizminister schien ihn verändert zu haben. Sie konnte ihn genauer im Auge behalten als er sie, es verging kaum eine Woche, in der der Justizminister nicht in den Medien auftauchte. Als er das Justizministerium übernommen hatte, nachdem drei Männer der FRP innerhalb von zwei Jahren nur Chaos angerichtet hatten, war er als Erna Solbergs Retter erschienen. Solide, gepflegt und fit. Tryggve hatte etwas Mildes an sich, einen versöhnlichen Zug, getragen von Stärke und der grundlegenden Überzeugung, auf der Seite des Guten zu stehen.

Langsam war er düsterer geworden, erschöpft vielleicht. Gegen Ende seines ersten Jahres in der Regierung war etwas Resigniertes über ihn gekommen. Im Fernsehen wirkte er zusehends mechanischer. Wenn er früher noch seinen ärgsten Widersachern mit überraschenden Gedankensprüngen und einer für einen Parteipolitiker ungewöhnlichen Offenheit imponiert hatte, lief er jetzt immer häufiger auf Autopilot. Er antwortete auf das, wonach er gefragt wurde, stand zu dem, was er getan hatte, redete nie um den heißen Brei herum und war weiterhin das, was »fernsehtauglich« genannt wurde.

Aber etwas in ihm schien erloschen zu sein, jedenfalls im vergangenen halben Jahr. Bei dem Treffen, als er die Operation *Zerfurcht/Verwittert* hatte in Gang setzen wollen, hatte er wieder Feuer gefangen, aber seine Energie hatte nun etwas Fiebriges gehabt.

»Woran denkst du?«, fragte Birger, der sich wieder gesetzt hatte.

»Tryggve hat sich verändert.«

»Ja, das hat er.«

»Was ist eigentlich passiert?«

»Weiß nicht so recht. Aber die Welt ist anders als während seiner ersten Amtsperiode. Er bezieht jetzt häufiger Prügel. Durch all diese ... Blogs. Die ganzen sozialen Medien, die sogenannten Online-Zeitungen und weiß der Teufel was noch.«

»Ja. Und das ist seltsam. Dass sie es ausgerechnet auf ihn abgesehen haben, meine ich. Tryggve ist ein ...«

»Ein anständiger Mann«, erklärte Birger.

»Ja. Er ist anständig. Freundlich. Prinzipientreu, aber pragmatisch, wenn es drauf ankommt. Konsensorientiert. In vielerlei Hinsicht kann man sagen, dass er Ellev mehr ähnelt als seinem eigenen Vater. Peder war hitziger. Störrischer. Ich kann zum Beispiel nicht begreifen, warum Sjalg Petterson sich ausgerechnet Tryggve Mejer als Ziel seiner Ausfälle und Einfälle ausgesucht hatte.«

»Nicht? Ich schon.«

»Ach ja?«

Er schenkte sich neuen Kaffee ein, hob die Tasse an den Mund, blies hinein und trank.

»Tryggve kann in vielerlei Hinsicht als der Gegensatz von Sjalg bezeichnet werden«, sagte er leise. »Obwohl sie auch Ähnlichkeiten haben. Beide sind intelligente, belesene und studierte Männer. Beide sind beredt. Wenn es um ihren großen Streitpunkt geht, die Zuwanderung, ist Tryggve ja auch nicht gerade ein Rebell.«

»Nein«, sagte der Major. »Er vertritt die Politik der Regierung. Und die ist streng.«

Birger nickte.

»Persönlich ist er wohl liberaler, aber er war dem System gegenüber immer schon loyal. Und er ist nicht naiv. Er begreift, dass die Gesellschaft nicht mehr Fremde aufnehmen kann, als die Bevölkerung zu akzeptieren bereit ist. Zuwanderung und Flüchtlinge waren hierzulande nie eine Frage der Mittel. Wir haben Geld genug. Es geht um die Einstellung. Um Offenheit und Mut und die Fähigkeiten, anderen entgegenzukommen. Was teilweise erklärt, dass die Leute in den Großstädten weniger xenophob sind als andere. Sie sind an Fremde gewöhnt. Und dann hören die auf, ebendas zu sein: Fremde.«

»Du hast die beiden als Gegensätze bezeichnet?«

»Ja. Sjalg Petterson war eigentlich ein ziemlich verängstigter Mann. Hinter seiner polierten Fassade versteckten sich Angst und Frustration. Ein Mann, der darauf besteht, dass ›Neger‹ und ›mongoloid‹ akzeptable Bezeichnungen sind, weil es sich um ›eingeführte Wörter handelt, deren Bedeutung alle verstehen‹, ist einer, der Veränderungen fürchtet. Der anderen nicht mehr entgegenkommt. Der nicht mehr zuhört. Keine Rücksicht mehr darauf nimmt, wie andere erleben, was er sagt.«

Der Bernhardiner kam auf sie zugetrottet, seufzte tief und legte sich zu Herrchens Füßen. Birger legte seine Hand auf den riesigen Kopf.

»Sjalg Petterson war ein sechsunddreißig Jahre alter Mann, der sich in ein Norwegen vor seiner Geburt zurücksehnte«, sagte er. »In eine Vorstellung davon. In etwas, das er selbst nie erlebt hatte, das ihm aber als Idylle erschienen sein muss. Aber Norwegen ist nicht mehr so. Wir werden nie wieder so sein. Zum Glück. Frauen sollen nicht am Herd bleiben. Homosexuelle sollen Rechte haben. Norwegen ist keine durch und durch homogene Gesellschaft mehr, auch wenn wir hierzulande gleicher sind als an den meisten anderen Orten.«

»Und es ist friedlicher.«

»Ja. Aber dieser Traum von den Sechzigerjahren, von Sonntagsausflügen und Frikadellen, von Mutter, Vater, Kind, von

Obstpflücken und Pilzesammeln im Herbst …« Birger lächelte. »Im Gegensatz zu Sjalg Petterson habe ich diese Zeit erlebt. Ich will sie nicht zurück.«

Der Major gab keine Antwort.

»Leute wie Sjalg Petterson haben einen Traum, der nicht in Erfüllung gehen kann«, sagte Birger dann. »Ein vergoldetes Bild … nein, ein Zerrbild von dem, was einmal war. Das macht sie wütend. Sie werden von den eigentlichen Markern der Veränderung aufgestachelt, von den Meilensteinen und Symbolen dafür, dass etwas anders geworden ist. Sie fühlen sich provoziert vom Feminismus, sind wütend über den Hidschab und toben, weil Norwegen unweigerlich zum Teil einer immer weiter schrumpfenden Welt wird. Deshalb regen sie sich auf über dunkelhäutige Kinder in norwegischer Tracht oder über die Flaggen anderer Nationen bei der Parade zum norwegischen Nationalfeiertag. Diese Dinge stellen handfeste Symbole dafür dar, dass die norwegische Geborgenheit sich verändert. Und aus ihrer Sicht ruiniert wird.« Er überlegte, trank noch einen Schluck Kaffee und kraulte den Hund langsam und sanft hinter dem einen Ohr. »Tryggve ist ein erwachsener Mann, der klugerweise einsieht, dass die Welt nicht mehr uns gehört. Jedenfalls hat er das bis vor Kurzem eingesehen.«

»Wie meinst du das?«

»Die Welt dreht sich so schnell«, sagte Birger. »Ich muss zugeben, dass ich nicht mehr so ganz mitkomme. Aber das ist nicht so schlimm. Es bedroht mich nicht. Die jungen Leute waren noch nie so gut ausgebildet. Sie sind clever. Sie kümmern sich, und sie kommen zurecht. Die Welt wird mit ihrer Hilfe zurechtkommen. Ich brauche nicht alles zu verstehen. Leute wie Tryggve und ich …«, er blickte zum Major auf und lächelte, »… und von mir aus auch du, wir haben noch immer viel zu geben. Wir müssen die Zügel anziehen. Versuchen, gegenzusteuern, so gut es geht, aber wir müssen auch wissen, wann wir loslassen müssen. Das Problem bei Tryggve ist wohl, dass er in den letzten Jahren …«

Birger schnalzte mit der Zunge, als ob er dadurch die richtigen Worte finden könnte. »*Overload*«, rief er. »Tryggve ist zu stark belastet worden. Nicht weil er zu viel zu tun hat, sondern weil sein Glaube daran, wie das Leben gelebt werden sollte, auf so viel Widerstand gestoßen ist. So viele ...« Er fischte eine Tabaksdose aus der Jackentasche. Zwischen Daumen und Zeigefinger beider Hände formte er einen soliden Priem und schob ihn unter seine Oberlippe. »... so verdammt viele Unsachlichkeiten«, fügte er hinzu und spuckte Tabakskrümel aus. »Ein Mann wie Tryggve ist nicht für das Internetzeitalter formatiert. Er ist ein gebildeter Mann. Durch und durch gebildet und liberal. Wenn jemand ihm gegenüber unsachlich ist, antwortet er mit Sachlichkeit. Trifft er auf Hohn, Unsinn und Gefasel, antwortet er mit Fakten. Und er bleibt stehen. Hoch erhobenen Hauptes. Tryggve ist in vielerlei Hinsicht ein altmodischer Mann mit einer modernen Einstellung zur Veränderung. Sjalg war ein junger Mann mit einer altmodischen Einstellung zum Leben. Und das hat Sjalg Petterson dazu getrieben, sich Tryggve gegenüber so übel aufzuführen.«

»Und jetzt hat Tryggve genug«, sagte der Major leise.

»Das befürchte ich. Dass er am Rande eines Zusammenbruchs steht. Die ganze *Zerfurcht/Verwittert*-Operation ist doch Wahnsinn!«

Berit Ullern nickte. Obwohl sie Birger Hansem seit fünfundzwanzig Jahren kannte, hatten sie noch nie ein solches Gespräch geführt. Während der Ratstreffen schwieg er meistens. Ein Beobachter, hatte sie oft gedacht. Meistens stumm, aber sehr geistreich, wenn er ein seltenes Mal etwas sagte. Sie hatte recht gehabt. Der stellvertretende Polizeichef war ein fähiger Beobachter.

Sie blieben schweigend auf dem Baumstamm sitzen. Bernhard war wieder aufgestanden. Er stromerte durch die Umgebung, und seine Nase klebte dabei am Boden. Die Düfte von Wald, Moor, Tieren, Wetter und Verwesung waren so stark, dass sogar die Menschen sie bemerkten. Für den Hund war das hier das Paradies.

Ein Flugzeugmotor übertönte plötzlich das Rauschen der Baumwipfel. Die beiden Wanderer blickten auf, aber der Wald war zu dicht, um etwas zu sehen. Birger Hansem stellte die Kaffeetasse auf den Boden, zog eine Packung Schokobonbons hervor, öffnete sie und bot Berit etwas an. Sie lehnte dankend ab.

»Langsam ergibt sich ein Bild«, sagte er um einiges lauter, wie um einen Szenenwechsel anzukündigen. Er spuckte den Priem aus und schob sich ein Stück Schokolade in den Mund, ehe er weitersprach: »Und das gefällt mir nicht. Journalisten und andere können jederzeit entdecken, was hier passiert. Das alles hat ein Muster, Berit. Die Reihen der Lautesten an beiden Rändern des politischen Spektrums werden gelichtet. Dass Pål Poulsen von sämtlichen Ämtern auf eine so hoffnungslos unglaubwürdige Weise zurückgetreten ist, ist das eine. Allen ist klar, dass mehr dahinterstecken muss, als dass er mehr Zeit für seine erwachsenen Kinder haben will. Wenn ihn die Kinder auch nur im Geringsten interessierten, wäre er ja wohl früher ausgestiegen.« Er nahm sich noch ein Stück Schokolade und steckte die Packung dann wieder in die Jackentasche. »Sjalgs Tod ist etwas anderes. Da bekam die Öffentlichkeit immerhin eine Erklärung. Aber wenn dann noch das mit *default.no* dazukommt und alle diese komischen Vögel plötzlich entwaffnet und zum Schweigen gebracht werden, dann …«

»Du hast recht«, sagte der Major, als Birger verstummte. »Zu irgendeinem Zeitpunkt wird jemand das Muster erkennen. Vor allem, weil Tryggve ja gerade erst angefangen hat. Er verfügt über die Mittel, um zu …« Diesmal verstummte sie.

»Gerüchte bei der Polizei behaupten, dass die Sache in Randaberg nicht so war, wie sie ausgesehen hat«, sagte Birger, hob einen toten Zweig auf und fing an, die Rinde abzupulen. »Die Computer dieses norwegisch-russischen Ehepaars, die wegen Haschanbaus verhaftet worden sind, waren überaus interessant. Die beiden waren Beeinflussungsagenten, nicht mehr und nicht weniger. Das ist aber vermutlich nicht zu beweisen. Das Wort ist frei, wie wir wissen, und die Bezahlung, die sie erhalten, liegt vermutlich auf einem Konto in Russland. Das Paar war in diesem Jahr zweimal dort.«

»Werden sie wegen ihrer Haschplantage einfahren?«

»Man könnte es so sehen. Aber ...« Er warf den Zweig weg und kratzte sich im Nacken. »War diese Aktion unser Werk?«, fragte er. »Tryggves, meine ich? Skulds Verdienst, um ganz genau zu sein?«

»Davon gehe ich aus«, sagte der Major. »Und die Aktion gegen die sogenannte Nachrichtenredaktion in Murmansk war noch dazu im *Zerfurcht/Verwittert*-Dokument beschrieben. Es hätte mit einer diplomatischen Katastrophe enden können, wenn die Russen gewusst hätten, wie sie wirklich gestoppt wurden.«

»Diese Hackergruppe kenne ich auch aus Tryggves Plan«, sagte Birger Hansem. »*Trashfighters*, oder? Er bewegt sich in immer gefährlicheres Fahrwasser. Bei uns ist ein eigenes Team eingerichtet worden, das sich den Fall ansehen soll. Und das kann ich nicht so leicht stoppen wie die Petterson-Ermittlung. Der freien Presse an die Gurgel zu gehen ist ... unerhört. Und rein taktisch betrachtet auch unglaublich dumm.«

Er sah sie mit erhobenem Kopf an, als ob er eine Reaktion erwartete. Stattdessen hob sie seine Tasse vom Boden auf, ohne zu fragen, steckte sie und ihre eigene in den Rucksack, richtete sich auf und sah ihn an.

»Du und ich müssen uns eins vor Augen halten«, sagte sie leise. »Wir müssen den Rat und alle Mittel des Rates beschützen. Das ist das absolut Wichtigste. Unsere Gruppen sind wichtiger als alles andere. Tryggve setzt derzeit alles aufs Spiel, und wir wissen ja, dass er gerade erst angefangen hat. Ich passe natürlich auf. Meine Leute behalten seine Leute im Auge. Aber das reicht nicht. Tryggve muss aufhören.«

»Du hast doch schon versucht, ihm das klarzumachen.«

»Jetzt bist du dran.«

»Warum sollte er eher auf mich hören als auf dich?«

Ein Tagpfauenauge flatterte vorüber. Berit schaute dem Schmetterling hinterher. Die großen schwarzen Flecken auf den Flügeln schienen zurückzustarren, als der Schmetterling sich auf einen Kiefernstamm setzte. Einige Sekunden später tanzte er weiter den Felsspalt hoch. Bernhard hob die Schnauze und witterte nach Norden.

»Er muss es einfach«, sagte der Major. »Du musst ihm klarmachen, welche Konsequenzen seine Weigerung haben würde. Du musst hart auf hart setzen.«

Sie sah, dass Birger schluckte. Sein Blick wich aus, als sie versuchte, ihn einzufangen. Sie richtete sich auf und betonte: »Ich befehle dir nicht, das zu tun, dazu bin ich nicht befugt. Ich bitte dich. Ich bitte dich von ganzem Herzen. Du weißt, was auf dem Spiel steht.«

Birger stand auf.

»Du sitzt auf Harlekin«, sagte er. »Wie also konnte Tryggve Sjalg Petterson umbringen?«

»Das weiß ich nicht«, sagte der Major kurz und ging los. »Es geht darum, dass er es getan hat. Er muss es getan haben. Du musst die Operation *Zerfurcht/Verwittert* stoppen. Du musst Tryggve in die Realität zurückholen, ehe allzu viel Schaden angerichtet wird. Er muss wissen, wie weit wir gehen würden, um das zu bewahren, was uns anvertraut worden ist.«

Sie spürte einen festen Griff um ihren Arm und fuhr herum.

Birger stand unangenehm dicht vor ihr. Sie konnte schwarze Poren in der Haut um seine Nasenflügel sehen und spürte den Kaffeegeruch seines Atems im Gesicht, als er hinzufügte: »Harlekin in Friedenszeiten zu benutzen ist ein Verbrechen, Berit.«

»Norwegen ohne Verteidigung zu lassen, auch«, sagte sie und riss sich los. »Das wäre das größte Verbrechen von allen.«

Herbst

Suchaktion

Die Jäger waren zu ihrem Auto zurückgekehrt. Gaia war endlich versorgt, gefüttert und zum Ausruhen in den Wagen gebracht worden.

Als Sture Jensen und Hans-Olav Storbergan zu einer neuen Wanderung aufbrachen, diesmal ohne Gewehr und Hund, waren sie viel schweigsamer als früher an diesem Tag. Jetzt wurden auch keine Bilder mehr geschossen. Niemand auf Facebook erfuhr, was sie hier taten.

Mit Kamerafernsteuerung und Batterien wog die Drohne fast vier Kilo. Hans-Olav hatte sie den ganzen Weg getragen. Erst als sie nur noch zwei Kilometer von der Stelle entfernt waren, wo sie die niedergebrannte Hütte ein weiteres Mal sehen würden, war die Zeit gekommen, die Drohne zu aktivieren. Ihnen blieben noch knappe vier Stunden Tageslicht.

Sie hatten nicht viel Zeit.

Selma Falck war bestimmt nach Südosten gegangen. Jedenfalls mussten die Männer darauf setzen, dass sie auf ihrem Weg in die Zivilisation richtig kalkuliert hatte.

Das war die einzige Chance, die ihnen blieb.

Hans-Olav ließ die Drohne fliegen. Sie hatte eine Reichweite von sieben Kilometern und konnte ein Tempo von über hundert Stundenkilometern erreichen. Das Display an der Fernsteuerung zeigte auf der linken Seite eine detaillierte Karte, in der die Position der Drohne mit einem knallroten Punkt markiert war. Die rechte Seite des Displays war eine Luftaufnahme. Die maximale Betriebszeit war etwas unter einer halben Stunde, aber im Auto hatten sie zum Glück von ihrem vorigen Besuch hier oben noch mehrere Ersatzbatterien gehabt.

Die beiden Männer gingen methodisch nach Südosten und ließen die Drohne vor sich weite Bögen beschreiben.

»Ein bisschen Hoffnung gibt es immerhin«, sagte Sture leise, glaubte aber nicht einmal selber daran.

Sommer

Toyboy

Inzwischen war Freitagabend, und Selma war allein zu Hause.

Oslo war davon geprägt, dass in der nächsten Woche die Schule wieder beginnen würde. Eine Alltagsschwere hatte sich über die Stadt gesenkt, das war Selma aufgefallen, als sie vor einer Stunde von Einar nach Hause gegangen war. Die Menschen schlenderten nicht mehr, lachten nicht mehr, während sie unterwegs waren. Verschwunden waren die leichten Kleider und die erhobenen Blicke. Sie hatten jetzt etwas Zielstrebiges, allesamt, sogar die, die schon angetrunken unterwegs ins Nachtleben waren. Die Wärme würde sicher noch an dem einen oder anderen Tag der kommenden Wochen zurückgeschlichen kommen, aber der glühend heiße, leichtsinnige Sommer des Jahres 2018 war einwandfrei zu Ende.

Selmas Mailpostfach enthielt eine unendliche Reihe von blauen Punkten. Sie hatte es seit Wochen kaum noch über sich gebracht, Mails zu lesen. Jetzt warteten dort über zweihundert ungeöffnete Mitteilungen auf sie. Einiges davon war Werbung, und sie beschloss, all diese Mails auszusortieren und in den Papierkorb zu werfen, ehe sie versuchte, den Rest ernst zu nehmen.

Das dauerte, und sie war unruhig.

Jesper hatte kommen wollen, aber Selma hatte Nein gesagt. Sie schaffte nichts, wenn er da war.

Und auch nichts, wenn er nicht da war.

Außer im Netz zu zocken, und das tat sie jetzt viel zu oft. Ohne dass es ihr irgendwie geholfen hätte. Die Wirkung schien im Laufe des Spätsommers verflogen zu sein. Als ob Jesper eine konstante Unruhe in ihr Leben gebracht hätte, die stärkeren Tobak brauchte als einige Runden mit Texas Hold'em, um vertrieben zu werden.

Sie stöhnte kurz auf und ging zum Kühlschrank. Dort lag noch immer eine Dose echte Cola, aber sie hatte die eine, die sie sich pro Woche gestattete, schon getrunken. In der Tür stand eine von Jesper hinterlassene halb volle Flasche Weißwein. Selma griff danach, zog den Korken heraus und schnupperte an der Öffnung.

Weißwein roch sauer, ein bisschen wie Magensäure und stark wie billiges Parfüm. Rotwein roch nach Schimmel, was schlimmer war. Bier war bitter, das wusste Selma noch von dem einen Mal, als sie sich mit sechzehn zum Probetrinken hatte überreden lassen.

Sie drückte den Korken in die Flasche und stellte sie zurück, griff nach der Coladose und beschloss, sich einen Vorschuss auf die Quote der nächsten Woche zu gönnen. Sie öffnete die Dose und ließ sich Zeit, das sanfte Zischen zu genießen, als der Zugring abriss und der beige Schaum ins Freie drängte.

»Reiß dich zusammen«, flüsterte sie. »Tu was. Trödel nicht so schrecklich herum.«

Sie hatte wenigstens versucht, Kontakt zu Mina aufzunehmen, hatte ihr auf Instagram eine Nachricht geschickt und hoffte noch immer aufs Beste. Die Nachricht war jedoch von der Empfängerin nicht gelesen worden, konnte sie sehen. Die Lüge, die Selma sich aus den Fingern gesogen hatte, war eine von ihren besseren, fand sie. Angeblich hatte der Handballverband sie gebeten, sich an einer Untersuchung über die Schwundquote im Sport zu beteiligen. Selma wollte mit Mina sprechen, weil die sich vor fünf Jahren an sie gewandt hatte. Sie habe ihre spannende Entwicklung verfolgt, fügte sie begeistert hinzu und meinte, Mina sei eine so wohlartikulierte und reflektierte junge Frau, also eine, mit der Selma sprechen müsste.

Mit der Cola in der einen und einem Feuerzeug in der anderen Hand lief sie umher und zündete die Kerzen an, die sie gestern hervorgeholt hatte. Die Sonne ging schon gegen neun Uhr unter, und vor zehn war auch die Dämmerung vorüber.

So wurde es hier drinnen gemütlicher.

Ihre Arbeitslust ließ noch immer zu wünschen übrig.

Sie seufzte, nahm das MacBook vom Sofa und stellte es auf den Esstisch. Sie musste sich ganz aufrecht hinsetzen, um nicht einzuschlafen. Das hier musste jetzt erledigt werden. Sie fing an, die offensichtlich uninteressanten Mails zu löschen.

Das Telefon klingelte. Sie warf einen kurzen Blick aufs Display. Es war Jesper, und sie ließ es klingeln. Sie löschte weitere Mails, öffnete die eine oder andere, bei der sie sich nicht ganz sicher war, und versuchte, die Nachrichten in die verschiedenen Untergruppen zu verschieben, die sie eingerichtet hatte, als sie vor Weihnachten beschlossen hatte, sich selbstständig zu machen. Ohne Sekretärin musste sie lernen, einigermaßen Ordnung in ihrem Nähkästchen zu halten.

Sie sollte bei der TV-Sendung *Die Promi-Farm 2019* mitmachen, las sie. Die Aufnahmen würden erst im Mai anfangen, aber sie wollten rechtzeitig anfragen, um sich Selma zu sichern. Die Mail kam von dem Castingleiter der Produktionsgesellschaft, aber Selma kannte ihn besser als ehemaligen Beachvolleyballspieler. Sympathischer Typ, sie war ihm einige Male begegnet, und jetzt war er absolut überzeugt davon, dass gerade Selma Falck durch ihre Mitwirkung die beliebte Serie zu neuen Höhen führen würde.

Sie schob die Mail in den Ordner für *Wichtige Unbeantwortete*.

Es klang eigentlich verlockend. Sie hatte so gut wie keine Folge der Serie gesehen, aber dem massiven Medienaufgebot nach konnte es spannend werden. Vermutlich würde sie gewinnen. Sie war nicht abhängig von Tabak, sie trank nicht, und was Essen anging, war sie so wenig wählerisch, dass sie, ohne zu überlegen, zwei Tage am Stück von Butterbroten leben konnte. Kräftemäßig würde sie alle schlagen, da war sie sich ziemlich sicher.

Die Tiere wären natürlich ein Problem. Ein großes Problem sogar. Selma würde es nie im Leben über sich bringen, eine Kuh zu melken. Sie hatte Sterbensangst vor diesen riesigen Tieren.

Sie verdrängte den Gedanken an ihre Teilnahme. Wieder klingelte ihr Telefon.

Wieder Jesper.

Gereizt stellte sie den Klingelton aus.

Runhild Petterson hatte weitere Hochzeitsbilder geschickt. Das war das dritte Mal seit ihrer Begegnung. Auf die den beiden früheren Mails angehängten Bilder hatte Selma einen genaueren Blick geworfen, in der Hoffnung, dass sie etwas Interessantes enthalten könnten. Das taten sie nicht, und sie verschob die Mail zu *Unwichtigen Unbeantworteten*.

Das Display ihres Telefons leuchtete erneut auf.

»Das ist doch zum ...«

Eine SMS, sah sie und öffnete die Nachricht.

Selma, ruf mich an. Jemand von DG hat sich bei mir gemeldet. Die wissen, dass wir zusammen sind (sind wir das?), und sie wollen einen Kommentar. Scheiße, die sagen, dass sie Bilder von uns haben. Woher denn????????? Was soll ich sagen??? Ruf an. Jesper

Selma blieb mit offenem Mund sitzen und las die Mitteilung ein weiteres Mal. Und noch einmal. Am Ende konnte sie sie auswendig, mit allen Fragezeichen und überhaupt. Schließlich legte sie das Telefon vorsichtig weg.

Das war eine Katastrophe.

Anine, dachte Selma. Anine würde ihr nie verzeihen.

Ihr Herz hämmerte dermaßen, dass sie ihren Puls in starken, raschen Schlägen spürte, als sie sich mit beiden Händen an den Hals fasste.

Das war total unbegreiflich. Sie hatte niemandem von Jesper erzählt. Sie war in den letzten Wochen auf verschiedenen Sommerfesten und bei geselligen Anlässen gewesen, aber immer allein. Nicht einmal Einar ahnte, dass sie sich einen Toyboy zugelegt hatte, wie böse Zungen sicher behaupten würden. Es war möglich, dass Jesper bei der Arbeit ein wenig zu viel gesagt hatte, was wusste Selma schon, aber sie waren doch außerhalb ihrer Wohnung nie zusammen gewesen.

Abgesehen von heute Morgen, fiel ihr dann ein. Einige Sekunden unten vor der Haustür, als Jesper sie an sich gezogen und geküsst hatte. Da musste irgendwo ein Fotograf gewartet haben.

Vielleicht einer, der früher am Tag den Müll der Nachbarn durchwühlt und von dem Selma sich abgewandt hatte, um ihn nicht in Verlegenheit zu bringen. Der Betreffende musste einen Tipp bekommen haben. Von irgendjemandem, der Bescheid wusste. Oder der begriffen hatte.

In Selmas Kopf stand alles still. Und dann brach es los.

»Lars Winther«, sagte sie laut und langsam. »Mögest du dafür in der Hölle brennen.«

Das Journal

Mina Selmer lag im Bett und kam sich alt vor.

Sie hatte die Mitteilungen auf Snapchat durchgesehen. Instagram wollte sie nicht einmal öffnen, es erinnerte sie nur daran, wie viel sie in diesem Sommer verpasst hatte. Wie verdammt übel alles war.

Als ihr Vater im Fernsehen ganz Norwegen erklärte, warum er im Sommer gearbeitet hatte, war Mina so froh gewesen. Sie bekam die Antworten, nach denen sie gesucht hatte, und konnte sich nun endlich vorstellen, sich ihm anzuvertrauen. Sie war so sicher gewesen, dass jetzt, da die neue Meinungsfreiheitskommission kein Geheimnis mehr war, der alte Papa zurückkehren würde. Nach der Fernsehsendung hatte sie auf ihn gewartet, mit Lachs und Rührei, fest gebraten, so, wie er es am liebsten hatte. Sie hatte sogar einen Sack Holz aus der Garage geholt, obwohl nur noch Säcke zu sechzig Litern übrig waren. Die waren furchtbar schwer, und am Ende hatte sie den Sack hinter dem Haus aufschneiden und immer fünf Holzscheite auf einmal hineintragen müssen. Alle Kerzen brannten, als er nach Hause kam, aber er blieb nur in der Küchentür stehen und machte ein bedauerndes Gesicht.

»Wie lieb von dir«, hatte er geseufzt, »Essen und alles. Aber verstehst du, ich habe keinen Hunger. Ich musste vor der Sendung etwas essen. Aber Rührei hält sich im Kühlschrank ja gut.«

Das stimmte nicht so ganz. Warmes Rührei schmeckte viel besser als kaltes. Sie hatte auch Toast geröstet, und der würde am nächsten Morgen zu scheußlichem Zwieback geworden sein.

Warum Papa nun immer noch in den Keller musste, war ihr ein Rätsel. Dort stand ja nicht mal ein Schreibtisch. Man konnte sicher die Hobelbank benutzen, aber es musste doch einfacher und angenehmer sein, sich in das Arbeitszimmer zu setzen, das er und Mama sich im ersten Stock teilten.

Mina tat alles weh, ihr ganzer Körper, als ob sie zum ersten Mal seit langer Zeit ausgiebig trainiert hätte. Steif und starr fühlte sie sich, und ihr war ein bisschen übel. Außerdem hatte sie ein schlechtes Gewissen, weil sie Papa angelogen hatte.

Jetzt war er in Trondheim.

Mina war alt genug, um eine Nacht allein zu Hause zu sein, aber Papa fand es eigentlich nicht gut. Im vergangenen Herbst, gleich nachdem die Schule wieder angefangen hatte, hatte sie eine richtige Party veranstalten dürfen. Die war total aus dem Ruder gelaufen. Papa hatte vorher ein Alkoholverbot und eine absolute Obergrenze von dreißig Gästen erlassen, aber es waren schon über achtzig da, als Mina mit Zählen nicht mehr mitkam. Am Ende hatte sie sich zusammen mit Ingeborg in ihrem Zimmer eingeschlossen und nur noch geweint. Der Nachbar verständigte die Polizei, nachdem er erst herübergekommen war und sie gebeten hatte, etwas leiser zu sein. Die Polizei tauchte auf, und als Mama und Papa nach Hause kamen, schätzte Mama die Zerstörung auf fast 20 000 Kronen. Ingeborg und Mina hatten versucht, während des Abends die leeren Flaschen einzusammeln und in der Garage zu verstecken. Nicht besonders schlau, denn Papa fand die beiden riesigen Müllsäcke mit zerquetschten Bierdosen, leeren Wodkaflaschen und verdreckten Red-Bull-Büchsen mit Schnapsgestank schon früh am nächsten Morgen.

Minas Eltern waren tagelang wütend gewesen, obwohl Mina angeboten hatte, den Schaden durch einen Teil ihres Konfirmationsgeldes zu begleichen. Mama wurde ja über fast alles auf dieser Welt wütend, aber es war unheimlich gewesen, Papa dermaßen zornig zu erleben.

Seither zögerte er, wenn es darum ging, sie über Nacht allein zu Hause zu lassen.

»Ich verlasse mich auf dich, aber nicht auf die anderen«, sagte er jetzt immer.

Beim Frühstück hatte sie gesagt, sie wolle bei Ida übernachten. Vor nur wenigen Wochen hätte er genauer nachgefragt. Zu wie vielen sie sein würden, ob Idas Eltern zu Hause wären, ob sie zuerst auf eine Party wollten. So in etwa. Jetzt hatte er nur genickt und erleichtert gewirkt, ehe er in der schwarzen Regierungslimousine entschwunden war.

Mina setzte sich mühsam im Bett auf.

Vielleicht wurde sie ja krank. Sie hatte den ganzen Sommer lang nicht trainiert und sich eigentlich auch nicht besonders gesund ernährt.

Nach dem ersten Besuch im Keller, als sie den Code für den Safe geknackt hatte, war ihr aufgegangen, dass ihr ein dicker Patzer unterlaufen war. Als sie den Inhalt der Speichersticks in ihren eigenen Laptop kopiert hatte, hatte sie elektronische Spuren hinterlassen. Alle Dokumente in solchen Speichermedien teilten mit, wann sie zuletzt geöffnet worden waren. Sie war einige Tage lang nervös gewesen, aber typischerweise war Papa nichts aufgefallen. Ihm konnte nichts aufgefallen sein. Er war ebenso zerstreut und geistesabwesend wie sonst auch, und wenn er es gesehen hätte, würde er ja kaum jemand anderes verdächtigen können als Mina.

Vielleicht war es doch nicht so wichtig.

Vielleicht hatte sie recht, und die Schatulle und deren Inhalt waren nur eine Art Andenken. Eine Erinnerung an Ellev, den Papa so gerngehabt hatte und der auch für Mina ihr Leben lang wichtig gewesen war.

Wenn das Geheimnis im Rechner dort unten gespeichert war, musste es sich dabei um etwas anderes handeln als die Organisation der Meinungsfreiheitskommission.

Mina gähnte.

Sie war jetzt fast immer schläfrig, sie schien niemals ausgeruht zu sein, egal, wie viel sie schlief. Früher hatte sie sich nicht einmal erinnern können, ob sie während der Nacht auf dem Klo gewesen war. Jetzt wurde sie immer wieder wach, ganz einfach, weil sie geträumt hatte oder weil sie unbequem lag.

Mina war müde, konnte aber nicht schlafen. Das kannte sie schon, es war zu früh am Abend. Sie würde nur einnicken und dann innerhalb von zehn Minuten wieder hochfahren. Ausnahmsweise hatte sie auch ein bisschen Hunger. Papa hatte gesagt, im Kühlschrank sei ein Salat von Lille Persille. Nie im Leben war er im Storo-Senter gewesen, um den zu kaufen. Die Nachbarin schaute immer wieder mit Essen vorbei. Sie war ziemlich rüstig und sehr sympathisch, nur war sie fast achtzig. Sie glaubte offenbar, ein Mann könne nicht für sich selbst sorgen, wenn die Frau ihn so ganz ohne Weiteres einfach sitzenließ, wie Mina sie eines sommerlich heißen Abends, als alle Fenster offen standen, über den Zaun hinweg einer Nachbarin hatte erzählen hören.

Die ganze Straße wusste es. Dass Mama gegangen war.

Mina merkte, dass ihr die Tränen kamen. Das wollte sie nicht, sie war zu erschöpft. Stattdessen stand sie auf.

Als sie in die Zwischenetage gekommen war und eigentlich in die Küche gehen wollte, schienen ihre Beine sie ganz von allein weiterzutragen. Als ob ihr Wille sich geteilt hätte und als ob der böse Teil sie in den Keller und weiter in den Raum mit dem Safe führte.

Sie war jetzt weder hungrig noch durstig. Im Gegenteil, sie verspürte eine angenehme Spannung, als sie sich vor dem großen Safe bückte und hoffte, dass Papa den Code nicht geändert hatte.

Das hatte er nicht. Noch immer galt 2018.

Die Schatulle mit dem königlichen Monogramm war Mina total egal. Sie hatte nach ihrem vorigen Besuch hier unten zweimal die *Stay Behind*-Gruppen gegoogelt und das Ganze als altmodisch abgetan, als etwas, womit Ellev sicher nach dem Krieg zu tun gehabt hatte. Mina hatte vor zwei Jahren von ihrem alten Nenngroßonkel die Biografie des Widerstandskämpfers und Ex-Verteidigungsministers Jens Christian Hauge geschenkt bekommen. Sie beide seien alte Freunde und Parteikameraden gewesen, hatte Ellev erzählt und dabei fast stolz gewirkt. Obwohl Mina von dem Typen nie gehört hatte. Sie hatte zwanzig Seiten in dem Buch gelesen und dann aufgegeben. Geschichte war schon spannend, aber nicht eine Million Seiten über einen alten Geheimniskrämer.

Was sie jetzt interessierte, war der Laptop.

Beim letzten Mal hatte sie ihn nicht einschalten können.

Da war er wohl total entladen gewesen, denn als sie jetzt auf den Knopf drückte, begann er zu leuchten. Als sie sich nach einer Sitzgelegenheit umschaute, entdeckte sie neben den Trinkgläsern aus dem Billigladen Nille oben im Regal an der Wand ein Bündel schwarzer Leitungen. Papa hatte offenbar vergessen, die wieder in den Safe zu legen.

Sie zögerte einen Augenblick, dann lief sie ins Kaminzimmer und holte sich wieder den Hocker, den sie beim letzten Mal benutzt hatte. Sie ließ sich vor der Hobelbank darauf nieder und sah sich den Bildschirm genauer an.

Papa hatte kein Passwort festgelegt. Typisch.

Der Rechner war auch nicht mit dem Internet verbunden. Er fragte nicht einmal, ob sie verbunden werden wollte.

Das wollte sie, es brachte ja wohl nichts, einen Rechner ohne Netzzugang zu haben. Als sie gerade die Verbindung herstellen wollte, überlegte sie sich die Sache anders.

Es gab Geräte, die von der Umwelt isoliert waren. *Air gapped*, so hieß das, da war sie sich sicher, und solche Rechner wurden benutzt von Banken, Ministerien und anderen Einrichtungen, wo Informationen gespeichert wurden, die um nichts in der Welt auf Abwege geraten durften. Da war jedoch die Rede von riesigen Systemen mit gewaltiger Speicherkapazität. Das hier war ein jämmerliches billiges Dell-Gerät.

Papa musste sich aber für so eines entschieden haben. Wenn man einen Rechner einrichtete, war der Netzzugang so ungefähr das Erste, wonach das Gerät fragte. Papa musste Mina fast immer um Hilfe bitten, wenn er ein neues bekam, das nicht dem Justizministerium gehörte, aber ein totaler Analphabet war er dann doch nicht.

Mina beschloss, den Rechner so zu lassen, wie er war.

Viel zu entdecken gab es da sowieso nicht.

Immerhin war Microsoft Office installiert. Sie begriff nicht ganz, wie er das geschafft hatte, ohne das Programm aus dem Netz herunterzuladen. Vielleicht ging das ja mit einem Speicherstick. Eine Suchmaschine gab es natürlich nicht und auch keine Mailbox. Einige Bilder waren gespeichert, und es war ein seltsames Gefühl, sich in einem Rechner zu bewegen, der offenbar nie im Netz gewesen war. Keine Geschichte.

Und sie fand nur ein einziges Dokument. In Word.

Mina begriff langsam, warum Papa mit diesem Rechner lieber hier unten saß. Wenn plötzlich und wider alle Vermutung jemand herunterkäme, hätte sie noch Zeit genug, das Gerät auszuschalten, zurückzulegen und den Safe zu verschließen, ehe dieser Jemand bei ihr wäre. Und dann konnte man einfach tun, als habe man nur etwas aus dem Keller holen wollen.

Das war noch ein Hinweis darauf, dass niemand wissen sollte, womit er sich hier beschäftigte.

Sie öffnete das Dokument. Ein ganz normales Docx-Dokument.

Aber es war groß.

JOURNAL/LOGG stand in großen Buchstaben auf der ersten Seite.

Mina lehnte den Rücken an die Hobelbank und fing an zu lesen.

Herbst

Das Ende der Reise

»Sie wollte nichts mehr mit mir zu tun haben«, flüsterte sie Lupus zu.

Selma Falck konnte nicht mehr gehen.

Während ihr Gedächtnis vollständig zurückgekehrt war, waren ihre Kräfte endgültig am Ende. Sie setzte sich unter einen Felsbrocken, der so riesig war, dass sich oben ein ganzes Wäldchen aus Zwergbirken breitgemacht hatte. Nach Südwesten, wo die Felswand ein wenig über den Hang hinausragte und ihn vor dem leichten Regen beschützte, war sie gestürzt, als das eine Bein ihr nicht mehr gehorchen wollte. Sie hatte versucht, den Rucksack zu öffnen. Selma hatte keinen Hunger mehr, aber der Durst war unerträglich.

Aber ihre Finger wollten einfach nicht.

»Anine will meinen Namen nicht. Sie will mich nicht als Mutter haben.«

Lupus fiepte und rückte dichter an sie heran.

»Ich darf nicht mehr ihre Mutter sein.«

Selmas Stimme war verschwunden. Ihre Lunge brannte. Die Worte kamen nur noch mit großer Mühe und beim angestrengten Atmen über ihre Lippen, so schwach, dass vielleicht nicht einmal Lupus sie hören konnte.

»Lupus«, stöhnte sie und wollte ihn näher an sich heranziehen.

Ihre Glieder funktionierten nicht mehr. Ihre Augen auch

nicht, merkte sie jetzt, sie ließen sich nicht auf Kommando öffnen. Ab und zu glitten sie ganz von selbst auf, und Selma konnte sehen, dass es noch immer hell war. Bald würde der Tag hinter den Bergen in der Ferne verschwinden. Dann würde es nicht mehr lange dauern, bis sie starb.

Das machte nichts.

Eigentlich nicht.

»Nie wieder«, sagte sie, ihre Lippen konnten immerhin noch Worte formen. »Meine Tochter wollte mich nie wieder sehen.«

Lupus war ein Wolf. Er würde zurechtkommen. Eigentlich war er ein Hund.

»Du kannst mich aufessen«, brachte Selma heraus.

Bei diesem Gedanken gelang ihr eine Art Lächeln, das merkte sie.

Der Sommer 2018 war endlich zu ihr zurückgekehrt. Sie sah Zusammenhänge und Muster, und sie wusste, dass sie niemals rechtzeitig kommen würde. Es spielte keine Rolle mehr. Von allem, was passiert war, und allem, was hätte passieren sollen, dachte sie jetzt, da sie sterben würde, nur daran, dass ihre Kinder sie zurückgewiesen hatten.

Johannes hatte nur eine SMS geschickt.

Anines Mail war förmlicher gewesen. Sie hatte Selma mit vollem Namen angeredet, hatte eine Kopie mit einem Antrag an die zuständige Behörde beigelegt, in dem sie darum ersuchte, Falck als Teil ihres Nachnamens offiziell zu entfernen. Und eine Erklärung, dass sie auf jegliches Erbe vonseiten Selmas verzichtete.

»*Hereditatem*«, flüsterte Selma. »Und etwas mit *repulsa*, nehme ich an.«

Sie wollte nicht an Jesper denken, verdrängte diese Erinnerung. Sie wollte sich nicht an die Wärme seines Körpers erinnern, seine Hände, seine Berührungen, die schöne Schlange, die nachts mit ihr zusammen wach war, wollte nicht an Jespers Spaß und Spiel denken, an die Unterlippe, die ihn aussehen ließ wie ein Kind, wenn er traurig war. Wie als sie ihm gesagt hatte, dass er nie wieder zu ihr kommen dürfe. Dass ihre Tochter sie hasste. Und dass das seine Schuld sei.

Sie musste sagen, dass es seine Schuld war, damit er wegblieb.

Es war aber nicht wahr.

Selma war selbst schuld, auch daran wollte sie jetzt nicht denken.

Anine werde Jesper verklagen, stand in der Mail. Anine und Jesso arbeiteten daran. Jesso Mork, Selmas Exmann, Anines Vater. Der ein echter Elternteil gewesen war, ein Papa, auf den man sich verlassen konnte. Und Selma Falck sollte Anine nie wieder unter die Augen treten. Jesper Jørgensen hatte Anines Mann umgebracht, und von allen Männern auf der Welt musste die Mutter unbedingt mit ihm ins Bett steigen. Ohne das, ohne etwas zu sagen, selbst als sie die Möglichkeit gehabt hatte, sodass Anine es in der Zeitung hatte lesen müssen.

Ein Verrat. Das war unverzeihlich.

»Lupus«, versuchte Selma zu sagen.

Sie wollte sich aufsetzen, aber das ging nicht.

Jesper hatte Sjalg Petterson nicht umgebracht.

»Ich habe alles herausgefunden«, versuchte Selma ihrem Hund mitzuteilen. »Ich wollte Anine erzählen, dass Jesper unschuldig ist. Dann hätte sie mir verziehen.«

Ihr Hals schnürte sich zusammen, es gurgelte bei jedem Atemzug. Sie konnte nicht einmal husten. Sie wollte den Reißverschluss ihrer Allwetterjacke öffnen. Auch das schaffte sie nicht.

Nichts ging mehr, und Selma lächelte.

Ein Flugzeug näherte sich. Ein winziges wütendes Flugzeug. Oder eine riesige Fliege, eine große Mücke, die den letzten winzig kleinen Rest von Leben aus ihr heraussaugen würde, während sie da unter einer Felswand lag und sterben würde.

Lupus erhob sich.

Er knurrte, verließ sie aber nicht.

Selma zwang ihre Augen ein allerletztes Mal auf.

Vom Himmel herab kam Gott, das hörte sie. Er hatte ein Flugzeug geschickt, um sie zu holen, auch wenn sie nie an Ihn geglaubt hatte. Es war unsichtbar, obwohl das Geräusch immer lauter wurde. Ihre Augen wollten sich schließen, aber Selma zwang sie zu sehen.

Das Flugzeug war plötzlich über ihr, langsam sank es auf den Boden zu. Dann blieb es in der Luft stehen, wie eine gewaltige Libelle, und starrte sie und den Wolfshund mit einem großen Auge an.

Lupus bellte. Gott kam näher.

»Ich komme«, sagte Selma fast unhörbar und schlief still in ein befreiendes, allumfassendes Nichts hinein.

Sommer

Die Eiswürfel

Das Wochenende war kaum zu überleben gewesen.

Selma Falck schämte sich nicht, weil sie eine Beziehung zu einem Mann hatte, der nur halb so alt war wie sie. Auch nicht, weil ganz Norwegen das nun wusste. Ihr Liebesleben war ihre eigene Angelegenheit, ihre eigene Entscheidung, und Jesper war ein feiner Kerl ohne andere Bindungen. Der ihr fremde Kummer und das noch unerwartetere Schuldgefühl kamen daher, dass sie Kinder hatte, die wegen Jesper jetzt erst recht nichts mehr von ihr wissen wollten.

Der Artikel und die Bilder in *Dagens Gang* hatten beide Kinder dazu gebracht, endgültig mit ihrer Mutter zu brechen.

Johannes hatte sich kurz gefasst. Wie immer. So war er eben. Er begegnete dem meisten im Leben mit einem Schulterzucken. Seine SMS war brutal. Mit nur einhundertsiebenundachtzig Zeichen teilte er ihr mit, dass er sie nie wieder sehen wollte. Dass er voll und ganz hinter seiner Schwester stand und dass der endgültige Bruch mit Selma Falck als Befreiung kam. Wobei Selma Falck ihn ohnehin eigentlich nicht weiter interessierte.

Anines Mail war viel umfangreicher.

Und Jesper war verzweifelt.

Aber nicht so sehr wie Selma, die seit Freitag kaum geschlafen hatte. Jetzt war Sonntagabend, und bald würde das Parkett Spurrillen aufweisen von den Wegen, die sie zurückgelegt hatte. Vom Schlafzimmer aus, wo sie in ihrer Wut alle Hochzeitsbilder von der Wand gerissen hatte und wo nun überall Heftzwecken herumlagen, ins Wohnzimmer, um den Esstisch herum und in die zum Wohnzimmer offene Küche, wo sie zum Abschluss mit dem Kopf gegen den Kühlschrank schlug. Dann zurück ins Schlafzimmer, wo sie sich eine Heftzwecke nach der anderen in die Füße stach.

Und wieder und wieder dieselbe Runde.

Schon am Samstagmorgen hatte sie mit Jesper Schluss gemacht. Per SMS. Er hatte einundvierzig Mal angerufen, bis sie dann endlich aufgegeben und den Anruf angenommen hatte. Sie hatte sich hart und wütend und kalt gestellt, ohne dass es geholfen hätte. Am Ende hatte sie das Telefon ausgeschaltet, obwohl sie sonst niemals wagte, Einar alle Möglichkeiten zu nehmen, sie zu erreichen. Zweimal bisher hatte er ihr das Leben gerettet, indem er seiner Angst getrotzt, nach dem alten Nokia gegriffen und seine einzige Wohltäterin angerufen hatte.

Dennoch blieb ihr nichts anderes übrig, als die Welt auszusperren.

Eine halbe Stunde später hatte Jesper die Tür aufgeschlossen.

Selma war stark, aber sie wusste, dass es unmöglich wäre, einen Mann wie ihn mit Gewalt vor die Tür zu setzen. Deshalb griff sie zu Worten. Er weinte, als er ging, und er ließ den Schlüssel auf der Kommode liegen. Seither war alles still gewesen.

Jedenfalls aus seiner Richtung.

Ihr Handy hatte trotzdem ununterbrochen geklingelt, seit *DG.no* die Sache am Samstagmorgen bereits um sieben Uhr herausposaunt hatte. Es sei ihnen nicht gelungen, einen Kommentar von Selma Falck einzuholen, stand in dem Artikel unter einem großen und zwei kleineren Bildern, aber sie glaubten doch, von Jesper Jørgensen eine Bestätigung für diese pikante Liebesbeziehung erhalten zu haben.

Er war nicht klug genug gewesen, um alles abzustreiten.

Idiot. *DG* hätte nicht gewagt, ohne Bestätigung von wenigstens einer Seite so etwas Brisantes zu veröffentlichen.

Anfangs hatte Selma noch versucht, einen Überblick darüber zu behalten, wer versuchte, sie zu erreichen, aber nach der SMS von Johannes hatte sie aufgegeben. Anines Mail war erst gegen zwei Uhr am Samstagnachmittag gekommen. Selma entdeckte sie zufällig, sie war seit Stunden nicht mehr online gewesen, als sie in einem Anfall von Vernunft zu dem Schluss kam, dass sie wissen müsste, was dort draußen eigentlich vor sich ging.

Anine hatte recht. Selma hätte weinen können.

Das Wochenende würde bald vorüber sein, und sie konnte sich nicht erinnern, wann sie jemals dermaßen erschöpft gewesen war. Das Gesicht, das ihr im Spiegel begegnete, wenn sie zum Klo musste, war nicht wiederzuerkennen. Kleine Augen lugten durch geschwollene Haut und fehlende Schminke. Die Lippen waren trocken und rot, und um die Nasenflügel herum war sie so wund, dass sie sich Fettstift auf die Haut schmierte.

Poch. Poch.

Sie musste aufhören.

Ihre Stirn tat weh, und der Kühlschrank hatte eine Beule.

Am liebsten wäre sie jetzt joggen gegangen. Schnell und weit. Durch die Stadt rennen und ausnahmsweise die Grenze zu Marka überschreiten. Weiterrennen, solange sie konnte, tief in den Wald, mit hängender Zunge, solange es Leben in ihr gab. Sie wagte es trotzdem nicht, die Wohnung zu verlassen. Draußen könnte jemand sein.

Jemand mit einer Kamera.

Es klingelte jetzt zum fünften Mal, seit Jesper gegangen war.

Vielleicht war er es.

Doch das glaubte Selma nicht. Sie war noch nie so gemein zu irgendwem gewesen. Höchstens vielleicht zu Anine.

Sie würde nicht aufmachen. Die Türkette war vorgelegt, und sie fühlte sich eingesperrt. Eingeschlossen und doch nicht in

Sicherheit. Sie wagte nicht einmal, auf den Balkon zu gehen, obwohl es endlich dunkel geworden war.

»Reiß dich zusammen«, weinte sie und schlug extra hart mit dem Kopf gegen die Kühlschranktür.

Sie hatte ein Hasenherz und konnte kaum atmen.

Das Gefühl, die Kontrolle zu verlieren, war ungeheuer beängstigend. Selbst im Vorjahr, als ihr Mandant sie bei der Unterschlagung von etlichen Millionen ertappt hatte, hatte sie die Ruhe bewahren können. Sie hatte konstruktiv gedacht, eingesehen, dass sie an allem selbst schuld war, und dann das Leben so angepackt, wie es nun einmal gewesen war.

Ein Herzinfarkt kündigte sich an.

Etwas schnürte ihren Brustkasten zusammen. Es stach auf der rechten Seite, sie konnte nicht atmen, und ihr war so schwindlig, dass sie zum Esstisch taumelte, um sich zu setzen. Schwarze Punkte tanzten vor ihren Augen, sie bekam einen Tunnelblick. Als sie ihre Hände betrachtete, wimmelte es darauf von Ameisen, die sie von innen her aufzehrten, als wären es gar nicht mehr ihre eigenen Hände.

Sie formte mit dem Mund ein großes O, holte tief Luft, ließ sie langsam entweichen. Wieder und wieder.

Sie konnte aufstehen, ging in die Küche und drehte den Hahn auf. Sobald das Wasser kalt genug war, ließ sie es über ihre Handgelenke laufen, tunkte den Spüllappen hinein und pfiff darauf, dass der stank. Sie legte sich den noch immer triefnassen Lappen in den Nacken. Das Wasser lief ihr unter dem Hemd den Rücken hinunter, erreichte ihren Hosenbund und zog in den Jeansstoff ein. Selma riss ein großes Stück Küchenpapier ab und feuchtete es ebenfalls an, dann legte sie es sich über die Augen.

»Reiß dich zusammen«, sagte sie noch einmal. »Sofort.«

Ihr Puls sank. Sie atmete regelmäßiger.

Das hier wurde Panikattacke genannt, begriff sie, und sie atmete noch ruhiger. Machte Lappen und Küchenpapier wieder nass, stützte sich auf den Rand der Anrichte und zwang ihr Herz in seinen gewohnten, normalen Rhythmus.

Sie fühlte sich nicht wie sie selbst. Wirklich nicht. Das machte ihr mehr Angst als alles andere. Die Kinder hatten ihr niemals besonders nahegestanden. Schon bei Anines Geburt hatte Selma begriffen, dass sie sich Kinder zugelegt hatte, weil das eben natürlich war, nicht, weil sie sich welche gewünscht hätte. Das kleine Bündel saugte ihr die Kräfte aus, im wahrsten Sinne des Wortes, und hinderte sie, das zu tun, womit sie bisher so gern ihr Leben gefüllt hatte. Das Kind war zudem ungewöhnlich schwierig im Umgang. Während einer vierwöchigen ununterbrochenen Kolikperiode war Selma nach einigen Tagen zu ihrer Freundin Vanja gezogen und nur zum Milchabpumpen nach Hause gegangen. In Nächten, die ohnehin schon von Albträumen belastet waren, gab es einfach keinen Platz für ein schreiendes Baby.

Bei Jesso war das ganz anders. Er trug und wiegte und sang und liebte die schreiende Tyrannin vom ersten Mucks an. Als er versprach, alle Arbeit für Nummer zwei zu übernehmen, hatte Selma sich bereit erklärt, noch ein Kind zu bekommen. Danach hatte sie sich sterilisieren lassen, weil Jesso sich weigerte, seine Samenleiter durchtrennen zu lassen.

Sie ließ es heimlich machen, um einem Streit aus dem Weg zu gehen.

Selma hatte die Kinder gern, das hatte sie immer gedacht und fast gefühlt, aber sie erkannte sich nie in den panegyrischen Beschreibungen anderer Eltern über die Liebe zu ihren Kindern wieder. Lange dachte sie, das sei ganz einfach alles gelogen. Übertrieben. Selma schnitt ebenfalls auf, sie war schließlich eine Meisterin darin, in jedes Gespräch hineinzugleiten, solange es sie nicht allzu sehr langweilte.

Irgendwann, da war Anine vielleicht sieben, hatte Selma eingesehen, dass sie anders war als andere. Andere Leute liebten ihre Kinder wirklich mehr als ihr Leben. An ihrem eigenen Gefühlsleben stimmte also etwas Grundlegendes nicht, das begriff sie, und sie verhielt sich entsprechend. Kinder brauchten Liebe, Zuverlässigkeit und Nähe. Jesso konnte ihnen all das geben, und Selma zog sich zurück. Die beiden Kinder hatten außerdem einander.

Als vor Weihnachten alles zusammengebrochen und die Ehe mit Jesso zu Ende gewesen war, waren Anine und Johannes wegen ihres Vaters wütend gewesen. Das hatte Selma zu schaffen gemacht, aber sie hatte doch irgendwie gewusst, dass alles wieder in Ordnung kommen würde.

Was ja auch der Fall gewesen war, teilweise mit Sjalg Pettersons Hilfe.

Jetzt waren sie einfach nur noch einmal wütend, versuchte sie sich einzureden. Das würde vorübergehen. Es ging immer vorüber, wie das meiste auf der Welt in Vergessenheit geriet, wenn man nur die Zeit für sich arbeiten ließ.

Es half nichts. Selma befand sich in Auflösung. Die Vorstellung, die Kinder nie wieder zu sehen, drohte sie zu ersticken, und es half nichts, sich mit dem Gedanken daran zu beruhigen, wie wütend sie oft auf sie gewesen waren. Anines Haltung hatte diesmal etwas Neues. Die Mail war eher sachlich trocken als wirklich zornig. Eher eiskalt als heiß und wütend. Dass Anine zu dem griff, was in Norwegen einer Scheidung von den Eltern am nächsten kam, Namenswechsel und Erbverzicht, machte diesen letzten Bruch viel schlimmer als alle früheren zusammen.

Selma Falck würde ihre Kinder nicht verlieren.

Sie hatte sie bereits verloren.

Diese Erkenntnis hatte sie mit einer Wucht getroffen, die sie nie und nimmer hätte voraussehen können, und wieder fing sie an zu weinen.

Etwas musste getan werden. Sie musste etwas tun. Die Zeit füllen. Die Nerven beruhigen.

Noch immer mit dem Spüllappen im Nacken setzte sie sich an den Esstisch, öffnete das MacBook und schaltete es ein.

Eine Stunde später hatte sie fast dreißigtausend Kronen verloren. Sie hatte die Karten falsch eingeschätzt und war zu groß eingestiegen, war schlampig und vergesslich gewesen und hatte nicht aufhören können, an Anine und Johannes zu denken.

Und an Jesper. Es war unerträglich, und sie musste weiterspielen. Die nächste Hand würde besser sein. Ein anderes Forum im Netz vielleicht oder einige Runden Black Jack, um die Rechnung wieder auszugleichen.

»Nein!«, sagte sie scharf und loggte sich aus.

Etwas musste sie trotzdem tun.

Mails sortieren, fiel ihr ein; die Aufgabe, mit der sie am Freitagabend begonnen hatte und mit der sie noch nicht weit gekommen war, als Jesper seine verzweifelte Nachricht geschickt hatte. Eine mechanische und wenig anspruchsvolle Aufgabe, die die Zeit herumbringen würde.

Und Selma hatte nur ein einziges Ziel: die Zeit herumzubringen.

Sie öffnete die Mailbox und klickte sich so schnell sie konnte an den Nachrichten des letzten Tages vorbei. Die würde sie sich ein andermal vornehmen, und sie kniff die Augen zusammen, um nicht die Absender zu sehen, bis sie unversehrt an den letzten zwanzig Mails vorbeigekommen war.

Selma klickte im halb blinden Zustand falsch, und der Ordner für *Unwichtige Unbeantwortete* öffnete sich. Die oberste Mail war noch immer ungelesen, obwohl sie bereits verschoben worden war. Selma öffnete sie.

Der Text war kurz und nichtssagend.

Runhild Petterson hoffte, dass es ihr gut ging. Ihr selbst ging es noch nicht viel besser. Sie hoffte, dass das Hochzeitsalbum Fortschritte machte, und fragte, ob sie ein Exemplar haben könnte, wenn es fertig wäre.

Selma brachte es nicht über sich, die Mail zu Ende zu lesen. Stattdessen öffnete sie den Anhang mit den Bildern, der an der Mail hing.

Es waren vier Bilder.

Eins vom Brautpaar im Oldtimer auf der Fahrt den Ekeberg hoch. Zwei Bilder des Bräutigams mit seinem Bruder und den Eltern.

Das allerletzte war ganz woanders aufgenommen worden.

Der Fotograf hatte offenbar oben am Hang auf der Südseite des Restaurants gestanden. Die Gäste saßen zu Tisch, aber so, wie das Bild aufgenommen war, waren weder sie noch das Brautpaar im Mittelpunkt. Vor allen und vor einer üppigen Hecke unterhalb der Terrasse standen nebeneinander drei kleine Jungen und pinkelten. Sie konnten kaum älter sein als sechs, sieben Jahre, und der eine hatte gerade den Fotografen entdeckt. Er hatte eine aufgesetzt entsetzte Miene unter dem weißen Pony. Die Sonne brach sich in allen Regenbogenfarben von der linken Ecke her, ein originelles und witziges Bild eines Hochzeitsfestes mit Gästen in absolut jeglichem Alter.

Es müsste bearbeitet werden, um richtig gut zu sein. Auf der rechten Seite war die Mauer zu dominierend, und die Rückseite des Gebäudes lag im Schatten. Dort stand eine Gestalt, eine Frau in einem blauen Sommerkleid mit einer altmodischen Schürze darüber. Sie gehörte nicht mit in den ausgelassenen Augenblick, wie sie im Windschatten aller anderen stand und wie sie etwas in der Hand hielt, das aussah wie eine Thermoskanne. Vor ihr, auf einem kleinen Cafétisch, stand eine Wasserkaraffe.

Selma hob die Hände von Maus und Tastatur und hielt sie sich vor die Augen. Sie waren jetzt wieder ihre, aber sie zitterte so heftig, dass sie für einen Moment mit einem neuen Anfall rechnete. Wieder konzentrierte sie sich darauf, richtig zu atmen, und sowie sie die Kontrolle wiedererlangt hatte, lud sie das Foto in ihren Bilderordner herunter.

Die Qualität war gut. Sogar im Schatten war es hell genug, und Selma zoomte die Frau heran, die sich beim Hochzeitsessen von Anine und Sjalg hinter der Südwestecke des Restaurants versteckt hatte.

Als Selma sie erkannte, sprang sie auf. Den Blick noch immer auf den Bildschirm gerichtet, ging sie rückwärts, verschränkte die Hände im Nacken und presste die Ellbogen vor dem Kopf zusammen, bis es wehtat.

Auf der Hochzeit waren mehr als zweihundert Gäste gewesen. Wenn alle im Schnitt auf zwanzig Fotos zu sehen waren, gab es viertausend Bilder von einem Ereignis, das nicht einmal drei Stunden gedauert hatte.

Zwei von diesen Bildern erzählten, wie Sjalg Petterson gestorben war. Das eine lag in einem chaotischen Stapel auf dem Boden von Selmas Schlafzimmer und bewies, dass Sjalg zu einem Zeitpunkt, als diese dem Personal längst ausgegangen waren, Eiswürfel in seinem Glas gehabt hatte. Das andere war dieses hier, und es zeigte, wer die Verantwortung für Sjalgs Tod trug.

Mina Mejer Selmer hielt eine Thermoskanne in den Händen. Die Kanne war geöffnet, und die kleine Karaffe auf dem Tisch vor ihr war mit Eiswürfeln und Wasser gefüllt. Mina schien gerade aufgeschaut zu haben, und als das Bild gemacht wurde, blickte sie zu den drei Knirpsen hinüber, die mit heruntergelassener Hose vor der Hecke standen. Sie wirkte konzentriert und amüsierte sich nicht im Geringsten.

Das tat Selma auch nicht. Sie könnte vielleicht ihre Tochter zurückgewinnen und ziemlich sicher Jespers Unschuld beweisen. Das *Ellevilt* wäre gerettet, Sjalg Pettersons Tod hatte nichts mit Schlamperei in der Küche des *Ellevilt* zu tun.

Selma könnte vieles von dem zurückgewinnen, was sie während des gesamten Wochenendes auf ewig verloren geglaubt hatte. Der Preis dafür wäre, das Leben eines gerade siebzehn Jahre alt gewordenen Mädchens zu zerstören.

Sie speicherte das Bild und schaltete den Laptop aus, ging zur Balkontür, öffnete sie und trat hinaus in die Nacht, in der der Montag nur noch wenige Minuten entfernt war.

Kein Fotograf war zu sehen.

Die Stadt lag wie immer vor ihr. Die Zeit verging wie immer. Die Luft war kühl und frisch, aber das Atmen war nicht im Geringsten leichter geworden.

Die Drohung

Der stellvertretende Polizeichef Birger Hansem leerte den letzten Rest Mineralwasser auf einen Zug. Er hob abwehrend eine Hand, als Justizminister Tryggve Mejer die Obstschale zu ihm hinüberschob.

»Nein danke, du. Das war ein schönes Treffen. Wie gesagt liegen die relevanten Statistiken im Ordner. Es sieht also gut aus, was die Wirtschaftskriminalität angeht. Und auch die Kriminalität unter Jugendlichen sinkt. Auch wenn man das nicht glauben sollte, nach allem, was die Medien uns weismachen wollen.«

»Alles klar«, sagte der Justizminister vage. »Danke, dass du gekommen bist.«

Sie kannten sich seit zwei Jahrzehnten, die beiden, die jetzt im Büro des Justizministers saßen, nach einer Besprechung, die eine knappe halbe Stunde gedauert hatte. Im Rat trafen sie einander ab und zu, aber dort lagen in der Regel lange Abstände zwischen zwei Begegnungen. Im Leben außerhalb von Ellev Trasops geheimem Reich stießen sie viel häufiger aufeinander. Kein einziges Mal, nicht einmal unter vier Augen, ließen sie eine Begegnung dieser beiden Welten zu.

Niemals, und so musste es auch sein.

Bis jetzt.

Birger Hansem zog ein Blatt Papier aus der Innentasche. Er nahm an, dass das Büro des Ministers nicht abgehört wurde, aber er war ein Mann ohne jegliche Illusion. Seine Frau nannte ihn zynisch, er jedoch war ganz anderer Ansicht. Er ergriff nur Vorsichtsmaßnahmen. Das hatte sich sein langes Leben hindurch als lohnend erwiesen.

»Du hast in diesem Jahr keine Ferien gemacht, wenn ich das richtig verstanden habe.« Er lächelte und faltete das Papier auseinander. »Was sagt deine Tochter denn dazu? In dem Alter sind sie ja doch ziemlich anspruchsvoll. Da zählt nur das Ausland.« Er legte das Blatt auf den Tisch und drehte es zu dem Mann auf der anderen Schreibtischseite hin. »Meine Kinder sind ja längst erwachsen«, fuhr Birger jovial fort. »Aber selbst als sie vor zehn, zwölf Jahren noch Teenager waren, war es ein Höllengequengel.«

Tryggve Mejer hob die Augenbrauen, zog eine Lesebrille hervor und setzte sie auf.

»Die Frage ist natürlich, wo man wohnt«, fuhr Birger Hansem fort, ohne das Blatt Papier loszulassen. »Was die Freunde tun und dürfen, meine ich. In manchen Stadtteilen reicht sicher noch immer ein Besuch bei den Großeltern.«

Tryggve las, das konnte Birger sehen.

Der Text war nicht lang. Er war mit der Hand geschrieben, und Birger hatte einen kleinen Blätterstapel verbraucht, um die richtige Formulierung zu finden. Die Entwürfe hatte er sofort verbrannt.

»Das war bei mir als Kind so«, plauderte er weiter mit einem Lächeln in der Stimme. »Wir wurden zu Ferienbeginn bei den Großeltern in Stavern abgegeben und erst zwei Monate später wieder abgeholt.«

Tryggve war deutlich bleicher geworden. Unter dem einen Auge war jetzt ein leichtes Zucken zu sehen, und er leckte sich nervös die Lippen. Endlich sagte er: »Das war sicher schön. In Stavern im Sommer.«

»Himmel, ja. Ein Paradies, du weißt schon. Wir haben uns nicht beklagt.«

Tryggve schaute auf, nahm die Brille ab und legte sie auf den Tisch. Das Zucken wollte nicht aufhören, und er fuhr sich wütend mit dem Zeigefinger unter dem Auge hin und her. »Ich werde diese Statistiken sorgfältig auswerten«, sagte er. Er nickte in Richtung des einzelnen Blattes, nicht zu den Ordnern, die der stellvertretende Polizeichef ihm gegeben hatte.

»Aber ich bitte dich, zu respektieren, dass am Ende ich derjenige bin, der alles bestimmt. Die Entscheidung liegt bei mir.«

Als ihre Blicke sich begegneten, zuckte Birger Hansem zusammen. Dem Minister war auch vorher schon nicht anzusehen gewesen, dass ein Prachtsommer hinter ihnen lag, aber jetzt sah er direkt krank aus. Noch bleicher als vor wenigen Sekunden, und seine Stirn war schweißnass. Langsam faltete Birger das Blatt zusammen und steckte es wieder in seine Innentasche, erhob sich und knöpfte seinen Uniformrock zu, ohne aufzublicken. Als er fertig war, hatte Tryggve bereits eine Hand auf der Türklinke liegen. Er hatte das Jackett schon abgelegt, als Birger gekommen war, und nun schob er einen Finger hinter den Schlipsknoten und zog und zerrte. Er öffnete die Tür.

Als Birger an ihm vorüberging, wurde die blitzschnell wieder halbwegs geschlossen.

»Und wenn ihr meint, ihr könntet mir drohen, dann irrt ihr euch.«

Tryggves Stimme zischte an Birgers Ohr. Der Polizist riss in einer Reflexbewegung den Kopf zur Seite. Eine Staatssekretärin kam durch den Gang. Birger lächelte freundlich und hob die Hand zu einem Gruß. Die Frau erwiderte das Lächeln und lief weiter.

»Der Major hat Harlekin bei sich«, sagte Birger leise. »Wie dir sicher inzwischen klar ist. Und wie du soeben gelesen hast, ist sie bereit ...«

»Geh«, sagte der Justizminister tonlos. »Sofort.«

Birger Hansem zog seinen Rock gerade, klemmte sich die Uniformmütze unter den Arm und ließ sich durch die vielen Sicherheitsschleusen zu seinem wartenden Chauffeur bringen. Erst im Fahrstuhl wagte er, die Augen zu schließen und durchzuatmen.

Das hier hatte seine schlimmsten Befürchtungen noch übertroffen.

Sehr weit übertroffen, und er mochte gar nicht daran denken, was jetzt zwangsläufig geschehen musste.

Die Wahrheit

Der erste Schultag war vorüber. Mina hatte sich irgendwie erleichtert gefühlt. Auf jeden Fall hegte sie die kleine Hoffnung, dass etwas jetzt anders werden könnte. Dass der Schulanfang einen Bruch mit dem unendlichen Sommer bedeutete, eine Möglichkeit, alles zu vergessen. Ihren und Papas tief in der innersten Gehirnkammer versteckten Sommer zu vergessen.

Zu vergessen war das Einzige, was sie sich wünschte, aber das erwies sich als unmöglich.

Sie war mit einer früheren Straßenbahn gefahren, als ihre Freundinnen sie meistens nahmen; sie musste allein sein, wollte spüren, ob der Alltag wieder da war. Ob es überhaupt noch einen Alltag gab. Ob es vielleicht möglich wäre, sich im Dasein zu verhaften, wie eine ganz normale Schülerin der zweiten Oberstufenklasse von Elvebakken, und sich vom Kalender von einem Tag zum anderen schleppen zu lassen, bis alles besser geworden wäre.

Die Hoffnung verschwand bereits, als sie aus der Straßenbahn stieg.

Kleine und große Cliquen von Mitschülerinnen und -schülern strömten aus allen Richtungen zur Schule. Alle sonnenbraun, die meisten mit helleren Haaren als bei Ferienbeginn. Mina war fast winterbleich, da sie fast einen Monat lang das Haus nicht verlassen hatte. Sie kam sich gebrandmarkt vor. Die Schrecken dieses Sommers waren ihr sozusagen anzusehen. Stumm und mit gesenktem Blick begegnete sie dem alten Leben. Schon in der ersten Pause kam es ihr so vor, als ob die anderen sie aufgegeben hätten. Das Lachen machte einen Bogen um sie, und sie konnte sich nirgendwo verkriechen.

Der erste Schultag bestand immer vor allem aus Fröhlichkeit und Stimmengewirr und Wiedersehensfreude, und um halb zwölf war sie erschöpft davon, von allem ausgeschlossen zu sein. Sie fuhr nach Hause.

Wenn das System schon so früh im Schuljahr funktionierte, würde Papa per SMS von ihrem unentschuldigten Fehlen informiert werden. Mama auch, aber wegen der brauchte sie sich keine Sorgen zu machen. Mina hatte keine Kraft, um an die beiden zu denken, und sie legte sich unter die Decke in ihr Bett, sobald sie die Tür in der Lofthus terrasse aufgeschlossen hatte.

Mehr als acht Stunden später fuhr sie aus dem Schlaf hoch. Ihr Telefon zeigte ihr, dass es neun Uhr abends war. Sie setzte sich auf und schob die Decke weg. Noch immer war sie angezogen, ihr Hemd war triefnass, und sie hatte entsetzlichen Durst.

Benebelt versuchte sie, ihre Erinnerungen zu sortieren. Dazu brauchte sie nur Sekunden. Es war der einzige Zeitpunkt des Tages, an dem das Leben noch erträglich war: die kurzen luftigen Augenblicke, in denen sie erwachte und ihr noch nicht alles, was passiert war, wieder eingefallen war.

Papa war gestern Abend spät aus Trondheim zurückgekommen.

Mina hatte sich nicht in der Lage gesehen, mit ihm zu sprechen, und hatte sich schlafend gestellt.

Alles war zu groß und nicht zu bewältigen. Es war so unbegreiflich, so weit weg von allem, was sie für sich einordnen und verarbeiten konnte. Das Journal mit dem seltsamen Namen *Zer-*

furcht/Verwittert auf dem Laptop im Keller hatte eine unfassbare Geschichte enthalten. Noch immer hatte sie eine Art Hoffnung, dass Papa einen Roman schrieb. Das war ihr erster Gedanke gewesen, als sie einige Seiten des Journals gelesen hatte. Papa schrieb einen Thriller.

Aber dann war es ein überaus seltsamer Thriller.

Es gab zum Beispiel keine Hauptpersonen. Die Geschehnisse wiesen auch keinerlei Spannung auf. Die Dinge passierten einfach, eins nach dem anderen, und die ganze Geschichte schien nur davon zu handeln, dass für irgendwelche Menschen alles ruiniert wurde. Niemand starb, aber alle wurden auf irgendeine Weise bloßgestellt, bedroht und in die Knie gezwungen, von der Polizei an der Nase herumgeführt und wegen Dingen, die sie nicht getan hatten, ins Gefängnis gesperrt.

Das hier war kein Roman, das musste sie sich ziemlich schnell eingestehen. Was es war, wusste sie noch immer nicht, aber sie bekam schreckliche Angst, als sie einige der Namen erkannte. Es ging um reale Menschen. Das galt jedenfalls für einige davon. Unter anderem wurde Pål Poulsen erwähnt, dieser schreckliche Typ von der FRP, der zu den wenigen gehörte, über die Papa vor Minas Ohren wirklich schlecht sprach.

Obwohl sie zusammen in der Regierung gesessen hatten.

Mina wollte nicht verstehen, wovon das Journal handelte. Nachdem sie zwei Drittel des Dokumentes gelesen hatte, hatte sie vorgescrollt, um zu sehen, wie es endete.

Es endete eigentlich gar nicht, und ihre Angst wuchs nur noch.

Sie streckte die Hand nach dem Wasserglas aus. Der schale Inhalt stammte vom Vorabend, aber sie trank trotzdem alles aus.

Papa kam die Treppe hoch.

Seine Schritte machten sie nervös. Papas Stimmung war so leicht daran zu erkennen, wie er ging, und das hier waren Schritte, die sie seit dem katastrophalen Fest vor genau einem Jahr nicht mehr gehört hatte.

Nur waren sie noch wütender.

Er klopfte nicht einmal an.

»Hast du den Safe geöffnet?«, brüllte er.

»Ja«, keuchte Mina und kroch weiter im Bett zurück. Die Lüge, die sie ihm eigentlich und automatisch hatte auftischen wollen, war ihr im Hals stecken geblieben.

Papa drehte vollständig durch. Hinter der Tür hatte Mina einen Haken voller Papiertüten aus feinen Boutiquen. Urban Outfitters und Abercrombie & Fitch. Eine Armani-Tasche aus Italien und drei coole Stofftaschen von der Tour nach New York Ostern 2017.

Papa riss so hart daran, dass der Haken sich aus der Wand löste. Er hatte fast Schaum vor dem Mund, als er die Tüten in Fetzen riss und ins Zimmer schleuderte.

»Warst du am Safe?«, fragte er wieder und wieder. »Warst du an meinem Safe?«

Mina fing an zu weinen, was Papa aber nicht zu bemerken schien. Sie griff nach Knubbelchen, dem alten Kaninchen, dem ein Auge fehlte und das ein wenig zu sehr nach Mama roch. Es war zu klein, um noch immer Trost und Schutz zu schenken, und sie packte stattdessen ein Kopfkissen. Sie saß inzwischen ganz hinten in einer Ecke des Bettes, eingeklemmt zwischen dem Kopfende und der halben Wand, die den Schreibtisch auf der anderen Seite verbarg.

Papa stand mitten zwischen den vielen Papierfetzen, breitbeinig, die Hände an den Kopf gehoben. Die Haare standen nach allen Seiten ab, und Mina verspürte einen absurden Drang, zu lachen. Sie war außer sich vor Angst und musste dringend pinkeln. Sie zog das Kissen noch fester an sich und versuchte, ihr Gesicht zu verbergen.

»Du hast den Rechner geöffnet«, schrie er, und seine Stimme schlug ins Falsett um. »Das Journal sagt, dass zuletzt am Freitagabend gespeichert wurde. Da war ich in Trondheim.«

Mina nickte.

Papa schnappte mit offenem Mund nach Luft. Der Speichel stob wie eine Wolke aus seinem Mund, als er nun sagte: »Was in aller Welt ist denn in dich gefahren, Kind! Du weißt doch genau, dass du nicht in fremden Sachen herumwühlen darfst. Hast du das Journal gelesen? Hast du …«

»Ich dachte, das handelt von dir und Mama«, weinte Mina. »Ich dachte, weil alles mit dir und Mama in die Brüche gegangen ist, also richtig, meine ich, als du angefangen hast, immer da unten zu sitzen, dass da sicher etwas wäre …« Sie schluchzte und konnte fast nicht mehr sprechen. »… und dann habe ich gedacht, ich könnte etwas tun, und … ich war so froh, als das mit der Kommission rausgekommen ist, das mit der Meinungsfreiheit, und da dachte ich, dass … aber dann hast du dich überhaupt nicht verändert, obwohl ich doch dachte, du würdest dich verändern und ich könnte …«

Aus Papa entwich alle Luft. Er sah aus wie eine auf einem unsichtbaren Gestell hängende Stoffpuppe. Der Kopf hing ihm auf die Brust. Die Schultern wurden sozusagen schmaler, und seine Arme sahen aus wie gelähmt.

»Hast du das Kästchen geöffnet?«, fragte er heiser.

»Nein«, sagte Mina rasch.

Eine Übelkeit erregende Hitze schoss durch ihren Körper, als ihr einfiel, dass auch Speichersticks verrieten, wann sie zuletzt geöffnet worden waren. Papa konnte noch nichts gemerkt haben. Oder vielleicht hatte er die USB-Sticks noch nicht wieder angesehen. Mina hatte noch immer keine Ahnung, was die Zahlen und Namen bedeuten sollten, aber auf irgendeine unheimliche Weise hingen sie mit dem Journal zusammen. Es war wie in einem Horrorfilm, wenn man den wahnsinnigen Massenmörder erkennt, aber nicht begreifen kann, wieso der früher im Film ein freundlicher Busfahrer sein konnte. Man weiß, es ist so, kann aber nicht begreifen, wieso.

»Nein«, wiederholte sie sicherheitshalber. »Das Kästchen war doch abgeschlossen.«

»*Das war der Safe auch!*«, brüllte Papa und hatte jetzt gar keine Ähnlichkeit mehr mit einer Stoffpuppe. »Und das war für dich ja offenbar kein Hindernis!«

Er machte zwei Schritte auf sie zu.

»Was hast du getan?«, jammerte er und griff sich wieder an den Kopf.

»Ich habe Sjalg Petterson umgebracht«, sagte Mina. »Aber das wollte ich gar nicht.«

Diese Worte waren ganz von selbst gekommen. Mina hatte nicht nur das Kästchen geöffnet. Nicht nur die Speichersticks mit auf ihr Zimmer genommen und den Inhalt auf ihren eigenen Rechner übertragen. Nicht nur hatte sie Fotos von der ersten Hälfte des seltsamen handgemachten Buches auf ihrem Handy, am Freitag hatte sie sich zudem eine Kopie von Papas Journal auf einem Speicherstick gesichert, der ihr gehörte. In dieselbe Datei hatte sie die Bilder aus ihrem iPhone und die seltsamen Listen über Personen und Konti überführt, ehe sie hinter sich aufgeräumt und am Ende alles auf dem USB-Stick auf ihrem Nachttisch gesichert hatte.

Telefon und Laptop waren jetzt sauber. Falls Mama bei einem ihrer Besuche auf die Idee käme, Minas Dateien zu durchsuchen, wie sie das ab und zu verlangte, weil sie einen Artikel über naive Eltern gelesen hatte.

Mina wollte nur versuchen zu verstehen. Versuchen, die Codes zu knacken und alles in den richtigen Zusammenhang zu setzen. Noch immer glaubte sie, dass all das Unverständliche im Safe mit der Beziehung zwischen Mama und Papa zu tun hatte. Jedenfalls ein bisschen, und sie konnte nicht die ganze Zeit in den Keller gehen. Da war es besser, wenn sie ihre eigene vollständige Kopie hatte.

Sie hatte das alles nur getan, um zu helfen.

Mama war nicht mehr da, Papa hatte Probleme, und Mina wollte alles tun, um das Leben für sie alle drei besser zu machen.

Sie hatte alles nur schlimmer gemacht, das begriff sie jetzt.

Viel schlimmer. Und sie musste Papa das Schlimmste von allem sagen.

»Ich wollte das nicht«, flüsterte sie noch einmal.

»Was hast du gesagt?«, fragte Papa.

Seine Augen wurden kugelrund, und er glotzte sie an.

»Er sollte nicht sterben!«, sagte Mina. »Ich wollte ihn nur krank werden lassen, ihm die Hochzeit verderben. Er ist so gemein ... er war viele Jahre lang grausam zu dir, und du hast doch gesagt, dass ...«

Papa setzte sich auf die Bettkante, so langsam und vorsichtig, dass es aussah, als habe er Angst, das Bett könnte unter seinem Gewicht zusammenbrechen.

»Ich hab nur sooooo wenig Nüsse genommen«, flüsterte sie und presste Daumen und Zeigefinger beider Hände aufeinander, hart, bis die Öffnung in der Mitte zu einem Diamanten von der Größe eines Stecknadelkopfes wurde. »Ich hatte das auf YouTube gesehen, man kann Cayennepfeffer oder so was nehmen und ... zuerst macht man einen kleinen Eiswürfel, dann darum einen größeren, und noch einen größeren ... Das ist wie eine Zeitzünderbombe, aber ich wollte bloß die Hochzeit ruinieren.«

Sie rang um Atem.

»Papa«, weinte sie. »Hilf mir, Papa.«

Mina streckte die Arme nach seiner Hand aus. Er reagierte nicht. Mina griff nach seiner Hand, und er wich nicht zurück, aber seine Finger lagen schlapp und feucht in ihren.

»Was hast du dir dabei gedacht?«, fragte er und sah ihr in die Augen. »Was um alles in der Welt hast du dir dabei gedacht, mein Schatz? Du bist siebzehn und das klügste Mädchen auf der Welt, und dann ...« Jetzt weinte er. Ganz still, mit kleinem Schniefen dazwischen, was das Weiterreden schwer machte.

»Ich muss doch nicht ins Gefängnis, Papa? Ich wollte das nicht, Ehrenwort, es war ein Unfall, und ich bin doch erst siebzehn, und ... Papa. Papa!«

Er kroch in sich zusammen, zog die Beine aufs Bett und rollte sich zu einer riesigen Kugel, die Arme um die Beine geschlungen und den Kopf zwischen den Knien. Er kehrte ihr den Rücken zu.

Der ganze Papa bebte.

Mina legte ihm die Hand auf den Rücken.

Sie hatte noch nie solche Angst gehabt. Nicht einmal während der Hochzeit, als sie voller Entsetzen begriffen hatte, dass Sjalg Petterson tot war, und als sie sich in dem ganzen Chaos weggeschlichen hatte, um die Karaffe aus dem Restaurant und ihre eigene Thermoskanne eine Million Mal mit heißem Wasser auszuspülen. Nicht einmal im Bus nach Hause, als ihr endgültig aufgegangen war, was sie angerichtet hatte.

An jedem einzelnen Tag seither hatte sie Angst gehabt.

Sie war total erschöpft von dieser Angst, aber das hier war schlimmer. Papa war kurz vor dem Zerbrechen. Er heulte, wie ein waidwundes Tier oder so etwas, und er schien fast daran zu ersticken, dass er in seine eigenen Knie biss. Die Hose spannte sich, weil er so lag, aber plötzlich packte er ein Stück Stoff mit den Zähnen und riss einen riesigen Fetzen heraus.

»Papa«, weinte Mina. »Sei nicht so, Papa. *Bitte!*«

Aber er schien sie überhaupt nicht zu hören.

Die Rede

Lars Winther wurde von schlechtem Gewissen geplagt, seit er seiner alten Kollegin bei *DG* den Tipp über Selma Falcks neue Liebschaft gegeben hatte.

Das ganze Wochenende hindurch hatte er versucht, Selma zu erreichen.

Er hatte immer wieder angerufen, SMS geschickt, E-Mails an ihre beiden ihm bekannten Adressen geschrieben. Zweimal im Laufe des Samstags hatte er bei ihr geklingelt, aber niemand hatte aufgemacht. Er hatte sich in die Tiefgarage geschlichen, um nachzusehen, ob der alte Volvo verschwunden wäre, aber der war noch da gewesen. Trotzdem stand ja nicht fest, dass sie zu Hause war.

Kurz vor Mitternacht am Sonntagabend, als seine Frau und seine Kinder eingeschlafen waren, schlich er sich aus der Wohnung. Er war unruhig und schuldbewusst. Wenn er nur wüsste, dass es Selma einigermaßen gut ging, würde er sie in Ruhe lassen. Dass sie ihn nicht in Gnaden aufnehmen würde, konnte er gut verstehen. Eine Frau wie Selma Falck hatte sicher schon längst zwei und zwei zusammengezählt und vier erhalten. Wenn es darum ging, wer bei *DG* geklatscht hatte, war er der *prime suspect.*

Er war mit dem Rad nach Sagene gefahren und hatte sich im Schatten einer Kastanie aufgestellt, die die Bauherren von Selmas modernem Wohnblock wundersamerweise verschont hatten. Er schaute an der Mauer hoch, wo nur eine Wohnung einen Balkon aufwies. Der ragte hervor wie ein Auswuchs an einem Kiefernstamm, aber er wusste, dass Selma glücklich darüber war, dass sie als Einzige im Haus diesen Platz an der frischen Luft hatte. Auch wenn der noch so klein war.

In der Wohnung brannte Licht. Deshalb musste sie nicht unbedingt zu Hause sein. Er blieb noch einige Minuten stehen, unsicher, ob er noch einmal klingeln sollte. Als er sich fast entschieden hatte, ging die Balkontür auf.

Selma kam heraus.

Sie stand nur da und schaute hinaus auf die Stadt. Zwei Minuten vielleicht, aber sie schien dabei nur zu denken. Dann ging sie wieder hinein und schloss die Tür.

Lars fuhr wieder nach Hause, ohne sich zu erkennen zu geben.

Am Montag musste er sich den halben Tag freinehmen. Sein

Ältester wurde eingeschult, und die gesamte Großfamilie machte einen solchen Wirbel, dass es fast ein bisschen peinlich war. Alle vier Großeltern, zwei davon mit neuen Ehepartnern, waren aufmarschiert, um Leon zuzujubeln, der in nagelneuen Kleidern und Joggingschuhen zum Hineinwachsen auf dem Weg in das allererste Klassenzimmer seines Lebens mit den Tränen und einer etwas zu großen Schultasche gekämpft hatte.

Inzwischen war Dienstag, aber Lars Winther dachte noch immer an Selma Falck. Er hatte wieder angerufen. Hatte noch drei SMS und eine E-Mail geschickt. Sie antwortete noch immer nicht. Sie schien ihn aus ihrem Leben abgemeldet zu haben.

Bisher hatte er sich Sorgen gemacht. Das tat er jetzt nicht mehr. Stattdessen merkte er, dass seine Irritation wuchs. Er war auf sie angewiesen, um mehr Stoff für die fette Geschichte zu bekommen, an die sie sich gemeinsam heranpirschten. Lars war zwar Nachrichtenjournalist, aber er wollte unbedingt ins Politik-Ressort überwechseln, sowie es dort eine freie Stelle gäbe. Selmas Fall würde seine Kandidatur um einiges stärken.

Deshalb war es irritierend, dass er kein grünes Licht zum Besuch der Pressekonferenz erhielt, die das Büro der Ministerpräsidentin überraschend kurzfristig angekündigt hatte. Er sollte dagegen über eine umfassende Chlorleckage an der Akerselv berichten. Es würde demonstrativ wirken, einen direkten Befehl zu ignorieren, aber Lars hatte immerhin seinen Termin mit dem Direktor der Wasser- und Abwasserbehörde um eine Stunde verschieben können. Die Pressekonferenz begann jetzt, und er konnte die erste halbe Stunde online verfolgen.

Die großen Online-Zeitungen und außerdem TV2 und NRK übertrugen direkt. Lars Winther fühlte sich verpflichtet, sich bei seiner eigenen Zeitung einzuloggen, obwohl er eigentlich die politischen Kommentatoren des NRK besser fand.

Die Ministerpräsidentin war auf dem Weg zum Rednerpodium.

Umfangreich und selbstsicher und mit einem Phlegma wie sonst niemand im Königreich. Sie leistete wirklich Großes, um die Dreiparteienregierung zusammenzuhalten, und alles wies darauf hin, dass sie innerhalb der nächsten zwei Monate auch noch die winzige Christliche Volkspartei in die Koalition holen könnte. Damit hätte sie dann eine Mehrheitsregierung. Sie trug ein tiefblaues Kleid und flache Pumps, und offenbar kam sie frisch vom Friseur.

Sie behielt die Ruhe, ging, wie es ihr gefiel. Sie lächelte selbstbewusst, fast zerstreut, und manövrierte sich hinter das Rednerpult. Sie hatte kein Manuskript bei sich, rückte das schlangenhafte Mikrofon nur ein wenig zurecht, lächelte noch einmal und räusperte sich kurz.

»Willkommen«, sagte sie dann. »Justizminister Tryggve Mejer hat mich heute um seine sofortige Entlassung ersucht.«

Stimmengewirr wurde unter den zahlreichen Anwesenden laut. Irgendwer bat um Ruhe.

»Wir haben beschlossen, Tryggve und ich, dass er seine Entscheidung selbst erklären wird. Ich möchte mich deshalb damit begnügen, tausend Dank zu sagen. Tryggve ist mein lieber Freund und mein guter Kollege. Es tut mir sehr leid, dass er sein Amt nun aufgeben muss. Aber für seine Gründe zu dieser Entscheidung hat er mein allergrößtes Verständnis. Tryggve?«

Sie schaute zu einer Seitentür hinüber, die sich nun öffnete.

Lars Winther ertappte sich dabei, mit offenem Mund dazusitzen, und er klappte ihn ganz schnell zu.

Tryggve Mejer betrat den Saal. Die stärkste Karte der Regierung, vielleicht gleich nach der Ministerpräsidentin, und ihr engster Vertrauter in diesem gelinde gesagt eklektisch und seltsam zusammengesetzten Kabinett.

Er sah einfach grauenhaft aus.

Bleich und fahl. Während der Mann im vergangenen Jahr Monat für Monat kontinuierlich zugenommen hatte, zur großen

Freude der Karikaturisten, saß sein Anzug jetzt zu locker. Seine Haare, beneidenswert füllig für einen Mann über fünfzig, sahen triefnass aus. Entweder hatte er sie seit zwei Wochen nicht gewaschen, oder er hatte am Morgen das Haargel gewaltig falsch dosiert. Sogar sein Gang schien sich verändert zu haben. Normalerweise ging er mit bestimmten Schritten, mit geradem Rücken und übertrieben weit vorgeschobenem Brustkasten. Jetzt schlurfte er fast und wäre auf den beiden Stufen zur Rednertribüne um ein Haar gestolpert.

Auch Tryggve Mejer hatte kein Skript.

Der Bildschirm wechselte jetzt auf eine Großaufnahme über.

Das hier war ein Mann in einer Krise, das begriff Lars Winther, noch ehe Tryggve Mejer das Kinn hob und aufschaute. Vermutlich hätte er die Sache lieber durch eine Pressemeldung erledigt. Das hätte ihm allerdings einen Schweif von Presseleuten gesichert, der von hier bis in die Ewigkeit reichte, deshalb musste er hier durch, musste der Öffentlichkeit in die Augen schauen.

Dann änderte sich alles, als er aufblickte. Seine Augen leuchteten vor Kraft und Überzeugung. Der Mann war im Sommer zwar zehn Jahre älter geworden, aber in seinem Blick lag eine Festigkeit, die alle Aufmerksamkeit auf sich zog. Als er nun etwas sagte, hörte Lars, dass seine Stimme dunkler war als bisher.

»Ihr Lieben alle, die ihr euch die Zeit genommen habt, um herzukommen«, war seine ziemlich originelle Eröffnung. »Euch allen tausend Dank.« Er schluckte, und ein kleines, fast schüchternes Lächeln huschte über sein Gesicht. »Ich finde es wunderschön, der oberste politisch Verantwortliche für den Justizsektor in Norwegen zu sein«, fuhr er fort. »In meinen drei Jahren in der Regierung bin ich auf dem Weg zur Arbeit um die Laternenpfähle getanzt. Bildlich gesprochen, natürlich, eigentlich benutze ich den Fahrdienst.«

Lachen hier und da, hörte Lars. »Aber alles hat einmal ein Ende, und für mich ist es richtig, jetzt einen anderen Weg einzuschlagen. Wie ihr alle wisst, bin ich ein sehr privater Mensch. Ich möchte nicht, dass Aufmerksamkeit auf meine Familie gerichtet wird, und meine Frau und meine Tochter wollten immer ein eigenständiges Leben führen. Um meinen ein wenig ...« Er senkte für einen Moment den Blick, als ob er es bereute, sich nichts notiert zu haben, und fuhr sich langsam mit einer Hand durch die fettigen Haare. »... meinen, wie ich vermute, ein wenig überraschenden Abgang zu erklären, muss ich um eure Nachsicht bitten. Ich muss um Verzeihung dafür bitten, dass ich euch für einen kurzen Moment mit meinen privaten Problemen behellige.«

»Siehst du dir das an? Verdammt, was ist denn mit dem passiert?«

Ein Kollege vom Sport schlug Lars auf die Schulter, packte einen Stuhl und setzte sich neben ihn.

»Pst!«, sagte Lars.

»Meine Frau und ich haben uns getrennt. Das ist unsere Angelegenheit, und ich bitte um Respekt dafür, dass ich nicht mehr darüber sagen werde. Wenn Familien auf diese Weise auseinanderbrechen, wie das vielen Familien passiert, leider, gibt es viele, die darunter leiden. Die Beteiligten, natürlich, aber auch die Großfamilie, Freunde und Kollegen. Vor allem aber ist eine solche Situation schwierig für die Kinder.« Wieder legte er eine Pause ein, aber diesmal senkte er den Blick nicht. Er ließ ihn durch die Versammlung wandern, die jetzt wirklich vollständig gefesselt war. Für einen kurzen Augenblick schaute Tryggve Mejer direkt in die Kamera.

»Verflixt«, sagte der Sportjournalist und schlug Lars ein weiteres Mal auf die Schulter. »Stark, der Typ, was? Aber der zweite Ministerrücktritt in zwei Wochen. Erna hat es nicht leicht.«

»Fresse halten.«

»Wir haben inzwischen hierzulande eine lange Tradition darin, den Eltern die Möglichkeit zu geben, sich gut um ihre Kinder zu kümmern. Zum Glück. Es ist noch nicht sehr viele Jahre her, dass Elternzeit für Minister zum Beispiel unvorstellbar gewesen wäre. Ganz zu schweigen davon, dass männliche Regierungsangehörige ihre Papamonate in Anspruch nehmen, um Zeit mit den frisch geborenen Kleinen zu verbringen. Wir können uns darüber sehr freuen. Norwegen war ein Pionier darin, die Möglichkeit zur Kombination von Arbeit und Familie zu ermöglichen. Es ist aber nicht so, dass unsere Kinder uns nur brauchen, solange sie klein sind.«

Ein Fernsehtechniker lief geduckt durch das Bild, rückte eins der Mikrofone vor Mejer gerade und war wieder verschwunden.

»Im Gegenteil. Wir tragen die volle Verantwortung für unsere Kinder, bis sie erwachsen sind. In vielerlei Hinsicht kann eine Scheidung Teenager härter treffen als ganz kleine Kinder. Für die großen Kinder kann das Leben wirklich eine Prüfung sein. Die großen Kinder können zwar für ihre Eltern auch eine Prüfung sein ...«

Abermals wurde hier und da gelacht.

»... aber so gehört es sich eben im Leben. Meine Tochter heißt Hermina. Wir nennen sie Mina, und sie ist das Allerwichtigste in meinem Leben. Sie ist gerade siebzehn geworden. Für sie war der Sommer schwer, sehr schwer. Und sie müht sich noch immer mit der neuen Situation ab. Das kann ich als Vater nicht tatenlos mit ansehen. Meine getrennt lebende Frau und ich haben sie verletzt, also müssen wir beide uns nun alle Mühe geben, um das Leben für Mina leichter zu machen. Wir haben deshalb gemeinsam entschieden, dass ich mir freinehmen werde. Ganz frei. Mina und ich werden ins Ausland gehen. Wir werden zusammen sein. Lange. Nur wir zwei, die meiste Zeit, aber Minas Mutter wird uns ab und zu besuchen.« Noch einmal machte er eine Pause, holte tief Luft, legte die Hände auf das Rednerpult und beugte sich ein wenig weiter zu den vielen Mikrofonen vor.

»Bitte, sucht uns nicht. Lasst mich das für mein Kind tun. Lasst meine Familie in Ruhe, sobald ich durch diese Tür hinausgegangen bin.« Er nickte in Richtung der Ministerpräsidentin, die beim Eingang stand, holte noch einmal Luft und sah zum ersten Mal aus, als fiele ihm das Weiterreden schwer. »Wenn ich nach diesen Jahren im Dienste Norwegens noch einen letzten Wunsch äußern darf, dann ist es dieser: Geht großzügig miteinander um. Zeigt Respekt. Versucht, die anderen im besten Sinn zu verstehen, sodass wir es alle zusammen viel besser haben werden. Dass ich die neue Meinungsfreiheitskommission einsetzen konnte, ehe ich jetzt zurücktrete, ist das Einzige, worauf ich mit einem Anflug von Stolz zurückblicke. Wir müssen Ordnung in unserem Umgang miteinander schaffen. Für das Übrige, was ich vielleicht erreicht habe, sowohl dieses als auch letztes Mal, als ich der Regierung angehört habe, bin ich dankbar, weil ich etwas beitragen konnte. Tausend Dank an alle hier, die eine unglaublich wichtige Arbeit leisten, und an euch alle dort draußen, für die Möglichkeit, Norwegen zu dienen.«

Er ließ das Rednerpult los, zog seinen Schlips ein wenig gerade und fügte hinzu, während er sich zur Ministerpräsidentin umdrehte: »Und auch dir tausend Dank, Erna. Du bist eine liebe und rücksichtsvolle Freundin.«

Er war fertig und verließ das Rednerpodium. Jemand begann zu klatschen. Leise und vereinzelt zunächst, dann brach gewaltiger Applaus los, fast schon stehende Ovationen.

»Das da ...«

Der Sportjournalist zeigte mit weit aufgerissenen Augen auf den Bildschirm.

»Das ist verdammt noch mal noch nie passiert«, vollendete Lars Winther für ihn den Satz. »Dass die Presse einem Minister applaudiert.«

Die Übergabe

Es war Nacht, und der Major verspätete sich.

Das sah ihr gar nicht ähnlich.

Tryggve Mejer hatte beim Solemskog gehalten. Auf dem riesigen Parkplatz standen noch drei andere Autos weit voneinander entfernt, aber bei denen handelte es sich offenbar um Langzeitparker. Zwei Fahrräder waren auffällig an einem riesigen Baum angeschlossen, eine fast fünf Meter lange stabile Kette war mehrfach durch Gestell und Räder gezogen und mit einem soliden Hängeschloss befestigt. Manche fuhren mit dem Auto hier herauf, um sich die steilen Hänge zu ersparen, und stiegen dann auf das Rad um.

Tryggve war erschöpft, er kam sich vor, als wäre er selbst hergeradelt. Im Rekordtempo. Dennoch war er jetzt ruhiger. Er wollte den Vorabend einfach nur vergessen. Er hatte schon damit angefangen, den heftigen Zusammenbruch in Minas Zimmer zu verdrängen. Sie würde sich vermutlich bis an ihr Lebensende daran erinnern, aber von hier ab sollte es jetzt nur noch aufwärts gehen. Als er es gestern Abend endlich geschafft hatte, sich zusammenzureißen, war er von einer Entschlossenheit erfasst worden, die ihn die ganze Nacht wach gehalten hatte.

Die Flüge waren gebucht, die Unterkunft für die ersten zwei Wochen auch. Mit dem Online-Banking war alles geregelt. Jeden Monat würde ein passender Betrag vom Sparkonto aufs Gehaltskonto überführt werden, und alle regelmäßigen Zahlungen würden von nun an automatisch erledigt werden.

Sie würden das Abenteuer auf den Seychellen beginnen.

Um kurz nach halb sieben Uhr morgens hatte er Cathrine angerufen. Sie war sofort gekommen und überraschend aufmerksam gewesen. Natürlich hatte er ihr nichts von Minas entsetzlichem Geständnis erzählen können. Aber sie sah ja mit eigenen Augen, dass es ihrer Tochter alles andere als gut ging. Er sehe selbst auch nicht so ganz gesund aus, meinte sie, und als Mina beteuerte, nichts wolle sie lieber, als für einige Monate mit Papa das Land zu verlassen, hatte Cathrine ihr Einverständnis gegeben.

Ein Auto fuhr auf den Parkplatz. Tryggve blinkte mit der Lichthupe. Der andere Wagen kaum auf ihn zu und hielt erst an, als sie parallel zueinander standen.

Der Major stieg aus. Tryggve folgte ihrem Beispiel.

Sie begrüßten einander nicht, sagten nichts, bis Tryggve den Kofferraum geöffnet und die unmittelbar vor der deutschen Kapitulation von einem unbekannten Häftling im Gefangenenlager Grini geschnitzte Schatulle aus Zedernholz herausgenommen und ihr gereicht hatte. Sie nahm das Kästchen in Empfang.

»Ist alles vorhanden?«, fragte sie.

Er nickte.

»Hast du irgendwas kopiert?«

Tryggve schüttelte den Kopf.

»Du musst einen Rechner benutzt haben, um dir den Inhalt der USB-Sticks anzusehen.«

Er beugte sich noch einmal in den Kofferraum und zog das schlichte Dell-Gerät von Elkjøp heraus.

»Ich habe alles gelöscht«, sagte er und reichte es ihr. »Aber du kannst das Teil gern haben.«

Sie betrachtete den Rechner einen Moment, dann öffnete sie die hintere Tür ihres eigenen Wagens und stellte das Kästchen vorsichtig auf den Sitz. Dann griff sie zum Laptop, stellte ihn daneben und knallte die Tür zu.

»Wer hat versucht, Harlekin von den Speichersticks in der Schatulle zu entfernen, du oder Ellev?«, fragte er.

»Das war Ellev. Er hatte kein Vertrauen zu dir. Und die Zeit hat ja bewiesen, dass er das richtig eingeschätzt hatte. Gibt es bei dir überhaupt noch etwas, das dich mit dem Rat in Verbindung bringen kann?«

»Hat Ellev dir genau das Gleiche gegeben wie mir?«, fragte er, statt zu antworten. »Die Listen, das Satellitentelefon ...«

»Ich habe mehr bekommen als du«, fiel sie ihm ins Wort. »Nämlich die Verfügungsgewalt über Harlekin.«

»Aber nicht die Schatulle.«

»Nein. Nicht die Schatulle. Die habe ich jetzt. Gibt es sonst noch irgendetwas, das dich mit dem Rat in Verbindung bringen könnte?«

»Nein. Du hast alles.«

Er sah zu ihrem Autofenster hinüber, seufzte fast unhörbar, zog einen zusammengefalteten Zettel aus der Gesäßtasche und reichte ihn ihr.

»Hier«, sagte er. »Das ist eine Liste der Dinge, die ihr abbrechen müsst. Zum Beispiel müsst ihr Pål Poulsen in Ruhe lassen. Wie du siehst, habe ich alles mit der Hand geschrieben. Es gibt keine Kopie.«

»Wir werden deine Brände schon löschen«, sagte sie, nachdem sie einen kurzen Blick auf das Papier geworfen hatte. »Diese Übersicht brauchst du mir streng genommen gar nicht zu geben.«

»Ihr habt mich überwacht«, sagte er resigniert.

»Selbstverständlich haben wir dich überwacht«, erwiderte sie mit scharfer Stimme. »Wie du inzwischen begriffen haben musst, konnten wir dich doch nicht einfach drauflos wüten lassen.«

Tryggve wich zurück und öffnete die Fahrertür seines Autos.

»Hört ihr mich ab?«

Sie sah ihn an. Ließ ihren Blick in seinem ruhen.

»Nein, Tryggve. Wir haben weder dein Haus noch dein Telefon abgehört. Darauf hast du mein Wort. Wir hören keine Minister ab. Ehrenwort.«

Sie legte eine Pause ein, ohne ihn mit dem Blick loszulassen.

»Und mein Ehrenwort ist noch etwas wert.«

Tryggve stieß noch einen fast unhörbaren Seufzer aus. Der Major sagte die Wahrheit. So musste es sein. Wenn sie von Minas Geständnis in ihrem Schlafzimmer am Vorabend gewusst hätte, hätte sie das mit allen Mitteln gegen ihn verwendet, hätte ihn noch fester an den Eiern gepackt. Vorläufig wusste sie nichts. Die Gefahr war dennoch groß, dass sie alles durchschauen würde. Die Besitzerin der Schatulle würde alles in Erfahrung bringen können. Als Zusatzversicherung hatte er deshalb seine Maßnahmen ergriffen. Listen. Codes und Satellitentelefon gehörten nicht mehr Tryggve. Ehe er sie hergegeben hatte, hatte er die Schatulle trotzdem ein letztes Mal benutzt.

Wenn es jemals nötig würde, Mina noch weiter zu schützen, dann brauchte er nur eine normale Festnetznummer zu wählen.

»Viel Glück«, sagte er, ohne so recht zu wissen, was er damit meinte.

Er setzte sich ins Auto. Das tat auch sie, und als er ihren Wagen langsam die Straße zur Stadt hinunterfahren sah, ließ er seinen eigenen Motor an.

Sie hatten eines der bestbewahrten Geheimnisse des Landes geteilt, der Major und Tryggve Mejer. Über mehrere Jahrzehnte. Ihre Wege würden sich niemals wieder kreuzen, aber der Major hatte nicht einmal Lebwohl gesagt.

In gewisser Hinsicht war das eine Erleichterung.

Die Hypothese

Fast zwei Tage lang hatte Selma gegrübelt und gezweifelt und von Knäckebrot gelebt.

Noch immer öffnete sie niemandem die Tür. Noch immer ging sie nicht ans Telefon. Noch immer hoffte sie, dass die beiden Fotos, die jetzt mit Klebeband am Esstisch befestigt waren, umgeben von vielen dicht mit Notizen beschriebenen gelben Klebezetteln, ihr die endgültige Antwort auf die Frage geben würden, was auf der Hochzeit geschehen war.

An diesen zwei Tagen war sie nicht viel weitergekommen.

Selma war noch immer von ihrer Version der Geschichte überzeugt. Das Problem war, dass sie andere überzeugen musste. In erster Linie die Polizei.

Sie hätte alles darum gegeben, nur noch ein weiteres Foto zu finden.

Den *missing link*. Ein Bild, auf dem Mina, mit der Thermoskanne neben sich, aus der Kanne, die auf dem kleinen Tisch hinter dem Restaurant gestanden hatte, Wasser in Sjalgs Glas goss. Alle Logik besagte, dass die Eiswürfel nicht in der Küche hergestellt worden waren. Dort waren anderthalb Stunden zuvor die Eiswürfel ausgegangen. Das Eis stammte nicht aus der Gefriertruhe des Restaurants oder von einer Eiswürfelmaschine, die durch die furchtbare Hitze oder die Überbelastung zusammengebrochen war. Stattdessen wurde eine Kanne mit dem Inhalt einer kleinen Thermosflasche gefüllt, die Mina Selmer gehörte. Jedenfalls hatte sie beides in der Hand gehabt. Das Bild der drei pinkelnden Jungen im Sonnenschein zeigte zudem, dass Mina versucht hatte, sich zu verstecken, als sie dafür sorgte, dass dem Bräutigam eisgekühltes Wasser serviert werden könnte, ehe er die wichtigste Rede seines Lebens hielt.

Für Selma war der Fall kristallklar.

Aber jeder Verteidiger würde die Indizien zerpflücken können. Sie selbst würde es in zwei Minuten schaffen, wenn Mina ihre Mandantin wäre.

Sonntagabend, in berauschter Erleichterung darüber, das wichtige Bild gefunden zu haben, war Selma fest entschlossen gewesen, mit dem, was sie hatte, zur Polizei zu gehen. Mit den Fotos und ihren Theorien, Hypothesen, die so stark waren, dass die Ordnungsmacht sie wenigstens genauer unter die Lupe nehmen müsste. Als Selma dann an die junge Referendarin dachte, die sie im Polizeigebäude besucht hatte, kamen ihr dann doch Zweifel. Unsicherheit und offenkundige Inkompetenz der Frau konnten darauf hindeuten, dass die Ermittlungen über Sjalg Pettersons Tod nicht die größte Priorität genossen. Jedenfalls hatte Selma vor zwei Wochen Grønlandsleiret 44 mit dem unbehaglichen Gefühl verlassen, dass nicht alles war, wie es sein sollte. Lars Winther und Selma hatten überlegt, ob Sjalgs Tod ein Teil eines größeren Komplotts an den Außenrändern des politischen Norwegen sein könnte. Diesen Gedanken hatten sie aufgegeben. Ein möglicher Mord passte nicht in das Muster, das sich durch die anderen Fälle abzeichnete.

Selma kam also nicht weiter und wusste am Ende nicht, was sie glauben sollte. Ihre Unsicherheit über die Rolle der Polizei in einem imaginierten, systematischen Angriff auf Teile der Bevölkerung war zu groß, um Schlussfolgerungen zu ziehen. Dass Mina Selmer ein Teil eines solchen Komplotts sein sollte, wirkte absurd, und allein aus diesem Grund hätte Selma die Polizei unverzüglich aufsuchen müssen. Oder einen ihr bekannten Polizisten. Jemanden, von dem sie aus Erfahrung wusste, dass sie ihm vertrauen konnte.

Es gab auf der ganzen Welt keinen Menschen, dem Selma wirklich vertraute. Nicht einmal Einar. Nicht in jeder Hinsicht. Dazu war er zu verrückt.

Inzwischen war es Dienstagvormittag und ihr waren Pepsi Max und Knäckebrot ausgegangen. Zu irgendeinem Zeitpunkt würde sie sich der Welt stellen müssen. Sie würde denen da draußen gegenübertreten und eine Möglichkeit finden müssen, weiterzumachen. Wenn sie überhaupt eine Chance haben wollte, zu beweisen, dass Mina Selmer hinter Sjalg Pettersons Tod steckte, dann konnte sie nicht in alle Ewigkeit hier sitzen bleiben. Sie hatte zwei Fotos und eine gute Theorie, aber um die zu untermauern und auf irgendeine Weise hoffen zu können, die Kinder und Jesper zurück in ihr Leben zu holen, musste sie in die Welt hinaus.

Beim bloßen Gedanken daran wurde ihr schlecht.

Es war trotzdem an der Zeit, sich zusammenzureißen. Sie duschte, wusch sich die Haare, zog sich an und braute sich einen dynamitstarken Kaffee. Ohne Milch, obwohl sie schwarzen Kaffee nicht vertrug. Ob sie sich damit bestrafen oder richtig wach machen wollte, wusste sie selbst nicht so genau. Sie räumte die Fotos und die gelben Zettel vom Esstisch und schaltete zum ersten Mal seit mehreren Tagen den Laptop ein.

Es war ihr zuwider, auf die Seite von *DG.no* zu gehen, aber es führte kein Weg daran vorbei. Sie war so angespannt, dass sie Stiche im Nacken verspürte, als die Zeitungsseiten auf dem Bildschirm erschienen. Sie atmete erst auf, als sie eine halbe Minute später feststellen konnte, dass die Geschichte über sie und Jesper heftig degradiert worden war.

Sie konnte sie überhaupt nicht finden.

Stattdessen handelten die sechs ersten Artikel von Tryggve Mejers Rücktritt als Justizminister.

Selma las, trank Kaffee und klickte sich zur Aufnahme der Pressekonferenz durch. Las noch mehr und sah sich Tryggve Mejers Rede ein weiteres Mal an. Danach ging sie zu NRK, *Aftenavisen* und *Dagbladet* und überflog auch dort sämtliche Artikel über diese Angelegenheit.

Vor allem einige der Kommentare waren interessant.

Ihr Gehirn dagegen lief auf Hochtouren. Schlussfolgerungen wurden gezogen und verworfen. Hypothesen wuchsen heran und starben. Über eine Stunde lang starrte sie einen Bildschirm an, der nach nur fünf Minuten in den Ruhemodus übergegangen und schwarz geworden war.

Endlich konnte Selma aufstehen, fest entschlossen, jetzt alles auf eine einzige, lebensgefährliche Karte zu setzen. Sie musste nur warten, bis Mina Selmer und ihr Vater das Land verlassen hatten.

Und sie musste sich vorbereiten. Gründlich.

Der Bericht

Inzwischen war Dienstag, der 28. August.

Die norwegische Ministerpräsidentin saß allein in ihrem Büro und las einen noch nicht veröffentlichten Bericht. Dieser Bericht stammte von einer unabhängigen Untersuchungskommission und zeigte Möglichkeiten auf, von denen die Ministerpräsidentin nie auch nur geträumt hatte. Sie wollte eigentlich bis zur Parlamentswahl 2021 im Amt bleiben und dann sehen, wie es weiterging. Wenn die Bürgerlichen verloren, wäre es wohl an der Zeit, sich nach etwas anderem umzusehen. In diesem Jahr würde sie sechzig werden, aber sie war ganz sicher, dass ihr noch viele gute Arbeitsjahre im Leib steckten.

Das würde die Zeit zeigen. Sie ging alles mit Ruhe an, so wie sie die vielen Wendungen der Politik mit der Einstellung betrachtete, dass schon alles gut gehen würde. Am Ende.

Es gab eigentlich nie einen Grund, sich aufzuregen.

Das hier war jedoch eine Möglichkeit, bei der sie doch kurz nach Luft schnappte. Eine leichte Röte war ihr beim Lesen in die Wangen gestiegen. Als der Außenminister sich in der vergangenen Nacht an sie gewendet und ihr erzählt hatte, was passieren könnte, hatte sie das nicht so recht glauben wollen. Es waren immer so viele Gerüchte im Umlauf. Immer wurde mit Namen um sich geworfen, wenn ein wichtiger internationaler Posten besetzt werden sollte. In der Regel endete das immer ganz anders, als alle erwartet hatten. Man musste so viele Rücksichten nehmen und an so vielen Fäden ziehen.

Das wusste sie sehr gut, aber das hier war dennoch spannend.

Der Bericht hatte mit der UN zu tun. Genauer gesagt mit dem Umweltprogramm der Vereinten Nationen. Im Herbst 2016 hatte der Leiter dieses Programms, der ehemalige schwedische Außenminister Harshad Kapoor, seinen Posten aufgeben müssen.

Der Grund war ein interner Bericht gewesen, der kein gutes Haar an Kapoors Führungsstil, seinen Reisegewohnheiten und seinem Geldverbrauch gelassen hatte. Dass der Leiter eines Umweltprogramms so gut wie nichts anderes tat, als um die Welt zu fliegen, machte nach Ansicht vieler Mitgliedsländer keinen guten Eindruck. Harshad Kapoor hatte zudem lauthals erklärt, die ganze UN müsse eine gründliche Reform durchlaufen. Das System sei ineffektiv, altmodisch und schwerfällig und passe überhaupt nicht in eine neue, globalisierte Welt, wo alles immer schneller ging. Um die Klimaziele zu erreichen und nicht zuletzt, um sich den Jahrtausendzielen zur Armutsbekämpfung zu nähern, sei eine Revolution vonnöten.

Das hatte Harshad Kapoor immer wieder allen zugerufen, die ihm ihr Ohr leihen wollten.

Und allen anderen.

Das System hatte diese Kritik überhaupt nicht gern gehört. Vor allem die Amerikaner waren sauer gewesen, und nach nur anderthalb Jahren auf seinem Posten hatte der Schwede zurücktreten müssen. Sein Heimatland hatte sich seinem Mann gegenüber jedoch loyal verhalten. In beeindruckend kurzer Zeit war dort genügend Unterstützung zusammengekommen, um eine unabhängige Kommission zu finanzieren, die herausfinden sollte, ob Harshad Kapoor mit seiner Kritik im Recht sei.

Das sei er, erklärten PricewaterhouseCoopers.

Auf einem dreihundert Seiten langen Bericht wiesen sie Punkt für Punkt nach, was alles im Argen lag. Kapoor, der mit seiner Kritik durchaus nicht so allein stand, wie die UN-Führung behauptet hatte, fand in diesem Bericht bedingungslose Unterstützung. Aus vielen Gründen kam es für ihn nicht infrage, den Posten zurückzufordern. Das war zudem nicht nötig, die neue Leiterin des Programms, eine Italienerin, war auf einer Wellenlänge mit ihrem Vorgänger und wirkte überaus solide.

Für den UN-Generalsekretär war das Problem größer.

Es war kein Geheimnis, dass im Grunde er es gewesen war, der Kapoor zum Rücktritt gedrängt hatte. Trotz eifriger diplomatischer Bemühungen von amerikanischer und portugiesischer Seite schien der UN-Generalsekretär zum Symbol für alles zu werden, was an dieser Organisation im Argen lag und nicht mehr zeitgemäß war.

Den nächtlichen Vertraulichkeiten des Außenministers zufolge sah es aus, als ob er zurücktreten müsste. Bei der ersten Gelegenheit sogar.

Und hier kam die norwegische Ministerpräsidentin ins Bild.

Die Amerikaner wollten sie auf den Stuhl des Portugiesen setzen, wenn alles tatsächlich so schiefging, wie sie befürchteten. Sie würde offenbar auch auf breite Unterstützung durch die afrikanischen Länder hoffen können. In Deutschland, den Beneluxstaaten und dem restlichen Nordeuropa wurde zudem gemurmelt, es sei höchste Zeit, diesen Posten an jemanden aus Nordeuropa zu vergeben.

Erna Solberg würde aller Voraussicht nach die neue UN-Generalsekretärin werden. Das Spiel hinter den Kulissen war in vollem Gang. Es könnte noch Tage dauern, bis alles feststand, oder Wochen. Sogar Monate. Aber vermutlich würde es sehr schnell gehen, wenn der Ball erst ins Rollen gekommen wäre. Niemand hatte etwas davon, wenn der Generalsekretär wie eine Art lahme Ente auf seinem Posten saß. Nach der Empfehlung des Sicherheitsrates lag nun die Entscheidung formal bei der Generalversammlung, aber in Wirklichkeit würde die Entscheidung im Hinterzimmer fallen.

Erna Solberg war bei den Amerikanern sehr beliebt.

Sie war zudem eine Frau. Wenn die UN etwas brauchten, dann so ein mächtiges Symbol der Erneuerung.

Es war also wirklich eine Möglichkeit.

Sie schloss den Bericht. Ihre winzige Hochstimmung legte sich schon wieder, sie hatte viel zu tun. Die Schüssel mit den Schokoladenstücken auf ihrem Schreibtisch war leer. Das machte ihr keine Sorgen.

Dass ihr natürlicher und außerdem unbedingt bevorzugter Thronfolger als Parteivorsitzender und Ministerpräsident sich aus der Politik zurückgezogen hatte und auf unendlich lange Zeit verreist war, war ein unvergleichlich größeres Problem.

Neue Befehle

Etwas hatte sich weiter oben im System radikal verändert. Davon war Erling Hjort, ehemaliger Fallschirmjäger und Gründer der Telegesellschaft Broadway überzeugt.

Erstens war ihm befohlen worden, einige der in die Wege geleiteten Aktionen zu stoppen. Danach sagten die Codes, dass die Befehle von jemand anderem stammten. Den Vorschriften zufolge hatte er Kontakt zu dem bisherigen Auftraggeber aufgenommen und sich davon überzeugen wollen, dass die Befehlsketten wirklich geändert worden waren. Innerhalb der vorgeschriebenen vierundzwanzig Stunden war keine Antwort gekommen. Die Regeln gaben auch für einen solchen Fall Richtlinien vor: Er sollte die neuen Anweisungen, ohne zu zögern, befolgen.

Der letzte Auftrag war ihm zuwider.

Es spielte keine Rolle, er würde tun, wie ihm geheißen, aber es war ihm doch arg unangenehm. Dass er sich in die Kommunikationsmittel eines zurückgetretenen Justizministers einhacken sollte, widersprach fast allem, wofür er stand. Dass der Mann jetzt eher Freiwild sein sollte als vor einigen Tagen, als er noch der oberste Chef des Justizministeriums gewesen war, war schwer zu schlucken.

Andererseits, er konnte nicht wissen, was passiert war.

Politiker nannten selten einen wahren Grund, wenn sie plötzlich und unerwartet von ihrem Posten zurücktraten. Tryggve

Mejer konnte durchaus in irgendetwas verwickelt sein, was die Sicherheit des Landes bedrohte, das konnte Erling Hjort nicht beurteilen. Es war auch nicht seine Aufgabe, die eingelaufenen Befehle zu überprüfen.

Er hatte mehrere Tage gebraucht, aber jetzt war es passiert. Der ehemalige Justizminister würde weder per Skype noch am Telefon irgendein Gespräch führen können, das nicht registriert werden würde. Jede Mail würde als Kopie an den Server gehen, über den Erlings Auftraggeber Gespräche mithören und Korrespondenzen lesen konnten. Selbst die Textnachrichten, die Mejer vielleicht verschicken würde, würden als Kopie weitergeleitet werden, ohne dass der Bursche auch nur die geringste Ahnung davon hatte.

Erling Hjort loggte sich aus, packte seine Ausrüstung zusammen und schloss den Kellerraum ab.

Alles war wie sonst, nur die vertraute Zufriedenheit darüber, den Auftrag ausgeführt zu haben, ließ zum ersten Mal auf sich warten.

Aber so war das Leben eines alten Soldaten. Er verdrängte sein Unbehagen in der Gewissheit, dass er seinem Vaterland diente, und machte sich auf den Weg, um seinen jüngsten Sohn von der Tagesmutter abzuholen.

Lofthus terrasse

»Selma Falck?«, fragte die Frau, die die Tür öffnete.

»Ja«, antwortete Selma und streckte die Hand aus, doch ihre Begrüßung wurde nicht angenommen.

»Die Störung tut mir wirklich leid.« Selma lächelte, wie nur sie das konnte. »Bei der Arbeit hieß es, Sie seien krankgeschrieben. Und Sie seien … nach Hause zurückgezogen, nachdem Tryggve und Mina abgereist waren.«

Cathrine Selmer nickte.

Sie sah wirklich ziemlich kläglich aus. Die Frau war so groß wie Selma, aber viel jünger. Mager eigentlich, was auffällig war, da sie doch Kampfsport auf recht hohem Niveau betrieb. Sie trug einen roten Trainingsanzug mit einem fernöstlichen Emblem auf der rechten Brust, in der Hand hielt sie eine dampfende Tasse, deren Inhalt nach Blumen und Zitrone duftete.

»Dann hätte ich Sie nicht stören dürfen«, sagte Selma und fügte Bedauern zu den vielen Bestandteilen ihres Lächelns hinzu. »Dumm von mir. Gute Besserung.« Sie hob die Handflächen, um ihr Bedauern zu betonen, und drehte sich zum Gehen um.

»Nein«, sagte Cathrine. »Das ist schon in Ordnung. Kommen Sie doch einfach herein.«

»Sicher?«, fragte Selma.

»Ja, kommen Sie rein.« Die Frau öffnete die Tür ganz und trat zurück.

Das wirkt jedes Mal, dachte Selma zufrieden und ging hinter ihr her in die Küche. Der Anblick von Selma Falck machte alle neugierig. Wenn sie einfach gegangen wäre, hätte Cathrine Selmer sich noch viele Tage lang den Kopf darüber zerbrochen, was um alles in der Welt sie von ihr gewollt haben könnte.

Es funktionierte wirklich jedes Mal.

»Hier ist es aber gemütlich«, log Selma und schaute sich um.

Die Küche wäre an einem besseren Tag wirklich schön gewesen. Sie war groß, hatte einen Kamin und einen kleinen Fernseher, meterweise Sitzplatz und einen großen Herd, und die Kerzen überall zeigten, dass das hier ein Raum war, der normalerweise einladender wirkte. Jetzt war es hier chaotisch. Das Spülbecken war mit schmutzigem Geschirr vollgestellt. Fünf Topfblumen auf der Fensterbank waren eingegangen und hätten entsorgt werden müssen. Der Kamin war voll Asche, und der Küchentisch war dekoriert mit Ringen, die Rotweingläser und Kaffeetassen hinterlassen hatten.

»Ich habe gelesen, dass Sie nur Pepsi Max trinken«, sagte Cathrine. »Die habe ich leider nicht. Möchten Sie einen Tee?«

»Sehr gern«, sagte Selma. »Der duftet wunderbar. So einen nehme ich auch gern.«

Ohne etwas zu sagen, füllte Cathrine Selmer Wasser in einen Kessel, stellte ihn auf den Herd, öffnete einen Eckschrank und griff nach einer Schachtel mit Teebeuteln. Sie nahm einen Becher aus einem anderen Schrank, noch immer, ohne ein Wort zu sagen.

»Sie fragen sich sicher, weshalb ich gekommen bin«, sagte Selma.

Nicht einmal darauf kam eine Antwort. Cathrine befreite den Teebeutel von seiner Verpackung, ließ ihn in den Becher fallen und wartete darauf, dass das Wasser kochte.

»Ich kann wirklich ein andermal wiederkommen«, sagte Selma. »Oder eine Mail schicken. Ich hätte nicht kommen sollen. Bitte entschuldigen Sie.«

»Nein, nein. Was führt Sie her?«

»Ich arbeite an einem Projekt für den norwegischen Handballverband«, fing Selma an. »Eine ziemlich umfassende Geschichte, bei der wir uns genauer ansehen, was getan werden muss, um junge Talente zu halten. Handball ist ja oft eine Sportart, mit der man später anfängt als zum Beispiel mit Fußball. Deshalb sind die Talente nicht so früh zu erkennen. Ein guter Fußballspieler ist oft, wenn auch nicht immer, schon mit fünf oder sechs Jahren zu erahnen. Wer später gut im Handball wird dagegen …«

»Es geht Ihnen also um Mina«, fiel Cathrine ihr ins Wort. »Sie hat eigentlich schon vor über einem Jahr aufgehört. Jetzt spielt sie nur einmal pro Woche zum Spaß. Hat gespielt. Danach kam der Sommer, und jetzt ist sie nicht mehr hier.«

»Ja«, sagte Selma. »Und ja auch zu Ihrem zweiten Punkt. Sie hat aufgehört. Das macht sie interessant für mich.«

Cathrine starrte noch immer den Kessel an. Die Kochplatte summte leise.

»In den Zeitungen steht, dass Sie jetzt Detektivin sind«, sagte sie.

»Privatermittlerin. Das nimmt aber längst nicht all meine Zeit in Anspruch. Ich mache zwischendurch auch anderes.«

Selma war dabei, Cathrine zu verlieren, das spürte sie. Jetzt, da die andere wusste, dass Selma nicht ihretwegen gekommen war, sondern wegen ihrer Tochter, war ihr Besuch offenbar nicht mehr interessant.

Der Kessel fing an zu pfeifen. Selma wartete, bis Cathrine den Tee aufgegossen, den Becher vor sie hingestellt und sich gesetzt hatte.

»Verstehen Sie«, sagte sie und lächelte, während sie sich an ihrem Telefon zu schaffen machte. »Ihre Tochter hat schon vor fünf Jahren Kontakt zu mir aufgenommen, 2013. Da war sie …«

»Zwölf«, sagte Cathrine, ein wenig interessierter. »Ach ja?«

»Ja. Hier ist es.« Selma schob ihr Telefon über den Tisch.

Cathrine las. Nach einigen Sekunden verzog sich ihr Mund zu etwas, das Ähnlichkeit mit einem Lächeln hatte. Sie wischte weiter, und nachdem sie fertig war, las sie den Mailwechsel ein weiteres Mal.

Dann schob sie das Telefon zurück.

»Typisch Mina«, sagte sie leise, fast liebevoll. »Sie war immer schon so selbstständig. Fand immer Lösungen.«

»Feines Kind«, sagte Selma und nickte.

»Sie hatte ein Bild von Ihnen an ihrer Zimmerwand.«

»Wie schön.«

»Bei einem von diesen Wettbewerben, ich weiß nicht mehr genau, wie …«

»*Ewige Helden*«, sagte Selma.

»Genau.«

Wieder wurde es still.

Selma zog den Teebeutel aus dem Becher und sah sich nach einer Ablagemöglichkeit um.

»Legen Sie ihn einfach auf den Tisch«, sagte Cathrine müde. »Ich muss den ja doch scheuern. Nachher. Später. Hier sieht es unmöglich aus, das weiß ich.«

»Sie sollten mal sehen, wie es manchmal bei mir aussieht«, sagte Selma freundlich und legte den triefnassen Beutel mitten auf den Tisch.

Eine kleine braune Lache breitete sich darum herum aus.

»Soll ich Ihnen helfen?«, fragte sie.

Cathrine musterte sie überrascht.

»Wobei denn?«

»Bei allem, eigentlich. Sie sind doch krank. Brauchen Sie etwas aus dem Supermarkt, zum Beispiel?«

»Äh ... nein. Oder doch, aber einkaufen kann ich selber. Nachher. Darf ich die Nachrichten noch einmal lesen?«

»Natürlich.« Selma suchte sie heraus und reichte ihr abermals das Telefon.

Cathrine fing beim Lesen an zu weinen. »Entschuldigung«, sagte sie leise und wischte sich mit dem Ärmel des roten Trainingsanzugs die Tränen ab. »Ich weine im Moment wirklich wegen allem.«

»Das kann ich gut verstehen«, sagte Selma ruhig und beugte sich über den Tisch. »Es muss eine sehr schwere Zeit für Sie sein. Für Sie alle, natürlich, aber Mina und Tryggve haben ja einander.«

Als Cathrine keine Antwort gab, fügte Selma hinzu: »Ich habe mir oft überlegt, welche Belastung die Arbeit in der Politik sein muss. Für die Politiker, aber vielleicht noch mehr für ihre Angehörigen. Sie haben sich für dieses Leben nicht entschieden, und Mina schon gar nicht. Und bei all diesen neuen sozialen Medien, dem ganzen Hass, der Unsachlichkeit, der Hetze ...«

Noch immer weinte Cathrine einfach nur.

Aber sie hörte zu, das merkte Selma.

»Sie haben das vielleicht nicht mitbekommen«, sagte sie nun, »aber vor einigen Tagen hat *DG* einen langen Artikel gebracht, über mich und den ... meinen Exfreund. Das war ganz entsetzlich. Meine Kinder ...«

Sie legte eine neue kalkulierte Pause ein. »Sie waren so schrecklich traurig«, sagte sie dann. »Diese Beziehung war so neu, dass ich ihnen noch nichts davon erzählt hatte. Sie wissen, wie das ist. Sie waren wirklich wütend auf mich. Und Jesper ... mein Freund, er war so wütend, als ich Schluss gemacht habe. Das sind Kleinigkeiten im Vergleich dazu, was Sie aushalten müssen, aber ich kann jedenfalls ein Stück weit verstehen ...«

»Ich hatte Kacke in der Post.«

»Was?«

»Kacke in der Post!« Jetzt strömten ihre Tränen. Sie schob die Teetasse zurück und legte den Kopf auf die Arme.

Selma sprang auf, zog ihren Stuhl näher an sie heran und legte der erschöpften Frau vorsichtig die Hand auf den Rücken. Die Hand wurde nicht abgeschüttelt, Selma wurde nicht weggeschoben.

»Es ist nicht zu ertragen«, sagte Cathrine mit halb erstickter Stimme. »Tryggve kann die Finger nicht von der Politik lassen, obwohl wir es so viel besser hatten, als er nur Anwalt war. Es ist, als ob ...« Sie richtete sich plötzlich auf. »Die Leute sind verrückt geworden«, sagte sie laut. »Sie glauben, sie hätten das Recht, einfach alles zu sagen. Und das tun sie. Das beeinflusst Mina. Das zerbricht Mina. Das bringt Mina dazu ... Tryggve sagt die ganze Zeit, wir sollen uns nichts daraus machen, dass die Leute nur den Schnabel aufreißen, ihre vielen Drohungen aber niemals in die Tat umsetzen würden. Trotzdem, menschliche Exkremente in einer Proviantdose im Briefkasten, das ist doch in die Tat umgesetzt?«

Selma hatte ihren Stuhl fast unmerklich wieder ein bisschen zurückgeschoben.

»Die Polizei findet meistens heraus, wer es war«, sagte sie ruhig. »Die werden ihre Strafe schon bekommen. Das macht es nicht leichter, das hinzunehmen, aber ...«

»Ich habe es nicht angezeigt.«

»Nicht?«

»Ich erzähle es nicht einmal Tryggve, wenn sie zu zudringlich werden. Die da draußen. Ihm nicht und noch viel weniger der Polizei.«

Sie wies vage zum Küchenfenster hinüber, als ob dahinter ein Polizist stünde. »In sozialen Medien. In Kommentarspalten. Ich sage nichts. Er ist so schrecklich verzweifelt, wenn ich ihm so etwas zeige. Er sagt, dass ... Aber er ...« Nun rang sie um Atem.

Selma stand auf, öffnete zwei Schränke, bis sie ein Glas gefunden hatte, drehte den Wasserhahn auf, füllte das Glas mit Wasser und stellte es vor Cathrine hin.

»Versuchen Sie, etwas Wasser zu trinken«, sagte sie mit sanfter Stimme.

»Entschuldigung«, flüsterte Cathrine.

»Kein Grund, um Entschuldigung zu bitten. Ich kann Sie sehr gut verstehen. So gut, wie man so etwas eben verstehen kann, meine ich. Ohne so etwas selbst so richtig erlebt zu haben.«

Cathrine griff nach dem Glas, leerte es auf einen Zug, stellte es wieder hin und riss sich mit deutlicher Kraftanstrengung zusammen.

»Ich bin einmal vergewaltigt worden«, sagte sie laut.

Selma saß mäuschenstill da.

»Das habe ich noch keiner Menschenseele erzählt.« Ihre Blickrichtung schien anzudeuten, dass sie mit dem Kamin sprach. »Ich war neunzehn und viel zu spät auf dem Heimweg von einem Fest. Reichlich angetrunken. Dachte nachher, wenn ich niemandem ein Wort sagte, würde das Erlebnis verschwinden. Dass ich irgendwann alles vergessen würde. Aber das funktioniert nicht. So ist es auch mit allem anderen. Ich habe die ganze Zeit gedacht, wenn ich nicht darüber rede, wenn ich Tryggve nichts von all dem erzähle, womit er selbst nichts zu tun haben will, dann existiert es irgendwie nicht. Aber so ist es nicht. In letzter Zeit, im letzten halben Jahr, habe ich genervt und genervt und genervt, er sollte zurücktreten. Ich hätte ...«

Jetzt wandte sie den Kopf und sah Selma an. Ihre Augen waren die einer Frau, die einsah, dass sie alles verloren hatte, fand Selma. Wenn sie selbst ihre Karten richtig ausspielte, würde sie bekommen, worum es ihr ging. Scheinbar impulsiv beugte sie sich vor und griff nach der Hand der anderen Frau.

Hielt ihren Blick fest.

»Jetzt ist er endlich zurückgetreten«, sagte Cathrine. »Aber hier sitze ich. Alles ist zerstört. Meine Ehe, meine Beziehung zu meinem Kind ... ich bin zerstört. Und mein Kind ist ...« Sie holte lange und zitternd Atem.

Selma sah sie mit ernstem Blick an, fuhr ihr mit dem Daumen über den trockenen Handrücken.

»Ich kann Sie nicht trösten«, sagte sie leise und langsam. »Bei Ihrem Kummer helfen keine Worte. Aber ich kann eine Weile hier sein, wenn Sie wollen. Und auch wenn Sie das jetzt nicht glauben, wird nach und nach alles besser werden. So ist das Leben. Alles findet sich.«

Plötzlich, wie jählings zu sich gekommen, ließ Cathrine Selmas Hand los und rief: »Was wollen Sie eigentlich? Warum sind Sie hier, wenn Sie doch schon wussten, dass Mina im Ausland ist?«

»Das spielt keine Rolle«, sagte Selma. »Das hat Zeit. Ein andermal. Aber dürfte ich wohl Ihre Toilette benutzen?«

Cathrine nickte. »Wir renovieren gerade das Gästebad. Aber Sie können nach oben gehen. Erste Tür links.«

Selma verließ die Küche und ging die Treppe hoch. Die Luft im Haus war muffig und unangenehm, und eine graue Staubschicht hatte sich überall abgelagert. Als sie das Badezimmer im ersten Stock betrat, dachte sie, auch dieses Badezimmer könnte eine Renovierung vertragen. Die Silikonfugen zwischen den Fliesen und der Dachleiste waren gesprungen und gelb. Durch den Waschtisch aus Granit zog sich ein deutlicher Riss. Der Wasserhahn tropfte einmal pro Sekunde, und die Wartungsklappe in der Badewanne war verschwunden.

Selma zog die Hose herunter und setzte sich auf die Toilette.

Sie brauchte eigentlich nur eine Pause.

Cathrine hatte unglaublich kurz vor einem totalen Zusammenbruch gestanden. Was sie plötzlich dazu gebracht hatte, sich zusammenzureißen und zu fragen, was ihre Besucherin eigentlich wollte, konnte Selma nicht so ganz begreifen. Die Frau tat ihr entsetzlich leid, aber Selma war mit einem festen Ziel hergekommen. Tryggve Mejer zu erreichen war das Einzige, was gerade eine Rolle spielte. Seit Tagen versuchte sie das nun schon erfolglos. Sogar an Lars Winther hatte sie sich gewandt, obwohl sie noch immer wütend auf ihn war. Per SMS allerdings, sie brachte es noch nicht über sich, mit ihm zu reden. Er hatte mit endlosen Entschuldigungen geantwortet, weil er *DG* den Tipp wegen Jesper gegeben hatte, und am Ende ausführlich hinzugefügt, dass Tryggve Mejer mit nagelneuen geheimen Telefonnummern und Mailadressen versehen worden sei. Es gebe keine Redaktion im ganzen Land, die den Burschen bisher ausfindig gemacht hatte, deswegen konnte Lars ihr leider nicht weiterhelfen.

Entschuldigung, Entschuldigung, ein weiteres Mal.

Selma hatte ihm nicht geantwortet.

Unter dem Waschbecken im Badezimmer gab es vier Schubladen, immer zwei übereinander. Die unterste rechts gehörte Mina. Große schiefe Buchstaben waren mit Filzstift darauf geschrieben: MINA. Da war sie sicher fünf gewesen oder so. Der Aufkleber eines verblassten Schlumpfs hatte sich im Laufe der Jahre offenbar nicht entfernen lassen. Selma erhob sich und zog die Hose hoch, riss ein Stück Toilettenpapier ab und legte es zwischen Finger und Handgriff, ehe sie die Schublade aufzog.

Nur die Handtasche einer Frau erzählte mehr über sie als ihre Badezimmerschublade. In beidem lagen Geheimnisse, Bagatellen und Notwendigkeiten durcheinander. Geschmack und Sinn für Qualität wurden verraten. Sie teilten mit, ob die Besitzerin Ordnungssinn hatte oder ob ihr das egal war, ob sie Geld für sich ausgab oder geizig war, wenn es um persönliche Hygiene ging.

Selma hatte mehr Schubladen geöffnet, als ihr eigentlich lieb war.

Sie betrachtete die wackeligen Buchstaben. MINA. Dann zog sie vorsichtig die Schublade heraus.

Tampons und Binden. Zwei Bürsten und eine Packung Haargummis. Deo von der Sorte, die es im Supermarkt für fünfzig Kronen gibt. Vier Parfümflaschen, zwei lagen, weil die Schublade nicht hoch genug war. Ein Kästchen, das vermutlich billige Schmuckstücke enthielt. Selma blieb mit dem Klopapier in der Hand stehen und überlegte, ob sie den Deckel abnehmen sollte. Der kleine Kick, den es ihr gab, in den privatesten Verstecken anderer Menschen herumzuwühlen, war angenehm, fast berauschend, und sie wollte das Kästchen schon öffnen, als ihr ein Stück Klebeband ganz hinten am Ende der Schublade auffiel. Die Schublade konnte nicht ganz herausgezogen werden. Selma bückte sich deshalb und schaute hinein.

Das Klebeband befestigte ein schwarzes Ding an der Rückwand der Schublade. Es war ganz normales Abdeckband, beige und leicht zu lösen. Selma steckte die linke Hand in die Schublade und bekam das kleine Plastikteil zu fassen.

Riss es ab.

Ein Speicherstick. Den Mina versteckt hatte. Den mit anderen Worten sonst niemand sehen sollte.

Und der deshalb etwas enthalten konnte, was für Selma interessant war.

Sie steckte das Teil in die Tasche, drückte auf den Spülknopf der Toilette und wusch sich gründlich die Hände, nachdem sie die Schublade sorgfältig zugeschoben hatte.

»Entschuldigen Sie das Chaos da oben«, sagte Cathrine, als Selma die Treppe herunterkam. »Überall, eigentlich. Wie gesagt, unten ist das ganze Bad aufgerissen worden, und wenn alles so eingestaubt ist, verliert man die Lust, es sauber zu halten. Sie wissen schon.«

Selma nickte und nahm an, dass Cathrine im Gang stand, um dem ungebetenen Gast anzudeuten, dass sie nun gehen sollte.

»Ich hoffe wirklich, dass es Ihnen bald besser geht«, sagte sie.

»Danke.«

Cathrine hielt die Teetasse in der Hand. Die dampfte nicht mehr, sie schien nur etwas zu brauchen, an dem sie sich festklammern konnte.

»Können Sie mir nicht sagen, weshalb Sie gekommen sind?«

Selma schluckte, strich sich die Haare hinter ein Ohr und schüttelte den Kopf.

»Viel von meiner Arbeit ist vergeudet, wenn ich nicht mit Mina sprechen kann. Es dauert nur fünf Minuten, aber es ist wichtig. Ich habe sozusagen meine Geschichte um sie herum aufgebaut, und jetzt ...«

Jetzt musste sie sich vorsehen. Sich wirklich vorsehen. »Vergessen Sie es«, sagte sie schnell. »Mina hat das ganze Projekt sicher auch vergessen, so, wie ihr Sommer gewesen ist.«

»Mina hat ganz neue Geräte«, sagte Cathrine. »Sie durfte weder ihr Handy noch ihr iPad mitnehmen. Und auch nicht den Laptop. Tryggve vertraut ihr nicht so ganz, und er will nicht, dass sie bald von Presseleuten gefunden werden. Eine Siebzehnjährige kann doch kaum Zugang zu sozialen Medien haben, ohne die zu benutzen.«

»Nein, da sehen Sie. Vergessen Sie es einfach. Danke für den Tee.«

Ihr Becher stand unangerührt in der Küche.

»Ich kann Tryggve natürlich sagen, dass Sie mit Mina reden möchten«, sagte Cathrine, ohne Platz zu machen, als Selma zur Tür gehen wollte. »Ich spreche jede Woche einmal mit ihnen per Skype. Über seinen Rechner.«

Das hier ging jetzt wirklich total schief. Der USB-Stick brannte in ihrer Tasche, und Selma wollte so schnell wie möglich weg.

»Den beiden geht es besser«, sagte Cathrine in ihre Teetasse. »Wir haben gestern geskypt.«

»Wie schön. Jetzt muss ich gehen. Und wie gesagt: Vergessen Sie das einfach. Tryggve hat viel wichtigere Dinge zu bedenken. Und Mina auch.«

»Moment noch«, sagte Cathrine und ging hinaus in die Küche.

Selma hörte, dass sie in einer Schublade wühlte. Einige Sekunden darauf kam sie zurück und reichte ihr einen Zettel.

»Tryggves Skype-Adresse«, sagte sie leise, jetzt weinte sie wieder. »Bitte geben Sie die bloß nicht weiter. Haben Sie tausend Dank für Ihren Besuch. Sie sind ein guter Mensch, Selma Falck. Kommen Sie gern wieder.«

»Das werde ich«, sagte Selma und umarmte die andere Frau lange und herzlich, ehe sie sie in der Gewissheit verließ, dass sie sich niemals wieder in die Nähe der Lofthus terrasse wagen würde.

Die Warnung

»Das gefällt mir nicht, Selma. Das gefällt mir überhaupt nicht.«

Einar nannte sie wieder Selma, was ein gutes und ein schlechtes Zeichen sein konnte. Entweder war er ziemlich gesund, oder er war außer sich vor Angst. Selma befürchtete, dass gerade beides der Fall sein konnte.

»Aber was ist das hier?«

Nach dem Besuch bei Cathrine Selmer war Selma nach Hause gefahren. Aus irgendeinem Grund hatte sie die Vorhänge geschlossen, als sie feststellen wollte, was der gestohlene Speicherstick enthielt. Sie war viel zu weit gegangen, als sie die Schublade geöffnet hatte, und sie konnte nicht so ganz erklären, warum sie das getan hatte.

Verzweiflung, vielleicht.

Die Hoffnung, einen Hinweis darauf zu finden, wo Tryggve Mejer und seine Tochter sich aufhielten, war vermutlich der wichtigste Grund.

Bei genauerem Nachdenken kam das aufs selbe heraus.

Als sie zur Toilette gegangen war, obwohl sie überhaupt nicht gemusst hatte, hatte sie ihre Gedanken sammeln wollen. Sie war dabei gewesen, Cathrine Selmer dahin zu treiben, wo sie sie hatte haben wollen, aber irgendetwas hatte die arme Frau dazu gebracht, sich zusammenzureißen, ehe alles aus ihr herausgebrochen wäre und Selma nur noch hätte zuzugreifen brauchen.

Der Adrenalinkick von vorhin hatte eine Spur von schlechtem Gewissen hinterlassen, ein Gefühl, mit dem Selma nur sehr geringe Erfahrung hatte. Anderthalb Stunden später war es längst verschwunden wie Tau in der Sonne, und sie saß mit einem Ausdruck von fast hundert Seiten bei Einar.

»Aber was in aller Welt ist das bloß?«

Selma hatte für Einar einen Big Mac und eine Cola mitgebracht. Den Burger hatte er sofort verzehrt, und ihre Unterlagen waren mit Fett und Ketchup beschmiert. Miez saß auf dem Couchtisch und leckte die Styroporpackung aus.

»Davon lässt du lieber komplett die Finger«, sagte Einar und erhob sich.

»Das kann ich nicht«, sagte Selma und sortierte die zwölf Blätter, die im Grunde eine lange, in Untergruppen eingeteilte Namensliste darstellten. »Den Namen nach sind die meisten hier ethnische Norweger. Aber nicht alle. Hinter jedem Namen steht eine Zahlenreihe. Das sind keine Telefonnummern, dafür enthalten sie zu viele Ziffern.«

»Codes«, sagte Einar kurz. »Darin sind auch die Telefonnummern versteckt. Zusammen mit Adressen und anderen Personalien.«

»Woher weißt du das?«

»Das weiß ich nicht. Ich rate.«

»Aber das da?«

Selma zeigte auf den Bogen, der achtzehn Zeilen mit Buchstaben und Zahlen enthielt. Vier Buchstaben zu Beginn jeder Zeile, danach zwei Ziffernkolonnen.

»Weiß nicht. Weiß nicht.«

Er sprang auf. Miez zuckte zusammen und hüpfte vom Tisch, die Styroporpackung war unwiderruflich leer, und der Kater legte sich auf einen Stapel Zeitungen und fing an, sich zu putzen.

»Weiß nicht«, sagte Einar noch einmal und lehnte sich mit dem Rücken an die Wand zur Küche.

»Nimmst du deine Medikamente?«, fragte Selma.

»Ja. Jeden Morgen. Mir geht's gut.«

Er presste seinen Körper so fest gegen die Raufasertapete, dass er am Ende auf den Zehen stand.

»Aber du lässt die Finger davon«, sagte er nun. »Verbrenn es. Vergiss es.«

»Ich kann das nicht vergessen«, sagte Selma ruhig und schwenkte den größten Stapel. »Wenn das kein ungeheuer misslungener Roman ist, belegt es ungeheuerliche Dinge. Übergriffe. Man muss keine Juristin sein, um zu sehen, dass ...«

Einar stieß die Luft mit einem hohen scharfen Ton aus, bei dem Selma halbwegs hochfuhr.

»Alles gut«, sagte Einar und hob abwehrend die Hände. »Ich muss mich nur ein bisschen zusammenreißen.«

Er ließ sich auf die Hacken fallen, rieb sich das Gesicht. Sein Mund öffnete sich zu einem grotesken, übertriebenen Lächeln.

Er ging zu dem Kater, hob ihn vorsichtig auf und setzte sich ausnahmsweise einmal in den Sessel. Mit dem Tier auf dem Schoß. Miez ließ sich bereitwillig streicheln und fing an, ihm die Hände zu lecken.

»Alles ist gut«, sagte er noch einmal. »Jetzt habe ich mich gesammelt. Ich habe mich total gesammelt.«

Selma erkannte ihn nicht richtig wieder.

Einar Falsen hatte einzelne gute Phasen und unglaublich viele schlechte. Die letzteren kamen in Schüben, die sie niemals richtig vorhersehen konnte, es war praktisch unmöglich für sie, ihn an jedem einzelnen Tag aufzusuchen. Dennoch hatte sie in den letzten Jahren gelernt, ihm immer einen kleinen Schritt voraus zu sein. Es gab kleine Zeichen und Vorwarnungen jedes Mal, wenn er auf dem Weg in eine richtig schlechte Phase war. Dass er nur noch Käseflips zu sich nahm, gehörte dazu. Es hatte auch etwas zu bedeuten, ob er sie Mariska oder Selma nannte. Am deutlichsten war jedoch die körperliche Unruhe. Die war neu und erst dazugekommen, seit Selma ihn aus seinem Obdachlosendasein herausgeholt hatte.

Auf der Straße war er gezwungen gewesen, mit seiner Energie zu haushalten. Er hatte meistens still gehalten, wenn sie ihn unterhalb von Sinsenkrysset besucht hatte. Egal, wie schlecht es ihm ging. Hier drinnen im Warmen merkte sie, dass die schlechten Phasen gern mit einsetzender Ruhelosigkeit begannen. In der Regel endete es mit Tics, Zuckungen und unruhigen Wanderungen von einem Zimmer zum anderen. Wenn er erst in diesen Modus gekommen war, wusste Selma, dass sie so ruhig wie möglich mit auf die Reise in Einars Abgründe gehen musste. In der Regel konnte sie kaum etwas anderes tun, als dafür zu sorgen, dass er überlebte.

Nun war er mit vollem Tempo unterwegs in eine schlechte Phase gewesen. Drei Minuten darauf saß er ruhig in einem Sessel und hatte Miez auf dem Schoß.

»Bist du sicher, dass es dir gut geht?«, fragte sie.

»Alles bestens. Bei Miez und mir.« Seine Hände fuhren langsam durch das Fell des Katers.

»Weißt du von früher etwas darüber?«, fragte sie.

»Mein Miez«, flüsterte Einar und hob sich den Kater an die Brust.

Selma gab auf. Sie hatte Einar aufgesucht, weil ihr nichts Besseres eingefallen war. An guten Tagen konnte er allerlei beitragen, und diese *Stay Behind*-Geschichte kannte sie auch nur vom Hörensagen. Einar dagegen war sichtlich berührt gewesen, als Selma ihm den Stapel mit Fotokopien eines alten Buches über das Thema gegeben hatte. Es war übrigens eher ein Heft; es sah aus wie auf einer altmodischen Schreibmaschine getippt. Als sie sich die Sache jetzt noch einmal überlegte, ging ihr auf, dass in diesem Moment seine Unruhe eingesetzt hatte, als er angefangen hatte, in den Kopien dieses Heftes zu lesen. Sie hatte versucht, sein Interesse auf die Namenslisten und die Zahlenreihen zu lenken, aber er war so vertieft gewesen, dass nicht einmal das gelinde gesagt aufsehenerregende Journal ihn interessiert hatte.

Es gab eine Art Gruppe, die sich *der Rat* nannte.

Selma hatte drei der sechs Namen im Journal gekannt. Den Justizminister Tryggve Mejer, Ellev Trasop und Birger Hansem, den stellvertretenden Polizeichef von Oslo. Die anderen drei hatte sie gegoogelt, und wenn sie die richtigen Gesichter zu jedem Namen gefunden hatte, dann waren auch sie Personen mit herausragenden Stellungen in der norwegischen Gesellschaft. Nur eine davon war eine Frau. Nach Trasops Tod schien niemand Neues hinzugekommen zu sein, und Tryggve Mejer war in der Hierarchie aufgerückt und zu einer Art Chef geworden.

Der Rat war geheim, das lag auf der Hand. Eine Art Organisation, wie es aussah, mit beängstigend großen Mitteln. Obwohl Selma nur sehr wenig über *Stay Behind*-Gruppen wusste, schien es ihr fast so, als ob eine das verteidigungspolitische Großreinemachen am Ende der Achtzigerjahre überlebt hätte.

Oder sich vielleicht davor gedrückt hätte.

Aber das konnte einfach nicht möglich sein.

Das Journal gab detaillierte Auskünfte über Operationen, die nicht nur ungesetzlich waren, sondern ganz einfach skandalös. Verfassungswidrig.

Durch und durch unerhört.

Unter anderem wurde ausführlich beschrieben, wie Pål Poulsen erpresst worden war. Kühl, technisch und detailliert. Der Anflug von diplomatischer Verstimmung zwischen Norwegen und Russland, nachdem eine Nachrichtenredaktion in Murmansk umfassender Sabotage ausgesetzt worden war, hätte noch ärgere Ausmaße annehmen können, wenn die Medien Wind davon bekommen hätten. Die Hacker hatten im gleichen Gebäude gesessen, in dem die Redaktion untergebracht gewesen war, nur im Nachbarraum. Sie waren als angebliche Fischer aus Finnmark mit einem Reisebus in die Stadt gekommen.

Diese Sabotageaktion hatte auf russischem Territorium stattgefunden.

Selma wusste wirklich nicht, was sie glauben sollte. Wohin sie sich wenden sollte.

Und vor allem: wie sich das alles am besten nutzen lassen würde, um die Kinder und Jesper zurückzubekommen.

Die Theorie, die Lars Winther und Selma fast nicht zu diskutieren gewagt hatten, die Möglichkeit, dass jemand die Ränder des politischen Spektrums in Norwegen angriff, schien zuzutreffen.

Aber dahinter steckte nicht der Inlandsgeheimdienst und auch nicht der militärische Nachrichtendienst. So, wie es im Moment für Selma aussah, lagen ihr Dokumente vor, die die Existenz eines *deep state* bewiesen. Und der war gelinde gesagt so *deep*, dass er nicht einmal ein *state* war.

Es war die *Mitte*, wie Lars es genannt hatte.

Respektierte, gemäßigte Norweger im Zentrum der politischen Landschaft, wie sie im Norwegen des Jahres 2018 aussah.

»Zum Teufel«, flüsterte Selma.

Einar verbarg sein Gesicht im Fell des Katers. Miez miaute.

Lars Winther könnte zweifellos eine größere Hilfe sein als Einar, aber mit ihm wollte sie nicht reden. Jedenfalls noch nicht. Diese Geschichte war dermaßen irrwitzig, dermaßen schwerwiegend und mit den dazugehörigen Unterlagen von einer solchen Beweiskraft, dass er sich sofort selber darüber hermachen würde. Er würde darüber schreiben.

Aber dazu sollten die Unterlagen nicht verwendet werden.

Das hier waren die Unterlagen, die Mina Selmers Geständnis erzwingen würden. Oder genauer gesagt, das ihres Vaters.

Nichts ist umsonst, wie Lars immer sagte, und es gab wohl auf der ganzen Welt kaum etwas, das er ihr im Tausch gegen das hier anbieten könnte.

»Weißt du, wer Ellev Trasop ist?«, fragte Einar plötzlich und ließ den Kater auf den Boden gleiten.

»Ja«, erwiderte Selma. »Früherer Gewerkschaftsboss. Vor einiger Zeit verstorben. Gleich nach dem 17. Mai, war das nicht so?«

Einar beugte sich zum Tisch vor. Diesmal ließ er die Kopien mit der altmodischen Schrift liegen und griff nach dem Ausdruck aus dem Journal.

»Er mag ja tot sein, aber das hier lebt offenbar weiter.«

»Wie meinst du das?«

»1988 habe ich mit Ellev Trasop gesprochen.«

»Ach ja?«

»Das heißt, er hat mit mir gesprochen. Zweimal.« Einar erhob sich. Der Knick in seinen Knien war jetzt überdeutlich, er wirkte fast wie eine Parodie. Einar verschwand in der Küche und kam gleich darauf mit einem Apfel zurück.

Himmel, dachte Selma, sagte aber nichts.

»Er wollte mich anwerben.«

»Für was denn?«

»Das weiß ich natürlich nicht. Ich habe abgelehnt, sowie mir aufging, in welche Richtung das wies.«

»Wie meinst du das?«

»Ich bin, anders als du, ein Kind des Kalten Krieges, Mariska.«

»Ich bin 1966 geboren, Einar. Eine Eiszeit in der Beziehung zwischen Ost und West.«

»Du bist mit anderen Worten ein Baby des Kalten Krieges. Du weißt ja kaum, was eine *Stay Behind*-Gruppe war.«

»Stimmt«, sagte Selma und runzelte die Stirn.

»Ellev Trasop wollte mich zu etwas Lichtscheuem rekrutieren. Etwas in dieser Richtung.« Er zeigte mit dem Apfel auf die Papiere und kaute wie besessen auf einem zu großen Bissen herum. »Ich hatte zwei Kollegen, die ebenfalls skeptisch waren«, nuschelte er mit vollem Mund.

»Habt ihr nicht Alarm geschlagen?«

»Dazu lag kein Grund vor. Nichts Handfestes. Diese Jungs wissen, wie man formuliert.«

»Hast du danach noch mal von ihm gehört?«

Einar biss wieder in den Apfel, ohne fertig gekaut zu haben. Etwas blieb ihm im Hals stecken, und er fing an zu husten. Selma sprang auf und lief um den Tisch herum.

Durch den Hustenanfall nahm Einars Gesicht eine bedrohlich dunkle Farbe an.

»Spuck schon aus!« Selma schlug ihm heftig auf den Rücken. Er ließ die Apfelmasse aus dem Mund und auf den Boden fallen.

»Obst«, sagte er verächtlich. »Lebensgefährlich.«

»Dussel«, sagte Selma und reichte ihm den Colabecher von McDonald's.

Er griff danach, trank den Rest und schluckte, drehte sich zu Selma um und legte ihr die Hand auf die Schulter.

Das hatte er noch nie getan.

»Selma Falck«, sagte er in so tiefem Ernst, dass seine Stimme bebte.

»Ja?«

»Um diese Leute solltest du einen großen Bogen machen. Verbrenn das alles, vergiss das alles. Diesmal musst du auf deinen alten Freund Einar Falsen hören.« Seine Augen waren jetzt anders. Sie hatten neues Leben gefunden. Selma ahnte ein Funkeln in der sonst so matten, gelbbraunen Iris. Etwas Scharfes und Konzentriertes. Es sah aus, als würde er für einige Sekunden zu dem Mann, den sie gerade noch gekannt hatte, ehe er im Jähzorn einen Beschuldigten getötet hatte und in Psychosen und Angst verschwunden war.

»Vielleicht«, sagte Selma. »Werden sehen.«

Die Seychellen

Mina Mejer Selmer war dabei, sich zu Tode zu langweilen.

Sie saß auf einer Art Veranda vor dem Haus mit Aussicht auf einen dichten Wald. Oder Dschungel, eigentlich. Überall liefen Eidechsen herum, deshalb hatte sie sicherheitshalber die Füße auf den Sessel gezogen.

Die Reise von Oslo nach Victoria hatte drei Tage gedauert und war furchtbar anstrengend gewesen. Sie hatten in Moskau und Dubai und an drei anderen Orten, an deren Namen sie sich nicht einmal erinnern mochte, zwischenlanden und umsteigen müssen. So gesehen war es gut gewesen, endlich anzukommen.

Papa hatte ihr nicht einmal gesagt, wohin sie unterwegs waren.

Als sie auf dem letzten Flugabschnitt begriffen hatte, dass die Seychellen das Ziel sein mussten, hatte sie sich ein bisschen gefreut. Oder nicht gerade gefreut, aber sie bildete sich ein, dass es dort schön sei. Heiß auf jeden Fall, aber bei der Landung hatte es in Strömen gegossen, obwohl die Regenzeit angeblich erst um die Weihnachtszeit einsetzte. Das stand jedenfalls in einer Broschüre, die sie am Flughafen eingesteckt hatte, und das Unwetter hatte auch nicht besonders lange gedauert. Es stellte sich heraus, dass sie zu einer anderen Insel wollten als der, wo Hauptstadt und Flughafen lagen, und das dauerte noch länger.

Ein Hotel, hatte Mina gedacht.

Die Seychellen waren ein Reiseziel für Touristen aus aller Welt, und Mina und ihr Vater würden sicher in einem Hotel wohnen. Das wäre besser als die Schule, jedenfalls so, wie die Schule nach den Sommerferien geworden war.

Papa hatte jedoch ein Haus gemietet. Oder jemand hatte es für ihn gemietet, vermutete sie. Er nervte die ganze Zeit damit, dass er sich nur auf äußerst wenige Menschen verlassen konnte.

Und sie waren in einem Scheißnirgendwo gelandet.

Die Insel hieß La Digue, und sie wohnten ganz allein in einem kleinen Bungalow. Alles war altmodisch, abgesehen davon, dass sie Internetzugang hatten. Was Mina aber nicht im Geringsten half.

Papa passte die ganze Zeit auf sie auf. Überwachte sie, eigentlich.

Er hatte versprochen, dass sie vielleicht, in zwei Wochen oder so, zum Essen in eins der Hotels auf der anderen Seite der Insel gehen könnten. Nun waren über zwei Wochen vergangen, und Mina hatte niemanden gesehen außer dem alten Mann, der ihnen Wasser und Lebensmittel brachte. Mit dem Fahrrad.

Vor ihrer Abreise hatte Papa ihr iPad, ihr Handy und ihren Laptop beschlagnahmt. Er hatte alles zusammen in den Safe im Keller gelegt, nachdem er Mina gezwungen hatte, den Inhalt komplett zu löschen. Software und alles. Wenn sie erst angekommen wären, würde sie neue Geräte bekommen, das hatte er versprochen, aber offenbar nur, damit sie widerspruchslos mitkam. Hier auf dieser beknackten Insel lebte Mina ein Leben ohne Handy, Computer und Internet, und das war nicht zu ertragen.

Mina hätte nie gedacht, dass Papa so wütend werden könnte wie an jenem Abend. So traurig. Dann wieder so zornig, ehe er abermals fast eine halbe Stunde lang geweint hatte. Am Ende hatte er angefangen, Pläne zu schmieden. Er hatte Mama angerufen. Sie war mitten in der Nacht gekommen. Oder am frühen Morgen. Papa hatte ihr zum Glück nicht erzählt, was Mina getan hatte, aber Mama war trotzdem mit dieser Reise einverstanden gewesen.

Mina konnte Papas Wut verstehen. Sie hatte etwas Unverzeihliches getan. Das hatte sie den ganzen Sommer über gequält, hatte die Ferien zur Hölle gemacht, aber sie meinte trotzdem, Papa hätte begreifen müssen, dass sie doch niemanden hatte umbringen wollen. Er führte sich auf, als ob sie das alles vorsätzlich getan hätte. Er schrie, ihre Zukunft sei ruiniert und sie werde bestraft werden, und alles Mögliche, dem sie am Ende einfach nicht mehr zuhören konnte.

Also hatte sie nicht gewagt, ihm von dem Speicherstick zu erzählen.

Er wäre nur noch wütender geworden.

Falls das überhaupt möglich war.

Mina hatte den Inhalt löschen wollen. Aber da Papa sie nicht aus den Augen ließ, während sie alle ihre Geräte löschte, war es doch unmöglich, ihm zu erzählen, dass sie noch eine Kopie der Sachen aus dem Safe hatte. Danach, als er mit ihren Geräten in den Keller gegangen war und ganz bestimmt den Code für den Safe geändert hatte, hatte sie keine Möglichkeit mehr gehabt, den Inhalt auf dem USB-Stick zu löschen.

Später an diesem Morgen, als Mama und Papa sie in ihr Zimmer geschickt hatten, während sie ungewöhnlich leise hinter verschlossener Tür in der Küche miteinander redeten, spielte sie mit dem Gedanken, diesen verdammten Stick wegzuwerfen. Sie wusste nur nicht, wohin. Ihn zu zerstören, also zu zertreten oder so, wäre keine Alternative. Mama, die immer wegen Datensicherheit und elektronischen Spuren herumnervte, sagte oft, dass im Internet eigentlich gar nichts richtig verschwand. Auch nicht in der Software. Es gab Fachleute, die sogar die Speicher von verbrannten Computern wiederherstellen konnten.

Das Sicherste war, den Stick zu verstecken, bis sie nach Hause kam und ihn richtig löschen könnte.

Nicht in ihrem Zimmer. Da schnüffelte Mama manchmal herum.

Aber die Badezimmerschublade ließ sie in Ruhe.

Dort konnte der Stick bleiben, bis sie nach Hause kamen. Irgendwann müssten sie doch zurückkehren. Papa sagte, es sei notwendig, so große Distanz wie nur möglich zu allem zu bekommen. Zu Sjalg Pettersons Tod, zum Beispiel. Zuerst musste die Polizei die Ermittlungen einstellen. Die Presse musste ihr Interesse an der Familie Mejer/Selmer verlieren, so, wie Journalisten nun mal immer auf der Suche nach neuen Themen waren und diese auch fanden.

Eine Eidechse huschte über die Terrasse, und Mina zog die Beine noch höher.

Der Sommer war erfüllt gewesen von Angst und Reue, weil sie getan hatte, was sie getan hatte. Die Trennung der Eltern und Papas Kummer und Verzweiflung hatten sie auch ungeheuer traurig gemacht. Jetzt langweilte sie sich vor allem und fühlte sich noch dazu gemein und undankbar. Sie hatte immerhin nicht mehr solche Angst, und Papa hatte seine ganze Karriere für sie geopfert.

Es war nur so unerträglich, nicht online zu sein.

Aus dem Bungalow, wo Papa mit etwas beschäftigt war, von dem sie keine Ahnung hatte, hörte sie das blubbernde, leicht erkennbare Rufsignal, das bedeutete, dass jemand sie über Papas neues Skypekonto zu erreichen versuchte.

»Mama?«, murmelte Mina und ging ins Haus.

Skype

Selma hatte einen Tag gebraucht, um sich vorzubereiten.

Sie hätte gern noch mehr Zeit gehabt, doch die Gefahr, dass Cathrine Selmer ihre kleine Familie informieren würde, war doch so groß, dass sie das nicht wagte. Wenn Minas Mutter Selma Falcks Besuch und den angeblichen Grund für diesen Besuch erwähnte, wäre Selma durchschaut. Sie hätte trotzdem noch die Bilder von Mina auf der Hochzeit. Und sie hätte noch immer die Informationen und Dokumentationen über den Rat und seine Aktivitäten. Aber in dem Fall würde sie ihr Überraschungsmoment verlieren.

Alles stand und fiel damit, dass er ihren Anruf annahm.

Sie hatte mit dem Gedanken gespielt, ein Skypekonto auf einen anderen Namen einzurichten, hatte diesen Plan aber bald verworfen. Selmas Identität war der beste Zauberspruch. Sie stand bei der kleinen Familie in der Lofthus terrasse ziemlich hoch im Kurs, das hatte sie verstanden. Tryggve Mejer legte extreme Vorsicht an den Tag, aber alle wussten, dass Selma keine Journalistin war. Tryggve und Selma waren zudem früher beide als Anwälte tätig gewesen und waren sich mehrere Male begegnet.

Gute Bekannte fast, und Selma betete in Gedanken darum, dass es abermals die Neugier wäre, die ihr die Tür öffnen würde.

Sie hatte sich mit dem Rücken zum Fenster an den Esstisch gesetzt. Ausnahmsweise hatte sie Pepsi Max in ein Glas gegossen, das sie außer Reichweite des Laptops stellte. Sie war frisch geduscht, diskret geschminkt und verbrachte zwei Minuten damit, das Lächeln zu üben, mit dem sie das Gespräch beginnen wollte. Freundlich, aber nicht übertrieben, entgegenkommend, aber nicht servil.

Sie legte Cathrines Zettel vor sich hin, öffnete Skype auf ihrem Laptop und gab Tryggve Mejers Adresse ein. Auf das hier hatte sie sich vorbereitet. Das hier war die Karte, die über Gewinn oder Verlust entschied. Ihr Herz hämmerte, aber es schlug nicht zu schnell. Sie war konzentriert, aber nicht nervös.

Das hier war Selma Falcks Spiel. Sie klickte auf das Videosymbol und wartete.

Niemand antwortete. Lange Zeit. Und auch danach nicht.

Selma brach den Versuch ab und startete kurz darauf einen neuen.

Plötzlich starrte Tryggve Mejer sie an.

»Hallo«, sagte Selma rasch. »Hier ist Selma Falck. Ich weiß nicht, wo Sie und Ihre Tochter sich aufhalten, und es interessiert mich auch nicht. Was ich Ihnen erzählen werde, ist sehr wichtig für Sie und Mina, und ich bitte Sie deshalb inständig, das Gespräch nicht abzubrechen. Ich verfüge über allerlei Informationen, und es wäre überaus schädlich für Sie beide, wenn Sie nicht alles hörten, was ich zu sagen habe.«

Er saß zu dicht vor der Kamera. Sein Kopf wurde am Haaransatz abgeschnitten, und von der Umgebung war kaum etwas zu sehen. Dem Licht nach befand er sich in einem Haus. Das Bild war grobkörnig und dunkel, aber von der rechten Seite her schien durch ein Fenster oder eine offene Tür ein wenig Tageslicht hereinzufallen.

Er sagte nichts, fuhr sich nur mit dem Finger über die Nasenwurzel und leckte sich die Lippen, blieb aber stumm.

»Haben Sie gehört, was ich gerade gesagt habe?«, fragte Selma.

Er nickte abgehackt aufgrund der langsamen Übertragung.

»Die Verbindung ist nicht gerade gut«, sagte Selma laut. »Hören Sie mich?«

»Ja. Woher haben Sie meine Skype-Adresse?«

»Das erzähle ich Ihnen später«, sagte Selma, jetzt ruhiger. »Das Wichtigste ist, dass Sie mich hören, dass Sie weiter zuhören und dass Sie unter gar keinen Umständen die Verbindung unterbrechen. Wenn wir aus technischen Gründen getrennt werden, müssen Sie antworten, wenn ich dann wieder anrufe. Haben Sie verstanden?«

Sie ertappte sich dabei, dass sie sich ebenso dicht an die Kamera heranbeugte wie er.

»Ich habe kein Interesse«, sagte er.

Die plötzliche Bewegung im Bild konnte darauf hinweisen, dass er trotz der Warnungen das Gespräch abbrechen wollte. Selma war darauf vorbereitet.

»Mina hat Sjalg Petterson getötet«, sagte sie laut und gerade schnell genug, um für plötzliche Ruhe im Bild zu sorgen. »Und ich habe Beweise. Fotobeweise.«

Nun ließ er sich zurücksinken. Plötzlich wurde die Kamera dunkel. Offenbar hatte er seine Hand davorgelegt. Dort blieb sie einige Sekunden lang liegen. Als das Bild zurückkehrte, konnte Selma eine dunkle Wand mit dem Bild eines einsamen weißen Strandes sehen.

Es konnte überall sein, aber vermutlich war es warm dort. Er saß mit bloßem Oberkörper da. Selma hatte vorher an den Zeitunterschied gedacht; wenn Vater und Tochter zum Beispiel nach Hawaii gereist waren, wäre es bei ihnen jetzt mitten in der Nacht.

Das war es offenbar nicht; der unruhige Lichtstreifen an der Wand musste Sonnenlicht sein, das durch eine wehende Gardine fiel.

»Das können Sie nicht haben«, sagte er ruhig. »Denn es stimmt nicht.«

»Sie wissen, dass es stimmt«, sagte Selma ebenso ruhig. »Und ich habe, wie gesagt, Fotobeweise.«

»Die was zeigen? Der Mann ist an einem anaphylaktischen Schock gestorben. Es gibt absolut nichts, was auf eine strafbare Handlung hinweist. Die Polizei wird den Fall sehr bald zu den Akten legen, soviel ich weiß.«

Selma griff nach den beiden Fotos, die sie jetzt bis ins geringste Detail hätte beschreiben können. »Ich könnte Ihnen die Bilder hier und jetzt zeigen«, sagte sie. »Aber die Skype-Übertragung ist so schlecht, dass es besser wäre, Sie gäben mir eine E-Mail-Adresse. Dann könnte ich die Bilder schicken, mit einer kleinen Erklärung dazu, was sie meiner Meinung nach beweisen.«

»Kein Interesse«, sagte er und gähnte ausgiebig. »Und das ist ein Gespräch, das ich jetzt als beendet betrachte.«

Abermals deutete seine Bewegung an, dass er die Verbindung nun wirklich abbrechen wollte.

»Der *Rat*«, sagte Selma laut. »Ich weiß alles über den Rat. Ich habe Ihr Journal gelesen. Ich weiß …«

Er brach die Verbindung ab. Das Bild war tot.

»*Shit. Shit, shit, shit!*« Selma schlug mit den Fäusten auf den Tisch.

Er konnte ihr nicht richtig zugehört haben.

Die Karten waren nicht gut genug gewesen. *Royal Flush*, sie war so sicher gewesen. So gut vorbereitet. Alle möglichen Szenarien war sie durchgegangen. Hatte für jedes einen Plan gehabt, sorgfältig auswendig gelernt, und eigentlich hätte nichts schiefgehen dürfen.

Vom Rechner war ein neuer Skype-Anruf zu hören.

Selma schloss die Augen, hob die Hände, schlug sie gegeneinander und holte zweimal tief Luft, ehe sie den Anruf annahm.

»Jetzt hören Sie mir mal zu«, sagte Tryggve Mejer.

»Ja«, sagte Selma.

»Sie werden meine Fragen beantworten.«

»Ich beantworte, was ich will, aber fangen Sie an.«

»Was ist dieser Rat, und was wissen Sie darüber?«

»Das ist eine geheime Organisation mit großer Macht. Macht, um die Art von Autorität auszuüben, die in einer Demokratie bei den politisch kontrollierten Organen liegen soll.«

»Woher wissen Sie das?«

»Das will ich nicht beantworten.«

Tryggve atmete schwer und senkte den Kopf. Dann hob er ihn

abrupt wieder und beugte sich so weit zur Kamera vor, dass Selma nur den obersten Teil seines Gesichts sehen konnte. Das Bild wurde durch den Weitwinkel verzerrt, die Nase war riesig.

»Wie heißt das angebliche Journal, das Sie erwähnt haben?«

»Wie es heißt? Wie meinen Sie das?«

»Wenn es ein Journal gibt, wie Sie behaupten, dann hat es wohl einen Namen?«

Selma lächelte, griff nach dem Glas und leerte es langsam, leckte sich kurz die Lippen, faltete die Hände und lächelte ein weiteres Mal. Breiter diesmal.

»*Zerfurcht/Verwittert*«, sagte sie langsam und überdeutlich.

Er starrte sie an. Sagte nichts. Selma verfluchte die elende Verbindung. Es wäre nützlich gewesen, zu sehen, wie seine Miene sich veränderte. Aber selbst in der grobkörnigen Wiedergabe schien sein Gesicht in sich zusammenzufallen. Die Säcke unter den Augen wurden dunkler. Die Augen glitten tiefer in ihre Höhlen. Um den Mund glaubte sie ein leichtes Zittern zu sehen.

»Ich habe alles«, sagte sie, als die Pause gerade so lange gedauert hatte, wie sie sollte. »Und in dem Moment, in dem ich es veröffentliche, können Sie sich nicht mehr verstecken. Dann werden es nicht nur die Presseleute auf Sie abgesehen haben. In dem Moment, in dem ich diese Katze aus dem Sack lasse, den ich jetzt allein in Händen halte, werden Sie international gesucht werden. Von der Polizei.«

Noch immer sagte er nichts. Er hatte die Hände vors Gesicht geschlagen. Plötzlich sprang er auf und verschwand aus dem Bild, ohne jedoch die Verbindung wieder zu unterbrechen.

Selma wartete. Und wartete. Auch das hier war etwas, worauf sie sich vorbereitet hatte. Jetzt war er so tief unten, wie es überhaupt nur möglich war.

Es war endlich an der Zeit, ihm Hoffnung zu schenken.

Er kam mit einer Flasche Wasser zurück, öffnete sie, trank und wollte etwas sagen, aber Selma kam ihm zuvor.

»Es geht mir nicht um Sie, Tryggve Mejer. Es geht mir um Gerechtigkeit für Sjalg Petterson, meinen Schwiegersohn, wenn auch nur für einige Stunden. Wenn Sie nach Hause kommen und zulassen, dass Mina die Verantwortung für das übernimmt, was sie getan hat, werde ich den Rat begraben. Das Journal. Die Listen darüber, was wohl Personal, Codes und sicher auch Bankkonten sind. Sie werden alles zurückbekommen. Aber Mina muss der Polizei mitteilen, wie sie Eiswürfel mit, wie ich annehme, Fragmenten von Nüssen benutzt hat, um Sjalg Petterson zu töten.«

Tryggve Mejer starrte sie mit offenem Mund an. Er sah aus, als ob er nicht richtig begreifen könnte, was sie gerade gesagt hatte. Als ob sie vorgeschlagen hätte, ihn aufzusuchen und ihn zu heiraten oder etwas ähnlich Absurdes.

»Wie gesagt«, begann Selma. »Die Entscheidung ist …«

»Sie haben doch Kinder, Selma Falck?«

Er klang wie aus allen Wolken gefallen. Beleidigt, an der Grenze zur Wut.

Das war eine Entwicklung, mit der Selma nicht gerechnet hatte. »Äh … ja.«

»Und dann stellen Sie eine solche Forderung? *Haben Sie vollständig den Verstand verloren?*«

Selma gab keine Antwort. Das Stück hielt sich nicht mehr an die Regieanweisungen.

Er lachte. Fast hysterisch. Legte den Kopf in den Nacken und lachte schallend. Schlug mit den Händen auf den Tisch, riss die Wasserflasche an sich und trank sie fast leer, ehe er abrupt todernst wurde und in die Kamera starrte.

»Was wollen Sie eigentlich?«, fragte er. »Was ist hier das Wichtigste für Sie?«

»Dass Mina die Schuld dafür auf sich nimmt, dass Sjalg Petterson tot ist«, antwortete Selma langsam. »Das habe ich doch gesagt.«

»Nein«, antwortete er mit harter Stimme, »Ihnen geht es darum, dass *jemand* die Verantwortung übernimmt. Nicht unbedingt Mina.«

Selma begriff nicht, worauf er hinauswollte, und gab deshalb keine Antwort.

»Ich mache Ihnen ein Gegenangebot«, sagte er.

Der Mann hatte während dieses Gesprächs schon so viele Veränderungen durchlaufen, dass Selma fast schwindlig war. Jetzt war er wieder zum Anwalt geworden. Zum Justizminister. Zu dem ruhigen, energischen Politiker, der er immer gewesen war. Er hätte dort genauso gut in Schlips und Kragen sitzen können.

»Und das ist das Einzige, worauf ich mich einlassen werde«, sagte er nun. »Lassen Sie *Zerfurcht/Verwittert* und damit mich die Verantwortung für Sjalg Pettersons Tod übernehmen. Ich sorge für die Beweise. Vernichten Sie, was Sie über Mina zu haben glauben. Lassen Sie meine Tochter in Ruhe. Sie wollte Sjalg nicht umbringen. Sie wollte ihm nur die Hochzeit ruinieren. Lassen Sie mich die Folgen tragen. Für alles. Für das, was *Zerfurcht/Verwittert* beinhaltet, und für das, was den Tod Ihres Schwiegersohns betrifft.«

Selma gab noch immer keine Antwort. Das hier lief dermaßen anders als alles, was sie sich vorgestellt hatte, dass sie furchtbare Angst davor hatte, einen falschen Schritt zu machen.

»Ich habe vorhin mit Erna Solberg gesprochen«, fuhr er fort, noch immer so beherrscht. »Aus Gründen, auf die ich noch nicht eingehen kann, wird sie in sehr kurzer Zeit als Ministerpräsidentin und Parteivorsitzende zurücktreten. In diesem Zusammenhang wird die konservative Partei am 16. September einen Sonderparteitag abhalten.«

»Äh … okay?«

»Das Ganze wird innerhalb der nächsten vierundzwanzig Stunden bekanntgegeben werden. Ich verspreche Ihnen, dass ich zu diesem Parteitag nach Hause kommen werde. Ich verspreche

Ihnen, alle Mittel einzusetzen, die mir zur Verfügung stehen, um so viel Wind wie möglich um meine Verbrechen zu machen. Ich werde mich weder dem Urteil der Bevölkerung noch dem des Gerichts entziehen. Im Gegenzug müssen Sie mir dieses eine, alles überschattende Versprechen geben: Mina wird in Ruhe gelassen und kann mit dem Leben weitermachen, das sie verdient.«

Selma versuchte zu denken. Rasch. Das ging nicht, ihre Gedanken kollidierten und gerieten durcheinander. Sie konnte nicht entscheiden, ob das eine gute oder eine schlechte Abmachung war.

Für sie.

»Jaaaa...«

»Ihnen kann es doch egal sein, Selma Falck. Mir aber nicht.«

Seine ganze Erscheinung hatte jetzt etwas Appellierendes, fast Bittendes. Das Kinn hing herunter, als ob er nicht mehr die Kraft hätte, es hochzuhalten. Seine Stimme wurde immer schwächer.

An eine solche Lösung hatte Selma Falck nicht im Entferntesten gedacht.

Der Mann opferte sich für seine Tochter.

Und Selma würde so oder so das bekommen, was sie brauchte.

»In Ordnung«, sagte sie schließlich und nickte. »So machen wir es.«

»Ich melde mich wegen der Details«, sagte er und brach die Verbindung ab.

Harlekin

Die Warnung wurde verbreitet, so, wie die Warnungen eben programmiert waren. Berit Ullern war zutiefst besorgt.

Die Privatermittlerin Selma Falck hatte Kontakt zu dem kürzlich zurückgetretenen Justizminister Tryggve Mejer aufgenommen.

Das Gespräch per Skype, genauer gesagt, die beiden aufeinanderfolgenden Gespräche hatten genau acht Minuten und vier Sekunden gedauert, von dem Moment an, in dem Selma angerufen hatte, bis zum letzten Abbruch der Verbindung. Kurz genug, damit sich der Major die Zeit nahm, sich alles dreimal anzuhören.

Beim letzten Mal machte sie Notizen.

Als sie fertig war, las sie sie noch einmal durch, systematisierte, was sie geschrieben hatte, und dachte über alles nach, was geschehen war. Sie versuchte zu verstehen, was ihr aber nicht ganz gelang.

Sie hatte vorher schon gewusst, dass Selma Falck Cathrine Selmer aufgesucht hatte. Sie besaß wortwörtliche Transkriptionen des Gesprächs der beiden Frauen. Der Major hatte die Wahrheit gesagt, als sie geschworen hatte, dass Tryggve Mejer in seiner Zeit als Minister niemals abgehört worden war. Dieses Amt hatte er jedoch nicht mehr inne. Zwei Mann der Aktionsgruppe Manus hatten das Haus in der Lofthus terrasse gleich nach Tryggve Mejers viel diskutierter Pressekonferenz verwanzt. Als er zum letzten Mal die Räumlichkeiten der Regierung verlassen hatte, war er zu einer ungesicherten Kanone geworden und besaß deshalb keinerlei Schutz mehr.

Nun galten andere Regeln.

Selma Falcks Besuch bei Cathrine Selmer hatte den Major in tiefe Besorgnis gestürzt. Sie war der ehemaligen Anwältin gegenüber schon misstrauisch geworden, als sich herausgestellt hatte, dass diese mit Pål Poulsen gesprochen hatte. Nach dem Treffen auf dem Rastplatz bei Brumunddal wuchs ihre Nervosität angesichts dessen, was Selma Falck eigentlich wissen konnte. Aber kurz danach schien sie das Interesse an Poulsen und allem verloren zu haben, was mit Tryggve Mejers Aktivitäten zu tun hatte. Vor allem, nachdem es heftige Berichte über eine pikante Liebesaffäre gegeben hatte, war sie viele Tage im Haus geblieben und hatte zu keiner Menschenseele Kontakt aufgenommen.

Der Major hatte die ehemalige Anwältin fast schon aus den Augen verloren, als sie in der Angelegenheit wieder auftauchte. Eins der vielen Probleme des Majors war nun, dass nichts im Gespräch zwischen Cathrine und Selma erklärte, wieso Letztere über umfassende Kenntnisse darüber verfügte, was der Rat und Tryggve Mejer in den letzten Wochen unternommen hatten.

Die beiden Frauen hatten über Hass und Hetze und menschliche Exkremente in einer Proviantdose gesprochen. Über eine Vergewaltigung, die den Major nicht interessierte, und darüber, dass das Leben so gestrickt war, dass das meiste irgendwann vorüberging. Am Ende.

Nichts über den Rat. Nichts über eine Operation namens *Zerfurcht/Verwittert*, die Cathrines Mann auf eigene Faust losgetreten hatte, gegen Recht und Gesetz und das ausdrückliche Veto des Rates.

Berit Ullern konnte wirklich nicht begreifen, woher Selma Falck ihr Wissen nahm. Sie erhob sich vom Schreibtisch und holte die Schatulle. Die stand als Ziergegenstand in ihrem Wohnzimmer, so, wie sie auch bei Ellev Trasop immer auf dem Kaminsims gestanden hatte.

Sie stellte die Schatulle auf den Schreibtisch, öffnete sie aber nicht. Noch nicht. Zuerst sammelte sie alle Notizen und ließ sie durch einen kleinen Schredder in der Ecke ihres Arbeitszimmers laufen. Nur ein Blatt behielt sie.

Es war mit der Hand beschrieben und erklärte, was zu geschehen hatte.

Sie legte es auf die rechte Seite der Schatulle und öffnete den schönen Deckel mit dem Monogramm von König Haakon.

Leider musste Harlekin nun zum Leben erweckt werden.

Sonntag, 16. September 2018

Gefunden

Selma hörte Stimmen.

Singende, tanzende Stimmen, es waren mehrere, und es konnten Engel sein, was sie da hörte.

Lupus war mit ihr in den Himmel geholt worden. Er lag dicht bei ihr, fast über ihr. Sie wollte die Augen öffnen, aber ihr Körper funktionierte nicht.

Jemand berührte ihren Hals. Eine Maske wurde über ihr Gesicht gelegt. Sie wollte die Maske nicht, wollte sie wegreißen, aber ihre Hände gehorchten ihr nicht.

Lupus knurrte. Sie spürte das Vibrieren seiner Kehle. Er würde die Stimmen verjagen. Sie wollte endlich in Ruhe gestorben sein.

Nur das wollte sie. Das Sterben hinter sich bringen.

Das ließen sie nicht zu, und sie versuchte, nach ihnen zu schlagen.

Diese Menschen hielten sie für lebendig, aber eigentlich war sie tot. Beim letzten Mal war sie für tot gehalten worden, aber da hatten sie sich geirrt. Damals hatte sie gelebt und alles gehört, was sie gesagt hatten.

Diesmal war es nicht möglich, sie zu sehen.

»Lupus«, sagte sie, ohne ihre Stimme hören zu können.

Ihre Lippen waren so trocken. Sie hatte so einen entsetzlichen Durst.

»Wir kümmern uns um Ihren Hund«, hörte sie eine Frau sagen. »Haben Sie keine Angst. Haben Sie Lupus gesagt? Heißt er

Lupus? Ich habe ihn schon an die Leine genommen. Der hat Sie gern, dieser Hund. Er hat Ihnen wohl das Leben gerettet.«

»Ich heiße Bjørn«, sagte ein Mann ihr ins Ohr. »Die anderen sind Mathilde und Eirik. Wir kommen vom Roten Kreuz in Geilo. Sie sind vermisst gemeldet worden, und die Polizei hat festgestellt, dass Sie in die Berge gefahren waren. Jetzt bleiben Sie ganz ruhig liegen. Wir holen Sie hier weg.«

Selma wurde hochgehoben.

Es tat weh. Sie war leicht und schwer zugleich. Die Engel rochen gut. Ihre Hände waren so warm. Ihre Stimmen sangen. Selma wollte sich wehren, die Engel durften sie nicht umbringen, sie wollte Widerstand leisten, wie beim letzten Mal.

Sie wollte sie sehen, aber das konnte sie nicht.

Selma wollte Wasser. Jemand stach ihr in den Arm. Das tat gut, das spürte sie; ein Nadelstich, der bewies, dass sie noch immer lebte und Arme hatte, jedenfalls einen. Sie lag auf einem Bett. Einem harten Bett, einer Bank, einer Pritsche, sie wurde festgebunden, sie bekam eine Decke, und es wurde warm.

Die hatten sie für tot gehalten, die, die sie überfallen hatten.

Das hier waren andere. Die glaubten, sie sei am Leben.

Selma selbst war sich nicht so ganz sicher.

Jemand trug sie über die Hochebene. Die anderen feuerten sie an und streichelten ihre Wange, eine Frau rief *hussa* und *hei* und *Wir sind bald da*, eine Stimme, die Selma auf die Nerven ging, ohne dass es irgendeine Rolle spielte.

Rein gar keine. Sie schlief ein. Tief und ganz ohne Albträume.

Zu spät

Zwei Männer beobachteten die Rettungsaktion durch das Fernglas.

»Scheiße«, sagte der eine leise.

Der andere sagte nichts.

Stattdessen gab er eine Nummer in ein Satellitentelefon ein, ehe er es an sein Ohr hielt. Als sich am anderen Ende jemand meldete, sagte er: »Zu spät. Das Rote Kreuz ist uns um eine Viertelstunde oder so zuvorgekommen. Die Drohne hatte sie gefunden, wir waren unterwegs, aber wir sind nicht rechtzeitig eingetroffen.«

Er hörte einige Sekunden lang zu, gab eine bekräftigende Antwort, steckte das Telefon wieder in die Tasche und hob die vier Kilo schwere Drohne vom Boden auf.

»Komm«, sagte er und begann, den Weg zurückzugehen, den sie gekommen waren. »Wir haben es eilig.«

Der Rettungshubschrauber

Selma flog.

Sie war in der Mücke, in der Libelle, die eine Drohne gewesen sein musste.

In einer Libelle war kein Platz für einen Menschen. In einer Drohne auch nicht, aber Selma flog.

Wenn sie die Hände öffnete, würde sie das Leben loslassen.

Selmas Fingerknöchel wurden weiß, und ein roter Mann legte eine Hand um ihre Faust. Seine Kleider waren rot. Seine Haare und sein Bart waren rot. Er sagte etwas. Endlich waren ihre Augen offen. Sein Mund bewegte sich, er lächelte, aber das Motorendröhnen übertönte alles. Lupus war nicht da. Lars Winther auch nicht. Selma musste Lars Winther erreichen.

Der Mann hörte sie nicht.

Wenn sie die Hände öffnete, würde sie schlafen, deshalb klammerte sie sich an ihre eigenen Handflächen, so fest das überhaupt möglich war.

Plan B

»Sie überlebt nicht.«

»Woher weißt du das?«

»Wir hören den Funk ab. Sie steht unter Schock. Sie hatte bereits zweimal einen Herzstillstand. Sie bringen sie ins Rikshospital, aber das ist zu weit weg. Ihre Organe werden aufgeben, eins nach dem anderen. Das, was sie durchgemacht hat, kann einfach niemand überleben.«

»Das habt ihr beim letzten Mal auch gesagt.«

Hans-Olav Storbergan schluckte, ließ das Telefon von der rechten in die linke Hand wandern und fuhr an den Straßenrand.

»Sie stirbt«, erklärte er entschieden. »Das ist jedenfalls das Beste, worauf wir hoffen können. Wir können jetzt nicht mehr an sie heran. Es gibt nichts mehr, was wir tun können.«

»Was ist mit der Dokumentation?«

»Telefon und Computer lagen in den Ruinen. Total zerstört, wie wir das geplant hatten. In der Wohnung in Sagene haben wir einen Stapel von Ausdrucken gefunden, um die haben wir uns gekümmert, ehe wir in die Berge gefahren sind. Wir waren gründlich. Haben sogar einen versteckten Safe im Kleiderschrank gefunden. Darin lagen nur eine Menge Bilder von etwas, das wohl eine Hochzeit war. Die haben wir sicherheitshalber ebenfalls vernichtet. Nur Selma ist jetzt noch eine Bedrohung, aber sie wird auch bald eliminiert sein.«

Berit Ullern brach das Gespräch ab, legte das klobige gelbschwarze Telefon zurück in die Schatulle, schloss den Deckel und ließ die Finger über die kunstfertig geschnitzten Wiesenblumen gleiten.

Selma Falck lag im Sterben. Ihre Unterlagen waren entsorgt. Es konnte sich nur noch um Stunden oder Minuten handeln, dann wäre sie kein Problem mehr.

So musste es sein.

Tryggve Mejer und seine Tochter waren auf der Heimreise von den Seychellen. Der Major war wider Willen beeindruckt davon, dass Sjalg Petterson auf dermaßen elegante Weise gestorben war, ganz ohne Hilfe von Harlekin.

Die Kleine war es also gewesen.

Noch bewundernswerter, eigentlich.

Tryggve und Mina würden eine Stunde nach Beginn des Sonderparteitags der Konservativen im Radisson Blu Airport Hotel in Gardermoen landen. Norwegen hatte keine Ahnung davon, dass die beiden unterwegs waren. Die Öffentlichkeit wusste auch nicht, dass der zurückgetretene Justizminister der Verabredung nach bei der rasch einberufenen Versammlung eine Rede halten sollte. Nur Erna Solberg selbst wusste von seinem Kommen, und sie würde dem Versammlungsleiter zum richtigen Zeitpunkt einen Zettel reichen. Die Bühne würde freigemacht werden für Tryggve Mejer, den beliebten Politiker, der sich hinter den Kandidaten der Ministerpräsidentin für den Posten des Parteivorsitzenden stellen würde.

In der Partei war er schon vor seinem Rücktritt beliebt gewesen, und seine Abschiedsrede über die Pflichten, die Eltern großen Kindern gegenüber haben, hatte zu einer breiten und interessanten Diskussion über die moderne Elternrolle geführt. Wenn er selbst zur Wahl angetreten wäre, wäre er mit überwältigender Mehrheit gewählt worden.

Stattdessen war er heimlich eingeladen worden, um die Wahlrede für einen anderen zu halten. Mit seinem Gewicht in der

Waagschale würde der kurze und ziemlich brutale Wahlkampf vorüber sein.

Was nicht einmal die Ministerpräsidentin wusste, war, dass Tryggve durchaus keine Wahlrede für den Kollegen halten wollte.

Das wusste jedoch Berit Ullern, und der Mann musste deshalb aufgehalten werden. Tryggve Mejer hatte keine Beweise mehr. Er besaß keine Unterlagen, keine Codes oder vergilbten Papiere, die eine illegale Organisation entlarven könnten. Alles, was er hatte, waren seine eigene Erzählung und eine Glaubwürdigkeit, die niemand anzweifeln würde.

Das würde leider nicht ausreichen.

Er würde seine Redezeit zu einem Geständnis nutzen. Um den Rat und dessen Mitglieder, die Aktionen und Ziele der Organisation zu verraten. Er hatte eine Tochter zu beschützen, und er würde nichts verbergen.

Eher im Gegenteil.

Berit Ullern hatte mit dem Gedanken gespielt, ihn durch Drohungen weiter zum Schweigen zu bringen. Sie kannte die Wahrheit über Sjalg Pettersons Tod. Mina würde nicht mehr in Sicherheit sein, wenn der Major die Polizei informierte.

Das Problem war, dass sie keinen Zugang zu Selma Falcks Fotos hatte. Da der Major nie mehr Informationen herausrückte, als sie für unbedingt nötig hielt, hatten die beiden, die Selma Falcks Wohnung durchsucht hatten, den ganzen dicken Stapel Hochzeitsbilder vernichtet. Das war ein arger Patzer, aber dafür konnte sie sich nur bei sich selbst bedanken. Ohne die Bilder würde die Behauptung, ein Teenager habe mit manipulierten Eiswürfeln den Tod des Politikers verursacht, auf steinernen Boden fallen.

Ehe er das Rednerpodium erreichte, musste Tryggve Mejer deshalb sterben.

Dafür war gesorgt. Es wird passieren, dachte Berit Ullern und ging ihren Koffer packen. Auch wenn alles nach Plan verlief, musste sie die Möglichkeit eines alternativen Ausgangs offenhalten. Selma Falck hätte dem Plan zufolge schon längst tot sein müssen. Dennoch lebte sie noch immer.

Oder vielleicht auch nicht.

Jedenfalls brauchte der Major einen Plan B.

Und über den hätte sie wenigstens selbst die Kontrolle.

Das Passwort

Lars Winther war außer Atem, als er endlich vor der Wohnungstür in einer der elendsten Mietskasernen Oslos stand. Die Tür war beschmiert von zwei diagonalen Streifen aus nicht identifizierbarem Matsch, und er zog den Pullover über die Hand, ehe er energisch anklopfte.

Aus der Wohnung waren schlurfende Schritte zu hören. Eine Türkette klirrte, aber so, wie es sich anhörte, wurde sie vorgelegt, nicht abgenommen. Lars wartete geduldig.

Selma hatte total weggetreten gewirkt.

Fast wie unter Drogen.

Das war sie vielleicht auch, ein Arzt hatte Lars angerufen. Er war Chirurg am Rikshospital, teilte er mit, und hatte eine Patientin, die eigentlich mit niemandem reden durfte. Zwischen den Zeilen war gewaltiges Erstaunen darüber zu hören, dass Selma überhaupt irgendetwas sagen konnte. Lars hatte sich Sorgen gemacht, und die waren nicht geringer geworden, als er dann mit ihr telefoniert hatte. Sie nuschelte. Benutzte seltsame Wörter. Ihre Sätze hatten keinen Zusammenhang, aber ehe jemand ihr das Telefon weggenommen und die Verbindung unterbrochen hatte, hatte er doch zwei Dinge verstanden.

Zum einen musste er irgendeine durchsetzungsfähige Person beim Sonderparteitag der Konservativen in Gardermoen erreichen. Tryggve Mejer durfte nicht auf die Rednertribüne steigen, und er musste unter polizeilicher Bewachung an einen sicheren Ort gebracht werden.

Lars Winther hatte vier Personen angerufen: drei Kollegen von der Presse und einen konservativen Bürgermeister aus Vestfold, der eine Hütte neben der von Lars' Eltern besaß. Alle hatten widersprochen. Tryggve Mejer sei doch gar nicht anwesend, behaupteten sie starrköpfig, und soweit alle vier wussten, war es weiterhin vollkommen unbekannt, wohin der Mann sich nach seinem dramatischen Rücktritt begeben hatte.

Mit stetig wachsender Besorgnis war Lars danach auf sein Rad gesprungen, um Selmas anderen Befehl auszuführen.

Das Klirren hinter der Tür verstummte endlich, und sie wurde zu einem fünf Zentimeter breiten Spalt geöffnet.

»Was willst du?«, fragte der komische Vogel, den Selma Falck ihren besten Freund nannte.

»Mariska lässt grüßen«, sagte Lars laut und deutlich, das war Selmas zweiter Auftrag gewesen.

»Na dann!«, sagte die Stimme begeistert.

Die Kette wurde abgenommen und die Tür weit geöffnet.

»Komm rein«, sagte der Mann und stapfte, dicht gefolgt von einem hässlichen Kater, ins Wohnzimmer. »Dann ist sie also gefunden worden. Wie gut. Ich hatte mir solche Sorgen gemacht. Ich habe die Polizei verständigt. Sie kommt ja manchmal mehrere Tage nicht her, aber ...«

Der Rest war nicht zu hören, weil der Mann den Kopf unter das Spülbecken in der Küche hielt.

»Hier«, sagte er und drehte sich zu Lars um. »Mariska hat gesagt, ich soll dir das geben, wenn du das Codewort sagst.«

Lars nahm zögernd den dicken Ordner entgegen, eine grüne, mit einem Gummi umwickelte Mappe aus Pappe.

»Was ist das?«, fragte er.

»Das weiß ich doch nicht«, erwiderte Einar. »Ich schnüffele nicht in anderer Leute Sachen herum.«

Lars' Telefon fing an zu klingeln. Einar schrie auf und rannte in die Zimmerecke. Lars fiel ein, was Selma ihm einmal über das Verhältnis dieses Burschen zur Elektronik erzählt hatte. Rasch drückte er den Anruf weg und schaltete auf lautlos. Vier Mitteilungen, registrierte er, und ein weiterer Anruf war im Display zu sehen.

»Sorry«, sagte Lars laut. »Das ist jetzt ausgeschaltet.«

»Geh«, jammerte Einar mit heiserer Stimme. »Geh weg damit!«

Lars tat, wie ihm geheißen, und ehe er wieder auf der Straße stand, waren noch drei Anrufe bei ihm eingelaufen.

Der Parteitag

Mina war von ihrer Mutter abgeholt worden. Wie durch ein Wunder hatte niemand sie bemerkt, als sie auf Befehl ihres Vaters das Flugzeug lange vor ihm verlassen hatte. Während der letzten Reiseetappe hatten sie nicht einmal nebeneinandergesessen. Sie holte allein ihren Koffer und ging damit in die Ankunftshalle, wo Cathrine Selmer am Rand der großen Menschenmenge stand, die den Hals reckte und auf ihre Lieben wartete. Mutter und Tochter begrüßten einander lässig, auch das wie abgesprochen, und gingen zusammen zum Kurzzeitparkplatz. Fünf Minuten später waren sie auf dem Weg nach Skeikampen, wo ein Freund von Cathrines Schwester ihnen für einige Tage seine Hütte überlassen hatte.

Um Tryggve Mejer hatte es größeren Wirbel gegeben.

Irgendwer hatte ihn schon im Flugzeug von Paris nach Oslo bemerkt. Eine ältere Frau und ein Mann mittleren Alters in gestreiftem Anzug hatten es sich erlaubt, ihn anzusprechen. Tryggve hatte angespannt gelächelt, um dann die Augen zu schließen. Danach hatte er sich schlafend gestellt, bis das Flugzeug gelandet war.

Das Büro der Ministerpräsidentin hatte für alles gesorgt. Tryggve wurde bereits an der Flugzeugtür von zwei Anzugträgern empfangen und dann durch Gänge geführt, die er bisher noch nie betreten hatte. Um sein Gepäck werde sich jemand kümmern, wurde ihm gesagt, und ehe Tryggve wusste, wie ihm geschah, saß er auch schon in einem Auto, das ihn die kurze Strecke zum Radisson Blu brachte.

Er war aufgeregt.

Nicht wirklich nervös, aber sehr angespannt. Er wusste, dass diese Stunden seine letzten in Freiheit sein würden, er würde festgenommen werden, sowie jemand die zuständige Behörde verständigt hätte. Er hoffte, dass es schnell gehen würde. An den letzten Tagen im Bungalow auf La Digue hatte er sein Haus bestellt.

Jetzt war alles in Ordnung.

Er war vorbereitet.

Auch diesmal hatte er kein Manuskript. Das brauchte er nicht. Seine Rede war sorgfältig ausgearbeitet, und er hatte sie sich perfekt eingeprägt. Bei den späteren Vernehmungen würde Zeit für die Einzelheiten sein. Alles, was zunächst nötig wäre, war, die Bombe so kräftig detonieren zu lassen, dass Mina verschont bliebe.

Mina hatte jetzt nur noch einen Feind: den Major.

Berit Ullern wusste aller Wahrscheinlichkeit nach, dass Tryggves Tochter Sjalg Petterson durch ein Missgeschick getötet hatte. Der Major wusste jetzt vermutlich alles, so, wie sie immer dafür sorgte, alles zu wissen, was sie für nötig hielt. Obwohl sie vielleicht nicht über die gleichen Fotos verfügte wie Selma Falck, würde sie niemals eine solche Trumpfkarte für sich behalten, wenn sich die Polizei an sie wendete. Vielleicht morgen. Vielleicht schon heute Abend.

Der Major könnte auf Mina zeigen, aber Tryggve war darauf vorbereitet, auch das zu verhindern.

Er war ganz einfach bereit.

Im Hotel wurde er rasch am Haupteingang vorbeigeführt. Die beiden Männer brachten ihn zu einer fünfzig Meter entfernten kleineren Tür. Eine Frau, die dahinter gewartet hatte, ließ sie ein, und Tryggve wurde durch einen weiteren Gang in einen kleinen fensterlosen Raum gebracht.

»Warten Sie hier«, befahl der eine seiner Begleiter.

Tryggve setzte sich auf ein gelbes Sofa.

Seine Hände waren schweißnass, das merkte er jetzt, aber sie zitterten nicht.

Das Leben, so, wie er es kannte, würde gleich vorüber sein, aber er würde Zeit haben, sich zu erklären. Zeit genug. Zuerst bei den Vernehmungen, danach in Interviews, die er zweifellos geben dürfte, wenn die ersten Ermittlungen abgeschlossen wären. Sowie die anderen Ratsmitglieder festgenommen wären. Sowie die allerletzte norwegische *Stay Behind*-Gruppe aufgelöst und vernichtet wäre.

Es war so weit. In der Ferne hörte er Applaus. Der wurde lauter, als die Tür geöffnet wurde. Mit einem Wächter vor und dem anderen hinter sich betrat er mit festen Schritten den großen Saal.

Tryggve hob die Arme zu einer allerletzten Siegesgeste.

Händeklatschen und Füßestampfen. Er richtete den Blick auf die Rednertribüne dort vorn.

Jemand rief seinen Namen. Aus dem Augenwinkel heraus sah er eine Frau auf ihn zulaufen. Er erkannte sie sofort, sie war die Leiterin der politischen Abteilung der Zeitung *Aftenavisen*. Sie versuchte, etwas zu sagen, sie schrie, wurde aber von Security-Männern zurückgedrängt, die jetzt aus dem Nirgendwo aufgetaucht waren. Zu seiner Linken sah Tryggve Hermod Fredriksen, den jovialen Bürgermeister aus Færder. Sein Gesicht sah ganz anders aus als die der anderen in seiner Nähe. Er wirkte irgendwie verwirrt, verängstigt, und er sagte etwas, das Tryggve nicht verstehen konnte. Ansonsten gab es nur Lächeln und muntere Zurufe, ein warmes Willkommen für einen Mann, den alle bewunderten und den zu sehen sie sich freuten. Bei der Rednertribüne stand Erna höchstpersönlich, sie streckte die Hand zu einem gebieterischen *Willkommen* aus.

Den Schuss spürte Tryggve kaum.

Es tat nicht weh.

Nur ein kleiner Schlag in der Brust. Ungefähr beim Herzen. Tryggve konnte noch überrascht an sich selbst hinunterblicken, ein hochgewachsener Mann im besten Alter, der nicht älter als fünfzig Jahre und elf Monate werden sollte. Ein einziger Gedanke jagte durch seine Gehirnwindungen, ehe dort der Kurzschluss eintrat: Mina ist in Sicherheit.

Dafür würden die Männer von Harlekin und Selma Falck sorgen.

Frogner

Der Major saß in seiner großen Wohnung in Frogner und wusste, dass es geschafft war. Harlekin hatte seine Pflicht getan.

Tryggve Mejer sei tot, las sie in den dramatischen Schlagzeilen der Online-Zeitungen. Direkt ins Herz geschossen, auf dem Weg zur Rednertribüne bei einem Parteitag, der Erna Solberg für ein langes Leben im Dienste der Nation danken und einen neuen Parteivorsitzenden und Ministerpräsidenten willkommen heißen sollte.

Auch jetzt, zwei Stunden später, war völlig unklar, was geschehen war. Der Mörder war nicht festgenommen worden. Eine Schusswaffe war nicht gefunden worden. Diese Nachricht kam für den Major überraschend, war deshalb aber nicht weniger erfreulich. Der Mörder hatte Bauchspeicheldrüsenkrebs im letzten Stadium und würde ohnehin nicht lange genug leben, um verurteilt werden zu können. Er war Berufsmilitär und hatte gelernt, den Mund zu halten. Seine Familie würde in den kommenden

Jahren gut versorgt werden. Wenn er aller Wahrscheinlichkeit zum Trotz nach dem Attentat geflohen war, würde Harlekin dennoch für die Frau und die vier Kinder des Mannes sorgen. Und für ihn selbst, für die kurze Zeit, die ihm auf der Erde noch blieb.

Der Rat hielt immer Wort.

Polizei aus ganz Ostnorwegen war unterwegs zum Flughafen Gardermoen, zusammen mit etlichen Rettungswagen und Gesundheitspersonal. Etwa ein Dutzend Menschen waren verletzt worden bei der Panik, die der Schuss ausgelöst hatte, aber vorläufig war noch kein Todesfall gemeldet worden.

Bis auf den von Tryggve.

Selma Falck dagegen wurde in den Artikeln nirgendwo erwähnt.

Das fand der Major beunruhigend.

Sie lief jetzt in der viel zu großen Wohnung hin und her, von Zimmer zu Zimmer. Sie blieb jedes Mal stehen, wenn sie ihr Arbeitszimmer betrat, klickte wieder und wieder auf *Aktualisieren*.

Noch immer kein Wort darüber, dass Selma Falck tot war.

Vom Rikshospital her kam nur Schweigen, und die Polizei hatte alle Schotten dichtgemacht. Keine der Quellen des Majors konnte mit Informationen weiterhelfen.

Selma war zwar ein Superpromi, aber vielleicht doch nicht bekannt genug, um die spektakulären Nachrichten aus dem Radisson Blu zu verdrängen. Nur der König würde das schaffen, damit versuchte der Major sich zu beruhigen. Außerdem würde es dauern, bis Selmas Familie nach ihrem Tod die Nachricht veröffentlichte.

So musste es sein.

Es musste einfach so sein, aber Berit Ullern lief weiterhin hin und her.

Die Männer, die lautlos durch die alte Hintertür hereingekommen waren, die früher für die Dienstboten reserviert gewesen war, überwältigten sie rasch. Sie wehrte sich dennoch lange genug, um sich daran zu erinnern, dass Tryggve sich so seltsam ausgedrückt hatte. In Solemskogen hatte er ihr die Schatulle gegeben und gefragt:

»*Wer hat versucht, Harlekin von den Speichersticks in der Schatulle zu entfernen, du oder Ellev? Wer hat versucht …*«, so hatte er sich ausgedrückt, und Berit Ullern starb in der ironischen Gewissheit darüber, wer sie umgebracht hatte.

Die eigenen Leute waren eben immer die Schlimmsten.

Samstag, 29. September 2018

Rikshospital

Selma hatte geschlafen.

Das tat sie meistens. An die ersten Tage im Krankenhaus konnte sie sich nicht erinnern, obwohl die Ärzte ihr erzählt hatten, dass sie zu keinem Zeitpunkt ins Koma gefallen war. Die zwei kräftigen Schläge auf den Kopf während der Prügelei mit den Kidnappern würden in ihrem Gehirn allem Anschein nach keine bleibenden Schäden hinterlassen. Jedenfalls keine so schwerwiegenden, wie zu befürchten gewesen war.

Schlimmer sah es mit ihrem restlichen Körper aus.

Als Selma endlich die Kräfte fand, einen Arzt zu fragen, welche Verletzungen sie eigentlich davongetragen habe, hatte der gegrinst und geantwortet, es wäre leichter, aufzuzählen, was noch unversehrt sei. Er meinte, sie könne sich immerhin damit trösten, dass ihre Zähne in mehr oder weniger gutem Zustand waren.

Die Nase hatte sie sich auch nicht gebrochen.

Ansonsten hatte es wirklich übel ausgesehen, als sie dreizehn Tage zuvor eingeflogen worden war. Es sei das pure Wunder, dass sie noch unter ihnen weilte, sagte der Arzt und schnalzte vielsagend mit der Zunge. Zweimal Herzstillstand. Zwei gebrochene Finger. Nieren- und Leberschäden, Lungenentzündung, Frostschäden, und dermaßen geschundene Füße, dass zunächst wirklich die Gefahr bestanden habe, dass zumindest das eine Bein gleich unter dem Knie amputiert werden müsste. In drei Operationen hatten die Ärzte darum gekämpft, den Fuß zu erhalten, und es war ihnen gelungen.

»Ein wahres Wunder«, sagte der ältere Oberarzt noch einmal, streichelte ihre Hand und machte weiter mit seiner Morgenvisite.

Selma hatte ihre Sehfähigkeit zurückerhalten. Noch immer sah sie ab und zu doppelt, vor allem, wenn sie erschöpft war. Ein Augenarzt meinte, das werde sich legen. Jeden Tag musste sie mit ihm eine halbe Stunde stinklangweiliges Sehtraining absolvieren.

Selma fand die Krankengymnastik wichtiger. Es kam zwar dreimal pro Tag ein junger Mann mit einem albernen Seniorenprogramm, das im Bett durchgeführt wurde, aber Selma wollte auf eigenen Beinen stehen. Sie war fest davon überzeugt, dass sie ihr altes athletisches Ich zurückgewinnen würde.

Auch ihre Laune besserte sich stetig.

Sie durfte den ersten Besuch empfangen. Familienmitglieder hätten schon früher kommen können, aber weder Anine noch Johannes hatten von sich hören lassen. Das kam nicht unerwartet. Auch Jesper hatte sich nicht gemeldet, was vielleicht kein Wunder war, so, wie sie ihn aus ihrem Leben hinausgeworfen hatte.

Es enttäuschte sie trotzdem.

Aber sie hatte die Wette gewonnen, und irgendwann würde sie ihre Forderungen einlösen. Darin lag eine Art Hoffnung.

Einar, der vielleicht eine Art großer Bruder für sie war, hätte wohl kaum einen Fuß auf die Intensivstation setzen dürfen. Er hatte zum Glück auch nicht versucht zu kommen. Stattdessen hatte er der Angst vor seinem alten Nokia getrotzt und sie auf dem neuen iPhone angerufen, das eine junge Krankenpflegerin für sie besorgt und eingerichtet hatte. Er hatte zehn Sekunden gebraucht, um sich davon zu überzeugen, dass sie überleben würde, um sie danach eine Viertelstunde lang zusammenzustauchen, weil sie seine Warnungen vor dem Rat nicht ernst genommen hatte. Das hatte gutgetan, merkte Selma, beides.

Ein Blumenstrauß kam zur Tür herein.

Hinter dem gewaltigen Gebinde schaute Lars Winther hervor. Er blieb mit dem Blumenmonster in den Armen stehen und wusste nicht, wo er es ablegen sollte. Eine Hilfspflegerin kam angerannt und befreite ihn.

»Selma«, sagte er mit warmer Stimme.

»Lars«, erwiderte sie. »Ich bin noch immer stocksauer auf dich wegen des Artikels in *DG* über Jesper und mich. Hast du dafür gesorgt, dass sich jemand um Lupus kümmert, bis ich hier rausdarf?«

»So schrecklich sauer kannst du doch nicht sein«, sagte er mit breitem Lächeln. »Schließlich willst du dauernd alles Mögliche von mir. Das Tier ist bei meiner Tochter in Jessheim, und es geht ihm gut. Und außerdem ... das Paket, das du bei Einar hinterlegt hattest, ist das Größte, was mir je passiert ist.«

Nun grinste er, fügte aber rasch hinzu: »So rein beruflich, meine ich. Ich habe schließlich Kinder.«

»Aber Tryggve Mejer hast du nicht retten können.«

»Nein.« Er schaute sich um und fand einen Stahlrohrstuhl, den er an Selmas Bett heranzog. »Vielleicht hätte ich die Polizei verständigen müssen«, sagte er leise und setzte sich. »Aber ich dachte, das würde nur eine Menge Scherereien und Verspätungen mit sich bringen. Bürokratie eben. Also habe ich mich an drei Kollegen und einen mir bekannten Bürgermeister gewandt. Aber die konnten alle nichts mehr ausrichten.«

»Und der Mörder ist noch immer über alle Berge?«

»Ja. Im Hotel gibt es an mehreren Stellen Überwachungskameras, aber er hat die meisten offenbar gekannt und konnte ihnen dadurch entgehen. Auf den beiden Filmen, auf denen er zu sehen ist, hat er den Kopf gesenkt und trägt eine Mütze. Das Einzige, was feststeht, ist, dass es sich um einen schlanken Mann handelt, ziemlich mager sogar, an die eins achtzig groß. In dem totalen Chaos, das da entstanden ist, hat er sich einfach davonschleichen können.«

»Profi«, sagte Selma kurz. »Der kam von Harlekin.«

»Ja. So war es wohl.«

Dann schwiegen sie. Selma merkte, wie gut es tat, ihn zu sehen. Das überraschte sie. Als ein Pfleger angekündigt hatte, ein junger Mann wolle zu ihr, hatte sie so sehr auf Jesper gehofft. So gesehen war Lars eine Enttäuschung.

Er war nicht einmal besonders jung.

»Heftiger Fall«, sagte sie und streckte die Hand nach seiner aus.

Er sah überrascht aus, ließ aber zu, dass sie seine Hand nahm.

»Ich hatte sieben große Artikel in weniger als zwei Wochen«, sagte er. »Sechzehn namentlich gekennzeichnete Artikel. Die Kommentatoren hatten auch ihren großen Tag, fast die ganze Redaktion hat wie besessen gearbeitet. Nur an dieser Sache. Was für ein Skandal. Was für ein riesiger Skandal.«

Er sah richtig glücklich aus.

»Das hier ist genug Stoff für mehrere Wochen. Jahre, eigentlich, denn nach uns kommen die Schriftsteller. Die Forscher. Es wurde schon die Forderung laut nach einer umfassenden und unabhängigen Untersuchung des gesamten Komplexes, und im Parlament streiten sie sich, dass die Fetzen nur so fliegen, und zwar darum, wie die Kommission dann zusammengesetzt werden soll. Dass es einen unabhängigen, schlagkräftigen Staat im Staate geben soll, hier in Norwegen, jeglicher politischen Kontrolle entzogen, ist so ...« Er schüttelte den Kopf, da ihm kein passendes Wort einfiel.

»Eine Art *deep state*«, sagte Selma. »Nur eben sehr, sehr *deep*.«

Sie wurde schon wieder müde. »Ich darf nicht viel lesen«, sagte sie. »Aber ich glaube, das Wichtigste habe ich mitbekommen. Dieser Major, Berit Ullern, hat sie sich wirklich das Leben genommen?«

»Sieht so aus. Der Zeitpunkt des Todes wurde auf einige

Stunden nach dem Drama in Gardermoen festgelegt. So gesehen kann man einen Selbstmord irgendwie logisch finden. Sie wusste sicher, dass hier nun umfassende Untersuchungen angestellt werden würden. Sie war nicht gerade in einer guten Position. Das Fehlen eines Abschiedsbriefes und ein paar technische Details am Tatort lassen die Polizei bisher noch zögern. Meine Quellen sagen aber, dass sie bald sicher sein werden.«

»Wäre es nicht schön, also irgendwie ...« Selma lächelte müde. »Wenn die beiden sich gegenseitig umgebracht hätten?«

Lars sah sie aus zusammengekniffenen Augen an.

»Wie meinst du das?«

»Sie haben als Verbündete angefangen. Vor Jahrzehnten schon. Sie haben an dasselbe geglaubt, haben gemeinsam ein Geheimnis gehütet. Was, wenn beide die Kontrolle über Harlekin hatten? Und dann hat alles damit geendet, dass die Einzigen, denen der Rat je den Tod beschert hat, diese beiden waren. Tryggve Mejer und Berit Ullern. Alte Verbündete, die im Laufe weniger Monate zu Todfeinden wurden. Und die sich am Ende gegenseitig umgebracht haben.«

»Na ja, was heißt schon schön«, murmelte Lars. »So würde ich das vielleicht nicht ausdrücken. Aber jedenfalls ... das Einzige, was ...«, er ließ ihre Hand los und zog seinen Stuhl näher an das Bett heran, »... das Einzige, was den meisten von uns noch immer unklar ist«, sagte er leise, »ist, was eigentlich mit dir passiert ist.«

»Ich habe mit der Polizei gesprochen. Ich weiß nicht, ob ich es über mich bringe, die Geschichte noch einmal zu erzählen.«

»In Ordnung«, sagte Lars.

»Sie haben mich zu Hause überfallen«, sagte sie langsam.

Die polizeiliche Vernehmung war reichlich schmerzhaft gewesen. Danach hatte Selma beschlossen, nie wieder über ihren unfreiwilligen Aufenthalt auf der Hardangervidda zu sprechen. Jedenfalls sehr lange nicht.

Lars Winther machte aber irgendetwas mit ihr. Er zog die Welt dort draußen in das sterile weiße Zimmer mit den vielen Apparaten, die klickten und rauschten und mehrere Tage lang nötig gewesen waren, um sie am Leben zu erhalten. Er wurde zum Symbol dafür, dass irgendwann alles wieder beim Alten sein würde.

Sie hatte Lars vor weniger als einem Jahr kennengelernt, und zwar, weil er gedroht hatte, sie wegen des Diebstahls einer Wildkamera anzuzeigen. Nach und nach war er in Sachen Zusammenarbeit zu einem nützlichen Partner geworden. Der Mann, der einen mehrere tausend Kronen teuren Blumenstrauß mitgebracht hatte und der jetzt mit den Ellbogen auf den Knien dasaß und sie besorgt ansah, war schließlich zu einem Freund geworden.

Zu einem richtigen Freund. Einem, der sie so sah, wie sie war, und bei dem sie sich niemals zu verstellen brauchte. Einem, der sogar wusste, dass sie sich ab und zu um Sinn und Verstand spielte.

»Sie haben mich in meiner Wohnung überfallen«, flüsterte sie. »Als ich schlief. Sie müssen mich irgendwie betäubt haben, denn von dem Moment an, in dem ich überfallen wurde, und bis ich auf der Rückbank meines Autos zu mir gekommen bin, ist noch immer alles schwarz. Ich war gefesselt. Geknebelt. Aber noch nicht zusammengeschlagen.«

Lars saß ganz und gar bewegungslos da. Selma wollte, dass er ging. Sie wollte nicht noch einmal darüber sprechen.

»Ich bin wohl zu früh zu mir gekommen«, sagte sie dennoch. »Lange ehe sie erwartet hatten, dass die Betäubung nachlassen würde. Aus irgendeinem Grund war ich geistesgegenwärtig genug, keinen Mucks von mir zu geben. Der Mann, der mein Auto fuhr, telefonierte nämlich mit dem anderen. Sie brauchten ja ein Fahrzeug, um zur Stadt zurückzukommen, also hatten sie sich aufgeteilt. Ich konnte hören, was sie vorhatten. Was sie mit Tryggve machen würden, sowie er wieder in Norwegen wäre. Und was sie mit mir vorhatten.«

Sie bemerkte, dass sie weinte. Es war, als ob die angesammelten Tränen mehrerer Jahrzehnte aus ihr rausmüssten. Sie weinte nicht, weil sie traurig war, das war sie nicht. Auch nicht, um Lars' Mitgefühl zu erwecken, denn das hatte sie bereits.

Sie weinte, weil ihr nichts anderes übrigblieb.

»Als wir bei der Hütte ankamen, habe ich mich weiterhin bewusstlos gestellt. Sie trugen mich rein. Ich konnte nicht begreifen, warum sie mich nicht zu Hause umgebracht hatten. Eine Leiche wäre viel leichter zu transportieren gewesen. Die Polizei sagt, das sei aus Sicherheitsgründen gewesen. Der Todeszeitpunkt, den die Pathologie schließlich so unheimlich präzise feststellen kann, durfte nicht zu früh liegen. Sicher bin ich deshalb auch zu früh zu mir gekommen. Sie haben nur so viel Betäubungsmittel genommen, dass es bei meinem Tod meinen Körper schon wieder verlassen hätte.«

Sie streckte die Hand nach dem Glas auf dem Nachttisch aus.

Seit sie ins Krankenhaus gebracht worden war, hatte sie nur Wasser getrunken. Sie fing an, sich an den schalen, süßlichen Geschmack von Wasser ohne Kohlensäure zu gewöhnen. Sie trank und stellte das Glas zurück.

»Sie legten mich ins Bett im Schlafzimmer. Ins untere Bett. Sie hatten mich zu Hause nackt vorgefunden und wollten wohl, dass es so aussah ...« Sie schluchzte auf und versuchte, ein Haar von ihrer Zunge zu entfernen.

»... als ob du dich selbst ins Bett gelegt hättest?«, beendete Lars den Satz für sie.

»Ja. Davon gehe ich aus. Aber in einer einfachen Berghütte hätte ich mich doch niemals ohne Schlafanzug hingelegt.«

Endlich bekam sie das Haar zu fassen, zog es heraus und ließ es auf den Boden fallen.

»Du bist müde«, sagte Lars. »Ich gehe gleich. Wir können ein andermal weiterreden.«

»Als sie das Holz für den Brand aufstapelten, bekam ich es wirklich mit der Angst zu tun«, sagte Selma. »Ich bin aufgestanden. Nach allem, was ich gehört hatte, hatte ich furchtbare Angst und wollte nach einem Fluchtweg suchen. Weg. Fort aus der Hütte, ehe das Feuer losbrach. Das haben sie bemerkt, und ...« Sie schlug sich die Hände vors Gesicht.

»Das reicht jetzt, Selma. Ganz ehrlich.«

Nun war Lars aufgestanden. Eine Pflegerin war hereingekommen, vermutlich, weil die Geräte, mit denen Selma verbunden war, plötzlich steigenden Blutdruck und beschleunigten Puls gemeldet hatten.

»Ich glaube, Sie gehen jetzt besser«, sagte die Frau energisch zu Lars, der bereits mit erhobenen Händen zur Tür zurückgewichen war.

»Sie haben mich zusammengeschlagen«, sagte Selma laut und ließ ihn nicht aus den Augen. »Ich habe versucht, mich zu wehren, ich habe um mich geschlagen und getreten und gebissen. Ich habe alles eingesetzt, was ich hatte, aber das war nicht genug.«

»Aber, aber, aber.«

Die Pflegerin drückte sie behutsam, aber entschieden zurück auf die Kissen.

Lars verließ das Zimmer. Selma schloss die Augen. Sie atmete mit offenem Mund, konnte nach der schweren Entzündung die Lunge noch immer nicht richtig mit Luft füllen. Sie keuchte nach Sauerstoff und griff begierig nach der Maske, die die Schwester ihr reichte.

Selma hatte wirklich gekämpft. Der Kampf war trotzdem schon vorher entschieden gewesen. Nachdem der eine Mann Selmas Kopf einen gewaltigen Schlag mit einem Holzscheit verpasst hatte, war sie zu Boden gesunken. Da hatten sie sie liegen lassen, vor dem großen Kamin. Sie fluchten und schimpften, und der eine presste zwei Finger, die nach Feuer und Blut rochen, auf ihren Hals.

Und erklärte sie für tot.

Sie war ja auch gestorben, gewissermaßen.

Aber sie war wieder erwacht.

Mehr oder weniger.

Und sie lebte noch immer.

Und würde überleben.

Jetzt würde sie gleich einschlafen. Vielleicht hatte die Pflegerin ihr etwas gegeben, denn die Decke da oben hob sich gen Himmel, und die Apparate waren dabei, zu verschwimmen. Sie schien leichter zu werden, sie hob vom Bett ab, und ihre Augen fielen ihr zu.

»Mama?«, hörte sie eine leise Stimme an ihrem Ohr. »Ich bin's. Anine.«

Etwas Weiches berührte ihre Wange.

Jemand.

Selma lächelte und ließ sich einschlafen.

Nachwort der Autorin

Dieses Buch ist Fiktion. Ich habe die Handlung also erfunden. Lebende Persönlichkeiten treten unter ihrem eigenen Namen auf und wurden nach besten Kräften respektvoll behandelt. Die fiktiven Gestalten sind Produkte meiner Fantasie.

Es ist immer schwer für eine Romanautorin, genau zu sagen, woher sie ihre Inspiration genommen hat. Ich kann nur sagen, dass ich Zeitungen lese und versuche, mich so gut ich kann auf dem Laufenden zu halten.

Dennoch möchte ich einige Schriften erwähnen, die mir eine direkte Hilfe waren. Die erste ist die Masterarbeit »Kald krig, hemmelig hær: Stay Behind i Norge« von Frode Fanebust. Seine Masterprüfung hat er im Frühjahr 2016 in Stavanger abgelegt. Ich möchte dem Autor auch für die wohlwollende Hilfe beim Faktencheck in einem Abschnitt des vorliegenden Buches danken. Auch eine weitere Masterarbeit war eine Inspiration: »Russiske påvirkningsaksjoner: Er norsk krisehåndtering klar for ›Active measures 2.0?‹« aus dem Herbst 2017, verfasst von Paul Fjellmo Grøstad an der Hochschule der norwegischen Streitkräfte. Beide Abhandlungen sind eine interessante Lektüre und öffentlich zugänglich bei *bibsys.no*.

Bei der letzten Durchsicht meines Buches las ich in *Aftenposten* einen Artikel des politischen Beraters der Sozialdemokratischen Partei, Thomas Boe Hornburg: »Polarisierung auf Norwegisch«.

Dieser Artikel enthielt so viel Interessantes, dass ich Teile des Inhalts in leicht überarbeiteter Form meiner Romanperson Tryggve Mejer in den Mund gelegt habe.

Mitten im Schreibprozess, im Januar 2019, erschien eine Schrift, die den eigentlichen Ausgangspunkt meines Romans behandelt. Die Streitschrift trägt den Titel »Demokrati i trøbbel«, stammt von dem Historiker Bård Larsen und wurde herausgegeben von der bürgerlich-liberalen Gedankenschmiede *Civita.* Diesen Text zu lesen war ein solider Schubs in die Richtung, in die ich wollte, und daraus zitierte ich zu Anfang meines Romans.

Ich danke meiner Freundin Kristin Clemet für einige richtig gute Tipps während des Schreibens.

Großer Dank geht an die Ärztin Frøydis Olafsen an der Moloklinik, Spezialistin für Kinderkrankheiten und Allergologie, die geduldig und pädagogisch meine vielen Fragen zum Thema Nussallergie beantwortet hat.

Das kleine Zitat auf S. 215 stammt aus dem Lied *Besvärjelse (Vi kommer älska dig då)* von Oscar Danielson.

Als ich im Juli 2018 aus dem glühend heißen Florenz meine Frau anrief und erzählte, ich wolle einen Kriminalroman über das Dilemma der liberalen Demokratie schreiben, ließ die Reaktion zu wünschen übrig. Dafür danke ich ihr, denn es hat mich zu immer neuen Runden gezwungen, um das Thema zuzuspitzen, bis sie überzeugt war. Irgendwann hob sie dann enthusiastisch den Daumen, und seither war sie genau die strenge Kritikerin, gute Beraterin und niemals versagende Unterstützerin, die sie seit über zwanzig Jahren für mich ist. Danke dafür, liebste Tine.

Heißer Dank geht auch an unsere Tochter Iohanne, die zur Stunde fast mit der ersten Oberstufenklasse fertig ist. Sie kann so viel und sieht vieles auf sehr andere und spannende Weise. Dank auch ihren vielen Freundinnen und Freunden – sie wissen, wer gemeint ist –, die mir Zipfel und Bruchstücke davon zeigen, wie es ist, jung zu sein, fast fünfzig Jahre nachdem ich selbst jung war. Das war wichtig für mich bei der Begegnung mit der jungen Mina Selmer in diesem Roman.

Zum Schluss danke ich meinem geduldigen und fähigen Lektor Espen Dahl. Eine spannende Zusammenarbeit hat gerade erst angefangen.

Larvik, 12. Juni 2019
Anne Holt

Und so geht es weiter …

Eine Idee von Mord

Der dritte Fall für Selma Falck
Übersetzt von Gabriele Haefs

Selma Falck ist schockiert, als sich ein Treffen mit zwei alten Freundinnen plötzlich in einen Mordfall verwandelt. Ein Scharfschütze feuert einen einzigen Schuss ab, der ihre alte Freundin Linda Bruseth in den Kopf trifft und Selma selbst verletzt. Lindas relative Anonymität als wenig bekannte Parlamentsabgeordnete lässt Presse und Polizei zunächst vermuten, dass das eigentliche Ziel des Attentats Selma war. Sie sieht erst keinen Grund, daran zu zweifeln, doch nähere Ermittlungen untergraben die Theorie bald. Als dann auch noch ein Richter des Obersten Gerichtshofs erhängt aufgefunden wird und ein Regierungsmitglied unter mysteriösen Umständen stirbt, erkennt Selma ein Muster in der Wahl der Opfer und der Mordmethoden. Auf ihrer Suche nach Antworten stößt sie auf ein scheinbares Chaos aus Machtmissbrauch, Verschwörungen und persönlichen Tragödien. Und nicht zuletzt auf eine eiskalte Rache, die nicht aufzuhalten zu sein scheint.